반하게
해줄래요?

반하게 해줄래요?

초판 1쇄 찍은 날 ｜ 2015년 11월 20일
초판 1쇄 펴낸 날 ｜ 2015년 11월 30일

지은이 ｜ 기려한
펴낸이 ｜ 서경석

편 집 책 임 ｜ 조윤희
편 　 　 집 ｜ 이은주
　 　 　 　 　 주은영
디 　 자 　 인 ｜ 신현아

펴 낸 곳 ｜ 도서출판 청어람
등록번호 ｜ 제387-1999-000006호
등록일자 ｜ 1999. 5. 31
어람번호 ｜ 제5-429호

주소 ｜ 경기도 부천시 원미구 부일로 483번길 40 서경B/D 3F
　 　 　 (우) 14640
전화 ｜ 032-656-4452 팩스 ｜ 032-656-4453
http://www.chungeoram.com
E—mail ｜ chungeorambook@daum.net

ⓒ 기려한, 2015

ISBN 979-11-04-90520-9 03810

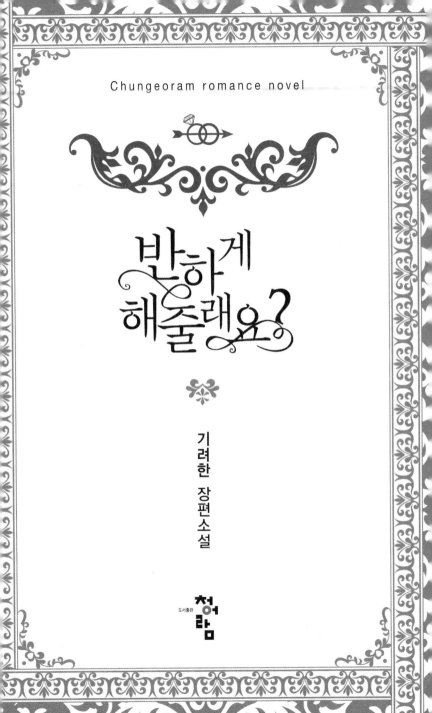

Chungeoram romance novel

반하게 해줄래요?

기려한 장편소설

도서출판 청어람

Contents

1. 내가 만나게 될 운명의 상대는?

"또 끊기야? 어? 어!"

냉철하게 뚝 끊긴 수화기를 붙들고 은설은 별안간 자리에서 일어나 냅다 소리를 꽥 질렀다. 하지만 쉴 새 없이 상담을 이어가고 있는 다른 매니저들의 따가운 눈총에 그녀는 고개를 숙이며 얌전히 자리에 다시 앉아야만 했다.

넓은 사무실 안에는 칸막이가 둘러쳐진 책상이 다닥다닥 행과 열로 줄지어 붙어 있었다. 그리고 책상 위에는 모니터 한 대에 연결된 전화기가 전부였다.

이곳은 바로 결혼정보회사로, 사무실 안에서 고객과 전화 응대를 하는 커플매니저가 얼마나 많은지 그 인원은 백 명도 넘었다. 빠르게 키보드를 두드리고, 고객의 마음을 파고들기 위해 간드러지는 목소리로 설명을 하고, 스케줄을 맞추기 위해 달력을 넘기느라 분주한 그들은 무엇 하나 빼먹지 않기 위해 치밀하게 계산하고 행동했다.

전쟁터와 다름없는 이곳에서, 방금 전 고객에게 일방적으로 전화를 끊김 당한 은설은 첫 번째 서랍에서 묵묵히 메모지를 꺼냈다. 그녀의 모니터 테두리에는 언제 고객과 다시 통화가 가능할지 시간을 적어놓은 포스트잇이 책상 벽면까지 이어져 빼곡하게 붙어 있었다. '윤제후'라는 이름 옆에 빨간 빗금을 벌써 몇 번째 긋는지, 은설은 푸스스 한숨을 내쉬었다. 빗금은 이내 하나 더 그어졌고, 자리가 부족해 그 옆으로 새로운 종이를 이어 붙였다.

이로써 본론도 채 꺼내지 못하고 전화 첫마디만 하길 오십 번째였다. 이쯤 되면 참을성이 많은 그 누구라도 화가 날 법도 하지만, 커플매니저로서 가입을 성사시켜야만 하는 회원에게 화를 낼 수는 없는 일이었다. 상담 전화는 빠짐없이 녹음되기에 은설은 정말로 참을 수 없을 것 같은 날에만 문자를 남기곤 하였다. 소심한 복수라면 복수랄까. 그녀는 다시 한 번 화를 깊숙이 눌러 참으며 볼펜 끝을 오도독 씹었다.

"내가 기필코 꼭 가입시키고 만다, 너."

깊은 숨과 함께 이를 갈며 모니터 화면에 시선을 고정시킨 그녀는 다시 한 번 그의 디비를 찬찬히 훑었다. 모든 조건이 완벽했다. 청담동의 4층짜리 고급 사옥에서 핸드메이드 주얼리숍을 운영하며 본인이 직접 디자인과 세공까지 하는, 제법 이른 나이에 성공한 서른한 살의 능력 남. 게다가 그 건물이 강남 일대의 노른자 땅에서 가장 비싼 매물인데 소유주도 그 남자였다. 완벽하다 못해 흘러넘칠 정도다.

부족한 건 딱 하나, 성마른 인간미. 제 말이 끝나기도 전에 전화는 항상 먼저 끊겼다. 얼굴에서 붉으락푸르락 뜨거운 김이 한데 올라오는 것도 잠시, 은설은 오기로 똘똘 뭉친 굳건한 눈빛으로 결국 수화기를 들고 다시 헤드셋을 썼다.

그렇게 끊으면 난 다시 전화를 걸 수밖에 없다고.

"난 당신을 반드시 가입시켜야 하니까."

신입치고는 늦은 나이에 진로를 급작스럽게 바꾼 은설이 이곳에서 근무한 지 벌써 2년차였다. 그녀의 끈기 하나는 누구보다 탁월하다고 인정하는 결혼정보회사의 안일국 대표는 그녀에게 숙제를 하나 냈으니, 바로 윤제후 이 인간을 어떻게 해서든 회원으로 끌어들이라는 것이었다.

컴퓨터 화면에 뜬 윤제후라는 이름 옆의 번호를 클릭해서 전화 걸기 버튼을 누르기만 하면 손쉽게 전화는 다시 걸린다. '딸깍' 소리와 함께 의외로 전화는 바로 연결됐다.

[관심 없다고. 도대체 몇 번을 반복해야 알아듣는 거지.]

한껏 아래로 내려간 낮은 목소리가 은설의 귓가로 내리 꽂혔다. 매번 얘기만 하려고 하면 끊기는 전화에 자신은 목소리가 높은음자리표를 찍고도 남는데, 그의 태연자약한 목소리가 더 바짝 약을 올렸다. 은설은 마른 입안으로 있는 힘껏 공기를 빨아들이며 제 입술 끝자락을 억지로 끌어당겼다. 그러고는 어금니를 꽉 깨물며 한껏 힘주어 말하였다.

"저희 노블리스 설문조사에 윤제후님이 응해주셨다니까요? '내가 만나게 될 운명의 상대는?'이라는 설문조사요. 혹시 쑥스러워서 안 하셨다고 하는 거라면, 더는 묻지 않겠어요. 중요한 건 바로 지금 할 얘긴데, 왜 매번 여기서 전화를 끊나요?"

그 순간, 바로 전화는 또 끊겼다.

전화를 끊은 제후의 얼굴에서 짜증이 솟구쳤다. 아주 세밀한 디자인 도안을 검토 중이었는데 이 시간이면 늘 어김없이 방해의 전화가 오곤 했다. 전화뿐이었으면 다행이다. 이미 그의 핸드폰 통화와 문자 기록에는 기은설이라는 커플매니저가 차지하고 있는 비중이 꽤나 컸다. 웃음기 하나 없는 텍스트들이 그녀의 성격을 보여주는 듯해 그로서는 기막힐 따름이었다.

〈결혼하기 참 좋은 날씨네요?〉

〈혹시나 오늘은 결혼 생각이 생기셨는지 문자 남겨 봅니다.〉

〈날씨가 꽤 쌀쌀해졌네요. 지금부터라도 마음먹고 준비하신다면, 아름다운 봄의 신부를 맞이할 수 있을 것 같습니다.〉

이미 수없이 많은 결혼정보회사를 통해서 가입 권유를 받았던 제후는 질리도록 안 한다고 말을 했다. 하지만 이번에는 작정한 사람처럼 거절의 의사를 피력해도 도돌이표처럼 똑같은 전화를 받는 게 몇 번째인지. 그는 디자인 스케치가 그려진 노트를 유리 테이블 위에 던지듯 내려놓았다.

"내가 만나게 될 운명의 상대는? 허, 기도 안 차서."

그가 낮게 실소를 터뜨리자, 맞은편에 서서 세척을 끝낸 청록색 사파이어가 달린 반지를 부드러운 세무 천으로 반질반질하게 닦고 있던 수강의 눈매가 장난스럽게 휘어졌다. 그의 옆으로 후다닥 달려와 촐싹거리며 달라붙은 수강이 두 눈을 깜빡였다.

"노블리스에서 전화 왔어?"

"네가 그걸 어떻게……."

말이 끝나기도 전에 눈을 아래로 내리깔며 휘파람까지 휘익 분 수강은 이내 쿡쿡 웃음을 터뜨렸다.

"아, 내가 너 대신 설문지 좀 작성해 봤지. 너 정도면 어떤 여자를 만날 수 있나 하고. 그런데 전화가 왔단 말이지? 꽤나 적극적으로? 하긴 너 정도 스펙이면 아무 여자나 골라 만날 수 있지."

고개까지 끄덕이면서 너스레를 떠는 수강에게 제후가 짙은 눈썹을 구기며 일갈했다.

"그런 설문조사는 왜 한 거야, 대체."

그 말도 안 되는 설문에 응한 적 없다고 딱 잘라서 말했는데, 알고 보니 이 일의 원흉은 다름 아닌 제 친구였다. 제후는 양팔을 유리 테이블에 지탱한 채로 고개를 숙였다. 생각만으로도 벌써 피곤해진 느낌이었다. 구겨진 제후의 표정에도 개의치 않은 얼굴로 수강은 호들갑스럽게 제 할 말을 이었다.

"거기 진짜 괜찮은 여자들만 가입시켜 준대. 커플매니저랑 한 번 미팅이라도 해봐. 언제까지 일만 할 거야. 좋은 꽃 시절도 금방 간다고. 나야 알아서 연애 착착착인데, 넌 만날 여기 혼자서 늦게까지 일만 하잖냐."

어쩐지 아까보다 더 신이 난 목소리에 제후가 문밖을 턱짓으로 가리키며 옅게 눈을 찌푸렸다.

"문밖에 서 있는 여자로도 질리는데, 내가 찾아가서까지 만나야겠어?"

제후 주얼리는 주얼리 자체의 퀄리티도 훌륭하지만 그보다 핸드메이드 주얼리를 만드는 대표의 잘난 얼굴 때문에 예약 상담이 항상 빽빽하게 넘쳐났다.

"일은 일이고, 연애는 해야 할 거 아냐? 그리고 너 좋다고 무작정 따라다니는 여자랑 결정사가 같냐. 거긴 네가 좋아할 스타일에 맞춰서 여자 소개해 줄 거 아니냐고."

수강의 말에 그는 짙은 한숨과 함께 미간을 엄지로 꾹 눌렀다.

"내가 좋아할 여자?"

마치 그럴 일은 없다는 듯이, 그는 작은 한숨과 함께 느리게 고개를 저었다. 도안대로 치수 0.1㎜의 오차도 허락하지 않을 깊은 눈매가 다시금 그의 고개와 함께 깊숙이 숙여졌다.

이번에도 뚝 끊긴 전화에 은설은 손을 부르르 떨었다.

그녀가 누구인가. 있던 약속조차 취소하게 만들고 이곳으로 발걸음을 돌리게 만드는 재주가 있다고 하여, 그녀의 전화 상담 녹음은 회사에서 신입 교육용으로까지 쓰게 만든 인물이 아니던가. 그런데 지금 돌아가는 흐름은 그녀의 명성에 스크래치를 내고도 남음이었다.

아무리 생각해도 이 남자는 보통의 회원처럼 전화 상담으로 가입은커녕 미팅 약속조차 불가능해 보인다고 판단을 내린 은설은 눈동자를 굴리며 입술을 잘근잘근 깨물었다. 특단의 조치가 필요한 순간이었다.

"그래요, 내가 간다고요. 별수 있나요."

갑은 회원님, 을은 커플매니저인걸. 그녀의 입술이 샐그러지게 움직인다.

"대표님이 내준 숙제남?"

옆자리에 앉아서 지켜보고 있던 미리가 의자를 그대로 끌며 다가와 그녀의 등을 살포시 두드렸다. 그러자 은설이 미리 쪽으로 고개를 돌리고는 끄덕였다.

"벌써 전화를 몇 번째 끊는 건지, 직접 가보려고."

"오랜만에 사냥 본능이라도 나온 거야?"

"오기 생기게 하잖아."

"한 번 물면 절대 놓지 않을 너의 집념에 굴복할 그 남자, 누군진 몰라도 참 안됐다."

진심으로 그 남자가 안쓰러워진 미리는 생각만으로도 진저리가 난다는 듯 고개를 터덜터덜 흔들었다. 초등학교 동문으로 줄곧 단짝이라 서로의 성격에 대해서 모르는 게 없을 정도인 둘은 눈빛만으로도 척하니 마음이 통하는 사이였다.

이곳, 결혼정보회사에도 함께 입사할 만큼 친밀한 사이인 미리는 은설의 숨겨진 승부 본능이 발동되고 있다는 걸 직감적으로 알았다. 그건 은설 역시도 마찬가지였다. 축 처진 어깨 끝을 흘깃 바라보며 은설이 물었다.

"넌 상담 잘되고 있어?"

"아니. 오늘 왜 이러는 건지 이름도 불분명, 성별도 불분명. 게다가 좀 전에는 없는 번호라잖아. 이게 말이 돼?"

평소에는 또렷하게 일처리를 잘하는 미리가 기운 빠진 목소리로 말하더니 한숨을 푹푹 내쉬었다.

"얼른 성사시켜. 그래야 좋은 디비 받지."

여기서 말하는 디비는 고객의 정보다. 커플매니저들은 실적이 높을수록 결혼정보회사에 가입률이 높은 고급 디비를, 실적이 낮을수록 가입 확률이 극히 낮은 저급의 디비를 받게 된다.

고급 디비란 직접 결혼정보회사에 상담을 의뢰한 고객정보이거나, 회사 홈페이지에 직접 문의를 작성한, 그야말로 실질적으로 결혼에 관심이 많고 결정사에 가입할 의지가 있는 사람들의 고객 데이터베이스이다. 반면에 저급 디비는 능수능란한 팀장들조차 백기를 들고 포기하거나, 불특정다수의 사람들이 인터넷을 하다가 '나의 결혼 적령기는?', '나의 운명의 상대는?' 이러한 심리테스트에 응한 사람들의 정보. 그리고 그 밖의 무수한 곳에서 짜깁기하여 얻은 고객의 정보를 말한다.

적당한 운과 화려한 말발로 좁은 관문을 통과해야만 하는 커플매니저들은 저급의 디비 속에서 가입을 성사시켜야지만 점점 고급 디비를 받을 수 있다. 고급 디비는 실적을 쌓게 만들고, 실적은 곧 벌어들이는 소득으로 연결된다. 그래서 회원 가입을 유치시키는 일이 무엇보다도 중요한 것이다. 그래야지만 꾸준히 고급 디비를 얻을 수 있으니까. 그렇기에 안일국 대표가 특별히 은설에게 내준 숙제는 가볍게 넘길 수 있는 문제가 아니었다.

은설은 신입 시절에도 안 했던 외근 준비를 시작하였다. 책상 맨 아래 서랍에 빼곡히 들어찬 가입 양식서를 하나 빼서, 구겨지지 않게 파일지에 넣고는 딱 그 사이즈만 한 클러치 백을 회사 핸드폰과 함께 챙겨서 나왔다.

조금 전 서랍 안에 수북이 들어차 있던 가입 양식서도 그녀라면 몇 달 안에 거의 없앨 수 있는 분량이지만, 안일국 대표가 다이렉트로 은설을 지정하면서까지 당부한 말은, 한동안은 다른 회원 상담도 맡지 말고 올인을 해서라도 꼭 그의 사인이 담긴 가입서를 받아내라는 것이었다. 물론 그에 상응하는 인센티브를 지급해 준다고까지 약속하면서 말이다.

사실 돈을 떠나서 그동안의 반복적인 상담이 지겨워져 가던 찰나에, 연차가 쌓일 대로 쌓인 억대 연봉 커플매니저들조차 두 손 두 발을 다 들게 만들었다는 그를 제 손으로 가입시키고 싶은 승부욕이 발동되었다.

다짐하듯 주먹을 말아 쥐며 밖으로 나오자 스산한 칼바람이 전신을 날카롭게 훑고 지나간다. 머리카락마저 바람결에 제멋대로 나부끼는 추운 겨울에 난방이 풀가동된 사무실을 포기하고 밖으로 나온 건 그녀로서도 쉽지 않은 결정이었다.

또각또각. 베이지색 하이힐 위로 미끈한 다리가 움직였다. 은설은 예고도 없이 윤제후가 있다는 주얼리숍으로 발걸음을 옮겼다. 이윽고 그녀의 눈앞에 생각했던 것보다 더 고급스럽고 웅장한 느낌의 건물이 나타났다. 전면이 블랙으로 이루어진 건물은 포인트로 쨍한 네이비색이 멋들어지게 어울렸다.

"대충 훑어도 이건 뭐……."

세부적인 디자인의 지시는 윤제후가 했다는 건물 외관부터 척보는데 센스가 보통은 넘었다. 눈을 힐긋 올려 바라본 정문은 커다란 성벽과도 같았다. 은설은 철옹성같이 굳게 닫혀 있는 문 주위를 두리번거렸다.

"오늘 안 하나?"

마침 스피커폰 아래 달린 벨을 발견한 그녀가 손가락으로 꾹 누르자 잠깐의 정적과 함께 꽤나 사무적인 목소리가 불거져 나왔다.

[누구세요?]

"윤제후 씨를 만나려고 왔는데요."

[예약하고 오셨어요?]

사실 그대로 말하려던 은설은 일순간 마음을 고쳐먹었다.

"네, 예약했어요."

둔탁한 소리와 함께 문은 예상외로 쉽게 열렸다. 은설은 가방을 든 손에 힘을 주며 당당하게 문 너머로 들어섰다. 커다란 대문을 통과하자, 한눈에 보아도 고급스럽게 잘 가꾸어진 길게 뻗은 소나무와 정원수들로 울창한 정원이 보인다. 이곳만 겨울을 비껴나간 듯 녹음이 드리워졌다. 비석처럼 잘 깎인 돌계단을 지나, 문 하나를 더 통과해야 건물 안으로 들어설 수 있었다.

진한 오크색 바닥 위로 그녀의 구두굽이 조심스럽게 부딪쳤다.

후우, 은설은 심호흡하며 고개를 들었다. 보이는 것은 4층까지 호선을 그리며 연결되어 있는 목조 계단이었다. 웅장한 클래식음악이 팡파레처럼 울리고, 옛날 성 같은 고풍스러운 느낌이 주변을 에워쌌다. 마치 저 계단을 올라가면 동화처럼 누군가 제게 손을 내밀고, 그 손을 아무렇지 않게 웃으며 잡고 올라갈 거라는 착각. 순간적으로 들었던 생각 하나였다. 이내 묵직하고 조용한 침묵만이 내려앉은 공간에서 그녀의 여린 어깨가 조금씩 움츠러들었다.

사실대로 말할 걸 그랬나?

그 순간, 조금 전 스피커 속에서 말하던 사무적인 목소리의 주인공인 준희 매니저가 그녀가 올려다 본 계단 위에서 아래로 내려오고 있었다.

"혼자 오셨나요?"

"……네?"

"결혼예물 상담 예약하지 않으셨어요?"

머리부터 발끝까지 정갈한 차림의 매니저가 상담일지를 넘겨보며 은설을 힐긋거렸다. 난감해진 순간, 위에서 아래로 성큼성큼 내려오는 묵직한 발소리와 함께 후다닥 촐랑대는 발소리가 뒤를 따랐다. 잠시 후 두 발소리의 주인공들은 은설을 계단 위에서 내려다보고 있었다.

은설은 돌연 해사한 웃음을 지으며 위를 바라보았다.

"윤제후 씨, 결혼상담 해드리러 왔습니다."

남자 둘은 무슨 영문인가 싶어 서로의 얼굴을 마주하다가, 먼저 눈치를 챈 수강이 제 무릎을 탁 치며 빠르게 튀어 내려왔다.

"노블리스에서 오셨어요?"

수강의 입이 장난스럽게 커다란 모양으로 벌어졌다.

"네."

"대박."

수강이 뒤돌아 엄지손가락을 치켜들자, 그제야 사태 파악이 된 제후가 얕은 신음을 내뱉었다. 전화로도 모자라서 직접 여기까지 찾아올 줄은 몰랐다. 이건 전혀 예상에도 없던 일이라, 그의 눈매가 무턱대고 찾아온 그녀를 향해 날카롭게 내리꽂혔다.

멀리서 본 실루엣이 모델 같은 몸매라, 짧은 순간 마주한 은설의 입이 그만 턱 벌어졌다. 흐릿했던 얼굴이 점점 가까이 다가오는 걸음걸이에 맞춰 서서히 또렷해졌다. 속으로 짧은 신음 소리가 나올 만큼 그는 여자라면 누구라도 좋아할 스타일이었다.

그레이톤의 핏 되는 정장바지에 새하얀 브이넥 니트가 넓은 어깨를 타고 똑 부러질 듯 탄탄한 쇄골 아래 비스듬히 걸쳐져 있는 몸매는 상급이었다. 호리호리한 몸매 선과는 달리 어깨와 골반에 각이 진 탄탄한 몸매가 보호본능을 자극하면서도 안기고 싶은 욕구가 들게 만들었다.

이 남자 은근 섹시하잖아? 은설은 침을 꼴깍 삼키며 눈꺼풀을 나른하게 밀어 올렸다.

"뭐지."

낮은 음성은 전화로 들었을 땐 몰랐는데 직접 들으니 묘하게 야릇했다. 눈앞에 있는 비주얼 자체가 비현실적이다 보니 이젠 심드렁한 그 목소리마저 좋게 느껴지는 것 같다.

내가 지금 무슨 생각을 하는 거야? 일하러 와서 공연한 감상에 젖어드는 자신을 담금질하며 은설은 고개를 내저었다.

"자꾸 전화를 끊으니까 직접 왔죠."

"안 한다고 하지 않았나. 관심 없다고."

"그래도 사람이 말하는데, 그렇게 야멸차게 끊는 경우가 어디 있어요? 얘기라도 끝까지 들어보고 결정해도 되잖아요."

"내 시간의 가치가 얼마인지 안다면, 이런 얘기는 못 할 텐데."

"제 시간도 저렴하지는 않아서요?"

은설은 양쪽 입꼬리를 길게 뻗어 올렸다. 카랑카랑했지만 미소만큼은 풀냄새가 날 만큼 싱그러웠다. 제후는 얕은 숨을 토해

내며 짜증스럽게 눈을 감았다 떴다. 무심히 머리칼을 쓸어 넘기는 그의 하얗고 긴 손가락이 이내 은설의 눈길을 잡아끌었다.

단순히 사람의 겉모습만을 보고 감탄하기는 처음이었다. 연예인을 봐도 감흥 없는 그녀지만 눈앞에 서 있는 남자는 샤프한 얼굴 라인에 짙은 눈썹, 홑꺼풀 속에 촘촘히 심어진 새까만 속눈썹과 길게 드리워진 날카로운 눈매에 깊어 보이는 동공에서 상당한 색기가 넘쳐 흘렀다. 입술은 붉고 통통한 젤리처럼 누르면 톡 하고 탄탄하게 튀어오를 것 같은 생동감을 지니고 있었다.

습관처럼 보는 네 번째 손가락에는 다행히 반지가 없었다. 은설은 사심 가득 훑고 있던 외모를 최종 점검하며 그가 가지고 있는 스펙을 상기시켰다. 학력도 좋고, 재력도 빠지지 않았다. 그리고 지금 눈앞에 보이는 외모는 말로는 설명이 불가했다. 이제는 바야흐로 남자의 비주얼도 중요해진 시대였다.

하지만 역시나도 걸리는 건, 성격이 친절하진 않다는 거였다. 그래도 제 짝한텐 잘하겠지 싶어 은설은 선뜻 그에게 악수를 청하였다. 그러나 그녀의 손이 민망할 만큼 그는 거들떠보지도 않고 그대로 지나쳐 돌았다.

"오늘 예물상담 몇 시로 되어 있지?"

"2시 30분에 김은하 신부님 이름으로 예약 잡혀 있습니다."

사무적으로 매니저에게 묻던 그가 손목을 들어 시계를 바라보았다. 바쉐론 콘스탄틴. 손목에 억을 감고 다니는 남자가 바로 그였다. 은설은 그가 차고 있는 시계의 브랜드가 어디 것인지는 잘 모르나 엄청 비싸다는 건 알 것 같았다.

"15분. 그 안에 못 한 말 마저 하고 가지. 내 시간을 방해받는 건 여기서 끝이니까.”

탁 탁 탁, 박자를 맞춘 듯 리드미컬하게 끊기는 어조가 제법 매력적이었다. 그가 테이블을 가리키자 은설의 시선 역시 그쪽으로 따라갔다. 테이블 역시 골드 톤의 대리석으로 이곳은 뭐 하나 비싸지 않은 게 없었다. 제법 푹신해 보이는 앤틱 의자에 은설이 등을 곧추세우며 앉자, 맞은편에선 제후가 비스듬히 긴 다리를 꼬아 앉았다. 그 옆에는 그와 분위기가 사뭇 다른 수강이 슬쩍 비집고 들어와 앉았다.

“노블리스 커플매니저 기은설이에요.”

그녀가 명함을 꺼내 내밀자, 건네받은 제후의 손 위를 수강이 슬쩍 훑으며 다감한 목소리로 말하였다.

“나도 한 장 줘요.”

누구인지 사전조사가 안 된 사람에게는 명함을 주지 않지만, 은설은 지체되는 시간이 아까워 말없이 그에게도 명함을 내밀었다. 제후는 명함을 받은 그대로 테이블 아래로 내려놓았다. 성가시고 귀찮다는 느낌이 말을 하지 않고도 전신에서 뿜어져 나오고 있었다.

“많고 많은 결혼정보회사 중에서 노블리스는 좀 더 색다른 마케팅으로 특별한 회사라고 말할게요. 윤제후 씨 나이가 서른한 살인데, 남자치고 많은 나이라는 생각 안 하시겠지만 정말 제대로 된 결혼을 하려면 지금부터 준비하는 게 현명하다고 생각해요.”

듣는 척도 안 하는 그를 보며 은설은 계속해서 말을 이었다.

“윤제후 씨가 원하는 이상형, 집안, 학벌, 외모, 종교까지도 무조건적으로 맞춰줄 수 있고요. 마음에 두고 계신 여성분이 혹여 있다면, 그 사람과 결혼으로 이루어질 수 있게끔 연결시켜주는 맞춤 제도 또한 있어요. 여기 포트폴리오를 봐주시죠."

은설은 준비해 온 포트폴리오를 테이블 위에 올리며 펼쳤다. 길게 늘어진 포트폴리오만 보자면 어마어마한 실적이었다. 그 안에는 이름만 대면 알 수 있는 무수히 많은 정재계 사람들과, 전문직 여성과 결혼한 톱스타 연예인의 결혼 기사도 함께 실려 있었다.

"현빈이네?"

호기심 많은 수강이 기사를 손으로 주욱 훑었다.

"네, 저희만의 특별한 표적 제도를 통한 만남이었어요."

"표적 제도?"

수강이 흥미롭다는 듯 제 눈을 반짝거렸다.

"결혼하고 싶은 상대가 있는데 혼자서는 벅찰 때, 저희가 상대의 결혼 이상형대로 맞춰주는 프로그램인 거죠. 현빈 씨 같은 경우는 의뢰인이 그의 열렬한 팬이었어요. 다행히 조건이나 성격이나 현빈 씨 짝으로 나쁘지 않아서 흔쾌히 진행했던 경우예요."

은설이 제법 똑 부러지게 말하며 미소 지었으나, 제후의 비소가 그 미소를 산산이 부서뜨렸다.

"사기 치는 거네."

"윤제후 씨, 진짜 사랑 해본 적 없죠?"

그의 오른쪽 눈썹이 순간 꿈틀했다.

"간절하게 원하는 사람과 일평생 함께하고 싶어서 의뢰를 하는 경우가 있어요. 그렇다고 해서 아무나 받아주는 거 아니고요. 만약 그렇다면 사기지만, 저는 둘의 연결지점을 놓고 봤을 때 한쪽으로 치우치거나 서로에게 부족함이 없을 경우에만 진행합니다."

자신의 직업에 프라이드를 가지고 있는 말투. 제 직업을 어떤 식으로든 조소하는 건 용납할 수 없다는, 강한 의지가 담겨 있는 눈빛으로 은설이 바라보았다. 제후는 그 눈빛을 피하기는커녕 오히려 또렷이 맞추며 낮게 말하였다.

"브리핑은 여기까지 하지. 당신이 어떤 말로 설득해도 내 대답은 똑같으니까. 난 결혼 안 해. 그 귀찮은 걸 내가 왜."

그의 짙은 눈동자가 시간 낭비는 더 이상 하지 않는 게 좋을 거라고 목소리를 내는 것보다도 더 분명히 말하고 있었다.

이 남자 보통은 아닌 거 알았지만……. 은설의 다리에서 힘이 탁 빠져나간 순간이었다. 하필 그는 결혼정보회사에서 제일 설득하기 어려운 독신남이었다. 생각해 보면 그때마다 한결같이 '안 해'라는 말을 줄기차게 읊어대긴 했었다. 그런데 진짜로 결혼 자체를 환멸하는 사람일 줄이야.

"이제 시간 다 됐으니 그만 가지?"

그대로 쫓겨나다시피 한 은설은 본래의 사무실로 돌아왔다. 찾아가면 뾰족한 수라도 있겠거니 했는데, 도리어 더 갑갑해진 그녀는 원래 사인을 받으려고 했던 가입서 위로 하염없이 펜을 톡톡 쳤다. 비어 있던 공간은 어느새 까만 점들로 가득 찼다.

"아, 이대로 버리기엔 너무 아까운데……."

성격은 바늘 들어갈 틈 없이 깐깐했지만, 이상적인 조건과 외모가 일치하는 건 기적에 가까웠다. 좋아하는 여자를 만나게 되면 그 또한 유동적으로 변하지 않을까? 일할의 희망도 놓치기 싫어 최대한 긍정적으로 머리를 굴렸으나 나오는 건 한숨뿐이었다. 그래도 언젠가 쓰게 될 날이 올 거라며 은설은 곱게 클러치백 안으로 집어넣었다. 한숨 소리가 워낙 컸던지라 미리가 고개를 뒤로 젖혀 은설을 마주하였다.

"왜? 가던 일이 잘 안됐어?"

당연히 사인을 받아 올 줄 알았던 일에 뜻밖이라는 듯 미리가 물었다. 급격히 기운이 떨어진 은설은 고개를 한 팔로 받치고는 책상 아래로 비스듬히 기울였다. 생각할수록 힘이 빠졌다.

"독신남이야, 어떡해?"

"뭘 어떡해, 버려야지. 대표님이 숙제로 내줬다고 해도, 아무렴 독신주의를 어떻게 결혼시킬래? 신념이라는 게 설득한다고 바뀌는 문제는 아닐 텐데."

사실 커플매니저로서 설득을 해야 하는 게 맞는 거겠지만, 복잡한 문제는 싫을 뿐이다.

"프로필이 버리기엔 너무 완벽해. 이런 사람 보면 꼭 연결시켜 주고 싶은 욕구가 불끈 든단 말이야. 눈이 하늘 꼭대기로 치솟아서 아직까지 횟수 차감 못 시킨 골 아픈 회원도 있는데, 이 사람이 다 전멸시켜 줄 것 같다니까?"

아쉬움에 양 볼을 두 손으로 감싸 쥐며 은설은 다시 긴 한숨을 내쉬었다.

"누구야, 그 완벽한 사람이 도대체?"

"윤제후. 청담동 4층짜리 제일 비싼 건물 소유주면서 핸드메이드 주얼리 제작하는……."

말이 채 끝나기도 전에 미리의 눈동자가 커다래졌다. 아무렴 대표가 제안한 회원이라고 해도 그 정도의 거물급일 줄은 생각도 못 했던 미리는 확인하듯 은설에게 되물었다.

"윤제후를 만났다고?"

"너도 아는 사람이야?"

미리는 답답한 듯 일어서서 은설의 어깨를 세게 지압하듯이 흔들어 잡았다.

"결혼정보회사 커플매니저라는 사람이 윤제후도 모르는 게 말이 돼? 그 사람 엄청 유명하잖아. 그 외모 하며 잘빠진 몸매 하며 학벌도 끝내주게 좋아. 펜실베이아 경영학 전공에 주얼리 디자인은 또 따로 공부했다던데? 집안도 꽤나 어마어마한 거 같고, 이미 돈도 많이 벌어놨겠다. 걸어 다니는 기업이라니까. 그 남자 손에서 하루아침에 몇 억 정도는 우습게 탄생한다고!"

"강미리, 네가 그런 것까지 어떻게 자세히 알아?"

은설은 자신에게 할당된 디비의 정보를 보고 알게 된 그에 대해서, 저보다 더 잘 아는 미리가 신기하기만 했다.

"그 사람 준연예인이야. 공항 패션이 기사로도 나올 만큼. 네가 모르는 게 이상한 거야, 바보야. 개인적으로 팬 카페도 있는데 나도 한때 그 회원이었어."

미리가 어깨를 으쓱했다. 말하고도 저도 쑥스러운지 혀를 샐쭉 내민다.

그렇게 유명한 사람이었나? 은설은 그를 떠올리자 이내 수긍한 듯 고개를 끄덕였다.

사실 대중매체와는 몇 년 전부터 담을 쌓고 지낸 편이라 은설은 텔레비전에 나오는 연예인이라든지 아무리 유명한 사람이라도 자신에게 할당된 회원이 아니고서는 잘 알지 못했다. 직업이 공인이라고 명시된 사람이라면 검색을 해보는 경우는 있지만, 딱히 그런 경우가 아니면 디비에 적혀 있는 정보만으로 파악할 뿐이었다.

"아, 맞다. 내가 듣기로는 표적 의뢰인도 여러 명 있었어. 그때마다 번번이 무산된 걸로 알아. 그나저나 예약도 없이 어떻게 들어갔대? 거기 기본 예약만 2년 치 다 잡혀 있다던데?"

"그렇게나 많이?"

은설은 기함할 노릇이었다.

"응, 초반에 예약 안 받고 당일 손님도 상담했는데 윤제후 보려고 온통 바글바글 줄서서 기다려도 그날 못 보고 돌아간 사람도 많다고 들었어. 네가 오늘 만난 남자가 바로 그런 남자야. 알기나 하고 들이댄 거야?"

은설의 등을 툭툭 두들기던 미리는 묘하게 더 달뜬 표정이 되었다. 은설은 그런 미리를 흘깃거렸다.

"……왜?"

"실제로 보니까 어떻디? 아, 나도 아까 너 따라나설걸!"

미리는 아쉽다는 듯 제자리에 앉아 등을 기대며 커다란 한숨을 내쉬었다. 남자한테 별 관심도 없던 미리마저도 이렇게 나오자 은설은 고개를 갸웃했다. 그러고 보면 자신도 윤제후를 보는 순간 취하는 느낌이었다. 물론 어디까지나 외모에 한해서였지만, 이 정도의 매력을 가진 남자가 어디 흔할까?

윤제후라면, 어떤 눈높이에 대도 까다로운 회원들과 가입하길 망설이는 꽤 괜찮은 여자들이 앞다퉈 사인을 할 것만 같다. 은설은 자신을 향해 내밀어지는 서류들이 산처럼 쏟아져 내리는 환영이 눈앞에서 어른거리자 서둘러 제후 주얼리에 전화를 걸었다.

"상담 예약하려고요."

[내후년 4월 20일 6시 타임이 가장 빨라요. 예약해 드릴까요?]

"혹시 내일 예약 캔슬되어 있는 건 없나요?"

[약혼식 취소로 캔슬된 게 있긴 하지만, 그전부터 오래 기다린 손님들이 계셔서 내일로 예약을 잡아드리는 건 불가합니다.]

융통성이라고는 전혀 없어 보이는 매니저를 어떻게 하면 구슬릴 수 있을지 은설의 머릿속이 바쁘게 움직였다.

"매니저님? 저, 오늘 낮에 찾아갔던 노블리스 커플매니저 기은설이에요."

[네, 그런데요?]

"저희 노블리스에 아무나 회원 가입 안 받아주는 거 아시죠? 매니저님, 제가 책임지고 결혼시켜 드릴 테니, 저 내일 예약 좀 받아주세요."

3초쯤, 돌아오는 대답은 없었다. 끊은 건가 싶어서 수화기를 귀에서 떼며 확인해 보려는 찰나, 무채색 음성과 함께 전화가 끊겼다.

[그러죠. 내일 3시에 뵙겠습니다.]

은설의 입가에 방실방실 미소가 피어올랐다. 다시 한 번 기회가 온 셈이었다.

"이번엔 또 뭐지."

고객의 사진을 보며 작업 구상을 하는 중이었던 제후는 은설의 훼방 같은 방문에 불만스러운 표정으로 기울였던 상체를 똑바로 세웠다. 그동안의 전적을 보자면 쉽게 물러날 거라는 생각은 하지 않았지만, 보란 듯이 하루 만에 다시 찾아올 줄은 몰랐다. 이 여자의 등장으로 인해 삶에 작은 균열이 일어나는 것만 같다.

"보석 상담하러 왔다니까요?"

"안 팔아."

당신한테는. 단칼에 무 베어 자르듯 그가 한 치의 망설임도 없이 말을 토해내자, 은설은 비장의 무기라도 꺼낼 것처럼 잠시 깊은 숨을 내쉬었다. 한쪽 어깨 아래로 머리를 길게 늘어뜨리며 고개도 비스듬히 틀어 그를 바라보았다.

"왜요? 왜 안 파는 건데요? 물론 제가 있는 그 자체로 빛나기 때문에 윤제후 씨 보석이 묻힐까 봐 이러는 거 다 알지만, 보석도 이제 진정한 주인을 찾아서 가야 할 때가 온 거죠."

속사포처럼 이어지는 말에 그의 눈썹이 한 뼘 더 짙어졌다. 얼마나 또 말도 안 되는 소리를 늘어놓을지, 그는 양팔에 깍지를 끼며 은설을 훑었다. 집요하게 전화를 하는 끈기에 이따금씩 어떤 여자일지 호기심이 들었던 적도 있었다. 무얼 하든 성공할 듯싶어서. 이번엔 예외겠지만. 그는 그렇게 생각하고서 조금 더 빤히 바라보았다. 이미 익숙해진 목소리에 실체가 합쳐진 모습은 생각했던 것보다도 이색적이었다. 이를 테면 지금처럼.

"윤제후 씨라면 그래도 저와 꼭 어울릴 만한 걸로 만들어 주실 수 있을 거라 믿어요. 물론 이렇게 예쁜 저한테 보석이 필요 없다는 말을 돌려서 하는 거라면 사양할게요."

기가 차서 원. 뻔뻔한 말을 아무렇지 않게 늘어놓는 모습에 제후는 잠시 멍했다가 이내 본래의 페이스를 유지하며 단어 하나하나에 힘을 실어 스타카토처럼 끊어서 말하였다.

"안. 팔. 아."

"저기요, 저 오늘은 손님으로 왔거든요?"

투닥투닥 실랑이 중에 불꽃 튀는 눈빛이 뒤엉켜 맞붙었다. 4층 건물을 단독으로 쓰는 주얼리숍은 고요할 만큼 적막했지만, 소리 없는 눈빛은 주거니 받거니 그야말로 전쟁과 다름없는 신호탄을 알렸다.

"어? 은설 씨 또 보네요?"

계단을 뱅그르르 돌아 수강이 내려왔다. 불꽃 튀는 눈빛을 가르며, 그 사이로 끼어든 수강의 얼굴에 기분 좋은 웃음이 호기롭게 번졌다.

"네, 오늘은…… 파, 팔찌 그게 좋겠네. 그것 좀 보러 왔어요. 그런데 손님도 차별하나 봐요? 아예 상담 자체를 안 해주네요?"

은설이 도도하게 턱 끝을 치켜들자, 수강은 재미난 구경거리라도 생긴 듯 슬쩍 곁눈질로 제후를 훑었다. 그의 표정이 미세하게 굳어 있는 것을 보니 역시나 더 재밌어졌다. 누가 무슨 말을 해도 그가 표정 변화를 일으킨 적이 없었는데, 커플매니저라고 등장한 그녀가 그 일을 해낸 것이다.

"에이, 차별은요! 이쪽으로 들어오세요."

수강은 팔을 까딱거리며 생글생글 웃었다. 환한 조명등이 켜져 있는 룸 안으로 손짓하는 수강을 따라 은설은 안으로 들어갔다. 그런데 룸 안에는 대뜸 어울리지 않는 커다란 카메라가 세워져 있었다. 예상치 못한 물건에 은설은 눈짓으로 카메라를 가리켰고, 수강은 웃으며 카메라를 돌아보았다.

"아, 이거? 제후 주얼리에서는 고객의 모습을 사진으로 남겨놔요. 모든 주얼리는 그 사람 분위기에 맞는 디자인으로 철저히 맞춤 제작되거든요. 숍 내부 보면 알겠지만, 우린 밖에 진열해 놓은 주얼리가 하나도 없답니다."

뜻밖의 말에 은설은 문밖 너머에 있는 텅 빈 유리테이블을 눈으로 스윽 훑었다. 그러고 보니 이 안에서 어떤 액세서리도 본 기억이 없었다. 이내 감탄으로 물든 은설의 눈이 크게 떠졌다. 개개인에 맞추어 딱 하나밖에 없는 디자인의 주얼리를 만들어낸다는 것이 꽤나 특별하게 들린 탓이다.

숍에 방문한 모든 사람들이 그녀와 같은 표정을 지었기에 수강은 잠시 설명을 멈추고 미소 지었다. 바로 이 특별한 방식이 제후 주얼리를 명품 중에서도 명품으로 만들어 놓은 것을 그도 모를 리 없었다. 수강은 경쾌하게 프레젠테이션하듯이 이어서 말했다.

"그래서 가격이 꽤 나간답니다. 물론 그 가격을 주고 사도 아깝지 않을 만큼 철저히 고객님의 의견도 적극 반영될 거고요. 마음에 들 때까지 다시 제작하는 방식을 고수하고 있는데, 보다시피 깐깐한 윤제후가 만든 주얼리는 여태껏 단 한 번도 재제작에 들어간 일은 없었어요."

가격이 꽤 나간다는 말에 은설은 흠칫했지만 마지막 말에 입꼬리를 길게 끌어올렸다.

재제작에 들어간 적이 단 한 번도 없었어? 그 기록 내가 깨준다고요.

언제까지? 당신이 내 가입서에 사인하는 그날까지!

은설의 얼굴 위로 이내 환한 빛이 떨어졌다. 플래시가 터질 때마다 카메라를 똑바로 응시하며 은설은 화사한 웃음을 지었다.

보통 카메라 앞에서는 어색해서 얼굴이 굳어지기 마련인데 그녀는 카메라가 익숙한 듯 자연스럽게 받아들였다. 동그란 눈이 사진을 찍는 순간 초승달처럼 휘어서 자취를 감추고, 아이처럼 해맑은 눈웃음과 동시에 통통한 양 볼에는 사랑스러운 우물이 쏙 패였다. 그러자 기분 좋은 웃음이 덩달아 수강의 귀에까지 걸린다.

카메라에서 메모리칩을 뽑아 컴퓨터로 옮기는 동안, 은설은 다시 제후가 있는 곳으로 향했다.

"이제 상담 좀 해주시죠?"

제 앞으로 다가온 은설을 보며 제후는 고개를 비스듬히 틀어 한 손으로 이마를 문질렀다. 어떻게든 빨리 내보내고 싶은 마음뿐이다.

은설은 그가 허리를 숙인 자세로 검지와 중지를 세워 유리테이블 위를 느리게 두드리자, 길게 뻗은 손가락에 자연스레 시선이 갔다. 자꾸만 시선을 끄는 저 손가락. 주얼리를 제작하는 그의 손끝은 제법 야무져 보였다.

"어떤 용도로 쓰일 팔찌."

물러설 기미가 없는 은설을 보며 마지못해 제후가 딱딱하게 물었다.

"아니, 팔찌가 손목에 차는 거지. 따로 용도가 있어요?"

궁금해서 물어본 것인데 성가시다는 빛이 그득 차오른 그의 눈과 마주쳤다. 1초, 2초, 3초, 마주친 시선에 빨려 들어갈 것 같은 느낌이었다. 은설은 마른침을 꿀꺽 삼켰다. 그녀의 앞쪽으로 그의 커다란 몸이 기울어져 다가오면서 훅 하고 남자의 향기가 코끝에 스쳤다. 그가 덥석 제 손목을 잡자 은설은 더 놀란 얼굴이 되었다. 손목을 잡은 그의 손길에는 조금의 망설임도 없었다. 은설은 몸을 뒤로 튕기듯 빼며 손목을 비틀었다.

"뭐하는 거예요……!"

분명 어떠한 감정도 실리지 않은 손짓이었다. 그러나 그가 잡은 손목은 그렇지가 않았다. 불에 데인 듯 화끈거리면서 동시에 바늘에 찔린 것처럼 따끔거렸다. 제후는 더 귀찮아진 얼굴로 짙은 숨을 토해냈다.

"일단 손목 사이즈부터 재지."

"아…… 아, 그거요?"

그제야 상황 파악이 된 은설은 무안함에 손목을 빠르게 앞으로 내어놓았다. 하얗고 길게 쭉 뻗은 손가락은 그녀의 손목 위로 미끄러지듯 착지했고, 아주 섬세하게 손목을 훑었다.

"손목이 상당히 가느네."

노트에 방금 잰 수치를 옮겨 적으며 그가 무심히 말했다.

"중요한 날에 착용할 포인트 팔찌, 아니면 일상적으로도 착용할 수 있는 데일리 팔찌. 원하는 게 뭐야."

"둘 다? 일상적으로도 질리지 않게 착용 가능하면서, 특별한 날에도 포인트가 되어주는 팔찌면 좋겠어요."

"그러지."

나름 까다롭게 주문한답시고 머리를 굴렸지만 돌아온 대답은 엄청 간단명료했다. 어차피 액세서리라 봐야 거추장스럽기만 하고 불편해서 잘 하지도 않는 편이었다. 그런 그녀를 이미 파악하고 있다는 듯 제후가 눈을 흘겼다. 그에 은설은 입을 뾰로통하게 내밀었다. 그러다 깨달았다. 이럴 시간이 없다는 걸! 은설은 본론을 꺼내기 위해 유리 테이블 너머에 있는 그의 몸 쪽으로 양팔에 깍지를 끼고 기울여 다가갔다.

"아니, 왜 결혼을 안 하려고 해요? 독신 그거, 젊을 때나 좋지 다 늙어서 후회해도 그땐 소용없다니까요?"

"거기까지."

말을 싹둑 잘라 버린 제후는 더 이상의 대화는 없다는 듯 걸음을 옮겼다. 은설은 이 기회를 놓칠까 싶어서 그의 뒤를 바짝 따랐다. 따라오는 소리에 귀찮아진 제후가 성큼성큼 계단으로 발을 내딛다가 이내 멈춰서 준희 쪽을 돌아보았다.

"상담 끝났으니 손님 가시라고 하지."

이에 은설이 준희에게 눈짓을 보내며 제법 큰소리로 말하였다.

"여기는 손님이 와도 차 한 잔을 안 주나요?"

조금만 더 시간을 달라는 거였다. 준희는 차를 준비하러 그대로 탕비실 쪽으로 들어갔다. 그 틈에 은설은 종종걸음을 하며 계단 위로 따라붙었다. 도어락이 달려 있는 여러 개의 문이 계단 위로 보였다.

"아니, 사람이 얘기를 하면 좀 들어달란 말이야."

구시렁거리면서 뒤따르는 은설의 말을 듣기라도 한 건지, 큰 걸음으로 거침없이 계단을 오르던 그가 돌연 멈추었다.

"어디까지 따라오는 거지?"

짙은 눈썹을 구기며 그가 홱 몸을 돌리자, 빠른 걸음으로 올라가던 은설은 제 속도를 줄이지 못하고 그대로 부딪쳤다. 계단 위로 산처럼 버티고 선 사람 덕에 높은 하이힐을 신은 다리가 순간 무게중심을 잡지 못하고 휘청거렸다. 외마디 비명을 지를 수도 없었다. 다칠 거란 생각에 눈을 질끈 감았다. 은설은 공포의 순간이 감지되면 몸이 우뚝 굳어버리는 위험한 버릇이 있었다. 아무것도 할 수 없는 이 순간만큼은 세상에서 제일 나약한 그녀였다.

그 순간, 제후가 손을 뻗어 은설의 허리를 휘감았다.

계단 아래로 떨어지지도, 공중에 붕 떠 있지도 않자 은설은 상황을 판단하는 감각회로가 정지된 느낌이었다. 이 단단한 벽은 뭐지? 손을 더듬거렸다. 미세한 굴곡이 단단하게 솟은…… 이런 벽이 있었나? 마른침을 삼키며 슬그머니 눈을 떴을 때 보인 건, 다름 아닌 남자의 단단한 가슴팍이었다. 계단 위를 구를 뻔한 은설을 그가 한 팔로 잡아당겨 끌어안고 있었다.

"앗!"

그제야 작게나마 얕은 비명이 새어나왔다. 그의 품에서 벗어나기 위해 은설은 몸부림쳤다. 제후는 바르작거리는 은설을 한쪽 팔로도 모자라 나머지 한 팔마저 은설의 허리를 휘감아 옴짝달싹 못하게 만들었다.

"가만히 좀 있지. 여기서 실족사라도 나면 그대로 독박 쓰는 건 나라고."

눈가를 잔뜩 구기며 제후가 말했다. 그의 단단한 팔에는 오돌토돌한 실핏줄이 느껴질 만큼 힘이 들어가 있었다. 한 줌도 안 되는 허리가 그의 양팔에 얽혔다. 얇은 블라우스 위로 선명한 팔의 감촉이 그대로 느껴진 은설은 머리끝까지 쭈뼛 서는 느낌이었다. 손길 하나하나 닿는 부분이 미세하게 움직일 때마다, 은설의 몸 곳곳에서 소름이 계속 돋아났다.

계단 중간보다 더 높게 오른 지점에서 아슬아슬하게 서 있던 은설은 짧은 순간 극도의 긴장을 한 탓에 다리에 힘이 풀리고 말았다. 제후는 나지막한 숨을 토해내고, 잡은 손을 그대로 내림과 동시에 은설을 번쩍 옆으로 안아 들었다.

"뭐, 뭐하는 거예요! 내려놔요!"

"진짜 내려놔?"

그가 짜증스러움이 역력한 얼굴로 인상을 찌푸렸다. 그의 이마에 파인 균열이 은설의 눈에도 보였다. 주저 없이 내려놓을 기세로 그가 양팔을 아래로 슬그머니 떨어뜨리자, 은설은 제후의 목을 끌어안아 당겼다.

"……내려놓으면 죽어요."

살기를 가득 담은 눈빛과는 달리 손끝은 바들바들 떨고 있는 은설을 보며 제후는 그대로 몇 개 남지 않은 계단을 성큼성큼 올라갔다. 유리문 도어락 버튼을 손이 보이지 않을 정도로 잽싸게 누르고, 문 안으로 들어가 소파 위에 아무 미련 없이 그녀를 털썩 내려놓았다.

은설은 잔뜩 몸을 웅크리며 고개를 푹 숙였다. 기세등등했던 그녀의 여린 행동을 제후는 미간을 좁히고 바라보았다. 습관처럼 따뜻한 커피를 내려 마시려던 그가 잠시 커피를 쳐다보더니 그것을 은설에게 건넸다.

"마셔."

팔꿈치에 닿은 따뜻함에 은설이 고개를 들어 올리자, 눈물방울이 기다란 속눈썹을 타고 툭 흘러내린다. 은설은 서둘러 눈가를 문질렀다.

"아, 눈에 뭐가 들어갔나 봐요."

제후의 시선이 그녀에게 잠시 머물렀다가 이내 무신경한 본래의 눈빛으로 돌아갔다. 이어지는 어색한 침묵에 은설은 잔에 담긴 커피 냄새를 맡으며 코를 찡긋거렸다. 그러고는 찻잔을 테이블에 내려놓으며 아무렇지 않은 척 다시 배시시 웃었다.

"아메리카노 안 마셔요. 카라멜 마끼아또는 없어요?"

"없어, 그런 거."

그 와중에 제 취향을 내세우는 은설을 보며 그가 헛웃음을 쳤다. 잠깐이라도 걱정했던 게 우스웠다. 은설은 이곳이 어디인지 유리 문 안을 주욱 훑으며 고개를 돌렸다. 도어락까지 달아 잠근 곳이면 꽤나 중요한 공간이지 싶었다.

책이 빽빽이 들어찬 서가 옆에는 제법 폭신해 보이는 간이침대와 디자이너들이 쓸 법한 길쭉하고 커다란 책상이 있었다. 주얼리숍이 4층까지 이어진 줄 알았는데 아래층을 제외하고는 작업실과 개인 공간으로 쓰는 모양이었다.

돌아보는 곳곳에는 여러 디자인북과 어려워 보이는 전공서적이 여기저기 펼쳐져 있었다. 은설은 그중 시선이 닿은 책 하나를 자연스럽게 빼들었다. 그 사이로 빠져나온 사진 한 장이 그녀의 발치에 떨어졌다.

"⋯⋯어?"

"경고하는데, 난 내 물건에 손대는 건 딱 질색이야."

은설이 주워든 사진을 낚아채듯 가져간 제후는 그것을 원래 있던 책 안으로 끼워 넣었다. 하지만 그 사진은 이미 은설의 눈에 선명히 박혔다. 서른한 살의 그가 교복을 입던 시절의 모습은 임팩트가 크기도 했고⋯⋯.

"아……, 미안해요."

그의 표정을 읽은 것처럼 은설이 볼을 부풀리며 고개를 끄덕이자, 제후는 눈썹을 크게 휘며 그녀를 돌아보았다.

"그 표정은 뭐지."

"아, 지금 이 상황이요?"

"지금 당신이 하고 있는 그 표정."

눈으로 말하는 그 표정. 그거 뭐냐고 묻잖아. 조금 더 시선을 깊이 담은 그의 말에 은설은 눈동자를 굴리며 소파에 앉았다. 곧 지루한 얘기를 시작하려는 사람처럼 빤하다는 말투로 말하였다.

"독신주의라니까, 사진 속 여자랑은 헤어진 거겠죠? 사진은 버리지 못하고 간직하고 있는 것 보니 잊지 못하는 것 같고. 교복을 입고 있는 게 걸리긴 하네요. 오래 사귄 연인이거나 첫사랑의 아련했던 추억 둘 중 하나인 건데, 윤제후 씨 방금 표정이 후자는 아닌 것 같아서요. 나, 더 말해도 돼요?"

은설은 슬쩍 그의 눈치를 살피며 제 머리를 쓸어 넘겼다. 그에게는 예상치 못한 급습이었다. 사진이 언제 저기에 있었나 싶을 만큼 이제는 무감각해진 추억이라 치부했다. 다만 오랜만에 보는 얼굴이 불편해졌을 뿐이다.

"뭐야, 당신."

"그 빈자리 찾아줄 커플매니저 아니겠어요?"

그와 눈을 맞추며 은설은 반달 같은 눈동자를 접었다. 대화의 흐름이 기승전결혼이었다. 도돌이표와 같은 말에 제후는 눈을 감으며 뻑뻑해진 눈가를 문질렀다.

"생각 없다고."

"만나봐야, 생각이 있는지 없는지 알죠."

대답할 필요가 없다고 생각한 제후는 침묵을 선택했고, 그의 반응과는 상관없이 은설은 마치 중요한 팁을 하나 알려준다는 듯이 작게 소곤거렸다.

"이럴 때는 정공법으로 나가야 한다고요."

"뭐?"

그의 눈썹이 위로 움찔했다.

"실연의 상처는 새로운 만남으로 극복해야 한다는 말 몰라요?"

"뭔 상처?"

마른 얼굴을 쓸어내리며 짙은 숨을 내쉬었다가, 제후는 얼굴 위로 덮어 내렸던 손을 짧게 까딱했다.

"그딴 거 없으니까, 괜히 와서 소란 피우지 말고 가지."

그가 책상 위에 올려놓았던 스케치북을 꺼내들자 은설은 아무래도 일을 방해하고 있는 것 같다는 생각에, 아쉽지만 이쯤에서 정리해야겠다는 마음으로 자리에서 일어났다. 그런데 조용히 일어나려고 했던 것과는 다르게 발목에서 통증이 느껴져 은설은 이내 신음을 내뱉었다. 조금 전 삐끗했던 발목이 그새 퉁퉁하게 부어 있었다. 작은 힐 안에 발이 구겨져 있는 것처럼 발등이 둥그렇게 둔덕을 만들었다.

"발 움직여 봐."

고개를 돌린 제후가 다가와 한쪽 무릎을 구부려 앉은 채 힐을 가지런히 벗겨 옆으로 밀어 놓았다. 그의 시선이 제 발로 옮겨가자 은설은 휑한 발이 민망해져 꼼지락거렸다.

"……이렇게요?"

"잘 움직이는군."

말을 해도 꼭. 은설은 구겨져 있던 발이 막힌 것 없이 자유로워지자 시원하면서도 앓는 소리를 냈다. 피가 쏠려 있던 발로 바닥을 디디자 아팠던 것도 한결 나아진 느낌이었다. 은설은 제후를 힐긋거리며 슬그머니 말을 툭 던져 보았다.

"진짜 결혼 안 해요?"

그 말에 제후가 미간을 좁히며 눈살을 찌푸렸다.

"끈기 하나는 높이 사야겠군."

딱 봐도 저보다 어려 보이는 여자가 계속해서 결혼, 결혼 앵무새처럼 떠들어대다가 전화로도 모자라 직접 숍으로 찾아와서까지 쪼아대니 귀에 인이 박힐 지경이었다. 아무리 안 한다고 해도 제 말은 귓등으로도 듣지 않는 모양이었다. 들어야 할 말은 본인 마음대로 정해놓고 원하는 대답이 나올 때까지 집요하게 굴 게 뻔했다.

"그러는 당신은 결혼했나."

역으로 공격당한 은설은 입을 꾹 다물었다. 커플매니저 일을 하면서 꼭 해야 하는 선의의 거짓말이 하나 있는데, 그건 바로 회원에게 유부녀라고 말해야 하는 것이었다. 결혼하지 않은 커플매니저가 결혼을 종용하는 것처럼 우스운 일이 어디 있냐는 회사의 방침인데, 그 역시 틀린 말도 아니었다.

커플매니저는 보통 사십대가 가장 많았다. 은설은 일반적으로는 진로를 바꾸기에 늦은 나이였지만 결혼정보회사에서는 이례적으로 어린 나이에 입사했다. 제법 자신의 입지를 잘 다져 꽤 유능하다는 소리를 듣는 그녀지만 매번 결혼했냐고 묻는 질문에는 사실이 아닌 대답을 하는 게 영 꺼려졌다.

머뭇거리는 은설을 보며 제후가 피식 웃었다.

"당신부터 결혼하고 말하지."

"전 아직 어리잖아요."

"그다지?"

제후가 스윽 아래위로 훑으며 빈정거리듯이 말하자, 은설이 발끈하며 소리쳤다.

"그쪽보다 어리거든요. 스물일곱이에요!"

"결혼정보회사에서 여자 나이 스물일곱이면 결혼적령기라고 하던데, 아닌가."

턱을 문지르며 하는 말이 어찌나 얄미운지, 은설은 끝까지 이죽거리는 저 입을 때려주고 싶어 엄지와 검지를 말아서 손을 아래로 내린 채 톡톡 쳐댔다.

그때, 유리문 너머에서 수강이 탕탕 문을 두들겼다. 곧바로 제후가 문을 열어주자 수강이 후다닥 튀어 들어오며 게슴츠레한 눈빛으로 둘을 번갈아 보았다.

"둘이 여기서 뭐했어?"

"하긴 뭘 해."

"나는 잘 들어오지도 못하게 하면서! 은설 씨는 얼마나 봤다고, 벌써 이 방으로 여자를 끌어들여?"

수강이 앙탈부리며 등 뒤에서 장난스럽게 끌어안자, 소름 끼친다는 표정으로 제후가 거칠게 팔을 떼어냈다. 그와 동시에 아까 계단에서의 상황이 떠오른 은설의 얼굴이 붉게 달아올랐다. 열이 쉬이 가라앉지 않을 것처럼 심장도 같이 요동쳤다.

"저는 그럼, 나중에…… 다시 올게요."

은설은 모기만한 소리로 인사하고는 그대로 뒤돌아서 방을 나갔다. 황급히 빠져나가는 그녀의 모습을 지켜보던 수강의 눈빛이 이내 짓궂게 변했다.

"둘이 확실히 뭔 일이 있었네, 있었어!"

"일은 무슨."

수강이 보기에 그의 연에 텀은 너무도 길었다. 다시는 하지 않을 것도 같고, 이대로 일에 푹 파묻혀서 지낼까 봐 염려가 되기도 했다. 결혼정보회사에서라도 귀찮게 그를 볶으면 기회가 생기지 않을까, 희망을 걸어본다. 더군다나 미모와 끈기를 갖춘 커플매니저라면, 가능성이 있는 걸로? 수강은 지렁이처럼 눈썹을 꿈틀거리더니 조금 전에 촬영한 은설의 사진 세 장을 책상 위에 올려놓았다. 그리고 그중 한 장을 집어 들었다. 제후도 어깨 너머로 사진을 훑었다.

"캬아, 커플매니저가 이렇게 예쁘면 어쩔? 결혼 상담 받으러 갔다가 눈만 높아져서 선보겠어? 동글동글 솟아오른 이마 하며 쭉 뻗은 콧대 하며 올망졸망 애교 있는 눈에 앵두 입술까지……. 대박인 건 그 옆에 쏙 들어간 보조개. 그리고 이 말도 안 되는 눈웃음. 와우! 이건 뭐, 남자보고 죽으라는 거지?"

손가락으로 이목구비 하나하나를 가리키며 수강이 간드러지게 곡을 타듯이 말하였다. 그런데 평소 고객의 사진이라면, 눈에 불을 켜고 세밀하게 관찰하던 제후가 아무런 대꾸도 없이 대충 훑는 것도 모자라서 등까지 돌리자 수강은 더 수상하기만 했다.

"야."

수강이 그의 옆구리를 쿡 찔렀다.

"일 좀 하자."

제후가 스케치 도안을 들며 눈썹을 구기자, 수강은 도안을 뺏어들며 은설의 사진을 그의 눈앞으로 바짝 들이밀었다.

"그래. 일하라고, 일. 왜 안 보냐?"

"뭐가."

"내가 널 모르냐?"

"무슨 말이 하고 싶은 건데."

심드렁하게 대꾸하는 말에도 수강은 제후의 얼굴을 꼼꼼히 살펴보았다. 이내 장난기는 거둔 얼굴로 천천히 말을 떼었다.

"은설 씨, 딱 네 스타일이지?"

생각지도 못한 발언이었다. 제후는 흠칫 당황하며 그가 뺏어든 도안을 되찾아 그대로 수강의 머리 위로 작게 내리쳤다.

"말이 되는 소릴 해."

"진짜 아니야?"

수강이 다시 한 번 가자미 같은 눈으로 제후를 살폈다.

"아니거든."

손사래 치며 제후는 피식 웃었다. 뭐가 진심인지 알 길도 없는, 이리저리 휘저어 다니는 여자의 마음속 물길을 헤아려 보는 건 생각만으로도 피곤할 뿐이었다. 그렇지만 은설이 짧은 순간 했던 말은 그의 가슴에 깊게 와 닿았다.

"……내가 잊지를 못했나?"

혼잣말처럼 작게 말하며 그는 방금 전 책장 안에 넣어두었던 사진 한 장을 조용히 다시 꺼내어 보았다. 환하게 웃고 있는 남녀

의 얼굴 위를 어색하게 굳은 표정으로 바라보던 제후는 쌉싸래하
게 웃었다. 사진을 원위치에 넣으려다가 이내 손의 방향을 틀어
책상 아래 있는 쓰레기통에 투하했다. 더불어 은설의 사진에서
도 눈길을 돌렸다. 자신을 꿰뚫어보는 듯한 그 눈빛이 거슬렸다.

오늘 역시도 별다른 진전 없이 사무실로 돌아온 은설은 온몸
에 간질간질 개미가 기어 다니는 느낌에 연신 등을 긁었다. 그가
훑고 지나간 허리며 어깨며 팔뚝이며 손목이며 그의 가슴에 닿
았던 왼쪽 얼굴까지 간질거렸다. 그걸 보고만 있던 미리가 은설
의 손이 닿지 않는 부분을 콕 집어 대신 벅벅 긁어주었다.

"그러게, 내가 씻고 다니라고 했지. 등 긁지 말고 때를 밀라고!"

대꾸할 기운도 없는 은설은 모니터 화면에 비친 시간을 보며
곧 상담 들어갈 회원의 프로필을 눈에 담았다.

백지연. 나이 26세. 직업 아나운서. 연세대학교 언론학과 졸업.

아나운서 시험에 합격하자마자 상담 예약을 신청한 여자였다.
지연은 평범한 집안 출신으로 아나운서가 되어 재벌가로 시집가
는 걸 목표로 정한 여자 같았다. 전화를 건 첫날부터 가입되어
있는 남자 중에서 재벌이 있는지를 먼저 물어, 안 보고도 짐작할
수 있었다. 때맞춰 지연에게서 오는 전화가 울린다.

"네, 기은설입니다."

반하게 해줄래요?

[여기 도착했는데요?]

"27층 3번방에서 기다려 주세요. 곧 내려갈게요."

새치름한 목소리의 지연과 짧은 통화를 끝낸 은설은 자리에서 일어나 엘리베이터로 향했다.

삼성동 비싼 땅덩어리에서 34층의 커다란 건물 한 채를 다 쓰고 있는 노블리스는 결혼정보회사 중에서도 굳건한 1위를 차지하고 있는 부동의 회사였다. 신데렐라를 꿈꾸는 여자들의 환상과 허영심을 채워주는 이 회사는 여자 회원들로 유지되고 있다고 해도 과언이 아니었다.

간혹 가다 이 순리를 모르는 순진한 능력남에게서 회원 가입비를 받아내는 경우도 있기는 했지만 웬만하면 고 스펙의 전문직 남자 회원들에게는 회원 가입비를 받지 않았다. 여자 회원이 월등히 많은 이곳에서 그들은 귀한 존재이기에 훌륭한 프로필은 동의에 따라서 여기저기 많은 결혼정보회사에서 공유되기도 하였다.

남자들은 결혼이 성사되었을 경우에만 성혼 성사 비용을 지불하기만 하면 되었다. 그러니 그들의 몫은 자연스레 여자 회원들이 비싼 회원 가입비를 내는 것으로 고스란히 떠안게 되었다. 신분 상승을 꿈꾸는 여자들이 대개 결혼정보회사를 찾곤 하니까 어쩔 수 없는 이치였다. 그와 동시에 지극히 평범한 스펙의 남자나 여자들에게 매력을 어필하지 못할 만한 프로필의 남자는 여자 회원과 같이 회원 가입비를 내게 된다.

결혼정보회사에서는 사람을 세세하게 조건을 따져 분석하는데, 마치 과거에나 있을 법한 계급사회와도 같았다. 커플매니저들마다 회사에서 나눠준 분류표를 가지고 있는데, 인도의 카스

트제도처럼 남자와 여자들의 스펙을 세분화시킨 것이다. 삼각형의 가장 아래가 일반 회사에 다니는 평범한 사람이라면, 위로 올라갈수록 고소득 전문직에 집안까지 훌륭한 사람들이 차지한다.

학벌 또한 무시할 수 있는 사안이 아니었다. 여자 회원들이 가장 선호하는 대학은 아이비리그였고, 못해도 한국에서 다섯 손가락 안에 드는 학벌을 원했다. 그리고 저보다도 높은 학위를 원한 반면에 남자들은 일정 기트라인만 지켜진다면 딱히 높은 학벌을 원하진 않았다. 오히려 자신보다는 한 두 단계 아래에 있는 학벌을 선호하는 편이었다.

여자들은 남자의 직업과 조건을 깐깐하게 따지는 대신 외모에는 관대한 편이었고, 반대로 남자들은 외모를 조금 더 따졌다. 그래서 여자의 경우에는 키, 몸매, 외모까지도 상중하를 나눠 하나의 스펙처럼 따로 기록하곤 하였다.

마지막으로, 부모님의 직업과 함께 증명할 수 있는 재산 내역서가 있었다. 이를테면 부동산과 현금 자본이 어느 정도인지 확실한 증거가 될 만한 내역을 제출해야만 한다. 일하는 회사의 재직증명서는 물론이거니와 전문자격증, 하다못해 졸업증명서 또한 철저하게 확인하는 팀이 따로 있을 정도였다. 확인에 소요되는 시간은 일주일 정도인데, 그 작업이 끝나고 나서야 비로소 리스트에 올라가게 된다.

상대방을 만날 때 번거롭게 일일이 따질 필요 없이 커플매니저를 통해서 그들은 입맛에 맞는 사람을 만날 수 있지만, 반대로 만나고 싶은 조건이 있어도 자신이 가지고 있는 것과 비교해서 차이가 나면 연결시켜줄 수 없는 시스템. 그게 바로 '결혼정보회사'다.

은설은 게스트 룸 안으로 들어가며 미소를 지었다.

"오는 길에 차는 안 막혔어요?"

"네."

머리부터 발끝까지 한껏 치장을 한 지연이 기대에 찬 눈빛으로 은설을 바라보았다. 아나운서답게 외모와 몸매, 키, 나이 모두 빠지는 구석은 없었다. 외적인 것들도 여자 회원에게는 모두 다 스펙이 되기 때문에 은설은 짧은 순간에도 꼼꼼히 스캔했다.

"원하는 이상형이 구체적으로 어떻게 돼요?"

은설이 펜을 들자, 뭐부터 말을 꺼내야 할지 생각에 잠긴 지연이 잠시 뜸을 들였다. 그래봐야 원하는 조건은 어떤 게 나올지 안 봐도 훤했다.

"여유 있는 집안에서 구김살 없이 자란 밝은 성격이었으면 좋겠어요."

속물처럼 보이지 않게 잠시 고심하는 척했으나, 여기서 포인트는 '밝은 성격'이 아니라 '여유 있는 집안'이다. 지연은 짧은 머리카락을 귀 뒤로 꽂으며, 모락모락 김이 피어오르는 녹차를 홀짝였다.

"원하는 직업은요?"

"글쎄요……. 유능한 사업가도 좋고요."

여기서 사업가란 일반 자영업을 뜻하는 게 아니다. 지연의 표정을 읽은 은설은 이제는 가려운 곳을 딱 짚어줘야겠다는 판단을 내리며, 그녀가 한 말들을 꼼꼼히 적어나갔다.

"원하는 자산 규모는요?"

"같이 일하는 선배 중에 백억 대 자산가랑 결혼한 사람이 있는데, 저는 안 될까요?"

노골적으로 묻는 지연에게 은설은 도리어 시큰둥하게 대꾸했다.

"그 선배네 집안도 어느 정도 잘살지 않아요?"

"아빠가 한국대병원장이니까 그렇긴 한데, 예쁘기는 제가 더 예뻐요."

"한국대병원이면 이미 동급인 집안이랑 결혼한 거나 마찬가지예요. 지연 씨야 물론 충분히 예쁘지만, 백억 대 이상의 자산가를 만나려면 예쁘기만 해서는 안 돼요. 집안도 받쳐줘야 하고, 남자가 매력을 느끼고 만나고 싶은 여지가 있어야 해요. 아니면 돌싱이거나, 나이차이가 꽤 나는 것도 감수해야 하는데 그럴 수 있겠어요?"

예상치 못한 말에 지연은 자존심이 상해 입술을 잘근 씹었다. 그에 아랑곳하지 않고 은설은 제 할 말을 또랑또랑하게 이어서 말하였다.

"평범한 집안의 예쁘장한 아나운서가 만나기는 힘들다는 걸 말하고 싶은 거예요. 물론 제가 지금 당장 지연 씨를 가입시켜서 실적 올리기에만 급급했다면 밝은 성격에 훈훈한 얼굴에 능력 있는 백억 대 자산가를 충분히 만날 수 있을 거라고 조언하지, 이런 말은 안 했을 거예요. 다만, 저는 진짜로 결혼 자체가 이어질 수 있는 현실적인 조언을 해주고 싶어요."

다시 한 번 똑 부러지는 말에 지연의 눈빛이 순식간에 실망감으로 가득 차올랐다.

"그래서 저는 못 만난다고요?"

"평범한 집안의 전문직까지가 현실적으로 제가 연결해 드릴 수 있는 수준이에요. 마이너스 요소를 감수하고서라도 백억 대 이상의 자산가를 만나고 싶다면 그도 연결 가능하고요."

"돌싱은 됐고요. 나이 차이라면 맥시멈 어느 정도까지를 말하는 건데요?"

"열 살 이상은 기본으로 넘어가야겠죠?"

물론 사랑이 전제가 된다면, 나이 차이는 단지 숫자에 불과할 뿐이고 그것을 부정적으로 생각한 적은 없었다. 문제는 그 나이라는 게, 이곳에서는 다르게 받아들여진다는 거였다.

"저보고 지금 마흔 살이랑 선보라는 말이에요?"

"굳이 자산 규모를 따지고 보자면요."

은설은 할 말을 다하고 나서야 슬그머니 눈치를 살폈다.

"아, 진짜. 결혼정보회사가 여기밖에 없는 줄 아나. 전 다른 데 가볼래요!"

지연은 저와 비슷한 또래의 커플매니저가 있다기에 마음이 통할 거라 생각하며 찾아온 거였다. 이런 식의 조언을 듣게 될 줄은 몰랐다. 기분 나쁘다는 표정을 그대로 보이며 지연은 거칠게 핸드백을 움켜잡으며 일어섰다. 이에 놀라는 기색도 없이 은설은 차분한 미소를 지으며 덧붙였다.

"굳이 백억 대 자산가라는 수치 통계 놀이 말고요. 지연 씨, 진짜 괜찮은 남자랑 결혼할 생각은 없어요?"

얼굴 근육을 팽팽하게 끌어당겼던 지연의 얼굴이 허물어졌다. 이건 뭔가 싶기도 하고.

바로 이것이, 여느 매니저와는 다른 차이점으로 은설이 많은 여자 회원들을 가입시킬 수 있었던 이유다. 보통 커플매니저들이 가입을 위해서 달콤한 말만 늘어놓는데 반해서, 은설은 초반에 다소 강하게 현실을 파악하게 하고선 나중에 설득하는 방법을 사용했다. 은설은 절대 빈말은 하지 않으면서도 현실적으로 소개해줄 수 있는 가장 좋은 남자의 조건을 내세웠다. 그러면 그 말을 들은 회원들은 결국은 고개를 끄덕이고 만다.

"제가 원하는 백억 대 자산가는 아니지만, 그렇게 좋은 사람이라면 한번 만나보고 싶어졌어요."

지연도 마찬가지였다.

퇴근 시간이 훌쩍 지나서야 은설은 미리와 함께 회사 근처에 있는 이탈리안 캐주얼 레스토랑으로 늦은 저녁을 먹으러 왔다. 상담에 지친 은설이 스스로에게 상을 주는 날이었다. 주문이 끝나자마자 가방에서 핸드폰을 꺼낸 은설은 습관처럼 셀카를 찍기 시작했다.

오른손의 각도를 위로 틀어 고개는 비스듬히, 눈은 동그랗게, 턱은 뾰족하게 나오는 일명 얼짱 각도를 유지했다. 왼쪽 손은 한쪽 뺨에 괴고서 한껏 예쁜 척하는 표정을 지으며 여러 장의 셀카를 찍어대자 미리가 못 말리겠다는 뉘앙스로 말하였다.

"아휴, SNS 여신 또 시작이야?"

미리의 말이 끝나기가 무섭게 은설은 방금 찍은 사진들 중 예쁘게 나온 한 컷을 엄선해서 SNS에 실시간으로 올리고 있었다.

"백 장 찍어서 또 한 장 올리기? 그 한 컷 마음에 드는 거 나올 때까지 몇 장을 찍는지 네 팔로워들은 알까 몰라."

"그런 건 몰라도 되지, 왜 이러시나."

음식이 나오자 은설은 그릇을 예쁘게 배치하며 미리에게 핸드폰을 내밀었다. 미리는 자동반사적으로 한숨을 한번 내쉬고는 포즈를 취하라며 눈짓했다.

은설은 셔터 소리가 들릴 때마다 자연스럽게 포크를 쥐고 있는 손의 위치와 얼굴 각도를 트는 것 또한 잊지 않았다. 나이프와 포크를 들고 눈은 아래로 내리깔며 칼질하는데 자세는 멈춤이다. 그 사이사이 고개를 들어 새끼손톱만 한 크기의 고기 조각을 포크로 찍어 입가에 대고 입술을 동그랗게 말아 올리는 순간도 놓치지 않고 미리가 셔터를 눌렀다. 시저 샐러드 접시 위에 놓인 방울토마토를 포크로 찍어 올리며 은설이 싱긋 눈웃음을 짓자, 결국 미리가 한마디 하였다.

"적당히 좀 하자?"

퉁퉁 볼멘소리를 하는 미리지만 그래도 해달라는 대로 다 해주었다. 여러 장의 사진 속에서 제법 흡족하게 나온 사진을 발견했는지, 은설은 사진을 또 한 번 SNS에 올리는 걸로 마무리하며 사진 속 우아한 모습과는 다르게 서둘러 포크질을 했다.

"SNS 여신은 어딜 가시고, 그렇게 우악스럽게 드시나."

미리의 악의 없는 놀림에 은설은 커다랗게 웃음을 터뜨렸다. 자신이 생각해도 SNS에서의 모습은 가식의 정점을 달리고 있었다. 원래가 선택적으로 보여줄 수 있는 공간이란 그런 거였다.

"너는 커플매니저를 할 게 아니라, 네 전공 그대로 살려서 연기를 했어야 했어. 그때 그 사건만 없었어도……."

불쑥 비집고 나온 미리의 말에 은설의 웃음이 일순간 멈췄다.

쥐고 있던 포크가 손에서 스르륵 미끄러져 접시로 떨어졌다. 은설은 무릎 위로 작게 주먹을 쥐었다. 손에 떨림이 제멋대로였다.

"그 얘긴 그만하자."

생각하고 싶지 않은 기억에 가느다랗게 늘어뜨린 속눈썹이 파르르 떨린다.

꽤나 오래전, 다른 진로는 생각도 해보지 않을 만큼 연기자의 꿈을 꿨던 적이 있었다.

스타니 슬라브스키의 『배우 훈련』이라는 책을 닳도록 읽어가면서 사람의 마음을 움직일 수 있는 연기자가 되고 싶었던 그녀가 지금은 커플매니저를 하고 있다는 사실. 이게 지금 현재였다. 과거에 무엇이 되고 싶었는지는 중요하지 않은 사실.

딱 선을 긋는 말에 미리는 은설의 표정을 살피며 한숨을 내쉬었다.

"내가 괜한 얘길 꺼내서……."

미리도 안다. 그녀가 얼마나 연기자를 꿈꿨는지. 그 꿈을 포기하면서는 텔레비전조차 보지 않게 되었다는 걸. 그 헛헛함을 지금 하고 있는 일로 채우고 또 채우는 것도. 그런다고 온전히 채워질까 싶지만, 그래도 여전히 옳은 방향으로 가기를 바랄 뿐이었다.

"너야말로 최연소 멘산이 커플매니저라니, 집에서는 가만히 있어?"

어색한 공기가 불편해진 은설이 아무렇지 않은 척 말머리를 돌리자, 미리는 복잡한 생각을 하는 게 싫다는 듯 머리를 훌훌 털고는 늘어지게 대답하였다.

"당분간은 나 하고 싶은 대로 살기로 했어."

어렸을 때부터 줄곧 신동 소리만 들어왔던 미리는 멘사코리아 회원, 멘산이지만 무얼 하든 주변의 눈길부터 따라오는 게 부담스러웠다. 그래서 은설을 따라서 도피하듯 커플매니저 일을 시작했다. 이내 떠오른 생각 하나에 미리는 은설 쪽으로 몸을 기울여 다가와 속닥거렸다.

"우리 간만에 클럽에나 갈까?"

"클럽에?"

"요즘 핫하다는 클럽이 있는데 거기가 그렇게 끝내준대요. 우리 더 늙기 전에 가자! 살면서 오늘이 가장 젊은 날이라니까, 더 늙으면 가고 싶어도 물 좋은 클럽은 받아주지도 않는다고!"

손을 잡아당기면서 미리가 부산스럽게 움직이자, 은설은 더 생각해 볼 겨를도 없이 자리에서 일어났다.

화려한 불빛이 반짝이는 호텔 클럽. 그중에서도 가장 넓은 VVIP룸에는 상류층의 모임이 한창이었다. 다들 정재계에서 한 가닥씩 하는 집안 자제들이었는데, 그 무리 중에 어울리지 못하고 겉도는 윤제후가 있었다. 그런 제후가 마뜩잖은지 대현그룹의 셋째아들 철진이 그를 향해 비아냥거렸다.

"제후야, 아버님 과수원 농사는 잘 되시고? 힘든 거 있으면 말해. 너야 자수성가로 네가 다 돌봐야 하지만, 우리는 그렇게 아등바등 노력 안 해도 되니까."

제후가 소리 없이 낮게 웃기만 하자, 철진이 말을 이었다.

"쉬엄쉬엄 해라, 인마. 아니면 집에 있는 과일 우리 회사로 납품하든가. 내가 어떻게 좀 도와줄까?"

"너야말로, 셋째아들이라 경영권 돌아올 자리가 있는지 간보느라 분주할 텐데. 나한테 신경 쓸 시간이나 있겠어?"

가벼운 응수에 오히려 기분이 나빠진 건 철진이었다. 옆에서 가만히 듣고 있던 지엘그룹의 첫째아들 상민의 표정 또한 알싸하게 구겨졌다.

학교 다닐 때는 집안으로는 제일 별 볼일 없던 그가 고등학교를 졸업하고 이느 순간 성공의 섬점을 찍더니만, 어느새 저보다도 훨씬 더 잘나가자 자존심이 상한 상민은 어떻게든 그를 끌어내리고 싶었다. 하필 또 같은 성씨인 게 마음에 들지 않았다. 항상 이름 앞에 같이 회자되고는 했었다. 자수성가한 성공한 사업가 윤제후와 회사를 제대로 이끌어가지 못하는 불운한 윤상민. 차려놓은 밥상에 숟가락도 제대로 얹지 못한다고 말들이 어찌나 많은지. 상민은 앞에 놓인 샴페인 잔을 뒤로 치우고, 스트레이트 잔에 양주를 따라 입안으로 단숨에 털어 넣었다.

"어이, 윤제후! 요즘 그렇게 사업이 잘 된다며? 내 세컨드 귀걸이도 하나 만들어주지 그러냐? 아, 바빠서 못 만들어주려나."

불편한 분위기가 계속해서 제후 주변으로 감돌자, 분위기를 깨기 위해 수강이 수다스럽게 입을 열었다.

"상민아, 딜레이되어 있는 예약 손님 상담도 못 잡을 만큼 우리 윤제후가 잘 나가잖냐. 네 세컨드는 너 좋아하는 티파니에서 하나 사주는 게 어떨까?"

"아, 이 새끼는 족보도 없는 윤제후 똘마니처럼 꼭 대신 말하더라? 야, 이수강 넌 자존심도 없냐. 너야말로 윤제후 뒤치다꺼리할 게 아니라, 아버지 사업이나 빨리 물려받을 준비 안 하고 거기서 뭐하는 거냐. 경영수업 안 해?"

"쪽팔리게……. 다 된 밥에 숟가락질하는 게 뭐 그렇게 대단한 거라고 젠체들 하시는지, 원."

수강은 여전히 장난스럽게 말했지만, 그 눈빛에는 전에 없던 차가움이 감돌았다. 일순간 분위기가 척 가라앉았다. 이윽고 자리에서 일어난 제후가 룸 밖으로 나왔다. 역시나 이 불편한 모임은 시간낭비일 뿐, 어쭙잖게 나오는 게 아니었다.

3층 위에서 내려다보이는 1층의 스테이지는 그야말로 인산인해였다. 흥에 겨운 사람들이 리듬에 맞춰서 춤추기에 한창이었다. 여기에서 흥이 나지 않는 건 자신뿐인 것 같았다.

그의 입술이 굳게 다물렸다. 어느 틈엔가 수강이 뒤따라 나와 그의 옆에 섰다.

"무시해, 다들 배알이 꼴려서 그러는 거니까."

아무 말 없이 시선을 아래로 떨어뜨린 제후의 주위로 자연스레 여자들이 몰려들었다. 가까이 다가갈 수 없는 분위기라 일정 거리를 유지한 채, 여자들은 그의 깊은 눈매에 턱을 빼놓고 바라보기만 하였다. 번호라도 물어보고 싶은 마음이 간절하지만 어느누구도 가까이 다가가 그에게 말을 붙일 수는 없었다. 눈앞에 있는 남자는 마치 현실 세계와는 동떨어진 사람인 것처럼 전신에서 범접할 수 없는 아우라가 흘러나왔다.

그의 머리카락이 클럽 안에서 간간이 뿜어져 나오는 바람에 흩날리듯 들썩였다. 난간 위에 얹은 기다란 팔뚝에 기대어 비스듬히 서 있는 그는 그야말로 화보 그 자체였다. 이내 모델 같은 실루엣이 느리게 움직였다.

"······저건, 또 뭐지."

그의 속을 알 수 없을 만큼 겹겹이 칠해진 듯한 검은 눈동자가 초점 없이 흐릿하게 있다가 어느 순간, 한곳을 지그시 응시했다.

그의 눈길이 닿는 스테이지 아래에서 흥을 타며 한참을 신나게 춤추던 미리는 1층에 있던 여자들이 슬금슬금 3층으로 올라가기에, 왜 그러나 싶어 주변을 살피고 있는 중이었다. 아니나 다를까, 2층에 있던 여자들도 술렁이며 모두 다 같은 방향으로 걸어 올라가자 미리는 무대 정중앙에 높게 솟아 있는 부근을 밟고 올라가 고개가 꺾어지게 위로 틀었다. 그리고 그때, 미리의 눈에 보인 건 멀리 있는, 어둠 속에서도 환하게 빛나는 남자의 얼굴이었다.

은설은 무대 정중앙 탑 부분에 올라가 돌발행동을 하는 미리가 이상해 눈동자를 굴리며 그녀의 옷자락을 끌어내렸다.

"뭐하는 거야? 여길 왜 올라가!"

미리는 은설에게 손을 뻗어 똑같이 위로 올라오게 만들고는 위를 가리켰다. 그녀의 시선도 따라 올라갔다. 시력이라면 거의 최고라고 자신하는 미리가 힘주어 말하였다.

"저 남자······ 윤제후 아니야?"

"뭐라고?"

호들갑스럽게 외치는 말에 은설의 눈매가 좁아졌다 동그랗게 뜨기를 반복했다. 이내 미리가 확신하듯 크게 말하였다.

"너 보고 있는 것 같은데!"

"······진짜?"

은설은 눈을 비비며 다시 올려다보았다. 이건 어쩌면 하늘이 주는 기회였다. 멀리서 봐도 확실히 눈에 들어오는 비주얼이었다. 은설은 그가 있는 곳으로 올라가기 위해 몸을 돌렸다.

몰려든 여자들을 뚫고, 은설은 제후 쪽으로 가까이 다가갔다. 그도 몸을 돌려 은설을 바라보았다. 소리 없는 시선이 부딪치고, 옆에 서 있던 수강이 흥미로운지 마른 손을 비볐다.

"은설 씨, 자주 보네요, 우리?"

"그러게요."

은설이 두 눈을 크게 깜빡였다.

"설마, 우리 여기 있는 거 알고 온 건 아니죠?"

장난스럽게 휘어지는 수강의 눈매에 은설이 손을 내저었다.

"아니에요, 진짜 우연이에요!"

"우연이 여러 번이면 인연이 되겠죠?"

"……네?"

알 수 없는 말에 고개를 갸웃하자 수강이 키득거리며 웃었다. 이유는 모르겠지만, 수강은 두 사람을 위한 자리를 만들어주고 싶어졌다. 그래서 그녀의 옆에 선 미리에게로 다가가 인사처럼 말을 건넸다.

"눈치 없이 이러지 말고, 우린 좀 나가는 걸로?"

"나가긴 어딜 나가요!"

제후의 얼굴을 더 보고 싶은 미리는 다가오는 남자에 당황해 소리를 바락 내질렀다.

"나가서 얘기 좀 하자고요."

"아…… 내가 왜 그쪽이랑 얘기를 해요?"

부드럽게 흘러내릴 듯한 수강의 미소에 미리는 잠깐 얼굴 근육이 제멋대로 풀어졌다. 수강은 미리와 자리를 옮기기 위해 계속

해서 말을 던졌다. 꿈쩍 않던 미리는 수강의 이어지는 수다에 결국 웃음을 터뜨렸다. 그러다가 두 사람은 어느새 그 자리에서 사라졌다.

"저기요?"

먼저 입을 연 건 은설이었다.

"굳이 아는 척할 이유가 있나."

설마 클럽까지 따라왔을 리는 없고. 그의 눈매가 가늘어졌다가 이내 제자리를 찾았다.

"클럽에도 올 정도면 여자한테 관심 없는 건 아니죠?"

"그러는 당신은 남자에 관심 있어서 클럽에 온 건가."

"아…… 그건 아닌데……."

"그럼 나도 아닌 거, 잘 알겠지."

할 말 없게 만드는 데 일가견이 있는 그의 말에 은설은 떨떠름하게 입술 끝을 올렸다가 머리를 쓸어 넘겼다. 그리고 최대한 신뢰감을 줄 수 있는 표정을 지었다.

"저 믿고 결혼 맡겨주시면, 제가……."

"안 한다고 말했을 텐데. 똑같은 말 듣는 취미 있나."

그가 피곤한 듯 눈을 감았다 떴다. 순간, 그의 표정에 어린 지독한 쓸쓸함을 본 것만 같아 은설은 왠지 더는 말을 할 수가 없었다. 이쯤에서 멈추어야 할 것 같다. 기회는 앞으로도 더 있을 거니까.

그녀를 그대로 지나쳐 가던 그가 잠시 걸음을 멈추었다.

"결혼할 생각 같은 거 없어."

다시 걸음을 옮기는 그를 보며 은설은 묵직한 한숨을 내쉬었다. 어쩌면 그의 가입서를 받는 건 불가능할지도 모른다는 생각이 들었다. 미동 없이 선 은설을 아까부터 주시하고 있던 남자가 그녀 옆으로 다가서며 칵테일 한 잔을 건넸다.

"이거 마셔요."

"아니요, 저 술 안 마셔요."

딱히 술이란 걸 마셔본 적이 없었다. 이유는 간단했다. 음식도 뭐든 맛있어야 먹는 그녀에게 술은 과학실험실에서 맡았던 알코올램프 속 이질적인 냄새를 풍기는 그것과 비슷했다. 술은 맛으로 먹는 게 아니라지만, 맨 정신으로 살아도 취할 것 같은 세상에서 굳이 술을 마셔가며 더 취하고 싶지 않았다. 감성이 이성을 지배하고, 극대화되면 인생의 패배자 같은 기분이 들 것도 같았다. 연기자라는 길목에서 도망친 은설은 커플매니저가 천직인 것처럼, 그렇게 연기를 하는 중이었으니까. 그녀는 자신에게도 들키지 않을 만큼 연기를 잘해야만 했다.

"이거 무알콜이에요. 여기 너무 더워서 갈증 나지 않아요?"

남자의 말에 은설은 결국 잔을 받아들며 냄새를 맡았다. 정말로 알코올 특유의 향은 없고 달콤한 향만이 났다. 가만히 있어도 열기에 땀이 흐르는 클럽 안에서 시원한 음료라면 마다할 이유는 없었다. 은설은 짧게 고개를 숙였다.

"감사합니다."

"저야말로요."

보기에는 그럴듯한 시원한 칵테일을 입안으로 밀어 넣자, 남자가 음흉하게 웃었다.

제후는 세수하면서 물기 먹은 머리카락을 흔들었다. 얼굴 위로 방울방울 맺힌 물줄기가 뺨을 타고 흘러내린다. 화장실을 나서자 아까 그 자리 그대로 서 있는 은설이 보였다. 그리고 그녀에게로 향한 파란 음료. 그것을 받아든 은설은 이내 망설임 없이 목안으로 깊숙이 들이켰다.

안 좋은 예감에 그의 미간이 한데 모아 찌푸려졌다. 하필 눈에 빤히 보이는 곳에서. 그가 거칠게 머리를 쓸어 넘겼다.

남자는 누군가 자신을 주시하고 있는 것도 모른 채, 은설에게 조금 더 가까이 다가갔다.

"맛은 어때요?"

"……아."

이상할 만큼 눈꺼풀이 무겁게 내려앉는 느낌에 은설은 작게 고개를 저었다. 몸 안에 수분도 함께 빠져나가는 것처럼 가슴이 답답하게 달아올랐다.

"괜찮아요?"

옆에서 남자가 하는 말이 차츰 먼지처럼 사라져 갔다. 귓가에 닿지 않고 부서져 버리는 말 뒤로 현기증이 핑 돌았다. 나른하게 몸이 늘어지는 것만 같아 정신을 다잡기 위해 눈가에 힘을 주어보지만, 마음대로 되질 않는다. 은설은 휘청하며 난간을 붙잡았다.

마치 기다렸다는 듯이 남자가 은설에게 손을 대려 하자 제후가 큰 걸음으로 다가가 그녀의 어깨를 단단히 움켜잡았다. 때 아닌 불청객의 등장에, 기대하고 있던 바가 있는 남자는 짜증스럽게 고개를 들었다.

"뭐야, 내 일행인데?"

"이 여자한테, 지금 무슨 짓을 한 거지."

표정을 읽을 수 없을 만큼 차가운 얼굴로 일갈하자, 그의 기세에 한껏 눌린 남자는 주춤주춤 뒤로 물러섰다. 제가 상대할 수 있는 사람의 분위기가 아니었다.

"……제가 아는 여자인 줄 알고 실수했네요."

야비한 장난을 하려던 남자는 판단력만큼은 다행히 빨랐다. 멀어져가는 남자를 매섭게 쏘아본 후에 제후는 시선을 내렸다. 아래로 숙인 그녀의 고개가 위태로워 보였다.

"대체 지금……."

그 순간, 난간을 간신히 지탱하고 있던 손에서 스르륵 힘이 풀린 은설은 제후의 어깨로 쓰러지듯 얼굴을 묻었다. 이내 쿵 떨어지는 머리와 작은 체구가 그대로 제후의 가슴팍으로 쏟아져 내렸다. 제후는 얼굴을 굳힌 채 꼭 감겨 있는 은설 쪽으로 시선을 옮겼다. 그리고 그대로 눈을 감고서 망연자실한 표정을 지었다.

꿈쩍도 않는 은설을 내버려 두고 갈 수 없어 차에 태운 제후는 인내심이 한계치에 다다르고 있었다. 벌써 몇 시간이 훌쩍 지나버렸다. 하는 수 없이 자신의 집으로 차를 몰았다. 이런 식으로 제 집에 여자를 끌어들이는 건 원치 않았다.

"대책 없는 여자군."

그는 잠시 고민하다가 몸을 늘어뜨리며 정신을 차리지 못하는 은설을 침대에 눕혔다. 그리고 늘 집에 오자마자 샤워부터 하는 깔끔한 습성대로 샤워부스로 들어가 짙은 숨을 몰아쉬었다. 레버를 위로 올리자, 뜨끈한 물줄기가 섬세한 근육 위로 흘러내린다.

샤워를 마친 제후는 가운을 두르고 습관처럼 침실로 가려다가 멈칫했다. 긴 꼬리의 눈매가 가늘어졌다가 은설의 달뜬 숨소리에 조금 더 조여졌다.

"하아."

무겁게 가라앉아 있던 은설의 눈꺼풀이 느리게 말려 올라갔다. 물먹은 솜처럼 무거웠던 몸이 어느 순간 다른 느낌으로 나른해졌다. 한 번도 경험해 보지 못한 느낌이 낯설기만 하다. 은설은 가만히 누워 있지 못하고 몸을 배배 꼬았다. 부드러운 이불의 감촉이 나쁘지 않다.

여긴 어디지, 꿈이라도 꾸고 있는 건가. 머리 위로 드는 생각들이 뭉글뭉글하게 어지럽히는 것도 잠시, 급기야 허공 위로 몸이 붕 뜨는 것 같은 착각마저 들었다. 은설은 여전히 몽롱한 채로 주위를 두리번거렸다.

"깬 건가."

저 사람이 여기에 왜……. 그런데 모든 것이 왜곡되어 보이는 것만 같다. 젖어 있는 검은 머리칼, 하얀 가운 사이로 보이는 가슴 근육 위를 타고 흘러내리는 물줄기, 그의 붉은 입술. 모든 것이 지나치게 섹시하고 자극적이었다. 은설은 순식간에 뜨겁게 불타올랐다. 타오르는 통증 때문인지 갈증이 점점 심해졌다.

"하아……."

달뜬 숨이 또 한 번 흘러나온다. 은설의 몸은 그를 원하면서도 머릿속은 이성의 끈을 놓지 않기 위해 부단히 노력하고 있었다. 스킨십이라면 치를 떨고 싫어하는 그녀였다. 그게 그녀의 트라우마였다. 지금 이게 무슨 상황인 건지 제일 당황스러운 건 자신이었다.

물론 섹시한 남자를 보면, 그의 품에 안겨보고 싶다는 생각은 들어도 실제 상황으로 이어진다고 생각하면 소름 끼치다 못해 공황장애가 올 정도였다. 그런데 지금은 뇌에서 요란한 경고음이 울리고 있었다. 삐익, 새빨간 적신호.

"무, 물!"

은설이 다급하게 소리쳤다.

"물?"

기절한 것처럼 잠들었으니 아침이면 깨겠거니 생각했던 제후는 은설의 급격한 행동 변화에 자리에서 일어나기 위해 상체를 굽혔다. 그리고 그때, 바들바들 떨리는 손이 그의 가운을 잡아당겼다. 술 취한 여자라고는 믿지 않을 만큼 굉장한 완력에 당황한 제후는 그대로 그녀 쪽으로 몸이 기울어졌다. 자각 없이 한 행동을 은설은 스스로도 제어할 수 없었다. 제후의 눈빛이 동요로 일렁였다.

"미쳤어?"

닿지 않는 목소리에 화답할 순 없었다. 붉은 입술이 움직이는 것만 보였다. 이미 이성의 끈은 가늘어질 대로 가늘어졌다. 바라만 보아도 빨려 들어갈 것 같은 눈동자와 마주친 순간, 은설은 간신히 지탱해 오던 정신력이 차츰 힘을 잃고 뿌연 안개 너머로 넘어간 느낌이었다. 더는 참기 힘든 갈증에 그의 목덜미에서 흘러내리는 물줄기를 망설임 없이 핥았다. 그의 너른 가슴팍 아래로 흘러내리는 물줄기 또한 단숨에 마셨다. 하지만 갈증이 가라앉기는커녕 더 목이 타기만 했다. 자꾸만 그의 붉은 입술이 눈에 들어온다.

돌처럼 굳어 있던 제후는 눈가를 팩 구기며 가운을 붙잡은 은설의 손을 뿌리치고 일어섰다.

"제정신이냐고."

은설은 여전히 대답이 없었다. 이대로 돌아서야 하는데 하얗게 질려 있는 얼굴이며, 제정신이면 절대로 못할 행동을 하는 게 심상치 않았다. 제후는 경계하듯이 다가와 그녀의 안색을 살폈다. 그리고 은설의 눈을 뚫어질듯이 바라보았다.

"무슨 말이라도 해."

"그렇게 보면……."

내 머릿속이 어떻게 되는 것 같다고요. 은설은 그의 목에 양팔을 감으며 그대로 끌어당겨 제 입술을 갖다 대었다. 열리지 않을 것 같은 붉은 문은 예상치 못한 습격에 힘을 상실했으며, 은설은 금방이라도 닫힐 것 같은 틈을 고집스럽게 벌리고 들어가 그의 입안을 사정없이 들이켰다. 그럼에도 여전히 갈증은 해소되지 않았다.

은설은 그의 붉고 통통한 탄산수 같은 아랫입술을 깨물었다. 그러자 그녀의 입술 사이로 헤집고 들어온 촉촉하면서도 시원한 페퍼민트 향이 갈증을 해소시켜 주었다. 달뜬 몸은 서서히 진정되며 가라앉았다. 은설은 그대로 쓰러지듯 잠에 빠져들었다.

방금 전에 무슨 일이 일어난 건지 알 수 없었다. 뒤늦게 자각한 제후는 이마를 문지르며 짙은 숨을 몰아쉬었다.

"……이건, 말도 안 되는 일이야."

낮게 중얼거리며 그는 은설을 향해 시선을 내렸다.

깊은 잠에서 깨어난 은설은 처음 보는 높은 천장에 화들짝 놀라 상체를 튕기듯 일으켜 세웠다. 옷은 다행히 어제 입은 그대로였다. 안도하는 것도 잠시, 낯선 집안에 주위를 두리번거리며 엉거주춤하게 일어선 은설은 쨍하게 오는 극심한 두통에 얼굴을 찌푸렸다. 이내 방문을 열고 나가자, 넓고 환한 거실에서 익숙한 듯 낯선 남자가 은설을 한심하게 바라보고 있었다.

"이제야 일어난 건가."

목소리를 듣고서야 남자가 윤제후라는 사실을 깨달은 은설은 새된 소리를 질렀다.

"아니, 내가 왜 여기 있어요……!"

"그러게 민폐도 적당히 끼쳐야지. 클럽에서 모르는 남자가 뭘 탔을지도 모를 술을 잘도 받아먹더군."

클럽에서 준 술? 무알콜이라고 건네받은 술을 마시고 나서부터 몸이 나른해졌던 것까지 떠올린 은설은 미간을 좁혔다. 그런데 이 집엔 어떻게 들어왔는지 도무지 기억이…… 차라리 안 났으면 좋을 뻔했는데 순식간에 어젯밤의 일들이 파노라마처럼 눈앞을 스쳐 지나갔다. 가운만 입고 있던 그의 몸 위로 흘러내리던 물줄기를 핥았던 일까지. 절대 상상조차 해본 적 없는 일에 은설의 얼굴이 화끈 달아올라 붉게 물들었다.

"다행히 기억은 났나 보군."

"미, 미안해요! 어제는 제가 너무 이상한 짓을……. 원래는 진짜, 진짜! 그런 여자 아니거든요!"

은설의 목소리가 두서없이 쏟아져 나왔다. 평소보다 배는 커진 손동작과 목소리가 그녀가 얼마나 당황하고 있는지 보여주었다. 은설은 조심스레 그의 표정을 살폈다.

"원래 모습이 어떤지 알 만큼 오래 안 여자가 아니라서."

커다란 신문을 든 제후는 한쪽 입꼬리를 느리게 올렸다가, 신문을 반으로 접어 테이블 위에 놓으면서 원래의 무표정으로 돌아왔다.

"감히, 나한테 강제 키스한 건 어떻게 보상할 거지."

손깍지를 끼며 그가 다소 짓궂은 얼굴로 은설을 올려다보았다. 온몸을 다해서 유혹하는 수많은 여자들도 있었지만 그는 한 번도 그에 응한 적이 없었다. 어제 있었던 일은 스스로에게도 꽤나 충격적이었다. 그래서 돌연 호기심이 생겼다. 아마도 기습적인 스킨십에 의한 일시적인 반응일 게 분명하지만, 확인해 보고픈 게 생긴 이상 쉽게 넘어가고 싶진 않았다.

"왜 말이 없지? 아, 당신은 말보다는 몸이 더 빠르지."

이죽거리는 그의 말에 은설은 다다다 제 할 말을 쏟아부었다.

"윤제후 씨, 저 진짜 그런 여자 아니거든요! 어제는 그러니까, 다시 한 번 말하지만 제 몸이 제 의지대로 움직이지 않는 피치 못할 응급상황이었다고요!"

"지나가던 성폭행범이 지금 당신 말을 들으면 뭐라고 할까?"

"뭐예요! 절 지금 그런 파렴치한이랑 비교하는 거예요?"

"별반 다를 게 있나. 지금 이 상황이 남녀가 바뀌었어도, 이렇게 당당하게 나올 수 있는 일인가."

거들먹거리는 그의 반박에 은설은 입을 꾹 다물었다. 더 이상 변명의 여지는 없었다. 입에 풀이라도 붙은 것처럼 서 있던 은설은 이내 좋은 수가 떠올랐는지 생기 가득한 눈을 제후 쪽으로 향했다.

"제가 이런 엄청난 범죄를 저질렀네요? 그런 의미로 윤제후 씨 마음에 난 상처를 치유할 수 있는 아주 좋은 여자를 소개해 줄게요. 유능한 커플매니저인 제가, 끝까지! 책임감 있게 서포트해 드릴 거고요. 가입비는 일체 받지 않을게요!"

제 가슴을 탕탕 두들기며 호기롭게 말하는 은설의 집요한 끈기에 제후는 혀를 내둘렀다. 이런 상황에서도 결혼이라니. 그녀가 선심 쓰듯 말했지만 가입비를 받지 않을 거라는 것 역시 처음부터 알고 있던 사실이었다. 이미 다른 결혼정보회사에서도 그런 제안을 무수히 많이 해왔으니까.

"결혼은 내가 흥미 없다고 말했을 텐데, 그게 어떻게 나에 대한 보상이지."

"그건 윤제후 씨가 지금까지 괜찮은 여자를 만나지 못했기 때문에……."

은설의 말을 자르며 그가 다시 제 말을 이었다.

"커플매니저가 본인과 키스한 남자를 제 회원한테 소개시켜 주는 건, 상도덕에 어긋나는 행위 아닌가?"

은설은 그렇지 않아도 자꾸만 그의 입술로 시선이 가려고 해 답답해서 팔딱 뛸 것만 같은데, 그걸 재확인까지 시켜주니 마음에도 없는 소리를 꽥 질렀다.

"그깟 키스 가지고 되게 그러시네. 내가 첫키스예요?"

"그깟 키스?"

낮게 헛웃음을 흘린 그는 한껏 오만한 표정으로 기다랗게 꼬았던 다리를 풀며 일어섰다. 순간, 장승처럼 솟아오른 그의 기세에 은설은 한 발 뒤로 물러섰다. 뒤로 물러선 만큼 그가 한 발 더 앞으로 다가왔다. 그리고 그녀와 얼굴을 마주 할 수 있게 허리를 굽히며 또박또박 말하였다.

"나한테는 첫 키스든, 두 번째 키스든, 마지막 키스든 결론은 하나지."

눈앞에 바짝 다가온 그 때문에 시선을 어디로 둬야 할지 몰라 은설은 눈동자만 굴렸다.

"나와 키스를 했다는 것."

예상대로 그는 성격만 빼고 완벽한 남자였다. 그 잘난 남자의 입술을 허락도 없이 훔친 죄. 단단히 잘못 걸렸다는 생각에 은설은 이러지도 저러지도 못하고, 저를 뚫어져라 쳐다보는 눈빛을 피해 발아래로 시선을 떨어뜨렸다.

"보상에 대해서는 차후에 내가 좀 더 생각해 보지."

그가 턱짓으로 문을 가리켰으나, 그 제스처를 보지 못한 은설은 다음 말만 미련스럽게 기다리고 있었다.

"그만 나가지. 아직 할 게 더 남았나."

낮게 가라앉은 목소리에 그만 귀까지 빨갛게 달아오른 은설은 그대로 도망치듯 후다닥 집 밖으로 튀어나왔다.

그날, 윤제후를 만난 건 어쩌면 더 최악이었던 건지도 모른다. 은설은 책상 위로 머리를 하염없이 쿵쿵 박았다. 수화기를 들려

반하게 해줄래요?

던 미리가 요란스러운 소리에 의자를 끌고 다가와, 빠르게 은설의 이마를 손으로 받쳤다.

"무슨 일 있었어?"

"다 너 때문이야! 네가 그날 클럽에 가자고만 안 했어도⋯⋯."

공연히 화살이 제게 향하자, 미리는 화살받이가 될 마음은 추호도 없다는 듯이 의자를 한 바퀴 휘익 돌리며 가뿐하게 일어섰다.

"나는 회원 상담하러 이만!"

몸에서 힘이 쭉 빠져 다시 책상 위에 이마를 박는데, 회사 핸드폰이 요란하게 울렸다. 은설은 전화를 받기 전에 회원 기록 보안시스템부터 접속하여 화면에 뜬 이름을 검색했다.

김선율. 스물다섯 살. 부모님 모두 서울의 굵직한 음대 교수인 그녀는 수려한 외모 덕에 국민요정이라는 타이틀까지 붙은 피아니스트이다.

그리고 오늘 그녀가 선을 보기로 한 상대는 존스홉킨스 의대를 졸업한 성삼의료원 피부과 3년 차 의사였다. 아버지는 대법원 부장판사에 어머니는 데롯 백화점 대표이사로, 상위 1프로라고 불러도 될 만한 스펙이었다.

먼저 전화를 걸어 확인했어야 했는데, 제후와의 일을 곱씹고 있던 은설은 평소에 하지도 않던 실수까지 하였다.

"선율 씨, 지금 막 전화하려던 참이었는데 오늘 만남 어땠어요?"

그러자 선율의 퉁퉁거리는 목소리가 수화기 너머로 흘러나온다.

[언니! 이번 남자 너무 마음에 안 들어요. 완전 제 스타일 아니었다고요.]

지난번 만남에서는 남자의 성격이 따분하다고 마음이 안 끌린다기에 이번에는 프로필도 좋으면서 유머 감각도 있는 사람을 특별히 선별해 고른 상대였다.

"왜요? 조건도 좋고 성격도 좋지 않아요?"

[조건도 좋고, 성격도 다 좋은데요……. 얼굴이 완전 찐따 그 자체였다고요. 같이 다니려면 그래도 급이 맞아야 되는데 이건 뭐, 피부과 의사래서 그래도 세련미는 있을 줄 알았는데. 피부 하나 달랑 좋은 거 빼고는 눈도 쪽 째지고 영 볼품없었다니까요?]

"증명사진으로 봤을 때는 얼굴 멀끔하니 괜찮아 보였는데, 정말 별로였어요?"

[포토샵으로 싹 갈아엎었나 보죠. 완전 딴 사람이 나왔다니까요? 저 이제 한 번밖에 안 남았는데, 그동안 만남으로 진전된 적이 없다는 게 말이 돼요? 내가 눈이 그렇게 높아요, 언니?]

네, 높아요. 은설은 하고 싶은 말을 삼키며 제법 야무진 목소리로 대답했다.

"선율 씨 정도면 눈이 하늘 위로 솟아도 그게 당연한 건데요. 이제 마지막 만남은 실망하는 일 없게, 제가 적극 검토한 후에 연결 추진할게요. 조금만 더 기다려주세요."

[언니, 나 회원 가입비도 가장 비싼 등급으로 냈고요. 성혼 성사 비용도 얼마가 되든 간에, 언니가 좋은 남자만 소개해 준다면 아낌없이 팍팍 낼 거니까. 제발 좀 부탁드려요.]

"꼭 선율 씨가 원하는 이상형이 나올 수 있도록, 다음 번 만남은 제가 고르고 골라볼게요."

[뻥 차여도 좋으니까, 제발 제가 마음에 드는 사람 한 번이라도 만나봤으면 좋겠어요.]

간곡히 부탁하는 선율을 다독이며 은설은 전화를 끊었다.

"차여도 좋으니까?"

선율이 했던 말을 따라서 은설이 작게 소리내 중얼거렸다. 여태까지 만남에 선율이 거절당한 일은 단 한 번도 없었다. 그녀를 감히 마다할 수 있는 남자는…….

"윤제후."

그러면 이야기가 달라질지도 모른다. 그의 이름을 입 밖에 냈을 뿐인데 괜히 입술이 붉어진 느낌이다. 은설은 입술을 문질렀다. 그리고 이번에는 회사 핸드폰이 아닌 개인 핸드폰이 울렸다.

"여보세요."

[은설 씨, 제후 주얼리예요. 팔찌 완성되었는데, 언제 확인하러 오실 건가요?]

당분간 그쪽으로 발걸음도 하지 않겠다며 다짐하고 있었는데 준희로부터 먼저 연락이 왔다. 기억도 못 하고 있던 팔찌가 그녀를 기다리고 있었다.

"보상에 대해서는 차후에 내가 좀 더 생각해 보지."

마지막으로 그가 했던 말과 그의 사인이 담긴 매력적인 회원가입서 사이에서 은설은 갈등했다. 양손에 달린 저울은 팽팽하게 맞닿았다가 이내 어느 한쪽이 떨어져 앉았다.

[은설 씨?]

수화기 너머에서 준희가 다시 한 번 은설을 불렀다.

"오늘 퇴근하고 7시쯤 들를게요."

그녀에게 선택의 여지는 없었다.

"오랜만인가."

짧은 노크와 함께 제후가 안으로 들어왔다. 캐주얼한 진에 차콜색 얇은 티셔츠와 와인색 카디건을 매치한 패션은 보색대비라도 되듯이 그의 하얀 피부를 더 부각시켰다. 은설은 제후가 자신 앞으로 가까이 다가올수록 절로 긴장이 되었다.

"완성되었다는 팔찌부터 보여주시죠?"

그가 또 무슨 말을 꺼낼까 싶어 서둘러 말하자, 기다렸다는 듯 제후가 짙은 보라색 직사각형 케이스를 내밀었다. 은설은 케이스부터 범상치 않은 게 왠지 열자마자 꼭 마음에 들 것 같은 불길한 예감이 들었다.

골드 장식으로 마감된 잠금장치를 풀고 덮개를 열자 핑크골드의 팔찌가 보였다. 에스자 모양으로 우아하게 연결된 팔찌는 물결치듯 흐르는 선이 돋보였다. 선은 끝까지 이어지지 않고, 그녀의 손목 사이즈를 고려한 작은 틈 하나가 있었다. 팔찌 마감 장식을 따로 하지 않은 건 평소 액세서리를 하지 않는 은설을 위한 그의 센스가 돋보이는 부분이었다. 그대로 틈 사이로 손목을 밀어 넣으면 쉽게 착용할 수 있는 팔찌의 정중앙에는 작은 나비참이 달려 있었고, 더듬이 위로 다이아가 영롱한 빛을 뿌렸다. 은설은 감탄 섞인 눈빛을 보낼 수밖에 없었다. 얼굴로 여자들을 홀려서 주얼리를 만드나 잠시나마 들었던 의문도 걷혔다.

"보통 멜리다이아몬드(0.25캐럿 미만의 소형 다이아몬드)는 하급 다이아로 대신하기도 하는데 우리는 최상급 다이아를 쓰기 때문에 느낌이 다르지."

팔찌를 착용해 보던 은설은 순간 망각하고 있던 사실을 깨닫고는 팔찌를 도로 내려놓았다.

"착용감이 별로예요."

"그건 내가 주얼리를 제작할 때 가장 중요하게 생각하는 부분이라고."

"너무 두꺼워요. 난, 실처럼 가느다란 팔찌가 좋다고요."

"당신 팔목이 가는 편이라 이 정도 두께가 더 어울려. 특별한 날에도 착용할 수 있는 팔찌를 만들어달라지 않았나."

"아, 아무튼 다시 만들어줘요. 나 이거 마음에 안 든다고요!"

떼쓰는 게 민망할 만큼 액세서리에 관심 없던 그녀도 마음에 꼭 든 팔찌였지만 이게 아니면 더는 그를 설득할 시간조차 벌지 못한다는 생각에 어쩔 수 없이 한 말이었다. 그러자 제후는 더는 들어볼 것 없다는 듯 자리에서 일어났다. 화가 난 건가 슬그머니 눈치를 보던 은설을 향해 그가 의외로 무심히 대답했다.

"그러지."

공연히 그 말에 더 머쓱해진 건 은설이었다. 게스트 룸 밖으로 나온 은설은 준희가 사복인 것을 보며 지금이 마감시간이라는 걸 깨달았다. 그런데 몇 번 안 와봤지만 그래도 올 때마다 보이던 수강이 보이질 않자 준희에게 물었다.

"오늘 수강 씨는 안보이네요?"

"이수강 씨는 여기서 정식으로 일하는 직원이 아니라, 대표님 친구 분이라 간간이 오시는 거예요."

"아, 그래요? 참! 매니저님은 약속대로 시간되실 때 회사로 오세요. 결혼 상담해야죠, 우리."

은설이 싱긋 웃자, 준희는 멋쩍은 듯 아랫입술을 살짝 깨물었다. 한 해 한 해 나이가 더해갈수록 결혼에 대한 생각이 많아지긴 했다. 그래서 그녀의 제안을 임묵직으로 수락했지만 결혼정보회사에 등록할 수 있을 만큼의 조건이 된다는 생각은 들지 않았다. 선뜻 찾아가기가 망설여진 준희는 점잖은 미소로 대신 답하였다.

준희와 인사하며 은설은 그대로 조용히 뒤돌아서 나왔다. 아무래도 아직은 그와 키스를 했다는 사실이 불편했다. 그날의 실수만 없었더라면 이렇게 먼저 피하는 일은 없을 터였다. 일단 기회는 만들었으니 그와 접촉하는 데는 조금 더 시간이 필요했다.

순간, 커다란 엔진 소리를 내는 차가 그녀의 앞에서 끼익 멈추었다.

창문을 열고 얼굴을 드러낸 것은 지금 은설이 가장 만나고 싶지 않은 사람이었다.

"우리 할 얘기가 따로 있지 않나."

"숍에서 다 말씀드렸는데요? 그 팔찌 마음에 안 든다고요."

"그래서 그건 내가 다시 만들기로 했지. 일 말고 사적인 보상 처리가 아직 안 돼서."

제후가 엄지손가락을 제 입술에 갖다 대며 말하자 은설은 입술을 삐죽 내밀었다.

"그래서 뭐요?"

"내일 가야 하는 모임이 하나 있어. 거기에 나랑 같이 가지."

"거길 내가 왜 가요?"

그가 대답은 않고 차에 타라고 손짓하자, 은설은 거절하려다가 결국 한숨을 내쉬며 반대쪽 차문을 열었다. 마음은 여전히 피하고 싶지만 가입서를 받으려면 이성적으로 판단해야 했다. 지금은 판단 유보라는 선택지도 불가능했다.

시트에 등을 기대고 출발하기를 기다리던 은설은 차가 움직이지 않자 차안에서 얘기를 할 생각인가 싶어 고개를 돌렸다. 여기서 멈춰 있기엔 애매한 위치인지라 조금의 이동은 필요해 보여서 '출발 안 해요?' 하고 물으려던 참이었다. 그런데 그녀가 입을 여는 것보다 더 빨리 그의 몸이 앞으로 다가오고 있었다. 그 움직임이 착시현상처럼 조금 더 크게 보인 은설은 껴안듯이 다가오는 그를 기겁을 하며 밀쳐냈다.

"왜 이래요, 정말!"

"안전 불감증인가."

한쪽 손으로 안전벨트를 잡는 그의 행동에 은설은 그제야 자신이 또 오버했다는 걸 깨달았다.

"말로 하라고요, 말로! 내가 어련히 알아서 할까."

픽 웃음을 터뜨린 제후는 의도하지 않은 스킨십에도 화들짝 놀라는 은설의 반응에 장난을 쳐보고 싶다는 생각이 처음으로 들기도 하였다. 이런 적은 없었던 것 같은데. 그의 고개가 살짝 기울었다가 이내 정면을 응시했다.

"나는 일만 하고 싶어. 사적인 제안 때문에 일을 논하는 사람이 느는 걸 원치 않아. 당신이 내 여자로 모임에 같이 가줬으면 좋겠다는 거야."

주얼리 상담을 핑계로 그에게 맞선을 주선하는 건 그녀뿐만이 아니었다.

내 여자는 뭐고, 모임은 또 뭔지. 은설은 무슨 말인가 싶어 제후를 쳐다봤지만 그는 운전하느라 앞만 본채 제 말을 이었다.

"결혼을 종용하는 사람은 당신 말고도 넘치게 많으니까. 그 번잡스러운 일을 처리해 줬으면 좋겠어. 다행히 당신은 특이하게도 나한테 반하지 않은 것 같으니까."

곁눈질로 힐끔 돌아본 제후가 한쪽 입가를 느리게 말아 올렸다. 스스럼없이 나오는 말에 은설은 흠칫하며 고개를 돌렸다가 멈추었다. 이 정도면 자아도취라고 봐도 무방했지만 그래도 인정할 건 인정해야만 했다. 그는 누가 봐도 거절하기 힘든 매력적인 소유자임이 분명하니까.

퇴근 시간에 꽉 막힌 도로를 바라보던 은설은 점점 눈꺼풀이 무거워졌다. 그리고 얼마 후, 제후가 시동을 끄고 옆을 돌아봤을 때 은설은 이미 잠든 후였다.

"설마……, 잠든 건가."

제 앞에서 긴장감 없이 자는 여자는 처음이었다. 제후는 가만히 은설을 내려다보았다. 입까지 벌린 모습을 가까이서 보니 가관도 아니었다.

잠에 취한 은설은 몸을 이리저리 틀면서 편안한 자세를 찾는 것 같았다. 그러다 은설이 입고 있던 타이트한 니트 원피스가 위로 말려 올라가자, 그는 뒷좌석에 놓아둔 카디건을 그녀의 허벅지 위에 살포시 덮었다. 포근함에 기분 좋아졌는지 은설은 잠결에 생긋 웃었다. 창문에 고개를 박으면서도 여전히 깰 기미는 보이지 않았다.

"아프지도 않나."

자꾸만 부딪치는 머리가 신경 쓰이기 시작한 제후는 조금 더 편히 자라는 뜻으로 의자를 뒤로 눕혀주기 위해 상체를 기울였다. 이런 식의 배려는 그에게 당연한 게 아니었다.

순간적으로 자신의 몸에 무언가 닿는 느낌이 들자 은설은 몸을 튕기듯 일으켜 세웠다. 그게 어찌나 빠르고 과격했는지 서로의 이마가 세게 맞부딪혔다.

"아……!"

부딪친 이마를 문지르던 은설은 어느새 제 가까이 다가온 제후가 수상쩍어 눈을 홉떴다. 이제는 말하기 전에 생각부터 하려는지 안전벨트가 풀어진 게 아니라는 걸 확인하고서 눈을 흘겼다.

"저, 자는 사이에 뭐하려고 했던 거예요?"

설마…… 키스에 대한 보상을 키스로 되갚아주려고 한 건가! 그러한 생각이 들자, 안 그래도 커다래진 그녀의 눈이 한 뼘 더 커졌다. 그 눈동자 안에 무수히 담긴 아우성을 마주한 제후는 말문이 막혀 낮은 한숨을 내쉬었다.

"나를 두고 무슨 생각을 하는지 모르겠는데, 넣어둬."

"뭘 넣어둬요?"

"지금 하고 있는 생각."

"제가 무슨 생각을 하는데요? 제 생각을 아는 거 보면, 그러려던 게 맞는 거죠?"

동그랬던 은설의 눈은 이제 얇아질 대로 얇아져 있었다. 머릿속에 온갖 수식어가 팝업창처럼 쉴 새 없이 터져 나왔다. 어쩜, 어쩜 이 남자가 정말! 부들부들 그녀의 안면 근육이 실룩였다. 그 모습을 지켜보는 게 지루하지 않아서 제후는 조금 늦게 입을 열었다.

"당신 얼굴에 적혀 있어. 그러려던 의도는 없었는데."

하지만 늦은 대답에 이미 그에 대한 신뢰를 잃은 은설은 기가 막히다는 표정을 지었다. 시끄럽던 머릿속이 깨끗해진 건 제후가 다시 입을 열었을 때였다.

"아쉽다면 고려는 해볼 생각인데, 그러길 원하나."

그는 나른하게 눈을 내리깐 채로 은설의 입술에서 시선을 멈췄다. 그리고 그럴 의도는 처음부터 없었다는 듯이 입술을 실그러뜨렸다.

"원래 항상 그렇게 경계 태세인가."

"아니……, 그쪽이야말로 매사에 이렇게 스킨십이에요?"

그 말에 제후가 큰소리로 헛웃음을 쳤다.

"편히 자라고 뒤로 눕혀주려는 배려에 스킨십이라니."

"잠들었으면 깨워야죠. 하여간 윤제후 씨 가만 보면 음흉하다니까."

"누가 누구에게 할 소리인지. 내려."

그가 일갈하며 차에서 내리자, 은설은 심장을 쓸어내리며 안도의 숨을 몰아쉬었다. 그리고 잠든 사이 도착한 이곳이 어디인가 싶어 유리창 사이로 주위를 두리번거렸다. 너무나 익숙한 곳이라 더 낯선 느낌이었다.

"여기가 어디예요?"

차문 밖으로 몸을 빼내자 기다렸다는 듯 칼바람이 달려든다. 오늘 한파주의보라더니 날씨가 제대로 영하로 떨어져 내린 것 같았다. 은설은 이를 딱딱 부딪치며 몸을 한 바퀴 돌렸다. 자세히 둘러보니 다름 아닌 알려준 적도 없는 자신의 집 앞이었다.

"우리 집은 어떻게 알았어요?"

"고객정보란 카드는 폼으로 쓰는 게 아니거든."

돌아본 시선에 그의 머리카락이 바람결에 이리저리 흩날리자, 은설은 그 모습이 마치 영화 같다는 생각이 들었다. 바람을 맞는 그의 모든 것들이 멋스럽게 느껴지는 건, 지금 아마도 너무 추운 탓이겠지. 은설은 고개를 저으며 몸을 부르르 떨었다.

"여기 말이야, 경비도 없고 보안도 영 허술한데 여자 혼자 살기엔 위험하지 않나."

그가 낡아 보이는 빌라를 이리저리 훑어보며 미간을 찌푸렸다.

"서울 땅덩어리에서 경비도 있고, 보안도 좋은 곳은 비싸거든요? 서울에서는 빌라에 사는 것도 부자라고요. 윤제후 씨야, 금수저 물고 태어나서 이런 거 잘 모르나 본데, 전 그래도 혼자 독립해서 순수하게 제가 번 돈으로 이 집 산 거거든요. 정확히 말하면 전세긴 하지만……. 사는 기간만큼은 제 집이니까요."

자신이 벌어서 샀다는 말을 유독 강조하며 고집스럽게 외치는 말이었다. 제후가 돌아보며 뜻 모를 웃음을 지었다.

"그런데 여자 혼자 사는 집이라니요. 그건 또 어떻게 알았어요?"

"당신 행동 하나하나에 다 티가 나지."

그가 성큼성큼 다가오자, 은설은 등을 돌리며 앞으로 휘적휘적 걸어갔다. 저렇게 다가올 때가 제일 불안하다고! 그에 아랑곳하지 않고 제후는 코트 깃을 가르며 은설의 여린 몸을 뒤에서 안아 코트 안으로 가두었다. 은설은 움찔 놀라 걸음을 멈추었다. 남들이 보기엔 다정한 백허그로 보일진 몰라도 그와 몸이 닿은 건 아니었다. 단순히 코트만 벌려 바람을 막아주는 것뿐. 가까이 느껴지는 거라고는 귓가에 닿는 그의 숨소리뿐이었다.

"원래 이렇게 방어적인가. 아니면 모든 남자한테 적대적인 건가."

낮고 차분한 어조가 숨소리와 함께 귓가에서 간질거렸다. 은설은 헛숨을 들이켰다. 왠지 숨쉬기조차 불편한 이 상황에 가슴이 세차게 널뛰기하듯 뛰기 시작하였다. 이 소리가 그에게도 들릴 것만 같아 한 발 앞으로 나서니 그도 따라왔다.

빌라 입구로 향하는 걸음은 어느새 제후가 뒤에서 리드하고 있었다. 입구에 다다르자, 그는 은설의 몸을 돌려세우며 시선을 마주하였다.

"내일 늦지 말고 6시까지 준비해. 여기로 데리러 올 테니까."

애초에 대답이라고는 들을 생각도 없다는 듯이 제 할 말만 하며 그대로 뒤돌아서는 제후를 보며 은설은 그 자리에 얼어붙은 채로 서 있었다. 콧방귀를 껴도 시원찮을 판이었지만 그의 또렷한 눈빛이 악마의 속삭임이라도 되는 것처럼 어른거렸다. 급기야 그의 낮고 차분한 목소리마저도 귓가에 계속 울렸다.

"그동안 남자를 안 만나서 이런 거겠지?"

은설은 이내 고개를 세차게 저으며 떨어지지 않는 발걸음을 옮겨 천천히 빌라 안으로 들어갔다.

다음 날, 은설은 그가 가자고 했던 모임이 중요한 모임일 것 같아서 나름 신중하게 고른 원피스를 입었다. 어깨와 쇄골엔 블랙 레이스가 촘촘히 들어간 시스루 블랙원피스와 외투는 일자로 떨어지는 깔끔한 베이지색 울 코트를 입었다. 세련된 스틸레토힐로 마무리하며 작은 토트백을 든 그녀의 얼굴 옆으로 한껏 풍성하게 드라이된 다갈색 머리카락이 탐스럽게 흘러내렸다.

"1분이라도 늦어 봐. 도로 들어갈 거니까!"

시계 바늘이 정확히 5시 59분 59초를 가리키기가 무섭게 검은색 세단이 언덕을 타고 올라와 그녀 앞에 차분하게 멈췄다. 창문을 내리며 제후가 얼굴을 드러냈다.

"타지."

"시간 약속 하나는 칼이네요?"

막 정각이 되려는 때에 도착한 차에 은설은 하는 수 없이 차에 올랐다. 그가 늦는다면 그 핑계라도 대볼까 했는데 그러지도 못했다.

"내가 좀 그렇지."

그가 설핏 웃음을 터뜨렸다. 은설의 얼굴을 살피던 제후의 시선이 조금 느리게 멈추었다가 이내 잔잔한 곡선을 그렸다.

"신경 써서 입었네."

"그런 건 아닌데……."

툭 던지듯 하는 그 말에 이상하게 심장이 간질거렸다. 작게 숨을 몰아쉬고는 시선을 창밖으로 던진 은설은 두 손을 모아 가지런히 무릎에 내렸다가 손톱 끝만 매만졌다. 어쩌다 보니 그 앞에만 서면 어색해서 움츠러들게 된다.

차는 조용히 앞으로만 나갔다. 고요하기까지 한 차 안에서 은설은 어색함을 벗기 위해 음악이라도 들을까 했다. 그러다 그의 음악적 취향이 궁금해져 차에 혹시라도 있을 CD 케이스의 흔적을 찾아봤지만 보이지 않았다. 이상하게 그가 음악을 듣는 건 잘 상상이 되지 않았다.

역삼동에 있는 '더 라움' 앞에서 차가 멈추었다. 차 문을 열기 전 제후가 은설을 돌아보았다.

"내리지."

그가 발레파킹 기사에게 차 키를 맡기는 사이, 그녀도 조심스레 차에서 내렸다. 대체 무슨 모임인지 물어보고 싶은 마음이 굴뚝이었으나 현실은 그를 따라 가느라 바빴다.

입구부터가 웅장했던 건물 안으로 들어가 로비를 지나 또 다른 큰 문을 열자, 눈앞에 드러난 풍경에 은설은 감탄했다. 화사하게 꾸며진 가든이 한눈에 펼쳐졌다. 곳곳에 놓인 원형테이블 위에는 센터피스로 고급 생화가 풍성하게 장식되어 있었다. 시선을 앞으로 돌리니 성삼그룹의 77주년 축하 파티를 알리는 플래카드와 화환들이 있었다.

성삼그룹이면 전 세계 200개가 넘는 자회사를 거느린 글로벌 IT 리더로 전자제품은 말할 것도 없거니와, 최근엔 소비중심의 문화인 VIP전용 백화점을 따로 만들어 이슈가 된 적이 있었다. 전형적 재벌 기업이라는 쓴 평가 또한 들었지만 국내 1위의 명실상부한 대기업이라는 데에는 이의가 없었다. 브랜드 가치만으로도 세계적인 기업이라 할 수 있는 수준이었다.

이런 자리에 초대받을 만큼 그가 대단한 사람이구나 싶어 은설은 새삼 그를 바라보았다. 이내 그의 주위로 여자들의 시선이 따라붙었다.

"저 사람, 윤제후 아니야?"

대개가 첫마디는 이런 식으로 시작된다. 이미 경제 주간지에서 여러 번 얼굴을 본 적이 있던 여자는 단번에 그를 알아보았다. 그러자 여자가 가리키는 쪽을 돌아보며 옆에 있던 여자가 반색한 얼굴로 말하였다.

"블랙 슈트 저렇게 잘 어울리는 사람 처음 봐. 소문으로 듣던 것보다 훨씬 더 멋있다. 그치? 아빠한테 소개해 달라고 다리 좀 놔달라고 할까 했는데."

사업가보다도 연예인에 가까운 모습에 여자들은 입을 다물지 못했다. 성공한 사업가에 비주얼까지 환상이라 풍기는 아우라가 남달랐다. 대단한 명함조차 평범하게 만드는 이곳에서도 그는 눈에 띄는 존재였다.

"여자랑 같이 왔는데?"

여자가 가리키는 손끝엔 은설이 있었다.

"소문 못 들었어? 윤제후가 여자 친구랑 같이 왔을 리가 없잖아. 개인 비서면 몰라도."

잠정적 결론을 내린 여자 둘은 고개를 끄덕였다. 작은 웅성거림조차도 듣고야 만 은설은 비서로밖에 보이지 않는 제 모습을 다시 한 번 훑었다. 주위를 돌아보니 온통 화려하게 치장한 사람들뿐이었다. 성삼그룹 광고 모델로 활동하는 연예인까지 드문드

문 보이자 은설의 입가에 처연한 미소가 물들었다.

"은설 씨, 여긴 어쩐 일이에요? 벌써 일이 이렇게까지 진전된 건가요?"

수강이 제후와 은설을 번갈아보고는 입을 화들짝 벌리며 과하게 놀란 액션을 취했다.

"수강 씨야말로 여긴 어쩐 일로⋯⋯."

화이드 슈트에 앙증맞은 블랙 보타이를 맨 수강의 등장에 놀란 은설이 그를 위아래로 훑어보았다. 이렇게 잘 갖춰 입은 모습을 보니 수강도 제법 한 인물 했다. 그 옆에 같이 다니는 인물이 워낙 비현실적인 비주얼이라 그렇지, 호감형 얼굴에 선한 눈망울이 어디 가도 빠지지 않을 것 같았다.

수강은 지나가는 웨이트리스를 불러 은설에게 샴페인을 건넸다. 그리고 만면에 웃음을 지은 채 특유의 너스레를 떨기 시작하였다.

"이봐, 이렇다니까. 윤제후는 좋아해야 할 이유가 너무 많죠. 얼굴 잘생겼지, 키 크지, 몸매 좋지, 능력 있지, 말 안 해도 귀티가 좔좔 흐르는 게 있어 보이지. 얘는 어느 여자가 좋아한다고 해도 좋아할 이유가 너무 많다고요, 은설 씨."

뜬금없이 쏟아지는 말에 은설은 눈동자를 굴렸다. 이내 한 뼘 더 가까이 다가온 수강이 손바닥을 세우며 귓가에 소곤거렸다.

"반면에 은설 씨가 보기에 나는 없어 보이지, 직업 변변찮아 보이지, 놀러 다니는 거 같지, 얼굴 평범하지, 키 적당하지, 뭐 하나 특출한 게 없어 보이는 나를 누가 좋아한다고 하면 그건 진짜 좋아하는 거거든요. 저놈 마음에 안 들면, 나한테 넘어오는 건 어때요?"

마무리로 장난스럽게 윙크를 한 번 찡긋하더니 수강은 누군가 저를 부르는 소리에 서둘러 자리를 벗어났다. 알 수 없는 말만 잔뜩 늘어놓은 그의 뒷모습을 훑으며 은설은 눈을 깜빡였다. 그가 자기 자신을 설명한 기준은 윤제후와 비교해서라면 그런대로 맞는 듯도 했지만, 진짜 평범함을 모르는 건지 그 안에 공감 가는 말은 딱히 없었다.

무리지어 떠들던 소음은 이내 마이크 소리와 함께 사라지고 주위에 있던 사람들의 시선이 단상 위로 쏠렸다. 성삼그룹 대표 이원제 회장의 차기 후계자 공식 발표와 함께 방금 전 눈앞에서 종알대던 수강이 앞으로 나서자 은설의 눈이 커졌다. 정말 상상도 못했던 일이었다.

소문만 무성하던 성삼그룹의 차기 후계자가 바로 그 호들갑스러운 수강이라는 게 잘 매치가 되지 않았다. 으레 재벌이라면 특유의 특권의식이 짙게 깔려 있는 법인데, 특히나 그룹의 후계자인 수강에게서는 그런 점들을 한 번도 느껴보지 못했기 때문에 더 와 닿지가 않았다.

"아까운 회원 하나 놓친 표정이군."

제후가 작게 속삭이자, 은설은 어제의 일이 불현듯 떠올랐다. 뜨거운 숨이 귓가에 닿아 머물렀다. 그렇지 않아도 어제 일로 예민한 그곳을 자극하는 그 때문에 은설은 흠칫 뒤로 물러섰다. 사실 은설은 그의 목소리가 계속해서 귓가에서 울리는 통에 밤에 잠도 제대로 못 잔 터였다. 이번에도 또 그렇게 될까 봐 지레 겁부터 난 은설은 방어벽처럼 손바닥 하나를 펼쳐서 앞으로 세웠다.

"가까이, 오지 마요."

"……뭐?"

그가 눈썹을 실룩였다.

"오지 말라고요. 다섯 발 떨어져서 얘기해요."

사람 심리가 원래 하지 말라고 하면 더 하고 싶은 법이다. 은설은 그가 자신의 말을 무시하고 아까보다 더 가까이 다가오자, 그 민 들고 있던 샴페인을 그대로 입에 털어 넣고 저도 모르게 큰소리로 내질렀다.

"윤제후 씨 이제 그만 결혼합시다, 하자고요!"

별안간 은설의 외침에 사람들의 시선이 자연스럽게 그쪽으로 쏠렸다.

"저 여자가, 지금 청혼한 거야?"

웅성거리는 말소리들이 순식간에 퍼져 나갔다. 다들 오해하고 있는 게 분명한데 은설은 제가 한 말에 제가 더 놀라고 말았다. 손바닥으로 입을 막았지만 물꼬를 트기 시작한 말은 덩어리처럼 불어났다. 그리고 그 한마디에서 파생된 단어들이 갈래를 뻗어나가는 건 정말 순간이었다. 뒤에 있는 사람들마저 술렁이며 둘을 바라보았다.

은설은 이 상황을 어떻게 모면해야 할지 난감해져 제후의 눈치만 살폈다. 둥둥 떠다니는 가입서와 결혼이라는 단어만 곱씹다가 말이 헛 나와 일이 꼬였다. 그런데 은설만큼이나 당황하고 황당해야 할 제후는 오히려 더 느긋하게만 보였다.

제후 입장에서는 바라던 일이었기에 굳이 오해를 깰 필요를 느끼지 못했다. 그는 자연스럽게 흘러가는 상황들에 일언반구도 하지 않고 가만히 있었다. 그의 얼굴 위로 올라간 입꼬리가 아찔하기만 하다.

"뭐라고 말 좀 해봐요."

초조해진 은설이 어떻게 좀 해보라며 제후를 재촉하던 그때, 웅성거리는 사람들 사이의 분위기를 깬 건 느닷없는 남자의 등장이었다. 성삼그룹의 대표 사업인 성삼전자의 냉장고 모델은 연예인 중에서도 탑이라 불리는 이들만 할 수 있는데, 당당히 차기 광고 모델로 계약이 된 정진우였다. 사람들 사이를 헤치고 나타난 진우는 은설 앞으로 가까이 다가와 섰다.

"그 결혼, 나랑 하는 건 어때?"

바람과 함께 아스라이 쏟아져 나오는 말 뒤로.

"……오랜만이야, 기은설."

민망함에 땅바닥을 응시하던 은설은 제 이름을 부르는 낯익은 목소리에 등 뒤로 소름이 돋는 걸 느꼈다. 얼굴을 들어올리기가 무섭게 진우가 그녀의 앞으로 바짝 다가오며, 은설의 수그려졌던 어깨를 그대로 올려 잡아 마주보게끔 만들었다. 그리고 그가 환히 웃었다.

"내가 널 얼마나 찾았는데……. 여기서 다 보네?"

눈이 마주치자 그녀에게서 진짜로 공황장애가 들이닥쳤다. 토할 것 같은 현기증과 함께.

2. 스킨십 트라우마와의 조우

눈앞이 희뿌옇게 가라앉아서 아무것도 보이질 않는다. 사람들의 웅성거리는 소리가 귓가에 윙윙대다가 그대로 사라졌다. 속이 매스껍고 호흡이 곤란해서 제대로 서 있기도 힘들었다. 가위에 눌린 것도 아닌데 목소리를 내는 것조차 자유롭지 않았다. 여러 번 숨을 고른 후에야 은설은 겨우 입을 열 수 있었다.

"나, 좀 여기서……."

은설은 눈앞의 진우를 외면하기 위해 눈을 질끈 감았다가 이내 고개를 비스듬히 틀어 제후를 향해 손을 뻗었다.

제후는 무심코 그 손짓에 앞으로 나섰다. 그녀의 눈동자가 지금처럼 불안하게 흔들린 적이 있었던가. 그러고 보니 계단에서 발을 헛디디고 넘어질 뻔한 그녀를 구했을 때, 눈물을 머금었던 그 찰나의 눈빛과 지금이 약간 닮은 것도 같았다. 제후는 일대의 소란 속에서도 차분하고 낮은 음성으로 진우에게 말했다.

"비키시죠."

"이렇게 놀랄 줄은 몰랐네요. 너무 오랜만이라 반가워서……."

진우는 제후를 돌아보며 난감한 표정을 지었다. 하지만 고집스럽게도 물러서지는 않았다. 그 모습이 제대로 서 있기 힘들어하는 은설을 부축하는 것도 같았지만, 제후는 은설의 어깨를 단단히 잡고 있던 진우의 팔을 떼어냈다. 동시에 은설은 그대로 바닥으로 주저앉았다. 발치에 닿았던 싱그러운 초록 잎이 생명력을 잃은 것처럼 온통 회색빛으로 물들었다. 그녀의 눈과 귀는 이내 정상적인 사고를 멈추었다. 툭 끊긴 필름처럼.

"비켜."

잡고 있던 손을 떼어낸 것만으로는 부족하다고 느꼈는지 제후는 그와의 거리를 넓히기 위해 손을 뒤로 크게 저었다.

"비키라고."

다소 화가 난 것 같은 목소리가 다시 한 번 불거져 나갔다. 진우는 사람들을 의식한 듯 그제야 한 발 옆으로 비켜섰다. 그러고는 주위로 몰려든 기자들을 눈짐작으로 세어보았다. 그도 순간적으로 자신의 본분을 망각할 뻔하였다. 하지만 기자들은 순식간에 카메라를 들이밀며 그 순간을 놓치지 않고 빠르게 사진을 찍었다. 본능에 가까운 움직임이었다. 좋은 먹잇감을 눈앞에 둔 기자들은 망설일 게 없었다.

"찍으면 안 됩니다!"

진우의 매니저가 그의 얼굴을 가리고 나섰지만 이미 플래시는 터진 후였다. 멀찍이 떨어져 나온 진우의 시선은 여전히 한곳에 머물렀다. 다가설 수 없는 거리에 결국 그는 매니저에게만 들릴 듯 작은 목소리로 말하였다.

"저 여자, 집이 어딘지 따라가서 알아봐 줘."

그가 처음으로 하는 부탁에 매니저는 고개를 끄덕였다.

예정에 없던 해프닝은 그렇게 마무리되어 갔다. 하지만 그들이 나눴던 짧은 대화는 농담이라 한들 가십을 만들기 좋아하는 기자들에게는 안성맞춤이었다.

이 기회를 놓칠 리 없는 연예부 기자들은 누가 먼저랄 것도 없이 기사를 작성해 실시간으로 실어 내보냈다. 자극적인 기사 제목에 클릭하는 사람들도 바빠졌다.

—포브스 경제매체에서도 조명하는 화제의 인물 '윤제후', 그에게 청혼하는 여자와 그녀 앞으로 등장한 톱스타 '정진우'의 묘한 삼각관계! 남자 둘의 팽팽한 신경전!

여자가 있다는 티만 내, 귀찮은 일을 방지하고자 했던 제후는 정진우의 등장으로 상황이 이상하게 얽히자 머리가 복잡해졌다. 이런 치정 스캔들을 원한 적은 없었다. 더 있어 봐야 사람들의 시선만 따가웠기에 그는 은설을 부축해 번잡스러운 곳을 빠져나갔다.

차에 오른 그녀는 이미 기진맥진한 상태였다.

"젠장!"

제후는 낮은 신음을 토한 후 빠르게 차를 출발시켰다. 그 뒤를 바짝 뒤따르는 또 다른 차가 있다는 건 알지 못한 채로.

눈을 감고 시트에 등을 기댄 은설은 가쁜 숨을 몰아쉬며 천천히 복식호흡을 하였다. 하얗게 질렸던 얼굴은 천천히 제 색을 찾아가고 있었다. 은설은 아랫입술을 잘근 깨물었다. 얼마나 힘을 주었는지 손바닥은 발갛게 물들었을 뿐 아니라 손톱자국까지 깊게 남았다.

운전 중이던 그는 잠깐 신호에 걸려 멈춘 사이 은설을 살폈다.

"대체…… 뭐지."

"그만 집에 가죠."

묻는다고 해서 친절히 설명할 수 있는 일도 아니었다. 은설은 한 팔을 들어 얼굴을 가렸다. 그런다고 해서 지금의 불안함과 초조함까지 가려지지는 않았지만.

"이 난리를 떨어놓고 집에 가?"

그가 짧게 헛웃음을 쳤다.

"미안한데 가야겠어요."

"지금 실시간으로 당신과 나, 그리고 정진우가 온갖 추측성 기사들로 얽혀 있는 거 안 보이나?"

그가 내민 핸드폰 속 실시간으로 오르내리고 있는 기사를 마주한 은설의 눈동자가 떨렸다. 기사의 내용보다는 진우의 얼굴에서 눈동자가 흔들리는 그녀를 제후는 놓치지 않았다. 더는 말을 내뱉는 게 무의미하다는 걸 깨달은 그는 자조 섞인 웃음을 내뱉으며 핸드폰을 꺼버렸다.

"됐어, 이 일은 내가 알아서 수습하지. 누구에게나 말 못 할 비밀 하나쯤은 있는 거니까."

어느새 차는 목적지에 도착했고, 그는 은설을 흘깃 보며 고개를 옆으로 까딱했다. 내리라는 뜻이었다. 은설은 맥없이 문을 열고 내렸다. 돌아서가는 뒷모습을 훑으며 그는 왠지 피곤해져 그대로 움직이지 않은 채 의자를 뒤로 젖혀 누웠다. 그러고는 다시 핸드폰을 열어 기사들을 하나씩 넘겨보기 시작하였다. 역시나 정진우의 해명 기사는 그새 나와 있었다.

―정진우, 오랜만에 만난 대학 후배가 반가워 농담조로 인사 건넨 것

대학 후배라는 말에 멈칫한 그는 연관검색으로 함께 뜬 기사들까지 열어보았다. 그리고 혹시나 하는 마음으로 은설의 이름을 검색했다. 익숙한 사람의 얼굴이 뜨자 조금 전보다 그의 눈빛이 깊어졌다.

―신예스타 기은설, 톱스타 정진우와 함께 허은규 감독의 '봄날' 주연으로 낙점!
―기은설, 영화 대본 리딩 불참, 돌연 잠적. 그녀는 어디에?

천천히 기사를 곱씹던 제후는 이내 피곤함을 이기지 못하고 그대로 차에서 깜빡 잠이 들어버렸다.

얼마쯤 지났을까. 붉은 노을마저 사라진 캄캄한 밤, 엔진 소리에 깬 그는 천천히 몸을 일으켜 세웠다. 그러자 빌라와는 어울리지 않은 하얀색 스타크래프트 벤이 그의 차 앞에 멈춰 서 있는 것이 보였다.

"먼저들 들어가. 난 잠깐 들릴 데가 있어서……. 오늘 수고했어!"

낮에 보았던 정진우가 해사한 눈웃음을 지으며 손을 흔들고 있었다. 제후는 그를 뚫어져라 보았다. 시계를 보니 벌써 밤 11시. 빌라 안으로 들어간 진우의 움직임에 환한 자동 조명등이 켜졌다 꺼졌다. 그리고 그 불빛은 3층에서 멈추었다.

[가고 있어, 일찍도 전화한다! 내가 오늘 너 때문에 얼마나 놀랐는지 알아?]

"미안. 아까는 나도…… 제정신이 아니었어."

[인터넷 실시간 검색어 점령을, 난 네가 이런 식으로 할 줄은 몰랐다. 비꼬는 거 아니고 정말 놀라서 그래. 너, 진짜 괜찮은 거야? 하필이면 또라이 새끼가 거기서 나타나고 난리네! 그래도 지가 어쩌겠어, 집을 알기를 해서 쳐들어올 거야, 뭐야.]

"응. 윤제후 씨 덕에 빨리 빠져나왔지, 뭐……."

전화기 너머로 잔뜩 흥분한 목소리의 미리가 잔소리를 늘어놓자, 그제야 긴장이 풀린 은설은 평정심을 되찾았다. 마음을 추스르자 멈춰 있던 배꼽시계도 움직인다. 은설은 오늘 한 끼도 제대로 먹지 못했다는 사실을 깨달았다. 냉장고에서 생크림을 꺼내 바게트 빵을 찍어, 입에 겨우 하나 욱여넣었다.

[그 잘난 톱스타 놈 집착 한번 쩐다, 쩔어. 대학 내내 그렇게

스토커처럼 굴었다면서, 왜 아직까지도 널 보면 그냥 지나치지를 못하는 거냐고!]

미리의 걸쭉한 입담에 은설은 답답했던 속이 느슨해지는 것 같았다. 아마 자신의 이야기를 믿고 제대로 들어줄 친구라고는 미리밖에 없어서, 지금 그녀의 말에 누구보다 위안을 받고 있었다.

빵 가루가 원피스 위로 부스스 떨어졌다. 은설은 개수대에서 털어내다기 아예 벗을 작정으로 손을 뒤로 뻗어 지퍼를 내렸다. 그리고 그때였다. 똑똑, 문 두드리는 소리에 은설은 망설임 없이 전화를 붙잡은 채로 문을 열었다.

"벌써 왔……."

열린 문 사이로 유유하게 걸어 들어오는 진우를 마주한 순간, 은설은 그만 자리에서 몸이 그대로 얼어버렸다. 소리조차 내지를 수 없는 위험한 몸의 방어기제가 또다시 발동되었다.

[무슨 소리야, 나 아직 가려면 30분이나 더 남았는데?]

미리의 목소리가 어렴풋이 들리는 핸드폰이 미끄러지듯 떨어졌다.

"이거 문은 네가 열어준 거다, 기은설. 내가 강제로 들어온 게 아니야."

진우가 트레이드마크인 눈웃음을 지었다. 다정한 눈웃음과 함께 다감한 말투로 온 국민의 사랑을 받고 있는 독보적인 톱스타 정진우이건만 은설은 가면 같은 저 웃음이 소름끼치도록 싫었다. 그리고 마치 어제 일인 것처럼 그때의 일이 다시 떠올랐다.

영화제 상이란 상은 다 휩쓰는 허은규 감독의 영화 주연으로 신인인 그녀가 당당히 캐스팅된 건 화제가 되기에 충분했다. 조연으로 시작해도 충분히 분에 넘치는 데뷔인데, 하물며 주연이었다. 연극영화과를 졸업한 은설에게는 졸업과 동시에 그야말로 선물 같은 캐스팅이었다.

상대 배우가 누구인지 듣기 전까지만 해도 모든 것이 달콤한 꿈처럼 완벽했다. 하지만 상대 배우를 확인한 순간, 은설은 데뷔를 포기할까 하는 생각까지 할 정도였다. 졸업 1년 전부터 대학 생활 내내 집요하게 스토커처럼 굴었던 그가 무서웠으며, 어쩐지 마음이 내키지 않아서였다.

이미 인기 절정의 한류스타인 정진우는 기획사 대표보다도 더 막강한 힘을 가지고 있었다. 그와의 재계약을 위해 기획사는 그의 어떤 요구라도 적극 수용할 자세가 되어 있었다. 영화 출연을 앞둔 제작사 측의 입장도 마찬가지였다. 흥행보증수표나 다름없는 정진우가 영화 출연의 대가로 지목한 상대 배우는 아무런 작품 경력이 없는, 이제 막 연극영화과를 졸업한 햇병아리 기은설이었다.

"톱스타인 진우 씨가 직접 연기 지도도 해주겠대. 이래서 대학 선후배 무시 못 하는 건가 봐?"

"……네?"

"감독 입장에서는 신인을 여주인공으로 삼았는데 아무래도 불안한 마음이 들겠지. 순전히 진우 씨 말만 믿고 캐스팅한 거니까. 연기력을 검증받은 것도 아니고. 이참에 진우 씨한테 연기 제대로 배워서 이 바닥에 뿌리 내리는 것도 좋지."

기획사 대표가 건넨 메모에 적힌 주소지로 가는 건 그녀가 선택할 수 있는 것이 아니었다. 그 선택지엔 거부권이 없으니까.

진우의 집에 도착한 은설은 그의 요구대로 대본을 꺼내들었지만 쉽사리 집중할 수가 없었다. 자꾸만, 높은 거실 천장에 매달려 있는 샹들리에로 시선이 갔다.

"샹들리에가 마음에 들어?"

"……정말 높은 곳에 달려 있네요."

떨어질 것처럼 위태로워 보였으며, 크리스털 조각들이 바람에 흔들려 부딪치는 소리가 금방이라도 부서질 것만 같았다. 물론 착각이겠지만. 은설은 저 위의 샹들리에와 눈앞의 진우가 닮아 보였다. 반짝반짝 빛이 나지만…….

"손이 닿지 않는 곳에 있긴 하지."

사람들은 그를 닿을 수 없는 저 먼 곳에 있는 별처럼 바라보곤 했다.

"그래도 저게 마음에 들어서 샀으니, 산 사람이 먼지가 쌓이지 않게 꾸준히 관리를 해줘야 하는데 그러질 않더라고. 울리는 소리도 예전만 못해. 전에는 깨끗한 소리가 났는데 지금은 영 못 듣게 되었어."

"선배가 산 거 아니에요?"

"그럴 리가."

은설은 아무래도 넓은 집 안에 오롯이 혼자인 그가 어색했다. 그러고 보면 학교에 다닐 때도 그는 동기들과 어울리기보다는 혼자인 적이 많았다. 그럼에도 언제나 화려한 꽃처럼 만개한 그에게는 지금과 같은 모습은 어울리지 않는 듯했다.

그와 가까이서 마주한 은설은 말 한마디를 꺼낼 때마다, 높은 천장에서 메아리쳐 울리는 느낌에 자꾸만 초조해졌다. 대본을 꼭 쥐고서 같은 대사에 새까맣게 동그라미만 계속해서 칠했다. 그렇게라도 하고 있으면 고개를 숙이고 시선을 피할 수 있었다.

"이 부분에서는 대사를 어떻게 처리해야겠어?"

진우의 목소리가 천장에 닿았다 툭 떨어지자, 은설은 괜스레 쭈뼛 소름이 돋았다.

"아, 여기서는 서영이가 진혁이를 그리워하는 마음으로……."

"내가 불편해?"

"……아니요."

"눈도 안 마주치네."

대본 끝만 만지작거리는 은설을 보며 진우가 웃음을 터뜨렸다.

"내가 뭘 했다고, 피하기까지 해?"

"……."

"뭐라도 해볼까, 그럼. 덜 억울하게."

진우는 뻐근한 목을 느리게 돌리며 은설을 바라보았다. 또, 안 보네. 네가 날 보게 하려면 내가 어떻게 해야 할까. 오로지 하나의 생각만 하던 그는 순식간에 은설의 허리를 감싸 쥐었다. 이렇게 행동을 한 건 처음이었다.

은설은 그의 손을 떼어내려 했으나 오히려 그에게 손까지 그대로 잡혀 버렸다. 그는 가볍게 은설을 눕히고 그녀의 셔츠 속으로 손을 밀어 넣었다. 숨 돌릴 틈도 없이 치고 들어오는 예기치 못한 손길에, 은설은 들고 있던 대본을 떨어뜨리며 그의 손아귀에서 벗어나려고 몸을 버둥거렸다.

"선배, 지금 뭐하는 거예요……!"

날카롭게 내지르는 비명에 진우는 나른하게 고개를 뒤로 젖혔다가 다시 은설을 마주했다. 이내 한 뼘 더 가까이 다가온 그의 눈동자는 이미 초점을 잃은 듯 비어 있었다. 그의 높은 콧대가 은설의 뺨에 머물렀고, 눈을 내리깐 그의 입술은 조금이라도 움직이면 닿을 듯 그녀의 입술 가까이에 있었다.

"가만있어, 지금 연기 알려주는 거잖아."

고개를 숙이고 바로 앞까지 나아온 얼굴에 은설은 말을 더듬거렸다.

"서, 선배 이건 아닌 것 같은데요……."

"아니긴 뭐가 아닌데? 이번에도 나 거절할 참이야? 와, 내가 왜 거절을 당하는 입장에 있어야 하는 거지? 대학 때도 그러더니 너, 참 승부욕 돋게 만든다. 지금 이 작품 나 때문에 하는 건지 몰라서 그래? 정확히 말해줄게. 넌 그냥 내가 하라는 대로만 따라와."

"저는 지금 이 상황이 전혀 납득이……."

말을 다 마치기도 전에 진우의 입술이 집어 삼킬 듯 거칠게 은설의 입을 막았다. 해일처럼 거대한 압력이 쏟아져 내렸다. 아직 첫 키스도 못 해본 그녀가 감당하기에는 벅찬 공포에 몸이 딱딱하게 굳었다. 질척한 마찰음이 떨어져 나간 후에야 진우가 나지막이 말하였다.

"가만히 있는 것도 나쁘진 않아."

무슨 정신이었는지 기억도 나지 않았다. 허둥지둥 진우의 집에서 빠져나온 은설은 이 작품 못 하겠다고 회사에 얘기했지만, 그녀의 소속사는 힘이 없는 신생 기획사라 이 기회를 무조건 잡을 수밖에 없는 위치였다.

꼼짝없이 촬영에 돌입한 은설은 모든 걸 내려놓는 마음이었다. 진우와 부딪치는 신 외에는 단순 상대 배우로만 생각하기로 다짐했다. 그런데 그게 더 진우의 오기를 자극하고야 말았다.

"보통 신인 배우들은 스폰서는 기본이고 작품 하나 하려면 감독한테 몸 로비까지 한다는데, 넌 나 같은 선배 만나서 곧바로 주연이라니 좋겠다? 고마우면 고맙다고 인사를 해야지, 언제까지 선배를 괴물 보듯이 쳐다만 볼 거야?"

처음엔 강압적인 키스신을 넣어서 난처하게 만들더니, 그것도 모자라 대본 연습 중에도 완력을 쓰는 그에게 은설은 겁을 먹을 대로 먹었다. 은설은 그대로 그를 뿌리치고 도망쳤다.

당연히 캐스팅은 취소되었고 허은규 감독과 제작사 측은 온갖 악의적인 기사를 내놓아 그녀의 싹을 자르려 했다. 은설은 이후에 어떠한 오디션에도 응할 수 없었다. 철저히 을인 그녀가 할 수 있는 건 아무것도 없었다. 그리고 믿었던 회사마저 그녀를 버렸다.

"주5회 만남에 3,000만원. 우리가 이번 일로 얼마나 타격이 큰지 너도 잘 알 거라 본다. 너의 허튼 판단이 일을 어떻게 그르쳤는지."

믿었던 대표마저 그렇게 나오자 연예계에 환멸을 느낀 은설은 미련 없이 그곳을 떠났다. 하지만 몸이 기억하고 있었다. 3년이 지난 지금도 그녀는 스킨십에 관해선 조금도 앞으로 나아가지 못했다.

"넌, 꼭 나를 그렇게 보더라. 아무도 나를 그렇게 본 사람은 없었는데……."

진우가 신발을 벗으며 태연하게 거실로 들어섰다.

"말이라도 좀 해. 우리 오랜만에 만났잖아. 아직, 난 너한테 받아야 할 빚도 있고."

은설이 영화판에서 달아나는 바람에 그녀가 촬영했던 분량은 새로운 배우를 섭외해서 다시 찍어야 했다. 게다가 계약 위반으로 열 배에 달하는 위약금을 물어야만 했는데, 그 금액을 대신 내겠다고 나선 건 진우였다. 진우가 말하는 빚이란 바로 그것이었다.

"뭐, 기은설, 난 아직도 네가 싫지 않아. 빚 대신 너를 줘도 난 언제든 오케이야."

진우가 여전히 그 자리 그대로 꼼짝없이 서 있는 은설에게 시선을 던졌다. 그는 팔을 뻗어 뒤에서 은설을 안았다. 진우의 가슴이 등 뒤로 닿자 은설은 파드득 몸을 떨었다.

"내가 이렇게 안아도 넌 늘 그랬어. 싫다는 말도 못 하고, 온몸이 뻣뻣하게 굳어서 긴장한 것처럼. 그래서 나는 썩 나쁘지 않았어. 네가 날 원하는 것처럼 마음대로 상상할 수 있으니까."

진우는 은설을 벽으로 밀어붙이며 작은 입술을 빨아들였다. 그는 집요하리만치 그녀를 탐했다. 연기를 할 때도 늘 상대방을 배려하는 키스를 하는 부드러운 남자의 대명사인 그가, 그녀 앞에서만큼은 한없이 거칠어지는 게 그 자신도 놀라울 정도였다.

갖고 싶은데 가질 수가 없다는 걸 인정할 수 없었다. 무얼 하든 그 뜻대로 되지 않은 건 없었으니까. 어렸을 때부터 그랬다.

진우는 원하는 것은 뭐든 다 손에 쥐었다. 바쁜 부모님 아래에서 그는 부모님의 애정과 시간 말고는 뭐든 다 허락받았다. 그런데 처음으로 가질 수 없는 게 생긴 것이다. 그는 부모님에게서 받지 못한 애정을 보상이라도 받을 것처럼 집요해졌다. 미약하게나마 이리저리 고개를 흔들어대는 은설을 사정없이 힘으로 누르며 진우는 끓어오르는 욕망을 고스란히 토해냈다.

"내가 가질 수 없다면, 부서뜨려서라도 내 옆에 둘 거야."

진우의 손이 열린 지퍼 사이로 들어갈 때쯤 문을 두드리는 소리가 들렸다. 두드리는 소리는 짧게 한두 번, 그리고 이내 거칠게 탕탕탕 울렸다.

남의 일에 피곤하게 관여할 생각은 없지만 아무리 생각해도 납득이 안 가는 상황인지라 제후는 차 밖으로 몸을 빼내었다. 빌라 계단을 올라서는데 이상하게도 위로 오를수록 가슴 한쪽이 뻐근해져 왔다. 조바심이 나던 다리에서 도리어 힘이 빠졌다. 그는 고개를 짧게 저으며 단숨에 3층까지 올라갔다. 그리고 저도 모르게 말아 쥔 주먹으로 문을 두들겼으나, 이상하게도 조용한 게 더 불안해졌다. 그는 낮에 보았던 하얗게 질린 은설의 얼굴을 기억해 냈다. 분명 그녀라면 위험한 순간에도 소리를 내지 못할 게 뻔했다. 이내 냉정하게 상황 판단을 내린 그가 짙은 목소리로 말했다. 다시 문을 찍어 내리는 손끝엔 힘이 들어가 있었다.

"셋 셀 때까지 이 문 안 열면 경찰 부르겠어. 하나, 둘……."

셋을 세기 전에, 발갛게 상기된 얼굴로 진우가 현관문을 열어젖혔다.

"이 시간에 너무 눈치 없는 방문 아니에요?"

가쁜 숨을 몰아쉬며 최대한 아무렇지 않은 척했지만 정돈되지 않은 말투는 티가 났다. 그의 뒤로 망연히 서 있는 은설을 마주하자 제후는 피식 입술 끝을 올렸다. 무심하도록 새까만 동공에는 전에 없던 동요가 일어났다. 그의 눈빛이 깊어지다 못해 차갑게 내려앉았다.

"초면에 사람 제대로 화나게 하는군."

낮게 읊조린 제후가 잠시 어깨를 뒤로 빼고서 그대로 주먹을 날렸다. 진우는 한쪽으로 돌아갔던 고개를 바로 하고 입술 끝에 터진 피를 혀로 핥았다. 생각보다 아픈지 한쪽 눈을 찡그렸다

"오해가 있는 것 같은데……."

"한마디도 더 하지 마."

얼음장처럼 차갑게 날이 선 얼굴로 제후가 일갈하자, 진우는 손을 들어 올리며 가볍게 항복의 의사를 표시했다.

"내일 촬영 있는 사람 얼굴에 주먹질이라니요. 이거 너무한 거 아닙니까?"

그는 그새 퉁퉁 부은 볼을 살살 어루만지며 천연덕스럽게 돌아섰다.

"그래도 이 말은 해야겠는데. 너도 나 거부 안 했잖아. 그걸로 빚 퉁 치자는 거 아니었어?"

불안하게 흔들리는 은설의 눈빛을 본 순간, 제후가 그녀 앞으로 다가와 시선을 차단했다.

"그 빚이 얼마든 내가 대신 내주지. 곧 정정 기사가 나갈 거야. 정진우가 호의로 내주었던 위약금은 3년이 지나서 윤제후가 대

신 변제하게 되었다고.”

그새 3년 전의 일까지 언급하는 제후의 말에 진우가 흥미로운 표정으로 그를 돌아보았다.

“윤제후 씨, 기은설 좋아해요? 사귀지 않는 건 분명한데 어째 그냥 흑기사 같진 않네. 그럼 내 경쟁 상대인 건가. 나, 긴장해야 되는 상황인 거 맞죠? 제가 지금 어울리지 않게 짝사랑만 7년 차라, 각오는 단단히 해야 할 거예요.”

진우의 커다란 입매가 시원스럽게 휘어졌다. 끝끝내 히죽거리며 눈웃음치는 꼴이 같잖아서 더는 대꾸할 가치를 못 느낀 제후가 그대로 은설을 제 쪽으로 끌어당겼다.

그리고 그때였다. 작게 열린 현관문이 ‘쾅!’ 차는 소리와 함께 활짝 열리면서 미리가 등장했다. 그녀는 숨이 차서 헉헉거리면서도, 마지막 남은 숨까지 쥐어짜듯이 토해내며 윽박질렀다.

“야이, 미친 개 변태 새끼야! 너 내가 다 녹음해 놨어!”

예상치 못한 이의 등장과 갑작스런 엄포에 진우가 손사래를 쳤다. 그는 샐쭉해진 표정으로 입가에는 여전히 미소를 물고 있다.

“오늘 다들 나한테 왜 이래요? 내가 이곳에서 이런 대접 받을 사람이 아니라고요. 일단 오늘은 이쯤에서 퇴장해야겠네요.”

아무 미련 없이 집을 나서는 그를 붙잡는 이도 없었다. 계단을 타고 내려가는 진우의 발소리가 둔탁하게 울렸다.

“나한텐 한마디도 지지 않고 말 잘하는 사람이 그 남자가 뭐라고, 아무 말도 못 하는 바보가 되는 거지.”

이상하게 그의 목소리에 퍽 안심이 된 은설은 뻣뻣하게 굳어 있던 몸에서 힘을 풀며 주저앉았다. 그리고 혼잣말처럼 되뇌었다.

"무서우니까…… 진짜 무서우니까……."

주저앉은 그녀의 뒤로 지퍼가 길게 열려 있는 게 보였다. 눈을 질끈 감은 그가 다시 떴을 땐 고요할 만큼 침착한 눈빛으로 변해 있었다. 그는 입고 있던 재킷을 벗어 은설의 어깨 위로 던지듯 내려놓으며 그녀를 일으켜 세웠다.

"보안도 허술한 이 집은 안 되겠군."

그 말을 끝으로 잠시간 한마디도 하지 않았다. 무거운 침묵이 가라앉았다. 그녀가 위험한 상황에 노출되었다는 걸 그도 모를 리 없었다. 알게 된 이상 이대로 내버려 둘 수는 없는 일이다.

제후는 순간 의문이 들었다. 굳이 내가 왜……. 하지만 거기에 대한 답을 찾을 순 없었다. 그가 나서지 않아도, 다른 곳에 있으 라고 한마디만 해줘도 욕할 사람은 없다. 문제는 그러고 싶지 않 다는 데 있었다. 관자놀이가 아팠다. 그는 깊게 생각하려는 걸 멈추고 은설을 데리고 집을 나섰다. 앞장서서 걷던 미리는 뭔가 주객이 전도된 것 같은 상황에 제후를 돌아보았다. 그러자 그가 차분한 음성으로 말하였다.

"아무래도 지금부터는 우리 집이 가장 안전할 것 같군요. 친구 분한테는 따로 연락드리죠."

제후는 황망하게 서 있는 미리를 지나쳐 마저 계단을 내려갔 다. 서둘러 은설을 차 안으로 밀어넣고, 그 역시 차에 올라 곧바 로 출발했다.

도로는 한산했다. 제후는 룸미러로 은설을 살폈다. 마음에 들 지 않은 것을 본 듯 그의 손에 선명한 실핏줄이 돋았다. 운전을 하는 동안 둘은 한마디도 나누지 않았다.

차는 금세 목적지에 도착했다. 철통보안을 자랑하는 건물 지하주차장으로 미끄러지듯 들어선 제후는 곧바로 주차를 하고 그녀를 돌아보았다. 은설은 여전히 불안에 떨고 있었다. 차가 멈추자 은설은 머뭇거리며 입을 열었다.

"이렇게 신세질 순 없어요, 아무런 이유도 없이……."

답답해진 제후는 낮게 으스러지는 숨을 삼키며 핸들을 내려쳤다. 짧게 경적이 울렸다. 핸들도 누군가 치면 소리를 내기 마련이었다.

"화나면 화난다고 말해. 싫으면 싫다고 소리 지르고, 울고 싶으면 차라리 울어. 그렇게 참는 게 더 고역이니까."

은설의 커다란 눈에 눈물방울이 가득 차오르더니 금세 후두둑 떨어져 내렸다. 제 마음을 들킨 것만 같았다. 손등으로 눈물을 훔쳐내고 눈가를 문지르려는 은설의 손을 그가 붙잡았다.

"울고 싶으면 울라고. 자꾸 참아서 병 되는 거니까."

"나도, 내가 왜 이러는지 모르겠어요……."

참으려던 눈물이 기어이 폭포수처럼 흘러내렸다. 보고 있는 그의 마음도 아릿하게 젖어들었다. 아까부터 뻐근하던 가슴이 이제는 서늘하게 시큰거렸다. 퉁퉁 부어 있는 입술을 보니 더 그랬다. 운전하는 내내 그 입술이 거슬렸다.

"싫으면 말해."

그가 은설의 뒷목으로 손을 집어넣어 고개를 비스듬히 틀었다. 동시에 그녀의 입술 위로 제 입술을 갖다 대었다. 뭐라 반응할 새도 없이 다가오는 촉감에 은설은 숨을 죽이며 눈을 홉떴다.

분명 밀어내려고 손을 뻗었는데 그의 옷깃을 꽉 쥘 수밖에 없었다. 윗입술을 훑듯이 쓸고 지나간 부드러운 감촉에 그녀의 눈꺼풀이 파르르 떨렸다. 짧게 닿았다 떨어진 온기가 불러오는 낯선 감정이 혼란스러워 아무런 행동도 할 수 없었다.

"싫으면 말하라고 했어."

여전히 거친 입술이 마음에 들지 않아 제후는 은설의 작은 턱을 한 손으로 부드럽게 그러쥐며 그대로 입술을 부딪쳐 왔다. 얼얼하게 무감각했던 은설의 입술 위로 찌릿 전율이 흘렀다. 천천히 입술을 훑던 따뜻함은 이내 작은 틈을 만들며 조심스럽게 파고들었다.

거칠고 일방적인 키스를 받기만 했던 은설은 솜사탕처럼 녹아내릴 것 같은 부드러움과 간지러움이 섞인 이 느낌을 무어라 설명해야 할지 당혹스러웠다. 몸이 흐느적거리는 것만 같았다. 은설은 말을 잇지 못하고, 대신 그의 단단하게 힘이 들어간 팔을 붙잡았다. 그 손짓에 입술은 미련 없이 떨어져 나갔다.

……싫지 않았어.

은설은 손끝으로 제 입술을 만졌다. 퉁퉁 부은 입술은 온찜질을 받은 것처럼 뜨겁다 못해 한껏 예민해져 있었다. 제 것인데도 마치 제 것이 아닌 느낌이었다. 그 모습을 바라보던 제후는 그제야 만족스러운 듯 유려한 곡선을 입가에 그려 넣었다.

"이게 당신이 나한테 신세질 수 있는 이유가 되었으면 좋겠군."

'감히, 나한테 강제 키스한 건 어떻게 보상할 거지'라고 말하던 그의 얼굴을 겹쳐 떠올리며 은설은 입술 끝만 벌렸다. 제후는 은설을 내버려 두고서 차에서 내렸다. 혼자서 휘적휘적 걸어가는 그의 등만 보고 있던 은설은 냉큼 차에서 내려 그를 쫓았다. 그리고 당연히 올 줄 알았다는 듯 제후는 엘리베이터 안에서 열림 버튼을 누르며 기다리고 있었다. 그는 한껏 턱을 치켜들곤 오만한 표정으로 은설을 바라보았다.

그 잘난 얼굴에 미소까지 걸리니 은설은 넋을 잃고 단순해져 버렸다. 무슨 상황인가 싶어 인지할 때쯤에는 이미 늦어버린 후였다. 은설은 겁도 없이 낯선 그의 집 안으로 성큼 들어섰다. 그리고 그대로 지쳐 곯아떨어졌다. 잠결에 그가 무슨 말을 했던 것 같은데 하나도 기억나지 않았다. 그리고 그 생각은 곧 눈앞에 펼쳐진 풍경들로 사라졌다.

환한 햇살이 가득 들어찬 이 집의 진면목은 아침이 되어서야 자세히 볼 수 있었다. 테라스 하우스라는 말만 들어봤지, 실제로 볼 수 있을 거라는 상상도 못 해봤던 은설은 집 구경에 여념이 없었다. 화이트와 진한 오크톤으로 통일감 있게 맞춘 가구로 인테리어된 집은 심플과 스타일리쉬 그 자체였다. 이곳이 집인지 궁궐인지, 2층으로 이어진 집은 넓기도 넓었지만 높기도 무지하게 높았다. 천장은 고개를 꺾어야만 볼 수 있을 정도로 높았다. 천장에는 커다란 샹들리에가 있었고, 깨끗한 대리석 바닥은 먼지한 톨 내려앉은 흔적 없이 반짝거렸다.

분위기 좋은 야외 테라스는 테라스 하우스라는 이름답게 도심 속의 정원이 따로 없었다. 차 마시기 좋은 간이 식탁과 바비큐를 할 수 있는 파티 테이블까지 준비되어 있었다. 화단에는 커다란 소나무와 그 아래 앙증맞은 꽃나무들까지 부족함 없이 배치되어 있었다.

그러나 은설이 이곳에서 가장 마음에 든 것은 거실 아래로 보이는 강이었다. 물결이 일렁이는 반짝임으로 눈이 부실 지경이었다. 창가로 부서진 햇살이 들어왔다.

방은 도대체가 몇 개인 건지 방마다 화장실이 딸려 있는 집은 처음이었다. 그러자 잠들기 직전, 그가 했던 말이 어렴풋 기억이 나면서 이해가 되었다. 같이 사는 집이라도 부담가질 것 없이 각자 생활할 수 있을 기라고 했던.

"또 무슨 말을 했더라……."

은설은 머리를 긁적이며 방으로 돌아갔다. 비서가 급한 대로 가져온 옷가지들은 드레스 룸에 차분하게 정리되었는데 가격표도 제거되지 않은 그 옷들은 실로 고가의 브랜드였다. 그녀로서는 엄청난 사치였다. 이런 어마어마한 호의를 받아도 되나 싶어 망설여졌다.

은설은 아르바이트를 해서 차곡차곡 모은 돈으로 샀던 준명품 백이 생각났다. 그땐 그 가방을 들 때마다 행동 하나하나가 어찌나 조심스럽던지, 가방을 들고 다니는 게 아니라 가방을 모시는 것만 같았다. 그런데 지금이 딱 그러한 느낌이었다. 그래도 그땐 스스로가 벌어서 산 가방이라 조심하느라 고생은 했어도 위화감은 없었다. 대신 당당함이 있었다.

지금은? 은설은 멈칫하며 옷에서 손을 뗐다. 옷뿐 아니라 이 방 안에는 갖가지 고급 백들과 화려한 슈즈 또한 가지런히 늘어져 있었다. 급하게 갖춘 거라고는 도저히 믿기지 않을 만큼 엄청났다. 모든 게 다 꿈같다. 꿈이니 내 것 같지 않았다.

은설은 그나마 가장 덜 비싸 보이는 핑크색상의 트레이닝복을 집어 들었다. 그리고 옷을 갈아입기 위해 등 뒤로 팔을 뻗었다. 그러다 멈칫했다. 밖에서 우당탕하는 소리가 들린 것이다. 이어서 노크소리에 은설은 문을 빠끔히 열었다. 급하게 뛰어왔는지 결 좋은 앞머리가 흐트러진 채로 제후가 비스듬히 서서 제 이마에 손을 짚고 있었다.

"말 안 해주려다가 해주는 건데, 이 집안 모든 공간엔 CCTV가 설치되어 있어. 단 하나 화장실만 예외지."

아주 절묘한 타이밍에 말해준 그가 고마운 순간이었다. 말해주지 않았다면 아무렇게나 옷을 훌훌 벗어던졌을 거란 생각에 섬뜩해진 은설은 이내 흐트러진 그의 모습을 살폈다.

"설마, 저 지켜보고 있었어요?"

"말 같지도 않은 소리는 사절."

이내 방을 돌아서며 나온 그의 무심한 눈길엔 아쉬운 빛이 서려 있었다. ……괜히 말해줬나. 그는 낮게 웃으며 비서에게 전화를 걸었다. CCTV로 저도 모르게 은설을 보고 있던 제후는 가격표만 보고 있던 그녀를 떠올리며 모든 텍을 제거하라고 지시했다.

할 말만 하고 돌아가는 그를 보며 은설은 가슴을 쓸어내렸다. 아무렇지 않은 척해도, 자의든 타의든 분위기를 타고 흐른 것이든 두 번이나 입을 맞춘 사람이라 마주 보는 게 편하지만은 않았다. 빨리 옮길 집부터 알아봐야겠다는 생각에 은설은 핸드폰부터 찾았다. 정신없이 오던 와중에도 습관처럼 일할 때 들고 다니던 클러치백은 가지고 온 모양이었다. 그 안에 핸드폰이 있었다. 가지고 있는 재산이 빈약해서 몸이 고생할 게 분명한지라 절로 한숨이 나왔다. 보증금을 올리지 않고 주인아주머니와 어렵사리 세약을 연장시킨 거였는데, 지금은 그게 문제가 될 줄 몰랐다. 은설은 저 대신 들어올 세입자를 찾아야만 했다.

이리저리 검색하던 중에 진동과 함께 낯선 열한자리 숫자가 화면에 뜨자, 은설은 그것을 물끄러미 보다가 간단하게 터치 버튼을 끌어올렸다. 그리고 '여보세요'라고 말을 하기도 전에 총알처럼 터지는 목소리가 흘러나왔다.

[살아 있는 거야? 동기들한테 물어 물어서 겨우 네 번호 알아낸 거야.]

"응? 누구……?"

인사도 없이 다짜고짜 하는 말에 은설이 목소리를 기억해 내려고 하자, 건너편에서 먼저 제 이름을 말하는 발랄한 소리가 들려왔다.

[나야 나, 승희! 백승희! 벌써 내 목소리도 잊어버렸니?]

백승희. 흘러나온 그 이름에 은설은 입술을 잘근 깨물었다. 저 이름과 목소리의 주인으로 인해 대학 내내 곤란에 빠진 적이 한두 번이 아니었다. 적의 없다는 듯 상대는 매번 미안하다는 사과로 화도 낼 수 없게 만들었다. 오히려 화를 내면 이상한 사람이 되는 상황을 만드는 데 천재적이었다. 당연히 이 전화가 달가울 리 없었다.

"오랜만이네."

[너 완전 잠수타서, 애들도 얼마나 궁금해했는데. 우린 꾸준히 동기 모임 하고 있었는데, 넌 연락도 안 되지.]

"그랬어?"

[그래, 그런데 진우 선배 기사에서 너 나온 거 보고 깜짝 놀랐

잖아. 무슨 일인데? 아니, 아니다! 그러지 말고 오늘 동기 모임에 나와. 그러라고 전화한 거야. 이번엔 진짜 얼굴 비춰. 다들 너 나오기만 기다리고 있으니까.]

대답 없는 은설을 향해 승희는 역시나 제 할 말만 늘어놓았다.

[오랜만에 만나서 할 얘기도 많고, 너 나오는 걸로 말해놓을 거니까. 늦지 말고 1시까지 청담동 74카페로 와! 올 때까지 기다린다!]

결국 은설은 그 불편한 동기 모임 장소로 나가기로 했다. 그녀의 여벌옷은 빌라에 그대로 두고 나왔기에 제후가 준비해 준, 이대로 받아도 되나 싶었던 원피스와 구두, 그리고 핸드백을 사용할 수밖에 없는 상황이었다. 아무래도 정진우가 다녀간 곳이라 제 집으로 들어가는 건 겁이 났다. 그나마 들고 온 클러치백은 옷과 어울리지 않아서 아쉽게 내려놓은 채였다.

거울 속 여자는 은설이 보기에도 그럴 듯했다. 하지만 그녀의 표정은 별로 좋지 않았다. 제 옷 같지 않은 불편함이 꼭 원치 않는 장소에 가는 기분과 맞아 떨어진 느낌이었다.

모임 장소인 카페로 들어서자, 동기로 보이는 화려한 무리들이 깔깔거리며 이미 수다의 장을 이룬 상태였다. 추운 날씨에도 불구하고 야외 테라스에 앉은 그녀들은 역시나 사람들의 시선이 머무는 곳에 있었다.

"어, 왔어?"

승희가 은설을 향해 새침한 미소를 지으며 손짓하자, 동기들의 시선이 그녀에게로 모였다. 그들은 그녀가 신고 있는 구두부터 원피스와 들고 있는 가방까지 저마다 티 나지 않게 눈동자를 굴리며 스캔하기 바빴다.

"이야, 은설이 출세했구나? 완전 못 알아볼 뻔했다. 입고 있는 그 옷, 에르마노 설비노야? 아님 발렌티노야?"

명품이라면 패턴까지 꿰고 있는 소담이 물었으나 은설은 그저 어색하게 웃을 뿐이었다. 그러자 이번에는 기상캐스터로 취업한 봄이가 그녀의 가방을 뺏어 들며 외쳤다.

"가방 대박. 에르메스잖아! 이거 진짜야?"

가장 심플한 디자인이라 들고 나온 거였는데 얼떨떨해진 은설은 머리를 쓸어 넘겼다. 승희가 그런 은설을 보며 짙게 칠한, 얇고 긴 눈썹을 앙칼지게 위로 올리며 붉은 입술을 씹었다. 새빨간 립스틱과 초코브라운색의 눈썹이 세련되면서도 화려한 승희의 얼굴과 잘 어울렸다. 친구들이 온통 은설의 차림새에만 관심을 갖자 승희는 까르르 웃으며 농담이지만 전혀 농담 같지 않은 찬물을 들이부었다.

"은설아, 너희 집이 그렇게 잘살았었나? 아님 그새 성공이라도 한 거야? 누가 보면 스폰서라도 생긴 줄 알겠다."

"……뭐?"

"농담이야, 농담! 뭘 그렇게 정색을 하고 그래? 사람 무안하게."

이런 식으로 사람의 속을 부글부글 끓게 만드는 게 처음은 아니었다. 승희에게 알게 모르게 마음의 빚을 가지고 있는 은설은 그냥 웃으며 넘어가 주었다. 오히려 다른 친구들이 흠칫하며 화제를 돌렸다. 이야기는 은설이 오기 전에 했던 내용으로 매끄럽게 이어졌다.

"채영이는 얼굴을 싹 갈아엎었다는데, 수술 망해서 기획사에서 나가라 그랬다며?"

"진짜? 그 예쁜 얼굴 손 댈 데가 어디 있다고. 딱 눈, 코 했을 때까지가 예뻤는데, 내가 더 건들다 그럴 줄 알았어."

"아영이는 연기 포기하고 승무원으로 취직했다며?"

"응, 늦지 않게 잘 선택한 거지, 뭐. 미진이는 하는 것 없이 졸업하자마자 부잣집에 시집갔고! 다들 그러고 보면 잘 살아."

저마다 미처 나오지 못한 동기들 얘기를 하며 근황을 전하자, 승희가 탁자를 두드리며 생글거리며 웃었다.

"얘들아, 나 축하할 일 생겼어! 이번에 미니시리즈 여주인공 후보에 내 이름 거론되었던 거 알지? 그거 수지 말고 내가 하게 됐어!"

"진짜? 어머, 완전 축하해!"

"잘됐네."

축하인사를 건네는 그 말들 속에 진심이라고는 있을까. 다들 그 자리엔 내가 있었어야 한다는 눈빛으로 입꼬리만 작게 그려 넣은 듯이 올렸다.

"우리의 기대주, 기은설! 넌 요즘 뭐하고 지내? 기사 보니까 평범하게 지내는 것 같진 않고. 그 남자…… 그래, 윤제후! 진짜 사귀기라도 하는 거야?"

내내 말없이 음료수만 들이켜던 은설에게 소정이 물었다. 다들 궁금했다는 듯이 은설을 바라보았다. 축하 인사를 받던 승희는 그새 관심이 은설에게 집중되자, 표정이 단박에 샐쭉해져 덩달아

물었다.

"나도 궁금했어. 윤제후랑 진우 선배랑 대체 무슨 사이야?"

"백승희, 넌 설마 아직도 진우 선배 바라기인 건 아니지?"

장난스럽게 봄이가 끼어들자 승희가 황당하다는 표정을 지으며 입을 크게 벌렸다.

"언제 적 얘기를 꺼내는 거야?"

말이야 바른 말이지, 승희의 짝사랑은 아직도 현재진행형이었다. 승희가 은설에게 가지고 있는 비틀린 마음은 진우 때문에 생긴 거였다. 그리고 그것을 은설은 알고 있었다.

"아니면 말고."

봄이가 새침하게 웃었다. 그 사이로 은설이 차분하게 대답하였다.

"아무 사이도 아니야."

소정이 눈을 동그랗게 뜨며 머리를 긁적였다.

"네가 윤제후 씨한테 결혼하자고 했잖아. 그런 게 아무 사이도 아닌데 할 수 있는 말이야?"

"그건…… 내가 하고 있는 일이 커플매니저라서 나왔던 말인데 기자가 오해한 거야. 진우 선배는 정말 우연히 거기서 만났던 거고."

'그럼 그렇지' 하는 표정으로 승희가 커다랗게 웃음을 터뜨렸다.

"뭐라고? 커플? 아…… 뚜쟁이 그런 거야?"

은설은 이 모임이 정말 싫었다. 가식적인 웃음 뒤에 상대의 허점을 찾으며 위안을 삼는 무리들이 하는 얘기라곤 뻔해서. 그래서 이런 모임엔 될 수 있으면 나오지 않으려고 했던 건데, 바보처럼 오랜만의 연락이랍시고 혹시나 변한 게 있을까 기대한 게 오산이었다. 어차피 뭐라고 반박해 봐야 얼마든지 또 다른 트집을 잡을 게 뻔했다. 오히려 무덤덤하게 있는 편이 상대를 자극하지 않는 가장 좋은 방법이었다.

그때, 테라스 문이 열리며 종소리가 울렸다.

문을 열고 등장한 남자로 인하여 여자들의 수다는 멈췄다. 침을 꼴깍 삼키며 모두의 시선이 남자에게서 떨어질 줄 몰랐다. 검은 머리칼과 대비되는 새하얀 얼굴이 햇살에 비춰서 환하게 빛나는 남자는 실존 인물이라고는 믿기 어려울 만큼 매혹적이었다.

"저…… 남자 어디서 많이 본 남자 같지 않아?"

봄이가 넋이라도 빠진 듯 경탄해 마지않는 얼굴로 말하기가 무섭게 모두의 시선을 빼앗은 남자가 이쪽으로 향했다. 한 손은 주머니에 찔러 넣은 채로 다소 오만한 자세였지만, 마치 모델이 런웨이에서 워킹하는 것처럼 남자는 공간을 장악하는 능력이 뛰어났다.

"한참 찾았잖아."

매혹적인 남자는 목소리 또한 매력적인 중저음이었다. 동기들은 흠칫하며 얼굴을 붉혔다. 그가 말을 건 상대가 은설이라 그녀들은 부러움을 가득 담은 시선으로 은설을 보았다.

난데없는 그의 등장에 당황한 은설은 눈만 동그랗게 뜰 뿐이었다. 이곳에 그가 있을 이유는 어디에도 없었다. 은설은 떨어지지 않은 입술을 천천히 떼었다.

"여긴 어떻게 알고 온 거예요?"

"글쎄."

[대박, 너 지금 이리로 오는 게 좋을 것 같은데?]

"왜."

수강이 스피커폰으로 바뀠는지 주위가 소란스럽게 웅성거리자, 제후는 핸드폰을 귀에서 얼른 떼어냈다.

[우리가 제일 싫어하는 여자들 부류, 알지? 허영심만 잔뜩 늘어서 얼빠진 소리나 하는 여자들 있잖아.]

"요점만 말해."

[은설 씨, 완전 먹이사슬 제일 아래에 있는 것처럼 제대로 당하는데? 이 좋은 구경 안 올 거냐? 너 안 오면, 내가 백마 탄 왕자 해서 은설 씨 꼬셔보려고. 궁서체로 말하는데, 나 그래도 되는지 허락 맡는 거야, 지금.]

"내가 거길 왜 가."

제후는 더 들을 것도 없다는 듯 통화 종료 버튼을 눌렀다. 하지만 이어서 도착한 문자 메시지는 무시하지 못했다. 그의 눈빛엔 전에 없던 불편한 기색이 돌았다.

이상하게 자꾸만 신경이 쓰이는 여자다. 일면식 없이 일방적으로 왔던 문자에서도 사람의 마음속 어딘가를 긁어 두드리는 기묘한 느낌이 있었다. 그 이유를 거슬러 가보자면 자신의 첫사랑이었던 여자의 고집스러운 면모를 닮았다. 한번 마음먹은 일은 자신의 뜻을 이루기 위해 끝까지 몰아붙이는 집요함 역시.

그것 때문일까. 그는 다른 사람을 대하는 것처럼 맺고 끊지 못했다.

먼저 키스를 하면서 말도 안 되는 핑계를 댔던 상황이 떠오른 제후는 잠시 눈을 감았다. 퉁퉁 부은 입술에 화가 날 정도로 동요했다는 게 아직도 이해가 가질 않았다. 그리고 그렇게까지 해서라도 같이 있으려고 한 이유가 무엇인지. 아직 그 이유의 답을 찾지 못했다. 단순히 위험에 처한 여자를 지켜주겠다는 정의감이나 사명감이라고 하기엔, 남의 일에 관여하고 신경 쓸 만한 시간도 없거니와 무감한 성격이라는 것을 스스로 잘 알고 있었다.

"은설 씨, 딱 네 스타일이지?"

그 순간, 제후는 수강이 했던 말이 떠올라 나른하게 고개를 젖혔다. 그럴 리가 없잖은가. 그는 이성적으로 머리를 굴리려 했지만 마음대로 되진 않았다. 문자만 해도 그랬다. 안 가겠다고 이미 결론을 내렸지만 핸드폰을 손에서 놓질 못했다. 결국 차에 올라 운전대를 잡고야 만 제후는 룸미러에 비친 자신의 모습을 힐긋 보곤 건조하게 웃었다.

이런 식으로 생각을 거듭할 바에는 차라리 부딪쳐서 눈으로 확인해 보는 게 빠를지도 모를 일이었다. 의외로 별것 아닌 지나가는 감정에 불과하다는 걸.

그리고 지금, 그가 이곳에 등장한 이유는 붙이기 나름이었다. 턱을 괴고 물끄러미 은설을 바라보던 제후는 보라색 케이스를 내밀었다. 그러자 은설은 이 상황이 꽤나 난감해졌다.

"이거……?"

"내가 밤새 당신 생각하면서 만든 거야."

달콤한 말과는 달리 표정엔 별 변화가 없었다. 은설은 그의 서늘해 보이기까지 한 눈매와 케이스를 번갈아 보았다.

은설이 짧은 시간 그를 상대하며 깨달은 바로는 그는 참 특이한 사람이었다. 오만한 것 같지만 절대 예의를 벗어나는 행동은 하지 않고, 제가 잘난 걸 너무나 잘 알지만 그렇다고 남을 무시하진 않는다. 마음대로일 것 같은데 세심한 배려가 있다. 겉으로 보이는 행동, 말투와 그 뒤에 숨겨진 반전의 오묘한 부조화가 매력적으로 보이는 건, 그가 아마 다른 사람이 아닌 '윤제후'이기 때문일 것이다.

가만히 있는 은설을 보며 제후는 친절히 보라색 케이스까지 열어주었다. 2.5캐럿 상당의 물방울 다이아가 가장 먼저 눈에 들어왔다. 심플하지만 고혹적인 자태의 팔찌를 확인한 은설은 물론이고 주위의 여자들까지 눈이 휘둥그레졌다.

"까다로운 당신 안목에도 이번 건 마음에 들었으면 좋겠군."

조각 같은 그의 얼굴과 케이스 속 팔찌를 번갈아 보며 동기들은 저마다 탄성을 내질렀다.

"이게 마음에 안 들면 미친 거지. 기은설! 아무 사이도 아니라며? 어떻게 된 거야?"

"대박! 기은설, 앙큼하게 완전 내숭 떤 거였잖아."

"팔찌 너무 예뻐요. 부럽다……. 은설아!"

"저도 그 팔찌 한 번만 만져봐도 돼요?"

동기들이 후덜덜한 몸값을 자랑할 것이 분명한 팔찌에 손을 뻗으려 하자, 은설은 자리에서 벌떡 일어났다.

"다들 동작 그만!"

은설은 부들부들 떨리는 손으로 케이스를 움켜쥐었다.

"윤제후 씨, 저 좀 보죠?"

"그러지."

은설의 말에 제후가 다소 과장되게 어깨를 으쓱하자, 눈 호강을 멈추고 싶지 않다는 듯이 곧바로 동기들의 아우성이 사방에서 쏟아졌다.

"벌써 가시려고요?"

"우리 이제 막 만났는데, 더 있다 가시면 안 돼요?"

"팔찌에 대한 답을 받아야 해서, 그럼 이만."

그가 가볍게 한쪽 입꼬리만 올렸다. 그의 미소 아닌 미소에도 쓰러질 것 같은 얼굴을 한 동기들은 그를 조금이라도 더 가까이서 보려고 우왕좌왕하며 일어섰다. 소문으로만 듣던, 다른 세계의 사람인 줄 알았던 그가 이렇게 나타나니 아연실색할 수밖에 없었다.

동기들 중 가장 시집을 잘 간 미진의 남편도 나이 차이가 꽤 나는데다 인물도 좀 딸리는 편이라 위안이 되었는데, 난데없이 등장한 그는 성공한 능력남에 나이 차이도 고작 네 살밖에 나지 않는 그야말로 상상 속에서만 존재하는 오빠였다.

"팔찌에 대한 답? 진짜 프러포즈라도 받은 거 아니야?"

"오늘의 위너는 기은설이다."

바로 그 윤제후가 은설을 위해 팔찌까지 밤새서 만들었다니, 승희는 속에서 천불이 나는 걸 애써 감추며 어금니만 꽉 깨물었다. 은설을 부러워하는 동기들의 말 하나하나가 귀에 거슬렸다. 원래 오늘의 주인공은 나여야만 했다고. 두 사람의 뒷모습을 바라보며 승희는 분한 마음에 입술만 깨물었다.

　"칠천구백팔십만 원."

　그의 집으로 돌아온 은설은 팔짱을 끼며 여유를 부리는 제후
의 말에 입을 다물지 못하였다. 충격으로 벙긋거리며 입안으로
공기만 잔뜩 집어 삼켰다. 이건 사기야, 사기!

　"아니……, 이 은 같은 게 그렇게나 비싸요?"

　"은 아니고 백금."

　"그래요, 화이트골드! 핑크골드나 화이트골드나 그래봐야 합
금인데, 너무 비싼 거 아니에요?"

　"화이트골드 아니고 백금. 플래티넘이라고."

　"……네?"

　이건 또 무슨 말이야. 알 수 없는 말에 은설은 자꾸만 더워졌
다.

　"화이트골드는 니켈이나 팔라듐을 섞어서 만든 합금이고, 지
금 이 팔찌는 플래티넘 950으로 백금 함량이 90%가 넘게 들어
간 거라고. 화이트골드와는 세공법도 다르고, 제작 과정이 까다
로운 대신 단단하고 녹이 슬지 않지. 또한 희소성이 있는 만큼 값
도 나가고."

　"지금 무슨 말 하는지 하나도 모르겠고요. 이 물방울 모양의
유치한 큐빅은 뭐예요?"

　딱 봐도 다이아일 게 분명하지만 은설은 괜한 트집을 잡으며
생떼를 썼다.

　"최고급 다이아몬드야. D컬러에 투명도는 FL급으로 내포물과

외부 결함을 전혀 볼 수 없는 귀한 다이아몬드지. 컷팅 또한 트리플 액설런트 컷팅으로 상당히 세밀하게 작업한 거야."

"뭐, 뭐요?"

"케이스 안에 보면 GIA 보증서 있으니까 잘 확인해 보고."

"이거 도로 팔아버려야겠네요!"

"페어컷의 다이아 같은 경우는 살 때는 비싸지만, 되팔 때는 제값을 받지 못하는 게 단점이지."

정확히 말하면 스퀘어 다이아몬드의 경우에는 수요와 공급이 적정선으로 일치하기에 금액의 변동이 미미하지만, 페어컷인 물방울 모양의 다이아몬드는 수요량이 많지 않기에 되팔 때는 제값을 받지 못하는 단점이 있었다. 그렇기에 물방울 다이아몬드는 가격에 구애 없이 취향을 중시한 주문제작에 넣는 경우가 대부분이었다. 사실 이 팔찌는 급하게 이유를 대기 위해 다른 고객의 주문품을 슬쩍 들고 온 상황이었지만 은설은 몰랐다.

"와…… 진짜 너무하는 거 아니에요?"

"이번에도 역시 마음에 안 드나?"

건들거리며 말하는 그에게 은설은 마지막 발악이라도 해야만 했다. 뒤에 붙은 동그라미가 몇 개인지, 저 돈은 통장 잔고를 다 털어봐야 수중에 있을 리가 없는 돈이었다. 전세자금 구하면서 이미 대출까지 받은 마당에 분수에 안 맞는 팔찌 때문에 마이너스 통장을 쓸 순 없는 일이다.

"네, 무지 마음에 안 들어요! 완전 내 스타일 아니거든요! 그리고 가격 말인데요, 이렇게 비싼 거면 만들기 전에 말을 해야죠."

그 말에 제후가 웃음을 터뜨렸다.

"제후 주얼리는 다들 가격과는 상관없이 최고만 고집하는 고객이 주류라, 당신 사정까지는 내가 생각을 못 했군."

은설은 약이 바짝 올랐지만 제대로 알아보지도 않고 함부로 제작을 맡긴 자신의 잘못이 가장 컸다. 값이 나간다고 했던 수강의 말을 흘려들어서는 안 되었는데. 스케치 도안도 안 보고 알아서 만들어 달라고 당당하게 말하기까지 했으니, 이건 더 말해 봐야 할 말이 없는 상황이었다. 이번에도 마음에 안 든다고 잡아뗄 수밖에!

……아닌가? 그럼 더 비싼 걸로 만들어 오려나. 회원으로 가입시키려다 배보다 배꼽이 더 큰 대출금만 잔뜩 떠안게 되는 상황이 머릿속으로 그려지자, 은설의 눈동자가 초조하게 구르다가 제후에게 닿았다.

"다시 만들어 봐야 윤제후 씨 스타일로 봤을 때, 전 계속 마음에 안들 것 같은데. 여긴 뭐 계약 취소 제도는 없나요?"

당당하기까지 한 은설의 말에 그는 실소를 터뜨렸다. 이제껏 단 한 명도, 그가 만든 제품에 불만을 토로하는 사람은 없었다. 은설이 계약 취소를 입에 담는 건, 핑계로 댄 스타일이 아니라 가격 때문이라는 것을 그는 눈치로 알 수 있었다. 귀엽다고 해야 하나, 사랑스럽다고 해야 하나. 픽 웃음을 터뜨린 그가 가벼운 어투로 입을 열었다.

"취소할 수 있지."

은설의 어두웠던 낯빛에 금세 생기가 돌았다.

"그럼 저 취소할래요. 당장 취소해 주세요!"

"단, 제작 금액의 10%를 위약금으로 물어야 하지."

그 말에 희망이 부서진 은설은 망연자실할 수밖에 없었다. 제작 금액의 10%라니! 그럼 이전에 만들었던 팔찌도 포함이라는 건데, 이젠 다시 재제작을 우겨볼 수도 없게 되었다. 돈 앞에 허우적대고 있는 꼴이라니. 스스로가 한심해서 견딜 수가 없지만 이럴 땐 더 뻔뻔하게 나가는 수밖에 없다는 결론을 내린 은설은 눈동자를 도르륵 굴렸다.

"10% 대신……."

"또, 그놈의 회원 가입서를 들이밀 건가."

예상하고 있다는 듯이 그가 말을 끊었다. 정면으로 마주하는 그의 눈빛을 똑바로 바라보지 못하고 은설은 슬쩍 시선을 아래로 떨어뜨렸다. 뜨거운 태양을 닮은 눈빛은 아래로 향해 있어도 여전히 느껴진다.

"그러지."

순간 잘못 들었나 싶어 은설은 고개를 번쩍 들었다. 그는 여전히 무덤덤한 얼굴로 빤히 내려다볼 뿐이었다.

"바, 방금 뭐라고 그랬어요?"

"그렇게 하겠다고 했어. 뭐, 불만 있나."

"진짜…… 가입한다고요?"

"그래, 그렇다고."

이상한 노릇이었다. 그토록 바라던 대답이건만 은설은 갑자기 스르륵 힘이 빠져 버렸다. 뭔가 꽉 움켜잡고 있던 게 손가락 사이로 빠져나간 느낌이었다. 그게 뭔지 찾으려고 하는데 대체 뭐였는지 흔적조차 알 수 없이 녹아내린 기분이었다. 자신도 모르는 사이에 그를 단순 회원이 아닌 남자로 생각했던 건가 싶어 은설은 허탈하기까지 했다.

어제의 키스는 무슨 의미였냐고 물고 늘어질 생각은 없지만 그래도 한마디 언급도 없이 지나간다는 게 가슴이 시리다고 해야하나. 이 기분은 설명되질 않았다. 그의 붉은 입술에 시선이 갔다. 그는 정말로 아무렇지 않은 건가.

"참 쉽네요."

내가 처음으로 받아들인 키스였는데.

"쉽진 않지. 난 좀 어려운 남자니까."

짧은 미소와 함께 그가 턱을 매만졌다.

"그럼 작성해요. 마음 바뀌기 전에."

작게 한숨을 쉬며 은설은 방안으로 들어가 클러치 백에서 여분으로 들고 다니는 가입서 폼을 그에게 내밀었다. 언젠가 이런 날이 올까 싶어 항시 넣고 다니던 것이었다. 이내 잽싸게 낚아채듯 가져가는 손길에 은설은 빈 주먹을 꽉 움켜쥐었다.

"안 한다고 했던 사람 맞아요?"

"이젠 해도 문제인 건가."

제법 꼼꼼하게 작성하는 자세가 심상치 않아서 은설이 슬쩍 곁눈질로 바라보았다. 작고 촘촘하게 쓰인 정갈한 글씨가 가입서에 채워지고 있었다. 은설은 회원과 여러 번 상담을 하면서도 수많은 글씨체를 보았지만, 남자 여자를 막론하고 글씨체가 저토록 예쁜 건 처음이었다. 디자인을 하는 사람이라 그런지 글자가 꼭 그림처럼 선이 고왔다.

"이상형이 어떻게 돼요?"

원래대로라면 이것저것을 물어보며 기록해야 하는데, 은설은 신상명세서를 직접 작성하게 하고 그저 말로만 물었다. 펜을 굴릴 만큼의 힘이 나오지 않았다.

"이상형이라……."

"어떤 사람 소개받고 싶은데요?"

"그건 당신 전문 아니었나."

"스타일을 알아야 그에 맞게 선별하죠. 내가 독심술사예요?"

"내가 좋아할 여자가 어떤 여자인지."

그는 설핏 웃음을 터뜨렸다가, 마주하는 은설을 보며 제법 진중한 목소리로 말하였다.

"당신이 말해줘."

그 목소리에 한 움큼 심장이 떨려와 은설은 잠깐 동안 할 말을 잃었다. 제후는 작성한 가입서를 눈만 깜빡깜빡 뜨는 은설을 향해 흔들어 잡았다.

"받아야지."

나긋한 그의 목소리가 주문처럼 들려오자, 은설은 작게 고개를 저으며 그대로 파일 케이스 안에 넣었다. 그리고 다음 날, 회사에 도착해서까지도 열어보지 않았다. 그저 떨떠름하게 한 번씩 눈길이 갈 뿐이었다. 어쨌든 중요한 건, 회원 가입서에 그의 사인을 받아냈다는 데에 있었다. 그녀가 이렇게 열심히 회원을 설득한 건 입사초기를 제외하고는 처음이었다.

갑자기 아득한 신입 시절이 생각난 은설은 회한에 잠겼다. 그래 봐야 불과 2년 전이지만, 연기라는 한길만 바라보다가 그 길을 버리고 선택할 수 있는 일은 사실 많지 않았다. 전공이 전공이다 보니 일반 회사에서 요구하는 자격증을 갖고 있는 것도 없었다.

우연히 검색한 채용 공고에서 눈에 들어온 게 바로 '노블리스'였다. 전공 수업을 통해서 배운 화술과 인간 심리학의 이해, 이미지 메이킹은 이곳에선 그래도 제법 유용하게 쓰였다.

은설은 제후가 작성했던 가입서를 옆에 두고 그와 관련된 정보가 기록되어 있는지 알아보기 위해 그의 이름을 검색했다. 그는 노블리스에서 적극적으로 가입시키고 싶어 했던 유치 대상 1호였기에 이미 많은 커플매니저들이 여러 번 접촉 시도를 했던 메모가 있었다. 거의 부재중이었기에 그것을 제외한 굵직한 정보들만 빠르게 훑었다.

— 2012년 05월 27일 펜실베니아 대학 경영학 졸업, RISD(세계 패션스쿨로 선정된 미국패션 디자인 스쿨) BFA(순수 미술학사) 제후 주얼리 디자이너 겸 CEO.

— 2012년 06월 14일 거의 모든 해외 명품관에 제후 주얼리 브랜드가 입점되어 있음.

— 2012년 12월 04일 키 187㎝ 외모 上, 프로필 퍼펙트, 꼭 가입시켜야 함.

— 2013년 03월 30일 만나는 여자 친구 있다고 함.

그의 디비를 찬찬히 훑던 은설은 '여자 친구'라는 말에서 쓰게 웃었다. 그의 작업실에서 보았던 사진이 떠올랐다. 메모 날짜를 보니 3년도 전에 적힌 것이었다.

어떤 여자였을까? 불현듯 궁금증이 일었지만 은설은 이내 고개를 설레설레 저었다. 윤제후는 가장 최상위층 레벨이고 자신은 객관적으로 따져봤을 때 중하 레벨. 절대 평행선이 될 수 없는 위치에 속해 있으니까. 분명 그가 만났던 여자도 그에 어울리는 여자일 것이다. 결코 만날 수 없는 꼭지점 그래프를 그려보던 은설은 작게 한숨을 쉬며 그가 작성한 종이로 시선을 내렸다. 앞장이 비어 있어서 뭔가 싶었던 은설은 이내 예상치 못한 내용에 그만 소리를 지르며 일어서고야 말았다.

"……악!"

스테이플러로 찍힌 두 장의 가입양식서는 일반 가입서와 표적 가입서로 두 가지인데, 그가 작성한 가입서는 바로 '표적 가입서'였다. 그것도 바로 다름 아닌 자신을 겨냥한!

3. 그대의 표적

부산하게 울려대는 전화와 밀려드는 상담 예약으로 인해 은설은 혼이 쏙 빠져나갈 지경이었다. 아침에 출근하자마자 윤제후의 회원 가입서를 받았다고 한마디 했을 뿐인데 이미 소문은 일파만파로 퍼져 나갔다. 다들 진짜인지 묻기 위해 확인 전화를 했다. 기존 회원들은 일단 만나게만 해달라며 무작정 사정하는 것도 여러 번이었다. 은설은 고개를 절레절레 흔들며 자리에 털썩 주저앉았다.

"이 사람의 존재가 이 정도일 줄은……."

이런 사람이 표적 가입서를? 그것도 나한테? 도대체 무슨 꿍꿍이인 건지 은설은 기가 차서 콧방귀를 뀌다가 결국 마지막에는 쓸쓸한 웃음으로 마무리 지었다.

윤제후의 가입으로 인한 사태는 수습할 수 없을 정도로 커져서 전화 마비까지 올 정도였다. 노블리스 최고층에 있는 안일국 대표까지 내려와서 그녀와 면담 요청을 하자 은설은 그가 자신을 두고 표적 가입서를 작성했다고 어찌 말을 꺼낼지 참 난감해졌다. 이렇게 문의 전화가 빗발치는데, 이 사실을 위에서 알면 결코 좋은 소리가 나오지 않을 게 뻔했다.

"기은설 씨가 드디어 한 건 했구먼. 역시, 내 눈썰미가 틀리지 않았어. 난 자네가 해낼 줄 알았다니까. 허허."

안일국 대표가 안경 너머로 눈빛을 반짝였다. 결혼정보회사를 이만큼이나 키워온 안 대표는 그만큼 욕심이 많은 인물이었다. 일반 회원에게 비싼 가입비를 받아내는 것보다 회원가입비를 받지 않아도 집안, 외모, 스펙 다 좋은 최고급의 회원들을 받아 회사의 이미지를 높이는 데 더 중점을 두는 그에게는 반가운 일이 아닐 수 없었다. 그들의 존재는 더 많은 여성 회원들을 모았고, 그것은 당연히 비싼 회원 가입비로 이어져 수익이 되었다.

그는 성과를 내는 사람에게는 그 누구보다 인자했지만, 반대로 실적을 내지 못하는 사람에게는 가차 없었다. 그걸 누구보다 잘 알고 있는 은설은 쉽사리 입이 떨어지지 않았다. 그렇게 우물쭈물하는 사이, 안 대표는 그녀의 어깨를 토닥이며 격려까지 해 주었다.

은설은 무거운 마음으로 하루를 마무리하고, 본의 아니게 신세지고 있는 그의 집으로 돌아왔다. 그는 아직 귀가 전인지 집에는 아무도 없었다. 은설은 곧장 샤워를 했다. 하루 종일 가시방석에 앉은 양 긴장하고 있었더니만 한겨울에 끈적이는 땀과 함께 서늘하게 말라 버린 옷이 영 찝찝했다. 쏟아지는 물줄기를 맞으며 가슴 언저리에 묵직하게 걸린 한숨을 토해냈다.

샤워를 마친 후 젖은 머리카락을 말리는 중에도 은설은 대체 어제, 오늘 무슨 일이 있었던 건지 아무리 생각을 해도 잘 이해가 되지 않았다. 이윽고 현관에서 도어락 열리는 소리가 들려오자 은설은 가운을 단단히 여미며 드레스 룸으로 걸어갔다.

누가 했는지 원래 집에 있던 옷까지 모두 옷장에 정리되어 있었다. 마치 그녀가 했던 생각을 읽기라도 한 듯, 새 옷에 붙어 있던 가격표는 사라져 있었다. 새 옷 특유의 향이 아닌 향긋한 냄새에 옷을 만지는 손길이 예전처럼 거부감이 들지 않았다. 가격이 보이지 않으니 한결 마음이 편해진 탓이었다.

옷을 갈아입은 후 은설은 그의 방문에 짧게 노크했다. 그리고 문을 열자마자 그가 작성한 가입서를 쭉 내밀었다.

"대체 어떻게 된 거예요?"

"뭐가?"

그새 샤워를 마친 건지 허리에 수건만 두른 맨몸으로 제후는 고개를 삐딱하게 수그린 채로 한손으로 수건을 들고 머리를 털어내고 있었다. 뒤늦게 그를 발견한 은설이 뒤돌아서며 작게 소리를 내질렀다.

"엄마, 깜짝이야! 뭐예요, 매너 없게!"

"내 방에서 매너를 지켜야 할 이유가 있나?"

"그건 그렇지만……."

"처음 보는 모습도 아닐 텐데, 내숭이 너무 심한 거 아닌가."

그의 말에 은설은 귀까지 새빨갛게 달아올랐다.

"자꾸 그렇게……."

발끈한 은설이 다시 뒤로 돌았다가 이내 두 손으로 얼굴을 가리며 눈을 질끈 감았다. 찰나였지만 그의 탄탄한 몸매는 이미 눈에 다 들어오고 말았다. 눈을 가려도 눈앞에 아른거렸다. 그 모습을 다시 보고 싶은 마음이 생겼지만 그럴수록 손끝에 단단히 힘을 주었다.

"옷 다 입었어. 하려던 말이 뭔데."

은설은 머뭇거리면서 얼굴에서 손을 뗐다. 어느새 흰 티셔츠에 블랙 면바지를 입은 그를 보며 낮게 헛기침을 하였다. 그리고 이 방에 들어온 목적, 그의 가입서를 앞으로 내밀었다.

"지금, 저랑 장난하는 거죠? 표적 가입서라니요! 가입하기 싫으면 싫다고 말을 하지, 사람을 이렇게 곤란하게 하는 경우가 어디 있어요?"

"이게 왜 곤란한 거지."

"회사에 윤제후 씨 가입서 받았다고 말했는데, 일반 가입서가 아니잖아요. 그것도 모르고 사람들은 죄다 윤제후 씨 주선해 달라고 난리가 났다고요!"

"그게 왜 문제인지 모르겠는데."

"이거, 진심으로 쓴 것도 아니잖아요."

제후는 혀로 입술 위를 쓱 훑었다. 진심이라는 단어가 주는 무게가 가볍지는 않았지만 그렇다고 장난으로 쓴 건 아니었다. 그는 은설의 눈을 지그시 들여다보았다. 검은 눈동자가 느슨해지고 조여지길 반복했다.

"연애할 만큼 해봤고, 여자에 대한 기대감 같은 것도 없어. 내 공간에 다른 누가 들어오는 것도 질색이고 일 외에 다른 얘기 나누는 것도 귀찮아. 그런 내가 지금 이 말도 안 되는 일을 하나도 아니고 한꺼번에 하고 있어."

그는 말하면서도 스스로의 행동을 되짚어보고 있었다. 조금 더 진중한 시선으로 은설을 물끄러미 바라보았다.

"더 설명해야 하나."

정색하는 그의 눈빛에는 장난이 깃들어 있지 않았다. 은설은 순간적으로 심장이 철렁 내려앉았고, 이내 거침없이 심장 뛰는 소리가 쿵쿵 울렸다.

뭘 기대하는 거야……? 은설은 한쪽 손을 가슴에 얹고 진정하기 위해 후, 긴 한숨을 내쉬었다.

"아니, 내가 결혼하라고 말했던 건 윤제후 씨한테 어울릴 만한 여자를 소개해 주려고 했던 건데. 이걸 나한테 쓰면 내가 지금 황당하겠어요? 안 하겠어요?"

"그렇게 자신을 낮추는 타입은 아니었던 것 같은데."

"물론 제가 예쁜 건 저도 알고 제 팔로워들도……. 아니, 아무튼 외모는 저도 어디 가서 안 빠지는 거 아는데요. 우리 집안은 비 마이너스……."

"비 마이너스?"

"아니, 씨?"

은설은 이내 고개를 젓고는 제법 단정한 목소리를 내기 위해 숨을 몰아쉬었다.

"아무튼 이 세계에도 룰이 있다고요. 지금 하고 있는 일도, 원래 제가 뭐든 다 시작하면 열심히 하는 성격이라서 그만큼 소득도 있지만 전문직과는 거리가 멀고요."

"그래서 당신이 하려는 말은 뭐지."

"그런데 윤제후 씨는 올 에이플러스, 다이아몬드 등급이라고요. 나랑은 안 맞는다니까요?"

"그렇군."

그가 고개를 끄덕였다.

"……이제 이해됐어요?"

"상황이 반대일 경우엔 상관없지 않나."

"무슨 말이에요?"

"씨 등급의 여자가 나를 원하면 연결 못 시켜준다는 말, 그 반대라면 상관없는 거 아니냐고."

"내가 또 언제 씨랬어요? 비 마이너스라니까요!"

"다이아몬드 등급인 내가."

그가 말하고도 웃긴지 피식 입술 끝을 올렸다.

"궁금해졌어, 기은설 당신이."

견고한 목소리가 귓바퀴 안으로 스며들어 왔다. 은설은 파르르 떨리는 눈꺼풀을 밀어 올리며 조심스럽게 그를 올려다보았다. 그와 눈이 마주친 채로, 그의 한쪽 입꼬리가 느리게 올라가자 은설의 두 뺨에 홍조가 차올랐다. 그가 그녀 앞으로 가까이 다가왔다.

"당신이 안 오면, 내가 천천히 가지."

귓가에 스치듯 닿는 입술과 그의 목소리에 은설은 몸을 떨었다. 낮게 속삭이는 목소리에 등줄기가 바짝 긴장하는 느낌이었다. 이건 공포가 아니라 처음으로 남자를 보고 설레는 것이었다. 긴장은 했으나 불쾌하거나 무서운 게 아니다. 그저 가슴 언저리가 간질간질하고 심장이 작게 두근거리는 것도 기분 좋았다. 은설은 그에게서 살짝 뒤로 물러나며 짐짓 아무렇지 않은 척 말했다.

"독신주의라면서요? 정말로 제가 좋아서 이 가입서를 쓴 거예요?"

가입서를 쥐고 있는 손에 힘이 들어갔다. 은설은 가입서를 일부러 더 높이 들어올려 그의 시선을 피했다. 눈을 마주보고 대답을 들을 자신이 없었다. 자꾸만 기대하게 될 것 같아서. 기대했는데…… 아무것도 아니게 될까 봐.

"이거 쓰면 무조건 다 결혼해야 하는 건가."

"……네?"

생각보다 가벼운 대답에 뜨겁게 달아오르던 심장이 그대로 멈추고, 은설은 입술을 꾹 짓눌렀다. 그와의 결혼을 꿈꿨던 건 아니지만, 표적 가입서를 쓴 저의가 궁금했던 건데…….

"당신을 두고 거기까지는 생각을 안 해봐서."

가입서를 들고 있는 손에서 힘이 빠져 천천히 내리자 그의 눈빛이 짙어졌다가 흩어지며 살짝 미소를 그리는 모습까지 은설은 전부 보았다. 순간, 그의 디비에 기록되어 있던 지나간 여자 친구의 존재가 불현듯 떠올랐다. 예전에 만났던 여자와는 결혼까지 생각해 봤을까.

"결혼 생각도 안 하고 결혼정보회사 가입서 쓰는 사람이 어디 있어요?"

"독신주의자한테 가입하라고 종용하는 커플매니저는 어디 있나."

그래, 단순한 호기심, 그런 거란 말이지?

못내 서운한 감정에 은설은 별말 없이 방을 나가 주방으로 향했다. 허기진 배나 채워야겠다는 생각에 냉장고를 열었다. 그 안에 재료는 없는 것 없이 다 갖추어져 있었지만 마땅히 먹을 만한 게 떠오르지 않았다. 사실 직접 만든 음식보다는 배달 음식과 더 친한 은설은 도로 냉장고 문을 닫았다. 그리고 배달 책자를 찾으려 냉장고 벽으로 손을 뻗어 보았지만 잡히는 건 없었다. 방에서 나온 제후가 미간을 좁히며 은설의 행동을 지켜보았다.

"뭐하는 거지."

뒤에서 바로 들려오는 목소리에 은설은 고개를 돌리며 물었다.

"여기는 배달 책자도 없어요?"

"배달 음식 딱 질색이야."

대답과 동시에 은설의 뱃속에서 숨길 수 없는 본능의 소리가 나왔다.

"여태 저녁도 안 먹은 건가."

은설을 밀어내고 냉장고를 연 제후는 익숙하게 재료들을 꺼내며 요리할 준비를 시작하였다. 두툼하게 손질된 스테이크용 고기에 바질가루와 후추를 뿌리고, 프라이팬을 불 위에 올린 후 원목 도마를 꺼냈다. 파프리카와 버섯, 양파를 능숙한 솜씨로 깔끔하게 썰어내는 데는 1분도 채 걸리지 않았다. 두툼한 고기가 프라이팬 위로 올라감과 동시에 맛있는 소리가 귀를 자극하자 지켜보던 은설은 침이 꼴깍 넘어갔다.

어느새 접시 위에는 맛있게 구워진 안심 스테이크와 채소들이

고급 레스토랑 못지않은 훌륭한 비주얼을 자랑했다. 두꺼운 고기를 욕심내서 크게 썰어 입안에 넣자, 고소하면서도 담백한 육즙이 입안 가득 고인다.

"아니, 사람이 인간미 없게 요리까지 잘해요?"

"먹으면서 말하지 마."

그가 눈가를 구기자 은설은 그를 향해 눈을 흘겼다.

"식탁에서 대화 없는 건 너무 정 없잖아요. 사람이 먹으려고 사는데, 그럼 언제 밥 먹고 언제 대화해요?"

"난 아니야, 먹는 건 부가적인 거지."

"에이, 그런 사람이 냉장고에 재료를 한가득 쟁여놔요?"

"내가 아니고 비서가."

그의 비서는 사람을 마주치는 일을 좋아하지 않는 제후의 성격에 맞추어 투명 인간처럼 티 나지 않게 그가 불편해할 일들을 알아서 처리해 주고 있었다.

"지금 유세하는 거예요?"

오만한 표정과 함께 그가 긍정의 의미로 눈을 깜빡이자 은설은 얼굴을 구겼다. 그리고 얼마 후, 흰 접시만 남겨놓은 은설은 설거지를 할 요량으로 일어나서 고무장갑을 꼈다.

"설거지는 내가 할게요."

"일하는 사람 따로 있으니 안 해도 돼."

"이런 건 먹은 사람이 해도 돼요."

"그러지 말라고 월급 주는 거야."

그러거나 말거나 은설은 개수대에 물을 틀어놓고는 뽀드득 소리를 내며 접시를 씻기 시작하였다.

"생각해 봤는데……. 윤제후 씨, 생각보다 괜찮은 사람 같아요. 가끔 제멋대로에 재수 없을 때도 있지만, 그 입장에서라면 충분히 그럴 수 있는 거니까."

여자에게서 처음 들어본 '재수 없다'는 말에 제후는 흐음, 낮은 숨을 내쉬었다.

"그래서 말인데요. 제가 소개해 주는 사람도 한번 만나봐요."

뒤에 딸려오는 말에 그의 눈빛이 차갑게 굳었으나 설거지를 하느라 돌아서 있는 은설에게 그의 표정이 보일 리 없었다.

"단순히 윤제후 씨가 궁금하다고 해서 가볍게 마음 열고 기대하기엔 내가 그렇게 가볍지가 않아요. 모 아니면 도거든요, 나는. 그래서 한번 좋아하면 질척거리면서 달라붙을지도 모르고……."

상처받고 싶지 않아요. 은설은 가장 중요한 뒷말은 삼켰다. 확신이 서지 않는 일에 마음을 주는 게 두려운 건, 아마도 잃게 되었을 때 오는 상실감을 먼저 배운 탓이었다.

"야, 기은설! 너 뭐해?"

하루 종일 이 서랍 저 서랍 뒤적거리며 정신없는 은설을 보다 못한 미리가 결국 한마디 하였다.

"내가 파일 정리해 둔 거 어디다 놔뒀지? 방금 전까지 책상 위에 있었는데……."

"그거 조금 전에, 선미 매니저가 추천할 만한 프로필 있는지 본다고 가져갔잖아. 기억 안나?"

"아, 그랬나? 내 핸드폰은?"

"책상 첫 번째 서랍 열어봐. 업무용 핸드폰은 항상 거기다 넣어뒀잖아. 너, 오늘 되게 수상하다? 정신을 어디다가 두고 온 사람처럼……. 왜 그러는 건데?"

말을 하던 도중 생각이 났는지 미리가 손뼉을 부딪치며 입을 크게 벌렸다.

"윤제후 씨, 선율 씨랑 연결해 줬다며? 그게 오늘이었어?"

"응, 아직 선율 씨한테 전화가 없네……."

오늘만큼은 굳이 그녀가 먼저 전화로 의사를 확인할 일은 없을 것 같았다. 선남선녀가 만나는 일에 이견이 있을까 싶었고, 연락이 오지 않는 건 잘되는 신호나 다름없었으니까.

"원래 선율 씨 맞선, 내가 알기론 30분도 안 되어서 칼같이 전화 왔던 것 같은데……. 시간 봐. 벌써 한참 지났어!"

미리는 내심 은설의 눈치를 살폈다. 그 순간, 은설의 회사 핸드폰으로 드르륵 드르륵 진동이 울렸다. 은설은 심호흡과 함께 전화를 받았다. '여보세요'라고 말할 새도 없이 반쯤은 혀가 꼬인 상태로 선율이 울음 섞인 목소리를 토해냈다.

[언니! 이게 말이 돼요?]

"선율 씨, 술 마셨어요?"

[내가 아무리 뻥 차여도 좋다고 했어도 그렇지, 어떻게 이렇게 큰 시련을 줘요! 나, 이제 오빠 때문에 눈만 더 높아졌어……. 책임져요, 얼른! 오빠가 나한테 느낌이 전혀 안 온대요. 언니, 이게 말이 되냐고요? 나 김선율인데……, 국민요정 김선율!]

"선율 씨, 잠깐만 진정해요."

[몰라요, 나 이제 선이고 뭐고 안 볼 거야. 당분간 시련의 상처 극복해야 할 것 같아요. 오늘 받은 타격이 너무 오래 갈 것 같지만…… 언니, 인생 다 부질없어요……. 흑흑, 국민요정 김선율이 남자한테 차였다고요. 맨날 뒤도 안 돌아보고 돌아서던 내가, 남자 뒷모습만 보고 또 봤다고요, 언니…….]

흐느끼는 소리가 이어지더니 이내 전화는 끊겼다. 두서없는 넋두리에 순간 가슴 아래에서부터 안도감이 드는 것도 잠시, 은설은 고개를 저었다. 커플매니저가 회원의 불행에 기뻐하면 안 되는 거였다.

그 후에도 은설은 다른 매니저들에게 그와 맞는 등급의 여성 회원을 추천받아 그에게 다섯 번의 만남을 주선했고, 그 결과 역시 꽝이었다. 게다가 그는 모든 만남을 10분 내에 끝냈다는 전설까지 남겼다.

그를 만족시킬 만한 여자는 없을 것 같다며 다른 매니저들도 두 손 두 발을 다 들었고, 더 이상 그에게 제 회원을 소개해 주지 않았다. 그랬다가는 관리하고 있는 회원들의 눈만 높아져 더 이상 누구와도 만남이 진행되지 않을 것 같다고 했다.

그와 맞선을 보았던 여성 회원들은 모두 하나같이 다른 사람은 안 봐도 될 것 같다고 말하며 회원 탈퇴를 요청했다. 그들의 탈퇴는 회사로선 큰 손해가 될 테지만 '윤제후'가 가입되어 있다는 사실 하나만으로 손해를 감수하고자 했다.

은설은 남자라면 누구라도 호감을 가질 만한 여자들을 거절하고, 자신을 두고 표적 가입서를 쓴 그를 생각할수록 얼떨떨했다. 괜히 기분이 좋으면서도 그와 자신의 차이를 생각하면 우울해지는 심한 감정의 기복을 느끼고 있었다.

퇴근 후, 이런 저런 생각을 하며 걷던 은설은 한 번도 와본 적 없는 길목에서 주위를 둘러보며 당황했다.

사람이 많이 다니지 않는 후미진 골목길에는 바람 소리만이 크게 울렸다. 복잡한 상념에 잠겨 걸을 땐 별다를 바 없던 길이 정신을 차리고 보니 너무나 낯설었다. 바람이 부는 작은 소리에도 은설은 움찔움찔 놀랐다. 어두운 밤에 걸린 달 한 조각만이 익숙하였다. 이따금씩 느껴지는 시선에 등 뒤가 서늘해지기도 했다. 분명 따라오는 발소리가 들리는 것 같아 뒤를 돌아보면 아무도 없어서 더 겁이 났다.

은설은 핸드폰을 꼬옥 쥐었다. 자꾸만 깜빡거리는 핸드폰은 금방이라도 끊길 것처럼 화면이 어두웠다. 통화버튼을 누른 은설은 계속 이어지는 신호음에 마음이 조급해졌다.

[왜.]

퉁명한 목소리인데도 퍽이나 안심이 되었다. 은설은 자연스레 안도의 숨을 흘렸다. 생각 없이 전화를 건다는 게 상대가 윤제후일 줄은 그녀도 몰랐다.

"나랑 통화해 줘요."

[뭐?]

"그냥요. 지금 좀 무서워서요."

[무슨 일인데.]

"……누가 따라오는 것 같아요."

은설은 뒤를 힐끔거리면서 걸음의 속도를 높였다.

[당신 어디야, 지금.]

그 순간, 전화가 뚝 끊겼다. 배터리가 불안하더라니 결국 끊긴 전화에 은설은 암전된 핸드폰을 보며 작게 숨을 몰아쉬었다. 이상하게 아까보다 무섭지 않았다. 잠깐 목소리만 들었을 뿐인데 긴장이 풀렸다. 낯선 골목을 지나 불빛이 있는 큰길을 향해 뛰어서 나온 은설은 시끌벅적한 사람 소리에 그제야 마음이 놓였다. 화려한 네온사인이 그렇게 반가울 수가 없었다.

제후는 누가 따라오는 것 같다는 위험한 발언을 끝으로 끊긴 전화에 하던 일도 관두고 곧장 나왔다. 은설의 회사 주변부터 돌아본 제후는 그녀가 보이질 않자 집으로 차를 몰았다. 서둘러 집으로 들어간 그의 눈앞에는 연락도 되지 않던 은설이 평온한 얼굴로 잠들어 있었다. 그는 벽에 등을 기대고 눈을 감았다.

"당신은 정말이지……."

제후는 바람 빠진 숨을 내쉬었다. 침대 가까이 다가선 그는 잠에 빠진 은설의 머리카락을 매만졌다. 염기로 젖은 머리카락에 달린 땀방울들이 그의 턱을 타고 흘러내렸다.

"이젠 내가 당신을 믿어도 될지 모르겠군."

혼잣말로 읊조리는 그의 눈빛이 짙게 내려앉았다. 은설의 방을 나온 제후는 곧장 보안실로 들어갔다. 방안 가득한 모니터는 집안 곳곳과 집 주변을 비추고 있었다. 직업상 집에 보석을 보관하는 일이 많아서 설치한 보안장비들이었다.

그는 은설이 집으로 돌아온 시점을 기준으로 CCTV를 확인했다. 그녀가 들어오기 전까지 집안에 사람이 들어온 흔적은 없었지만 그럼에도 찜찜한 기분은 사그라지지 않았다.

제후는 다시 한 번 화면을 살피다가 빌라 입구를 서성이는 한 사람을 발견하였다. 한눈에 봐도 익숙한 체격의 남자인지라 그의 눈매가 날카로워졌다. 화면 속 남자의 얼굴에 미소가 번졌다. 그를 뚫어지게 바라보는 제후의 눈빛이 서늘하게 가라앉았다.

출근 준비를 하고 방을 나온 은설은 소파에 기대어 잠들어 있는 제후를 보았다. 언제 들어왔던 걸까. 은설은 긴 속눈썹이 그림자를 드리운 제후의 얼굴을 물끄러미 바라보았다.

반듯한 콧날, 유난히도 붉은 입술……. 입술에서 시선이 멈춘 은설은 처음으로 만지고 싶은 충동이 들었다. 괜히 제 입술을 꼭 깨물었다. 은설의 손은 어느새 제후의 입술에 닿을 듯 닿지 않게 머물렀다. 이 정도는, 이쯤은…… 괜찮지 않을까. 허공에 머물렀던 손길이 점점 더 가까워지고 있었다. 머릿속과는 다르게 자꾸만 손이 그에게로 다가가고 있었다.

"……지금 눈 뜰 생각인데."

제후의 눈꺼풀이 나른하게 말려 올라갔다. 은설은 허겁지겁 접혔던 허리를 펴고 아무 일도 없었던 양 시치미를 뚝 뗐다. 그러나 목소리는 잘게 떨리며 평소보다 크게 나갔다.

"어제 늦게 온 것 같더니, 왜 여기서 자고 있어요……?"

저 때문에 꼬박 밤을 샌 줄도 모르고 아무렇지 않게 하는 말이기가 막히기도 했다. 제후는 은설의 손목을 단단히 그러쥐었다. 은설은 영문도 모르고 제 손목을 잡은 그를 내려다보며 눈만 깜빡였다.

"지금 뭐하는 거예요?"

"당분간 외출금지야."

"뭐, 뭐라고요?"

"이 집에서 나가지 말라고."

"윤제후 씨, 지금 도가 지나치다는 생각 안 해요?"

"전혀."

은설은 황당해서 연신 '허!'만 외쳤다. 하지만 너무도 완강한 그의 눈빛과 말투에 은설은 입술을 꾹 누르기만 할 뿐 뭐라 더 반발하지는 못했다. 이젠 그가 어떤 허무맹랑한 말을 늘어놓아도 그게 정당한 일인 양 무르게 넘어갈 것만 같았다.

"당신이 이 집에 왜 들어오게 되었는지, 그것부터 생각해."

은설은 어느새 까마득하게 잊고 있던 진우가 떠올랐다.

"진우 선배요?"

"선배라고 부르는 것도 아깝군."

"……진우 선배가 여기 왔었어요?"

"그래, 이 앞까지 따라온 것도 모르고 잠이 오나?"

어제 느꼈던 누군가의 시선은 착각이 아니었다. 아무도 없어서 그저 예민해진 탓일 거라고 넘기려고 했었는데……. 눈앞이 흐려지고, 호흡이 빨라진 은설은 반쯤 넋을 놓은 채 중얼거렸다.

"그렇다면 여기 더 있을 수도 없게 됐네요……."

제후는 은설의 손을 단단히 그러쥐며 힘을 주었다.

"아니, 그럴수록 여기에 있어야지. 나와 함께 있는 한 당신은 안전하니까."

거짓말처럼 은설은 그 말 한마디에 모든 불안과 공포를 이겨낼 수 있을 것만 같았다.

[세상에나, 그 싸이코 집요함 하나는 너를 이기고도 남겠다!]

"뭐라고?"

[그렇잖아, 천하의 윤제후까지 가입시킨 너의 의지를 꺾을 기세가 정진우 말고 또 누가 있겠냐고. 내가 일전에 녹음한 내용도 있고 정진우 생매장시키는 건 문제도 아니니까, 그냥 윤제후 씨 말대로 해. 내가 봐도 그 사람이랑 있는 게 가장 안전해 보여. 수강 씨 말 들어보니까, 꽤나 믿음직한 사람 같던데?]

미리가 수강의 이름을 입에 담자 은설의 목소리가 한 톤 높아졌다.

"수강 씨랑 연락하고 지냈어?"

[응, 지난번에 클럽에서 만난 뒤로 가끔 연락해. 무슨 남자가 그렇게 수다가 많은지 대화가 안 끊겨. 노블리스 회원으로 받아줄까 하는데, 네 생각은 어때?]

"너, 이수강 씨 어떤 사람인지 몰라?"

[말단 신입 사원이라던데? 우리 회사에 가입시키기엔 좀 그렇지. 그래도 대기업인데 앞으로 차차 월급 모으면, 전셋집 하나 정도는 마련하지 않을까?]

아무것도 모르는 미리의 말에 은설은 그저 웃었다. 성삼그룹의 후계자 발표 자리에서 저와 정진우, 그리고 윤제후의 스캔들 기사가 터져 상대적으로 수강에 대한 관심이 떨어졌으니 자세히 기사를 보지 않았다면 모를 만도 했다.

[넌, 윤제후 씨랑 어떤 사이인 거야? 보아하니 썸 타는 사이 같은데?]

"결혼정보회사에서 일하는 너랑 내가, 회원들한테 누누이 말하는 거 있잖아. 결혼은 현실이라고. 신데렐라는 동화라서 가능한 얘기라고……."

전화기 너머로 무거운 침묵이 깔렸다. 이내 미리가 담담한 목소리로 말했다.

[동화에서는 연애가 아닌 결혼으로 종결되니까, 그 뒷얘기가 어떻게 될지 알게 뭐야. 이혼을 할지, 지지고 볶고 싸우면서 살지, 상상 속에서처럼 행복한 결혼 생활을 할지. 그런데 내가 하고 싶은 말은, 결혼도 아니고 연애마저 이렇게 벌벌 떨고 시작해야 하냐 이거야.]

생각지도 못한 조언에 은설은 신선한 충격을 받았다. 전화를 끊고도 미리가 한 말이 잔상처럼 맴돌았다. 흘깃, 그의 방을 보던 은설은 몸을 돌렸다.

"숍에 안 나가요?"

"작업은 집에서도 충분히 가능하니까."

커다란 책상 앞에 앉아서 스케치를 하는 그의 손이 바쁘다. 꽤나 집중하는 모습에 은설은 입을 다물고 그를 바라보기만 했다. 그는 여전히 시선을 내려 움직임의 폭이 좁은 작은 액세서리들의 홈을 연필로 파고, 금속으로 이어져야 할 곳엔 진한 음영을 넣었다. 워낙 미세한 폭들의 접점이라 그는 눈가를 좁혔다.

"제작 상담은요?"

"상담은 원래 나보다 매니저 몫이야. 난 사진만 보고 판단해도 되니까."

"설마, 지금 저 외출할까 봐 감시하는 거예요?"

"어."

"아니, 왜요?"

"몰라서 묻는 건가."

힐긋 고개를 돌린 그의 검은 눈동자가 은설을 따라붙었다. 그와 눈이 마주칠 때마다 은설은 아찔한 현기증이 일었다. 그의 짙은 눈빛이 자신을 향할 때면 온몸의 세포가 터지듯 발끝까지 저렸다. 기분 좋게 나른해지면서 알 수 없는 긴장감이 전신을 휘감았다.

더 기가 막힌 건 따로 있었다. 스킨십에 관해서는 지난 3년간 그 누구도 허용치 않았던 제 자신이 어느 순간 그를 원하고 있다는 사실이었다. 지금도 한 공간에 있다는 것만으로도 몸이 달아오르는 것 같았다. 잠재되어 있던 욕망을 깨워준 그에게 고맙다고 해야 할지 은설의 눈빛이 탁하게 가라앉았다.

"당신도 이렇게나 나를 원하는 것 같은데?"

의자에 앉은 채로 제후가 손을 뻗어 은설을 끌어당겼다. 그러자 그의 무릎 위에 앉게 된 은설은 발이 바닥에 닿지 않는다는 것에 당황해 바르작거렸다.

"이, 이거 놔요!"

"싫은데."

느리게 떨어져 나오는 음성이 목 언저리에 닿았다. 고작 숨결이 닿았을 뿐, 키스를 한 것도 아닌데 혼이 다 빠져나갈 것만 같았다. 은설은 입술을 깨물었다. 그와 닿은 부분에서 작게 소름

144 반하게 해줄래요?

이 일어나고 야릇한 소리가 나왔다.

"읏!"

하필 그 타이밍에 그가 먼저 떨어져 나갔다. 은설은 새빨개진 얼굴로 힐끔힐끔 눈치만 보았다. 무얼 잘못한 것만 같았다. 제후는 그런 은설의 얼굴을, 아니 정확히는 눈이었다. 한 손을 뻗어 가렸다.

"······나, 자극하지 마."

아무것도 모른다는 얼굴로 순진하게 바라보는 그 눈빛은 위험했다. 자극받은 몸을 들킬까 싶어 제후는 서둘러 자리에서 일어 났다. 은설은 제 눈을 덮은 손을 떼어내려 했으나 그와 마주친 손가락에서 정전기처럼 불꽃이 튀었다. 그대로 멈춘 채 입술만 움직였다.

"뭐, 뭐예요?"

"당신은 차라리 눈을 감고 있는 게 낫겠어."

은설을 피해 제후는 서둘러 방에서 나갔다. 쉽사리 발길이 떨 어지지 않았다. 그 눈을 바라보고 충동적으로 키스하고 싶다는 생각이 들었고, 그것으로 멈추지 않을 것 같았다.

투명한 립글로스에선 무슨 맛이 날까. 바보 같은 생각을 했었 다. 그런 스스로의 생각이 어처구니가 없어 피식 입가로 웃음이 새어나왔다. 집에 있는 시간이 좋아져서 큰일이다.

"왜 말을 하다 말고 그냥 나가요!"

은설이 그를 따라서 나오고 때마침 '띠릭' 하는 소리가 문가에 서 들렸다. 현관문을 열고 안으로 들어선 수강이 둘을 발견하곤 놀랐다. 주인도 아닌 사람이 문을 열어놓고 오히려 주인인 것처럼 놀라는 기색이었다. 수강은 얼굴 가득 미소를 머금고 두 사람을 번갈아 보았다.

"와, 진도 무지하게 빠르네? 숍에 갔더니 넌 집에 있다 그러지, 웬일인가 해서 와봤더니 이런 일이 다 있었어?"

뭐라 말리고 변명할 새도 없이 수강은 이 방 저 방을 헤집기 시작했다. 그러다 은설이 쓰는 방을 보곤 후다닥 달려 나왔다. 호기심이 변질된 수강의 눈매가 음흉하게 빛났다.

"그러니까 벌써…… 합쳤다는 말인가요?"

수강이 능글맞게 웃으며 묻자 은설은 팔을 크게 휘휘 저었다.

"그게 그러니까, 수강 씨가 생각하는 그런 의미는 아니고요. 그냥 잠깐 신세지게 됐어요."

"어쨌든 지금 같이 사는 건 맞는 거죠?"

"아니요, 저는 곧 다시 집 구해서 나갈 거예요! 재계약할 만한 사람이 있는지도 찾아봐야 하고……."

"그 집은, 여기로 들어오면서 내게 넘기기로 한 거 아니었나."

제후가 열쇠를 달랑달랑 흔들었다. 저게 왜 저기 있는지 알 수가 없어 은설은 눈만 댕그랗게 떴다.

"……그게 무슨 소리예요? 아니, 제 집을 윤제후 씨가 왜요?"

"이미 말한 걸로 아는데. 다시 말하는 건 취미 없지만, 당신이 원한다면 해주고."

잠결에 들었던 소리가 이 소리였나. 그래도 그렇지 이렇게 중요한 일을 마음대로 결정하는 건 말도 안 되었다. 은설은 두 눈 뜨고 코 베어 간다는 현장을 목격한 기분이었다.

"정진우가 언제 올지도 모르는 그 동네를 다시 가고 싶은 건 아니겠지. 보다시피 당신 방에 내가 그 돈의 배는 넘게 썼고. 오히려 당신이 나한테 월세를 줘야 할 텐데? 그리고 지금 이 상황에서는 고맙다는 말이 먼저 아닌가."

"누가 이렇게 호화스럽게 방을 꾸며달라고 한 것도 아니고…… 호의인 줄 알았던 게 알고 보니 돈 없는 사람 뒤통수치는 거였네요! 잠깐만요. 월세라니요?"

씩씩거리는 은설의 반응에 이번에는 수강이 능청스러운 어투로 한마디 거들었다.

"여기 월세가 예전보다는 값이 많이 내려갔다던데? 지난번에 사백오십이었던 게 사백까지 떨어진 건 봤는데, 설마 은설 씨한테 그 돈 다 받아내려는 건 아니지?"

생각지도 못한 어마어마한 가격에 은설은 눈앞이 캄캄해졌다. 방으로 쏜살같이 달려 들어가서 정신없이 짐을 꾸렸다. 다행인 것은 애초에 짐을 제대로 풀지도 않은 터라 짐 싸느라 골치 아플 일은 없었다.

"사백만 원? 대체 뭘 기대한 거야……. 이유 없는 호의는 없다니까……."

제후는 은설의 손목을 낚아채듯 잡았다.

"이유 없는 호의는 없지. 내가 그 이유를 만들어 주면……."

그의 눈빛이 오롯이 은설을 향하였다.

"여기서 나갈 이유 또한 없지."

그의 얼굴이 가까워질수록 은설은 머릿속이 텅 비는 것만 같아서 눈을 질끈 감았다. 한 호흡 삼키고 내쉬는 힘에 있는 힘껏 그를 밀어버렸다.

"여기서 나갈래요. 더 있고 싶지 않아졌어."

"그 남자가 당신을 미행할 텐데."

"내 일이에요. 윤제후 씨 호의는 여기까지 받는 걸로 하죠."

꽤나 단호한 기세로 은설이 트렁크를 끌고 밖으로 나오자 당황한 수강이 그녀를 따라나섰다.

"저기, 내 말은 농담이었는데……. 저자식이 돈이 없는 애도 아니고, 설마 은설 씨한테 월세를 받겠어요?"

"그런 거와는 상관없이, 이젠 제가 더 못 있을 것 같아서요. 수강 씨 탓이 아니에요."

수강이 아니었어도 이 집에서 계속 머무를 건 아니었다. 집을 구하는 대로 바로 나가겠다고, 처음엔 그렇게 다짐했다가 자꾸만 욕심이 나던 참이었는데, 오히려 잘된 일인지도 모른다.

"아하……."

난감해진 수강이 한숨을 내쉬자 은설이 무거운 기분을 떨쳐내며 다른 화제를 꺼냈다.

"미리랑 연락하는 것 같던데, 결혼정보회사에 관심 있는 거예요? 아니면 제 친구한테 관심 있는 거예요?"

돌려 말하지 않는 그녀다운 물음에 수강은 당황한 듯 큰소리로 웃었다. 그러다 제법 진지해진 얼굴로 답했다.

"글쎄요? 그렇지 않아도 은설 씨한테 부탁할 게 있었는데……. 저에 대해 알고 있는 것들 당분간 함구해 줬으면 좋겠어요."

장난기가 거둬진 수강의 얼굴은 처음 보는 듯했다. 알았다는 의미로 고개를 끄덕인 은설은 짧게 인사를 한 후 집을 나섰다. 괜히 자신이 와서 이 사달이 난 건가 싶어 더욱 난감한 표정이 된 수강이 제후를 향해 시선을 돌렸다.

"저대로 보내도 괜찮겠어?"

"아니."

은설이 사라진 쪽을 말없이 지켜보던 제후가 미련 없이 주방 쪽으로 몸을 틀었다. 속을 알 수 없어 안달이 난 수강이 한쪽 눈썹을 휘며 그에게 따라붙었다.

"그럼 지금이라도 따라 나가봐야 되는 거 아냐?"

"그렇게 한다고 잡힐 여자도 아니고, 그럴수록 더 도망갈 거야."

다른 여자들 같았으면 이 기회를 빌미로 그를 붙잡고 늘어졌을 테지만 은설은 그 반대였다. 온몸으로 그를 밀어내려고 작정한 사람처럼 경계선을 잔뜩 치고 있었다.

"그럼 앞으로 어떡할 건데?"

홈 바에서 맥주를 꺼내 캔을 따자마자 쏟아져 나오는 거품을 들이켜며 제후가 전에 없이 능청스럽게 말했다.

"어떡하긴, 꼬셔야지."

고개를 삐딱하게 기울인 제후의 입가에서 피식 웃음이 새어나왔다.

"너, 당분간 회사 쉬는 거 아니었어?"

은설이 오후 늦게 출근하자 어안이 벙벙해진 얼굴로 미리가 물었다.

"쉬는 게 어디 있어. 더 열심히 일해야지!"

"지금보다 더 열심히 일해서 뭐하게?"

"뭐하긴, 빨리 돈 모아야지!"

은설은 이를 바득 갈며 오랜만에 두 주먹을 꽉 말아 쥐었다. 미리와 얘기하고 있는 시간조차 아깝게 느껴진 은설은 얼른 컴퓨터를 켜고 새로 올라온 디비를 매의 눈길로 다시 꼼꼼히 훑었다. 그러고는 가입 의사가 있어 보이는 고객들과 일일이 전화 상담을 시작하였다. 그런 그녀의 모습에 미리는 고개를 가로저으며 중얼거렸다.

"저렇게 열심히 하면 또 불안한데……."

오후 내내 전화만 붙들고 있던 은설은 기지개를 쭈욱 켰다. 모니터와 씨름하며 같은 말을 수십 차례 반복하고 나니 진이 다 빠져나간 느낌이었다. 일을 하면서도 불쑥 떠오르는 그의 얼굴에 고개를 얼마나 저어댔는지 목에 담까지 걸릴 기세였다. 잠깐의 스트레칭 후 은설은 준희에게 전화를 걸었다.

"노블리스 커플매니저 기은설이에요. 매니저님, 그동안 잘 지내셨죠?"

[……네.]

"제가 매니저님 결혼 책임져 드린다고 했는데, 왜 상담하러 안 오세요?"

은설은 한 번 한 약속은 무슨 수를 써서든 지켜야 한다는 신념이 있었다. 수화기 너머 망설이던 준희가 이내 되물었다.

[정말 가도 될까요?]

은설은 흔쾌하게 회사로 오는 길까지 설명해 주었다. 마침 퇴근 시간이라 준희와 바로 만나기로 약속하고 전화를 끊었다. 그리고 얼마 후, 준희를 만나기 위해 은설은 가입서와 함께 포트폴리오를 챙겨서 나갔다.

"사실 제가 내세울 만한 조건이 없어서……."

얼굴을 붉히는 준희를 보며 은설은 오히려 자신이 부끄러워졌다. 사람에게 등급을 매겨 만남을 주선하는 이곳에서 늘 하던 말이 부질없게 느껴졌기 때문이다. 문득, 그동안 자신이 객관적인 평가랍시고 했던 말들로 인해 상처받았던 회원의 표정이 떠올랐다. 지금의 준희와 같은 표정이었던 얼굴들이 수도 없이 겹쳐졌다. '결혼은 현실이에요' 그렇게 말했던 스스로에게 모욕을 당한 기분이었다. 정작 현실을 직시해야 하는 건 자신이었다. 그에게 가지고 있는 이 감정 또한 결혼정보회사에서 일하는 커플매니저로서 가져서는 안 된다고. 분에 넘치는 감정은 여기서 멈추라고…….

"저는 고졸에, 은설 씨도 아시다시피 전문직도 아니고……. 이런 저한테도 맞는 사람이 있을지 모르겠어요. 가입비는 어떻게 해야 할까요?"

습관처럼 등급 분류표를 떠올리던 은설은 신입 시절 직속 상관에게 처음 들었던 말이 생각났다.

"내 말 잘 들어, 은설 씨. 첫째, 여자가 고졸에 별로 예쁘지도 않고 능력도 없으면 남자를 주선하는 일이 힘들기 때문에 당연히 가입비를 비싸게 받아야 해. 물론 '난 능력도 없으니까 능력도 없는 저와 비슷한 남자로 주선해 주세요' 하는 사람은 애당초 이곳에 오지도 않아. 그러니 그런 생각일랑 말고! 둘째, 학력도 집안도 좋은 여자가 예쁘고 능력도 좋다. 그럼 더 좋은 남자를 선별해서 주선해야 하기 때문에 당연히 비싸게 받아야 해. 다들 제일 위에 있는 상대를 만나고 싶어서 찾아오는 곳이니까. 말은 어디에든 붙이기 나름이야. 요점은 하나야. 그냥 비싸게 받는 게 장땡이야. 그래야 우리 팀 소득도 올라가고, 은설 씨 인센티브도 올라가고, 알간? 이제 실적으로 보여주고 초짜 티는 여기서 끝내자고!"

은설은 허탈한 웃음을 짓다가 이내 준희를 쳐다보았다. 무언가 각오한 듯한 표정이었다.

"가입비는 무료예요. 제가 약속했잖아요. 매니저님 결혼 제가 책임진다고."

은설의 회사 앞에서 제후는 비어 있는 회전문만 바라보았다. 저 문으로 은설이 나오기만을 기다렸다. 일이 넘쳐나는데도 불구하고 여기에 있는 게 스스로 생각해도 어색했지만 꿋꿋이 그 자리를 지키고 섰다. 혼자 다니면 위험하니까. 그리고 신경이 쓰이니까……

"어머, 저 남자 좀 봐."

"연예인인가?"

메마른 표정으로 차에 기대 서 있는 제후에게로 거리를 지나던 여자들의 시선이 향했다. 가던 길도 잊고 매력적인 남자를 보느라 발길이 묶인 것이다. 소곤소곤 저들끼리 속삭이는 목소리를 덮고서 한 여자가 큰소리로 외쳤다.

"어머, 이번엔 진짜 연예인이다!"

"누구?"

"정진우!"

소란스러운 가운데 누군가의 이름이 불리자, 삐딱하게 섰던 제후의 고개가 돌아갔다. 둘의 시선이 팽팽하게 맞닿았다. 진우는 마치 반가운 사람이라도 만난 것처럼 제후를 보며 알은체했다. 제후는 짜증이 난 얼굴로 쳐다봤다가 고개를 휙 돌렸다. 걸어오면서 진우가 말했다.

"우리, 이러다 정들겠어요?"

"7년 짝사랑이라고 했나."

"아직도 진행 중이니까, 7년하고도 10개월이라고 해야 하나요?"

잇새로 씹어뱉듯이 제후가 대꾸했다.

"그 안에도 변한 게 없다면 포기해야지. 질척거리는 이유가 뭐야."

"시작조차 안 해봤으니까요. 포기란 건 중간에 하는 거지, 시작도 전에 포기하는 건 말 안 되잖아요?"

"시작도 전에 끝났는데, 포기는 무슨."

여유로운 미소를 짓는 진우를 무시하며 제후가 싸늘하게 말을 던졌다. 진우는 비식 한쪽 입꼬리를 틀며 전에 없던 톤으로 낮게 말하였다.

"우리 몇 번 보지도 않았는데, 저한테 너무 쉽게 말 놓는 거 아니에요? 내가 어디 가서 이런 대접을 받는 게 익숙지는 않아서 말이죠."

"난 존대할 가치가 있는 사람한테만 해."

"아, 나는 그 범주에 있지 않다는 말인데. 맞나요?"

"알아들었으면, 네가 누구를 건들려는지도 알아줬으면 좋겠군."

이후로 두 사람 사이에 대화는 이어지지 않았다. 제후는 다시 건물 출입구만 응시하였다.

"피곤하다, 피곤해……."

커다란 트렁크를 들고 지하철로 이동해 사무실 개인 라커룸으로 옮겨두기까지 가뜩이나 몸에 무리가 많이 간 상태였다. 게다가 평소 퇴근 시간마저 넘겨가며 상담에 매진하고 나니 피곤이 극에 달했다. 이대로 어디든 눕기만 하면 쓰러져 잠들 수 있을 것 같았다. 제 집으로 오라는 미리에겐 갈 데 있으니 걱정하지 말라고 했지만, 막상 어디로 가야 할지 막막했다.

제후는 은설이 출입구 회전문 안에서 빙글빙글 돌기만 하자 대체 왜 저러나 싶었다. 데리러 가기 위해 몸을 움직이는데, 그보다 더 빠른 건 진우였다.

"기은설."

은설은 얼굴에 솜털이 선채로 그 자리에 멈춰 섰다. 보지 않아도 목소리의 주인공이 누군지 알 것 같았다. 이대로 회전문 안에 갇히는 게 나을지도 모른다고 생각이 드는 순간, 누군가 제 손목을 낚아채자 놀라서 고개를 들었다.

윤제후, 그가 눈앞에 있었다. 그와 동시에 진우의 얼굴도 보았다. 이상한 건 똑똑히 진우를 보았는데도 현기증이 일지 않았다. 시야가 흐릿해지고 불분명하게 맥박이 뛰고 다리에 힘이 빠져야 하는데 지금은 아무렇지 않았다. 제 심장에 손을 갖다 대고 두 다리를 번쩍 들어봐도 멀쩡하였다.

은설은 제 손목을 꽉 잡고 있는 제후를 보았다. 그러자 멀쩡했 던 심장이 쿵쿵거렸다. 제후는 저를 빤히 바라보는 은설의 낯빛 이 살짝 굳어 있자, 그것을 진우 때문이라고 단정하며 그녀의 손 을 더 단단히 움켜잡았다.

"아, 저기……."

은설은 손만 꼼지락댔다. 그 모습을 지켜보고 있던 진우는 웃 는 낯으로 입을 열었다. 하지만 눈동자는 전혀 웃지 않는 채였다.

"난 7년을 해도 안 되는 게, 저 남자는 한 번에 되네? 아니면 이번에도 싫다는 말을 못 하는 거야?"

은설은 제후에게 붙잡힌 손에 온 신경이 쏠려 있는 터라, 그가 무슨 말을 하는지 하나도 들리지 않았다.

"기은설."

다시 부르는 소리에 은설은 그제야 진우를 보았다. 이번에도 뒤로 숨고 피하면 다음번이 또 기다리고 있겠지. 그때는 지금과 달리 혼자일 수도 있다. 은설은 차라리 지금 그와 얘기하는 게 나을 것 같았다.

세 사람은 한 카페로 들어갔다. 마주 앉은 은설은 못마땅해 하면서도 그가 제 부탁을 들어주는 게 고마웠다. 조금 떨어진 곳 에서 기다리고 있는 그가 있어 퍽이나 안심이 되었다.

"제가 일하는 곳은 어떻게 알았어요?"

"승희한테 살살 구슬리면서 물어봤지."

진우는 부드러운 웃음을 입가에 띤 채 은설을 바라보았다.

"걔가 나 좋아하잖아."

가까이 있지만 여전히 멀리 있는 은설을 눈으로 좇았다.

"제 딴엔 널 무시하던데, 나는 그런 거 상관없잖아. 나는 그냥 너면 좋잖아."

"선배……, 저는 선배가 이러는 게 무서워요."

"무서워? 내가?"

진우가 믿기지 않는다는 듯 손가락으로 제 얼굴을 가리키며 동그란 눈을 깜빡였다. 그 누구라도 은설의 말을 들으면 그녀더러 이상하다고 할 게 분명했다. 하지만 그 말을 증명이라도 하듯 커피 잔을 들어 올리는 은설의 손은 바들바들 떨리고 있었다.

"저한테 이렇게 집착하는 이유가 뭐예요?"

"좋아하니까."

"좋아하는데, 강압적으로……."

"강압적으로 뭐?"

은설의 눈동자가 불안정하게 흔들렸다. 과거의 기억이 다시 떠오르면서 울컥했다.

진우는 마른손으로 제 입술만 만지다가 혹여 사람들이 알아볼까 봐 고개를 숙이며 모자를 더 깊숙이 눌러썼다. 그것도 잠시, 그는 가면 같은 미소를 거두고 의자를 바짝 끌어당겼다.

"내가 연기 알려준 일 때문에 그래?"

진우가 작게 속삭였다.

"……그건 연기가 아니었잖아요. 폭력이지."

"그래? 다른 여자들은 그렇게 해주길 바라던데, 넌 싫었나 봐? 난 또, 네가 좋다는 내색은 안 해도 가만히 있어서 다른 여자들처럼 튕기는 건가 싶기도 했어."

진우가 자신의 얼굴을 가까이 내밀었다.

"나, 잘생겼잖아."

태연하게 웃는 그 얼굴에 은설은 고개를 돌렸다.

"그래서 선배가 무섭다는 거예요. 다른 사람의 감정을 공유할 능력이 전혀 없잖아요. 지금도 제가 하는 말이 이해 안 되죠?"

"너, 나 이번에 연기대상 후보인 거 몰라? 감정 공유? 내가 감정 전달 능력은 너보다 훨씬 뛰어난 걸로 아는데."

"선배 연기하는 것만 봐도 그래요. 그럴듯하게 포장해서 잘 우는 연기, 그 표정 하나하나 다 계획해서 하는 거잖아요. 선배는 절대 가슴으로 우는 연기 못 해요. 섬세한 감정선? 그것까지도 다 연기로 하는 게 선배예요."

배우는 연기를 하는 순간엔 누구보다 진실인 것처럼 인지하고 연기를 해야만 한다. 지나친 몰입으로 인해 현실 속 삶이 모호해질 때가 있지만, 진우는 연기에 진심을 담은 적이 없었다. 그럴듯한 표정과 동작을 상황에 맞게 연습하고 꾸며낸 것이 은설의 눈에는 보였다. 세밀한 퍼포먼스에 감탄을 할 순 있어도, 진정성이 없는 연기에 마음이 끌릴 수 없다는 걸 은설은 알고 있다.

"연기자니까 연기해야지. 그거 말고 뭐가 더 필요해?"

"선배가 연기하는 드라마에선 다 선배 세상으로 돌아갈진 몰라도, 현실에 사는 전 선배가 싫어요. 그러니까, 더는 이렇게 찾아와서 안 괴롭혔으면 좋겠어요."

진우가 입술 끝을 천천히 벌렸다.

"너 말 잘한다?"

"……."

"그 남자 집에서 같이 사니까, 그새 많이 변했어."

흔들림 없는, 어떤 감정도 실리지 않은 말투에 은설은 부르르 떨었다.

"그 남자랑 잤어?"

더는 대답할 가치가 없다고 생각한 은설은 자리에서 일어났다.

"내 말 아직 안 끝났어. 절대 자면 안 돼. 네 첫 키스는 이미 내 거고, 네 순결도 곧 내 거니까. 절대 나보다 처음인 건 안 돼. 그러니까, 그때까지 조신하게 있어."

은설은 진우가 던지는 끔찍한 말을 온몸으로 체감하며 돌아섰다. 어쩌면 무섭다고, 이러지 말라고 솔직하게 말을 하면 그가 들어주지 않을까 하는 기대 같은 걸 했던 모양이다. 이렇게 더 답답해진 걸 보면. 왠지 인생이 이대로 꼬여서 영영 풀리지 않을 것만 같다. 자신의 꿈까지 버리게 만든 사람인데 앞으로 뭘 더 버리게 만들까. 크게 한숨을 내쉬는 은설의 앞으로 다가온 구두코를 보며 은설은 중얼거렸다.

"윤제후……."

작게 부른 이름이 가슴속에 아로새겨질 만큼 크게 번지는 게 느껴진다. 지금 이 순간만큼은, 그가 아주 가느다란 희망고문처럼 느껴졌다.

"여기서 잘 거라고?"

은설이 들어가려는 곳을 제후가 손가락으로 가리켰다.

"네, 그렇다고요."

그곳은 다름 아닌 '24시 황토 불 한증막 사우나'였다. 제후는 인생을 통틀어서 찜질방에서 숙박을 해결하겠다는 여자를 실제로 보는 건 처음이었다. 그는 은설의 앞을 가로막았다.

"월세 안 받을 테니까, 우리 집으로 가지."

"윤제후 씨, 나 좋아해요?"

은설은 자꾸만 저를 내버려두질 않는 제후를 향해 물었다. 그러자 예상치 못한 공격을 받은 것처럼 그는 낮은 숨을 내뱉었다. 다시는, 누군가를 좋아하게 될 거라는 생각을 해보지 않았기에 그 질문에는 확언을 하기가 힘들었다.

"좋아하는 것도 아니면, 저한테 신경 끄고 윤제후 씨 할 일 하세요. 아니면, 이것도 궁금해요? 기은설이 왜 저 연예인만 보면 아무 말도 못 하고 벌벌 떠는지?"

"……그 이유는 이미 알고."

"그래요. 저 온 국민이 다 좋다는 저 남자만 보면 무서워서 떨어요. 그 사람이 너무 무서워서 감히 그쪽 집에서 신세 좀 졌어요. 그렇다고 우스워 보였다면……."

이내 울컥 북받쳐 오른 은설은 심호흡을 하며 감정을 추슬렀다. 그러느라 은설은 제가 뭔가를 꽉 붙잡고 있다는 사실을 깨닫지 못했다.

제후는 그녀가 감정을 억누를 때마다 거세어지는 압력에 참다못해 입을 열었다.

"이 손 좀 놓지?"

그 말에 은설은 화들짝 놀라서 손을 뗐다.

"아……, 내가 잡고 있었어요?"

은설이 뒤로 크게 물러서자 제후는 손을 주무르며 어쩔 수 없단 얼굴을 했다.

"이러는데 내가 어딜 가."

"아무튼, 난 여기서 잘 거니까. 윤제후 씨는 그만 집에 가세요."

씩씩하게 찜질방 입구로 올라가는 은설을 제후는 뚫어지게 바라보았다.

"신경이 쓰이는데, 어떻게 가나."

툴툴거리며 그가 말했다. 제후는 은설을 따라 찜질방 안으로 들어섰다. 그러고는 곧바로 보이는 가지런히 놓인 삼선슬리퍼와 힘없어 보이는 얇디얇은 갈색 스펀지 같은 신발에 눈을 감았다. 눈에 띄게 거슬렸지만 더는 거기에 신경 쓰고 있을 여유가 없었다. 은설이 옷가지를 들고 탈의실 쪽으로 향하자 제후는 서둘러 카운터 앞에 섰다. 잠시 후, 얼마나 많은 사람들이 입었는지도 모를, 목이 다 늘어진 티셔츠와 물 빠진 반바지를 들고서 제후는 고뇌하지 않을 수 없었다.

찜찜한 게 한두 가지가 아니었다. 옷에서 풍기는 이질적인 과산화수소수 소독약 냄새에 미간이 절로 찌푸려졌다. 웬만해서는 집이 아닌 곳에서는 잠도 못 잘 뿐더러, 밖에서 굳이 잠을 자야 한다면 꼭 육성급 호텔만을 고집해왔다. 물론 그도 타고나길 처음부터 이랬던 건 아니다. 하지만 찜질방은 아니었다. 게다가 이 안에선 꼭 입어야 한다는 이 옷까지, 마음에 드는 구석이라고는 있을 리가 없었다. 심기가 매우 불편해 보이는 기색을 여과 없이 내뿜고 있는 제후를 향해 은설이 핀잔을 던졌다.

"그러니까 집에 가랬잖아요."

"뉴스도 안 보나? 이런 곳에서 사고가 얼마나 많이 나는데, 겁도 없이 여자 혼자 여기서 자겠다고."

"겁도 없이 외간 남자 집에서 잔 건 괜찮고요? 아휴, 생각해 보니 그게 제일 무서운 거였는데."

"꿈도 야무지시지. 내가 어떻게 하기라도 할까 봐?"

"알 게 뭐야. 윤제후 씨, 어울리지 않게 여기서 이러지 말고 얼른 집에 가서 곱게 주무시죠."

옷을 이리 내라며 손을 뻗자 제후는 휙 몸을 돌렸다. 여전히 인상을 찌푸린 채 그는 그대로 탈의실로 들어가 버렸다. 그 모습을 보며 은설은 작게 웃음을 터뜨렸다.

잠시 후, 먼저 옷을 갈아입은 은설이 찜질방으로 들어가는 입구 앞에서 제후를 기다렸지만 그는 아직도 함흥차사였다.

"어떻게 여자보다 더 오래 걸려?"

주위를 두리번거리는데 이내 남자 탈의실에서 나온 뽀얗고 기다란 다리가 시선을 잡아끌었다. 그 다리를 따라서 천천히 위로 올리는데, 그 끝에 있는 건 당황스러워하는 기색이 역력한 제후의 얼굴이었다. 하지만 그는 찜질방 옷마저 패션으로 소화하는 남자였다. 부근에 모여 있던 아줌마들의 시선을 끄는 것은 물론이고 어린 꼬마들까지 그의 앞에서 입을 헤 벌리고 섰다.

"땀 빼러 가죠?"

"뭐?"

티셔츠가 최대한 몸에 달라붙지 않게 손끝으로 셔츠 자락을 붙잡으며 그가 되물었다.

"모처럼 찜질방에 왔는데 사우나 들어가서 노폐물도 쫙 빼야죠, 안 그래요?"

은설은 수건을 돌돌 말아서 만든 양머리까지 그의 머리 위에 친절하게 씌워주었다.

"난 그런 거 없어."

"따라와요. 여긴 내가 전문이니까요."

은설은 제후의 말을 가볍게 무시하며 가장 뜨거운 온도를 자랑하는 불 한증막 사우나로 들어갔다. 들어가자마자 뜨거운 공기에 숨이 막힌 제후는 말도 못 하고 최대한 아무렇지 않은 척 하얀 소금 길을 밟았다.

"찜질방 안에 소금은 대체 왜 깐 거지."

지금 눈에 보이는 모든 것들이 못마땅한 제후는 불편하지도 않은지 바닥에 다리를 쭉 뻗으며 엉덩이를 깔고 앉은 은설을 보며 눈가를 구겼다.

"앉아요. 키 큰 사람이 그렇게 서 있으면 여기 있는 사람들 다 불편해한다고요."

아줌마들의 힐끔거리는 시선에 제후는 마지못해 최대한 소금이 닿지 않게 무릎을 반으로 접으며 불편하게 앉았다. 더운 만큼 금방 땀으로 젖어든 옷에 찝찝함은 배가되었다.

은설은 찜질방을 즐기는 아줌마들처럼 모래시계까지 뒤집어가며 숨 막히는 더위를 즐겼다. 땀이 흐를수록 기분 나빠지는 제후와는 달리 그녀는 땀을 흘릴수록 '시원하다'고 외쳤다.

어느덧 아줌마들이 빠져나가고 안에는 둘만 남게 되었다. 사람들이 드나들며 문이 열릴 때마다 잠깐이나마 들어오는 시원한 공기에 숨통이 트였는데, 이제는 꼼짝없이 갇힌 느낌이라 제후는 안절부절못했다.

"사람들도 다 갔는데 우리도 이만 여기서……."

그가 일어서려 하자 은설이 모래시계를 가리켰다. 아까부터 그 모래시계가 다 내려가서 이제 나가려나 싶으면 또다시 반대로 뒤집어 사람 속을 뒤집어 놓았다. 제후가 버럭 일갈하였다.

"그거 몇 번을 뒤집는 거야, 대체."

"이거 곧 내려가요. 딱 2분만 더 있다가요."

그 순간, 숨 막히는 더위와 씨름하느라 주위를 둘러볼 정신이 없던 제후는 은설의 모습이 새삼 들어왔다. 땀에 젖어 있는 그녀가 어딘지 모르게 섹시하게 느껴진 그는 말없이 모래시계를 다시 원위치로 뒤집었다.

"2분은 너무 짧군."

묘하게 짙어진 시선에 은설은 고개를 갸웃했다.

"괜찮아요?"

"안 괜찮아, 전혀."

땀으로 지나치게 흥건해진 두 사람의 눈이 마주한 순간, 서로 내뱉는 뜨거운 숨이 뒤엉켰다. 이어서 서로의 모습이 지나칠 정도로 아찔하게 느껴졌다.

"그럼…… 나, 나갈까요?"

그 뜨거운 열기를 이기지 못하고 은설이 부러 시선을 피하며 후다닥 일어섰다. 성큼성큼 문 쪽으로 향하는 바람에 소금의 거친 모서리에 발바닥이 찔리자 신음이 흩어져 나왔다.

제후가 일어서는 기척에 은설은 흠칫하며 고개를 돌렸다. 그가 은설에게 손을 뻗었다. 소금방의 습기와 함께 또로록, 그의 탄탄한 쇄골에 맺혀 있는 땀방울들이 돌아본 은설의 시선에 박혀들면서 툭, 느리게 멈추었다. 서로가 서로를 눈으로 탐했다. 기존에 있던 온도보다 한층 더 뜨겁게 오른 탁한 공기가 숨이 막힐 지경이었다. 더는 열기에 버틸 재간이 없었다.

서둘러 문을 열고 밖으로 나오자, 은설은 이제야 살 것 같은 시원함에 머리를 쓸어 넘겼다. 뺨 위로 후두둑 떨어지는 땀을 수건으로 훔치며 은설이 입을 열었다.

"돈 좀 있어요?"

"어, 왜."

"나 현금 없는데, 호박식혜 사줘요. 저기, 저거!"

찜질방에서 나온 사람들은 옹기종기 모여앉아 다들 500㎖의 플라스틱 물병에 빨대를 꽂고 식혜를 마시고 있었다. 그것 역시 마음에 들진 않았지만 제후는 은설의 재촉에 탈의실에 가서 다시 지갑을 들고 나와야만 했다. 은설은 평소 카드 한 장만 덜렁 들고 다니는지라 제법 두툼한 그의 지갑을 보고 흡족한 미소를 지었다.

"맥반석 계란이랑 컵라면도 먹어도 돼요?"

"저녁 안 먹었나."

"먹고 왔는데요?"

"근데 그게 또 들어간다고?"

"원래 여자는 밥 배, 디저트 배, 야식 배까지 다 따로 있는 거거든요."

은설은 발목에 채워놨던 라커 키를 머리끈 삼아 긴 머리카락을 바짝 올려 묶었다. 그에 제후의 눈빛이 떨떠름하게 구겨졌다. 내가 고작, 이런 여자를…… 싫다가도 웃고 마는 자신이 낯설었다. 시선을 느낀 은설이 돌아보았다.

"왜요?"

그러니까, 나도 모르겠다고.

"뭐해요, 돈 안 내고?"

어느새 은설은 컵라면과 구운 맥반석 계란까지 들고 있었다.

"그걸, 다 먹겠다는 건가."

"네, 찜질방에서 카드 꺼내기 민망하니까 대신 계산해 줘요. 나가면 현금 뽑아서 줄게요."

어쩔 수 없이 그가 지갑을 꺼내드는데, 지갑 안에 들어 있는 게 온통 하얀 종이인 것을 본 은설의 얼굴이 덩달아 하얗게 변해 갔다.

"뭐예요, 현금 있다면서요. 돈 자랑하려고 들고 나왔어요?"

"여기, 현금."

"이거 사면서 어떻게 수표를 들이밀어요. 하여간 윤제후 씨, 진짜!"

제후는 다시금 한숨을 푹 내쉬었다. 대체 왜, 여기에서 이런 무시를 받아야 하는지 도통 이해가 가질 않았다. 물 빠진 이 옷을 입겠답시고 한 것부터 말이 안 되는 거였는데.

은설은 손에 든 것들을 다시 내려놓을 생각에 거의 울상이었다. 그러자 제후는 고개를 삐딱하게 틀어 빈자리를 가리켰다.

"먹고 있어."

"네?"

그는 지갑 속에서 수표 한 장을 꺼내 아주머니에게 건넸다.

"잔돈은 됐습니다."

"아니, 이거 잔돈치고는 많아도 너무 많이 남는데……."

반색하는 아주머니의 얼굴은 수표보다도 그의 얼굴을 더 반기는 기색이었다.

"에휴, 됐으니 그냥 먹어요. 저거 사는데, 십만 원짜리 수표 받으면 내가 양심불량이지."

"그럼 카드는 어떻습니까."

"찜질방에서 무슨 카드야. 에휴, 잘생긴 총각! 됐대도 그러네."

사람 좋은 인상의 아주머니는 손사래를 쳤지만, 그는 기어이 계좌이체까지 해서 결국 제값을 지불하였다. 그런 제후의 고집이 은설은 오히려 더 좋아 보였다.

"먹을래요?"

은설이 빨대 두 개를 끼워 넣은 호박식혜를 그에게 내밀었다.

"안 마셔."

그가 물병을 톡 쳤다.

"왜요? 이거 얼마나 맛있는데."

"그거 여러 사람이 마시던 거잖아."

"아, 네에."

제후는 찜질방과 어울리지 않는 레몬수를 마셨다. 그에 드러나는 선명한 목울대에 은설은 물고 있던 빨대를 잘근 씹었다. 그러다 정신을 차리곤 불어가는 컵라면을 보았다. 서둘러 젓가락질을 하려던 은설은 제후를 향해 젓가락을 내밀었다.

"라면 먹을래요?"

"먹을 거 같아, 내가?"

"예의상 말한 거거든요. 나도 이거 딱 하나 다 먹어야 정량이라서."

은설은 후루룩 면발을 집어삼켰다. 라면에 계란, 식혜까지 앉은 자리에서 다 해치운 은설은 포만감을 느끼며 그 자리에 벌러덩 누웠다. 뜨끈한 온돌바닥에 누워 잔뜩 긴장했던 몸에서 힘을 뺐다. 별거 아닌 데서 오는 소소한 행복에 경계 없이 허물어진 얼굴 위로 편안한 미소가 번진다.

"여기서 잘 건가."

"아, 여성 전용 수면실이 따로 있어요. 공동수면실도 있고. 그럼 전 이만……."

제후는 자리에서 일어난 은설의 손목을 잡아챘다.

"공동수면실로 가지."

"네?"

무슨 헛소리를 하는 거냐며 한마디 쏘아붙이려던 은설은 가뜩이나 익숙지 않은 곳에서 불편해하는 그의 눈동자가 애처롭게 보이기까지 하였다. 결국 그와 함께 움직일 수밖에 없었다.

공동수면실, 제일 구석진 자리에 베개와 이불을 정리했다. 은설은 그에게 베개를 내밀려다가 그가 이걸 사용할 거라는 기대를 버리고 그대로 자리에 누웠다.

"내가 있는데 잠이 오나."

"저, 오늘 무지 피곤해요."

늘어지게 하품을 하고서 은설은 베개에 머리를 대자마자 스르름 잠에 빠졌다. 제후는 딱딱한 벽에 등을 기댄 채로 피식 웃었다. 잠든 은설의 얼굴을 내려다보던 그는 사람들이 지나다닐 때마다 혹시라도 채일까 싶어 이불로 사방을 막았다. 그녀가 잠에서 깰까 봐 작은 소음에도 민감하게 반응했다.

창문이 없어 빛도, 시간의 흐름도 보이지 않는 수면실에서 그의 마음은 계속해서 흘러가고 있었다. 그 자신도 인지하지 못한 상태로. 누군가를 담는 건 오랜만이었다. 제후는 은설을 보고 있노라면 자꾸만 예전 자신의 모습이 떠올랐다.

어둡기만 했던 눈빛엔 혼란과 함께 따스한 빛이 스며들고 있었다.

은설은 머리카락을 덜 말린 채 나오는 그의 모습에, 그와 한 뼘 가까워진 것 같아서 웃었다. 이런 모습이야말로 인간적이었다.

"찜질방이 잠자기는 그래도 목욕하기는 좋죠?"

"되게 찝찝하군, 여기."

은설은 퀭한 눈의 제후에게 바나나우유를 건넸다.

"이거 마셔요."

멀뚱히 바라만 보는 그에게 은설은 친절히 빨대까지 꽂아서 우유를 들려주었다.

"이것도 받아요. 5,200원이요. 바로 근처에 ATM 기계가 있더라고요."

"……뭐지."

떨떠름한 눈으로 제후는 지폐와 동전, 바나나우유를 차례로 보았다.

"제가 빚지고는 못 사는 성격이라서요. 그러니까, 빌라 건은 없던 일로 해줘요. 새로운 집도 구해야 하고, 할 게 많다고요."

"말했을 텐데, 이미 방 채우는 걸로 쓰고도 모자랐다고."

제후는 딸랑딸랑 은설의 빌라 열쇠를 흔들어보였다. 담보로 '빌라'를 잡고 있다는 말투가 명백했다.

"그거 좀, 어떻게……."

그녀의 목소리가 기어 들어갔다. 다가오는 그의 뒤로 은설은 주춤주춤 물러섰다. 이 남자의 말도 안 되는 계략 따위에 말려들고 있었다. 제후는 은설의 젖은 머리칼을 귀 뒤로 쓸어 넘겨주었다.

"어떻게?"

제가 왜 여기서 눈치를 봐야 하나 싶어 은설은 소리를 꽥 질렀다.

"비싼 가방들이랑 옷 다 팔면 견적 꽤 나올 거 아니에요. 진짜!"

"당신 하는 거 봐서."

한쪽 입꼬리를 천천히 말아 올린 그가 은설을 전에 없던 의미심장한 눈빛으로 지그시 바라보았다. 은설은 불길한 예감에 괜히 머리카락을 손으로 슥슥 빗어 넘겼다.

내 전 재산을 감쪽같이 압수당한 것도 모자라서, 그걸 또 어떻게 찾아오라고!

"보자보자 하니까, 이렇게 나오면 가입서고 뭐고 다 찢어버릴 거예요!"

미리는 친히 저를 담당자로 지목해서 예약까지 걸어온 고객이 수강일 줄은 예상 못했다. 게다가 이렇게 까다롭기까지 할 줄이야. 요구 조건을 일일이 기록하던 미리는 마지막에 분통이 터져 볼펜을 쥔 손에 꾹 힘을 주었다. 이내 '바직' 하고 부러지는 소리가 나더니 볼펜 머리가 안으로 쏙 들어가 버렸다.

"아니, 미리 씨. 내가 지금 어려운 거 얘기해요?"

"이 요구 조건에 맞는 여자가 있긴 한 거래?"

수강의 말을 맞받아치며 미리가 혼잣말처럼 웅얼거렸다.

"그동안 이보다 더한 여자도 만났는데, 여기 노블리스도 이제 보니 영 형편없네요."

"여기 이상형 말하는 곳 아니거든요. 특히나 남자의 경우는 자기와 동급인 여자는 안 만나고, 그보다 한두 등급 아래인 여자를 소개해 주는 데가 여기 결정사거든요? 아니, 여자가 미쳤다고 자기보다 아래 레벨 만나러 비싼 가입비 내고 여기 오겠어요? 그것도 어이없는데, 그보다 열 단계는 넘게 널뛰기하듯 뛰어넘는 조건 얘기하니까 제가 이러는 거잖아요!"

잔뜩 흥분한 미리의 외침에 수강이 흘깃 새치름한 표정을 짓더니 선심 쓰듯 툭 말을 던졌다.

"아하, 그럼 조건 하나 뺄게요."

"거의 다 빼야 할 것 같은데, 어떤 거요?"

"가슴 C컵에서 풀 B컵으로 정정할게요. 몰라, 나도 여기서 더 이상은 양보 못 해요."

"장난 그만하고 진지하게 합시다."

"나 지금 궁서체로 말하는 중인데, 무지 진지해요."

"그리고 또 뺄 거 있잖아요."

"거기서 또 빼요?"

"다 빼야 하거든요!"

똑똑, 차분해야 할 상담실 안에서 큰소리가 오고가자 지나가다 들른 팀장이 결국 문틈으로 얼굴만 내밀곤 한마디 했다.

"회원님이잖아요."

뼈 있는 한마디를 던지며 팀장이 다시 사라지자, 닫힌 문을 슬쩍 올려다보며 미리가 깊은 한숨을 내쉬었다.

"아무리 윤제후 씨 친구분이라도 안 되는 건 안 되는 거거든요. 자, 찬찬히 정리해서 말할 테니까 잘 듣고 여기가 과연 본인이랑 맞는지부터 되짚어 보는 거예요. 알겠죠?"

"네, 선생님!"

전혀 진지해 보이지 않는 수강의 표정에 미리는 또 다시 울컥했지만, 차라리 이 참에 제 분수를 알리는 것도 나쁘지 않겠다는 생각이 들어 꾹꾹 눌러 참았다.

수강은 심지가 구부러진 미리의 볼펜 대신 쓰라며 재킷 안주머니에서 펜 하나를 꺼내 건넸다. 그것을 집어든 미리가 기록지 위를 톡톡 두드렸다.

"일단 수강 씨 조건, 성삼그룹 말단 신입 사원……."

"아직까지는요."

"말 끊지 말아줄래요? 주임 되고 대리 되는 거 몰라서 이러는 거 아니니까."

"와, 미리 씨, 은근 성격 있네요?"

미리가 무서운 눈으로 노려보자 수강이 입술을 꾹 다물고 한 손으로 지퍼 채우는 시늉을 해보였다.

"얼굴은 호감형이긴 하네요. 키도 178㎝면 딱히 작은 것도 아니고……."

"내가 호감형이에요?"

미리가 다시 흠칫 째려보자 수강은 아차 하면서 터틀넥을 끌어올려 입을 막았다. 미리는 천천히 고개를 가로저으며 다시 말을 이었다.

"돈은 얼마나 모아뒀어요?"

"쓰라고 있는 걸 왜 모아요?"

"참……. 이수강 씨 대책 없네요. 제후 주얼리에서 아르바이트도 하는 걸로 봐서는 집에 비빌 언덕이 있는 것 같지도 않은데. 수강 씨가 원하는 이상형은 하나같이 갑부집 딸에, 그것도 다섯 손가락 안에 들어가는 사람은 또 싫고, 다섯 손가락 뒤부터 열 손가락 안에 들어가는…… 이건 말인지 방구인지, 아무튼 그렇다 치고. 거기에 빼어난 미모를 겸비한데다 성격까지 착한 여자에 글래머 타입이란 말이죠? 왜요, 기왕 찾는 거 다섯 손가락 안에 들어가는 딸로 해달라고 하지요, 왜?"

"다섯 손가락 안에 들어가는 사람 중에선 예쁜 여자 없어요, 선생님. 그 뒤로는 나도 모르니까, 좀 찾아달라고요."

"제가 장담하는데요. 다섯 손가락 뒤부터 열 손가락 안에 들어가는 딸도 이수강 씨 안 만난대요."

"아는 사람이라도 있어요?"

미리는 더 말하려다가 작게 숨을 몰아쉬었다.

"그런데 내가 제후 주얼리에서 알바해요? 은설 씨가 그렇게 말해요?"

"아니, 그건 아니고. 은설이 SNS 보니까 수강 씨 거기서 일하는 것처럼 보이는 사진이 슬쩍 배경화면처럼 나오던데요?"

"어디요? 나도 SNS 하는 거 참 좋아하는데."

"지금 그게 중요한 게 아니잖아요! 아무튼 이수강 씨가 원하는 여자는 윤제후 씨처럼 잘생긴데다가 돈 많은 남자 두고 얼굴 조금 귀엽상에 돈 없는 말단 신입 안 만나요."

홧김에 쏘아붙이고 나서 미리는 슬쩍 수강의 눈치를 살폈다. 하지만 수강은 상처받은 얼굴은커녕 아무 생각 없이 해맑은 얼굴로 웃고 있었다.

"나는 괜찮은데, 우리 엄마랑 아빠가 여자 쪽 집안을 중시하거든요. 지금 결혼 안 하면 어쨌든 내년엔 못생긴 여자랑 팔자에도 없는 결혼해야 한다고요. 미리 씨가 그전에 소개해 줘요!"

"막장 시댁까지."

미리는 기록지 위에 커다랗게 '추천불가'라 쓰고 마침표까지 찍으며 미련 없이 자리에서 일어났다.

"내가 또 잘나서 가입비는 면제인 거죠?"

"됐고요, 나가죠. 이수강 씨는 가입비 옴팡지게 받아도 연결 못 해주니까!"

상담실을 나선 두 사람은 함께 엘리베이터에 올랐다. 아래로 내려가던 중 미리가 먼저 내리고, 이제껏 그녀가 했던 조언은 귓등으로도 안 들었는지 수강이 윙크를 하며 닫히는 문 사이로 소리쳤다.

"선생님만 믿어요!"

미리는 고개를 가로저으며 사무실로 들어섰다. 핼쑥해진 얼굴로 자리에 앉은 미리는 은설에게 힘없이 손을 흔들었다. 그러고는 그대로 책상 위에 얼굴을 묻었다.

"아, 영양가 하나도 없이 기 빨린 느낌이야……."

"왜, 상담 별로였어?"

"말해봤자 내 입만 아파. 근데, 너 어제 어디서 잤어?"

갈 데가 있다고 말한 은설이었지만, 그게 왠지 핑계였을 것 같아서 미리가 다시 추궁했다.

"찜질방."

"찜질방? 혼자서?"

"아니, 윤제후 씨랑."

미리는 책상 위로 떨어뜨린 얼굴을 홱 들어올렸다.

"대박, 윤제후 씨 너 진짜 좋아하나 보다!"

"무슨……. 내 전 재산을 가지고 딜을 하는 사람이라고."

"에이, 아니긴 뭐가 아니야."

은설이 느리게 고개를 저었다.

"얼마 보지도 않았는데, 짧은 순간에 이런 마음이 진짜일까?"

"원래 사귀는 데 걸리는 시간은 2주면 충분하고, 사람 볼 때 좋다 나쁘다는 두 시간이면 파악되거든요? 너 자꾸 현실이랑 영화랑 구분 안 하지? 솔직히 너 예쁘잖아? 성격도 매력 있고. 내가 남자라면 마다할 이유 전혀 없거든. 이수강 씨처럼 셔터맨 될 생각 아니면 조건이야 안 따지는 남자도 있을 수 있지. 가진 게 많은 사람일수록. 물론 전형적인 재벌은 예외겠지만, 윤제후 씨는 그런 것도 아니잖아.”

“말도 안 돼. 그렇게 짧은 시간 안에 사귄다고?”

“원래 사귀면서 알아가는 거거든요. 다 알고 나서 사귀면 그건 결혼해야지요. 네가 잘 모르나본데, 드라마나 영화, 소설? 그게 다 개구라예요. 초반에 분량 뽑아야 하니까, 억지로 관심 없는 척 사건 만드는 거지. 야, 봐라. 주연들 그렇게 잘생기고 잘나가는데 가진 거 하나 없는 여자가 안 반하고 배겨? 개소리 찍찍이지. 본질은 사귀기 전이 아니라 사귀고 나서가 더 문제거든.”

“지금 나 대놓고 디스하는 거지?”

“그게 또 그렇게 들렸으면 미안.”

미리가 슬쩍 고개를 반대방향으로 돌렸다. 그리고 그 순간, 울리는 전화에 은설은 핸드폰 화면을 바라보면서 작게 중얼거렸다.

“이걸 받아, 말아…….”

고민할 새도 없이 다시 고개를 돌린 미리가 친히 손을 뻗어 터치 버튼을 누르자, 그의 목소리가 크게 울렸다.

[전 재산 돌려받고 싶으면, 지금 당장 와.]

제 할 말만 하고 뚝 끊긴 전화를 허망하게 바라보던 은설은 씩씩거렸다. 곧이어 약 올리듯 ‘뾰롱’ 하는 소리와 함께 문자메시지 알림이 떴다.

〈파크하얏트 코너스톤〉

"뭐야, 진짜! 또 자기 할 말만 하고, 내가 가라고 하면 막 가고 그래?"

흥분한 은설과 달리 미리는 눈동자를 위로 굴리면서 혀를 샐쭉 내밀었다.

"막 가고 그래야지? 전 재산이 걸렸는데! 뭔지는 모르겠지만, 참 귀여운 커플이 탄생할 것 같은 느낌이 드는 건 뭐냐. 아, 난 언제 그런 연애 해보려나?"

"귀여운 커플은 무슨!"

펄쩍 뛰는 은설을 아랑곳 않고 미리는 늘어지게 기지개를 켜며 자리에서 일어났다.

"집 가야지, 집집집. 아, 오늘은 진짜 가기 싫다……."

평소와 달리 머뭇거리는 게 이상해 보여 은설이 뚫어져라 보자, 뒤통수에서 따가운 시선이 느껴졌는지 미리가 포트폴리오를 정리하며 말을 이었다.

"집에 엄마 왔거든. 너도 알지? 우리 엄마 성격 보통 아닌 거. 이번엔 또 얼마나 있다 가시려는지, 내가 차마 오늘은 우리 집 오란 소리는 못 하겠다. 너도 피해 볼까 봐. 그래도 상관없으면 같이 갈래?"

은설은 한 치의 망설임과 주저함도 없이 고개를 단호히 저었다.

"나더러 차라리 밖에서 자라 그래. 생각만으로도 무서우니까."

멘사 출신으로서 어릴 적부터 장래가 촉망되었던 미리가 뭇 사람들의 기대를 고스란히 저버리면서까지 이 일을 하는 데 지대한 영향을 미친 건 다름 아닌 은설이었다. 그 일로 인해 미리의 엄마 눈밖으로 단단히 벗어난 은설은 가시방석이나 다름없는 미리의 집에서 신세를 지는 것보다는 차라리 찜질방에서 하루 더 자는 게 낫다고 생각했다.

"그렇지? 나도 차라리 밖에서 자고 싶다니까. 근데 집에 안 들어가면 분명 더 난리날 거라……. 그마저도 자유롭지 못한 영혼은 그저 울지요."

"응, 당분간 나한테 집 얘기는 안 꺼내는 게 좋겠어."

"어디서 잘 건데?"

"이 넓은 서울 땅덩어리에서 설마 나 하나 잘 곳 없을까 봐?"

주섬주섬 포트폴리오를 챙기던 미리는 문득 수강이 준 펜이 눈에 들어왔다. 부드럽게 써지는 느낌이 되게 좋았는데, 이렇게 화려하게 생긴 펜이었나? 미리는 펜을 찬찬히 살폈다.

"……몽블랑?"

만년필 중에서도 최고가를 자랑하는 브랜드의 펜이라는 것을 확인한 미리의 눈이 순간 휘둥그레졌다. 펜촉과 뚜껑 부분에는 각인까지 되어 있었으며, 펜 가장 위에는 몽블랑 특유의 스타 마크가 다이아몬드로 박혀 있었다.

미리는 얼굴을 찡그린 채 가설을 세우기 시작했다. 중국이나 홍콩에서 사온 잘 만들어진 모조품이거나 아니면 진짜 경제관념이 제로거나. 이러나저러나 수강이 한심하고 안쓰러워 미리는 혀를 끌끌 찼다.

"이수강 씨 원래 이렇게 개념이 없어? 아니면 허세남이야?"

"전혀 안 그래 보이던데."

"이 만년필, 원래는 진짜 비싼 거거든."

"그래?"

"말단 신입 사원이 이걸 가짜라도 굳이 사서 들고 다니는 심보가 뭐겠어? 딱 겉으로 드러내기 좋아하는 허세과라는 거지."

망설임 없이 펜을 건네던 수강을 떠올리며 미리는 이것을 진품이 아니라 모조품일 거라 확신했다.

"진짜면 어떡할 건데?"

"그럴 리가요."

미리가 고개를 절레절레 저었다.

"윤제후 군 손이 금손이라고 소문이 자자해서, 수강이 녀석한테 부탁 좀 하자는데도 녀석이 한사코 거절해서 직접 연락했네. 이리 시간 내줘서 정말 고맙네."

"아닙니다. 수강이 작은아버님이신데, 제가 당연히 시간내야죠."

원규는 심지 있어 보이는 또렷한 인상의 제후가 흡족해 고개를 주억거렸다.

"내 딸아이가 창립기념일 파티에 하고 갈 주얼리를 자네가 만들어줬으면 해서 이리 불렀네. 예약하려고 하니 이거 원, 2년은 더 걸린다는데 파티 날짜는 이미 정해져 있어서 말일세."

원규가 빤히 들여다보는 흑심을 내보이며 옆에 앉은 막내딸을 바라보았다.

"보아하니 거기는 특이하게 사람의 얼굴을 보고 맞춤 제작을 한다지? 그래서 이리 같이 불렀네. 너무 갑작스러운 약속이라 공연히 폐 끼치는 거 아닌가 모르겠네만."

"배려해 주신 덕에, 약속 상대에게 여기 와서 기다린다고 했으니 괜찮습니다."

"그럼, 바쁜 사람을 오래 붙잡아둘 순 없지. 이렇게라도 보는 게 어딘가. 주홍아, 뭐하고 있니. 어서 인사하지 않고."

원규가 딸에게 채근하자, 옆에 앉은 여자가 짧은 단발머리를 귀 뒤로 넘기며 인사했다.

"이주홍이에요. 수강 오빠한테 얘기 많이 들었어요."

얼굴에 커다란 미소를 띠운 채 활기차게 인사하는 주홍을 성의 없이 보던 제후가 짧게 고개를 맞추며 주억거렸다. 그리고 무심코 고개를 돌리다가 주위를 두리번거리는 은설을 발견했다. 내내 꽉 다물려 있던 그의 입술이 자동적으로 올라간다.

"일행이 벌써 왔나 보네요."

"어서 오라고 하시게. 그렇지 않아도 미리 넉넉히 주문 넣어놨네."

원규가 사람 좋은 얼굴로 웃어 보였지만, 자리에서 일어난 제후가 여자를 데리고 오면서 그 미소는 금세 사라졌다.

영문도 모르는 은설은 제후만 있는 줄 알았던 자리에 일면식이 없는 남녀가 함께 있으니, 이게 무슨 조화인가 싶어 눈을 동그랗게 뜨며 제후를 올려다보았다.

"앉지."

그가 자연스레 빼주는 의자에 은설은 일단 자리에 앉았다. 곧이어 음식들이 나오기 시작하였다. 이 자리가 어떤 자리인가에 대한 궁금함도 잠시, 은설은 코스 요리에 시선을 빼앗겼다. 화려하게 장식된 음식은 접시 위의 예술품이라고 해도 과언이 아니었다.

"그래, 이 아가씨는 제후 군과 어떤 사이인가."

"제가 만나는 사람입니다."

안 그래도 쓰게 내려갔던 원규의 입이 한일자로 굳게 다물어졌다. 내심 기대한 바가 있던 주홍은 예상치 못한 여자의 등장에 속내를 들킨 사람처럼 얼굴이 화끈거렸다. 하지만 제후의 말에 가장 놀란 사람은 은설이었다. 제후가 그런 은설을 보며 대수롭지 않게 첨언했다.

"어제도 만났잖아."

"아……, 네."

왠지 그런 뜻이 아닌 것 같은 묘한 말에 은설은 고개를 갸웃했지만, 그의 말대로 어제 만난 건 사실이었으니 떨떠름하게 대답했다. 하지만 받아들이는 사람의 입장은 현저하게 달랐다.

원규는 차게 식은 표정을 감추며 속내를 드러내지 않기 위해 웃음을 옅게 흘렸다. 결혼한 것도 아니고 단순히 만나는 사람이라면 상황은 얼마든지 바뀔 수 있다.

"아가씨는 무슨 일을 하시나."

"저요? 저, 커……."

"아직 공부하는 대학원생입니다."

사실대로 말해봐야 피곤해지는 건 그녀일 거란 생각에 배려한 거였지만, 정작 은설은 그의 의도와는 다르게 자존심이 상해 입술을 꾹 짓눌렀다. 방금 전만 해도 맛있어 보이는 음식에 식욕이 돌았었는데 순식간에 입맛이 사라졌다. 의미 없는 포크질만 하고 있는 은설을 보며 제후가 송로버섯과 참치뱃살구이를 올려주었다.

"아침에 밥도 제대로 못 먹고 나갔잖아. 깨작거리지 말고 어서 먹지."

다분히 오해의 소지가 있는 말이었다. 가만히 듣고 있던 원규가 안경을 쓸어 올리며 의미심장한 어조로 물었다.

"아침 못 먹은 것까지 알 정도로 다정한 사이인가 보군그래."

제후는 마치 기다렸다는 듯이 입꼬리를 올리며 은설을 지그시 바라보았다.

"어제 저녁엔 이 여자가 코까지 골면서 자느라, 덕분에 전 꼬박 밤을 샜습니다. 저도 그러고 보니 아침을 못 먹었네요. 상담이 밀려 점심도 거른 참이라, 덕분에 잘 먹겠습니다."

"제가 언제 코를 골았어요? 진짜, 어제 제가 그랬다고요?"

"내가 들었어, 분명히."

"어제 피곤하다 그랬잖아요. 윤제후 씨 잠도 안 자고 괜히 그런 거나 듣……."

말하면서도 이게 아니다 싶어진 은설은 슬그머니 목소리를 죽이고 입을 다물었다. 그가 하는 말에 거짓은 없는데 대꾸할수록 이상한 느낌이었다.

불편한 공기가 감돈 채 무거운 식사는 계속 되었고, 먼저 포크를 놓은 건 원규였다. 호탕했던 웃음소리는 멎은 지 오래였다.

"그러고 보니, 오늘 늦게 외국에서 오는 바이어 미팅이 있는 걸

내 깜빡하였네. 주얼리 상담은 나중에 함세. 흠, 저녁은 마저 들고 가시게."

자리에서 일어난 원규는 금장 단추가 고급스러운 남색 코트 카라에 달린 블랙 퍼를 손으로 툭툭 쳐내며 거칠게 팔을 구겨 넣었다. 허탕 친 시간에 대한 분을 삭이고 있었다. 옆에 앉아 있던 주홍도 얌전히 함께 따라나섰다. 인사도 제대로 하지 않고 뒤돌아나가는 사람들을 보며, 은설은 영문도 알 수 없던 자리에서 내내 불편하게 앉아서 입도 뻥긋하지 못하고 잘려나간 말들이 생각났다. 남은 음식에 손도 대지 않고 일어섰다. 그러자 제후가 앉은 채로 은설의 손목을 잡았다. 갑작스럽게 잡은 이 손조차도 떨리기만 했지만, 그게 또 그렇게 제멋대로라. 무시 받는 기분이든 은설은 차게 손을 뿌리쳤다. 하지만 손은 여전히 그에게 붙잡혀 있었다.

"놔요, 지금 기분 별로니까."

"왜 별론데."

"정말 몰라서 물어요?"

"여기 오라고 한 것 때문인가."

"아니요. 여기 온 것까진 이해했어요. 그런데 이용당한 것 같은 느낌이이 참 별로네요. 내가 대학원생이에요? 미리 얘기해 주지 그랬어요. 나 말고, 다른 사람이 앉아도 될 자리에 굳이 왜 날 불러요? 아, 난 만만하니까?"

화가 단단히 난 은설의 말에도 제후는 대답 없이 잡고 있던 손을 주욱 잡아당겨 그녀를 도로 자리에 앉혔다.

"그런 거 아니니까, 마저 먹지."

"지금 내 말이 되게 우습나 봐요?"

제후는 은설의 접시 위로 메인 요리를 하나씩 덜어주었다. 이 와중에 밥이나 먹으라는 건가 싶어 기가 찬 은설이 자리에서 일어려 하자, 그가 다시 그녀를 잡아챘다.

"먹어, 식으면 맛없어."

은설은 도끼눈을 뜬 채 보란 듯이 입안으로 음식을 구겨 넣었다.

"천천히."

무시하기 힘든 중저음의 목소리에도 은설은 이를 말끔히 외면했다. 음식을 무리하게 입안으로 집어넣던 은설은 그만 사레들려 눈물까지 찔끔 나왔다. 그가 물 잔을 앞으로 밀어 주었다. 은설은 눈을 흘기면서도 그가 건넨 물을 단숨에 들이켰다. 꽉 막혔던 음식이 한꺼번에 내려가다가 가슴 중간에 걸렸다. 답답해 가슴을 두드리고 있는데 제후가 여상한 어조로 입을 열었다.

"오늘 나랑 같이 있자, 기은설."

생각지도 못한 말에 놀란 은설이 크게 기침을 하자 걸려 있던 것들이 쑥 내려갔다. 하지만 그보다 더 놀라운 건, 한없이 낮은 그의 목소리에 실은 그 단어가…….

"이 호텔에서."

너무나도 위험하고 아찔한 시한폭탄과도 같았다.

"여기 야경이 정말 좋거든."

지그시 바라보는 그 눈빛에 은설은 잠시 시간이 멈춘 게 아닐까 싶었다. 그가 한 말을 어떻게 받아들여야 할지 감이 오질 않아, 은설은 방금 전까지도 화가 나 있던 사실도 잊어버릴 만큼 멍했다.

그의 목소리 울림은 아름다워서, 그가 하는 어떤 말도 합리적으로 들리게 만들었다. 특히나 낮고 천천히 말할 때 그 힘은 여지없이 발휘되었다. 목소리의 여운이 사라지고 난 후에야, 그가 무슨 말을 했는지 이해한 은설은 두 박자는 늦게 화를 냈다.

"윤제후 씨는 내가 그렇게 쉬워요?"

은설의 눈을 맞추며 제후가 나른하게 웃었다.

"당신 머릿속은 대체 어떤 생각들로 가득 찬 거지?"

목소리와 마찬가지로 미소 또한 그가 가진 강력한 무기 중 하나였다.

"다 먹었으면 일어나지."

"뭐, 왜, 일어나서 어디 가려고요?"

"여기, 이미 예약해 뒀어."

너무도 당당하게 호텔 카드키까지 들어 보이는 그에게 은설은 당황한 기색이 역력한 채로 허둥지둥했다.

"아니, 내가 갈 데가 없어서…… 윤제후 씨랑, 어? 네? 거길 내가 왜 가요!"

"갈 데 없는 거 맞고, 앞으로도 갈 데가 생길지 말지는 나에게 달려 있는 거 아니었나."

"사람이 치사하게, 제 전 재산 가지고 이럴 거예요?"

"어, 앞으로도 이럴 셈이야."

빠른 걸음으로 레스토랑을 빠져나가는 등을 보면서 은설은 기가 찬 얼굴로 그를 따라갔다. 가진 자의 횡포가 심해도 너무 심한 거 아니냐고! 이건 제대로 된 갑질이었다. '그깟 빌라, 난 필요 없으니까 그냥 윤제후 씨 다 가지세요' 시원하게 한마디 쏘아주고 돌아서고 싶은 마음은 굴뚝같지만, 그건 어디까지나 상상으로밖에 할 수 없는 장면이었다. 은설은 엘리베이터 앞에 선 그의 옷자락 끄트머리를 조심스레 움켜잡았다.

"그래서 언제 줄 건데요?"

"말했잖아. 당신 하는 거 봐서 준다고."

그 순간, 땡 소리와 함께 엘리베이터 문이 열렸다. 위층으로 올라가는 엘리베이터라는 걸 깨닫고 은설은 그의 옷자락을 잡았던 손끝에 느슨하게 힘을 풀었다.

망설임 없이 제후가 안으로 들어갔다. 은설은 그의 눈을 보면 또 따라나설지도 모른다는 생각에 차가운 바닥을 향해 시선을 내리깔았다. 이내 길게 뻗은 팔이 은설의 팔을 붙잡아 안으로 끌어당겼다. 엘리베이터 문은 순식간에 닫혔다. 20층 버튼을 망설임 없이 누르는 손길에 엘리베이터는 곧바로 위로 상승했다.

"뭐, 뭐하는 거예요? 나 따라간다고 대답한 적 없거든요?"

은설은 다급히 1층 버튼을 눌렀다.

"어제는 찜질방, 오늘은 여기. 무슨 차이지?"

"찜질방은 여러 사람들이 있는 공간이고, 여기는……."

"나랑 단둘이 있는 공간이라서? 그건 우리 집에서도 마찬가지였는데."

"아무튼, 여기는 좀 그래요."

호텔이잖아요. 호텔에서 남녀가 단둘이? 왜, 나만 자꾸 몰아세우면서 물어보냐고! 은설은 입을 꾹 다물었다. 최대한 그의 시선을 피해 점점 숫자가 올라가는 알림판만 집중해서 바라보았다. 17, 18, 19. 숫자가 위로 상승할수록 그녀의 심박수도 따라서 올라갔다. 엘리베이터는 20층에서 멈추었지만, 그녀의 심장은 방금 전보다 더 뛰어올랐다.

"나, 무서워하나 봐."

엘리베이터에서 먼저 내린 제후는 엘리베이터 안에 있는 은설과 마주보고 섰다.

"제가 윤제후 씨를 왜요? 뭐가 무서워서?"

"그럼 못 갈 이유도 없지 않나."

그가 고개를 삐딱하게 틀어 올렸다. 진짜 승부욕 자극하게 만드네! 속으로 열두 번은 더 소리 지르고 있던 은설은 결국 엘리베이터 밖으로 나갔다.

"야경 끝내준다고요? 별로면 알아서 해요, 진짜."

"별도 보여주지."

또 걸려든 것 같다는 생각이 들었을 땐 이미 객실 안으로 들어온 후였다. 스위트룸 중에서도 최고급 프레지덴셜 스위트룸 안에 들어온 은설은 현관에서부터 느껴지는 웅장함에 입이 떡 벌어졌다.

서재, 리빙, 드레스 룸, 침실, 욕실, 다이닝 룸, 주방 모두 일곱 개의 공간으로 이루어진 스위트룸은 로맨틱한 화이트로 도장한 유리문과 기둥들이 받쳐주고 있었다. 방과 욕실은 다크 오크의 럭셔리로 조화롭게 연출되어 유럽의 대저택 같은 느낌이 났다. 욕실에는 욕조와 분리된 최고급 설비의 이태리 대리석 제트스파까지 없는 게 없었다. 은설은 계단 위로 올라와 있는 다크 그린의 대리석 제트스파를 감탄 섞인 눈빛으로 바라볼 수밖에 없었다.

"먼저 씻을래?"

시시때때로 튀어나오는 그의 목소리에,

"아님, 내가 먼저 씻고."

어떻게 반응을 해야 할지 은설의 얼굴이 붉게 달아올랐다.

"여기는 찜질방보다 괜찮을 거야."

조곤조곤 속삭이는 말에도 은설은 부러 꼿꼿하게 허리를 세우고서 욕실 문을 잡았다.

"먼저 씻을게요."

"그러던지."

은설은 가운데에 움푹 튀어나와 있는 문고리 버튼을 눌러 문을 잡아당겼다. 확실하게 잠겼는지 확인한 후, 욕실을 천천히 눈으로 담았다. 그리고 평평한 욕실 계단 세 칸 위에 올라와 있는 동그란 대리석 제트스파로 올라가 물을 틀었다. 은설은 옷을 벗으며 대리석 상에 올라와 있는 선반 아래에 옷가지들을 내려놓았다. 욕조 안으로 들어가 통유리 너머로 펼쳐진 바깥 풍경을 보고 있노라니 기분이 참으로 묘했다. 하늘을 보면서 스파를 할 수 있다니 마치 천국인 것 같았다. 짙게 내린 푸르스름한 어둠과 함께 따뜻한 물이 가슴까지 차올랐다.

"이런 곳은 하루 숙박비가 얼마나 되려나……."

생각만으로도 현기증이 났다. 이런 사치도 누릴 수 있는 사람이나 누리는 거지. 새삼 그가 가지고 있는 재산이 어느 정도일까 생각하던 은설은 고작 자신의 전 재산이 그의 손 안에 가볍게 잡힐 수 있는 금액이라는 사실에 작게 어깨를 떨었다. 이내 숨만 쉴 수 있게 수면 위로 얼굴만 내민 채 다리를 쭉 뻗었다. 달빛이 은설의 얼굴 위로 쏟아져 내렸다.

"오빠, 오빠 친구 진짜 여자 친구 있었어?"

늦은 시간, 서슬 퍼런 얼굴을 한 주홍이 수강의 방에 노크도 없이 들어왔다.

"이주홍, 넌 진짜 여자애가 매너도 없이 이렇게 불쑥 들어올 거야?"

"큰아빠랑 숙모, 어차피 여행 갔잖아. 밖에 이모님이 다 얘기해 주던데. 내가 오빠밖에 없는 방에 노크까지 하고 들어와야 돼?"

"주홍아, 오빠가 누누이 말했잖아. 넌, 얼굴이 무기라고. 아이고, 진짜 심장 떨어지는 줄 알았네."

수강이 오버하며 제 가슴을 쓸어내리자, 수강이 드러누워 있는 침대 쪽으로 주홍이 얼굴을 가까이 내밀었다.

"왜, 나 너무 예뻐서?"

"이주홍, 넌 진짜 돈 없으면 안 되는 얼굴이야."

주홍의 이마를 꾹 누르며 수강이 몸을 일으켜 세웠다.

"오빠!"

"오빠, 심장도 모자라서 귀까지 떨어져야겠냐?"

"나 좋다는 사람이 얼마나 많은데!"

주홍이 꽥 소리 질렀다.

"누가 너 좋다고 말하면, 첫째도 의심! 둘째도 의심! 그리고 나서도 이건 진지하다 생각 들면…… 그땐 그 남자 카드빚이 얼마인지부터 알아봐."

수강이 머리 위로 두 손까지 흔들며 오두방정을 떨자, 주홍은 분한 나머지 그렁그렁 눈물이 고인 채 수강의 무릎을 사정없이 발로 내리찍었다.

"아악, 이주홍! 뼈가 되고 살이 되는 말을, 응? 오빠가 말해주면 '알겠습니다' 하고 고마워해도 모자랄 판국에 하늘같은 오빠 무릎을 찍어?"

"내가 어디가 그렇게 안 예쁜데!"

"사실대로 말하면 또 무릎 찍을 거지?"

"무릎 안 찍을 테니까, 솔직하게 말해봐. 오늘 제후 오빠 앞에서도 얼마나 얌전하게 잘 있었는데!"

"궁서체로 말하는데, 너 못생겼어…… 악!"

결국 다시 한 번 날아간 발차기에 수강이 무릎을 감싸 쥐었다.

"짜증나, 오빠 미워!"

씩씩거리는 주홍을 수강이 감싸 안으며 위로했다.

"괜찮아, 넌 다른 여자들보다 월등하게 돈이 많잖아."

"끝까지……."

결국 주홍은 울음을 터뜨렸고, 여자의 눈물에 약한 수강이 장난이라고 싹싹 빌게 만들었다. 울음 끝이 이내 잦아든 주홍이 의심의 눈초리를 거두지 않고 흘겼다.

"진짜야?"

"아, 그렇다니까……."

"진짜지?"

"그렇습니다요."

수강의 말에 그래도 조금은 기분이 풀렸는지 주홍은 정말로 궁금해하던 것을 물어볼 작정으로 책상 의자를 빼내 앉았다.

"제후 오빠 여자 친구 대학원생이라던데, 어디 대학원이야? 무슨 과?"

"대학원생이래?"

수강은 호기심은커녕 왜인지 이미 이유를 알 것 같아 심드렁하게 대꾸했다.

"응. 몰랐어?"

"대학원생 아닐걸?"

"그 오빠 왜 우리한테 거짓말해?"

"네가 찾아갈까 봐? 제후는 돈도 많아서 여자 돈 있다고 안 넘어가거든……."

수강은 아무 생각 않고 솔직한 발언을 한 후에야 흠칫하며 입을 다물었다. 슬슬 주홍의 눈치를 살피며 자리에서 일어났지만, 비명을 내지르며 돌진하는 주홍에 의해 발길질도 모자라서 베개로 얼굴까지 맞아야만 했다.

느긋하게 목욕을 마친 은설이 벗어두었던 옷을 입고 밖으로 나오자, 소파 끝에 누워 있던 제후가 문 열리는 소리에 몸을 일으켰다. 이내 욕실 쪽으로 가던 걸음을 멈추고는 한마디 던졌다.

"난, 금방 끝나."

"그런 거 굳이 말 안 해줘도 되거든요!"

닫힌 문 뒤로 은설이 소리쳤다. 얼굴이 발갛게 달아오른 은설은 미처 구경하지 못한 침실 쪽으로 슬금슬금 걸어 나갔다. 침실 역시도 한쪽 벽면이 통유리라 서울 시내가 다 보였다. 가는 곳곳마다 하늘 위에 떠있는 것처럼 로맨틱했다.

유리창에 이마를 기댄 채 은설은 야경을 바라보았다. 실상 저 안에 있을 때는 아무것도 아닌 것들이 위에서 내려다보면 특별해 보이는 기이한 현상.

"진짜 아름답다……."

어두운 배경에 점처럼 찍힌 화려한 불빛들은 눈을 뗄 수 없게 만들었다. 인생은 멀리서 보면 희극이고, 가까이서보면 비극이라는 찰리 채플린의 명언처럼, 보는 관점에 따라서 달라지는 일들이 있다. 그렇다면 지금 내 인생은 어떻게 흘러가고 있는 것일까. 이대로 흘러가게 내버려둬도 괜찮은 걸까. 은설은 이내 더 깊게 생각하려는 걸 멈추었다.

"내가 야경 끝내줄 거라고 했잖아."

빠르게 샤워를 마친 제후가 은설의 등 뒤로 기척 없이 다가왔다. 유리벽에 비친 실루엣에 은설은 아무렇지 않은 척 몸을 틀었다. 다행히 옷은 제대로 갖춰 입고 나온 그가 허리를 낮추며 고개를 틀었다. 가까이 다가온 그의 얼굴이 순식간에 은설의 얼굴 앞으로 훅 다가오자, 은설은 바로 앞에서 느껴지는 숨결에 숨을 멈추었다. 물러설 곳도 없이 유리벽을 등 뒤로 기댄 채 자동으로 눈을 꼭 감았다. 그가 은설의 얼굴을 긴 손가락으로 훔쳤다.

"속눈썹."

귀에 닿는 간지러운 울림이,

"떨어졌어."

의미와는 상관없이 너무나 몽롱할 만큼 섹시해서 은설은 작게 입술을 늘였다.

"눈은 왜 감는 건데."

나른한 말투에 은설이 눈꺼풀을 밀어 올리자, 여전히 제 얼굴 앞으로 미동 없이 드리워진 제후의 얼굴이 고스란히 망막에 잡혔다.

"사람이…… 진짜 왜 그래요? 얼굴 부담스럽게 내밀지 말아줄래요?"

은설은 민망함에 얼굴이 발갛게 달아올라 다시 창 쪽으로 몸을 틀었다. 그가 능청스럽게 눈가를 구기며 물기를 머금은 은설의 머리카락을 쓸어내렸다.

"머리 말릴 것도 없이 수영장으로 가지."

"수영장이요?"

"여기 호텔 라운지 수영장."

"그럴 거면 애초에 간단하게 샤워만 하라고 하지. 기껏 스파까지 한 사람한테……."

"구석구석 꼼꼼히 씻었나 봐? 내가 확인할 수도 없고."

위아래를 훑어보는 그를 향해 은설은 두 팔을 뻗어 상체 앞을 막았다.

"무슨 말이 또 그렇게 나와요?"

제후는 빠른 걸음으로 먼저 나가며 얼굴에 옅은 곡선을 그렸다.

"이게 자꾸 꼬시네."

파르르 눈꺼풀이 떨리던 투명한 얼굴이 아직도 눈앞에 있는 것처럼 벅차게 아른거렸다.

이제 당신이 소중해진 것 같다고 하면 믿을래? 그래서 내가 지금 말도 안 되게 배려 중이라고. 스킨십에 대해 안 좋은 기억 가지고 있는 것까지, 모조리 내가 하나하나 다 좋은 기억으로 바꿔 주고 싶어서 뜸들이는 거라고.

……그런 거라고 하면 별다른 거부감 없이 나 제대로 봐줄 수 있나, 기은설.

"이 밤중에 무슨 수영장이야?"

마땅히 갈아입을 옷도 없었고, 몸이 훤히 드러나는 수영복은 절대 입고 싶지 않다는 생각에 은설은 아래층까지 내려가서 티셔츠와 편한 반바지를 사서 돌아오는 길이었다.

엘리베이터 앞에 선 은설은 수영장이 어디 있는지 층수를 꼼꼼히 훑었다. 지하부터 지상까지 무슨 시설이 이렇게 많은지, 읽기만 하는데도 피로가 몰려왔다.

"우리 요즘 자주 보는 것 같네?"

은설은 익숙한 목소리에 뒤를 돌아봤다. 입꼬리가 떨떠름하게 위로 올라간 승희 옆으로는 꽤나 오랜만에 보는 미진과 지난번 동기 모임 때 보았던 봄이, 아영이 함께 서 있었다.

"그러게, 동기 모임한 지 얼마나 됐다고."

"호텔에서 우연히 볼 줄 알았으면 너 부를 걸 그랬다. 사실 여기 좀 비싸잖아? 난 너 부담스러워할까 봐, 있는 애들끼리 조촐하게 와인 파티나 하려 그랬지."

승희가 은설의 자존심을 비틀어 잘근 밟고 올라서자, 미진이 능청스럽게 해실거리며 골드카드를 꺼내 들어 보였다.

"은설이 대학 때부터 절약정신 하나는 끝내줬잖아. 그러지 말고 오늘은 남편 카드로 내가 은설이 몫은 확실히 쏠 테니까 같이 가자. 지난번 동기 모임에도 못 보고, 난 정말 오랜만이잖아. 같이 갈 거지?"

뭐라고 둘러대고서 이 상황을 빠져나와야 할지 고민하는 순간, 봄이가 빼도 박도 못하게 은설의 팔짱을 끼며 말하였다.

"그래, 이 늦은 시간에 호텔에서 볼일이 있는 것도 아니고, 미팅 끝나고 집에 가는 길 같은데 가볍게 한잔하러 가자!"

그렇게 들어오게 된 고급스러운 와인 바는 전체적으로 어두컴컴했다. 화사한 조명이 은은하게 테이블 위만 비추었다. 빳빳한 종이 위로 정갈하게 인쇄된 메뉴판이 나타내는 숫자는 단언컨대 가볍게 한잔할 수 있는 금액이 아니었다.

"돔페리뇽 로제 괜찮지?"

미진이 익숙한 듯 샴페인 이름을 말하자 아영이 반색했다.

"그거 꽤 비싼데 오늘 미진이 남편 덕 좀 보는 거야, 우리?"

"이 정도야 뭐, 다른 것도 더 먹고 싶은 거 있으면 시켜."

미진이 아무것도 아니라는 듯 웃었다. 거리낌 없이 메뉴를 주문하는 동기들 옆에서 은설은 핸드폰이 울리는 것을 바라보다가 거절 버튼을 누르고 메시지를 보냈다.

〈우연히 동기들 만나서 좀 난처하게 됐어요. 먼저 수영하고 있어요. 적당히 있다가 갈게요.〉

〈어딘데.〉

〈호텔 내에 있는 와인 바요. 오지 마요. 괜히 오해하니까.〉

핸드폰을 놓지 못하는 은설을 보며 미진이 궁금하다는 얼굴로 입을 열었다.

"남자 친구?"

"아니야, 그런 거⋯⋯."

"지난번 모임에서 난리 났다며? 애들이 하나같이 그 얘기만 하던데, 어떤 사람이야?"

은설이 난처한 얼굴로 머뭇거리자 승희가 맞받아쳤다.

"맞다. 나 드라마 촬영할 때 협찬 좀 받을까 하고 '제후 주얼리' 갔었는데, 안 해준다고 단칼에 거절하더라? 네 남자 친구인데 저렇게 칼같을 필요까지 있나 싶었는데 안 해주는 이유가 있더라고."

"뭘? 뭐가?"

아영이 궁금한 얼굴로 승희와 은설을 쳐다보았다. 그때, 뒤늦게 합류한 소담이 나타나 인사했다.

"어? 은설이도 와 있네? 내가 좀 늦었지?"

"빨리 앉아. 은설이 남자 친구 얘기하는 중이었어."

"아, 그때 봤던?"

모두들 흥미로워하며 주위가 집중되자, 보기 좋은 먹잇감을 물었단 생각에 승희의 눈빛이 흥분으로 떨렸다. 너를 어떻게 끌어내려 줄까. 내가 축하받고 싶었던 그날도 너 때문에 난 조연처럼 가만있었는데. 오늘은 네가 무시받을 타이밍 같다, 그렇지? 승희의 입술이 유려하게 위로 올라간다.

"응, 우린 당연히 은설이 남자 친구인 줄 알았잖아. 근데 알고 봤더니, 얘 결혼정보회사에서 윤제후 가입시키려고 설득시키다 알게 된 사람이더라고. 맞지? 거기 있던 준희 씨가 말해주던데. 너 그때 받은 팔찌도, 선물 아니고 네가 직접 주문한 거라며? 오늘 보니까 그거 안 했네."

"진짜? 뭐야. 우린 그날 다 프러포즈 팔찌라도 받은 줄 알았는데."

"아니라고 했잖아. 그런 거 아니라고……."

이런 해명이나 해야 하는 자신이 초라했다. 이미 동기들 입방아에 몇 번을 오르내렸을지 은설은 생각만으로도 멀미가 났다.

"상황이 오해하기 좋은 상황이었잖아."

그새 흥미를 잃은 소담이 힘 빠진 목소리로 말했으나 이상하게 얼굴은 더 좋아 보였다.

주문했던 샴페인과 치즈와 크래커, 과일이 테이블 위로 세팅됐다. 샴페인 잔 위로 구릿빛 액체가 일렁이자 봄이가 사진을 찍었다. 그러자 웃는 얼굴로 함께 찍힌 사진을 다들 SNS로 올렸다. 그 순간만큼은, 제일 친한 친구가 되어있었다. 좋은 시간을 공유하는 사진 한 장위로 부각되어 보이는 '돔페리뇽 로제'의 라벨. 그리고 '순간'을 공유하는 이름들이 친절히 태그되었다.

"나 궁금한 거 있어. 결혼정보회사에서 요구하는 조건으로 봤을 때, 난 몇 등급이야?"

승무원으로 일하는 아영이 은설에게 묻자, 다들 궁금하다는 듯이 '나는?'이라며 저마다 한마디씩 붙였다.

"글쎄, 직업이나 학벌 말고도 여자의 집안도 많이 보는 편이라, 지금 여기서 단정 짓기는 힘들어. 물론 어떤 남자를 원하느냐에 따라 등급이 나눠지겠지만, 따지고 보면 복잡해서…….”

“확실한 건 기은설 너 정도 등급이면, 윤제후는 절대 만날 수 없는 거지?”

공격성이 다분한 승희의 말투였다.

“나 정도면 만날 수도 있고?”

학교 다닐 때부터 집안이 좋기로 소문난 승희가 쐐기를 박은 한마디였다. 그리고 그 말에 대한 답은 전혀 엉뚱한 곳에서 돌아왔다.

“너 정도엔 내가 만족이 안 되지.”

얄싸하게 올라가는 입꼬리가 승희를 정면으로 비웃었다. 승희의 표정이 일그러졌다. 이미 찍어 눌렀다고 생각한 순간, 예상치 못한 남자의 등장이었다. 다들 헛숨을 들이켰다.

“이런 내가, 누구라고 감당되겠어?”

나른한 말과 표정과는 상관없이 그에게서 나오는 위압감이 굉장했다. 혼자 수영이나 할까 했던 제후는 그때 봤던 은설의 동기들이 그리 좋은 사람들은 아니었던 걸 기억해 내, 근처에 조용히 앉아 그들의 대화를 엿듣고 있었던 것이다. 제후는 짜증스럽게 눈을 감았다 떴다. 답답할 만큼 질척거리는 공기 위로 짜증이 증폭되었다.

당신이 안 오면 내가 천천히 다가간다고 했던 그 말, 취소야.

“기은설, 내가 이런 술 마시지 말랬지.”

은설의 옆으로 앉은 그가 그녀가 들고 있는 샴페인 잔을 빼앗듯 내려놓았다.

"네? 무슨……."

"이거, 당신 취향이야?"

제후가 돔페리뇽 로제를 가리키자, 미진이 한결 풀어진 얼굴로 대답했다.

"이 정도는 제가 살 수 있어요. 괜찮……."

"싸구려 먹지 말고, 마실 거면 제대로 된 것만 먹으라고."

가볍게 손을 올리는 그를 보며, 대기하고 있던 지배인이 앞으로 나와 허리가 꺾어지게 인사했다.

"로마네 콩티 있습니까."

"지난번 대표님이 킵해놓은 것 외엔 남질 않았습니다."

"샤토디켐은요?"

"딱 한 병 준비되어 있습니다."

"킵해둔 거랑 같이 준비해 주시죠. 테이블 위에 올라와 있는 건 다 치우고 어울리는 걸로요."

"네, 대표님. 준비하겠습니다."

범접할 수 없는 위압감에 어느 누구도 쉽사리 입을 열지 못했다. 그 사이에서 여유로운 건 오직 제후뿐이었다.

은설은 그가 왜 이런 유치한 대화에 동참하려는지 이해가 되지 않았다. 그가 말했던 와인 리스트들이 얼마나 비쌀지 가격조차 가늠되지 않아 조금씩 화가 나려고 했다.

이내 지배인이 직접 나와 준비해 주는 와인들은 거창한 이름에 걸맞게 병조차도 럭셔리했다. 다들 생전 처음 마시게 될 진귀한 와인 생각에 마른 입안으로 헛기침을 삼켰다. 같이 나온 안주들도 아까와는 달리 캐비어 크래커부터 금가루가 뿌려진 사시미까지 하나같이 고급스러워 보였다.

"음, 그런데 여긴 어떻게 알고 오셨어요?"

그를 향해 봄이가 물었다.

"아, 그게, 내가⋯⋯."

난처해진 은설이 변명하기 위해 두서없이 말을 내뱉었지만, 정작 목적지는 없는 메아리들 위로 확실한 방향을 가리키는 제후의 힘 있는 목소리가 덧씌워졌다.

"따라다녀요, 내가."

5초쯤, 예상치 못한 정적이 흘렀다. 그러나 이내 동시다발적으로 비슷한 물음들이 튀어나왔다.

"진짜요?"

"정말이에요, 정말?"

은설은 얼빠진 표정으로 제후를 올려다보았다. 당황하며 벌어지는 은설의 작은 턱을 제후가 밀어 넣으며 속삭였다.

"그런 표정이면 내가 뭐가 돼."

"윤제후 씨, 지금 무슨⋯⋯."

"내 이름 윤제후인 거 나도 잘 아니까, 말끝마다 굳이 이름 안 붙여도 돼."

제후는 와인 병을 들고 잔을 채웠다. 동그란 띠를 형성한 황금빛의 와인이 유리잔 속에서 반짝거린다. 다들 잔을 들자 은설 역시 얼결에 잔을 손에 쥐었다.

"술 잘 못 마시는 당신을 위해서, 내가 특별히 고른 거야. 마셔 봐."

와인보다 달콤한 목소리에 이미 반은 취해 있었다.

"아님, 내가 먹여줄까?"

"뭐, 뭘요?"

제후는 와인을 한 모금 머금고, 순간적으로 고개를 틀어 은설의 입안으로 밀어 넣었다. 은설의 눈이 커다래졌다.

"달다."

주위가 조용해진 가운데 제후가 엄지손가락으로 은설의 입술을 꾹 눌렀다. 갑자기스럽게 목으로 넘어간 와인의 벌꿀 향과 함께 알싸하게 오르는 취기에, 은설의 심장이 빠르게 조여 왔다. 그런 그녀를 향해 부러움과 감탄을 넘어 동경까지 담긴 눈빛들이 쏟아졌다.

지금 은설에게 보이는 건 오직 제후뿐이었다. 주위의 친구들도 사라지고 온전히 서로가 서로에게만 집중하는 정적. 행여 깨질까, 눈 감으면 사라질까. 눈을 뗄 수 없게 만드는 순간들의 연속이었다.

"저기요. 여기 둘만 있는 거 아니거든요?"

불만스런 승희의 목소리와 더불어 테이블을 두드리는 날카로운 소리에 멈춰 있던 시간이 마법처럼 풀렸다. 서로가 서로를 옭아매고 있던 순간들이 다시 흘러가기 시작했다. 그제야 은설은 참았던 숨을 몰아쉬었다. 술이 한 모금 들어갔을 때 머금었던 온기에 은설의 두 뺨이 발그레 물들었다.

"둘이 어떻게 만났는지는 대충 알겠고, 그러니까 지금 상황으로는 윤제후 씨가 따라다니는 거…… 말하고도 웃기네. 그거 맞아요? 은설이가 튕기는 중이라는 거예요?"

미진이 와인을 한 모금 마시며 제후와 은설을 번갈아 보았다.

반대여야 할 상황에 은설이 우위에 선 연애라, 미진이로서는 이해가 가지 않는 상황이었다. 이십대 초반, 꽃다운 한창때야 연애에 충실한 만남이라 조건이랄 건 중요하지도 않으니 넘어갈 수도 있겠지만. 풋풋한 연애가 아니라 결혼이라는 현실을 생각해야 할 만남에 이건 한쪽으로 기울어도 너무 심하게 기운 상태였다.

미진이 선택한 결혼은 포기와 선택의 집중이었다. 그녀가 가진 조건에서 내세울 수 있는 건 외모 하나였기에, 그토록 열망하던 재력가와의 만남에서 가장 먼저 포기한 건 남자의 나이와 외모였다. 그리고 미진이 선택한 건 그토록 바라던 재력이었다.

외모란 건 나이가 들수록 그마저도 경쟁력 없이 시들해지는 조건이라, 졸업하자마자 결혼한 건 현실적으로 똑똑한 판단이었다고 생각해 왔다. 그런데 지금의 상황을 마주한 미진은 자신의 가치관마저 흔들릴 것 같았다.

"그렇다고 해두죠."

오로지 은설을 향한 저 눈빛을, 열렬히 사랑을 보내는 저 뜨거운 눈빛을 보는 순간 미진은 어쩌면 현실이란 것에 맞춰 너무 쉽게 포기한 건 아니었을까 혼란스러웠다.

돈이면 안 되는 건 없잖아. 없었잖아…….

그런데 미진도 여자였다. 미진이 선택한 합치점에 꼭 들어맞는 결혼생활은 삐그덕거릴 것 없이 평안했지만 뜨거움은 없었다. 저런 뜨거운 눈빛을 받아본 적은 없었다. 원한다고 생각해 본 적도 없었다. 그저 눈앞에서 지켜보는 저 눈빛을 보는 순간, 나도 원했어……. 그렇게 깨달았다. 너무 우습게도.

"너 얼굴이 왜 그래? 넋 나간 사람처럼?"

소담이 미진의 팔을 잡으며 얼굴 위로 손을 흔들자, 미진이 고개를 틀며 시큰한 가슴을 손으로 쓸어내렸다.

"오랜만에 술 마셨나 봐."

돈으로라도 위세 부리고 흥청망청 쇼핑을 해서 보상받았던 시간들 속에서도 공허했던 원인을 생각지도 못한 곳에서 발견할 줄이야. 뒤통수를 맞아도 심하게 맞았다. 남편의 선물과 쇼핑 리스트 사진으로 SNS를 가득 채우면서, 내가 얼마나 더 행복한지 말하려고 했던 시간들이 다 가짜였다니…….

"은설아, 너 정말 행복하겠다. 저런 남자가 좋다는데 뭘 망설여?"

저 눈빛이야말로 설명이 필요 없는 진짜다.

"으응?"

한껏 조롱하고 비웃을 줄 알았는데 의외의 말에 고맙다고 말하기도 이상한, 뭔지 모르게 복잡해진 미진의 표정에 은설은 알 수 없는 기분이 들었다.

"나도, 부러운 거 인정!"

얼짱 기상캐스터로 잘나가는 봄이마저도 입술을 쭉 내밀며 부러워했다. 이에 아영이 한마디 넌지시 었었다.

"이 자리, 오늘 기은설 커플 만들어주는 자리야? 그럼, 난 윤제후 씨 친구 소개 부탁해도 돼?"

제후를 아래위로 훑으며 명품이라면 빠삭한 소담이 한마디 거들었다.

"윤제후 씨 지금 입은 그 정장, '에르메네질도 제냐' 맞죠? 난 남자 옷 입은 거 보면, 딱 사이즈 나오는데 더 볼 것도 없다."

무결점의 남자 앞에서 동기들이 동경 어린 시선을 보냈다. 그와 함께 무임승차하듯 신분 상승된 것 같은 은설을 보는 게 견디기 힘들어진 승희가 그 사이를 파고들었다.

"윤제후 씨는 은설이에 대해서 어디까지 알아요?"

승희의 커다란 입매가 작정한 듯이 한쪽으로 매끄럽게 휘어진다.

"감당할 수 있어요, 쟤? 아니지. 은설이네 집안이라고 해야 하나."

나는 왜 네가 못 견디게 미울까. 아무리 노력해도 안 봐주는 진우 선배부터 다들 무조건으로 좋다고 너에게 빠져서는. 왜 나한테 어려운 게, 하나같이 밀어내기만 하는 너에겐 다 쉬운 건데? 잡으려고 발버둥 쳐도 난, 제자리인데…….

"너네도 알잖아. 쟤 대학 때부터 얼마나 열심이었니. 장학금 놓칠까 봐 전전긍긍하면서도 아르바이트로 과사무실 청소에 교수님 방 청소까지 혼자 다 했잖아. 알고 봤더니, 집안 자체가 마이너스더라고. 아빠는 아직도 자선사업만 열심히 한다며? 이런 말 은설이 생각해서 안 하는 게 맞는 건데, 나중에 알고 나서 헤어지면 그건 더 충격이잖아. 네 상황 똑바로 설명하고 사람 만나야지."

수다스럽던 분위기가 바닥까지 차게 가라앉았다. 넘지 말아야 할 선까지 넘어버린 승희에게 나머지 동기들은 하나같이 턱을 빼며 경악을 금치 못했다.

은설은 화를 내야 하는 상황인데 오히려 이상하리만치 평온해지는 게 참으로 아이러니했지만, 차분한 어조로 대응했다.

"맞아, 우리 집 여전히 대출금 많아. 물론 나도 있어. 근데 그게 뭐? 내가 너한테 우리 집 빚을 갚아 달랬어? 자선사업이 과하긴 해도, 난 우리 아빠 자랑스럽기만 해. 청소 열심히 하고 용돈 벌이한 게 뭐 어때서. 학교 다니면서 한 번도 장학금 놓친 적 없어. 난 내가 열심히 살았다고 생각해. 그게 왜 너한테 조롱받아야 해?"

"아니, 나 말고 윤제후 씨한테 네 상황 똑바로 설명했냐고."

승희의 말에 은설이 고개를 빳빳이 들고 제후를 바라보았다.

"그래서 나 싫어요?"

이 대화가 대체 어디까지 갈지 조용히 지켜보던 제후는 내내 자신의 눈을 피하던 은설이 오히려 이 상황에서 더 당당히 눈을 맞춰오자, 그만 웃음이 터져 버렸다. 못 견디게 사랑스러워서.

정적을 뚫고 나온 웃음소리에 다들 의아한 표정으로 제후를 바라보았다. 이내 헛기침을 한 그가 제법 젠체하며 옅은 미소를 쭉 뻗어 올렸다.

"나 돈 많아. 얼마면 되는데?"

"지금 그거 얼마면 돼? 하는 재벌 집 남자 대사 같은 거 알아요? 그거 되게 웃기거든요?"

"난 돈 나눠가질 사람도 없이 다 내 거야. 원빈보다야 내가 낫지 않나."

장난스럽게 툭 던지는 그의 말이 무거운 동정이 아니라 오히려 너무나 가벼워서, 날이 서 있던 마음이 형체도 없이 사르르 녹아 없어져 버렸다. 그것만으로도 넘치게 충분했다. 그와 함께 있으면 둘만 있는 정지된 시간 속에 있는 것만 같아, 은설은 현실과 이상 사이의 경계선 어딘가를 배회하고 있는 기분이었다.

"이래도 안 넘어올래?"

한결 짙어진 눈빛으로 허리를 쭉 빼며 가까이 다가온 얼굴에 은설은 몸을 뒤로 뺐다. 그가 두 손으로 은설의 얼굴을 감싸 쥐었다. 그 손길이 너무나 뜨거워, 은설은 데일 것만 같다는 생각을 했다.

"나 키스 잘해."

아스라하게 속삭이는 목소리 위로 은설은 눈을 감았다. 입술에 닿는 뜨거운 감촉에 그대로 녹아 바닥 밑까지 끌어내려졌다가도, 언제 그랬냐는 듯 허공 위로 둥둥 떠 날아가는 기분이었다. 더 깊숙이 다가오는 그의 온기에 심장까지 파고들었나 싶다가도, 치열을 쓸어내리는 부드러움에 정신이 아득해져만 갔다. 꿈도 이보다 더 달콤할 것 같진 않다.

"욕심내."

귓가에 달콤하게 속삭이는 말이 더 꿈이라고 말하는 것 같아서 은설은 힘주어 눈을 꼭 감았다. 꿈이라면 깨고 싶지 않으니까.

"욕심내라고."

다시 한 번 들리는 그의 말에 순간 저릿할 만큼 심장이 두근거렸다. 눈앞이 시큰거리다 못해 코끝이 찡했다. 이 남자와 연애, 정말 시작해도 될까?

"그러라고 네 앞에 있는 거니까."

나 욕심내라고.

"다른 건 더 잘해."

악마의 속삭임이 이보다 더 달콤할까. 은설은 두 팔을 감아 제후의 목을 끌어당겼다. 그리고 다시 눈을 떴을 때 그녀가 있던 곳은 다름 아닌 침실이었다. 아무리 스위트와인이라도 도수가 높은 술이었기에 평소 주량이라고 부를 만한 것도 없는 은설은 이미 알딸딸해져 있었다. 달달함에 한두 잔 마시던 은설은 반병 가까이 마시고야 말았다. 게다가 분위기에 취해서 더 훅 취기가 올라왔다. 무겁게 내려오는 눈꺼풀을 간신히 밀어 올리며 마주한 얼굴에 은설은 꿈이라고 확신하며 웃음을 터뜨렸다.

"윤제후 씨는, 내가 그렇게 좋아요? 친구들 있을 때 왕자님처럼 나타나서 위신 세워주고! 그리고 보면 오늘이 처음은 아니었는데……. 진짜로 나한테 빠지기라도 한 거예요?"

상체를 일으켜 세운 은설은 꾸벅꾸벅 아래로 떨어지는 고개를 치켜들었다. 쏟아져 나오는 말들에 제후는 바람 빠진 웃음을 흘렸다. 은설은 손가락으로 그의 얼굴을 가리키며 격양된 목소리로 외쳤다.

"남자들은 다 똑같아! 여자만 보면 어떻게 하려고, 호텔에 오자 그러고!"

"호텔이 왜. 또, 그 말도 안 되는 찜질방에서 잘까 봐 편하게 자라고 해준 건데."

은설은 크게 웃음을 터뜨리고는 고개를 앞으로 내밀었다.

"우와, 꿈인데 목소리 진짜 생생해!"

눈앞에 있는 얼굴을 손가락으로 쓸던 은설은 부들부들한 감촉이 상상보다 훨씬 더 정교해서 볼 언저리를 쭉 잡아당겼다. 지금 이 순간은 아무래도 좋았다. 신기루처럼 사라질 것 같은 그가 여전히 자신을 바라보고 있다는 사실 하나만으로도 가슴이 터질 듯 뛰었다.

"그렇게 나 보지 말랬잖아……."

내 머릿속이 어떻게 되는 것 같다고.

"당신 취했어?"

"취하면 뭐, 어쩔 건데! 이미 내 입술 가져갔잖아! 여러 번이나!"

"말은 똑바로 해. 먼저 가져간 건 당신이었어."

"오늘은……."

"그건 내가."

"술만 마시면 자꾸 뽀뽀하게 되잖아. 윤제후, 이 나쁜 놈."

"그럼 내 앞에서만 마시면 되겠네."

자꾸만 지분거리는 손길에 제후는 자리에서 일어났다. 은설은 그가 뿌연 안개처럼 사라질까 싶어 그가 움직이는 거리를 따라서 눈으로 좇았다.

"꿈, 거기 서시지요!"

꿈이면, 조금 더 오래 봐도 되잖아. 은설에게서 멀어진 그가 작은 테이블을 사이에 두고 앉았다. 이만큼의 거리가 필요했다. 그는 결 좋은 머리카락을 쓸어 넘기며 짙은 숨을 몰아쉬었다.

"도발하지 말고 얼른 자."

"나 자면 어떻게 하려고!"

오버하면서 팔로 몸을 크게 감싸 안은 은설은 무릎 위에 삐죽 올라온 이불을 평평하게 폈다. 그 위에 누워 애벌레처럼 이불을 돌돌 말아 감았다. 뭘 하려는지 그 모습을 가만히 지켜보던 그가 눈썹 하나를 치켜 올렸다가 이내 누그러뜨린다.

"잠든 여자 건드려야 할 만큼 매력 없는 남자 아니니까, 넣어 둬."

"넣긴, 뭘 어디다 넣어요?"

"불순한 생각, 당신 머릿속에서."

알코올 분해 능력이 없는 은설은 잔뜩 흥분했다가 곧 나른하게 수면에 취했다. 이내 안정을 한 것 같은 얼굴로 그녀가 눈을 꼭 감았다.

"진짜 나 건들기만 해요. 꿈이라도 그건 안 돼요……."

"자꾸 건드려 달란 소리로 들리는군."

그는 엄지로 눈썹을 문지르며 자리에서 일어났다. 떨어져 있던 거리만큼 다가가 잠든 것 같은 은설의 얼굴을 내려다보았다.

"……잠들었나."

"자고 있으니까 꿈을 꾸지. 멍청이 같아."

그 말에 풉, 웃음을 터뜨린 그가 은설이 누워 있는 침대에 걸터앉으며 그녀의 귓가에 대고 작게 속삭였다.

"오빠라고 불러봐."

여자들이 오빠라고 부르는 것에 별다른 감흥도 없던 그가 이런 요구를 하게 될 줄은 자신도 몰랐다. 하지만 상대가 기은설이라면 그 흔한 오빠 소리도 꽤나 특별할 것 같았다. 은설은 귓가에 닿는 느낌이 찌르르해, 미간을 구기며 옆으로 돌아누웠다.

"내가 불러줄 것 같아요?"

"꿈인데 뭐 어때."

제후는 한쪽 손으로 턱을 괴고서 은설의 머리카락을 느리게 쓸어 넘겼다. 손가락 사이사이에 긴 머리카락이 닿았다 떨어지는 느낌이 간지러운 게, 손인지 마음 한 구석인지 헷갈린다. 자꾸만 손길이 가는 건 어쩔 수 없었다.

"나 비싸요."

"나한텐 좀 덜 비싸게 굴어봐."

"윤제후 씨 몸값이 얼마나 비싼데……. 지금 내 몸값 뺑튀기해도 부족하다고요."

제후의 눈빛이 잠시간 일렁인다.

"내일 윤제후 씨한테 이 꿈은 비밀로 할 거예요. 하루 종일 생각이 떠다니는 것도 모자라서, 내가 꿈에서까지 그쪽을 보는 건 너무했어."

"하루 종일 내 생각 했나?"

그는 은설을 조금 더 빤히 바라보았다.

"지금도 이렇게 나타나잖아."

"술을 더 먹여야 하나."

제후의 얼굴에 전에 없던 미소가 걸린다.

"그만 사라지라고요. 내 머릿속에서……."

작은 입술이 웅얼거리다가 멈췄다. 은설의 얼굴을 가만히 들여다보던 제후가 설핏 웃으며 허리를 반으로 접었다. 그의 눈빛이 이제야 갈 곳을 정한 듯 멈추었다.

"계속 있고 싶어졌어."

그가 은설의 이마에 입을 맞추었다. 까만 밤이 밀려나는 동안에도, 그는 한참이나 은설을 바라보았다. 그러다 어느 순간 그녀 옆에서 고개가 떨어지더니 그대로 잠이 들었다.

금빛 햇살이 탈지면이 찢어진 것 같은 새하얀 구름 사이로 파고들면서 둘의 얼굴 위로 쏟아져 내렸다. 눈꺼풀이 파릇 떨리면서 투명한 창으로 넘어오는 햇살에 반응한다. 반짝 눈을 뜬 은설은 언제 여기로 와서 잠이 든 건지, 순간이동이라도 한 것처럼 침대에 누워 있는 게 이상해 머리를 긁적였다. 잠이 덜 깬 얼굴로 주위를 두리번거리다가 마주친 얼굴에 큰 눈을 깜빡였다.

햇살보다도 투명한 그가 고개를 옆으로 누워 잠들어 있었다. 은설은 긴 속눈썹이 음영을 드리운 그의 얼굴을 만져보고 싶다는 생각에 손을 뻗다가 멈칫하였다. 변태도 아니고 이런 적이 처음은 아니었다. 은설은 작게 심호흡을 하며 그의 옆모습을 바라보다가 이내 그와 마주 보게 옆으로 돌아누웠다. 햇살이 얼굴에 닿자 제후가 미간을 구겼다. 은설은 그 위에 손바닥을 세웠다.

"……내가 진짜 별걸 다 해요."

들릴 듯 말 듯 한숨을 섞어 투덜거렸지만 마주한 얼굴을 보며 은설은 웃고 있었다.

"윤제후 씨, 부지런한 줄 알았는데 늦잠도 자고……."

그가 거의 밤을 새우다시피 한 줄도 모른 채 은설은 중얼거렸다. 그러고는 필름이 끊기기 전 그가 했던 말을 따라서 말해본다.

"따라다녀요, 내가."

낮은 울림이 있는 목소리를 흉내 내려고 했지만 조금도 비슷하지 않았다. 은설은 입을 막고 작게 웃음을 터뜨렸다. 그리고 1인 2역을 하는 양 이번엔 목소리를 조금 깔아봤다.

"그만 좀 따라다니라고요. 예쁜 건 알아가지고."

제후의 한쪽 눈꺼풀이 꿈틀거리더니 이내 반짝 위로 올라갔다. 눈이 정면으로 마주치자 은설의 목울대를 타고 침 넘어가는 소리가 크게 울렸다.

"혼잣말에 취미가 있는 줄 몰랐는데."

"들었…… 어요?"

"들으라고 한 소리 아니었나."

은설은 민망함에 시트 사이로 얼굴을 파묻었다. 몸을 일으킨 제후는 청량감 있는 미소를 터뜨렸다가, 구겨진 와이셔츠를 툭툭 털어내며 아무렇지 않은 얼굴로 은설을 돌아보았다. 그리고 내내 생각하고 있던 가장 중요한 사안 중 하나를 꺼냈다.

"집은 어떻게 할 거지."

의외로 담백하게 다른 화제를 꺼내는 제후의 말에 은설은 슬그머니 고개를 올렸다.

"네? 일단 집 문제만 해결되면 금액에 맞춰서 들어가려고 생각중인데……."

"우리 집은 곧 죽어도 싫다는 건가."

"그렇게 극단적으로 말할 것까진 없는데, 결론만 말하면 안 들어가요."

"그럼, 오늘 나랑 같이 부동산 가서 알아보고 결정하지."

"보증금이 넉넉한 것도 아닌데, 오늘 당장 알아보고 결정하긴 힘들어요. 이런 건 발품을 많이 팔아야 하는……."

그의 실행 능력은 탁월했다. 어느새 호텔을 나선 두 사람은 검은색 스포츠카를 타고 거리를 달려 한 부동산 앞에서 멈추었다. 그런데 어째 부동산 안으로 들어가기 껄끄러운 기분이 드는 건 왜인지. 은설은 이른 아침부터 부동산이 열려 있는 것부터가 이상했다. 시계를 보니 이제 막 7시가 되려는 시점이었다.

"혹시 아는 부동산이에요?"

"전혀."

그가 먼저 들어서자 아저씨는 마치 기다렸다는 듯이 제 손바닥을 경쾌하게 치곤 따라서 들어오는 은설을 흘깃 보았다. 그리고 목소리를 가다듬었다.

"아이고, 어서 오세요!"

"보증금 1억에 맞는 집을 구하고 있습니다."

"아이쿠, 마침 오늘 주인양반이 급하게 외국 간다고 내놓은 전세가 있는데 보실래요?"

"어딥니까."

"한남동 유엔빌리지 빌라 건물 안에 보안도 잘되어 있는 곳인데, 이게 물건이 기가 막히게 잘나왔어요!"

주거니 받거니 죽이 척척 잘 맞는 모양새에 의심을 안 하려고 해도 안 할 수가 없는 상황이었다. 게다가 한남동 유엔빌리지면 바로 그가 사는 곳이었다.

"한남동에 전세 1억짜리 빌라가 있다고요?"

제후와 눈빛을 주고받은 부동산 아저씨는 헛기침을 몇 번 하더니 다시 말을 이었다.

"그러니까, 이건 오늘 당장 계약을 해야 하는 귀한 전세예요. 주인 양반이 내일 외국에 나가서 당장 세입자를 못 구하면 그마저도 날리는 이자니까, 정말 급하게 세입자를 구하는 거라니까요, 아가씨. 집이 안 나가서 월세를 안 받는 것보다는 얼마라도 받아야 이자가 생기니까요, 하하."

"이 집 매물이 얼마짜린데요?"

"아휴, 이건 매물로는 오십 억짜리죠. 비싸도 너무 비싸……."

부동산 아저씨는 고개를 절레절레 저으며 손까지 내저었다.

"그런데 1억짜리 전세가 가능하다고요?"

은설은 아저씨를 향했다가 이내 제후 쪽을 돌아보았다.

"이거 윤제후 씨가 샀어요? 나 전세 주려고?"

아무래도 이런 일을 할 수 있는 사람은 옆에 있는 사람이 아니고서는 불가능했다. 흠칫 쩨려보는 시선에 이렇게 빨리 들킬 거라고는 생각도 못한 제후는 먼 산 바라보듯 은설의 시선을 피했다.

"좋은 꿈이라도 꿨나 보군."

그 말에 은설은 딸꾹질이 나올 뻔하였다. 어젯밤 그가 나오는 생생한 꿈을 꿨는데 당사자가 태연히 물어오니 난감해진 것이다.

"개꿈 꿨어요."

그는 눈썹을 치켜 올렸다가 이내 툴툴거렸다.

"이 집만큼 보안이 잘 되어 있는 곳은 없지."

"그래서 지금 오십억을 주고 샀다고요?"

"아니야, 아가씨. 사십구억 칠천만 원에 샀어."

부동산 아저씨가 난처해하며 중재해 주려다 은설의 의혹을 확인시켜 주고야 말았다. 이건 스케일이 달라도 너무 달라서 화가 나기보다 허탈했다. 같은 동네 주민 하려고 오십억 짜리 집을 덜컥 사버리는 스케일은 드라마에서도 흔한 장면이 아니었다.

"지금 시세 떨어져서 미리 사두는 것도 재테크야. 굳이 당신 때문에 산 건 아니니까."

"맞아요, 맞아! 요즘 워낙 매매가 안 되어서, 이거 원래 시세가로는 오십 육억짜리예요. 아가씨! 곧 있으면 가격도 오르고 돈 버는 거라니까, 흠흠."

평생 모으기 힘들 것 같은 아찔한 액수에 은설은 다리가 후들거려 부동산의 쨍한 형광등 조명을 피해서 골목길로 나왔다. 그리고 뒤따라서 나온 제후가 은설의 손목을 붙잡았다. 아랫입술을 살짝 깨문 그는 고개를 돌리며 진득한 숨을 내뱉었다.

"사람 호의를 계속 무시하는 것도 정도가 있어. 이번엔 그냥 내 말대로 하지."

"호의도 호의 나름이지. 이건 너무 과하잖아요!"

이럴수록 그가 더 멀게 느껴진다. 잡을 수도 없을 만큼 떠밀려 나가는 기분을 그는 알까. 어제만 해도 그와의 연애를 시작해도 될지 조심스레 생각했던 은설은 또 이렇게 감당 안 되는 순간을 마주했다. 그에겐 작은 호의가 자신에게는 너무 큰 간격이라 마치 마주할 수 없는 평행선 같았다.

"내가 사는 세상에 들어오려면, 이 정도는 익숙해져도 돼."

"아직 들어간다고 말한 적 없는데요?"

그 말은 조금 아팠다. 서로가 서로에게 닿을 수 없는 벽을 세운 기분이었다. 그 벽을 깨서라도 어쨌든 조금 더 가까이 마주하고픈 욕심이 있었다.

"집값 오를 때까지만 여기 있어. 그 후에 전세자금 그대로 돌려줄 테니까."

"윤제후 씨, 지금 무슨……."

"난 원래 재테크 이런 식으로 해. 매매가 떨어져서 사려던 거 맞고, 가격 오르면 도로 팔면 그뿐이니까. 부담 가질 건 없다고.
당신한테도 내 제안이 썩 나쁜 건 아닐 텐데."

"그 재테크 혼자 하라니까요?"

"이 집 사는 데 딱 1억이 부족해서, 당신 빌라 좀 급하게 처분
했어. 매매도 아니고 전세인 그 빌라. 제 날짜에 나가는 게 아니
라서 주인이 복비까지 물어달라더군. 다 내고 겨우 남은 건 구천
만원 남짓인데 깔끔하게 1억으로 돌려주지. 이자는 이 집에서 머
무르는 조건으로."

제후는 느릿하게 눈꺼풀을 밀어 올리며 은설을 마주보았다.

"말도 안 되는 소리 말아요! 그 말을 나더러 믿으라고요?"

믿으면 안 되는데 믿게 된다. 은설은 눈앞이 아득아득해졌다.
주인아주머니의 허당기는 계약과 재계약을 두 차례 하면서 진즉
알고 있었던 사실이다. 말도 안 되는 소리도 설득력을 가지는 그
의 목소리와 말발이면 충분히 전세자금은……. 그 이상은 생각
하고 싶지 않은 듯 은설은 눈을 감고 숨을 골랐다.

"없는 돈을 줄 수도 없고 어쩌나."

기막혀서 정말. 쏘아보는 시선에도 제후는 눈 하나 까딱하지
않았다. 느긋한 얼굴에 걸린 미소는 아름다웠고 휘파람이라도
불 기세였다. 은설은 입술을 잘근 깨물었다. 그의 말이 사실이라
면 은설에게는 오히려 횡재에 가까운 일이었다. 사실이 아닌 것
같아서 문제였지만.

"단순히 그 이유뿐이에요?"

"그리고 나 한번 겪어봐."

"그건 또 무슨 말이에요?"

은설은 큰 눈을 두어 번 깜빡였다.

"당신이 자꾸 철벽 치잖아. 좋은데 밀어내는 것처럼. 상처 받을 거 생각하면 영원히 시작 같은 거 못 해. 그러니까 머릿속으로 생각만 늘어놓지 말고, 그냥 나 겪어보라고."

내 마음이 이 사람한테 다 느껴졌나. 은설은 은연중에 상처 받을지도 모른다는 마음을 감춘다고 감췄는데, 그 말을 직접 듣게 되리라고는 생각 못했다.

"뭘 걱정하는지 잘 아는데, 그런 머리 아픈 거 일단 다 제쳐두고 나만 봐. 나도 당신만 볼게. 나도 아직 당신한테 완전히 빠진 거 아니니까. 그렇게 자꾸 밀어내면 나도 밀려나간다고."

"······지금 이거 되게 이상한 말 같은 거 알아요?"

'당신한테 완전히 빠진 거 아니야'라는 소리와 '당신만 볼게'가 동시에 나올 수 있는 말인가. 은설은 태어나서 제일 난해한 소리를 들은 기분이었다. 하지만 그의 짙어진 눈빛에 이번엔 거부를 할 수 없었다.

"집 팔릴 동안만······ 여기 있으면 되는 거예요?"

나쁘지 않은 제안이었다. 마음이 내키는 대로 그를 조금 더 가까이 볼 수 있으면서, 언제든지 발을 뺄 수 있는 '기한'이 정해진 것에 제법 안도감이란 게 생겼다. 그래서 주저했던 일에 거짓말처럼 용기가 생겼다. 만약 자신의 성격을 파악해서 그가 이런 제안을 했다면 그는 사람을 다루는 데는 타고난 천재가 틀림없다고 은설은 생각했다.

복잡해진 머리가 한결 산뜻해졌다. 진짜로 그와 연애를 하면 어떨지 설레기까지 했으니까.

오래 끌 것도 없이 바로 짐을 옮기고 이사를 한 은설은 초인종 소리에 인터폰의 열림 버튼을 눌렀다. 보안 하나는 끝내주게 되어 있는 곳이라 현관에서도 초인종을 누르게 되어 있었다. 은설은 인터폰 화면에 비친 얼굴을 확인하며 문을 열었다.

"왜요?"

"이웃 주민 방문."

그 말에 은설은 작게 웃음을 터뜨렸다. 들어오자마자 날카로운 눈빛으로 집안 이곳저곳을 둘러보던 제후는 이내 깊은 한숨을 내쉬었다.

"이건 이 집에 대한 모독이야."

"또, 무슨 트집을 잡으려고요?"

"어떻게 제대로 된 가구가 하나도 없지? 물론 이 집은 애초에 빌트인이라 웬만한 건 다 있는 거 아는데, 거실에 소파 정도는 놓아야 하는 거 아닌가."

"어차피 이사 가야 하는데, 가구 이쪽저쪽 옮기면 상해요. 그냥 그때 살래요."

"당신은 들어오자마자 나갈 생각부터 하는군."

무심결에 나온 말에 어쩐지 그의 눈빛이 상처 받은 것 같아 은설은 입술을 꾹 다물었다. 그러다 새삼 그가 입고 있는 옷이 눈에 들어와 눈동자를 굴렸다. 평소에도 댄디하고 깔끔하게 잘 차려입는 사람인데 오늘은 좀 더 신경 쓴 티가 팍팍 나는 느낌이랄까.

실키한 블랙 바지에 칼 다림질이 된 네이비 컬러 셔츠 옷깃에는 고급스러운 금장 띠까지 둘러져 있었다. 바지 핏이 도드라져 보이는 긴 다리 위로는 그녀가 원하는 예쁜 힙이……. 그래, 윤제후한테 볼품없는 구석이라곤 하나도 없었다. 불공평하게도.

아래위로 훑는 은설의 시선에 제후가 은설을 돌아보았다.

"옷, 옷이…… 되게 예뻐서. 오늘 어디 가요?"

"첫 데이트."

그의 대답에 은설은 귀밑머리가 쭈뼛 섰다. 데이트라는 말을 제후가 입 밖으로 꺼내자 기정사실화 된 연인처럼 까끌한 마음이 되었다. 괜히 숨소리도 더 크게 들리는 것 같고. 진짜로 인생에서 공식적인 첫 데이트인 셈이니까, 마음이 이상한 건 어쩌면 당연했다.

지하주차장에 세워진 많은 차들 중에서 그의 차가 어떤 것일지 알아맞히기는 어려웠다. 그가 이번에 앞좌석 문을 연 것은 하얀색 랜드로버였다.

"차 수집해요?"

"아니."

"그럼 차가 몇 대예요?"

"다섯 대. 차도 격식에 맞춰서 끌고 나오는 것뿐이야."

클라스가 남다른 제후였다. 차도 격식에 맞춰 골라서 몰다니, 옷도 격식에 맞춰 입기 힘든 것인데! 은설은 공연히 입이 삐쭉 나왔다.

"이 커다란 차를 타고 어딜 가게요?"

제법 푹신한 등받이를 뒤로 잡아당기며 은설은 이내 고개를 끄덕였다. 비싼 차라 그런지 승차감이 일반 승용차보다 몇 배는 더 편안했다.

"아직 안 정했어."

"그런 것도 안 정하고 뭐했어요?"

은설은 잔뜩 기대했다 김이 샌 것 같은 얼굴로 제후를 바라보았다. 물론 데이트를 남자가 주도해야 한다는 생각을 가지고 있는 건 아니었다. 먼저 나오자고 한 건 그였기에 당연히 계획이 있는 줄 알았다.

"그냥 당신이랑 같이 있을 생각."

이내 따라붙는 그의 심드렁한 대답에 은설은 아까보다 더 두근거리는 심장을 진정시키기 위해 애썼다. 귀 언저리가 붉어지는 것만 같아서 양손으로 살짝 잡았다가 떼어냈다.

"나 사실 최근에 영화 본 거 없는데 영화관 가자고 하면, 시시해할 거예요?"

"사람 많은 곳은 딱 질색인데."

그렇게 말하면서도 그는 영화관으로 향했다. 다행히 평일 늦은 시간이라 사람은 많지 않았다. 오랜만에 오는 영화관에 기분이 들뜬 은설은 엘리베이터가 아닌 에스컬레이터를 타고 올라갔다.

느릿느릿한 제후보다 한참이나 앞질러서 올라간 은설은 대기표를 뽑고 영화관 입구에서 상영 영화를 살폈다. 어떤 영화를 봐야 좋을지 전광판 위로 눈이 바쁘게 움직였다. 블록버스터나 액션 영화가 사실 끌렸지만, 첫 데이트이니 로맨틱한 영화를 봐야 할 것 같은 진부한 선입견이 불쑥 고개를 쳐들었다. 그래서 고른 영화는 바로 '러브 레시피'. 일단 러브라는 단어가 들어간 제목이 굉장히 로맨틱할 것 같았다.

"저거 봐요, 러브 레시피!"

"그러든가."

그 역시 다른 영화를 고집하지 않았다. 제후를 따라 영화관 안으로 들어온 은설은 여태껏 가보았던 영화관과는 어딘가 모르게 달라 보여 주위를 두리번거렸다. 사람들도 별로 많지 않았고, 영화관 특유의 고소한 팝콘 냄새도 그리 나지 않았다. 잠시 후, 그가 들고 있는 영화 티켓에 은설은 입을 크게 벌렸다.

"무슨 영화표가 삼만 원이나 해요? 내가 안 본 새 가격이 이렇게 오를 리가 없는데……."

제후가 티켓 위에 쓰여 있는 VIP 글자를 턱짓으로 가리켰다. 은설은 슬쩍 민망해져서 큼큼, 헛기침을 했다. 상영관으로 입장하는데 이번에는 의자가 문제였다. 의자에 앉은 은설은 이내 눈을 홉뜨며 그를 돌아보았다.

"어머, 이거 뒤로 눕혀져요! 누워서 볼 수 있는 거예요? 내가 안 온 사이 영화관이 언제 이렇게 좋아졌어……."

"VIP 영화관 처음 왔군. 여긴 원래 이랬어."

짧게 대꾸하고서 그가 앞을 향해 시선을 돌리자 은설은 괜히 입술을 실룩였다. 십여 분간의 지루한 광고가 지나가고, 드디어 본격적인 영화 시작을 알리며 암전이 되었다.

은설은 남들은 이미 다 해봤다는 이런 평범한 데이트에도 여러 가지 의미를 부여하게 되었다. 대중매체를 멀리하던 그녀가 오랜만에 영화를 보러 왔다는 것. 스크린 속 배우들을 보면 연기에 대한 갈망이 생기고 자신도 모르게 욕심이 생길까 봐 회피했는데, 그와 함께 있으면 그런 것들이 문제되지 않을 것 같았다. 그리고 영화가 시작되기 전까지는 모든 것이 순조로울 줄 알았다.

왜, 하필이면 불길하게 첫 장면부터가 베드신이냐고! 은설은 여기서 도망가고 싶은 심정이었다. 영화 시작부터 적나라한 신음 소리와 남녀가 전라의 모습으로 뒤엉킨 장면이 나오자 히끅 딸꾹 질을 하고야 말았다. 한 번 시작된 딸꾹질은 멈출 기미가 없었다. 은설은 입을 막고 눈을 감은 채 저 장면이 빨리 지나가길 주문처 럼 외웠다. 잠시 후, 한쪽 눈을 슬쩍 뜬 은설은 다행히 장면이 바 뀌자 안도의 숨을 흘렸다. 하지만 그게 끝이 아니었다.

조금 전보다 더 진해진 화면 속 분위기에 은설의 얼굴은 사색 이 되었다. 바로 옆에 앉아 있는 그의 표정이 어떨까 싶어 은설은 고개조차 돌리지 못했다. 불편한 분위기에서 숨도 제대로 쉴 수 없었다. 그 순간, 팔걸이에 팔을 걸치고 다가오는 제후로 인해 은 설은 흠칫 놀라 몸을 굳혔다.

"영화 취향이 원래 이런 거였나."

"재, 재미없어요?"

"나쁘지 않아."

"그럼 말하지 말고 그냥 봐요."

어깨 위로 잔뜩 힘이 들어간 은설은 양손을 꾹 주먹 쥔 채 꼼 짝도 하지 않았다. 옆에서 제후가 쳐다보고 있었지만, 그것도 알 아차리지 못할 정도였다.

영화는 계속해서 끈적이는 신음 소리와 남녀가 뒹구는 장면의 연속이었다. 그리고 여자의 신음이 가장 높은 소리까지 찍어 올 라감과 동시에 은설의 두 눈을 긴 손가락이 덮어버렸다.

"가지."

자리에서 일어난 그가 출구를 향해 내려가자, 은설은 다리가 이렇게 무거웠나 싶게 발이 떨어지지 않아 느리게 걸었다. 얼마나 전신에 힘을 주고 있었는지, 본래대로 돌아오기까지는 시간이 걸렸다. 환한 세상으로 나온 은설은 길게 숨을 골랐다.

'러브 레시피'는 사랑의 다양한 요리법, 즉 사랑의 몸 표현법에 대한 성인영화였다. 하필 골라도 이런 걸! 그 잠깐 사이에도 꽤나 디테일했던 장면들로 은설은 머릿속이 어지러웠다.

은설은 쭈뼛거리며 제후의 뒤를 따랐다. 그리고 그의 뜻대로 얌전히 엘리베이터를 기다렸다. 텅 빈 엘리베이터에는 두 사람만이 탔다.

"저기, 근데 나 뭐 하나 물어봐도 돼요?"

"뭔데."

"그러니까…… 윤제후 씨는 여자랑 아까 영화에서처럼……."

"자봤냐고?"

그 말이 또 그렇게 쉽게 나오는 말은 아닌데. 심드렁한 대꾸에 움찔하고 어깨가 들썩였다. 은설은 빠르게 고개를 끄덕였다.

"이미 말했을 텐데. 다른 건 더 잘한다고."

"아니요, 안 들을래요!"

둘은 동시에 말했다. 제후는 귀까지 막고 얼굴이 발그레해진 은설을 보며 옅게 웃음을 터뜨렸다. 성인영화 한 편으로 별걸 다 물어보게 된 은설은 속으로 열두 번은 더 발등을 찍어 내리고 싶은 심정이었다. 이내 주차장에 도착한 엘리베이터 문이 열리고, 제후가 은설의 손을 마주 잡았다.

"일단 손부터 잡지."

손을 잡았을 뿐인데, 벌써 마음까지 잡힌 느낌에 저릿하기만 하였다.

은설은 어제의 심야영화 데이트 여파로 주간 팀 회의가 시작되고 나서야 회사에 도착할 수 있었다. 허리를 숙이며 고양이걸음으로 살금살금 자리에 앉은 그녀가 안도의 숨을 흘린 순간, 마주친 팀장의 시선에 애써 미소를 지어 보였다.

"늦어서 죄송합니다."

끊긴 흐름을 바로잡으며 팀장은 원형 테이블에 둘러앉은 매니저들 틈바구니에서 한손엔 포트폴리오를 쥐고 목청껏 소리를 높였다.

"이번 주에 우리 팀 정기 미팅, 선상 파티로 잡힌 거 알고 있죠? 열두 명씩 단체 미팅인데 어째 괜찮은 프로필이 없는 것 같아. 우리 회사 대표 미팅이라 외부에 후기도 올라가고 기사로도 나갈 건데, 조건만 따진다고 될 일은 아니라고. 요즘 여자 회원도 페이스펙(외모도 조건이 되는 스펙) 따지는 사람 많아서 한두 명 이미지 담당할 사람도 있어야 할 것 같은데, 괜찮은 사람 있으면 추천 좀 해봐요. 우리 분발해야 하는 거 알죠? 가뜩이나 저번 달 실적도 안 좋은데."

팀장의 말이 끝나자 팀 내에서 실적 담당인 에이스 노선미 매니저가 말하였다.

"솔직히 조건 위주로 따지다 보면 인물이 많이 딸려요. 이건 여자, 남자 다 마찬가지라 이번 미팅은 파격적으로 가는 게 어떨까요, 팀장님?"

"파격적으로? 어떻게?"

"다이아몬드 등급이랑 일반 등급을 섞어서 보게 하는 거요."

"등급이 괜히 있는 줄 알아? 다이아몬드 등급이 일반 등급을 만나고 싶어 할 것 같아?"

팀장은 볼륨이 풍성하게 들어간 숱 많은 머리카락을 쓸어 넘겼다. 보이지 않는 계급이 존재하는 이곳에서 선미 매니저의 말은 큰 모험이었다.

"일종의 블라인드 미팅처럼 등급을 가리고 이벤트 형식으로 진행해 보는 것도 재미있을 것 같은데요. 그럼 솔직히 외모 괜찮은 사람도 등급에 맞춰서 걸러지는 일도 없고, 신선하지 않아요?"

그녀의 제안에 다들 긍정적인 반응으로 고개를 끄덕이자, 선미는 힘을 실어서 의견을 피력했다.

"어차피 다수 미팅이고, 맞선 느낌보다는 사람 알아가는 이벤트 파티 형식이잖아요. 그렇게 불만 가질 회원은 없을 거예요. 진지하게 고정된 한 사람의 프로필만 듣고 본인이 선택한 것도 아니라서, 다들 괜찮은 사람이 있을까 하는 호기심 반 기대감 반으로 나오는 거라 부담도 없고요."

팀장은 선미 매니저의 말에서 수긍할 만한 점을 발견했는지 오므렸던 입술을 소리 나게 폈다.

"일단, 그럼 각자 남녀 한 명씩 추려서 오늘 중으로 내 책상 위에 파일 올려놔요. 프로필 보고 선택할 테니까."

팀장이 일어서자 회의는 일단락되었다.

블라인드 조건 미팅이라……. 은설은 제법 구미가 당겼다. 그도 그럴 것이 준희에게 아직 제대로 된 맞선을 추진하지 못하고 있었는데, 블라인드라면 고졸인 그녀에게도 열린 기회라 꽤 괜찮은 제안이었다.

사실 조건만 봐서는 준희에게 추천할 남자가 마땅치 않았다. 조건을 가리고 그녀 자체로만 봤을 때에는 단정한 분위기가 매력적인 미인이라, 서류로는 선택받지 못해도 실제로 만나고 보면 호감을 이끌어낼 수 있는 준희에게는 유리한 미팅이었다.

게다가 이번 장소는 선상이라 로맨틱하기까지 했다. 의외의 장소에서의 새로운 만남은 자연스러운 호감으로 이어질 가능성이 높았다. 은설은 망설임 없이 여자 회원으로 준희를 추천했다. 문제는 남자 회원이었다. 월등히 많은 여자 회원을 담당하고 있는 은설은 얼마 없는 남자 회원의 프로필을 들고 고심했다.

"은설 씨, 윤제후 씨 이번 미팅 나오라고 하면 안 돼?"

선미 매니저가 하는 말에 은설은 낮은 신음을 뱉었다. 난처한 얼굴을 숨기기 위해서 책상 아래로 고개를 숙이고 이미 정리가 된 자료를 뒤적였다.

"나오라고 해도 아마 안 나올 텐데요?"

"그러니까 은설 씨한테 부탁하잖아. 외모로 보나 조건으로 보나, 윤제후 씨가 제일 완벽할 것 같은데? 미팅 후기 기사도 좋게 나갈 거고. 은설 씨도 알잖아, 내 회원 전부 다이아몬드 등급이라 엄청 까다로운 거."

선미의 카랑한 목소리가 돌아서 나가려던 팀장의 귀에까지 들리자, 팀장도 한마디 보태었다.

"윤제후 씨는 당연히 나와야 하는 거 아니야? 은설 씨 남자 회원도 별로 없잖아. 그 일로 특별 성과급까지 받았으면 이번 미팅에 꼭 데리고 나와야지. 그럼 적어도 오징어 같은 얼굴만 나왔다는 후기는 안 올라올 거 아냐. 저번 팀 오징어파티였다고 후기 올라온 거 나만 봤어? 그 뒤로 미팅 주최하는 게 얼마나 힘들었는데."

"의견 물어볼게요."

일단은 수긍할 수밖에 없었다. 무의미하게 자료를 뒤적거리는 것을 멈추고 일어나자, 옆자리의 미리가 땅이 꺼져라 길게 한숨을 내쉬며 말을 걸었다.

"난 이수강 씨나 여기다 끼워 넣어야 할까 봐……."

"수강 씨를?"

미리는 골칫덩어리를 맡았다는 듯 한숨을 푹푹 쉬며 고개를 주억거렸다.

"도저히 한 명한테는 양심적으로 소개 못 해주겠어! 불특정 다수한테 묶어서 소개해 주는 게 덜 비난받을 것 같아. 이거 봐, 이 사람 또 전화 온다니까? 소개 안 해주면 아마 날 말려 죽일 거라고! 이번 이벤트에 끼워 넣고 난 빠지련다."

핸드폰을 들고 일어난 미리는 휴게실로 빠르게 걸었다.

은설은 윤제후를 대체할 만한 남성 프로필이 있는지 찾아보다가 그대로 축 처졌다. ……없어, 없다고! 손가락을 튕기며 입술을 씹은 은설은 한숨을 푹 내쉬며 핸드폰을 들었다.

[왜.]

전화 매너라고는 예전에도 없었고 지금도 없는 목소리에 은설은 기대도 안 했다는 듯 제 본론을 꺼냈다.

"이번 주에 우리 팀에서 주관하는 선상 미팅 파티가 있는데, 아무래도 윤제후 씨가 나가야 할 것 같아요. 나도 어쩔 도리가 없어요. 안 그러면, 내가 받은 성과급도 토해내야 할 분위기라……."

은설이 작게 속닥거리자 수화기 너머에서 깊은 한숨이 새어나온다.

[이미 지난번 맞선 나가는 걸로 끝난 일 아니었나.]

"그때 몇 분이나 자리에 앉아 있었다고요."

[당신, 그렇게 자신 있어?]

"뭐가요?"

[내가 거기 나가서 다른 여자한테 관심 보이면, 우린 그날로 끝일 텐데. 그깟 성과급이 대수인가.]

거기까지 생각을 안 해본 건 아니었지만 은설은 일부러 너스레를 떨었다.

"내가 구질구질해서 말 안 하려고 했는데, 성과급 받은 것도 이미 다 쓰고 없어서 토해낼 것도 없다고요. 거기서 다른 여자한테 반할 만큼 윤제후 씨 마음이 가벼운 거면 어쩔 수 없죠, 뭐."

[자신감 하나는 넘치네. 소파 하나도 안 사면서 돈은 어디다가 그렇게 쓰고 없는 거지?]

"그러게요. 버는 족족 마이너스 통장으로 다 새어나가니까, 이번 미팅 좀 참가해 줘요. 나도 거기에 진행 매니저로 갈 거니까, 윤제후 씨 다른 여자한테 집적거리려도 어차피 내 눈에 다 보인다고요."

[거기 나가면 소파 채워 넣을 건가.]

왜 그렇게 소파 타령이냐고 묻고 싶었지만 은설은 그것은 차치하고 고개를 끄덕거렸다.

"아무래도 더 빨리 놓을 순 있겠죠?"

[그럼 나가지.]

“진짜요?”

[그렇다고.]

생각보다 쉽게 나온 대답에 은설은 눈만 깜박거렸다. 내가 지금 확실히 들은 거 맞겠지?

은설과의 통화 후, 제후는 미간을 잔뜩 구기며 보석 감정을 위해 현미경을 들여다보다가 자리에서 일어났다. 열린 문 사이로 제후 주얼리의 단골인 수강이 들어왔다. 제후는 길게 숨을 내뱉었다.

“넌 왜 회사 안 나가고 다시 여기로 출근하는 거야. 뭔데.”

“당분간 회사 안 나가.”

“왜, 또.”

“초고속 승진 준비 중이라, 명패 만들고 있다는 거 아니겠냐. 그래서 요즘 무지 한가해서 당분간 너랑 놀아주려고.”

“난 바쁘거든.”

“바쁜데 선상 미팅 파티는 나갈 거고?”

“네가 그걸 어떻게 알아.”

“나도 거기 나갈 거거든.”

수강이 씨익 웃자, 제후는 상황이 더 귀찮아진 것 같은 느낌이 들었다. 본인이 대답했지만 기가 막혔다. 텅 비어 있는 거실이 곧 나갈 사람처럼 보여 마음에 들지 않는데 고작 소파 하나에 마음이 움직일 줄이야.

“……미쳤군.”

미팅에 참가할 회원들의 프로필을 검토하던 한혜숙 팀장의 얼굴에 흡족한 미소가 걸렸다. 블라인드 미팅이라는 이벤트가 호기심을 끌었는지 조건 만남에 회의적이었던 사람들조차 많은 문의를 해왔다. 생각보다 긍정적인 반응이라 오히려 남녀 각각 열두 명씩 추리는 게 더 어려웠다. 그러다 보니 스펙이나 외모나 두루 좋은 사람들만 모이게 되었다.

"은설 씨, 잠깐만."

모든 사람을 픽스한 상태에서 딱 한 사람이 내내 걸려 프로필을 검토하던 팀장이 은설을 조용히 불렀다. 오늘이 바로 디데이 하루 전이라 최종 확정을 내려야만 했다. 업무를 보던 은설은 팀장의 부름에 책상 앞으로 다가섰다.

"무슨 일이세요?"

"이번에 우리 선상 미팅 참여율이 생각보다 높아졌어. 그래서 블라인드는 블라인드인데 이건 뭐, 다 오픈해도 될 정도로 괜찮은 사람만 모인 거야. 남녀 모두 누구 하나 떨어지는 사람이 없어. 웬만해선 맞선 주선이 힘든 상위 1% 회원들까지 온다고 하니 말 다했지. 근데 은설 씨가 추천한 준희 씨가 다른 사람에 비해 너무 떨어져. 그래서 말인데, 다른 사람으로 진행해도 괜찮을까? 은설 씨 보다시피, 지금 내 책상 위에 쌓인 서류들 좀 봐."

팀장이 가득 쌓인 서류들을 가리켰으나 은설은 단호하게 말했다.

"이미 진행하겠다고 결정한 사람을 뺄 순 없어요, 팀장님. 블라인드 미팅이라 조건은 가려두고, 일단 다른 게 너무 좋아요.
준희 씨는 제가 가장 추천하는 회원이고요."

"그래도 이건 기울어도 너무 기우는데 어쩐다."

"준희 씨 조건이 탐탁지 않은 거라면, 그동안 제가 성사시킨
커플들을 보고 저를 믿어주세요. 이대로 진행할 수 있게 부탁드
립니다, 팀장님."

물러서지 않을 듯 강경한 대답에 팀장은 낮은 한숨을 내쉬었
다. 은설이 커플매니저 일을 하면서 많은 회원을 유치하고 또 그
들의 결혼까지 성공시킨 건 부정할 수 없는 사실이니까. 게다가
은설은 무수한 매니저들이 백기를 들었던 윤제후의 가입서를 받
아낸 유일한 커플매니저였다.

"은설 씨가 정 그렇다면, 준희 씨는 은설 씨 말대로 밀고 나갈
게. 대신 뒷말 나오지 않게 잘해야 한다."

"네, 팀장님."

환하게 웃는 은설을 보며 자리에 일어선 팀장은 박수를 두어
번 치며 주위를 집중시켰다.

"자, 퇴근합시다! 우리는 내일 저녁 다섯 시, 선상 미팅 장소인
WAW 앞에서 만나요! 파티인 만큼 매니저 분들도 의상에 신경
써서 최대한 예쁘게, 아셨죠? 그럼 내일 봅시다!"

4. SHE, 찾았다

한강에 뜬 크루즈 WAW는 그야말로 화려함의 결정체였다. 외관을 장식한 네온사인이 반사된 강물은 영롱하게 반짝거렸다. 노블리스의 선상 미팅 파티는 생각보다 스케일이 커져 테이블 위를 장식한 생화 하나까지 파티 플래너의 손이 닿지 않은 곳이 없었다.

WAW는 모두 3층으로, 1층은 클럽, 2층은 연회 파티 룸, 3층은 야외수영장과 스파가 갖추어진 초호화 시설이었다. 오늘 이곳에서는 노블리스의 미팅뿐만 아니라 '영화인의 밤'을 축하하는 파티도 함께 진행되고 있었다.

"이 감독님, 작품 들어간다며? 우리 회사에서 밀어주는 신인인데, 마스크 좋지? 단발에 5억으로 화장품 광고 계약했어. 신인이 A급 개런티 받을 정도면, 이미 광고주들도 주목하고 있다는 건 나보다 이 감독님이 더 잘 알잖아?"

만나는 사람마다 들이미는 청탁들에 지친 시준은 메마른 표정으로 얼굴을 가리고 있는 마스크를 다시 고쳐 썼다. 로드매니저가 해도 될 법한 일을 기획사의 대표가 직접 나서서 신인 배우의 프로필을 내밀었지만 마스크 속 그는 흥미가 가지 않은 얼굴이다.

"글쎄요."

어딘지 모르게 신비한 느낌의 미성이 흘러나왔다. 목소리는 부드러웠지만 칼날 같은 꼿꼿함이 함께 묻어나와서 말을 붙였던 대표는 움찔했다.

"영화랑 드라마 계속 섭외 들어오는 거, 이 감독님 작품 들어간다는 말에 올스톱해 놨어. 내가 이 감독님 전적으로 신뢰하는 거 알잖아?"

마스크를 써서 눈만 빼고 얼굴을 온통 가리고 있는 시준은 이미 양손 가득 들고 있는 프로필을 보며 눈을 내리깔았다가 가볍게 어깨를 올렸다. 암묵적으로 캐스팅을 끝낸 상황에서 새로운 프로필이 하나 더 얹어진다고 해서 바뀔 건 없었다.

"에이, 그러지 말고 얼굴 좀 봐봐. 아직 붓기가 덜 빠져서 라인이 안 잡혀서 그렇지, 조금 있으면 한류 여신 탄생이라니까?"

"요즘 같은 병원에서 고쳤는지 다들 똑같은 얼굴이라. 박 대표님은 누가 누구인지 알아보겠어요?"

시준이 종이 더미를 테이블 위에 펼쳐놓자 누가 보아도 똑같아 보이는 얼굴들이 그의 손가락 사이로 요란하게 넘어간다.

"얼굴을 보고 이름을 외우는 게 아니라, 이름을 외우고 얼굴을 봐야 해서 피곤하네요."

기획사에서 연계된 성형외과에서 똑같이 찍어 나온 얼굴만 봐도 시준은 어느 회사 소속인지 알 정도였다. 그는 옆에 있던 보조 감독에게 프로필을 대신 정리하게 하고는 물었다.

"내가 말하던 신인은 찾아봤어?"

"아…… 방송국 근처에는 얼씬도 안 하는 것 같은데요?"

"제대로 다시 찾아봐."

"이 많은 프로필 중에서 골라서 가는 건 어떨까요, 감독님?"

"조감독 많이 컸네. 의견도 제시하고."

"……."

"찾아. 알아들었어?"

대답은 듣지 않은 채 시준은 뻐근한 어깨를 돌리며 아래층으로 내려갔다. 눈 아래까지 덮었던 마스크도 벗고, 외투 또한 벗고 나니 그렇게 귀찮게 했던 사람들 모두 그를 알아보지 못하고 스쳐 지나갔다. 시준은 이내 흥미로워 보이는 플래카드가 붙은 행사장 앞에서 멈추어 서서 싱긋 미소를 지었다. 마스크만 벗었을 뿐인데 그 안에서 나온 앳되어 보이는 얼굴은 감독이 아니라, 떠오르는 신인 배우라고 해도 손색없는 외모였다.

"미팅에 참가하는 분이세요?"

행사장 앞에서 회원들을 맞던 선미 매니저가 묻자, 시준은 그저 씨익 웃으며 발걸음을 돌렸다. 그 뒷모습을 물끄러미 바라보던 선미는 다시금 회원들의 이름이 적힌 명단을 뒤적였다.

노블리스의 커플매니저들은 회원보다 한 시간 전에 미리 도착해서 파티 순서를 점검하고 행사장 입구 앞에서 회원들의 참가를 확인했다. 오늘의 드레스코드는 '블루'라 각자 입은 의상이나 소지품에서 포인트로 블루를 사용했다.

매니저 역시도 예외는 아니었기에 은설은 평소와 달리 코발트블루 색상의 화려한 귀걸이를 착용했다. 심플하지만 강렬한 블랙 미니원피스를 입은 그녀에게로 사람들의 시선이 모여들었다. 사람들의 시선을 끄는 그녀의 미끈하게 잘빠진 다리를 가장 불만스러운 표정으로 바라보고 있는 이는 바로 제후였다. 블랙 정장에 블루 타이를 한 그는 은설을 삐딱하게 바라보다가 그녀에게 다가가 그 앞에 멈추어 섰다.

"누가 보면 커플매니저가 아니라, 작정하고 참여한 여자 회원인 줄 알겠군."

"제가 또 연극영화과 출신이라 이런 파티 애티튜드는 잘 알고 있거든요."

상큼하게 웃으며 긴 생머리를 어깨 뒤로 넘기자 얇은 팔이 그대로 드러난다. 인상을 구긴 제후는 한쪽 손을 주머니에 찔러 넣었다. 완벽하게 의상까지 갖추어 입은 그에게 한 가지 부족한 점이라면, 바로 잘생긴 얼굴을 일그러뜨리는 지금과 같은 표정이었다.

은설은 하이힐이 살짝 헐거운 것 같아 발에 힘을 주며 바닥을 제자리걸음하듯 두어 번 내디뎠다.

"표정이 왜 그래요?"

"원래 추위 많이 타지 않나, 당신."

제후가 은설의 짧은 원피스를 향해 시선을 내렸다.

"어차피 안에서 진행할 건데요? 그리고 이 옷, 미리가 추천한 거예요."

"나, 뭐? 뭔데?"

저만치 서 있던 미리가 이리로 걸어왔다. 미리가 입은 블루 컬러의 홀터넥 드레스는 허벅지 양옆으로 제법 깊은 트임이 있었다. 발목까지 닿은 기다란 드레스 자락이 바람에 날려 자연스럽게 허벅지까지 드러난다. 스트랩슈즈와 포인트로 든 클러치 백은 은색으로 통일한 센스 있는 의상이었다. 올림머리로 시원하게 이마까지 내놓은 미리의 화려한 등장에 덩달아 그 앞에 있는 은설까지 커플매니저들은 뜨헉한 눈길로 번갈아보았다.

그 둘을 제외하고는 이십대가 없었기에 꾸민다고 해도 한계가 있던 커플매니저들은 어린 매니저들의 의상과 생기 도는 얼굴이 부러우면서도 한편으로는 질투가 나기도 했다. 하지만 그걸 가지고 질타할 만큼 속이 좁은 사람은 없었다. 그녀들을 곱지 않은 시선으로 보는 건 경쟁 상대가 될 것 같은 불길한 예감을 받는 여자 회원들이었다.

"네가 내 의상 골라줬다고."

"은설인 다리가 생명이라 제가 강력 추천했는데 어때요, 예쁘죠?"

미리가 감상을 말해보라며 제후를 재촉했지만 그는 굳은 표정으로 턱만 만질 뿐이었다. 그리고 그제야 늦게 도착한 수강이 어깨를 들썩거리며 나타났다. 장난스럽게 랩을 흥얼거리며 블루 보타이를 목에 감은 수강은 발아래서부터 위로 올라오며 미리의 모습을 훑었다.

"오, 미리 씨 오늘 의상 대박! 멀리서 보는데 여신인 줄 알았잖아."

"그런 말은 오늘 만나는 회원들한테나 날려요. 수강 씨 좋아하는 돈 많은 여자 회원 오늘 많이 왔던데요?"

"진짜? 그럼 나 오늘 바로 프러포즈하는 걸로!"

양손을 위아래로 리듬 타듯 움직이며 수강이 촐랑거리자 미리가 한심한 눈초리로 고개를 저었다. 수강은 갑자기 생각난 듯 미리에게 물었다.

"내가 지난번에 빌려준 만년필 미리 씨가 가지고 있죠?"

"아, 그거? 책상에 두고 왔는데."

"그거 그렇게 막 책상에 두고 다니면 안 되는데. 그러다 누가 훔쳐가면, 미리 씨가 나 책임질 거예요?"

"얘기가 왜 그렇게 빠져요? 그거 어차피 가짜잖아요."

"와, 날 뭘로 보고. 난 진짜 아니면 아예 안 가지고 다니거든요."

"그걸 나보고 믿으라고요? 어디서 약을 팔아요!"

수강의 말에 미리는 크게 코웃음을 쳤다. 사무실 책상 연필꽂이에 모나미 볼펜과 나란히 꽂혀 있는 만년필이 진품이라고 생각하자 농담이라도 팔 안쪽에서 소름이 훅 끼쳤다.

"진짜면 소원 들어주기! 콜?"

수강이 산뜻한 표정으로 제안하자, 이건 또 무슨 말도 안 되는 수작인가 싶어 미리가 눈을 치켜떴다.

"그거 가짜 맞잖아요!"

"그러니까 소원 들어주기. 여기 증인 둘…… 가짜면 쿨하게 내가 소원 들어주고!"

제후와 은설을 증인으로 가리킨 수강의 표정이 제법 진지해졌다. 미리는 여전히 그게 모조품이라는 확신에는 변함이 없었지만 내심 찜찜한 기분이 들었다. 어린애처럼 엄지와 새끼손가락을 뻗어서 약속하자는 수강의 손을 주먹으로 가볍게 쳐낼까 하던 미리는 마지못해 새끼손가락을 걸었다.

"알았어요. 내 소원은, 그렇게 쉽게 들어줄 수 있는 건 아니지만……"

"계약 성사, 복사, 완료!"

마지막으로 손뼉까지 부딪치며 수강이 웃었다. 미리는 맞닿은 두 손에 헛기침을 하며 머쓱해져서는 손을 내렸다.

"미로가 따로 없네."

은설은 오밀조밀 밀집된 룸 사이에서 길을 잃고 헤맸다. 화장실 한번 찾으려다가 배 안 구석구석을 다 들어가 볼 기세였다. 그러다 어느새 클럽 안까지 들어오게 된 은설은 시끄럽게 울리는 음악에 귀청이 먹먹해져 한쪽 귀를 막으며 잰걸음으로 계단을 올랐다. 뛰다가 그렇지 않아도 조금 헐거웠던 구두가 보기 좋게 벗겨졌다. 흐음, 얕은 숨을 쉬며 뒤를 돌아본 은설은 구두가 보이질 않자 고개를 갸웃했다.

은설이 이쪽저쪽으로 고개를 돌리는 사이, 계단 아래에 걸터앉아서 이어폰으로 느린 발라드를 듣던 남자는 제 앞으로 툭 미끄러진 검은색 스틸레토 힐을 집어 들었다.

"신데렐라, 구두 벗겨졌네?"

남자의 목소리를 따라서 고개를 돌린 은설은 계단을 다시 내려갔다. 그리고 앉아 있는 남자가 들고 있는 구두를 향해 손을 뻗었다. 귀 뒤로 한쪽 이어폰을 빼며 벗겨진 발을 쳐다본 남자는 올려다본 얼굴에서 시선을 떼지 않았다. 남자는 구두를 줄 생각은 않고 은설의 얼굴만 뚫어져라 쳐다보았다.

　　"……같이 들을래?"

　　청아한 미소와 함께 흘러나온 고운 미성. 유리처럼 매끄러운 갈색 눈동자가 저를 보며 휘어지자 은설은 시큰해진 뒷목을 쓸었다. 대답 없이 눈만 깜빡이는 은설을 보며 그가 비스듬히 눈꺼풀을 내렸다. 그리고 한쪽 이어폰을 은설의 귀에 꽂았다. 갑작스런 일에 놀라고 당황한 것도 잠시, 은설은 이어폰으로 흘러나오는 음악에 눈을 감았다. 시끄러운 클럽의 분위기와는 정반대의 감미로운 음악은 공교롭게도 그녀가 너무나 좋아하는 노래였다.

　　She may be the face I can't forget

　　The trace of pleasure or regret

　　May be my treasure or the price I have to pay.

　　……She, she, she.

　　그녀의 얼굴은 잊을 수가 없어요

　　기쁨 또는 후회의 흔적은 나의 보물

　　어쩌면 내가 치러야 할 대가인지도 모르죠

　　영화 '노팅힐'의 OST였다. 처음 보는 남자와 나란히 앉아 노래 한 곡을 다 들은 은설은 노래가 끝나자마자, 마치 주문에 걸렸다가 풀린 사람처럼 허둥대며 구두에 다시 손을 뻗었다.

"제 구두 좀……."

"아, 이거? 주기 싫은데."

생긋 웃으며 남자가 구두를 뒤로 숨기자 은설은 어떻게 반응해야 할지 난감해졌다.

"……왜요?"

"이걸 놓고 가야, 내가 나중에 신데렐라를 찾을 핑계가 생기지."

"장난치지 말아요. 저 지금 일하다 온 거라 빨리 올라가 봐야 해요."

"6시 땡 치면 가는 신데렐라였어?"

남자가 계단에서 일어서자 생각보다 가까운 거리에 은설은 뒤로 물러났다.

"이시준. 내 이름이야."

남자의 인사에 제 이름도 말해야 하는 건가 싶어서 은설은 잠시 머뭇거리다가 한숨과 함께 입을 열었다.

"기은설이에요. 이제 제 구두 주세요."

"예쁘다. 이름도, 너도."

투명한 햇살처럼 환한 웃음이 시준의 얼굴 가득 담기자 은설은 그 미소를 홀린 듯이 바라보았다. 그러다 너무 늦었다는 것을 깨닫고는 짧게 고개를 저었다.

"저 위에 빨리 올라가 봐야 해요. 구두 주세요."

"나도 같이 가면 안 돼? 그럼 이거 주고."

"저 놀러온 거 아니고, 일하는 거예요."

"그 일, 나도 구경 좀 하자고."

회원 아닌 사람들도 자연스레 구경을 하기도 하니까 같이 올라간다고 해서 달라질 일은 없었다. 은설은 그의 늘어지는 질문들에 시간이 지체되는 것보다는 나을 거라는 생각에 결국 마지못해 대답했다.

"좋아요."

"나도 너 좋아."

"저 지금 그쪽 좋다고 한 거 아니고, 알았다고 대답한 거예요."

"응. 난 좋다고. 너 좋다고 대답한 거야, 나는."

……SHE, 찾았다. 시준은 마음속으로 외치며 찡긋 가볍게 윙크했다. 그에 은설은 작게 인상을 구겼다.

"어디로 가면 돼?"

웃는 얼굴로 무릎을 구부린 시준이 은설의 발에 들고 있던 구두를 조심스레 신겨주었다. 시준이 무한반복하며 듣던 노래와 꼭 어울리는 주인공이 바로 그의 눈앞에 있다. 이렇게 만나게 될 거라고는 전혀 예상하지 못했던 뜻밖의 수확에 시준의 눈동자가 어렴풋 떨렸다. 네가 말을 하고, 움직이는 모습이 늘 궁금했다, 나는. 생각보다 더 마음에 들어서……. 시준은 은설의 표정을 조금 더 자세히 눈에 담았다. 은설은 자신을 벅찬 감동처럼 바라보고 있는 존재 앞에서 힐긋 눈동자를 굴렸다.

은설과 함께 위로 올라간 시준은 그녀가 헤매던 길을 한 번에 찾았다. 그 덕분에 다행히 행사 시작 전에 늦지 않게 도착한 은설이 매니저들이 모여 있는 자리로 걸어갔다.

"자, 지금부터 노블리스 블라인드 미팅을 시작합니다. 어느 미팅이나 마찬가지겠지만, 유치하더라도 첫인상 지목부터 들어갈게요. 여기 모이신 모두들 서로에 대한 정보가 없는 상태일 텐데요. 첫인상만으로 마음에 드는 사람 앞에 서는 거예요. 우선 여자 회원들이 먼저 선택하고, 남자 회원들이 결정하는 방식으로 진행할게요."

여자들은 남자들을 훑으며 다른 여자들의 움직임에 눈치를 보았다. 분주한 움직임 속에서 단연 많은 여자들의 선택을 받은 사람은 제후였다. 하지만 애초에 미팅에는 관심이 없던 그는 은설이 어디 있는지만 좇고 있었다.

"자, 이제 남자 회원님들이 움직일 차례예요."

그 순간, 그의 시선에 두 사람이 들어왔다. 처음 보는 남자와 함께 있는 은설을 보고 제후는 당연한 듯 그쪽으로 몸을 틀었다. 그의 걸음에는 조금의 주저함도 망설임도 찾아볼 수 없었다.

은설은 다가오는 제후를 보며 주위를 살폈다. 설마 여기로 오는 건 아니겠지? 은설은 그를 피해 옆으로 비켜섰지만 동시에 그가 향하는 방향도 함께 틀어졌다. 그가 가로질러 걸어가는 곳이 뜬금없이 커플매니저 쪽이자, 바라보고 있던 여자 회원들은 물론이고 남자 회원들까지 술렁였다. 은설은 바로 앞까지 온 그를 보고 자신도 모르겠다는 듯 사람들을 향해 손을 저었다. 제후의 시선이 은설의 옆에 있는 시준에게로 잠시 머물렀다.

"어딜 갔다 지금 오는 거지."

그리고 사람들을 향해 돌아서며 선언했다.

"제 선택은, 이 여자입니다."

그 당당한 발언에 졸지에 여자 회원들의 공공의 적이 되어버린 은설은 제후를 향해 입을 앙다물고 복화술을 구사했다.

"지금 뭐하는 거예요?"

제후는 시준과 나란히 서 있는 은설의 손을 제 쪽으로 끌어당겼다. 그대로 은설의 몸이 제후의 옆에 안착했다. 둘이 나란히 서 있는 것이 보기 싫어 앞뒤 상황 재지 않고 무의식중에 나온 행동이었다. 그녀와 연관되는 일이라면 이성이 사라지고 이렇게 자제력을 잃고 마는 게 이번이 처음은 아니었다. 그로 인해 장내의 분위기가 고조되었다.

가장 당황한 사람은 선미 매니저였다. 그녀가 관리하는 다이아몬드 등급의 여자 회원은 까다롭기로 소문이 나 있는데, 윤제후를 보기 위해서 오늘 이 자리에 온 거였다. 그런데 다름 아닌 그가 커플매니저인 은설에게 하는 행동이 보통의 상식을 뛰어넘었기에, 옆자리에 서서 그녀들의 불만을 고스란히 다 들을 수밖에 없었다.

"지금, 이게 말이 되는 상황이에요? 윤제후 씨 만나는 여자 있는데 일부러 부른 거 아니냐고요."

"그러게요. 이러다 우리 전부 들러리 되는 거 아니에요?"

누군가의 한마디에 다들 동요하는 분위기였다. 말이 블라인드 미팅이지, 실상 제후의 얼굴은 너무 많이 알려져 있어서 그에 대해 아는 여자들은 모두 내심 기대를 하고 있던 참이었다.

"그러고 보니까 저 커플매니저, 윤제후 씨한테 청혼했던 그 여자 아니에요?"

그 말에는 선미 매니저가 대신 변명했다.

"노블리스 회원으로 가입시키려고 했던 발언이 기사화되었던 거라고 정정기사 나갔던 거 아시잖아요. 우리 멀리까지는 가지 말자고요."

작은 불씨는 이렇게 껐다지만 언제라도 다시 타오를 준비는 되어 있었다.

제후는 당장이라도 이곳에서 나가고 싶었지만, 은설의 직업이 커플매니저인 것은 어쩔 수 없었으니 그녀가 곤란해지지 않도록 최대한 속내를 억누르고 입을 열었다.

"첫인상 선택이라, 마음에 드는 사람한테 간 건데 문제 있습니까."

그의 말에 더는 아무 말도 하지 못하였다. 더 말해봐야 자존심이 상하는 건 그들이었다. 그 말은 곧, 여기 모인 여자 회원들 중엔 마음에 드는 사람이 없다는 뜻이었으니까.

"첫인상 선택은 어차피 재미로 하는 거니까, 우리 시작도 전에 전쟁 치르지 말자고요. 지금부턴 다들 천천히 알아가는 시간 드릴 테니까, 각자 매력 어필하세요. 그것까진 우리 매니저들이 해줄 수 없는 영역인 거 아시죠?"

한혜숙 팀장이 상황 수습을 했고, 그 덕에 다행히 분위기는 부드럽게 돌아왔다. 눈독 들일 만큼 괜찮은 남자가 제후 한 명뿐이었다면 사태는 수습 불가능했겠지만, 다행히 여기 모인 괜찮은 남자가 한둘이 아니었기에 가능한 일이었다. 수강에게 호감을 갖는 여자 회원들도 꽤 있었지만 정작 수강은 그들에겐 관심 없다는 듯 핸드폰만 만지작거렸다.

혹시나 불똥이 튈까 싶어 제후의 곁에서 멀찍이 떨어져 나온 은설은 간담이 쪼그라들었다가 이제야 조금 살 것 같은 얼굴을 했다. 그리고 아까부터 옆에서 떨어지지 않는 시준을 보았다.

"안 가요? 일하는 거 봤잖아요."

"구두 돌려주니까, 본색 나오네."

"제가 뭘요?"

"물에 빠진 사람 구해줬더니, 보따리 내놓으라는 것 같아서. 나 지금 쫓겨나는 기분이라."

"이거랑 그거랑은 상황이 달라도 너무 다른 것 같은데요?"

짹짹거리는 은설을 보다가 시준은 손을 뻗어 그녀의 귀걸이를 만졌다.

"귀걸이 예쁜데?"

불시에 닿은 손짓에 은설이 몸을 확 뒤로 뺐다.

"저기, 지금 어딜 만져요!"

"난 귀걸이 만진 건데. 너 머리 좀 전부 다 올려서 묶어볼래?"

멀끔하게 생긴 시준의 엉뚱하다 못해 이해가 안 되는 발언에 은설은 조심스럽게 뒤로 물러섰다. 하필 마주친 장소도 클럽이었고, 그 시끄러운 음악 속에서 느린 발라드 음악을 듣고 있던 것부터가 사실 정상인 같지는 않았다. 멀어진 만큼 앞으로 다가온 시준이 은설의 얼굴 앞으로 쏟아져 내린 머리카락을 뒤로 넘겨주며 한데로 모아 손에 넣었다.

"머리 묶는 게 더 예쁘네."

시준은 눈꺼풀을 내리깔았다가 천천히 들어올렸다. 그리고 웃어보라는 듯이 제 입꼬리를 손으로 끌어당겼다.

"웃어볼래? 너 웃는 모습은 더 예쁠 것 같아."

안개꽃 같은 웃음이 폴폴 흩날리자, 은설은 가르랑거리며 시선을 돌렸다.

"……싫어요."

"아쉽네. 3층 야경 좋다는데 같이 갈래? 곧 있으면 불꽃놀이도 할 텐데."

눈썹 하나를 비죽이고 살그머니 눈을 치켜 뜬 시준이 손목시계를 들여다 보았다.

"내가 왜, 잘 알지도 못하는 그쪽이랑 불꽃놀이를 봐요?"

"이제부터 알아가면 되지. 처음부터 아는 사람이 어디 있어?"

한마디도 안 지는 시준을 무시하고 다른 데에 집중하기로 마음먹은 은설이 테이블 위에 있던 잔을 들자, 어느새 다시 다가온 제후가 그것을 뺏어 들며 원래 있던 자리로 내려놓았다.

"이거 술인데."

"신데렐라 술 마시면 안 돼?"

시준이 보드랍게 미소 지으며 제후가 내려놓은 잔을 들었다. 은설의 술버릇을 기억하고 있던 제후는 눈썹을 구기며 시준을 돌아보았다.

"내 앞에서만 마셔."

"그 이유가 궁금하네."

손목 스냅으로 잔을 빙글빙글 돌리며 시준은 제후를 쳐다보았다. 시선을 피하지 않고 제후도 정면으로 마주하자, 혹시나 무슨 문제가 또 날까 싶어 더럭 겁이 난 은설이 그 사이를 파고들었다.

"아까 얼마나 놀랐는지 알아요?"

지금 이 순간 역시도 그에게 말 걸 기회를 노리고 있는 여자 회원들의 눈치를 보며 말 한마디 하는 게 얼마나 조심스러운지, 아슬아슬한 줄타기라도 하는 심정이었다. 은설은 그들의 시선을 피하며 작게 말할 수밖에 없었다.

"다신 이런 부탁 안 들어줄 거야."

"미안해요. 오늘만 봐줘요."

"알았으니까, 소파나 채워 넣어."

"소파에 왜 그렇게 집착해요? 얘기는 미팅 끝나고 해요."

곁눈질로 회원들의 눈치를 보며 은설이 작게 속삭였다. 슬슬 모여드는 시선에 제후는 짜증스럽게 눈가를 문지르며 떨어지지 않는 발걸음을 돌려야만 했다. 은설은 요지부동인 시준에게도 한마디 하였다.

"그쪽도 이만 가요. 전 미팅 진행해야 해서 이렇게 한가롭게 말장난할 시간이 없어요."

"그 일, 너랑 안 어울려. 그러지 말고 나랑 일하자."

지금 일이라고 했나? 은설은 제 귀를 의심했다. 시준은 웃음기를 걷어낸 담백한 얼굴로 은설에게 손을 내밀었다.

"일하는 거 싫으면, 나랑 연애해도 좋고."

"무슨……."

"둘 다 하면 더 좋고, 어때?"

시준이 한쪽 눈을 찡긋했다. 얼결에 그에게 받은 명함을 확인한 은설은 말문이 막혔다. 전혀 그렇게 안 생겨서는 영화감독이라니…….

은설은 '이시준'이라는 이름을 알고 있었다. 영화감독 이시준. 그가 직접 시나리오를 만들고 총괄제작을 맡은 영화는 입봉작부터 시작해서 흥행되지 않은 작품이 없었다. 흥행보증수표 감독이라 불리는 그는 현재 대한민국 배우 누구나 함께 일하고 싶어 하는 사람이었다. 또한 어떤 로비도 통하지 않는 융통성 없는 괴짜 감독이라는 소문도 있었다.

그녀도 소문만 들었을 뿐이지 그를 본 적은 없었다. 실제로도 얼굴 공개를 하지 않는 신비주의를 고수해서 얼굴이 알려진 것도 아니었다. 촬영할 때도 마스크로 얼굴은 가린 채 눈만 내놓고 카메라를 잡는다고 해서 추남일 거라는 소문도 있었고, 얼굴 화상을 입었다는 소문이 돌기도 했었다. 그런데 지금 눈앞에 있는 그는 소문과는 다르게 추남이 아닌 오히려 꽃미남 배우에 가까운 선이 고운 얼굴이었다.

"영화 '노팅힐'을 드라마 'SHE'로 리메이크할 거야."

은설은 손에 든 명함에 적힌 그의 이름만 보고 또 보았다.

"원래 난 영화만 작업했는데, 방송국에서는 원작 느낌을 최대한 살려서 드라마로 찍고 싶은가 봐."

양손을 옆으로 쭉 느리게 뻗은 그의 제스처가 잘난 척이 아닌 자신감으로 보였다. 은설은 떨리는 눈꺼풀을 무겁게 올렸다.

"그걸…… 왜, 나한테 말해요?"

"아까 처음 보는 순간 너로 결정했어, 내가."

원래도 너였지만 말이야.

"전 한다고 말한 적 없는데요?"

"하게 될 거야, 넌."

확신에 찬 시준의 말에 은설은 마음이 복잡해졌다. 연기를 다시 할 수 있는 기회가 오리라고는 생각도 못 했다. 연예계에 환멸을 느꼈지만 그렇다고 연기가 싫어진 건 아니었다. 갑작스러운 제

안에 실감이 나지 않은 은설은 그렇다고 단번에 거절하지도 못했다.

미련이라면 미련이랄까. 그 미련조차도 다 버렸다고 생각했는데……. 연기를 할 수 있다고 생각을 하니 마음속 아래에 꽁꽁 숨겨두었던 갈망이 어느새 얼굴을 내밀었다.

"아까 내 이름 말했잖아요. 나에 대해 검색해 보면, 안 좋은 기사들 많이 나올 거예요. 촬영장에서 도망친 신인 연기자라고."

직접 안 한다고 하기에는 입이 떨어지지 않았다. 그가 거절하게 만들어야 했다.

"그거 잘했네."

"……네?"

"너 아마 그 촬영 했으면, 내가 너 안 뽑았을 거거든. 지금 내가 찾는 주연은 완전한 신인이어야 해. 그리고 그에 딱 어울리는 마스크가 너라는 건, 내가 다시 한 번 확인했고."

'다시 한 번'이라는 말에 은설은 시준을 올려다보았다. 은설은 눈가를 구겼다가 작게 고개를 저었다. ……나를 알 리가 없잖아?

"무책임한 신인 배우라고 낙인 찍혀서, 아마 방송국에서 허락 안 할 거예요."

"내 캐스팅에 토를 달면 난 촬영을 안 하면 그만이야. 그쪽은 거절 못 해. 내가 그 정도 능력은 있거든."

회원도 아닌데 노블리스 미팅 파티에 들어온 것도 모자라 주최 측에서 준비한 샴페인 한 병을 거침없이 든 시준은 자연스럽게 병을 흔들기까지 하였다.

"그거 따면 안 돼요! 이따가 커플 이뤄지면……."

말이 채 끝나기도 전에 코르크 마개는 펑 소리를 내며 튀어나 갔다. 차르르 흘러내리는 거품을 시준이 입술로 옮기며 은설에게 잔을 내밀었다.

"그대의 결정에 축복을."

시준은 영화 속의 주인공 같은 대사를 하며 환하게 웃었다. 그리고 그때 한혜숙 팀장이 다가왔다.

"이분은 누구?"

이미 따버린 샴페인에 대한 책망이 먼저일 줄 알았는데, 전혀 개의치 않은 표정에 은설은 일단 안심했다.

"이시준이에요."

샴페인만큼 청량한 목소리에 한혜숙 팀장의 눈이 반쯤은 녹아 초승달처럼 휘어졌다. 노처녀인 그녀는 여자에겐 깐깐하지만 잘생긴 남자에겐 언제나 관대했다.

"하는 일은 어떻게 되세요?"

"블라인드 미팅으로 알고 있는데."

"아, 우리 미팅 남자 회원이었어요? 사진엔 없었던 것 같았는데……."

"즉석 참여 가능해요? 앞에 있는 이 커플매니저랑."

은설은 어디로 튈지 모르는 시준의 발언에 발끈해서 소리쳤다.

"아니, 진짜 왜 그래요!"

"재미있을 것 같은데."

아쉬운 듯 눈가를 늘어뜨리는 시준의 얼굴에 팀장은 침을 꼴깍 삼키며 경쾌하게 손뼉을 마주쳤다.

"그래, 뭐 어때. 첫인상 선택도 지목받아 놓고는, 이미 참여한 거나 다름없지. 곧 재미있는 게임도 할 거야. 은설 씨랑 시준 씨도 참여해요."

재밌는 게임? 미리가 준비한 게 무슨 게임인지 아는 은설은 결단코 참여하고 싶지 않았다. 하지만 시준은 붉은 혀로 입술을 문지르며 은설을 돌아보았다.

"게임하러 가자."

"안 해요!"

"그럼, 난 네가 아까 저 남자랑 했던 얘기 회원들한테 말할까 봐."

"저기요? 이시준 씨……."

"내가 눈도 좋은데, 귀까지 좋은 편이라."

여자 회원만 피하면 된다고 생각했는데 더 큰 걸림돌은 바로 옆에 있었다. 싱긋 웃는 웃음이 금방이라도 달려 나가서 폭로할 기세였다. 은설은 금세 꼬리를 내렸다.

"어디가요? 누, 누가 안 한대요……!"

은설이 어색하게 회원들이 앉아 있는 자리로 비집고 들어가자 이내 회원들의 시선이 몰려들었다. 그리고 은설의 옆에 따라 앉는 시준을 보며 수긍한다는 듯이 고개를 끄덕였다. 진짜 남자 친구는 저기 있었네, 그 비슷한 의미로 여자 회원들도 별다른 말은 하지 않았다.

게임의 진행자로서 앞으로 나선 미리가 빼빼로를 들어 올리며 설명을 시작했다.

"다들 빼빼로 게임 아시죠? 제일 짧은 길이를 남기는 커플이 이기는 거예요. 이기는 팀에겐 선물도 준비되어 있답니다!"

은설은 머리가 지끈거려 한숨을 내쉬었다. 마지막으로 참여한 은설과 시준은 자연스럽게 커플이 되었다.

은설이 게임에 참여할 것처럼 등장하자 제후는 미간을 한데 모았다. 그도 그럴 것이 게임을 가장 열심히 한 사람에게 파트너를 선정할 수 있는 우선권을 주는 거였는데, 그는 처음부터 기권의 자세였기에 선택의 여지가 없었다.

어디 할 테면 해보라는 표정으로 제후는 긴 다리를 쭉 뻗어 턱까지 괴고 둘을 바라보았다. 살갗을 에는 시선에 은설은 어디다 눈을 둬야 할지 난감해졌다.

"정확히 10초 줄게요!"

시준은 은설의 얼굴을 두 손으로 잡으며 자신에게 향하도록 고정시켰다.

"이런 식으로 첫 뽀뽀하는 건 나도 싫은데. 괜찮아?"

"하지 마요. 그냥 물고만 있으라고요!"

"내가 또, 승부욕이 있는 편이라."

시준의 말이 끝남과 동시에 스톱워치를 들며 미리가 소리쳤다.

"시작!"

시준은 빼빼로를 은설의 입에 물리고 반대쪽을 덥석 물고 다가왔다. 그 저돌적인 스피드에 은설은 눈만 동그랗게 뜬 채 꼼짝 못 했다. 한 뼘 두 뼘, 시준의 입술이 다가오자 은설은 어깨를 뒤로 빼며 싫다는 뜻을 내비쳤다. 그러나 시준의 속도는 전혀 줄지 않았다. 금세 코앞까지 다가온 시준은 찡긋 윙크와 함께 은설의 입술을 엄지 위로 훔쳤다. 그리고 부드럽게 고개를 틀어 빼빼로를 삼켰다.

"넌 소중하니까."

봄 햇살을 닮은 곡선이 그의 입가에 맺혔다. 엄지손가락으로 입술을 덮어 서로의 입술이 닿지 않았지만 이 사실을 아는 건 둘뿐이었다.

시준의 고개가 틀어진 만큼 이를 지켜보던 제후의 검은 눈동자가 차게 가라앉았다.

시준의 엄지만큼 남은 빼빼로는 안타깝게 2등을 했고, 한결 불손해진 태도의 제후를 보며 내막을 짐작하는 미리는 게임을 빠르게 정리하고 쉬는 타임을 알렸다.

"못 봐주겠군."

재킷을 내던지다시피 벗으며 제후는 와이셔츠 소매를 거칠게 두어 번 접어 올렸다. 할 말을 삼킨 제후는 짜증스럽게 눈을 감았다 뜨며 이내 고개를 돌렸다.

"자, 이제 로맨틱한 디너 타임입니다. 메인 쉐프님의 추천으로 특별히 신경 써서 구성된 메뉴랍니다. 마음에 드는 분과 함께 즐겁게 식사하시기 바랍니다. 식사 후에는 와인 파티도 준비되어 있답니다!"

미리의 말에 다들 마음에 드는 이성 근처로 모여들어 식사를 시작했다. 미리는 그 모습을 지켜보다가 여전히 핸드폰만 만지작거리고 있는 수강의 어깨 끝을 톡톡 쳤다.

"수강 씨, 지금 뭐해요?"

"아오, 깜짝이야. 미리 씨 때문에 내 호그라이더들이 다 죽었잖아요!"

"호그라이더요? 설마, 지금까지……."

"이게 방금, 엄청 중요한 순간이었거든요. 내 마을을 쑥대밭으로 만든 녀석에게 복수하고 있던 중이라고요. 이거 보이죠?"

"……."

"여기랑 여기. 여기까지 다 초토화시킬 수 있었다고요, 지금. 아하, 그런데 이 절체절명의 순간에 미리 씨가……!"

뭐가 그리 잘났다고 수강이 늘어놓는 말에 미리는 가슴을 퍽 퍽 쳤다. 내가 못살아! 길게 한숨을 내쉰 미리는 수강에게 가까이 다가가 섰다. 마치 일급 정보라도 알려준다는 듯 주위를 쓰윽 훑고서 속사포처럼 말을 읊기 시작했다.

"제가 진짜 말 안 해주려고 했는데, 잘 들어요. 수강 씨가 지금 너무 딱해 보여서 큰마음 먹고 얘기해 주는 거니까. 오늘 수강 씨한테 관심 보인 여자들 있잖아요. 분홍색 원피스는 우리저축은행 딸이고요. 블랙 투피스에 단발머리는 아빠가 방송국장에 외가가 수강 씨가 원하던 일곱 번째 기업과 연관 있는 집안이에요. 웨이브 머리에 리본 달린 원피스는 알아주는 법조계 집안이고요."

미리의 말에도 수강은 전혀 흥미 없다는 얼굴로 게임 재부팅을 하다가 이내 미리에게 장난스런 웃음을 흘렸다.

"나한테 관심 보이던 여자가 누군지 보고 있었어요?"

"……아니, 뭐. 그렇게 닦달하면서 소개해 달라고 했잖아요!"

"이렇게 다 외울 정도라니."

수강이 고개를 크게 끄덕끄덕하자, 그만큼이나 미리의 목소리도 함께 높아졌다.

"내가 원래 똑똑해서 한번 보면 다 외우고 그래요!"

그런데 말을 하면 할수록, 왜 또 말리는 느낌이 드는 건지 모를 일이었다. 왠지 모르게 꺼림칙한 느낌을 지우지 못한 미리는 말을 보태고 또 보탰다. 그와 함께 수강의 입매가 호선을 타고 그려진다. 그의 얼굴에서 오랜만에 그려지는 잔잔한 미소였다.

시준은 사람들 틈바구니 속에서 은설의 뒤만 따라다녔다. 그리고 그녀의 접시 위에 제가 먹고 싶은 음식을 올렸다. 은설은 자신의 접시 위에 자꾸만 더해지는 음식을 보며 눈가를 구겼다. 뷔페에서 취향에 따라서 음식을 분배해서 담는 게 얼마나 어려운데, 시준이 골라놓은 음식들이 벌써 접시의 반이나 차지했다.

"왜 자꾸 여기다가 담아요? 본인 접시 위에 올리라고요."

"접시 들고 다니기 귀찮은데. 어차피 같이 먹을 거 같이 움직여."

"네? 아니 내가 왜!"

시준은 은설의 말은 듣지 않고 그녀가 담은 가지를 쏙 빼내고 그 위에 버섯을 담았다.

"난 가지는 안 먹는데."

"전 좋아해요, 가지!"

"그래?"

선심 쓰듯 가지를 집어든 시준이 설핏 눈가를 접었다. 그리고 고개를 비스듬히 틀어 손가락으로 제후를 가리켰다.

"너, 저기 있는 저 남자 좋아하지?"

"아니, 그걸……."

"이래 봬도 내가 눈치백단. 근데 너 저기 앉으면, 여자들이 가만 안 둘걸?"

이미 제후가 있는 테이블에는 일곱 명이나 되는 여자들이 차지하고 있어 틈이라곤 찾아볼 수 없었다. 그것을 알고 있기에 은설은 음식을 고르면서도 눈으로는 비어 있는 자리를 찾던 중이었다.

"내가 너랑 같이 먹어준다잖아."

"그렇게 선심 쓰듯 말하지 말아줄래요?"

"나 인기 많은데, 넌 나한테 왜 그리 박해?"

서운하다는 뉘앙스로 시준이 짧은 한숨을 쉬더니 이내 비어 있는 구석진 자리를 눈짓으로 가리켰다. 여기서 또 실랑이를 하기에는 음식이 맛있어 보였고, 배도 고픈 상태라 은설은 이번엔 얌전히 따라서 앉았다. 포크질을 하며 은설은 입 안 가득 음식을 밀어 넣었다.

"잘 먹네. 내숭도 없고. 예쁘다, 너."

"그런 말 진짜 아무렇지 않게 하지 말라고요."

"나 지금 되게 떨고 있는 건데."

"얼굴이 전혀 안 그렇거든요!"

은설은 태연해 보이는 시준의 얼굴을 콕 집어 가리켰다. 그러다 인기척이 느껴져 돌아보니, 어느새 자신의 옆자리에 앉은 제후에 은설은 눈을 깜빡였다. 그는 마른 입술을 당겼지만 그마저도 전에 없던 경직된 미소였다.

"재밌는 얘기 중인가 봐."

"다른 분들은 어떡하고 여기로 와요?"

"내가 알 바 아니야."

제후는 가시 돋친 말투로 대꾸하며 턱짓으로 시준을 가리켰다.

"내가 알아야 할 사람인가."

"아, 아니 뭐……."

"안 물어볼게. 알 가치 없으니까."

시종일관 냉소적인 제후와는 달리 시준은 방글 웃으며 은설의 접시 위에서 가지를 골라내고 볶음밥을 먹었다.

"이거 진짜 맛있네."

"매니저님, 저 좀 잠깐 봐요."

입가에 억지 미소를 끌어올리며 은설을 향해 다가온 여자는 선미 매니저가 관리하는 다이아몬드 등급의 회원, 이지선이었다.

인적이 드문 3층으로 올라온 지선은 예의상 지었던 불편한 미소도 거둔 채 은설을 향해 불만이 가득 담긴 표정을 여실히 드러냈다.

"수준 하고는."

"네?"

"블라인드 미팅인 건 아는데, 그렇다고 내가 커플매니저 들러리는 아니란 말이지."

"지선 씨, 뭔가 오해가 있는 것 같은데……."

결국엔 걱정했던 일이 터지고야 말았다.

"오해? 선미 매니저한테 내 얘기 못 들었어? 나 윤제후 씨 때문에 나온 거라고. 그거 아니면, 내가 수준 낮게 단체 미팅에 왜 나와?"

지선은 기가 차다는 표정으로 실소를 터뜨렸다.

"말씀이 좀 심한 것 같네요. 수준이 낮다니요. 이번 미팅, 매니저들이 얼마나 열심히 준비한 행사인 줄 알고 말씀하시는 거예요?"

"그래, 그럼 행사나 열심히 준비할 것이지. 뭔데 남자를 꾀고 있어? 그 잘난 몸을 어떻게 굴리고 다녔기에 윤제후 씨가 너 같은 애 옆에 붙어 있냐고."

지선이 검지로 은설의 이마를 기분 나쁘게 톡톡 밀어대자, 그래도 회원이라고 최대한 참고 있던 은설이 지선의 손을 툭 쳐내며 대꾸했다.

"커플매니저한테도 밀린 이지선 씨가 매력이 없는 걸 왜 저한테 화풀이를 하세요? 그리고 반말하지 마세요. 말 그대로 커플매니저지, 그쪽 아랫사람 아니니까."

"이게 지금 어디서 나한테……."

모욕감을 느낀 지선이 한 발 앞으로 다가왔다. 일그러진 얼굴의 지선은 은설의 등 뒤를 보며 한쪽 입술을 날카롭게 올렸다.

"미안, 내가 잘못했네."

이렇게 쉽게 사과할 리가 없는데. 생각지도 않은 말에 은설은 얼떨떨한 얼굴로 지선을 쳐다보았다.

"미리 사과하는 거야. 잘 가."

지선이 은설의 양쪽 어깨를 두 손으로 세게 밀어 넘어뜨리자, 은설은 방어하지도 못한 채 그대로 뒤로 발랑 넘어졌다. 수영장으로 빠지면서 커다란 파동을 일으킨 물이 사방으로 튀었다. 입술 끝에 웃음을 거두지 않고 고소하다는 표정으로 뒤를 돌아본 지선은 순식간에 얼굴이 딱딱하게 굳었다.

"너도 잘 가. 난, 안 미안해."

가볍게 지선의 어깨를 밀어뜨려 넘긴 시준으로 인해 수영장 물이 연달아 출렁였다. 그리고 시준보다 한발 늦게 올라온 제후는 수영장 안에서 처참한 꼴을 하고 있는 은설을 보며 사납게 눈가를 구겼다. 무슨 일이 일어났을지 안 봐도 그려졌다.

"그러게, 왜 티를 내."

시준이 제후를 향해 한숨을 내쉬었다.

"신경 꺼."

"알았어, 신데렐라 구할 기회는 댁한테 줄게. 난 물에 젖는 걸 안 좋아해서."

팔을 까딱거리며 말하는 시준에 어이없어진 제후가 낮게 조소를 흘렸다. 그의 커다란 등 뒤로, 머리끝부터 이미 홀딱 젖어버린 은설은 물속에서 연신 콜록거리며 무거워진 머리카락을 뒤로 넘겼다. 생쥐 꼴로 젖어 있는 건 지선도 마찬가지였다.

"짜증나, 이게 뭐야!"

"그러니까, 왜 수영장으로 밀어요."

"닥쳐! 너, 내가 컴플레인 확실하게 걸어줄 테니까 두고 봐."

씩씩대는 지선을 지나쳐 은설은 차가운 물을 가르며 앞으로 걸어 나갔다. 청승맞게 물속에서 허우적거리고 싶지는 않아서 걸음에 속도를 높였다. 이런 모습을 제후가 보고 있다는 사실이 싫었다.

"이리 와."

제후가 손을 뻗었지만 은설은 그를 무시한 채 계단 손잡이를 붙들었다. 하지만 계단 위로 발이 닿지 않고 미끄러지기만 했다. 내민 손도 잡지 않고, 은회색 기둥만 간신히 잡고 있는 은설이 답답해진 제후는 들고 있던 재킷을 내려놓으며 수영장 안으로 가뿐하게 뛰어내렸다.

"윤제후 씨, 지금 뭐하는……."

은설과 마찬가지로 폭삭 젖었는데도 제후는 전혀 개의치 않는 얼굴로 은설을 옆으로 안아 올렸다. 그리고 작게 웃음을 터뜨렸다. 본인이 생각해도 지금 이 상황이 말이 안 되는 것 같았다. 앞뒤 안 재고 물 안으로 뛰어들었을 때부터 생각 같은 건 없었다. 생각도 전에 몸이 움직였다. ……내가 꿈이라고 했나. 깨지 않으면 그건 꿈이 아니겠지.

제후는 은설의 콧잔등을 가볍게 두드렸다.

"물에 오래 있으면 감기 걸려."

차가운 물도 뜨겁게 만들 것 같은 그의 심장 가까이에 얼굴을 묻은 은설은 귓가로 파고드는 음성에 몸을 떨었다. 이건 한기로 인한 떨림이 아니었다. 이를 지켜보고 있던 주위 사람들이 이내 휘파람을 불며 박수를 쳤다. 몰려드는 시선에 은설은 그의 목을 끌어당기며 수줍게 얼굴을 묻었다.

혼자 남은 지선은 분한 마음에 손바닥으로 물만 내려쳤다. 그렇다고 지선을 위해 뛰어내릴 남자는 없었다. 수영장 밖으로 빠져나온 두 사람을 보며 시준은 기다렸다는 듯 제후가 던져놓은 재킷을 은설의 어깨 위로 올렸다.

"신데렐라, 감기 걸리겠네."

"떨어져."

손을 쓸어 넘기듯 까딱하는 손짓에 되레 은설에게 가까이 붙은 시준은 보란 듯 은설의 양어깨를 잡고 온풍기 쪽으로 걸어갔다.

"떨어지라는 말 못 들었나?"

어깨를 잡은 시준의 손을 제후가 쳐내자, 생각보다 센 힘에 시준은 아프다는 티는 안 내고 손바닥만 쥐었다 폈다.

"아, 무섭네. 표정 그거 어떻게 풀면 안 돼?"

시준은 눈가를 살포시 구기며 이내 둘을 번갈아보았다.

"젖어 있는 사람끼리 붙어 있으면 안 되는데. 보다시피 난 안 젖었고."

민소매 짧은 미니원피스를 입은 은설이 몸을 감싸며 팔을 문지르자, 제후는 시준과 쓸데없는 신경전을 벌이는 대신 은설을 온풍기 앞으로 세웠다. 앞에 비치된 커다란 타월을 은설의 몸 위에 둘러주고, 그 역시 젖은 머리칼을 털어 물기를 훔쳐냈다. 물에 젖은 하얀 와이셔츠는 이 와중에도 섹시했다. 은설은 새 타월을 꺼내 제후의 어깨에 걸쳤다. 그러지 않으면 계속해서 훔쳐보게 될 것 같았다.

"나만 젖은 거 아닌데, 같이 두르고 있어요."

"젖었어?"

지켜보고 있던 시준이 앙큼한 말투로 묻자, 무슨 말인지 느리게 이해한 은설의 얼굴이 붉어졌다.

"안 가요? 진짜!"

"그렇잖아도 갈 거야, 벌써 시간 한참 오버되었어."

시준은 뒤돌아서는 팔을 높이 치켜들며 빠르게 흔들었다. 미련 없이 쭉 앞을 향해 걸어 나가던 그가 몸을 돌리곤 입가에 확성기처럼 손을 둥글게 말았다.

"또 보자."

"진짜 이상한 사람이야……."

혼잣말처럼 중얼거리는 은설을 보며 제후는 은설의 어깨를 덮은 수건의 끝자락을 양쪽으로 팽팽하게 잡았다. 그리고 제 쪽으로 끌어당겼다.

"나한테 집중하지."

짙어진 눈동자가 오로지 은설을 향했다. 밤하늘을 닮은 그의 눈동자 속에 꽉 차게 담겨 있는 저를 보며 은설은 입술을 잘근 깨물었다. 미미한 두근거림이 가슴 언저리를 훑고 지나가면서 고요했던 심장이 가파르게 움직였다. 제후는 수건 끝을 천천히 잡아당겼다.

"감히 다른 남자랑 입을 맞춰?"

부딪친 시선에 은설은 아까의 일을 떠올렸다.

"지금, 설마 질투하는 거예요?"

"……전혀."

말과는 다르게 제후는 손가락으로 은설의 입술을 쓸어내렸다. 입술 위에 그대로 전해지는 그의 손놀림은 키스하는 것만큼이나 자극적이었다. 힘없이 벌어진 입술 사이로 붉은 입술이 다가오자, 은설은 화등잔만 해진 눈으로 폐부 깊숙이 숨을 들이켰다. 그리고 양손으로 자신의 입술을 막았다.

"지, 지금…… 뭐하는 거예요?"

얼마나 바보 같은 질문을 했는지 알고 있다. 은설은 말을 내뱉음과 동시에 어금니를 꽉 깨물었다. 그 말에 제후는 입가에 흐릿한 곡선을 그리며 수건의 양 끝을 좀 더 팽팽하게 잡았다. 잡아당긴 만큼 가까워진 거리에 입술이 닿을 듯 아슬아슬하기만 하다. 제후는 은설의 물음에 답하듯 빼곡한 속눈썹을 반쯤 기울였다. 이내 그녀의 입술에 그늘을 만들었다.

"하고 싶어졌어, 지금."

물기 묻은 입술에서 흘러나온 말에도 촉촉한 물기가 고스란히 배어 나왔다.

"뭐, 뭘요……?"

이번 역시도 제 발등을 찍고 싶은 건 은설이었다. 예고된 스킨십에도 얼마나 떨리는지 그녀의 몸이 대신 말해주고 있었다.

"역시나, 술을 마셔야 가능한 일인가."

그는 여전히 시선을 내린 채 마주잡은 수건 끝을 은설의 입술 위로 포개었다. 은설은 입술 위로 두 겹이나 덧씌워진 수건을 만졌다. 이내 앞으로 다가오는 그를 보며 은설은 눈을 질끈 감았다. 후우, 뜨거운 바람이 눈꺼풀에 닿았다 떨어졌다. 작게 속삭이는 목소리가 바람처럼 그녀의 속눈썹을 간질였다.

"이 정도는 괜찮지."

그대로 수건 위로 입술을 부딪친 제후는 부드럽게 머물렀다. 수건을 사이에 두고 맞닿은 입술은 생각 이상으로 아찔했다. 터지는 심장만큼이나 하늘 위로 불꽃이 타다닥 타오르는 소리가 들려오자, 은설은 지금 이 순간 고백을 해야 할 것만 같았다. 그의 조건이 월등하다는 걸 머릿속으로 계산하는 것도 멈추고, 이 순간만큼은 감정에 충실해지고 싶다는 마음뿐이었다. 은설은 이내 떨리는 숨을 내뱉었다.

"나…… 윤제후 씨 좋아하는 것 같아요."

"알아."

"그럼 윤제후 씨는……."

"하루 종일 생각나는 것도 모자라서, 꿈에서까지 나타나는 지경이야."

끈적이는 말과는 달리 깨끗한 음성. 불어오는 바람에 그의 검은 머리카락이 이지러졌다. 그는 듣는 사람을 불편하지 않게 만드는 재주가 있었다. 그래서 농담처럼 들리는 말인데도, 그마저도 설레는지라 은설은 입술을 지그시 깨물었다. 그런데 그가 한 말을 곱씹을수록 기시감 같은 것이 느껴지는 건 왜일까. 은설의 눈매가 가늘어졌다. 밤하늘과 대비된 하얀 얼굴이 은설을 물끄러미 내려다보다가 다시금 수건을 잡아당기면서 가까워졌다.

"그리고, 그걸로도 부족하지."

포개었던 수건 한쪽을 치우며 제후는 한 겹만이 남아 있는 수건 위로 촉 소리를 내며 짧게 입맞췄다.

때마침, 은설을 찾아서 올라온 미리는 멀리서 보이는 실루엣에 헛기침을 하였다.

"와인 파티는 네가 진행하는 순서라 미리 말해주려고. 남은 시간 5분이니까, 그 안에 마저 하던 거 하고 내려와!"

누가 잡을세라 미리는 후다닥 내려갔고, 은설은 수건으로 붉어진 얼굴을 가렸다.

와인 파티는 딱히 진행자가 필요한 시간은 아니었다. 이제는 어느 정도 결정을 내린 회원들이 마음에 맞는 사람과 술의 기운을 빌어 편하게 이야기를 나누는 시간이었다.

"은설 씨, 언제 우리 대표님이랑……."

은설은 머리를 쓸어 넘기며 테이블 위의 붉은 와인을 준희에게 건넸다. 그녀에게만큼은 사실을 감추고 거짓을 말하고 싶지 않았다.

"그렇게 되었네요."

어색한 웃음이 흘러나왔다.

"축하해요. 우리 대표님 정말 좋은 사람이에요."

준희의 기품 있는 얼굴 위로 단아한 미소가 그려졌다. 느낌으로 본다면 어느 다이아몬드 회원보다도 준희가 월등히 빛나고 있다고 은설은 확신했다. 그 조건이라는 게 가리면 본래의 사람이 가지고 있는 매력을 여실히 보여주는데, 조건이 오픈되는 순간 언제 그랬냐는 듯 바뀌고 만다. 볼품없던 사람이 반짝거리고, 반짝이던 사람이 퇴색되어 보인다는 사실이 씁쓸하지만. 그럼에도 은설은 준희가 잘되길 응원하는 마음에는 변함이 없었다.

"마음에 드는 남자는 있었어요?"

"있기는 한데……."

"남자분도 준희 씨 마음에 들어 하죠?"

"지금은 그렇지만, 마지막에 조건 공개한다면서요? 그럼 변하겠…… 죠?"

준희의 목소리에 떨림이 묻어나오는 순간, 한 남자가 준희의 옆으로 다가와 달콤한 아이스와인 잔을 들어 보였다.

"어디 있나 찾았어요."

사람 좋은 미소를 지은 채 남자가 말했다. 편안하고 부드러운 인상에 더해지는 미소만으로도 얼마나 괜찮은 사람인지 알 것 같아 은설은 고개를 끄덕였다. 은설은 준희에게 건넸던 붉은 와인을 도로 빼앗아왔다.

"이건 제가 마실게요."

"커플 성사 축하를 기원하며 같이 짠 할까요?"

남자의 경쾌한 어조에도 준희는 살짝 목소리를 내리깔았다.

"아직 블라인드 조건 공개 안 되었잖아요."

"우리 충분히 얘기 나눴다고 생각했는데, 아니었어요?"

"그게 선준 씨 조건이야 전 상관없는데……."

"나도 준희 씨 조건 상관없어요. 준희 씨가 어떤 사람인지 충분히 알 것 같으니까. 내가 아직 신뢰감을 못 줬나봐요. 조건에 변할 마음이라고 생각했다면."

"그건 아닌데, 자신이 없어서……."

준희는 원피스 끝자락을 움켜쥐었다.

"준희 씨, 난 변하지 않아요."

사뭇 진지한 어조에 실린 힘은 남자의 듬직한 풍채만큼 더할 나위 없이 진중했다.

"같이 건배해요. 축하의 의미로요."

선준이 와인 잔을 위로 치켜들자 준희도 조심스럽게 팔을 뻗고 은설을 기다렸다. 와인 파티가 시작되고, 벌써 아이스와인을 꽤 많이 마신 터라 여기서 스톱을 해야 할 것 같았지만 의미가 있는 축배를 거절할 수는 없었다. 은설 역시 잔을 들었다.

"커플이 이뤄진 걸 축하해요!"

한 모금 넘기는 순간 깨달았다. 목을 타고 흘러 넘어가는 검붉은 액체는 맛으로 보건데 도수가 높은 드라이 와인이라는 것을. 목부터 뜨겁게 타오르는 통증에 절로 미간이 찌푸려진 은설의 얼굴은 뜨거운 열로 후끈 달아올랐다.

"어? 은설 씨 괜찮아요? 얼굴이 금세 빨개졌어요."

"이건 도수가 있는 와인 같은데, 괜찮아요?"

"원래 술이 약한 편이라……. 조금 있으면 괜찮아질 거예요."

술기운에 늘어진 눈가를 문지르면서 차가운 와인 잔을 뺨에 가져다 대었다. 얼굴이 너무 뜨거워서 그렇게라도 식히고자 했다. 에코 소리가 들려서 고개를 들자, 단상 위로 올라간 팀장이 마이크를 들고 모인 사람들의 관심을 집중시켰다.

"이제 블라인드 미팅의 마지막 순서입니다. 커플이 되신 분들은 파트너의 손을 잡고 단상 위로 올라와 주세요. 조건을 공개한 후에도 두 분 마음에 변함이 없다면, 이 문을 통해서 같이 나가는 거예요. 오늘 행복한 피날레가 될 수 있기를 바랍니다."

팀장의 말이 끝나고 준희와 선준을 포함한 세 커플이 단상 위로 올라갔다. 서로의 조건을 확인한 남녀의 표정이 알 수 없게 변했다. 함께 올라간 선준의 스펙을 확인한 준희는 그만 낙담하고야 말았다. 콜롬비아대학 로스쿨 출신의 엘리트 검사. 집안은 더 볼 것도 없었다. 하지만 선준이 준희의 손을 꼭 붙잡으며 듬직하게 말했다.

"나가서 우리 얘기 더 해요."

"저한테 실망 안 했어요?"

"실망은요. 난, 아직 준희 씨한테 궁금한 게 너무 많아요."

한 커플이 이루어지는 순간이었다. 지켜보고 있던 은설은 본인이 커플이 된 것처럼 감동을 받았다. 눈가에 물기가 어렸다. 왠지 자신도 제후를 욕심내는 데에 변명을 할 수 있을 것 같았다.

준희 커플이 제일 처음으로 문을 통과해서 나가고, 남은 두 커플 중 한 커플 역시 문을 통과했다. 그리고 나머지 한 커플은 어색하게 떨어져서는 단상에서 내려왔다.

행사가 끝나고 사람들이 빠져나가자, 긴장이 풀린 은설은 그대로 의자 위에 무너졌다. 구불구불거리는 시야가 온통 모노톤이었다. 술기운이 한꺼번에 몰려와 정신이 혼미했다. 옆으로 다가온 제후의 어깨에 은설은 고개를 떨어뜨렸다. 그리고 눈을 감았다 떴을 땐 차 안이었다. 안전벨트를 채우는 제후를 보며 입술을 열었다.

"……나 취한 것 같아요."

"내 앞에선 취해도 돼."

제후는 은설의 집으로 먼저 갔지만 비밀번호를 물어도 대답 없는 그녀 때문에 자신의 집으로 왔다. 그녀가 잠시 머물 때 사용했던 침대에 눕혀두고, 옷을 갈아입고 다시 돌아왔을 땐 얌전하게 어깨까지 덮어주었던 이불은 언제 걷어찼는지 바닥 아래로 떨어진 채였다. 제후가 바닥에 떨어진 이불을 집어 들었다.

"나, 언제 여기로 왔어요?"

취해서 인사불성인 줄 알았던 은설은 이내 멀쩡한 사람처럼 몸을 일으켜 세우며 기지개를 켰다.

"조금 전에. 당신 괜찮아?"

"안 괜찮을 건 또 뭐래요? 옷이 너무 불편해서 갈아입어야겠어요."

"비켜줄게. 드레스 룸에 옷은 그대로 있어."

제후가 나가자마자 빠르게 샤워부터 마친 은설은 드레스 룸에서 얇은 슬립 형태의 잠옷을 꺼내 들었다. 머리를 제대로 말리지 않아서 움직일 때마다 물이 대리석 바닥으로 뚝뚝 떨어졌다. 평소라면 절대 입지 않았을 잠옷 차림으로 방을 나선 은설은 스스럼없이 제후가 앉아 있는 소파로 다가가 일어서려는 그의 팔을 붙잡았다.

"……이런 차림으로, 내 앞에 있는 건 상당히 위험한데."

피식 입술 끝을 올린 그가 난처한 듯 이마를 문지르자, 새삼 은설은 그가 소리를 내서 웃는 모습을 본 적이 없다는 생각이 들었다. 그리고 시준의 활짝 웃는 얼굴이 떠올랐다. 입꼬리만 슬쩍 올리는 그의 미소와 비교해서 누구의 것이 더 좋은지의 문제가 아니었다.

"시원하게 웃는 모습을 본 적이 없는 것 같아요. 윤제후 씨 표정, 원래 그래요? 아니지, 원래 그런 사람이 어디 있……."

사진이 있었다. 사진 속 여자의 옆에 선 그는 정말 환하게 웃고 있었다. 이렇게 생각날 거였으면 보지 말걸.

"당신 만나서 그나마 웃는 거야."

낮지만 분명한 목소리에 조금은 위로가 되었다. 제후는 봉인되었던 기억들이 물밀 듯 수면 위로 떠오르려는 걸 다시 꾹꾹 눌러 담았다. 다시는 여자와 이렇게 눈 맞추며 애틋한 감정을 느끼게 되리라고는……. 그는 희미하게 웃으며 마른 얼굴을 쓸어내렸다.

"활짝 웃는 얼굴 보고 싶어요."

"노력하지."

제후가 소파 팔걸이에 걸쳐놓았던 카디건을 은설의 다리 위에 덮어주자, 은설은 그것을 치워 버리곤 오히려 다리를 꼬아 앉았다. 자연스럽게 슬립이 허벅지 위로 올라간다.

"술 마셔서 덥다고요."

그도 어엿한 남자인지라 마음에 두고 있는 여자의 미끈한 다리에 시선이 가는 건 어쩔 수 없는 본능이었다. 평소 성격이 이렇게 대범했나 싶어 제후는 눈을 가늘게 뜨며 은설을 바라보았다. 술이란 게 사람을 한없이 취하게도 만들지만, 적당히 취할 경우엔 평소와 다르게 감추고 있던 솔직한 마음을 드러내게도 하니까.

제후의 어깨에 팔을 감으며 은설은 얼굴을 기대었다.

"이젠, 내가 도망가고 싶어도 도망 못 가게 나 좀 잡아줘요. 나, 좀 염치 없어져 볼 생각이거든요. 그래도 돼요?"

"내가 원하던 바야."

은설의 등을 훑어 내리는 그의 손은 섬세하고 조심스러웠다. 결코 조바심이라고는 없었다. 기분 좋은 간지러움에 은설은 미소 지었다.

"토닥토닥 해줘요."

몸을 동그랗게 말며 제후의 너른 가슴팍에 안기듯 기대었다.

따뜻한 손길이 달콤해서 잠이 쏟아지고 있었다. 늘어지는 눈꺼풀을 힘겹게 밀어 올리면서도 은설은 그의 얼굴을 보고 또 보았다.

"뭘 그렇게 보는 건데."

"오늘도…… 좋은 꿈 꿀 것 같아서요."

목소리가 잦아들었다. 잠들었나 보다. 은설의 등을 토닥이던 제후는 그녀의 머리칼을 조심스레 넘겨주었다. 그리고 잠든 은설을 안고 방으로 가 침대로 눕혔다. 아직 젖어 있는 머리칼을 몇 번이나 쓸어 넘긴 탓에 손가락 사이에 밴 향기가 그의 가슴을 몇 번이고 간질였다. 한참을 그러고 있는데, 자다 깬 은설이 벌떡 일어나더니 입을 막고 소리쳤다. 제후는 뭐라 반응할 새도 없었다.

"나, 토할 것 같아요! 읍!"

그대로 속에 있는 걸 다 다 토해낸 은설이 한결 편안해진 얼굴로 다시 누우려는 걸 그가 저지했다.

"지금 그 상태로 자겠다고?"

"졸려요."

"절대 안 돼."

협탁 위의 티슈를 몇 장 뽑아 은설의 손에 쥐어준 제후는 그녀를 억지로 일으켜 세웠다. 옷에 묻은 것들을 다 닦아냈지만 아직 다 정리된 건 아니었다. 제후는 골치가 아픈 듯 이마를 손으로 문지르다가 은설을 옆으로 안아들며 욕실로 직행했다.

"뭐하는 거예요! 나 잘 거예요!"

"옷 갈아입고 자."

청결에 있어서는 어떠한 타협도 있을 수 없는 그였다. 욕조에 억지로 은설을 들어앉힌 그는 어느새 드레스 룸에서 새로운 잠옷을 가져왔다. 그녀의 살결을 다 가리고도 남을 극세사 재질의 롱 원피스였다.

"이걸로 갈아입지."

"싫어요!"

"그럼 내가 갈아입혀 주는 수밖에 없는데. 그걸 원하나?"

평소라면 펄쩍 뛰고도 남을 위험한 발언이었지만 잠에도 취하고 술에도 취한 은설이 제대로 들었을 리가 없었다. 제후는 작게 한숨을 쉬며 샤워 커튼을 쳤다. 그리고 커튼 안쪽으로 손을 집어넣어 은설이 입고 있는 옷을 벗겨 버렸다. 은설은 휑하게 발가벗겨지는 느낌에 소리를 질렀고, 제후는 아랑곳없이 새로 가져온 잠옷을 던지듯 내려놓았다.

"이제 이 옷으로 갈아입고 나오는 거야."

꾸벅꾸벅 쏟아지는 잠 속에서도 은설은 그가 건네준 옷을 주섬주섬 얼굴에 끼워 넣었다.

"너무해요."

"내가 지금 얼마나 인내하는지 안다면, 그런 얘기는 안 나올 텐데."

지금 그가 평정심을 유지하기 위해 얼마나 노력하고 있는지는 오직 그만이 알았다.

"다 갈아입었어요. 이제 진짜 잘 거예요……."

커튼 뒤에서 대기하고 있던 제후는 욕조 안에서 그대로 누워 자려는 은설을 다시 안아 침대에 눕히며 깊은 한숨을 내쉬었다. 깔끔한 성격답게 주변 정리와 환기까지 한 후에야 그는 겨우 잠들 수 있었다.

그리고 몇 시간 후.

"우리 어제 아무 일도 없었던 것 맞죠?"

이유도 모른 채 불안해하는 은설의 얼굴을 보며 제후는 한쪽 입꼬리를 올렸다.

"있으면 어쩔 건데."

"뭐, 뭔데요. 근데 지금 입고 있는 옷, 내가 갈아입은 거 맞죠?"

은설은 입고 있는 옷을 내려다보며 머리를 헝클어뜨렸다.

"내가 갈아입혀 줬으면?"

낮고 진지한 어조에 은설은 몸서리를 치며 두 주먹을 꽉 말아 쥐고 소리쳤다.

"진짜 그랬어요?"

"입은 건 너 맞는데. 벗긴 건 나지."

은설의 얼굴이 파리해졌다. 제후는 어제의 일은 기억도 안 난다는 듯이 말간 얼굴로 자신을 바라보고 있는 은설을 보니 순순히 말해주고 싶은 마음이 없어졌다.

"기억 안 나?"

"뭐, 뭘요? 진짜 입고 있던 옷을…… 윤제후 씨가 벗겼다고요?"

떨리는 마음처럼 잠시도 가만히 있질 못하고 손가락을 꼼지락거리는 은설을 보며 제후는 유감이라는 표정과 함께 긍정의 의미로 느리게 고개를 끄덕였다. 그리고 은설의 작은 턱을 부드럽게 쓰다듬었다.

"그럴 수밖에 없었지."

당신이 죄다 토해냈으니까.

"왜…… 그럴 수밖에 없었는데요?"

"글쎄. 남녀가 한 공간에…… 내가 꼭 말해야 하나? 게다가 어제 당신은 꽤 많이 취했지."

그의 입 밖으로 나오는 말 한마디, 한마디에 온 신경을 곤두세우고 있던 은설은 뒷덜미를 스치고 내려가는 서늘한 느낌에 부르르 떨었다.

"……내가 실수했어요?"

"했지."

은설의 눈동자가 불안하게 흔들렸다. 파르르 떨리는 속눈썹이 팔랑이는 나비의 날갯짓처럼 보였다. 은설은 이 상황이 납득이 가지 않는 건 아니었다. 이미 자는 그의 얼굴을 만지려고 한 적도 있었고, 처음으로 이성에게 마음뿐 아니라 몸까지 끌리는 느낌도 받았다. 차분하게 생각을 정리한 은설은 이내 땅이 꺼져라 한숨을 쉬었다.

"우리가 같이 잠도…… 잤어요?"

"그랬지."

난 내 방에서, 당신은 당신 방에서. 공간은 달라도 같이 자긴 했지. 은설이 당황하면서도 침착함을 유지하려는 모습이 꽤나 귀여워, 제후는 교묘한 거짓 속에 진실을 숨기기로 했다.

찜찜한 기분으로 주말을 보낸 미리는 월요일을 기다리게 될 줄은 생각도 못했다. 주말이 이토록 길었나. 금요일 선상 파티 이후로 미리의 머릿속에는 온통 물음표만이 가득 차올라 혼란스럽기만 했다. 여자의 조건들을 다 알려주고 잘해보라고 조언을 해주었는데도 불구하고, 셔터맨을 꿈꾼다고 생각했던 수강은 미팅에 적극적이기는커녕 오히려 무관심 그 자체였다. 이 완벽한 불일치의 구멍이 어디서부터 나오는지 모를 일이었다.

결정적으로 만년필 하나에 소원을 건 내기까지. 그 만년필 하나 때문에 미리는 본의 아니게도 가장 일찍 출근하게 되었다. 제일 먼저 책상으로 달려가 모나미 볼펜 옆에 꽂아놓은 몽블랑 만년필을 손에 쥐었다. 영락없이 가짜라고 생각했는데 너무나 확신하는 수강의 어조에 혹시나 하는 생각만으로도 머리가 흐믈흐믈해진 미리는 고개를 흔들었다.

그리고 제 머릿속을 꽉 채우고 있던 그가 진품 확인하러 가자며 나타난 건 백화점 휴일이 지난 바로 다음 날이었다. 점심시간에 회사 앞으로 찾아올 줄 몰랐던 미리는 볼을 빵빵하게 부풀렸다가 크게 한숨을 내쉬었다.

"수강 씨, 이거 돌려줄게요. 장난은 이쯤에서 그만하죠? 네?"

만년필을 수강의 손에 쥐어주면서 미리가 부탁했다.

"가짜 아니라니까 그러네."

아무렇게나 재킷 안쪽에 만년필을 집어넣는 수강을 보며 미리는 눈가를 가늘게 접었다. 진짜를 누가 저렇게 막 대해? 자기가 재벌 2세라도 되는 거야, 뭐야? 하고 싶은 말은 많았지만 미리는 영혼 없이 대꾸했다.

"그럼 진짜라고 믿어줄게요."

"이거 봐, 가짜라고 확신한 이 눈빛!"

두 번째와 세 번째 손가락을 구부린 수강이 미리의 눈동자를 콕 집듯이 가리켰다. 그러고는 과장되게 어깨를 들썩이며 씩씩거렸다. 수강은 미리의 손목을 단단히 붙잡은 채, 바로 옆에 있는 성삼그룹 계열사인 뉴세계 백화점으로 거침없이 걸어갔다. 속절없이 딸려간 미리는 몽블랑의 로고가 커다랗게 박힌 매장 앞에서 몸을 뒤로 뻗대며 한사코 들어가기를 거절했다.

"가짜란 거 들킬 게 분명한데 창피하다고요. 난 확인 못 해요! 안 들을래요!"

고개를 흔들며 거절의 뜻을 전하자, 수강이 작게 한숨을 쉬며 잡은 손목을 내려놓았다. 그리고 눈을 맞추며 생긋 웃었다.

"그럼 여기 딱 서서 얘기 잘 들어요."

말릴 틈도 없이 돌아선 수강은 친절한 미소를 가진 점원에게 만년필을 내밀었다.

"이거 진품인지 가품인지 확인해 줄 수 있어요?"

미리에게까지 잘 전달될 수 있도록 제법 큰소리로 물은 수강이 점원의 눈을 당당히 쳐다보았다. 흰 면장갑을 손에 낀 점원은 만년필을 자세히 살펴보았다. 그러다 점원은 점장을 찾았다. 가짜라고 하기엔 정교했고, 진짜라고 믿기엔 국내에서 보기 힘든 제품이기 때문이었다. 이내 점장까지 꼼꼼히 살펴보고는 감탄하며 입을 열었다.

"정말 귀한 제품을 가지고 계시는군요. 이런 건 가품으로 만들기도 어려워요. 진품입니다, 고객님. 소중히 다루셔야겠습니다."

점장은 손바닥 위로 만년필을 조심스레 올렸다. 흡사 만년필을 떠받든 모양새가 되었으나, 한정판인 귀한 만년필의 가치를 알고서 존중하는 태도였다. 그런 만년필을 아무렇지 않게 집어든 수강이 점장을 향해 요청했다.

"지금 한 말, 그대로 저 뒤에 있는 숙녀분한테도 똑같이 말해 줄 수 있을까요?"

여자 앞에서 돈 자랑이라도 하고 싶은 건가 싶어 곧 수긍을 한 점장은 허리를 굽혀 짧게 인사를 하고는 미리에게 다가갔다. 미리는 점장이 자신에게로 다가오자 가짜를 가지고 왔다고 한소리 하려나 싶어 한쪽 눈을 찔끔 감았다.

"완벽한 진품입니다."

뜻밖의 말에 표정관리가 안 된 미리는 '으흠' 하며 눈을 부릅떴다. 여전히 믿기 어렵다는 눈초리였다.

"이게, 진짜라고요?"

"그렇습니다. 펜촉 끝에 새겨진 문양은 가품이 흉내낼 수 없는 정교한 문양입니다. 완벽한 진품입니다."

점장이 짧게 묵례를 하며 사라졌고, 그 뒤로 수강이 두 손을 흔들며 다가왔다. 어안이 벙벙해진 미리는 돌아서 가는 점장의 뒷모습을 힐끗 보고는 제 앞에 서 있는 수강을 쳐다봤다. 눈썹을 실룩이며 수강은 미리의 얼굴 가까이로 목을 내밀었다.

"그러게 사람 말을 안 믿고. 미리 씨, 그렇게 안 봤는데 의심이 많아서는……. 그러면 못써요, 떽! 그래도 내가 네 살 오빠인데, 일단 말부터 놓고 소원 말하는 걸로?"

능청스럽게 늘어놓는 말들에 미리는 머리가 산만해 어지러울 지경이었다. 그래서 구렁이 담 넘어가듯 하는 수강의 말에 얼결에 고개를 끄덕이고는 아차 싶었다.

"일단 내 소원은……."

"잠깐만요! 저분, 혹시 아는 사람 포섭해 놓은 거 아니에요?"

순간적으로 떠오른 생각이었다. 미리는 '내가 왜 진작 이 생각을 못 했지?' 하며 살그머니 눈을 치켜떴다. 수강은 어이없는 눈을 하고서 재킷 안에 넣어두었던 만년필을 다시 꺼내 미리의 얼굴 가까이 흔들었다.

"와, 나 진짜. 고작 이거에? 미리 씨가 나에 대해 아직 잘 몰라서 그러나 본데, 지금 이 만년필 가지고 놀라면 우리 아빠 만나면 기절하겠네."

"내가 수강 씨 아버지를 왜 만나요!"

"우리 아빤 몽블랑 솔리테어 마운틴 마시프 스켈레톤 2006 버전 가지고 있는데, 그건 전 세계에 딱 3개! 가격은 1억 7천. 내가 돈 자랑하는 거 안 좋아하는데, 미리 씨가 그렇게 나 거짓말쟁이로 몰아가니까 내가 막! 다 말하고 싶어지잖아. 응?"

수강이 또 어마 무시한 아버지의 만년필까지 들먹이자 미리는 도리어 차분해졌다. 그럼 그렇지, 무슨.

"혹시, 허언증 있어요?"

수강의 입이 쩍 벌어졌다. 어떤 여자도 그에게 그런 말을 한 적이 없었기 때문이다. 수강은 순간 자신이 그렇게 없어 보이기까지 하나 생각하고 있었다. 드러내 놓고 과시하는 걸 좋아하는 편이 아니라 브랜드 로고가 박힌 옷을 입진 않지만, 하고 있는 벨트나 입고 있는 옷도 조금이라도 유심히 살펴보면 좋은 거라는 걸 다른 여자들은 한 번에 알아보고는 했었다. 오히려 살랑거리며 다가오는 게 귀찮을 정도였는데, 어디서 약을 파냐는 눈빛으로 팔짱을 딱 끼고 자르는 말에 평소라면 하지 않을 말까지 해버렸다.

"대박. 이 백화점도 곧 내 거 될 거라고 하면, 날 완전 또라이로 보겠네."

"푸하하하하. 아, 진짜 장난이었구나!"

돌아오는 반응에 더 체면이 구겨졌지만.

배꼽을 잡으며 큰소리로 웃는 미리의 눈에는 찔끔 눈물까지 고여 그녀가 새끼손가락으로 털어내고 있었다. 그러자 수강은 제 모습을 구두부터 슬쩍 위로 훑었다. 이 옷과 신발은 앞으로 두 번 다시 찾는 일은 없을 거라며 다짐하는 기색이었다. 점심시간이 끝나가는 것을 느낀 미리는 이내 에스컬레이터를 향해 큰 걸음으로 움직였다. 그 옆으로 바짝 따라 걷는 수강은 제법 진지해진 얼굴이었다. 그리고 털레털레 앞서 걷다가 걸음을 멈추고 미리를 돌아보았다.

"장난 아닌데."

높낮이 없이 차분해진 수강의 어조에 적응되지 않는 미리는 얼굴을 긁으며 마저 걸었다.

"아, 알았어요. 무튼 이 만년필은 진짜로 하고, 백화점 얘기까지는 가지 맙시다. 그러면 나도 그에 막 부응해서, 출생의 비밀 같은 거 얘기해야 될 것 같잖아요."

에스컬레이터로 곧장 내려가려는 미리의 손목을 수강이 뒤에서 잡아채자, 빙글 몸이 돌아간 미리가 수강의 어깨를 빠르게 잡았다. 미리는 이 남자가 왜 이러나 싶어 고개를 번쩍 들었다. 그러자 단단하게 자리 잡은 눈매가 이지러져 미리의 시선에 들어왔다.

"처음엔 장난처럼 시작한 건 맞는데, 결론만 말하면 지금은 아니고. 어느 때보다 진지하게 말하는데, 내 소원 지금 말해도 돼?"

조금은 묘한 기분이 된 미리는 불편해진 자세를 고쳐 잡기 위해서 뒤로 물러서려 했지만 힘이 들어간 결박에 작은 몸이 빠져나오기는 무리였다.

"내기는 내기니까, 뭐……. 무슨 소원 쓰려고요?"

"우리 딱 연애만 하자."

"에? 미쳤나 봐!"

"연애하자는데, 난 미쳤단 소리까지 듣는 거야?"

수강이 연애하자는 소리에 이렇게 격한 반응을 보인 여자는 단연 미리가 최고였다. 그냥 연애하자고 말을 했어야 했나, 연애만 하자고 한 게 문제였나. 천천히 말을 곱씹은 수강이 눈동자를 위로 굴렸다.

"그게 무슨 소원이에요!"

"미리 씨가 들어줄 수 있는 내 소원을, 이젠 내 소원이라고 말도 못 함?"

농담인지 진담인지 전혀 속을 종잡을 수 없는 수강의 발언에 역시나 또다시 머리가 어지러워진 미리였다. 그런데 어째서인지, 그 소원에 거절할 이유를 붙일 만큼 미리도 수강이 싫지 않았다. 꽤 귀여운 얼굴에 유머감각까지.

"약속은 약속이니까. 근데요? 말 그대로 우리는 딱 연애만, 시작은 수강 씨가 했으니 끝은 내가 보는 걸로. 어때요?"

"콜!"

"나도 반말해도 되죠, 이제? 사귀는 사이는 동등해야 한다는 게 내 지론이거든요."

생각지도 못한 발언에 수강이 뒷머리를 긁적이며 대답했다.

"오케이."

……어쩜 시작부터 제대로 기선제압 당한 느낌인데? 일단은 오케이니까. 무조건 다 오케이! 수강은 생글거리며 웃었다. 미리는 언제가 마지막이었는지 기억도 안 나는 연애의 시작이 얼떨떨하지만 기분이 썩 나쁘지는 않았다.

이내 사무실에 도착한 미리는 저를 지나쳐 가는 선미 매니저를 보며 걸음을 멈추고 뒤를 돌아보았다. 씩씩거리는 걸음걸이에 찬 바람이 쌩하니 불었다.

"은설 씨, 나 좀 봐!"

선미 매니저의 노기 어린 얼굴을 마주하며 은설이 자리에서 일어나자 미리가 빠르게 걸으며 다가갔다.

"뭐야? 무슨 일인데?"

은설은 그저 긴 한숨으로 답했다. 돌아서 가는 은설의 모습을 보며 미리는 짚이는 바가 있는지 낮은 신음을 흘렸다. 결국 사달이 났다 싶어 자리에 앉은 미리는 아랫입술만 지그시 물었다.

같은 연애를 시작했지만 상황은 달랐다. 물론 수강이 작성한 가입서에는 가족의 기록이 단지 CEO라는 직함을 뺀 '회사원'이라고 뭉뚱그려 적은 게 가장 큰 이유였지만. 미리는 그 사실을 알 리 없었다. 캐내봐야 막장 시댁이라는 이미지가 굳은 상태였다.

미리에게 설명할 힘도 없이 돌아서 나온 은설은 이지선 회원의 일 때문이라는 건 직감적으로 알 수 있었다. 그렇게 넘어갈 여자가 아니었으니까. 아무도 없는 휴게실에 선미 매니저와 나란히 앉은 은설은 난처한 듯 눈동자를 굴렸다. 커플매니저가 회원으로 관리하는 남자 회원과 만나는 건 분명 모양새가 좋지 않았다. 게다가 그런 상태로 미팅 파티에 참여시킨 건 명백한 자신의 잘못이었다. 그렇게 떠밀려서 나오게 하는 게 아니었는데…….

"내가 특별히 관리하던 이지선 회원이 컴플레인을 나뿐만이 아니라, 우리 회사 공식 홈페이지에 올렸어."

"……네?"

"이건 내 선에서 해결할 수 있는 수준이 아니야. 지금 막 올렸는지 팀장님은 모르는 눈치 같은데 어떡할 거야, 이 일? 이런 글 하나 올라오면 회사 이미지 손실 장난 아닌데, 은설 씨가 어떻게 책임질래?"

회사의 손실이란 말에 덜컥 겁부터 난 은설은 선미 매니저가 보여주는 모니터 화면을 바라보았다. 입술을 잘근 깨물며 검은 글씨로 채워진 장문의 글을 천천히 읽어 내려가는 은설의 눈가엔 짙은 그림자가 먹먹할 만큼 깔렸다.

—결혼정보회사 노블리스를 믿고 선택한 이지선이라고 합니다. 다이아몬드 회원으로서 가장 높은 금액을 지불하고 그만한 서비스를 기대했던 저로서는 결혼정보회사의 행태에 울분을 금치 못하고 있습니다. 지난번 선상 미팅은 블라인드 미팅이라는 흥미로운 조건으로 경쟁률이 치열했던 건 다들 알고 계실 겁니다. 들뜬 마음으로 결혼상대자를 꿈에 그리던 전, 커플매니저인 기은설 씨의 남자 친구가 남자 회원으로 나오게 될 줄은 몰랐습니다. 그런 것도 모르고 바보처럼 호감을 표시했습니다. 바꿔 말하자면, 이런 식으로 여자 회원들의 만남 횟수를 어이없게 차감시키고 얼마나 많은 돈을 갉아먹

었을지 생각하니 머리가 지끈하더군요. 게다가 기은설 커플매니저는 회원인 저를 존중하기는커녕 커플매니저한테도 밀린 제 탓을 해야 한다며 저를 무시하고 기만했습니다. 여기가 결혼정보회사가 맞습니까? 회사 측에도, 기은설 커플매니저에게도 제가 당한 치욕에 대한 정중한 사과를 기다리겠습니다. 더불어 다시는 저와 같은 피해자가 나타나지 않기를 바라며 글을 남깁니다.

은설은 금세 어두운 표정이 되었다.

"이 글이 팩트인지 아닌지는 상관없어. 사람들 다 보는 게시판에 올라온 게 문제니까. 근데 나 하나만 묻자. 은설 씨가 만나는 사람, 진짜 윤제후 씨 맞아?"

은설이 떨어지지 않는 입술을 힘겹게 밀어 올리며 말을 하려는 그때였다. 빠끔 열린 문틈으로 시준이 씨익 웃으며 걸어 들어왔다.

"너 여기 있다더라."

"……이시준 씨?"

은설은 예고도 없이 찾아온 시준의 방문에 놀라 벌떡 일어났다. 대답을 기다리던 선미는 시준의 등장에 자연스럽게 그를 살폈다. 이내 선상 미팅 때 봤던 기억까지 떠올린 그녀는 그의 옷매무새와 분위기까지 놓치지 않고 스캔했다. 척하면 척, 이 사람은 다이아몬드 클래스에 부합하는 회원이 틀림없다는 걸 눈치챈 그녀가 다시 은설을 보았다.

"은설 씨, 회원이야?"

"아니요. 그건 아니고……."

클럽에서 알게 된 남자라고 말하기에는 어폐가 있었다. 분명히 답을 찾지 못한 은설은 그저 시준만 바라보았다. 그러자 제법 모난 말투로 선미 매니저가 짜증을 냈다.

"은설 씨, 남자 많이 꼬이네? 윤제후 씨도 그렇고 지금 이 남자도, 순수하게 결혼 상담하러 온 것 같지는 않아서 말이야."

뼈가 있는 말을 남긴 선미는 일부러 은설과 어깨를 부딪치곤 그대로 지나갔다. 이미 아침부터 지선에게 많이 시달린 탓에 평소보다 예민해져 있다는 걸 아는 은설은 아무 말도 못 했다.

선미 매니저가 나간 후, 은설은 시준을 향해서 몸을 돌렸다. 모니터를 보느라 길게 목을 뺀 시준은 이지선이 작성한 글을 읽으며 이쪽에는 시선도 두지 않고 있었다. 고개를 주억거리다가 천천히 올라가는 입술 라인이, 대체 어느 대목을 보고 웃은 건지 알 수가 없었다. 은설은 한숨을 길게 내쉬며 자리에 앉았다.

"못생긴 애는 성격도 꼭 못생겼더라."

집중할 땐 언제고 다 읽고나서는 관심 없다는 듯이 모니터 화면을 닫은 시준은 은설에게 한쪽 눈을 찡긋했다.

"우리 신데렐라 혼나는 나이스 타이밍에 내가 여길 온 건 잘한 것 같고. 지금 이 컴플레인은 나한테 상당히 나이스 타이밍인 것 같은데."

"무슨 말이에요?"

"지금 이 타이밍에 여길 나오는 거야, 어때?"

"이 타이밍이 대체 뭔데요? 아니 여긴 어떻게 알고 온 거예요?"

어깨를 가볍게 으쓱한 시준은 은설을 손가락으로 가리키며 당연한 걸 물어본다는 뉘앙스로 말했다.

"그날 노블리스 선상미팅파티. 너 커플매니저."

선미 매니저가 앉았던 의자에 다리를 죽 뻗으며 앉은 시준은 의자를 한 바퀴 뱅글 돌렸다. 이내 시준은 테이블 위로 팔꿈치를 대고는 턱 아래에 양손을 괴 꽃받침하며, 은설의 얼굴 가까이 얼굴을 쑥 내밀었다.

"오늘 보니까 더 예쁘다, 너."

그리고 은설의 눈을 빤히 쳐다보더니 보시시 웃었다.

"오늘은 말장난할 시간 없어요. 보다시피 컴플레인 수습하는 게 급선무여서요."

"나랑 드라마 하자니까."

"안 한다고, 이미 그때 말한 걸로 아는데요?"

제법 강경한 어조로 말했는데도 불구하고 시준은 여전히 같은 자세에서 미동도 않고 속눈썹만 깜빡였다.

"너 하고 싶잖아."

제 속마음을 비추는 듯한 눈빛에 은설은 질끈 눈을 감았다. 다시 발을 담기엔 연예계라는 곳은 언제 어떻게 변할지 모르는 변수로 가득 찬 불안한 곳이었다.

"하고 싶은 걸, 다 하고 살 순 없어요."

"내가 하게 해준다잖아."

"감독이니까 잘 알겠지만, 연예계가 사실 복잡하잖아요. 그냥 편하게 살고 싶어요."

"뭐? 몸 로비? 스폰서?"

뜻밖에도 시준이 먼저 연예계의 어두운 그림자를 망설임 없이 나열하자, 은설은 과연 저를 설득시키러 온 사람이 맞나 싶어 눈을 동그랗게 떴다. 그런 은설을 바라보며 시준이 힘주어 말했다.

"내가 너 스폰서 해준다니까."

"지금 무슨 말을 하는 거예요……!"

은설은 누가 들을세라 주위를 둘러보며 작게 소리를 질렀다. 시준이 느릿하게 중얼거렸다. 입가엔 웃음도 함께 머무른다.

"내가 너 밀어준다고. 왜 그렇게 놀라?"

"……."

"보기보다 너 좀 야하다."

방금 전만 해도 몸 로비부터 시작해서 스폰서를 입에 담은 건 시준이었다. 은설은 백지의 얼굴을 하고서 자신을 검은 도화지처럼 보는 그에 어안이 벙벙해졌다. 어쩐지 휘둘리는 느낌이었다.

"제가 뭘 어쨌다고요!"

그 순간, 휴게실 문이 벌컥 열리고, 모습을 드러낸 건 안일국 대표였다. 지난번 윤제후의 가입서를 받아내어 기분 좋게 발걸음했을 때와는 판이하게 다른 얼굴이었다.

"기은설 커플매니저, 잠깐 나 좀 봐요."

그 날카로운 눈빛에 은설은 마른침을 삼키며 발딱 자리에서 일어났다.

"혼나고 오면 생각 바뀔 거야. 난 여기 있을게."

은설은 시준을 흘겨보며 무거운 발걸음을 옮겼다. 대표실로 갈 것도 없이 바로 옆 휴게실에 자리를 잡은 안일국 대표는 그 안에 있던 사람들을 모두 나가게 만들었다. 그리고 은설을 향해 울림통이 큰 목소리로 다그쳤다.

"이 사태를 어떻게 수습할 건가그래! 지난번 어려운 회원을 유치해서 내가 은설 씨 좋게 보고 있었는데, 이렇게 나를 실망시키나. 그것도 다이아몬드 회원을!"

대표가 테이블을 탕탕 두드리며 하는 말에 주눅이 들어버린 은설은 마주 잡은 두 손의 손가락 끝만 세게 잡아당겼다. 이내 힘없이 고개를 떨어뜨렸다.

"죄송합니다, 대표님."

"게시판 글은 내가 삭제했네만, 이거 소문 잘못 나돌면 회사 이미지에 타격이 큰 거 은설 씨도 알 거라 보네. 무슨 수를 써서라도 회원 마음 돌려놓고 다시 회사로 들어와서 보고하게."

"네?"

"지금은 일단 회원의 마음을 달래는 게 우선이니까. 자네가 간다고 말해두었으니, 지금 이리로 가. 더 말할 것도 없이 무조건 잘못했다고 말하라고."

일말의 양보도 없는 단호한 말투였다.

"대표님, 저도 잘한 건 없지만 먼저 이지선 씨가 말을 함부로 했……."

안일국 대표는 혀를 끌끌 차며 은설의 말허리를 잘랐다.

"누가 자네만 잘못했다던가. 상대는 다이아몬드 회원이라고. 여태껏 자기가 제일 잘난 줄 알고 살아온 여자가 무시를 당했다고 생각했으니, 그 분풀이를 하려는 건 나도 모르는 바는 아니지. 그렇지만 여기는 회사고, 우린 그 회원들을 상대하는 서비스직이라는 걸 잊어서도 안 되네."

공과 사. 회원과 직원은 엄연히 갑과 을로서 위치가 다르다는 사실을 잠시 망각하고 있던 은설은 더는 반박할 말을 찾을 수 없었다. 은설은 대표가 건네준 주소지를 집어 들고 가볍게 묵례하였다.

"그나저나, 윤제후와 만난다고? 내가 숙제 내준 게 인연이 된 건가."

은설은 잠시 머뭇거리다가 이내 결심한 듯 힘주어 말하였다.

"지난번에 받은 가입서는…… 일반 가입서가 아니라 표적 가입서였어요. 그것도 저를 상대로 해서요……. 늦게 말씀드려 죄송합니다."

이미 진작 했어야 하는 말인데 너무 늦었다. 속에서 여러 번 했던 말이라 그런지 생각보다 말은 쉽게 나왔다. 사뭇 단단한 결기가 느껴지는 말에 안 대표는 턱을 쓸었다.

"그 친구 은설 씨한테 반했구먼. 그럴 줄 알았네. 그러니 맞선 모두 5분도 안 돼서 자리에서 일어났겠지. 그건 뭐 상관없어. 윤제후 씨 덕에 여자 회원이 늘어난 건 사실이니까. 사적인 것에 대해 내가 관여할 필요는 없고, 지금 이 공적인 일에는 지금처럼 말해서는 안 될 거야. 때로는 거짓말도 필요한 법이니까."

다시 한 번 정중하게 묵례하고서 은설이 돌아서자, 등 너머로 안일국 대표가 혼잣말치고는 조금 큰소리로 말했다.

"표적 가입서라면, 그 회원한테만큼은 기은설 씨가 갑의 위치겠구먼."

어떻게 사과를 해야 할지 마음이 무겁게 내려앉았는데, 이상하게 대표의 말에 조금은 힘이 생겼다. 갑과 을이 있는 결혼정보회사에서 을인 이상 확실히 사과를 한 후에 윤제후에게만큼은 갑으로서 그를 골려주기로.

은설은 기분이 좀 나아져서 축 처져 있던 어깨를 스트레칭하며 경쾌하게 걸었다. 그리고 바로 옆 휴게실의 시준을 향해 얼굴을 내밀었다.

"나, 지금 사과하러 갈 거예요."

"어? 이 반응은, 내가 원했던 게 아닌데."

아까보다도 충전된 것 같은 얼굴로 은설이 제법 씩씩하게 말하자, 시준은 자리에서 벌떡 일어나 그녀를 따라 나섰다. 어디로 갈지 뻔했다. 그녀가 가려고 하는 목적지에는 관심도 없이 굴던 시준은 제 갈길 가는 것처럼 나왔다가, 은설이 탄 택시 문이 닫히기 직전에 그 문을 잡아챘다.

"뭐, 뭐예요!"

"합정으로 간다고? 나도 마침 볼일이 거기 있어서. 합석!"

시준은 은설을 옆으로 밀며 차를 출발시켰다.

지선이 대표로 있는 '빛날' 출판사는 업계 1, 2위를 다투는 곳으로, 그녀의 집안에서 운영하는 사업체 중 하나였다. 생각보다 대단한 집안에 은설은 지난주 그녀가 입은 자존심의 상처가 어느 정도일지 감도 잡히지 않았다. 미안하다는 사과 한마디로 해결될지도 의문이었다. 그럼에도 불구하고 사과는 해야만 한다. 받아주지 않으면 받아줄 때까지.

"사과? 어떻게 할 건데. 일단 구경 좀 하자."

지선은 손님을 접대하는 가죽 소파로 자리를 옮겼다. 그리고 최대한 거만한 자세로 앉아 다리를 꼬아 앉았다. 은설에게는 앉으란 말도 없었다. 손님이 아니었으니 대우를 해줄 이유는 없었다.

"그날, 제가 했던 말들 모두 경솔했습니다. 커플매니저로서, 본분을 자각하지 못하고 했던 말이니……."

"그렇게 뻣뻣하게 앵무새처럼 같은 말만 반복하려고 왔니? 그럼 내가 어머, 그렇구나. 그래, 알았어, 이럴 줄 알았어?"

지선은 담배를 꺼내 입에 물고는 은설을 빤히 쳐다보았다.

"뭐해? 불 안 붙이고?"

지선이 턱짓으로 테이블 위의 금장 라이터를 가리키자, 은설은 제법 산뜻한 표정을 짓기 위해 노력했다. 은설은 라이터 뚜껑을 뒤로 젖히며 지선이 물고 있는 담배에 불을 붙였다. 빨간 립스틱 자국이 선명히 묻은 담배를 깊게 빨아들인 지선은 은설의 얼굴 쪽으로 연기를 길게 내뱉었다. 매캐한 연기에 은설이 기침하자, 지선이 피식 웃었다.

"그래, 차라리 인상 써. 짜증나게 아까처럼 웃지 말고."

재떨이에 담뱃재를 털어낸 지선은 연거푸 연기를 빨아들이곤 그대로 내뱉었다. 은설은 따가운 연기에 눈가에 절로 눈물이 맺혔지만 입술 끝을 잘근 깨물었다.

"파티에서 있었던 일 모두 사과드립니다. 제가 어떻게 해야 화가 풀릴까요?"

"그걸 왜 나한테 물어? 내 화를 어떻게 풀어 줄지는 네가 생각하고 왔어야지."

지선은 담뱃불을 비벼 끄고는 자리에서 일어났다.

"너 사과할 마음 없는 것 같은데 짜증나니까 가. 할 거면 제대로 하고."

"무릎이라도 꿇고 사과하면 받아주실 겁니까?"

지선이 눈가를 찌푸렸다가 얇게 웃었다.

"꿇고 말해 그럼. 내 마음이 풀릴지 말지는 보고 말할게."

자존심은 애초에 들고 오지 않은 사람처럼 은설은 망설임 없이 무릎을 꿇고 얼굴을 숙였다.

"그날 있었던 일 중에서 마음 상하는 일 있으셨으면 부디 넓은 아량을 베풀어 주시길 바랍니다. 아직 제가 많이 부족한 2년 차 커플매니저라서…… 정말로 죄송합니다."

은설은 속에서 왈칵 무언가 쏟아져 나오려는 걸 간신히 삼켰다. 저자세로 나오는 은설을 보며 살짝 재미가 없어진 지선은 은설의 발치까지 다가왔다.

"그래서 윤제후랑 사귀는 건 맞아?"

"그건……."

때로는 거짓말도 필요하다던 안 대표의 조언이 떠올랐지만, 은설은 오해라는 듣기 좋은 말도 입 밖으로 꺼낼 수가 없었다. 그 순간, 지선이 책상 위에 있던 커피 잔을 들어올렸다. 마시다 만 아메리카노를 은설의 정수리 위로 쏟아 부었다.

"기만한 건 맞네. 남자 친구를 불러?"

은설은 머리 위에서 쏟아진 커피가 옷 안으로까지 흐르는 바람에 놀라서 움찔했지만 주먹을 꽉 말아 쥐며 버텼다.

"회사에서는 모르는 일이었습니다. 다, 제가 부족한 책임입니다."

"회사가 모르면 그건 네 책임이 맞지. 그럼 헤어질래?"

"……네?"

"네가 헤어진다고 해서 나를 만날 것 같진 않던데, 그 사람. 그래도 내가 못 만나는데, 네가 만나는 것도 같잖아서. 못 하겠니? 그렇다면 난 사과 받을 마음이 전혀 없는데."

뭐라 대답도 못 하고 묵묵히 입만 다물고 있던 그때, 짧은 노크 후 문이 열렸다. 급한 일을 마치고 온 사람처럼 평소와 달리 거친 숨을 몰아쉬며 시준이 들어섰다. 그는 무릎 꿇고 앉아 있는 은설의 몰골을 보고선 입안으로 느리게 혀를 굴렸다. 그런 시준의 등장에 지선은 기막혀 혀를 찼다.

"또 너니?"

"응, 안녕."

"이번엔 기사도 못 해줄 것 같은데?"

"지난번에 물에 빠진 걸로 부족했나 봐."

느리게 올라가는 미소가 눈이 부셔 지선의 가슴을 흔들었지만 섬뜩한 눈빛에 금세 긴장이 몰려왔다.

"오늘은 물 먹이려고 왔어."

"물 먹이러 왔다고?"

지선이 고개를 갸웃하자, 시준은 들고 온 서류철을 지선의 책상 위로 던지다시피 내려놓았다. 그것을 따라 지선의 고개가 비스듬히 내려갔다.

"이게 뭔데?"

"눈 없어? 보고 물어. 일일이 대답하기 귀찮아."

도대체 뭘 가지고 왔기에 저렇게 당당할까 싶어 지선은 서류철을 손에 들고 넘겼다. 페이지를 넘기는 속도는 점점 **빨라졌고**, 지선은 파르르 손을 떨었다.

"아니, 이게 왜⋯⋯."

시준이 가지고 온 것은 빛날 출판사 수입의 절반을 넘게 차지하는 작가들의 등기계약서 복사본이었다. 이제 도장만 찍으면 되는 상황인데, 이게 어째서 시준의 손에서 나온 건지 모를 일이었다. 그것도 한 명도 아니고 무려 다섯 명이나 되는 거물급 작가들의 이름에 지선의 눈가가 경련처럼 떨렸다. 계약만 하면 드라마와 영화 판권으로까지 이어질 게 분명해 만약 이 계약이 틀어지게 된다면 출판사가 입을 타격이 상당했다. 단순히 2차적으로 얻게 될 판권 문제가 아니라, 영상으로 영역이 넓어졌을 때 늘어나는 책의 판매 부수는 출판사의 가장 큰 매출이었다. 지선으로서는 무슨 일이 있어도 꼭 계약을 성사시켜야만 하는 작가들이었다. 그렇지 않아도 아버지로부터 아직은 못미덥다며 임시 대표라는 이름으로 시험을 당하고 있는 상황이었다. 대표 자리에 앉자마자 실적을 떨어뜨리면 자연스럽게 아버지의 눈 밖에 날 건 불 보듯 빤한 일이었다.

"이제 좀 상황 파악 돼?"

"당신 뭐하는 사람이야!"

"지금은 내가 갑인 것 같은데, 공손히 말해야지."

아무런 표정도 담기지 않은 담갈색 눈동자가 지선을 쏘아보더니 이내 은설에게 닿았다. 시준은 은설에게 다가가 그녀를 일으켜 세웠다.

"넌 무릎 함부로 꿇지 마."

시준이 대체 뭘 들고 왔기에 지선이 겁먹은 건지 의아해진 은설은 둘을 번갈아보며 복잡한 얼굴을 했다.

지선은 당황한 기색이 역력해서는 벌벌 떨며 시준을 보았다.

"그러니까, 이게 왜……."

"너 생각 이상으로 멍청하네."

생각 이상이라는 말로 철저하게 무시하는 그에게 지선은 그 어떤 말로도 섣불리 반격할 수 없었다.

"왜겠어? 내 말 한마디에 이 작가들이 계약을 할지, 안 할지 딱 보면 몰라?"

유명 영화감독인 그는 시나리오 작가뿐 아니라 소설가나 드라마 작가들에게서 자신의 작품을 연출해 줄 생각이 없느냐며 항상 러브콜을 받았다. 그중 소설가들은 시나리오와 함께 출간한 책을 함께 보내곤 했는데, 그중 빛날 출판사에서 출간된 책이 여럿 있었다는 게 기억이 난 것이다. 그래서 시준은 그 작가들에게 연락을 넣어, 일을 맡기고 있는 출판사를 변경한다면 언제가 될지 확답은 할 수 없지만 연출에 대해서 진지하게 생각해 보겠다고 말했다. 그러자 그 작가들은 망설임 없이 계약서 사본을 보내온 것이다.

"이건 말도 안 돼!"

"말이 되는지, 안 되는지는 직접 확인해 봐."

지선은 사무실 문을 벌컥 열고 계약 진행 상황에 대해 확인을 요청했다. 짧은 시간도 기다리지 못 하겠다는 듯 초조하게 제자리만 서성이는 지선을, 은설은 여전히 이해가 가지 않는다는 얼굴로 쳐다보았다. 이윽고 사색이 된 얼굴의 팀장이 헐레벌떡 뛰어들어왔다.

"대표님, 다들 계약을 철회한다고 하는데 이게 대체 무슨 일입니까?"

"……뭐? 알겠으니까 일단 나가."

지선은 지끈거리는 머리를 부여잡으며 시준을 쳐다보았다.

"원하는 게 뭐야?"

시준은 컴퓨터를 턱짓으로 가리켰다.

"게시판에 다시 글 올려. 확인하고 마음에 안 들면 가차 없으니까, 이번엔 덜 멍청하게 빨리."

말이 끝나기가 무섭게 지선은 책상 앞에 앉았다. 머릿속으로 회사가 입을 어마어마한 손해를 떠올리다 보니 자꾸만 손이 바들바들 떨렸다. 지금은 그 높던 자존심을 챙길 여유도 없었다. 아버지에게 내쳐질지도 모르는 상황에 체면은 중요하지 않았다.

—미팅 파티에서 선택받지 못한 것에 대한 화를 다스리지 못하고, 게시판에 괜한 글을 올려두고 후회했습니다. 기은설 커플매니저에게도 죄송합니다. 무관한 일들로 인하여 추후에 회사에 더 이상 손해 가는 일이 없기를 바랍니다.

지선이 쓴 글을 확인하며 시준은 피식 웃었다.

"짧은데, 나쁘진 않네."

"이제 됐어?"

"아니."

"……."

"커피 냄새 끝내주네. 나도 한 잔 줘."

지선은 바로 책상 위에 연결된 수화기를 들었다.

"어떤 커피?"

"너, 무슨 커피 좋아해?"

시준이 방긋 웃자, 수화기를 든 지선의 손이 잘게 떨렸다. 불길한 징조가 감지한 얼굴은 금세 회색빛이 되었다. 그가 자신을 보고 웃을 때면 꼭 무슨 일이 생기곤 했으니까.

"……아메리카노."

"그걸로 부탁해."

얼마 지나지 않아 시준은 차가운 아메리카노가 든 컵을 빙글빙글 돌렸다. 그 움직임에 지선의 몸도 같이 움찔거렸다. 자신이 한 짓이 있기에 불안했다.

"꿇어."

"……어?"

"아까 얘가 꿇었잖아. 너도 얘 보고 꿇어야지."

"……."

"싫어?"

그 짧은 순간에 많은 생각들을 한 지선은 사나운 눈초리를 천장으로 향해 돌리고는 마치 사약이라도 받는 사람처럼 천천히 무릎을 꿇었다. 누군가 앞에서 무릎을 꿇어본 적은 어렸을 적 부모님을 제외하고는 선생님 앞에서도 없었다.

"나 말고 얘한테."

무릎 방향까지 지정해주는 시준의 말에 은설은 그제야 정신을 차리곤 소리쳤다.

"뭐하는 거예요! 내가 사과하러 온 거라고요!"

"게시판 글 못 봤어? 쟤, 잘못이라잖아."

"일어나요, 얼른."

은설이 지선을 일으켜 세우자, 못이기는 척 일어나려던 지선은 시준의 얼어붙은 눈빛에 다시 무릎을 땅에 대고 앉았다. 그리고 불안한 눈으로 그가 들고 있는 커피 잔만 보았다. 이에 시준은 보란 듯이 커피 잔을 입가에 대며 한 모금 넘겼다. 목울대를 타고 갈색 액체가 반 이상 사라지자 그제야 안심한 지선이 크게 숨을 몰아쉬며 몸에서 힘을 뺐다.

지선이 방심한 그 순간을 놓치지 않은 시준이 옅게 웃었다. 그는 이내 지선의 머리 위에서 들고 있던 잔을 뒤집어 커피를 한 방울도 남김없이 쏟아냈다.

"뭐든 공평해야지. 너도 먹던 거 줬을 거 아냐."

은설은 경악하며 차마 말을 잇지 못하였다.

"여자라고 봐주는 거 없어, 난."

그때나 지금이나 똑같이 앙갚음하는 시준의 행동에 혀를 내두른 지선은 아메리카노와 함께 쏟아지는 눈물을 손등으로 거칠게 닦아냈다.

"그럼 이제 공평하니까, 계약은 원래 진행하던 대로 되는 거 맞지?"

"네가 계약서 받고 어떻게 나올 줄 알고."

"안 물러! 안 무를게!"

"그건 좀 두고 봐야 알겠는데."

시준은 넋을 놓은 은설의 손을 잡고 사무실을 나왔다. 무슨 일이 있었던 건지, 보고도 믿기지 않는 상황에 은설은 뭐에 홀린 사람처럼 멍하게 시준을 바라보았다. 시준이 찡긋 윙크하며 은설의 뺨에 묻은 커피 자국을 혀로 핥았다.

"으악! 뭐예요!"

볼을 문지르며 은설이 바락 소리를 내지르자 시준은 천연덕스럽게 대꾸했다.

"나 아메리카노 좋아해. 그리고 너도."

환하게 웃으며 시준이 은설을 물끄러미 보았다. 은설은 볼에 닿았던 감촉을 잊으려고 일부러 얼굴을 벅벅 문질렀다.

"진짜 이상한 사람이야."

바로 그때 핸드폰이 울렸다. 다름 아닌 회사 번호에 은설은 그새 혹시라도, 지선이 또 다른 컴플레인을 걸었을까 싶어 가슴이 철렁 내려앉았다. 마른침을 삼키고 전화를 받자 안일국 대표의 웃음소리가 전화기 너머로 떠들썩하게 울린다.

[허허, 대체 무슨 짓을 했기에 홈페이지에 이런 글이 올라왔나. 애초에 없던 일로 만들다니, 기은설 매니저가 확실히 능력이 좋아. 흐음, 고생 많았네. 회사 들어오지 말고 오늘은 쉬게.]

그제야 은설은 가슴을 쓸어내리며 안도의 숨을 흘려보냈다. 사실 모든 건 시준이 처리해서 은설은 별다른 말도 하지 못했다. 그에게 왠지 큰 빚을 진 기분이었다.

5. 반하게 해줄래요?

늦은 저녁, 빌라 단지 내의 산책로를 제후와 함께 걷던 은설은 안일국 대표가 했던 말이 떠올라 슬그머니 웃음이 나왔다.

"표적 가입서라면 그 회원한테만큼은 기은설 씨가 갑의 위 치겠구먼."

혼자서 배시시 웃는 은설을 보며 제후가 걷다 말고 멈추었다.
"뭐지."
"표적 가입서 쓴 거, 아직 유효한 거죠?"
"……뭐?"
그의 오른쪽 눈썹이 움찔 위로 비스듬히 올라갔다. 은설은 눈을 깜빡거리다가 이내 새치름한 미소를 지었다.

"그거 지금부터 커플매니저인 제가 실행해 볼까 하는데 괜찮아요?"

"무슨 말이 하고 싶은 건데."

"나를 두고 쓴 거니까, 철저히 나한테 맞춰야 하는 거잖아요? 상대방한테 직접 의뢰하는 경우는 없지만, 그건 제가 커플매니저이니 감안하고. 이제부터 제가 원하는 이상형 대로 행동 수정을 하는 거예요."

검지까지 치켜드는 은설의 말에 그의 얼굴이 아까보다 더 짙어진다. 팩하니 인상을 쓴 그가 말꼬리를 올렸다.

"그 말은, 내가 마음에 안 든다는 소리로 들리는데?"

은설은 잠시 할 말을 골랐다. 그는 우리가 잠까지 같이 잤다며 껄끄러운 이야기를 했지만, 그동안 그의 행동으로 보건데 술에 취한 저를 두고 그러진 않았을 거란 판단을 쉽게 내릴 수 있었다. 은설은 제법 감정을 눅눅히 실어 입을 열었다.

"사실, 우리가 이미 끝까지 간 사이잖아요?"

"......"

"몸은 끝까지 갔어도…… 마음은 아직 반한 정도까진 아니거든요, 난."

제후는 기막힌 듯 짧게 헛숨을 내쉬었다.

"나, 좀 반하게 해줄래요?"

이번엔 내가 원하는 대로요. 조금만 변해줘요. 나도 당신 때문에 조금, 아니 많이 변한 것 같거든요. 난, 어쩐지 당신이 좀 더 환하게 웃을 수 있는 사람이었으면 해요.

당신의 느린 침묵 속에서 나오는 조심스럽게 정제된 말 말고,

조금은 가벼워도 편하게 날릴 속없는 말이라도 좋으니까. 기탄없이 속 애기를 했으면 좋겠어요.

난 당신이 나와 멀리 떨어져 있는 눈부신 아침 햇살 같은 사람이 아니라, 손 뻗으면 언제든 닿을 수 있는 거리에서, 마주보며 눈을 맞출 수 있는 오후 3시 정도의 햇살 같은 사람이었으면 하거든요.

"어떻게 하면 반할 건데."

지켜주고 싶다는 마음이 어느 순간 시작된 지도 모르고 깊게 빠져 있었다.

"손잡아줘요. 다정하게 손잡아주는 윤제후 씨가 좋겠어요. 일단은요."

"자."

툭 던지듯 하는 말과는 다르게, 처음 봤을 때부터 반했던 하얗고 기다란 손이 은설의 손등을 간질였다.

"아니, 먼저 잡아줘요. 내민 손 잡는 건, 내가 더 좋아하는 것 같으니까."

그 말에 처음으로 눈까지 웃어 보인 제후가 은설의 손을 힘주어 잡았다. 그 손에서 시작된 뜨거움이 차올라 가슴까지 훅 데일 것만 같다.

"이제 난, 또 뭘 하면 되지?"

장난스럽게 입술을 일자로 다물며 과묵한 표정을 지은 제후가 은설을 지그시 쳐다보았다. 그 조각 같은 얼굴에 또 두근거려, 은설은 여러 번 상상하기만 했었던 로망 중의 하나를 떠올렸다.

"음…… 다정하게 이름 불러줘요."

"기은설?"

요구하는 게 뭔지 빤히 알면서 모르는 척하자, 은설이 산통 깨뜨리지 말라는 핀잔을 했다.

"아니, 다정하게요!"

"기…… 은설?"

"아이, 진짜! 이럴 거예요?"

"기은…… 서얼."

"이름 하나 다정하게 못 불러주는 남자한테 어떻게 반해요, 내가?"

은설이 씩씩거리며 손을 뿌리치고 앞으로 나가자, 제후가 손에 힘을 실어 다시 쭉 잡아당겼다. 순식간에 그의 품에 안긴 은설의 눈이 커다래졌다. 이마 위로 그의 숨결이 닿고, 겨우 한 뼘만큼을 사이에 두고 가까이 붙은 자세에 은설이 뒤로 물러나려 하자, 제후가 더 가까이 붙었다. 여전히 잡은 손은 풀지 않은 채.

"……은설아."

나른한 음성이 귓가에 스며들자 그대로 녹아버릴 것만 같은 느낌에 은설은 눈을 움찔 감고 말았다.

"이러면 반할까?"

그에게 언제나 속수무책으로 당하는 건 은설이었다. 가슴을 간질이는 낮은 목소리에 이미 반해 버린 그녀가 감은 눈을 뜨곤 퉁명스럽게 말을 쏘았다.

"그 정도로 반할 거라 생각해요? 아직 갈 길 한참 멀었거든요!"

은설은 팔을 휘휘 저으며 그에게서 벗어났다. 그러고 성큼성큼 크게 걸었지만, 그녀가 세 번을 걸을 때 그는 크게 한 걸음만으로도 나란히 걸을 수 있었다.

집 앞에 도착해서 한 동을 사이에 두고 떨어지는 게 아쉬워진 은설은 괜히 빨리 걸어왔다고 생각하며 후회하고 있었다.

"들어가지."

아무런 미련이 없는지 바로 떨어지는 제후의 말에 은설은 서운함이 올라왔다. 양손을 주머니에 찔러 넣고는 고개를 떨어뜨린 그는 은설이 보기에 무심하기 짝이 없었다.

"나랑 헤어질 땐, 먼저 작별 인사하는 거 안돼요."

"그것 역시 당신이 더 좋아하는 것 같다고 말하는 건가."

"틀린 말은 아니에요."

"더 많이 좋아하는 건 싫은가?"

지금도 집에 보내기 싫은 거 참고 있는데. 지그시 눈을 내리깔았던 제후가 이내 은설을 바라보았다.

"싫어요."

난 당신보다 가진 게 없으니까, 마음이라도 넉넉히 가질 거예요. 그러면 당신이 날 아주 많이 좋아한다는 이유로 못 이기는 척 안 떨어질 거라고요.

"그래, 그럼. 또 뭘 원하는데."

당신한테 다 맞춰줄 생각이야. 내가 한번 그래 보겠다고.

처음이었다. 하나를 받으면 하나를 줬던 지난날의 자신과는 달랐다. 그래서 내 연애가 실패였었나. 아니, 그렇게 공평한 것도 아니었다. 그보다 더 받고도 한 번이나 제대로 전해졌을까, 지금에 와서야 의문이 들었다. 그래서 지금 이 감정에 조금 더…… 머무르고, 표현하고 싶어졌다. 더 이상 지나간 시간을 후회하지 않게.

"자주 연락해 줘요. 여자들은 연락하는 횟수에 비례해서 마음이 느껴진다고 생각하거든요."

"만나면 되는데?"

그가 픽 웃음을 터뜨렸다. 누구보다 여자 마음을 잘 아는 것 같다가도 이럴 땐 하나도 모르는 것 같아서 은설은 아예 대놓고 요구했다.

"문자도 많이, 전화도 많이! 집착해 달라고요."

"……집착?"

독특한 이상형이라고 생각하며 제후는 난감한 표정으로 느리게 이마를 문질렀다.

"변태 아니니까, 그런 눈으로 보지 말아요!"

"그 말은 더 변태 같다고 말하는 것 같군."

"할 거예요? 안 할 거예요?"

"오늘은 늦었으니까, 내일부터 하면 되는 건가."

평소 핸드폰으로 연락하는 건 귀찮아했는데 그도 모르게 이렇게 말하고 있었다.

"자고 일어나면 문자가 와 있었으면 좋겠어요."

"자는데 왜 보내는 거지. 늦게 자나?"

"아니, 난 잘 건데. 자고 일어나서 문자가 와 있으면 좋겠다고요! 자기 전까지도 날 생각하는 마음이 느껴지는 게 내 이상형이에요!"

은설은 먼저보다 더 큰 걸음으로 빌라 안으로 쏙 들어가 버렸다. 이 정도로 말했으면, 알아듣겠지 싶었다.

〈잘 자.〉

일어나자마자 문자부터 확인한 은설은 비명이 터져 나오려는 걸 간신히 삼키며 출근했다. 아니, 이러면 내가 퍽도 반하겠다! 아무리 생각해도 그냥 얼굴에 혹한 건데 좋아한다고 착각하고 있는 거 아닌가? 은설은 제후가 추남이었어도 자신이 지금과 같은 마음일 수 있을까를 생각해 보았다. 머릿속에 어지럽게 늘어나는 말풍선들을 퐁퐁 터뜨린 은설은 무슨 좋은 일이 있는지 전보다 혈색이 도는 미리의 인사를 받았다.

"굿모닝!"

"기분 좋은 일 있어?"

"그래 보여?"

"응."

미리는 잠시 쑥스러워하더니 조심스럽게 핸드폰 화면을 내밀었다. 은설은 그것을 들여다보다가 입술을 앙다물었다.

〈강! 벌써 보고 싶네. 지금쯤 자고 있겠지? 난, 우리 강 생각에 잠이 안 와요. 강 얼굴 보려면 열여덟 시간은 남은 것 같은데. 꾹 참고 내일 봐요. 소원 들어줘서 고마워!^^ 쪽. - 강♥강〉

내가 원하던 메시지가 왜 여기에 있는 거냐고! 나도 이런 걸 원했는데……. 그나저나, 얘 언제 연애를 시작한 거야? 은설은 미리의 얼굴을 뚫어져라 보며 입을 크게 벌렸다. 그녀의 반응에 미리는 웃음을 터뜨렸다.

"나 수강 씨 만나. 강미리, 이수강. 강강 커플 귀염 돋아?"

깜짝 뉴스에도 은설은 생각보다 놀라지 않았다. 왠지 둘 사이의 분위기가 묘하다는 건 지난번 수강을 보면서 눈치챘던 것이다. 그저…….

"축하하는데, 사귄 지 얼마나 됐다고 벌써 이렇게 닭살이야?"

"이 정도 가지고 무슨 닭살이야! 이제 막 시작한 풋풋한 커플한테."

행복해 보이는 미리를 부러워하며 은설은 제후가 문자는 제발 이수강 씨한테 배워왔으면 좋겠다고 생각했다. 그리고 그 순간, 그녀들의 핸드폰이 동시에 울렸다. 문자를 확인한 두 여자의 얼굴은 확연히 달랐다.

〈강! 회사겠네? 강 생각에 문자 보내요♥〉

미리는 활짝 웃으면서 답장을 하느라 신이 났고, 은설은 그저 한숨만 길게 내쉬며 핸드폰을 손에서 내려놨다.

문자를 보낸 두 남자의 표정 또한 달랐다. 아침부터 제후의 집에 놀러와 소파에 벌러덩 누운 수강은 미리가 보낸 문자를 확인하며 자랑하듯 말하였다.

"우리 강은, 칼 답장이라서 마음에 들어. 넌 아직?"

"일하나 보지."

"같은 회사, 같은 사무실에 게다가 옆자리에서 같이 일하는데, 왜 반응은 이다지도 다를까? 내가 너 연애스킬 떨어졌다고 말한 거 흘려들어서는 안 된다. 아님, 이 형이 좀 알려줘?"

수강이 너스레를 떨자, 제후가 귀찮아진 얼굴로 눈가를 덮고 있던 손을 내리며 수강의 얼굴 위로 수건을 던졌다. 씻고 나온 참이라 젖어 있던 수건은 이내 수강의 얼굴 위로 철썩 달라붙었다.

"회사는 언제부터 출근인데. 너 우리 집 안 왔으면 좋겠는데."

수강은 축축한 수건을 치우고서 얼굴을 내밀며 방싯 웃었다.

"내일부터 출근! 이 대표님이라고 불러봐."

이번에 수강의 얼굴 위로 날아온 건, 바닥에 깔려 있던 러그였다. 너무하다며 소리 지르는 수강을 무시한 채, 몸을 홱 돌린 제후는 핸드폰을 열고 손가락을 움직였다.

〈날씨 춥다. 밥은 먹은 건가. 난 이제 먹⋯⋯.〉

열심히 문자를 써 내려가던 제후는 이내 그대로 지워 버렸다. 대체 뭐라고 보내라고. 집착해 주길 바란다는데 집착을 해봤어야 알지. 세상에서 제일 어려운 숙제를 내준 그녀가 문자를 원한다고 해서 기껏 보냈지만 거기에 답장은 없었다. 이러려면 문자는 대체 왜 보내라는 건지. 그는 마른 한숨을 내쉬었다.

"가, 귀찮으니까."

답답한 마음에 괜히 짜증을 낸 제후는 방 쪽으로 걸어가다가, 등 뒤에 딸려오는 소리에 걸음을 멈추고 돌아보게 되었다.

"이야, 은설 씨 팔로워 봐. 이건 뭐 연예인에 버금갈 수준인데?"

수강은 휘파람을 휘익 불었다. 인터넷이라고는 담을 쌓고 지내던 제후는 이미 은설의 입에서도 SNS에 대해 들은 바가 있기에 미간을 좁혔다. 그리고 수강 옆으로 다가가, 그가 보고 있는 핸드폰 화면을 확인했다.

"……팔로워?"

"너도 SNS 좀 해라. 내가 네 얼굴이었으면, 셀카만 오만 장 찍고도 남았어. 어때, 이참에 가입해 보는 건?"

수강이 제 얼굴을 부담스럽게 홱 들이밀자, 제후는 미간을 찌푸리며 그의 얼굴을 손가락으로 밀어냈다.

"그 귀찮은 걸, 내가 왜."

밀어내는 손가락에도 오히려 이마를 들이미는 수강이 기막혀 제후는 결국 포기하고 손을 털어냈다.

"은설 씨가 한다니까? 너도 가입해야 볼 수 있어. 댓글도 남기고."

"그걸 왜 하냐고, 내가."

"이야, 얘가 뭘 모르네. '사랑은 SNS를 타고'라는 말도 몰라? 은설 씨 좋다고 들러붙는 남자가 여기, 이렇게 많은 거 안보여?"

수강은 은설이 올린 글 아래 달린 댓글 중 하나를 콕 집어 가리켰다.

은설의 활짝 웃는 셀카에 달린 댓글들은 대부분 남자로, 거의 찬양에 가까운 말들이 많아 절로 눈살이 찌푸려졌다. 그들은 마치 신도들처럼 보였다.

"너 지금도 답장 못 받았지?"

수강의 말에 제후는 눈썹을 구기며 다시 등을 돌리고 제 방으로 들어갔다. 문자보다야 전화가 더 편할 것 같다는 생각으로 이미 익숙한 열한 자리 번호를 눈에 담았다. 수화기 너머로 여느 때와는 다른 불퉁한 목소리가 튀어나오자 제후의 눈매가 더 처참하게 구겨졌다.

[왜요, 왜!]

"전화하라고 해서 한 건데, 그 말투는 뭐지."

[내키지 않은데 시켜서 억지로 하는 거면 하지 말라고요.]

문자도 전화도 하라고 해서 했지만 막상 화만 내는 은설 때문에 제후는 어찌할 바를 몰랐다.

"……만나서 얘기하지."

그리고 퇴근시간에 맞추어, 회사 근처 카페에 먼저 도착한 제후가 은설을 보자마자 건넨 건 빈 종이였다. 종이는 모두 세 장이었는데 아래쪽에는 그의 사인이 남겨 있었다.

"이게 뭐예요?"

비장의 무기처럼 꺼내들었지만 과연 통할까 싶었다.

"당신이 원하는 걸, 여기에 적으면 들어주지."

이 말도 안 되는 게 통할 리가 없다고 생각하면서도 혹시나 싶었던 제후는 은설의 표정이 밝아지자 내심 안도했다. 퉁퉁 부어 있던 입술이 단번에 들어간 은설은 천진난만한 얼굴로 물었다.

"진짜요?"

"기회는 세 번이야."

"무조건, 다 들어주는 거예요?"

"세 번에 한해서는."

"이런 생각은 언제 한 거예요?"

나름 인터넷으로 검색까지 해가며 나온 결과였다. 원래 양식은 뽀뽀 백번, HUG 이용권, 사랑한다고 말해주기 등등, 그야말로 낯간지럽기 짝이 없는 유치한 것이었기에 차마 그대로 하지는 못 하고 '원하는 것을 들어준다'는 의미에서 백지수표 개념으로 내민 것이었다.

"그게 중요한가."

이 세 번을 어떻게 하면 알차게 채울지 설레는 마음으로 은설은 종이를 소중하게 품에 안았다.

카페를 나온 두 사람은 자연스럽게 집으로 향했다. 집 앞에 도착한 제후가 이내 걸음을 멈추었다. 먼저 들어가라는 말은 하지 않고, 이번엔 은설을 지그시 내려다보았다.

"나, 키스해도 되나?"

그 노골적인 말에 은설의 눈동자가 크게 일렁였다. 제후가 놀리기라도 하는 것처럼 아주 느리게 속삭이듯 말했다.

"이제, 뭐든, 허락, 받아야 할 것 같아서."

어느새 고개를 튼 그의 얼굴이 그녀의 윗입술 가까이 내려왔다. 그러자 숨이 간헐적으로 닿았다.

"이래도 안 반하겠지만."

제후는 은설의 입술 위를 손으로 덮고 그 위에 짧게 입맞춤하였다. 은설은 훅 닿는 뜨거운 숨에 금세 꼬리를 내린 강아지처럼 눈을 내리깔았다. 스르륵 눈이 감겼다. 새까만 밤하늘 위로 하얀 눈이 흩날렸다. 진눈깨비가 흩날리는 게 마치 벚꽃 잎이 날리는 것처럼 보일만큼, 은설의 눈엔 지금 새하얀 눈송이가 온통 연분홍빛이었다.

코끝에 닿았다가 녹아 없어지는 눈보다도, 그의 짙은 숨에 먼저 녹아내릴 것만 같아 은설은 차마 눈을 뜰 수 없었다. 제후는 길게 뻗은 은설의 속눈썹 위로 앉은 눈을 혀끝으로 훔쳤다.

늦은 밤, 인적이 드문 공간은 온통 그와 그녀의 세상이었다. 주황빛 가로등만이 불을 밝힌 채, 눈은 더 산발적으로 내렸다. 제후는 은설의 등 뒤로 코트를 펼쳤다. 그녀의 숨소리가 들릴 만큼 가까이 붙은 그가 두 팔을 끌어 모았다. 예전에도 이런 적이 있었다. 그때와 다른 건, 한 치의 틈도 없이 붙어서 은설의 어깨를 꽉 끌어안았다는 것이다. 신발 아래로 닿는 눈의 서걱거리는 소리도 따뜻하게 들려온다.

"내일은 출장이야. 금방 다녀올게."

"무슨 출장이요? 그런 얘기 없었잖아요."

"제후 주얼리, 해외 지사 여러 개 있는 거 몰랐나."

단순 핸드메이드 주얼리 숍을 가지고 있다 해서 '성공한 사업가'라는 수식어를 갖기란 불가능했다. 그가 만든 디자인으로 그의 이름을 내건 주얼리는 전 세계 어디든 있었다. 단지 한국에서는 희소성을 가지고 100% 핸드메이드를 지향한다면 해외 지점은 완전한 수익을 낼 수 있는 구조로 광고와 판매를 한다는 게 다른 점이었다. 하지만 여타의 명품 브랜드와는 다르게 차별성을 두고 고객 관리를 하는 점에서 그들의 마음을 사로잡아, 연매출은 천문학적인 숫자로 점점 늘고 있었다. 그는 일 년에 몇 번씩 해외 지점의 경영 관리를 확인하러 출장을 가곤 했다.

"아……."

"지금은 반한 표정 같군."

놀리는 말투에 은설은 입술을 뾰족하게 내밀었다.

"언제 올 건데요?"

"길면 일주일? 소원 뭐 쓸지나 생각하고 있어."

……일주일은 너무 긴데. 은설은 떨어져 있을 시간이 아쉬웠다.

은설을 끌어안고 그녀의 어깨에 얼굴을 묻으며 제후가 나직이 속삭였다.

"나 없는 동안 한눈팔지 마."

뉴욕지사에 도착한 제후는 매장에 들러 주얼리 진열 상태부터 점검했다. 그런데 자꾸만 일에 집중할 수 없을 만큼 온통 은설의 얼굴만 떠올랐다. 그는 이내 고개를 저었다.

"미쳤군."

낮게 내뱉은 한마디에 뒤따르던 직원들은 한껏 긴장해서 진열 대를 다시 한 번 둘러보았다. 어디가 문제인가 싶어 꼼꼼히 살피는 그 모습에 정작 머쓱해진 제후는 별다른 말 없이 다시 걸음을 옮겼다.

사무실로 들어와서 제후는 본론을 꺼냈다.

"관리가 엉망이군요. 스퀘어다이아 말고 레드다이아몬드로 메인 광고 다시 찍죠. 아무래도 레드와 어울리는 마르퀴즈컷이 좋겠군요."

보통 다이아 세공은 실패 확률이 거의 없는 라운드브릴리언트

컷으로 하는 게 일반적이다. 반짝임을 최대로 끌어 모으고 투명도도 높게 만들 수 있는 방법이기 때문이다. 하지만 제후는 그런 일반적인 방법만 고집하지는 않았다. 지난번 시즌에는 투명도는 살리되 프린세스컷팅인 스퀘어다이아몬드를 메인으로 세웠기에 그것만으로도 충분히 획기적이다 생각하고 있던 직원들은 레드다이아몬드라는 파격적인 제안에 다들 눈이 휘둥그레졌다.

"대표님, 레드다이아몬드는 다이아몬드 중에서도 가장 고가라, 그렇게 되면 메인 광고 모델에 다이아까지 비용 부담이 클 텐데요?"

"투자한 만큼 소득도 있는 법입니다. 지금 현재 전 세계 명품 주얼리 전면 광고는 하나같이 화이트다이아입니다. 이번 시즌은 레드다이아몬드로 차별성을 주고 하나밖에 없는 가치를 선물한다는 의미로 마케팅을 하는 게 승산이 있을 것 같군요."

그가 날카로운 눈매로 경영진들을 한 사람씩 훑어보자, 다들 좌불안석이 되어 조용히 숨만 내쉬었다. 투자비용이 파격적인 것에 비해 사실 레드다이아몬드는 찾는 손님도 없을뿐더러 직접 매장에 진열하기도 힘들었다. 반드시 구매 의사가 확실한 경우에만 크리스티경매와 소더비경매에 참가해서 가져오는 제품인지라 그의 말대로 하는 건 리스크가 컸다.

"광고 보고 혹해서 문의하는 일은 있겠지만 실제 구매로 이어지진 않을 것 같습니다, 대표님."

마케팅 담당의 상무가 조심스레 의견을 내놓았지만 말은 단칼에 잘렸다.

"광고는 곧 제후 주얼리의 이미지입니다. 진부한 발상만 한다면 제후 주얼리에 발전은 없습니다. 이제 보니 메인 보석만 바꿀 게 아니라, 직원들부터 바꿔야겠군요. 어째 작년과 다른 의견이 하나도 없는 겁니까. 이 자리에 머릿수 채우려고 제가 월급 주는 거 아닐 텐데요?"

모인 임원들보다 한참은 어린 대표지만 조금의 틈도 없는 단호한 목소리가 절로 사람을 주눅 들게 만들었다. 지금과 같은 그의 거침없는 아이디어와 경영 전략은 짧은 새 제후 주얼리를 급성장시킨 원동력이기도 했다. 남들은 시도하려고 엄두조차 내지 않는 발상은 그가 자주하는 것 중의 하나였다.

그가 처음 성공을 거둔 곳은 한국이 아닌 뉴욕이었다. 한국에서는 집안이 든든하지 않는 이상 어린 나이에 사업으로 성공하기는 거의 불가능했다. 더군다나 주얼리 같은 폐쇄적인 시장에서는 더욱.

뉴욕 소호에서 작은 숍을 낸 제후는 헐리웃 셀러브리티들이 그의 주얼리를 착용하기 시작하면서 입소문을 타고 신진디자이너로 떠올랐다. 그 기세를 타고 뉴욕 백화점에 입성하면서부터 그는 성공가도를 달리기 시작했다. 피렌체, 밀라노, 파리, 런던, 홍콩, 도쿄, 베이징 등 세계 곳곳에 그의 이름을 단 매장이 들어섰다. 그리고 그가 마지막으로 매장을 낸 곳은 바로 한국이었다.

"레드다이아몬드 8캐럿으로 메인 준비해 주시고. 핑크다이아몬드는 팔찌로 연출할 겁니다. 또한 블루다이아몬드는 목걸이로 하죠. 이번 시즌은 컬러에 중점을 둘 생각입니다."

"대표님! 지금 말씀하신 것들은 전부 다 희귀 다이아몬드……."

이번엔 또 다른 이사가 한마디 거들자 제후는 중간에 말을 뚝 끊었다.

"또, 투자 리스크가 크다는 말부터 할 거면 지금이라도 늦지 않았으니 안정적인 공무원 준비나 시작하시죠."

기획안을 뒤적이던 제후는 마음에 안 든다는 표정을 적나라하게 드러내며 더 볼 것도 없다는 듯 테이블 위에 탁 소리 나게 내려놓았다.

"타파이트와 페이나이트도 이용해서 디자인 출시할 거니까 그런 줄 알고 계세요."

"그것 역시 주얼리로는 잘 사용하지도 않을뿐더러 고가라 실소비가 없……."

제후의 눈빛에 얼어붙은 임원진들은 말을 끝까지 잇지 못하였다. 경매에도 나오지 않는 희귀 광물을 언급하는 통에 등 뒤로 땀이 송글송글 맺히다 못해 줄줄 흘렀다.

앉은 자리에서 제후는 빠르게 스케치 하나를 끝냈다. 메인 보석에 색을 입히고, 그의 손길이 더해질수록 주얼리보다는 아트에 가까운 선들이 모여 눈으로 보고도 믿기지 않을 작품이 탄생했다. 진한 와인빛을 띠는 타파이트는 가운데 크게 넣고, 화이트다이아몬드를 꿰어 메인을 돋보이게 만든 팔찌였다. 붉은빛의 페이나이트는 광물 그대로의 거친 질감을 살린 세공법을 응용하여 블루다이아몬드와 연결시켜 목걸이를 만들었다. 앉은 자리에서 뚝딱 디자인 두 점을 완성한 제후의 완벽한 실력에 모두 꿀 먹은 벙어리가 되어 더는 아무 말도 하지 못하였다. 타고난 실력이 가히 천재의 수준이었다. 그리고 이번에 그가 내건 컨셉은 제후 주얼리를 한층 더 명품 주얼리로써 쐐기를 박기 위한 전초전에 불과하였다.

장시간 회의에 지칠 법도 하건만 제후는 지친 기색 없이 타이트한 일정을 무난히 소화해 낸 후에야 때늦은 점심을 먹었다. 그 잠깐의 사이에 제후는 은설의 SNS에 들어가 사진을 들여다보았다. 수강의 정보력이 이럴 때는 나쁘지 않았다. 그는 이것을 위해 가입한 아이디로 로그인을 해 은설의 사진 밑에 댓글을 달았다.

—내 여자한테서 떨어져. 보는 것도 안 돼.

오전 내내 시종일관 차가운 무표정의 연속이었던 제후의 얼굴에 만족한 것 같은 미소가 그려지자 움찔 놀란 직원들은 무슨 일인가 싶어 그를 곁눈질했다.

은설은 제후가 같은 한국에 없다는 사실 하나만으로 그저 일상이 무료했다. 고작 그가 출장을 간 지 3일 만에 금단현상처럼 힘이 빠졌다. 그래서 어느 때보다 일에 흥미가 생기질 않아 느릿느릿 하던 참이었다.

커피 한 모금을 들이켜려는데, 핸드폰도 아닌 데스크 전화에서 벨이 울리자 은설은 잔을 내려놓았다. 관리하는 회원에게서 전화가 오는 거라면, 모니터 위로 발신인의 정보가 뜨는데 지금은 그런 게 없었다.

벨이 세 번 울리고 나서야 그녀가 조심스레 수화기를 들었다.

"네, 노블리스 커플매니저 기은설입니다."

[그거 바꿀 생각 없어?]

이건 분명 많이 익숙한 목소리인데. 은설은 입가를 손으로 가리고 작게 말하였다.

"……이시준 씨?"

[내가 한 번 들으면, 잊을 수 없는 목소리긴 해.]

"이미 여러 번 들었거든요. 회사 번호는 어떻게 안 거예요?"

[홈페이지에 있던데.]

홈페이지에 증명사진과 함께 커플매니저의 직통 전화번호와 공적인 핸드폰 번호까지 친절하게 적혀 있다는 걸 깜빡하고 있던 은설은 그제야 고개를 끄덕였다.

"무슨 일인데요?"

[목소리 듣고 싶어서.]

시답잖은 말에 은설은 주위를 둘러보며 아까보다 더 작은 소리로 소곤거렸다.

"이거 녹취되는 전화기예요. 쓸데없는 말 하려거든 끊어요."

[너 목소리, 지금 되게 섹시한 거 알아? 그렇게 속삭이듯 말하지 마. 떨리니까.]

느릿하게 떨어져 나오는 음성 뒤로 은설은 정색했다.

"끊어요."

[잠깐만.]

미련 없이 전화를 끊으려던 은설은 어쩔 수 없이 다시 수화기를 들었다.

"왜요?"

[역시 넌 목소리가 좋아. 배우 해야 될 목소리야.]

전화기 너머로 시준이 '배우'라고 말하자 은설은 가슴이 쿵 떨어져 내리는 느낌을 받았다. 이 사람은 왜 이렇게 자신이 약해질 단어들을 파고들고 혼란스럽게 만드는 건지. 그의 작전이 이런 식이라면 어쩌면 나는…….

"내가 지금 무슨 생각을 하는 거야?"

수화기를 내려놓고도 은설은 울려야 할 전화가 더 있는 것만 같아서 핸드폰을 만지작거렸다. 아직까지 연락 한 번 없는 그가 야속하기만 해 눈을 가늘게도 떠보고 핸드폰을 껐다가 다시 켜보기도 했지만 여전했다. 회사 전화로 직접 걸어보기도 한 은설은 그제야 진동하는 자신의 핸드폰을 내려다보며 그것을 거칠게 뒤집어놓았다. ……고장난 것도 아닌데, 손가락이라도 다쳤나!

그렇게 기다리던 전화가 울린 것은 은설이 퇴근하고 나서, 그것도 한밤중에 막 잠들 무렵이었다. 손에 핸드폰을 꼭 움켜쥐고 있었던 터라 짧은 진동이 울리자마자 움찔하고 일어난 은설은 바로 전화를 받았다. 동시에 잠이 확 달아났다.

[내 전화 기다렸나 봐.]

제후가 수화기 너머로 옅게 웃었다. 그 웃음소리에 은설이 가르랑거리며 변명했지만 설득력이라고는 없었다.

"자려다 받은 거예요!"

[그럼 자.]

"진짜, 이럴 거예요?"

전화기 너머로 왠지 웃고 있을 제후의 얼굴이 그려진다. ……내가 얼마나 기다렸는데. 이제야 전화를 해주는 그가 미워서 그새 또 서운해져 버렸다.

[바빴어. 밤새고 이제 막 호텔 들어온 거야.]

피곤해서 갈라진 목소리가 은근 섹시했다. 은설은 그 목소리를 계속 듣노라니 두근거려 이불을 뒤집어쓰며 좀 더 집중하였다.

"대체 얼마나 바쁘면 밤까지 새요?"

[그래서 내가 돈을 많이 벌지.]

"하여간, 윤제후 씨 잘난 척은……."

[보고 싶네.]

그 말에 은설은 숨 쉬는 것도 잊고 말았다. 그의 호흡 소리 하나도 놓치고 싶지 않았다. 눈을 감은 은설은 요술램프의 '지니'보다도 더 섹시한 그에게 밑져야 본전이라는 식으로 말을 던졌다.

"소원 지금 하나 쓰면 들어줄 수 있어요?"

[뭔데.]

은설은 소리 없는 미소를 얼굴에 그리며 눈을 더 꼬옥 감았다.

"내일, 내 눈앞에 나타나기."

제 입으로 말하고도 말이 안 되는 소원이라 은설은 베개에 얼굴을 깊이 묻었다. 안 된다는 대답을 듣는 것보다야 이쯤에서 끊는 것도 나쁘지 않을 것 같다. 더 이상 건너오는 소리는 없기에 은설은 그렇게 눈꺼풀을 덮었다. 꿈에라도 나와 줘요. 보고 싶으니까…….

호텔에 도착하자마자 옷도 갈아입지 않고 먼저 전화부터 걸었던 제후가 은설의 말에 바로 대답하지 못한 건, 그녀의 말이 어딘가 그의 심장을 간지럽게 만들었기 때문이었다.

"……자나?"

대답 대신 들려오는 쌕쌕거리는 숨소리가 듣기 좋아, 그의 입꼬리가 점점 위로 올라갔다.

"난 잠도 못 자게 만들어놓고…… 당신은 잔단 말이지?"

대답 없는 전화를 끊으려던 그는 이내 스피커폰으로 통화모드를 바꾸며 침대 헤드에 몸을 기대었다. 바로 옆에서 잠들어 있는 것 같은 그녀의 숨소리가 고요히 내려앉는다.

아무리 들어도 질리지 않을 것 같단 말이지. 제후는 눈을 감았다 뜨면서 자리에서 일어났다. 커프스 버튼을 풀고, 깔끔하게 소매까지 걷어 올린 그는 테이블 위에 어지럽게 흩어져 있는 디자인 시안들을 다시 펼쳤다.

사그락, 종이 넘어가는 소리와 함께 그녀의 숨소리가 맞물렸다.

6. 표적을 빗나간 사랑도 사랑이다

은설은 퇴근 시간만 기다린 사람처럼 6시 30분이 되자마자 미련 없이 자리에서 일어났다. 그러자 옆에 있던 미리도 따라서 일어났다.

"퇴근하려고?"

"응. 집에 일찍 가서 쉴래."

"윤제후 씨 없다고 너무 기운 빠진 거 아냐?"

소지품은 그대로 놔두고 미리가 엘리베이터 앞까지 배웅 나왔다.

"넌, 야근하려고?"

"야근 수당도 없는 결정사에서 내가 설마? 강이 회사 근처로 온다는데, 기다렸다가 같이 가려고."

"아, 맞다. 수강 씨 뉴세계 백화점으로 왔다며?"

"응, 엎어지면 바로 코 닿을 옆 건물. 나도 금방 나갈 거야!"

오랜만의 연애라 들뜬 미리가 목소리 끝을 올리며 신나게 말하자, 그녀에게 수강에 대해 이야기를 해줘야 하나 싶어 은설은 잠깐 고민했다.

"있잖아……."

"뭐? 할 말 있어?"

수강의 부탁도 있었고, 이미 시작된 마음에 혹여 제동이라도 걸릴까 봐 결국 다른 말을 꺼냈다.

"수강 씨랑 데이트 잘하라고."

엘리베이터에 올라타며 손을 흔드는 은설을 보다가 이내 미리가 작게 소리쳤다.

"잠깐만!"

"응?"

열림 버튼을 누른 은설을 미리가 가만히 껴안았다.

"집에 가서 푹 쉬고, 내일 보자."

"닭살 돋으려 그래. 이런 건 나 말고, 이제 수강 씨 있잖아."

"내가 실전에 약하니까, 널 마루타 삼아 연습해야지."

웃는 미리의 얼굴이 엘리베이터 문이 닫히며 사라졌다. 은설은 퇴근 시간이면 와주었던 제후가 오늘도 없을 거라는 생각이 들자 괜히 기운이 빠졌다.

혼자인 날이 더 많았는데 벌써 그게 언제였는지 기억도 안 날 만큼 낯설었다. 사람은 역시나 적응의 동물이라고, 벌써 누군가에게 의존하게 된 게 그다지 유쾌한 일만은 아닌 것 같았다. 없으면 안 될 만큼 절대적인 존재가 생기는 건, 행복한 만큼 무서운 일이기도 하니까.

완벽히 가질 수도, 완벽히 잃을 수도 없는 건 대상이 사람이기에 그렇다. 은설의 기억 속 이루어지지 않은 첫사랑도 그랬다. 기억의 파편은 좋았던 기억을 더 미화시키기도 했지만 역으로 가시처럼 걸리게도 만들었다.

"음악이라도 들을까……."

이어폰을 꽂고 음악을 들으니 은설은 혼자 집으로 돌아가는 길이 음악과 함께여서 그나마 덜 쓸쓸하다고 생각했다. 이어폰 하나로 금방 세상에 있던 소음이 빨려나가고 멜로디로 가득 채워지자, 뒤따라오는 발소리가 있다는 건 알지 못하였다.

버스도 지하철도 지금 머무르는 고급 빌라 근처로 한 번에 가는 것은 없었다. 가장 가까운 곳에서 내려 땅만 보며 걷던 은설은 유난히 등 뒤로 붙은 기다란 그림자에 천천히 속도를 줄였다. 그러다 순식간에 그림자가 가까워지는 것을 보고 소리를 내지를 틈도 없이 은설의 입이 등 뒤로 넘어온 팔 하나에 막혔다. 이어폰에선 여전히 음악이 흘러나오고, 가장 좋아하는 곡이 시작되던 그때 은설은 그대로 눈을 감았다.

힘없이 축 늘어진 은설을 한 팔로 가볍게 안은 남자는 다정한 연인처럼 고개를 아래로 내렸다. 부축하는 손길과 걸음걸이가 워낙 자연스러워 누구도 의심을 하는 이가 없었다. 그는 미리 세워둔 차 안으로 은설을 앉혔다. 등받이를 조금 더 뒤로 눕혀 은설의 얼굴을 한 번 더 눈에 담은 그는 잠들어 있는 그녀의 흐트러진 머리카락을 쓸어 넘겨주었다.

그는 그 길로 도심에서 벗어났다. 그리고 외딴 곳에 위치한 한

집에 도착하여 아직도 잠들어 있는 은설을 안아 안으로 들어갔
다.

"일어날 때가 됐는데……."

도톰하게 올라온 이마를 시작으로 작지만 쭉 뻗은 코를 지나
작은 입술까지 검지로 느리게 쓸어내린 남자의 얼굴이 미묘하게
변했다. 그 눈빛엔 작은 떨림까지 담겨 있었다. 곧 짓궂은 손가락
은 하얀 목을 타고 내려가 한일자로 가늘게 뻗어 보호본능을 자
극하는 쇄골에 멈추었다. 그 위에 골짜기를 만들어 움푹 팬 살결
을 문지르던 남자의 벌어진 입술에서 짙은 숨이 토해졌다.

살결에 닿는 기민한 감각에 감겨 있던 눈꺼풀이 푸스스 떨리더
니 이내 느리게 올라갔다. 은설은 낯선 천장에 잠시 흠칫했다가
제 앞에 있는 남자를 보며 소스라치게 놀랐다.

"서…… 선배……!"

금세 몸을 일으킨 은설은 잔뜩 웅크린 채로 뒤로 물러났다.

진우는 머리칼을 쓸어 넘기며 눈을 치떴다. 오로지 은설과 둘
만 있는 공간에서 이제는 주위 사람의 눈치를 볼 필요 같은 건
없었다. 그것만으로도 그의 눈동자는 반쯤 풀려 있었다. 은설을
향해 그의 눈빛이 번득였다. 보고 싶은 만큼 마음껏 볼 수 있다
는 것만으로도 만족감이 올라왔다.

"이렇게 오래 걸릴 줄은 몰랐어. 도통 틈이 있어야지."

그는 이내 떨림도 사라진 무감각한 얼굴로 말했다.

은설은 아무리 생각해도 자신이 왜 여기에 이러고 있는지 기억
이 나질 않아 머릿속을 헤집었다. 분명 음악을 들으며 집을 향해
걸어가는 길이었다. 그런데 그 이후의 기억이 없었다. 혼란스러워

진 은설의 눈동자가 길을 잃고 헤맸다. 은설은 입술을 꾹 짓눌렀다가 떼었다.

"어떻게…… 제가, 여기에……."

"너, 잠깐 잠들어 있었어."

아무렇지도 않게 하는 말에 은설의 눈이 커졌다.

"그 남자 외국 갔더라? 기회는 이때다 싶었지."

진우의 얼굴에 작은 웃음이 스며들었다. 오싹 소름이 끼친 은설이 뒤늦게 제 몸을 살폈지만 두툼한 외투는 이미 사라지고 없었다. 당혹스러워하는 은설의 얼굴을 보며 진우가 청바지 주머니에서 은설의 핸드폰을 꺼냈다.

"이거 찾아?"

핸드폰 전원을 그대로 끈 채 웃는 진우의 표정에 머릿속이 새하얘진 은설은 비명조차 지를 수 없었다. 커다란 눈에 눈물이 차올랐다. 절대 울지 않으려고 입술을 꽉 깨물었으나 눈물은 그대로 쏟아져 버렸다. 진우가 엄지로 눈물을 쓸어내리며 제법 다정한 어조로 속삭였다.

"내가 뭘 했다고 벌써부터 눈물바람이야?"

은설은 겁에 질려 흐느끼기만 했다. 최대한 침착하려고 심호흡을 하려고 했지만 가까이 다가온 진우로 인해 평정심은커녕 더 불안해졌다.

진우는 허리를 숙여 한 팔로 은설을 꽉 끌어안으며 귓가에 대고 속삭였다.

"네가 그러면 내가 진짜 나쁜 놈 같잖아."

귀 뒤로 바싹 닿는 목소리에 은설은 입술을 다시금 꽉 깨물었다. 입술 위로 흐르는 게 눈물인지 피인지도 모를 만큼 무감각했다. 심장에 몰려 있던 피가 거꾸로 빠져나가는 것처럼 어지러웠다.

"상처 났잖아."

진우가 미간을 찌푸린 채 은설의 입술을 바라보았다. 그에 은설은 한쪽 손등으로 입술을 꾹 눌렀다. 또 울면 그의 신경에 거슬릴지도 모른다는 생각에 간신히 울음을 집어 삼켰다.

"또, 나 혼자 떠들어? 그 남자 앞에선 말 잘하더니, 오늘은 옛날 기은설이네."

진우가 조소를 흘리며 언제 준비해 놓았는지 모를 양주를 언더락 잔에 옮겨 담았다. 얼음까지 넣은 잔을 들고 한 모금 크게 넘긴다. 살짝 코끝을 찡그린 얼굴은 영락없이 CF의 한 장면이었으나 은설에겐 인간미 없이 잘생긴 조각 같은 얼굴이 더 소름끼치기만 했다.

이번엔 양주를 스트레이트 잔에 따라 가볍게 들이켜자, 은설은 차라리 그가 아주 많이 취해서 몸도 못 가눌 정도가 되었으면 좋겠다고 생각했다. 그러다 마주친 눈빛에 진우는 은설의 속마음을 듣기라도 한 사람처럼 처음의 언더락 잔에 양주를 따라 얼음과 함께 굴리기만 하였다.

"웃긴 게 뭔 줄 알아? 한 번도 원한 적 없는, 그 수많은 사람들이 모두 다 나를 좋다고 하는데. 정작 내가 원하는 사람한테서는 외면당한다는 거야."

소파 위에 거의 드러눕다시피 몸을 뒤로 젖힌 진우는 뭐가 그렇게 웃긴지 큰소리로 웃었다. 그러다 웃음소리가 잦아들 때쯤,

언제 그렇게 웃었나 싶을 정도로 차분한 음색으로 말을 이었다.

"많이 원하지도 않았어."

얼음에 녹아 색이 많이 옅어진 액체를 한 모금 들이켠 진우가 독백처럼 말을 이었다.

"너, 그리고 내 친부모라는 사람."

넓은 집에 오롯이 혼자였던 진우를 떠올린 은설은 미치도록 외로워 보이는 그의 모습에 순간 잔뜩 긴장하고 있던 몸에 힘을 풀었다.

"부모님이 많이 바쁘신가 봐요."

"바쁜 부모가 어디 한둘이겠어? 애정을 쏟을 시간이 없는 거랑 마음이 없는 건 구분이 가능하니까. 사람을 미치게 만들어."

"그런 게 아닐 수도 있잖아요."

"그럼 넌?"

"……."

"내가 생각하기에 넌, 날 끔찍이 싫어하는 것 같은데. 이것도 아닐 수 있어? 난, 그랬으면 좋겠는데."

무거운 공기가 공간을 지배했다. 고양이 앞에 놓인 생쥐처럼 은설은 빠져나갈 길만 생각하다 그것이 너무나 아득하게 느껴져 눈만 감았다 떴다. 건장한 남자의 힘을 무슨 수로 당한단 말인가. 몰래 빠져나가는 일은 사실상 불가능에 가까웠다. 어떡해서든 진우를 설득해야만 했다. 그래서 그가 자신을 놓아주도록 만드는 것. 지금으로서는 그 방법뿐이었다.

"학교 다닐 땐, 선배가 워낙 유명해서 어려운 사람이었지. 싫은 사람은 아니었어요."

"지금은?"

그 말에 은설은 진우의 눈빛을 슬그머니 피했다. 아마 세상에서 제일 싫어하는 남자가 누구냐고 물어온다면 은설은 망설임 없이 진우의 이름을 댈 수 있었다. 속을 전혀 알 수 없는 무표정한 얼굴에 새하얀 피부가 더 인형처럼 느껴졌다. 찔러도 피 한 방울 나올 것 같지 않은 표정으로 진우가 물었다.

"나 좋아해줄 수 있어?"

은설은 아무런 말도 할 수 없었다.

"넌 쉽게 갈 수 있는 길이 있는데도, 꼭 어렵게 가더라."

네가 거짓이라도 좋아해줄 수 있다고, 아니 생각해 본다고 한 마디만 했어도. 난 망설임 없이 널, 집까지 안전하게 데려다줄 생각이었는데.

"선배⋯⋯."

어느새 눈빛이 더 짙게 내려앉은 진우를 마주한 은설은 떨리는 눈동자를 아래로 떨어뜨렸다.

"마음은 못 준다는 거지? 노력도 안 한다는 거지?"

기회를 한 번은 더 줄게. 거짓말이라도 좋으니까. 나도 제어하기 힘들 것 같거든. 너한테 어려운 사람이 나라고 했었나. 나한테 어려운 사람은 기은설, 너야. 내 이성은 너만 보면 풀어져 버리니까. 진우는 눈꺼풀을 나른하게 밀어 올렸다.

"좋아하는 사람 있어요, 저."

바닥을 향한 눈동자를 자신에게로 향하도록 만들고 싶었다. 진우는 슬쩍 입꼬리만 올렸다.

"이미 알고 있던 사실."

"그럼 보내주세요. 집에 갈래요……."

은설은 시선을 더 아래로 떨어뜨렸다가 힘이 들어가지 않는 다리를 억지로 움직여 소파를 벗어났다. 그러고는 빠른 걸음으로 거실을 가로질렀다. 심장이 튀어나올 것 같았다.

현관문 앞에서 신발도 신지 않은 채로 문고리를 붙잡는데 문은 꼼짝도 하지 않았다. 급한 마음에 무작정 문고리를 흔들었지만 무거운 문은 틈 하나 보이지 않았다. 그제야 은설은 왜 진우가 저를 가만히 내버려 두었는지 알 것 같았다.

"네가 여기서 움직일 수 있는 건, 거기까지."

등 뒤로 붙은 목소리에.

"내가 너한테 갈 수 있는 건, 여기까지."

돌아보지 않고도 그가 바로 가까이에 다가와 있다는 게 몸으로 느껴졌다.

"너도 여기 문밖을 못 벗어나고, 나도 네 마음엔 죽어도 못 들어가."

현관문 앞에서 돌아선 은설은 진우와 마주보고 섰다. 진우는 은설의 얼굴을 보며 얄궂게 웃었다. 그래, 이렇게 얼굴 보면 난 또 좋기만 하잖아.

"여기서 나갈래요. 열어줘요!"

"열어달라고? 넌 조금이라도, 나한테 열어줄 수 있어?"

그대로 현관문에 등을 기댄 은설의 몸이 스르륵 무너져 내렸다.

"이제 그만 퇴근할까요?"

책상 위로 높이 쌓인 서류들을 슬그머니 밀어놓고 수강이 자리에서 일어나자, 수강의 전담 비서가 한달음에 쪼르르 달려와 그의 서류가방을 제 앞으로 가져갔다. 그는 수강의 이른 퇴근을 온몸으로 막아섰다.

"대표님, 출근한 지 며칠 되지도 않았는데, 이렇게 자꾸 칼퇴근하시면 직원들 보기 안 좋습니다."

각 잡힌 말투에는 '칼퇴근'이라는 단어에 유독 힘이 들어가 있었다. 수강은 전담 비서의 목에 걸린 사원증을 들여다보며 짐짓 퉁명스럽게 중얼거렸다.

"내가 분명 젊은 비서로 해달라고 했는데……."

"제가 가장 젊습니다, 대표님."

"그게…… 남자일 거라고는 생각 못 했는데? 유대현 씨, 일단 오늘은 내가 중요한 일이 있으니까. 이 서류들은 내일 아침에 와서 속전속결 처리하는 걸로……."

"안 됩니다! 어제도, 그제도 일찍 퇴근하셨습니다! 이러면 직원들 사기에 좋지 않습니다, 대표님."

상사의 말을 끊은 대현이 제 목소리를 높였다.

"젊은 사람이 꽉 막혔네…… 휴."

장난스럽게 얼굴을 일그러뜨린 수강이 어쩔 수 없다는 듯 맨몸으로 휘파람까지 불며 문밖으로 나섰다. 대현은 서류 가방을 꼭 붙잡은 채 종종걸음으로 수강을 따라 나왔다.

"대표님!"

백화점 내부에 자리 잡은 핵심부서인 전략기획팀 사원들은 오늘도 새로 온 대표가 일찍 퇴근할 것처럼 문밖으로 나오자 자연스럽게 자리에서 일어났다.

사실 수강은 어떤 일이 되었든 신입 사원부터 시작하겠다고 자청했었다. 성삼그룹의 대표 이원제는 하나뿐인 아들의 말을 존중해 주는 척했으나, 이제 막 회사에 입사한 아들을 경영수업 중인 후계자라고 일찍감치 공표를 하였다.

이건 그가 바라는 경영수업이 아니었다. 누가 그에게 신입이라고 일을 가르쳐주고 편하게 부리겠는가. 결국 몇 달도 못 가서 허울뿐인 신입 사원 직함을 내려놓고 원제의 뜻대로 높은 자리로 고공 행진할 수밖에 없었다.

그나마 버텨서 쟁취한 건 성삼그룹 계열사 중에서도 규모가 크지 않은 백화점이었다. 사업체가 작아 업무 파악하는 데 있어 그리 오래 걸릴 것 같지 않아서였다.

파티션 위에 손을 올린 수강이 갸름한 미소를 입에 물었다.

"퇴근 시간 넘어서까지 일하는 건 무능하다고 생각해요. 주어진 업무를, 퇴근 시간 전에 끝내는 게 능력이라고 생각합니다. 출근 시간은 칼같이 하면서, 왜 퇴근 시간은 칼같이 안 해요?"

수강의 말에 모두들 격하게 마음속으로 공감했지만 누구 하나 입 밖에 내지는 않았다.

"그래서 저는, 이만 퇴근을 할까 합니다만……. 오늘 모두 다 같이 칼퇴하는 걸로?"

제법 진중한 어조인가 싶더니 끝마무리는 또 장난스러워진 수강의 말에 사원들은 잠시 멍한 표정이 되었다. 수강은 휘파람을 휘익 불면서 빠른 걸음으로 사무실을 나섰다. 그리고 따라서 나온 대현에게 손을 뻗었다.

"안 됩니다, 대표님!"

대현은 서류가방을 꼭 잡으며 고개를 저었다.

"아까 내 브리핑 못 들었어?"

"대표님은 일 처리도 못 하고 퇴근하는 겁니다, 지금!"

대현이 말하고도 눈을 굴리며 수강의 눈치를 살폈다.

"대현 씨, 대놓고 지금 나 무능하다고 얘기하는 거야?"

"아닙니다, 대표님!"

"휴…… 진짜 아니야?"

"아닙니다, 진짜 아닙니다!"

"그럼 퇴근해도 돼?"

수강이 제 가방을 힘주어 잡아당겼으나 대현이 끝까지 버티고 섰다. 한 손으로는 부족하다 느낀 수강이 양손으로 세게 잡아당겼고, 힘에 밀려 가방을 놓친 대현이 바닥에 엉덩방아를 찧으며 넘어졌다. 미안하다고 외치고서 야속한 걸음을 재촉하는 수강을 보며 대현은 하는 수 없이 등 뒤로 재차 당부의 말을 외쳤다.

"대표님, 내일부터는 제대로 일하셔야 합니다!"

잽싸게 엘리베이터에 올라선 수강은 문이 닫히는 틈으로 찡긋 윙크까지 하고는 아까부터 울리던 전화를 얼른 받았다.

[퇴근하고 바로 온다는 사람이 이렇게 늦기?]

"강! 이제 막 입사한 힘없는 내가 얼마나 힘들게 나온 줄 알면 이렇게 말 못 할 거야……."

[내가 백화점 가서 기다린다니까, 왜 못 오게 해?]

"힘들게 일하는 거 보여주면 마음 아플까 봐. 금방 갈게. 맛있는 거 먹으러 가자!"

엘리베이터에서 내리는 수강을 알아본 매장 점장이 허리를 굽혀 인사했다. 자연스럽게 직원들 모두가 수강이 지나갈 때마다 허리를 굽히며 도미노처럼 인사하였다. 이에 수강이 사양한다는 식으로 손사래를 치며 서둘러 걸음을 옮겼다.

미리를 만나 함께 저녁을 먹으러 식당에 온 수강은 뉴욕 출장을 간 제후가 전화를 걸자 의아한 얼굴을 했다. 분명 뉴욕일 텐데 한국에서 쓰는 번호가 찍힌 것이다. 전화를 받은 수강이 인사하기도 전에 거친 숨이 쏟아져 나왔다.

[지금 미리 씨랑 같이 있어?]

"귀신이네. 너 어떻게 된⋯⋯."

[바꿔.]

수화기 너머로 들리는 목소리가 다급하게만 느껴져 수강은 별말 하지 않고 바로 미리에게 핸드폰을 내밀었다. 이에 미리가 눈을 동그랗게 뜨고는 소리 없이 왜냐고 물으면서도 핸드폰을 귀에 가져다 대었다.

[은설이가 연락이 안 됩니다. 핸드폰은 꺼져 있고, 집에도 없고.]

"그럴 리가요? 오늘 퇴근 시간 되자마자 집에 간다고 갔⋯⋯."

짧은 침묵 속에 두 사람은 동시에 불안을 느꼈다.

"부탁하셨던 건, 해두었어요."

불행 중 다행이라고 생각하면서도 미리는 여전히 초조했다. 사실 미리는 그가 좀 유난이라고 생각하고 있었다. 미국으로 떠나기 전, 그가 은설이 불안해하지 않도록 위치추적 장치를 그녀에게 몰래 붙여 달라고 했을 때 굳이 위치추적기까지 필요할까 싶었다. 미리는 괜한 걱정 아닌가 하면서도 그의 부탁을 들어주었고, 오늘은 그녀의 코트 주머니 안쪽에 그게 잘 있는지 확인까지 하며 은설을 배웅했다.

[그렇잖아도 지금 그리로 가고 있어요. 양평 서종면이라고 뜨는데, 자세한 주소를 잡기가 어려워서 아무래도 시간이 걸릴 것 같습니다.]

"……양평이요?"

백 프로 진우의 소행이라고 확신한 미리는 차분히 머리를 굴렸다. 지난 번 사건 때 녹취 파일은 잘 저장해 두었다. 클릭 한 번이면 언제든 어디에든 올릴 준비가 되어 있었다.

다행이라고 해야 할지 그 반대라고 해야 할지 은설의 목소리는 녹음되지 않아서 피해자가 은설이라는 건 가릴 수 있지만, 실제 상황이라 하기에도 애매한 녹취파일이었다. 연기 연습이라고 하면 그뿐이었다. 하지만 진우의 회사 대표만은 그게 진실인지 거짓인지 알 수 있을 것이다.

여기까지 생각한 미리는 짧은 통화를 끝내고 진우의 소속사에 딜을 할 작정으로 대표 메일로 녹취파일을 보냈다. 이윽고 개인 핸드폰 번호가 적힌 답장이 도착하였다.

어느덧 해는 지고 까만 어둠이 내려앉았다. 어두운 회색 린넨 커튼이 덮인 창 뒤로 보이는 거라고는 작은 산과 잘 가꾸어진 드넓은 정원뿐이었다. 키가 큰 소나무들은 제법 값이 나가 보였고, 유난히 많이 보이는 참죽나무는 이파리 없이 뾰족하게 뻗어나간 가지가 가시덤불처럼 세워져 있었다. 마치 이곳을 나가면 그 뾰족한 가지들이 허리를 굽혀 찌르기라도 할 것처럼 기괴하기만 하였다.

소리를 질러도 누구 하나 들을 사람 없는 외진 곳의 펜션이란 것은 어둠 속에서도 여실히 느껴졌다. 지나가는 차 소리조차 들리지 않는 조용한 마을. 아마도 개인 별장쯤일 거라고 생각을 한 은설은 자신이 어떻게 한다고 해도 달라지지 않을 상황에 도리어 차츰 평온해지고 있었다. 불과 몇 시간 전만 해도 겁이 나서 눈물만 나왔는데 이제는 더 나올 눈물도 없었다. 진우를 향해서 사정하는 것도 소용이 없다는 걸 깨달은 은설은 멍하니 어둠을 마주하며 앉았다.

소리 없이 다가온 진우가 은설을 보며 흐리게 웃었다. 지독한 어둠 속에서도 은설의 하얀 얼굴이 청초하기만 해서 밤하늘에 걸린 달 같기도 하였다. 손대면 그대로 통과할 것 같은 눈부심에 진우는 손을 제 심장 가까이 가져다 대며 지그시 눌렀다. 그리고 지금도 눈이 부시게 선명한 기억의 한 조각을 꺼냈다.

"그날은, 신입생 환영회였어."

사실 난 쫓기는 스케줄에 그 환영회라는 것이 귀찮기만 했어. 그래서 대충 인사를 시작하면 조용히 빠져나갈 생각만 하고 있었지. 그런데 하필 이름의 초성 순서로 시작해서 기은설, 네가 첫 번째로 인사를 하는데, 한 번도 누구를 빤히 응시해 본 적 없는 내가 너한테서 눈이 떨어지질 않더라. 돌아서 나가려고 했던 그 자리에 발이 딱 붙어버렸어. 웃는 얼굴에서 묻어나오는 웃음이 그렇게 투명할 수 있는 건지.

"네가 처음으로 했던 말."

연극영화과 엄한 규율 탓에 '다나 까'로 대답해야 하는 군대식 언어에 적응하지 못한 네가 순수하게 물어오는데 미치겠더라고.

진우는 고개를 뒤로 젖히고 눈을 감았다. 감을수록 더 선명해지는 기억에 진우는 기억 속 은설의 작은 입술이 벌어지는 대로 따라서 말하였다.

"선배님, '다나까'로 말해야 하는데, '다'랑 '까'는 알겠는데 '나'는 대체 어떻게 끝맺어야 하는지 모르겠습니다. '밥 먹었나'는 이상한데 말입니다."

딱히 선배가 나만 있던 것도 아닌데, 난 군이 왜 그 말에 대답하고 싶었던 걸까. 진우는 시큰하게 웃음을 터뜨리며 그날의 제 목소리를 옮겼다.

"'다나 까'는 '다' 혹은 '까' 둘 중 하나를 뜻하는 거야."

생각보다 먼저 나온 말에 당황한 건 나였어. 얼굴이 발갛게 달아오른 채로 민망해진 네가 아래로 떨어뜨린 눈에…… 내 마음도 같이 툭 떨어졌어. 그 눈에 눈 맞추고 너와 얘기하고 싶다고 생각한 것도 그때가 아마 처음이었지. 처음으로 내 얘기를 하고 싶었어. 그럼 너는 들어줄까.

"기억해?"

진우의 말에 은설은 생각해 내려고 애쓰는 표정을 지었다. 그에 진우가 설핏 웃었다. 나한텐 눈 감고도 보이는 장면이, 네 웃음이, 네 말투가…… 그날이 너한테는 아무 날도 아니겠지만. 진우는 진득한 숨을 몰아쉬었다.

"……기억났어요."

은설이 겨우 대답하자 진우는 작게 입술을 모았다.

은설이 기억하는 진우와의 첫 만남은 신입생 환영회가 아닌, 전공 서적을 찾아보려고 도서관에 간 날이었다. 연기 전공 학생이라면 한 번쯤 다 읽어봤을 스타니슬라브스키의 연기 이론 서적은 총 세 권으로 이루어져 있는데『배우훈련』,『역할구성』,『역할창조』였다.

"이거 찾아?"

도서관 칸막이 뒤에서 책을 먼저 뽑아 든 진우가 은설을 불렀다. 은설은 제 앞에 모습을 드러낸 남자를 보곤 작게 몸을 떨며 고개를 숙였다. 바람처럼 사뿐하게 다가오는 진우를 보니 심장이 가파르게 뛰어 쉽사리 말이 나오지 않았다.

동기들이 그렇게 부르짖던 진우 선배라는 걸 알 수 있었다. 요즘 떠오르는 신인 배우라는데, 은설은 연기를 전공으로 선택하면서도 연극에만 심취해 있던 터라 스크린에 나오는 배우들은 잘 알지 못하였다. 그래서 내내 동기들 입에 오르내렸던 남자 선배에 대해서도 관심을 두지 않았다. 그래서 승희가 은설에게 '그 선배, 내가 먼저 찜했으니까 마음에 두지도 마. 확실히 마음에 없는 것 맞지?' 하며 재차 물었을 때도 귀찮기만 했었다. 그런데 보는 순간 마음에 들어와 버렸다.

다른 사람에겐 잘도 웃는 꽃 같은 미소가 저에겐 무뚝뚝하기만 해 은설은 진우가 웃는 모습이 그렇게나 싫었다. 그가 건넨 스타니슬라브스키의 『배우훈련』을 얼마나 닳도록 읽었는지, 아마 그는 절대 알지 못할 것이다. 이 책을 넘길 때면, 도서관에서 본 진우의 모습이 얼마나 멋지게 덧대어 그려졌는지…….

떠오른 기억이 낯설면서도 은설은 그날의 떨림이 생생히 떠올라 차오르는 숨을 간신히 삼켰다. 기억을 거슬러 올라가다 보니 진우가 말한 신입생 환영회도 어렴풋 생각이 났다.

그러다 문득 지금의 진우와 기억 속 그가 너무나 달라서 은설은 시리게 웃었다. 대학교 3학년 때까지만 해도 그는 못내 떨리기만 한 첫사랑이었는데, 그 뒤 1년이 참 괴로웠다.

"고맙네."

진우 역시 기억의 조각들을 이어 붙였다. 습관적으로 웃던 미소도 유독 은설에게는 그러지 못해 부러 못나게 굴었다. 말도 어찌나 딱딱하게 나오는지. 제 마음을 웃음 속에 숨기는 것만큼은 누구보다 잘할 자신 있었는데 은설에겐 그게 안 되었다. 그렇다고 해서 본심을 드러내지도 못했다. 진심을 거부당했을 때 받은 상처들로 보호막을 친 그는 누구에게도 진심을 보일 수 없는 사람이 되었다.

내가 만약 누군가와 제대로 소통을 하고 사랑을 주고받고, 그렇게 아주 평범한 가정에서 태어났다면 그 시작이 이렇게 어렵진 않았을 텐데. 어떻게 마음을 얻어야 하는지도 모른 채 그 깊어가는 마음이 감당이 안 될 때쯤, 멀리서 지켜보던 그가 섣부르게 다가가기 시작한 건 졸업 1년 전쯤부터였다. 졸업하면 이젠 못 볼 것 같은 불안함에 마음이 더없이 조급했었다.

어느 날부턴가는 더 가면 같은 웃음으로 제 마음을 저 밑에 감추어두고 집요하게 굴었다. 좋아하는 여자애를 괴롭히는 일곱 살 어린아이처럼, 그게 얼마나 유치하기만 했는지. 마음을 얻는 법을 배우지 못한 다 큰 남자가, 아니 제 마음도 표현 못 하는 남자가 혼자 간직한 마음이 풍선처럼 커져 터졌을 때는 이미 선을 넘은 후였다.

그럼에도 포기가 되지 않았다. 죄책감을 느끼면서도 너를 괴롭혔던 건 나를 마주하는 네 눈빛이 볼 때마다 떨려서, 가만히 있는 네 몸짓이 마치 허락이라는 달콤한 말인 것만 같아서…….

그래, 그건.

"네 잘못이야."

은설은 위태로워 보이는 진우를 올려다보았다. 그가 하는 말을 알아들을 순 없었지만, 지금은 무서움보다도 더 중요한 게 있었다. 금방이라도 울 것 같은 얼굴에 단단하게 쌓아두었던 방어기제를 밀어내고 얼굴을 들어 진우를 바라보았다.

"선배…… 괜찮아요?"

"안 괜찮은 건 넌데, 왜 나한테 그래?"

"……그러니까요."

은설은 스스로 생각해도 이상해서 허망한 웃음이 나왔다.

"내가 또 나쁜 짓 할 거야. 도망칠 수 있음 도망쳐 봐."

남은 양주를 병째로 들이켠 진우가 방문을 가리키며 다시 말을 이었다.

"저기 왼쪽 코너에 있는 방에 네 코트 있어. 도망칠 때 그거 꼭 입고 나가. 물론 네가 여기서 나갈 수 있게 된다면."

말이 끝남과 동시에 휘청이는 커다란 몸이 그대로 은설에게 쏟아졌다. 은설은 제 앞으로 넘어지는 몸을 안아주어야 할 것 같은 마음이 드는 게 혼란스럽기만 하였다.

진우가 은설의 치마 안으로 손을 집어넣었다. 은설은 이제 좀 전과는 다른 의미로 움직일 수가 없었다.

"무섭지? 내가 괴물 같지?"

은설은 입술을 꾹 짓눌렀다. 찢어진 스타킹 위로 그의 손길이 닿을 때마다 겁이 나는데도 그의 아픔이 느껴져, 복잡한 기분에 눈물이 맺혀 뺨을 타고 흘렀다.

"……생각해 봤는데요. 선배는 나를 가질 수도 있었는데, 그때마다 선은 안 넘었어요."

"지금도 안 넘을 것 같아?"

지익, 스타킹 찢기는 소리가 크게 들렸다. 은설은 눈을 질끈 감으며 그의 두 손을 꽉 움켜잡았다. 그리고 울음을 삼키며 말했다.

"안 넘을 것 같아요. 선배는……."

"누구 마음대로?"

흐느끼는 소리에도 불구하고 진우는 이미 먹색으로 가라앉은 눈동자를 굴리며 은설의 손에서 제 손을 가볍게 빼냈다. 은설의 다리를 쓸어내리며 나무토막처럼 뻣뻣하게 굳은 몸의 움직임을 눈으로 담았다. 은설은 눈을 질끈 감으며 힘겹게 말을 토해냈다.

"……나, 좋아하잖아요."

진우의 흐릿했던 눈빛이 돌아왔다. 눈물로 얼룩진 은설의 얼굴을 보면서 피식 웃음을 터뜨린 그는 그녀의 다리 위에 입을 맞췄다. 그동안의 강제적인 몸짓과는 달랐다. 너무도 부드러운 입맞춤이었다.

"좋아해서 이러는 거잖아요."

"……."

"좋아하면 지켜주고 싶은 마음이 더 큰 거래요."

그 말에 진우가 입술을 비틀며 큭큭 웃었다.

"지켜줘, 내가? 너를 망가뜨린 난데……!"

"그 사람을 보면 만지고 싶어져요. 나도 모르게……. 그러다 보니까, 선배 마음이 조금은 이해되었어요. 근데요, 그 사람은 나를 보면 지켜주고 싶어 하는 것 같아요. 선배는 그 두 가지를 동시에 해요. 충동적이고, 서툴러요……."

"재미없다, 기은설."

"무슨 말이 하고 싶은 건데요. 다 들어준다니까요."

어쩌면 그 옛날 진우는 얘기를 하고 싶었던 게 아니었을까. 눈치 없게 자신이 그걸 너무 늦게 알아들은 건 아닐까. 기대어 오는 몸을 밀어내지 않고, 은설은 팔을 뻗어 그의 등을 토닥였다.

"이건, 예상에 없던 반칙인데……."

"도망가면 어차피 또 잡으러 올 거잖아요. 그냥 하고 싶은 말 있으면 지금 해요. 다 들어줄게요."

"……이젠, 잡지도 못하게 하네."

은설의 뺨 위로 툭, 굵은 눈물이 떨어졌다. 제 것이 아닌 것에 은설의 눈이 커다래졌다. 진우는 몸을 일으키더니 그대로 벽에 기대앉았다.

"말 안 할 때가 더 나았어. 가, 좋은 말로 보내줄 때."

도망쳐야 하는데 은설은 그러질 못했다. 진우가 가만히 앉아

한 팔을 들어 두 눈 위를 덮었다. 마치 제 마음을 들키기 싫은 아이처럼. 저를 괴롭힐 때마다 스스로 더 상처 받았을 것 같은, 진우의 가면을 벗어던진 얼굴이 나약하기만 해서 은설은 그동안 겁먹었던 자신이 우습기까지 하였다. 그래서 알았다.

"선배, 진심으로 나 좋아했나 봐요. 늦게 알아봐서 미안해요. 난……."

그때의 난, 정말 몰랐어요.

제한속도를 가뿐하게 무시하며 최대한으로 밟은 제후는 아무리 빨리 달려도 느리기만 한 것 같아 핸들을 더 세게 움켜잡았다. 이미 마음으로는 수백 번은 더 도착했을 길이, 아직도 한참은 더 남아 있다는 사실이 견딜 수 없을 만큼 초조하기만 하였다.

"젠장!"

뒤로 밀려나는 나무들이 쌓이고 또 쌓여갈 때쯤, 위치추적기에 변화가 생겼다. 오랫동안 같은 자리에 있던 장치가 조금씩 움직이기 시작한 것이다. 느린 위치 변화는 보통 사람이라면 알아차리기 힘들었을 테지만 언제나 0.1㎜의 미세한 틈도 꼼꼼히 계산하는 그의 일하는 습관이 그 작은 간격을 알아차렸다. 혹시나 싶은 불안감에 제후는 더 세게 액셀을 밟았다. 이윽고 점과 점의 간격이 좁아지기 시작하였다.

그 시각, 은설은 진우가 내어준 코트를 단단히 여미고 쭉 뻗은 길 위를 그냥 걷고 있었다. 가로등 불빛 하나 없는 한적한 길이 이상하게 무섭지 않았다. 어디로 가야 하는지도 알 수 없었지만 마음이 닿는 대로 걷고 또 걸었다.

그 순간 요란한 차 소리와 함께 갑자기 헤드라이트가 비치자 어둠에 익숙했던 은설은 손을 들어 눈을 가리며 인상을 찌푸렸다. 그리고 이내 누군가 달려오는 소리가 들리고 자신을 꽉 껴안는 단단한 두 팔에 그가 누군지 금세 알아차렸다.

"11시 49분. 소원 하나 썼어."

정말로 오랜만에 편하게 잠을 잤다. 꿈속에선 진우가 한 번도 본 적 없는 얼굴로 해맑게 웃고 있었다. 가면을 벗은 얼굴에 걸린 미소가 그 어느 때보다 편안해 보인다. 그 웃음이 자연스럽게 예뻐서 은설은 한참을 넋 놓고 바라보았다.

누가 남자의 첫사랑만 기억 속에 남는다고 했던가. 처음으로 누군가에게 마음을 주었지만 거기에 끔찍한 기억이 덧입혀지는 것을 견디지 못하고, 트라우마까지 생길 만큼 치명적인 첫사랑이었다. 하지만 모든 상처는 곧 치유되기도 하는 법. 은설의 상처 역시 이젠 딱지가 떨어져서 새살이 돋아나고 있었다.

여상하게 출근한 은설은 책상 위에 올려진 작은 택배 상자를 흔들어 보았다.

"아까 내가 받아 둔 건데, 보내는 사람 이름은 없더라?"

미리가 빠끔 고개를 내밀며 궁금하다는 표정을 지었다. 박스를 여니 그 안에는 스타니슬라브스키의 『역할구성』과 『역할창조』 두 권의 책이 있었다. 은설의 눈빛이 아련해졌다. 오래전, 『배우

훈련』이라는 책을 그에게서 받은 적이 있었다. 그것을 뺀 나머지 두 권의 책이었다.

은설은 책을 들다가 멈칫하였다. 박스 안에는 두 권의 책 말고도 하나가 더 있었다. 돌돌 말려 있는 에어캡을 뜯자 진우에게 뺏겼었던 핸드폰이 나왔다.

"새로 하나 사려고 했는데……."

"뭐야, 이걸 이렇게 돌려준 거야?"

미리는 은설이 멀쩡히 돌아왔어도 여전히 진우가 마음에 들지 않았다. 그날, 메일을 받고 기획사 대표와 통화했던 미리는 대표가 그를 중국으로 데리고 들어가 한국에서의 활동은 잠정적 중단할 테니, 제발 이 문제는 더 이상 언급하지 말아달라는 간곡한 부탁에 그나마 잠자코 있는 중이었다.

"응, 돌려줄 줄은 몰랐는데……."

전원 버튼을 길게 누르며 하는 말에 가만히 들여다보고 있던 미리가 고개를 갸웃했다.

"너, 걔가 핸드폰 뺏어서 연락 못 했다고 했잖아."

"응."

"코트 안주머니에 있는 핸드폰을 봤으면 위치 추적기도 봤을 텐데. 왜 그건 안 뺐을까? 그냥 꺼버릴 수도 있는 건데……."

찾아올 사람이 있다는 걸 알면서도 진우는 위치 추적기를 끄지도 않은 채로 고스란히 코트 안에 넣어두었다. 도망치라고 말할 때도 꼭 코트까지 입고 가라고 말했었다. 그리고 그 덕에 은설은 제후를 만났다.

"기분 나빠. 뭐야. 악역이면 끝까지 악역을 하든가. 짜증나게 욕도 못 하게 만드네."

미리가 구시렁거리며 자리에서 일어섰다. 수강과 점심 약속을 했다는 미리에게 은설은 잘 다녀오라며 손을 흔들어주었다.

미리의 발걸음이 어쩐지 설렌다. 바로 옆 건물인 백화점 정문으로 들어서면서 미리는 좋은 마음 반, 섭섭한 마음이 반이었다. 남자 친구가 바로 지척에 있는데 왜 그렇게 바쁜 척을 하는 건지. 은근히 마음 상해 있던 미리는 한 손에는 핸드폰을, 다른 한 손에는 수강과 같이 먹기 위해서 처음으로 싼 도시락을 들고 있었다.

"전화는 또, 왜 안 받아."

신호음만 계속 들리자, 미리는 짐짓 표정을 굳힌 채 주위를 둘러보았다. 그리고 그때, 에스컬레이터에서 제법 요란스럽게 내려오는 수강과 그 뒤를 따르는 젊은 남자가 보였다. 미리는 수강을 쳐다보며 걸음을 옮겼고, 핸드폰은 여전히 신호음만 들리는 상태였다. 그러다 수강이 에스컬레이터 중간에 팔을 걸치며 거친 숨과 함께 핸드폰을 받아들었다.

[강…….]

핸드폰 너머로 들리는 목소리에 슬며시 속상했던 마음이 녹아들어간 미리는 입술을 살짝 깨물었다가 미소 지었다. 그렇게 급하게 뛸 것까진 없었는데.

"나, 지금 여기……."

[미안해서 어떡하지? 나 외근 가는 중이라, 지금 백화점 아닌데……. 점심 같이 못 먹을 것 같아, 강.]

그 말에 미리가 그 자리에 멈춰 서서 시선은 여전히 에스컬레이터에서 내려오는 수강을 좇았다. 미리는 복잡해진 기분에 이걸 모르는 척하고 발을 돌려야 할지, 아니면 수강이 내려오길 기다려야 할지 짧은 순간 머릿속이 바쁘게 돌아갔다. 고민은 길지 않았다. 미리는 에스컬레이터에서 내려 바닥에 발을 댄 수강과 정면으로 눈을 맞추었다.

"백화점 아니라며?"

"가, 강……!"

수강의 눈이 이내 커다랗게 떠졌다. 그것도 잠시, 제 뒤를 따르던 대현이 입을 벌리는 것을 알아챈 수강이 후다닥 뒤로 돌아 대현의 입을 틀어막았다.

"대현아! 미안하다. 오늘 같이 밥 먹어주려고 했는데, 보다시피 안 되겠다. 다음에 고민 상담 들어줄게. 여자 친구랑 헤어진 건 어쩔 수 없는데, 너 고민 상담해 주려다 지금 내가 헤어질 것 같거든!"

"대……."

"야, 인마! 내가 다 미안하다고! 이쯤하면 대충 눈치채고 가야지. 네가 그래서 여자한테 차인 거야!"

"대……."

"그만하랬지."

자꾸 헛소리만 늘어놓는 수강이 이상했지만 버럭 소리를 지르는 것에 주눅이 든 대현은 입술을 딱 붙이고는 눈을 굴리며 앞에 서 있는 미리를 바라보았다. 이내 미리의 어깨에 슬그머니 팔을 올린 수강을 보며 대현이 눈을 부릅떴다.

"내일 마저 얘기해."

수강은 빨리 사라지라는 뜻에서 손을 휘휘 젓고는 미리를 보며 방긋 웃었다. 둘의 모습을 지켜보던 미리가 눈을 가늘게 떴다.

"지금 되게 어색한데……."

"응? 뭐가?"

"이 표정, 이 느낌. 다 어색한데!"

"괜히 예민하고 그래, 그날이야?"

제 어깨에 두른 수강의 팔을 빼낸 미리가 그의 목에 헤드락을 걸었다.

"윽! 말로 해, 말로……!"

수강이 질질 끌려가면서도 점원들과 눈이 마주치자 또 다시 도미노 같은 사태가 벌어질까 싶어 검지를 입가에 가져다대었다. ……쉿! 나한테 허리 굽혀서 인사하지 말라고.

하필 백화점 내에 있는 지하 1층 카페테리아로 들어선 미리는 여전히 의뭉스러운 눈빛으로 수강을 보고 있었다. 수강은 백화점에서 벗어나자고 말하고 싶었지만 이미 제 말은 먹히지도 않을 게 뻔해서 그 일은 포기했다. 이내 한숨을 쉰 수강이 커피 두 잔을 들고 와, 미리 앞으로 한 잔을 내밀었다. 빨대를 쪼옥쪼옥 빨면서 미리의 눈치를 보랴, 주위 사원들의 눈치도 살펴보랴, 불안스럽게 돌아가는 눈동자가 분주했다.

"숨겨놓은 여자 있어?"

"어? 무슨!"

"왜 바람피우는 사람처럼 주위 눈치를 살피고, 내 눈도 똑바로 못 쳐다봐? 나한테 거짓말한 것도 그렇고……."

"우리 만난 지 얼마나 됐다고! 내가 바람피우면 그게 어, 사람이야?"

"아님, 내가 바람 상대인가."

"그런 거 아니래도."

"나한테 숨기는 거 있어봐. 거짓말한 거 하나라도 있어봐. 내가 딱 잡아낼 거니까!"

그 말에 덜컥 사레가 들린 수강이 기침을 했다.

"이거 봐, 이거 봐! 딱 수상한데……."

미리는 눈을 게슴츠레 떴다가 얕은 숨을 흘렸다. 그러고는 플라스틱 찬합의 뚜껑을 열었다. 제법 먹음직스러워 보이는 샌드위치와 어설프게 썰려 있는 사과와 키위가 담겨 있었다.

"강이 직접 만든 거야? 나랑 먹으려고?"

"내가 좋아하는 샌드위치 전문점에서 사서 통에 담은 거."

도시락을 보자마자 신이 났던 수강이 이내 김이 샌 얼굴을 하자, 미리가 한 조각을 그의 손에 들려주면서 말하였다.

"이거, 회사랑 되게 먼 데서 파는 거야. 강이랑 먹으려고 포장까지 해온 건데, 안 먹어?"

"멀었어?"

여전히 찜찜한 기분이었지만 미리는 어린아이를 달래듯 그를 토닥였다.

"그렇다니까. 그니까 맛있게, 아주 맛있게 먹기."

금세 기분이 좋아진 수강이 샌드위치를 큼직하게 한 입 베어 물었다.

"우와, 이거 대박!"

연신 맛있다고 엄지를 들어 올리며 수강은 도라에몽이 단팥빵을 우걱우걱 삼키듯이 커다란 샌드위치를 집어삼켰다. 샌드위치를 다 먹은 후엔 과일까지 포크로 찍었다.

"이것도 산 거야?"

"과일은 사고, 깎은 건 내가."

"우와아. 예쁘게 잘 깎았네, 강!"

거의 난도질되어 있는 과일은 누가 보아도 어설펐지만 수강은 기특하다며 미리의 머리를 쓰다듬어 주었다. 평소 같았으면 애써 손질한 머리 망가진다고 손을 밀쳤을 미리가 오늘은 머리 위로 뭉근하게 달아오르는 온기에 수강을 가만히 바라보기만 하였다. 마주치는 눈에 씨익 웃는 웃음까지, 처음으로 간질거리는 두근거림을 느낀 미리가 쑥스러워 고개를 숙였다. 그리고 다시 고개를 들었을 때, 수강의 뒤로 여직원들이 일제히 서 있는 이상한 광경을 보았다.

"대표님, 점심 식사 맛있게 하세요!"

⋯⋯어? 이상한 건 그 뿐만이 아니었다. 퇴근길에서도 미리는 수강과 같이 길을 걷다가 같은 소리를 듣고는 멈칫했다.

"대표님?"

"에이, 아까 다 설명했잖아, 강!"

수강이 넉살 좋게 미리의 어깨 위로 팔을 올리자, 정면으로 몸을 튼 미리가 수강을 보면서 진득한 숨을 깊숙이 들이마셨다가 내뱉었다.

"사원들이 안면인식장애 있는 것도 아니고, 왜 대표랑 수강 씨를 헷갈려 해요?"

"무섭게 꼭 강은 냉정해질 때만 존댓말하더라?"

낮게 헛기침을 한 수강이 딴 데로 시선을 돌리자 미리가 짜증 섞인 말투로 추궁했다.

"말 돌리지 말고."

"우리 회사에 새로 들어온 대표가 엄청난 훈남이라고 소문이 났는데! 내가 강 보기에도 좀 훈훈하잖아?"

"설득력 전혀 없는데?"

"강, 이상한 데서 집요해지네……."

"이거 봐, 또 말 돌리는 것 봐."

미리가 눈을 가늘게 뜨며 노려보자 마지못해 고개를 끄덕인 수강이 두 손을 위로 올리고는 한숨을 내쉬었다.

"내가 누구인지 그렇게 의심 가면 내일 우리 회사 사원들한테 직접 물어봐."

신뢰받지 못해서 속상하다는 말투에 사뭇 미안해진 미리가 입술을 꾹 눌렀다 뗐다.

"아니, 나도 강이 갑자기 대표라는 걸 믿는 건 아닌데……."

"근데 만약 내가 대표면, 우리 사이가 달라지는 게 있긴 해?"

급작스럽게 진지해진 말투에 미리가 눈동자를 위로 굴리며 생각하는가 싶더니 설핏 웃음을 터뜨렸다.

"수강 씨랑 대표, 그러고 보니까 되게 안 어울리네."

"대표님을 어떻게 대표님이라고 안 부릅니까?"

"대현 씨, 그러니까 내가 부탁하잖아."

"못 합니다! 저는!"

대현이 고개를 좌우로 크게 저었다.

"다른 사원들은 그래도 노력해 주겠다고 하는데, 왜 가장 내 편이어야 하는 대현 씨가 나한테 이렇게 비수를 꽂는 거야? 응?"

"제가 언제 대표님께 비수를 꽂았습니까."

"지금, 크헉……."

수강이 가슴을 움켜잡으며 쓰러지는 시늉을 하자, 대현이 한숨과 함께 유치한 장난은 그만하라는 듯이 설득조로 말하였다.

"처음부터 이렇게 거짓말하시면, 그 연애는 어차피 진실하지 못합니다."

"내가 진지해지면, 내 여자는 누가 지켜."

그 말에 대현이 헛기침을 하였다.

"회장님이 연애금지령이라도 내렸습니까."

"그 양반이 그럴 리가 없잖아? 연애 같은 거에 언제 신경이나 썼다고."

"그럼 뭐가 문제입니까."

"그건, 내 연애가 짧게 끝났을 때 얘기고……."

수강은 여태까지 인스턴트식 연애만 고수해왔다. 이번 역시 짧은 연애로 끝내면 아무런 문제는 일어나지 않을 것이다. 반대로 시간을 끌게 되면 아버지가 눈치를 챌 게 분명하였다. 그래서 이 연애는 들키면 안 된다. 들키는 만큼, 연애의 시간이 줄어드니까.

퇴근 시간에 맞춰서 도착했다는 미리의 문자에 수강은 자리에서 일어섰다.

"왔어, 강?"

사원들만 다니는 엘리베이터 앞에 선 수강을 보며 미리는 조금은 심란한 기분이 들었다. 사실 이렇게까지 할 필요는 없었지만, 한번 궁금한 게 생기면 그 끝을 집요하게 파고드는 성격상 그냥 넘길 수가 없었다. 걸리는 몇 가지 문제들도 있었고.

　"진짜 올 줄 몰랐지?"

　"올 줄 알았는데?"

　수강은 선선히 웃으며 손을 내밀었다. 못 이기는 척 수강의 손을 잡은 미리가 사무실 안으로 들어서자 기다렸다는 듯이 일하던 사원들이 일어섰다. 수강은 미리가 안 보는 틈에 손을 작게 저으며 내렸다. 그러고는 '앉으세요'라고 입모양을 벙긋거렸다. 그러자 최 대리가 로봇처럼 어색하게 의자에 직각으로 떨어지듯 앉았다.

　"사원님, 여자 친구분이신가 봐요?"

　그 말에 미리가 눈가를 찌푸리며 고개를 갸웃했다.

　"사원님?"

　"우리 회사는 다들 존칭어 쓰거든, 강."

　미리에게 얼른 설명하고는 수강이 다시 앞을 보며 말을 이었다.

　"최 대리님도 얼른 퇴근하세요. 저는 가방 챙겨서 이제 나가려고요."

　"사원님, 저는 할 일이 아직 많이 남아서……."

　미리가 다시 눈을 가늘게 떴다. 아무리 좋게 보아도 상사와 부하직원의 위치가 바뀐 대화였다. 때마침 대표실에서 나온 대현을 본 미리는 지난번 에스컬레이터에서 봤던 남자라는 걸 눈치챘다.

"지난번 에스컬레이터에서……."

"네, 안녕하세요. 대표님 비서 유대현이라고 합니다."

대현의 말에 수강은 망했다 싶어 눈을 와락 감았다. 수강의 얼굴에 서린 긴장감을 본 대현은 숨을 깊게 들이마시며 이내 수강의 어깨를 툭 치며 말하였다.

"이수강, 넌 오늘도 칼퇴냐?"

눈을 번쩍 뜬 수강이 넋이 나간 얼굴로 대현을 바라보았다. 그와 함께 서 있던 미리는 그제야 의심을 풀고서 가늘게 떴던 눈도 원래대로 돌렸다. 수강은 잠깐 사이 굳었던 안면 근육을 풀어 내리며 이내 대현을 향했다.

"어, 어. 퇴근하려고……."

목소리가 심히 부자연스러웠지만 의심을 살 정도는 아니었다. 퇴근이라는 말을 입에 올리는 수강의 옆구리를 미리가 팔꿈치로 지그시 눌렀다. 그리고 그에게만 들릴 법한 목소리로 작게 말하였다.

"대표님 비서면, 잘 보여야 하는 사람 아니야? 나는 그냥 먼저 갈게."

미리를 한번 힐끗 훑은 대현은 이내 헛기침을 한번 하더니 슬쩍 수강의 눈치를 보았다. 매일 칼퇴근만 일삼는 수강을 제지할 수 있는, 놓칠 수 없는 기회였다.

"같이 가, 무슨 그런 섭섭한 말을!"

"안…… 되겠는데? 대표님이 오늘은, 일 다 끝내고 가라고 하셨어."

대표가 난데! 도대체 누가아! 수강은 마음속으로 삼킬 수밖에 없는 말들을 곱씹으며 결국 미리를 혼자 보내야만 했다.

제후는 원래대로라면 일주일이었어야 할 일정을 단 사흘로 줄이느라 그동안 잠 한숨 제대로 못 잤다. 은설이 굳이 소원이라고 하지 않았어도, 그 역시도 일정을 하루 빨리 앞당기려고 첫날부터 숨 가쁘게 일만 했던 것이다. 그래서 다행히 제때에 올 수 있었다.

그는 무거운 눈꺼풀 위를 지그시 누르며 손목시계로 시선을 내렸다. 6시가 조금 넘었다. 피곤에 지친 상태에서도 그는 습관처럼 은설이 일하는 회사 앞으로 향했다. 그녀가 퇴근하기를 기다렸다가 픽업할 생각이었다.

제후는 은설의 회사 앞에 도착해 커피를 테이크아웃하면서 타고 온 포르쉐 쪽으로 느리게 걸음을 옮겼다. 차 안에서 기다릴 생각으로 차문을 열고 고개를 숙인 그의 시선이 멈추는가 싶더니 고개와 함께 불쑥 올라왔다. 그의 입꼬리가 매끈하게 올라갔다. 그의 시선은 타이밍 좋게도 막 회전문을 통과해 나오는 은설을 향해 있었다. 그를 발견한 은설도 곧장 이리로 향했다.

"카라멜 마끼아또, 맞지?"

처음으로 마주친 날에 은설이 찾던 커피를 기억하며 손에 쥐어주었다.

"기억력 안 나쁘네요. 근데 난 아이스만 마시는데? 원래 달달한 건, 생크림 추가해서 시원하게 마셔야 맛있다고요."

"까다롭긴."

"뜨거운 것도 마시면 되죠."

뜨거운 김이 모락모락 나는 커피를 호로록 바람을 불며 마시려 하는데, 은설이 든 컵을 제후가 뺏어들었다.

"이리 줘."

"아깝잖아요. 있는 거, 그냥 마신다고요."

다시 사오기라도 할 모양인지 왔던 길을 되돌아가는 제후를 따라서 은설이 종종걸음을 쳤다. 돌려달라며 손을 뻗는 그녀의 손을 잡아 깍지를 끼고 제후는 보란 듯이 커피를 한 모금 마셨다.

"이건, 내가 마셔. 됐지?"

"단 거 안 좋아하잖아요."

"좋아해 보려고, 당신 취향까지."

옆으로 고개를 돌린 제후가 시선을 맞춰오자 은설은 이마에 따뜻한 바람이 닿은 것만 같아서 이마를 손등으로 문질렀다.

잠시 후, 취향에 딱 맞는 커피를 손에 든 채 은설은 차에 올라타는 제후를 보며 이내 푸념처럼 말하였다.

"지하철 데이트 하고 싶었는데……."

그게 뭐라고, 괜히 부끄러워진 은설은 작게 말을 줄였다.

고등학생 때인가, 여자애들이 버스나 지하철에서 남자 친구와 함께 움직이는 모습이 알콩달콩해 보여 내심 부러웠던 적이 있었다. 대학생이 되어 남자 친구가 생긴다면 저렇게 바래다줬으면 좋겠다고 바라기도 했다. 첫 연애부터 휘황찬란한 포르쉐를 타리라고는 전혀 예상하지 못했다.

"지하철?"

운전석에 오른 제후가 은설을 바라보았다.

"그냥, 사람들 많은 곳에서 남들처럼 소소한 데이트도 하고 싶고……."

"내려."

더 묻지도 않고 나온 말에 은설은 그 짧은 한마디가 뭐가 그렇게 설레는지 얼굴에는 홍조가 피어올랐다.

이제 그와 함께 걸을 때면 자연스레 그에게 따라붙던 시선이 제게로 옮겨오는 것도 하나 어색하지 않았다. 이 남자가 내 남자라고 자랑하고 싶은 유치한 마음속에서도, 은설은 같이 하고 싶은 게 고작 지하철 데이트냐고 흉보지 않는 그가 좋았다.

수많은 사람들이 지나가는 길게 늘어진 계단을 함께 내려갔다. 어색한 거리감이 다소 느껴졌지만 그런대로 느낌이 나쁘진 않았다.

"지하철 타는 거, 별로 안 좋아하죠? 좋은 차도 많은데, 사실 속으로는 뭐라고 하고 있죠?"

"아니. 나도 지하철 많이 타봤어."

"네?"

생전 대중교통은 타본 적도 없을 것 같은 그의 대답에 은설은 놀란 기색을 감추지 못하고 눈을 깜빡였다. 그동안 그에게 '금수저'라고 서슴없이 말하던 그녀였다.

"어디 가고 싶은데."

"가로수길에 허니버터브레드 먹으러 가요."

"교대역에서 갈아타야겠네."

역을 가로지르는 걸음이 저보다 더 빨라서 은설은 그게 빈말이 아니었다는 걸 알 수 있었다.

막 닫히려는 문 안으로 둘은 가까스로 올라탔다. 은설은 기둥에 몸을 기댄 채 안도의 숨을 내쉬며 그의 얼굴을 올려다보았다. 그 순간, 퇴근 시간이라 북적이는 지하철 안에서 그와 너무 가까이 서 있다는 것을 깨달았다. 은설은 큼큼, 소리를 내며 공연히 시선을 위로 올렸다. 그리고 몇 정거장이 남았는지 눈으로 세는 것도 모자라 소리를 내며 중얼거렸다.

"하나, 둘, 셋······."

"내릴 때 되면 내가 어련히 알아서 안 데리고 내릴까 봐?"

두 팔을 위로 세워 사람들과 부딪치지 않게 팔 감옥을 만든 제후가 얼굴을 숙이며 은설을 여상하게 바라보았다. 촘촘한 속눈썹, 검은 눈동자가 제게로 향하자 많은 생각을 하게 하는 그윽한 눈매에 괜히 움찔한 그녀가 눈을 아래로 떨어뜨렸다.

"더워?"

대답 대신 고개를 끄덕인 은설은 사람들이 많아서 그 열기에 이 부끄러움을 숨길 수 있음을 다행스럽게 생각했다. 그러다 목 뒤로 서늘한 바람이 느껴져 은설은 간질거리는 느낌에 뒷목을 쓸어내리며 고개를 들었다. 입술을 동그랗게 만 채로 그가 바람을 불고 있었다.

"······뭐해요?"

"덥다니까."

"가만 보면 선수 같은 거 알아요?"

"이번 건 좀 반한 건가?"

무심한 말투로 끈적이는 말을 하는 건 대체 무슨 조화인 건지. 하지만 그 또한 매력적이어서 은설은 대답할 말을 찾지 못하다가 이내 픽 웃었다.

"여태 그 생각 했어요? 내가 반하게 해달라고 했던 거?"

"아직 안 반했다니까. 고민 좀 되던데."

걱정되는 것처럼 한쪽 눈가를 가늘게 휜 그를 보며 은설은 그의 대답이 만족스러워 활짝 웃었다. 까치발을 들고는 그의 머리카락을 흐트러뜨렸다. 흑발의 얇은 머리카락은 흐트러지다가도 금세 차분하게 가라앉았다.

"아주 좋은 자세예요."

제후는 눈동자를 위로 굴리더니 머리 위로 올라온 손을 붙잡아 제 손에 꼭 가두었다. 그리고 오랫동안 두 사람은 손을 놓지 않았다. 그렇게 붙잡은 손은 지하철에서 내려 길을 걷다 카페 안으로 들어올 때까지 꼭 붙어 있었다.

자리에 앉아 창가에 시선을 던진 그가 피식 웃음을 터뜨렸다. 일에만 파묻혀 살다 보니 어느새 이렇게 평범한 일상을 잊고 있었다. 그는 한손으로 턱을 괸 채 은설에게 메뉴판을 건네었다.

"먹고 싶은 거 골라. 내가 다 사주지."

"디저트 카페 와서 그렇게 어마무시한 말투로 말하면 되게 웃긴 거 알아요?"

"어마무시한 말투?"

은설은 키득거리며 메뉴판을 펼쳐들었다. 여기까지 온 목적인 커다란 아이스크림이 올라간 허니버터브레드를 주문했다. 곧 앞에 놓인 접시를 보자마자 포크를 드는 은설을 그가 저지했다.

"사진 안 찍나?"

"네?"

그는 턱짓으로 디저트만 가리켰다. 그에 은설은 어쩌면 그가 자신의 SNS를 본 건 아닐까 하는 생각을 했다. 은설이 눈을 가늘게 뜨고 그를 보았다.

"혹시 제 인스타 들어가서 봤어요?"

"볼 것도 없더군."

"봤다는 소리네요?"

혹시가 역시가 될 것 같자 은설은 핸드폰을 꺼내 SNS를 열었다.

―내 여자한테서 떨어져. 보는 것도 안 돼.
└ 누가 네 여자야?
└ 이 닦고 집에 가서 잠이나 자라.

이상하게 신경이 쓰이던 댓글이었다. 뒤로 달린 댓글들까지 한번에 보이도록 해서 그에게 보여주자 제후는 기막힌 듯 짧게 숨을 삼켰다. 은설은 답은 그걸로 충분하다 싶어 더 이상의 질문은 삼가고, 그의 말대로 디저트 사진을 찍는 척하며 그의 얼굴도 함께 찍었다. 흐릿하게 흔들린 사진을 그대로 SNS에 올리자마자 은설을 팔로잉하고 있던 그의 핸드폰에서도 알림 메시지가 떴다.

―남자 친구랑 같이 가로수길에 허니버터브레드 먹으러 왔어요!

핸드폰을 힐끔 내려다보던 그는 '남자 친구'라는 단어를 보고 눈가에 흐릿한 곡선을 그려냈다. 그 틈을 놓치지 않고 바라본 은설의 볼에도 어여쁜 보조개가 걸렸다.

괜히 뭐라고 한마디 하려던 찰나, 그의 핸드폰 진동음이 드르륵 테이블 표면을 두드렸다. 언제나 바쁜 사람이라 일 전화겠거니 생각한 은설이 얼른 받으라는 듯 눈짓을 보냈지만 그는 그저 핸드폰만 내려다 볼 뿐, 전화를 받지는 않았다. 제후의 표정이 그 어느 때보다 깊이 가라앉은 걸 본 은설은 의아해하며 힐긋 눈치를 살폈다.

"안 받아요?"

"안 받아도 되는 전화야."

"그런 게 어디 있어요?"

핸드폰으로 손을 뻗자 그가 핸드폰을 거칠게 잡아챘다. 은설은 공연히 민망해져 손을 다시 끌어왔다. 벨이 한 번 멈췄다가 다시 울리기 시작하는데도 제후가 여전히 그것을 보고만 있자 은설은 왠지 이상한 기분이 들었다.

"받아요. 급한 일인 것 같은데."

"잘못 온…… 전화야."

"잘못 걸었다고 말해주는 것도 어려워요?"

은설이 재촉하자 하는 수 없이 전화를 받은 그가 제 할 말만 하고 끊으려는데, 핸드폰 너머에서 나오는 말에 제후는 멈칫했다.

[핸드폰 주인이 많이 취한 것 같은데, 단축 번호 1번에 이 번호가 연결되어서요.]

눈을 감았다 뜬 제후가 낮은 어조로 말하였다.

"전 모르는 번호입니다."

미련 없이 끊으려 하자 이번엔 수화기 너머로 의자 미끄러지는 소리가 들려온다. 전화를 건 남자가 혼잣말처럼 중얼거렸다.

[아유, 이러다 이거 남자들이 업어 가도 모르겠네.]

"……."

[단축번호도 그렇고, 두 분이 싸우신 것 같은데. 그래도 와주시는 게 좋을 것 같습니다. 제가 손님 일에 개입하면 제 입장도 난처하고……. 그렇잖아도 여자분 취하길 기다리는 남자들이 있어 보여서요. 일단은 여기서만이라도 데리고 나가는 게 좋을 것 같은데요. 아유, 저도 참 난감해서요.]

"……어딥니까, 거기."

제후는 이마를 문지르며 결국 하고 싶지 않던 말을 하고야 말았다.

[청담동 Burr입니다. 금방 오셔야겠습니다.]

전화를 끊고서 난감한 얼굴을 하고 있는 제후를 보며 은설은 잠시 입술을 꾹 눌렀다가 떼어냈다.

"급한 일인 것 같은데 가봐요. 나 때문에 차도 안 가져왔는데."

"집은……."

"혼자 들어갈 수 있어요. 이제 걱정할 일 없어진 거 잘 알잖아요."

"이따 전화할게."

여전히 어두운 낯빛의 제후가 자리에서 일어섰다. 그렇게 카페를 나선 그는 선뜻 걸음을 옮기지 못했다. 지금 가는 곳에서 만나게 될 사람은 오랜 시간을 함께했지만 헤어지자는 말도 없이 자연스럽게 멀어졌던, 그런 사람이니까.

청담동에 있는 바 Burr는 그들이 만날 때 즐겨 찾던 장소 중의 하나였다. 익숙한 만큼 추억이 많은 곳이었고, 헤어지고 난 후로는 한 번도 찾아간 적이 없었다. 무시하기엔 사장의 말이 걸렸다. 이미 어떤 상황일지 그려지는데, 공유했던 시간을 부정할 만큼 그들이 함께 보냈던 시간은 결단코 짧지 않았다.

귀한 집 딸이라는 게 느껴지는 여자가 아까부터 취해서 몸을 가누지 못한 채 위태롭게 앉아 있었다. 투명한 살결이 비치는 살구색 민소매 맥시원피스를 입은 여자는 날씨와는 어울리지 않은 차림인데도 고고하게 빛나고 있었다. 아무렇게나 머리를 쓸어 넘겨도 자연스럽게 '아름답다'라는 수식어가 잘 어울리는 여자였다.

"제가 한잔 사도 될까요?"

조금 전부터 그녀를 주시하고 있던 멀끔하게 생긴 남자가 여자 앞으로 다가와 앉았다. 여자는 남자의 말에도 대답 없이 혼자서 술을 따랐다. 원래도 이런 식의 수작을 거는 남자가 한둘이 아니었기에 놀랄 것도 당황할 것도 없었다.

"후아……."

여자가 가느다란 숨을 내뱉으며 자리에서 일어나 휘청거리자, 남자는 이때다 싶었는지 흔들리는 여자의 몸을 제 쪽으로 끌어당겼다. 그러나 불시에 다가온 누군가에 의해 순간 몸이 뒤로 밀려났다. 밀려난 남자가 인상을 구겼지만 새로 등장한 남자, 제후는 그에게는 시선도 두지 않고 여자를 향했다.

"대리기사 불러줄게, 집에 가."

이제껏 다른 사람들은 모두 무시하고만 있던 여자가 옅게 몸을 떨고서 고개를 반쯤 기울였다.

"……전은영."

또렷하게 제 이름을 부르는 목소리에 여자의 맑은 눈에 금방 눈물이 차올랐다. 이미 엑스트라가 되어버린 남자는 아쉽게 돌아선 뒤였다.

은영은 떨리는 손끝으로 눈앞에 있는 남자가 오래토록 그리워하던 제후가 맞는지 재차 확인하고선 느리게 입술을 열었다.

"나, 술 많이 안 마셨어……."

……너, 나 술 마시는 거 싫어하잖아. 술 마시는 날이면 꼭 이렇게 데리러 왔었는데. 그래서 일부러 술도 마셨는데, 한 번도 안 오다가 오늘은…… 와줬네. 희미하게 반으로 접은 눈에 눈물이 고였다. 그 깊은 눈매가 3년 사이에 많이 변했다. 살도 많이 빠졌다. 은영을 보면서 잊고 있던 기억이 되살아난 제후의 눈가도 희미하게 구겨졌다.

"너 술 마셔도 이젠 나랑 상관없어."

"왜…… 상관없는데?"

그 누구라도 안아주지 않고서는 못 배길 만큼 떨림이 고스란히 전해지는 말투는 연약했지만 제후는 눈썹 하나 까딱하지 않을 만큼 강건했다.

"나랑 상관없는 여자니까."

"그럼 지금 왜 왔어……. 아무 상관없는 여자인데……."

은영의 눈에 가득 차오른 눈물이 바닥을 향해서 소리없이 떨어졌다. 머리카락도 함께 쏟아져 내리며 두 손으로 얼굴을 가린 은영이 자리에 주저앉았다. 그러자 제후는 그저 마른 얼굴로 그녀를 내려다보았다.

"마지막 배려라고 생각해."

"너 때문에 난……."

은영은 입술을 꾹 눌렀다. 크게 파도치는 마음을 진정시키려 가슴 위에 손을 얹는데 그게 또 한없이 여리기만 하다.

"일어나, 추해."

그가 거칠게 일으켜 세우자 은영은 충격 받은 얼굴로 붙잡힌 제 손목을 빼내려고 움직였다. 짧은 손짓 하나만으로도 변해 버린 그의 마음이 느껴진 은영은 그조차 당연하다 여겨지면서도 예민하게 반응할 수밖에 없었다.

"그냥 가……."

힘없이 던져진 말에 제후는 미련없이 몸을 틀어 한 발 두 발 거침없이 걸어 나갔다. 그 뒷모습을 멀겋게 바라보던 은영이 달려나가 제후의 등 뒤로 얼굴을 묻으며 그의 팔을 붙잡았다.

"가지 마…… 안 가면 안 돼?"

제후는 순간 마음이 바닥까지 차게 가라앉는 기분을 느꼈다.

이런 식으로 다시 나타날 거였으면, 그때 넌 그렇게 사라지면 안 되는 거였다. 그는 속에서 올라오는 말들을 목울대를 움직여 크게 삼키고는 눈을 감았다.

은영은 그가 다녔던 명문 사립 고등학교에서도 소위 공주님이라 불리는 학생이었다. 그런 그녀가 장장 2년 동안이나 쫓아다니면서 고백을 했었다. 사랑만 받고 자라 제 사랑을 표현하는 데도거리낌이 없었던 은영은 매번 거절을 당해도 꿋꿋이 고백하는 당찬 구석이 있었다.

"윤제후, 나 좀 안 밀어내면 안 돼?"

운동장 주위로 은영과 제후를 사이에 두고 둥글게 아이들이모여들었다. 또다시 시작되는 은영의 고백이었다.

"너랑 내가 어울린다고 생각해?"

학교의 이사장조차도 눈치를 볼 정도로 은영의 집안은 대단했다. 재력, 외모, 성격, 어디 하나 흠잡을 데 없는 그녀가 좋아한다며 매달릴 때마다 제후는 같은 거절의 말을 되풀이했다. 오십보백보. 그 둘의 관계를 정의하자면 그랬다.

"안 어울릴 건 또 뭔데. 윤제후, 난 너 좋아."

"넌, 네 말 한마디면 세상이 다 돌아가지?"

그에게 있어 은영은 그저 먼 나라 사람이었다. 공부 하나 잘해서 겨우 들어온 이 학교를 무사히 졸업하는 것만으로도 벅찼던그에게 은영은 이해할 수 없는 존재임과 동시에 한편으론 무시하고 싶지만 결코 그럴 수 없는 존재였다. 하지만 그는 누구보다 자신의 처지를 잘 알았다. 사립 고등학교에서는 수업 시간에 쓰는교구를 구입하는 데만도 어마어마한 돈이 들었다. 연애할 시간같은 게 있을 리가 없었다.

"너랑 이러고 있을 시간 없어, 아르바이트 가야 해."

"필요한 게 뭔데? 내가 사주면 되잖아."

"……그걸 왜, 네가 사."

"윤제후, 너 스물네 시간 중 잠자는 시간 빼고, 나한테 써달라고."

악의 없이 한 말이라는 걸 알면서도, 그날 제후는 처음으로 열등감이라는 걸 느꼈다. 그리고 그녀의 말 한마디에도 큰 의미를 부여할 정도로 반응하는 자신을 발견하고는 어느새 그녀가 깊숙이 들어와 있다는 사실을 절감했다. 그 사실을 인지하자 주변의 공기가 답답할 만큼 더워진 그는 이내 쏟아지는 시선들을 피해서 은영을 지나치며 빠르게 걸었다.

그리고 빠른 걸음을 쫓아오다가 넘어진 은영의 신음에 초록색 교문을 향해서 걷던 낡은 운동화가 느리게 멈추었다. 그는 등 돌리지 않고 그대로 잠시간 선 채로 주먹을 꽉 말아 쥐었다. 여느 때처럼 무시하고 가려고 했지만. ……이번엔 갈 수 없었다.

"다쳤잖아."

"그럼 네가 봐주잖아, 이렇게……."

아픈 다리를 절뚝거리면서도 은영은 눈을 반으로 접으며 웃었다.

"윤제후, 나 좀 안 밀어내면 안 돼?"

그 순간, 제후는 자신이 그녀를 밀어낼 수 없음을 깨달았다.

오래전 그날, 흙바람이 날리던 운동장에 섰던 그녀의 목소리가 들리는 것 같았던 제후는 이내 감고 있던 눈을 치켜떴다. 모래바람처럼 사라진 과거의 편린들이 눈앞을 스쳐 지나갔지만 이제 그건 모두 과거의 일일 뿐이다. 그가 낮게 가라앉은 목소리로 말하였다.

"전은영, 고집 부려도 이번엔 안 통해."

아무렇지 않은 척 웃어 보인 은영은 입고 있는 드레스를 가리켰다.

"이 옷, 예쁘지?"

한 바퀴 빙그르르 돌아보이자 시폰 소재의 맥시드레스가 가녀린 은영의 몸에 맞추어 우아하게 날린다.

"⋯⋯오늘 내 약혼식이었어."

그녀의 약혼에 대해서는 이미 신문 기사로도 몇 차례 나온 적이 있었다. 상대 역시 그가 알고 있는 인물이었다.

약혼식에 가지 않고 도망쳤다는 말을 하며 서글프게 웃는 그녀를 제후는 그리 곱지 않은 시선으로 보았다. 나타나지 않았으면 오히려 좋았을 법했다. 그랬으면 적어도 자신이 어쩌지 못했던 시간들을, 그저 자신의 사랑이 부족한 탓이라고 정리하면 그나마 참을 만했으니까. 이렇게 마음대로 갔다가 다시 돌아오는 건 그간의 시간들을 우습게 만들 뿐이었다.

"안 궁금해."

차가운 목소리 역시 예상했던 반응이지만 상처 받는 건 어쩔 수 없었다. 은영은 잘게 떨리는 손끝을 드레스자락으로 가리고는 옅게 웃었다.

"난, 너 계속 궁금했어. 그래서 번호도 안 바꾸고, 걸지도 못하는 번호 계속 바라보고 또 바라봤어. 오늘은 전화 오겠지. 내일은 전화해 주겠지. 그랬는데⋯⋯ 넌 진짜 독하더라. 아니, 내가 더 많이 좋아해서 그런 거겠지? 한 번도 네가, 나보다 더 많이 좋아한 적 없었잖아."

담담한 척하는 말투가 더 없이 여린 목소리. 은영의 눈동자가 물웅덩이처럼 번져갔다.

"기사 불러줄 테니까 집으로 가. 내가 해줄 수 있는 건 여기까지야."

"나한테 화 많이 난 거 알아. 그래도 윤제후……."

그리움이 담뿍 담긴, 마음속에서만 불렀던 그 이름을 소리 내어 말하자 북받쳐 오르는지 은영의 숨소리가 거칠어졌다. 위태롭게 서 있던 은영은 이내 바닥으로 주저앉았다.

"이번에도 나 좀…… 안 밀어내면 안 돼?"

오래전 그때와 같은 말에 제후의 입술이 천천히 움직였다.

"이번엔…… 내가 더 좋아하는 사람이 생겼어."

은영은 새하얗게 질린 얼굴로 숨도 쉬지 못하고 그를 올려다보았다. 한 치의 거짓도 담겨 있지 않은 그의 얼굴을 알아본 은영이 절망하며 두 손에 얼굴을 묻었다.

약혼식에 맞춰 한국에 도착하자마자 은영은 제후 주얼리로 찾아갔었다. 그 앞에서 기다리다가 제후를 보았다. 그는 통화를 하는 중이었고, 다정한 목소리와 내내 미소 짓는 포근한 얼굴에 설마 했었다. 그래서 그의 앞에 선뜻 나서지 못하고 도망쳤다. 하고 싶은 말은 많았는데 할 수가 없었다. 그렇게 넋을 놓고 있다가 약혼식 당일이 되어 결국 참지 못하고 달아난 것이다.

아무리 3년의 공백이 있다지만 앞서 더 오랜 시간을 함께했었다. 그런데 그 시간이 무색할 만큼, 아무런 얘기조차 나누고 싶어 하지 않는 싸늘한 태도에, 은영은 차가운 바람을 외투 하나 없이 고스란히 맞고 있는 기분이었다. 잠시 떨어져 있는 시간이 있더라도 반드시 그녀의 종착점은 제후였고, 그 역시 같은 마음일 거라고 믿고 싶었던 마음이 부서져 그녀를 찔렀다.

"윤제후 네가, 그런다고? 거짓말……."

그의 얼굴을 조금 더 바라보고 싶은데 자꾸만 차오르는 눈물이 결국 얼굴을 흐리게 만들었다. 제후는 그 모습을 보기 싫다는 듯 고개를 홱 돌렸다.

"아무 말 없이 사라질 땐 언제고, 이제 와서 어쩌라는 거지."

한없이 낮게 깔린 목소리에 은영은 움츠려들며 입술을 꾹 눌렀다. 한 번도 네 앞에서 사라진 적 없었다고, 사실은 그런 게 아니라고…….

"내가 다 설명할게."

"안 궁금하다니까."

늦게라도 오면, 오기만 하면 다 설명이 될 것 같았던 일들이 부질없어졌다. 그런 은영의 가슴에 난도질하듯 제후가 말했다.

"지금, 여기 있는 거 불편해."

나와 함께 있는 게 불편하지 않던 순간이 있었을까. 새삼스러울 것도 없는 일이 오늘따라 서글프게 느껴진 은영이 울컥해서 외쳤다.

"그 여자…… 네가 성공해서 좋다고 하는 거면?"

"가진 게 많다고 밀어내던 여자야."

……마치 예전의 나처럼.

"난, 아무것도 없던 널 좋아했어. 그게 진짜야……!"

그런 여자를, 내가 지금 미치게 좋아하고 있어. 그때의 너처럼.

제후는 이내 굳은 표정으로 발걸음을 돌렸다. 돌아서는 제후의 어깨를 은영이 매달리듯 붙잡았다.

"기다렸어. 약혼식 끝도 없이 늦추면서, 오지 않는 너 끝도 없이 기다렸다가…… 이렇게 내가 온 거라고……. 이번에도 네가 이겼어. 그러니까 나 좀 봐주면 안 돼?"

제 어깨를 꽉 끌어안은 은영의 손을 치워내며 제후가 좀 전보다 더 가라앉은 얼굴로 돌아보았다.

"……누가, 누굴 기다려?"

"내가 다 설명할게. 그러니까 나한테 시간을 줘."

"아니. 너한테 줄 시간 따위, 이제 없어."

처음으로 저를 밀어내던 열일곱 살 윤제후보다, 아예 보지도 않으려고 하는 서른한 살의 윤제후 때문에 은영은 결국 울음을 터뜨렸다. 속에서만 쌓아두었던 말들은 허공에 흩어졌다. 잡을 수도 없이 멀리 저만치 사라져 가고 있었다.

혼자 집으로 돌아가는 길에 은설은 부동산 유리창에 다닥다닥 붙어 있는 매매 전단지를 훑었다. 그가 한 말대로 지금 살고 있는 빌라의 매매가는 내림세 없이 쭉쭉 뻗어 올라가고 있었다. 하필 이 불안한 타이밍에. 당장에라도 '가격이 올랐으니 이제 집에서 나가줘도 되겠어'라고 말해도 하등 이상할 것이 없었다. 게다가 이 일의 원인이었던 진우조차도 중국으로 간 마당에 이 집에 있어야 할 이유는 더 이상 없는 것 같다.

기분 좋은 꿈을 꾸는 것처럼 들떴던 마음이 삽시간에 고요해
졌다. 정확히 그에게서 진득한 고백을 받은 것도, 하물며 만나보
자는 얘기조차 정식으로 들은 적이 없었다. 집값이 오를 때까지
여기 있으라는 제안과 함께 자신을 겪어보라는 게 다였다. 그 말
에 헛물켜고 좋아한다고 고백한 건 그가 아니라 자신이었다.

"표적…… 가입서 썼잖아?"

그의 선명한 사인이 담긴 가입서가 떠오른 은설은 희망을 찾은
것처럼 웃었다가 금세 시무룩해졌다. 그것조차 따지고 보면 우격
다짐으로 받아낸 것이었다. 그리고 SNS에 그가 '내 여자'라고 한
것도, 은설은 그것조차 겪어보라는 의미에서 한 행동처럼 여겨졌
다.

그래, 이대로도 좋다면 분명 정식으로 만나보자는 말을 했겠
지. 다른 점은 그때의 상황이 지금은 바뀌었다는 것에 있었다.
그게 불안한 이유가 되었다.

"거, 되게 신경 쓰이네."

언덕 모퉁이를 올라가던 은설은 익숙한 목소리에 걸음을 멈추
었다. 돌아보자마자 뜬금없이 다가오는 손길을 쳐낸 그녀가 눈을
흡떴다. 필요 이상으로 방어적인 자세에도 아랑곳 않고 은설의
볼을 다시금 쿡 찌른 시준이 여상한 어조로 말을 걸었다.

"내 배우 얼굴이 오늘은 왜 이럴까. 신경 쓰이게."

마음에도 여러 겹의 옷이 있다면 홀딱 다 벗겨질 만큼 꼼꼼하
게 훑어 내리는 시선에 은설은 헛기침을 하며 되물었다.

"……뭐가요?"

은설의 기분은 제후와 헤어진 그때부터 아래로 한없이 곤두박

질치고 있었다. 핸드폰 너머로 들려오는 목소리는 맞은편에 앉아서도 들릴 만큼 충분히 컸다. 불안한 마음이 생긴 건 그때부터였다.

"핸드폰 주인이 많이 취한 거 같은데, 단축 번호 1번에 이 번호가 연결되어서요."

단축번호 1번. 여자의 감이 그걸 그냥 흘려들어서는 안 된다고 외쳤다. 정말 가지 않아도 될 일이라면 그는 일어나지 않았을 것이다. 하지만 가란다고 정말 움직이던 그의 뒷모습에서 은설은 결국 불안함을 느끼고 말았다.

괜히 기분이 더 가라앉자 은설은 고개를 도리도리 젓고는 시선을 위로 올렸다. 여전히 그 자리에 시준이 있었다.

"여긴, 어떻게 온 거예요?"

"여기서 네가 내렸잖아."

은설은 그제야 '아!' 했다. 이지선 회원과의 일을 마무리하고 사무실에 돌아가지 않아도 된다는 말에 시준과 같이 택시를 탔었다. 그때도 집 방향이 같다고 하면서 막무가내로 나왔던 그를 떠올린 은설이 작게 인상을 쓰며 툴툴거렸다.

"내가 언제 올 줄 알고 여기서 기다려요?"

어쩐지 미안해지는 기분도 함께 얹어진다.

"내 배우 기다리는 시간인데, 안 아까워."

"……하."

"기다리는 동안 시나리오 작업하면 금방이고."

허리를 살짝 접은 시준이 이내 그윽하게 은설을 바라보았다.

"사람 얼굴, 원래 그렇게 빤히 봐요?"

시준은 부드럽게 입술을 휘었다가 천천히 제자리로 돌려놓았다.

뮤즈를 찾으려고 했는데 이젠 조금 헷갈린다. 우연히 보게 된 은설의 연기 장면이 담긴 3분 27초짜리 영상에서 그는 눈을 뗄 수 없었다. 어떠한 연기자도 그에게 그런 느낌을 준 일이 없었다.

그가 본 영상은 영화 '봄날'에서 연기했던 은설의 모습으로, 새로운 연기자로 대체되면서 누군가 녹화본을 남겨 놓은 것이었다. 수십 번 다시 보기를 반복하면서 그는 오랫동안 은설을 찾았다. 기사를 검색해 봐도 도망친 신인 배우라는 타이틀의 기사 몇 개가 고작이었다. 그러다 은설의 학교 동기들에게까지 접촉을 시도하려던 차였다.

그러던 중, 기대하지 않았던 '영화인의 밤'에서 은설을 만난 시준은 벅찬 감동을 받았다. 조금만 다듬으면 날개를 펴고 날아갈 것 같은 연기자가 눈앞에 있었다. 3분 27초짜리 영상과는 비교도 할 수 없을 만큼, 매 순간 시선을 끄는 다채로운 표정들에 시준은 가슴이 떨렸다.

"아니. 너라서, 너니까. 자꾸 보고 싶어지더라?"

그리고 지금은 배우로만 그려지지 않았다. 카메라에 담긴 모습도 매력적이었지만 눈 안에 담긴 그녀가 좋았다.

순간 거센 바람이 불며 앙상한 나뭇가지들이 그 바람에 흔들리자 추운 듯 은설이 잘게 어깨를 떨었다. 은설에게서 눈을 떼지 않은 시준이 주머니 안에서 손을 꺼내 그녀의 얼굴을 감쌌다.

"춥지?"

"왜요?"

이제 무슨 말만 하면 대답은 않고 그대로 반문하는 은설에게 시준이 능청스럽게 대꾸했다.

"춥다고 하면 안아주려고."

"됐거든요!"

"안 먹히네. 나, 진짜 인기 많은데."

픽 웃음을 터뜨린 시준이 매고 있던 머플러를 풀어 은설의 목에 감아주었다. 은설은 허전한 목 위로 따뜻하게 둘러진 머플러에 잠시 감탄했다가 이내 정신을 차리곤 그것을 풀어내려고 했다. 지금 입은 옷만으로 보자면 자신이 훨씬 따뜻하게 입은 거였다. 머플러는 얇은 가죽재킷 하나만 걸친 그에게 더 필요해 보였다.

"하고 있어. 내일 받으러 오면 되니까."

"……내일?"

"봐서 나도 여기로 이사 올 수 있음 오고."

그 말에 어깨를 축 내려놓은 은설은 요즘 들어 자신과는 너무나도 다른 세계에 사는 사람들을 자주 보게 되어 기분이 울적해졌다. 그러는 사이 머플러를 정성스레 감아 정리해 주는 시준의 손길에 머쓱해진 은설은 팔을 비비고 딴청을 부렸다. 안 부르던 콧노래까지 흥얼거렸다.

"떨려?"

아래로 내리깔던 눈꺼풀을 밀어 올리며 시준이 나른하게 말하였다. 예고 없이 내리는 소나기처럼 떨어지는 말에 멈칫하는 사이, 시준은 갑자기 마음에 안 든다는 듯 매듭을 짓던 머플러를 제 쪽으로 끌어당겼다. 은설의 이마 위로 시준의 입술이 스치듯 닿았다. 놀란 은설이 그의 손을 뿌리치고 몸을 돌리려고 하자, 시준은 그녀를 억지로 붙잡아 머플러를 머리끝까지 올려 씌웠다.

"뭐예요! 안 보이잖아요!"

버둥거리는 은설의 어깨 너머로 낯익은 남자가 보였다. 그리고 술에 취한 듯 비틀거리는 여자가 그를 따르고 있었다. 다정해 보이진 않아도 오해를 사기엔 충분한 장면이었다. 입꼬리를 슬며시 내린 채 시준은 여전히 머플러를 손에서 떼지 않고 입을 열었다.

"신데렐라, 너 나한테 안 올래?"

얼굴을 다 덮었던 머플러를 간신히 치운 그녀가 이내 숨을 몰아쉬며 그의 어깨를 쳤다.

"숨 막혀 죽는 줄 알았잖⋯⋯."

사뭇 가라앉은 시준의 표정을 본 은설이 그가 쳐다보던 쪽으로 눈길을 돌렸으나 이내 가로막혔다. 그가 은설의 얼굴을 제 쪽으로 향하게 손바닥을 세워 단단히 그러잡았다.

"뭐하는 거예요, 지금⋯⋯."

"내 얼굴도, 이렇게 가까이서 보면 잘생겼는데. 아니야?"

시린 바람과 함께 쑥 내민 시준의 얼굴을 고스란히 올려본 은설은 마른침을 한 번 삼키곤 물었다.

"⋯⋯내가 보면 안 되는 거 봤어요?"

"알고 있었어?"

"그럼 지금처럼 못 보게 해줘요⋯⋯."

고개를 툭 떨어뜨리는 은설을 보며 웃음기를 거둔 시준이 은설의 양어깨를 잡았다. 지금 꼭 울 것 같은 그녀의 표정이 방금 자신이 본 장면과 무관해 보이지 않으니까.

"네가 아는 건 뭔데?"

"내가 알긴 뭘 알아요?"

"네 표정은 안다는데?"

다소 장난스럽게 씨익 웃은 그가 은설의 뺨을 작게 두드렸다.

"사실 아는 거 없는데, 여자의 직감이란 게 있잖아요. 지금은 감이 안 좋거든요."

검지를 머리 위로 안테나처럼 힘없이 구부린 은설이 웃어 보였으나 웃음 끝이 쓴지 코끝을 찡그렸다. 이에 시준이 입술을 길게 내밀며 느리게 고개를 주억거렸다.

"그 말은, 나한테 그린라이트라는 건데……."

"가요, 또 헛소리할 거면!"

은설이 크게 밀어내자 그대로 밀려나가는 척하던 시준이 그대로 단단하게 버티고 서서는 양팔 가득 안을 준비를 했다.

"아니다 싶으면, 바로 여기로 오는 거야."

그 말투와 표정이 어느 때보다도 진중해서 은설은 이번만큼은 무슨 헛소리냐고 말을 자를 수 없었다. ……지금 이거 나한테 고백 비슷한 거 하는 건가? 장난처럼 다가온 시준에게서 은설은 긴장감 같은 걸 느꼈다.

"유혹한 건데, 인상 쓰네."

웃음을 터뜨린 시준이 옴폭 패인 은설의 미간을 꾹 눌렀다.

"시작도 안 했는데 이러면, 진짜 시작하면 화낼 거야?"

이에 은설이 숨을 뚝 멈추었다.

"야."

'야'라고 부르는 건 처음이었다. 은설은 긴장감으로 몸이 딱딱하게 굳은 걸 감추려 팔을 감싸 안았다. 가까이 다가온 시준이 느릿느릿, 하지만 결코 가볍지만은 않은 어조로 말했다.

"나 안 착해. 근데 너한텐 착해."

시준이 고개를 숙이며 다가왔다. 은설은 자신이 고개를 높이 들어야 그와 눈을 맞출 수 있다는 걸 새삼 깨닫고는 반쯤 눈꺼풀을 아래로 늘였다. 그가 이렇게 키가 컸다는 걸 마치 처음 알았다는 듯이.

"그래서 안 먹혔나."

그가 더 길게 목을 뺐다. 담갈색 맑은 망막 안에 제가 짙어졌다 흐려졌다 하는 것을 보며 은설은 눈을 깜빡였다.

분명 기사를 불러 차에 태워서 보냈건만 은영은 집으로 돌아가지 않고 제후의 집 앞까지 따라왔다. 오로지 그 하나만 보겠다고 힘들게 기다려온 시간들이었다. 이대로 순순히 집으로 돌아갈 순 없었다.

"내가 있을 곳이, 여기가 아니면……. 윤제후, 네 옆에 누가 있는데?"

은영을 투명 인간 취급하던 그가 멈추어 섰다. 이내 뒤돌아선 제후는 그녀를 내려다보고는 더는 한마디도 못 하게 단단하게 선을 그었다.

"그 여자 한마디에 내가 움직여."

똑바로 선 제후의 시린 눈빛이 은영에게 꽂혔다. 그 짙은 눈빛이 이제 온전히 제 것이 아니란 걸 깨달은 순간, 갈 곳을 잃은 사람처럼 은영의 가슴에 휑한 바람이 불어왔다. 용암처럼 뜨거움으로 솟아오르던 가슴이 헤어짐으로 그리움이 생기고, 이내 서늘한 바람이 불더니 끝끝내 차갑게 얼어붙었다. 그러다 제후를 보는 순간 다시 뜨겁게 녹아내렸으나 그의 온기가 느껴지지 않는 눈빛에, 이제는 더 이상 미련도 실리지 않은 무정한 말투에 아리고 아팠다.

불안하게 흔들리는 마음처럼 시선이 분산된 눈동자는 크게 떨렸다. 그에게서 나온 차가운 말 한마디에 은영의 작은 몸은 곧 쓰러질 것처럼 위태로웠다. 언제나 반짝반짝 빛이 나던 은영은 없었다. 분홍빛 입술을 크게 벌리며 까르르 웃던 은영도 없었다. 깜빡거리는 전등에 곧 불이 꺼질 것 같은 짙은 음영이 은영의 얼굴을 메웠다. 숨을 여러 번, 아주 조심스럽게 고른 후에야 은영은 입술을 떼었다.

"나…… 배고파. 어제부터 한 끼도 못 먹었어."

은영은 머뭇거리다 제후의 셔츠 끝을 꼼지락거리며 잡았다.

"돌아가."

이내 바들거리는 작은 손을 제후가 툭 쳐냈다.

"너 요리 잘하잖아. 나, 지금 기운 하나도 없어……."

무거운 분위기를 돌리려 못 들은 척하며 은영이 제 할 말만 했다. 재미없는 농담을 해도 같이 웃어주던 그가 이제는 짙은 한숨만 내쉰다. 그 숨소리 하나에 은영의 몸도 같이 떨렸다. 바르르 떨리는 은영의 어깨를 지나쳐 제후가 시선을 위로 느리게 굴렸다.

"전은영."

달콤하게 이름을 불러준 건 아니었지만 그가 제 이름을 불러주는 것만으로 떨던 은영이 마른침을 삼켰다.

"네 얘기 들어달라고 했지."

그 말에 희망 같은 얇은 실 한 가닥이라도 붙잡고 놓지 않으려는 듯 은영이 크게 고개를 끄덕였다. 제후의 입술 끝이 희미하게 올라갔다.

"할 거면 진작 했어야지."

"그땐, 그럴 수밖에 없었어……!"

피식 잇새로 새어나오는 차가운 숨이 하얗게 피어올랐다. 허공을 헤매던 검은 눈이 느리게 은영에게 굴러가 닿았다.

"말 참 쉽다."

"너도 잘 알잖아. 아빠가 우리 사이 계속 반대해 왔던 거……."

"그래서 도망친 거잖아, 결국."

"도망친 거 아니야! 너한테 제대로 오기 위해서, 잠시 떨어져 있었던 거라고! 내가 말 안 하면…… 넌 내 마음 몰라? 이유가 있겠지, 이해할 순 없어? 누구보다 나를 잘 아는 윤제후 네가…… 내가 그렇게 사라졌으면……."

차가운 시선이 그대로 은영을 뚫었다. 그 눈빛에 또 베일 듯 가슴이 아려와서 은영은 눈물을 참기 위해서 고개를 숙이며 입술을 앙다물었다. 그러고는 제후의 늘어진 팔 하나를 잡았다.

"놔."

그가 또 툭 밀치자 은영의 손끝이 그대로 내려갔다. 동시에 쉴 새 없이 울리고 있던 은영의 핸드폰을 뺏어든 그가, 그녀가 그토록 피해 다녔던 기사의 전화를 대신 받았다. 위치를 알려주고 곧장 오겠다는 확답을 들은 후에야 핸드폰을 돌려준 그는 그대로 들어가려다가 은영을 돌아보았다.

"분명 경고했어, 난. 너에게 할 수 있는 마지막 배려라고. 더이상은 없어."

철컥 문 닫히는 소리와 함께 은영은 그대로 쓰러졌다. 닫힌 문은 그의 마음만큼이나 열릴 기미가 없었다. 그 자리에 주저앉은 은영의 입에서 갇혀 있던 울음들이 작은 틈새를 뚫고 기어이 터져 나왔다.

그리고 그 소리는 현관문 너머 거실을 가로지르는 발끝을 잠시 멈칫하게 만들기에 충분했다.

"우리 은영이랑 자네가 어울린다고 생각하는가."

"기다려 주시면……."

"그냥 연애만 짧게 하라고 두고 본 거였다네. 그러다 보면 마음은 쉬이 접어지는 법이거든. 억지로 떼어놓는 마음이 더 활활 타오르듯이. 애석하게도 내 딸은 그러지 않을 것 같으니…… 윤 군이 먼저 접어주게나."

"조금만 더 기다려주시면, 보란 듯이 성공해 보이겠습니다. 그래서 은영이 행복하게 해주겠습니다."

"과수원집 아들인 자네가? 이봐, 자네. 그만하게. 이번에도 은영일 놓지 않으면 내가 그 아이를 먼저 놓을 생각이니까. 왜, 내가 못 할 것 같나. 우리 가문에 자네 같은 족보도 없는 집안이 가당키나 하냔 말이지."

이제는 희미해진 기억 속 은영의 아버지와 나누었던 대화가 불현듯 생각이 난 그가 눈을 감았다 떴다. 이미 기억도 안 날만큼 오래전의 일이었다.

야망이 큰 것도 아니었던 그가 성공하기 위해 잠자는 시간까지 아껴가며 일에 매달렸고, 정작 은영에게 조금 더 신경을 쓰지 못한 것은 사실이었다. 그리고 스스로 장담했던 대로 성공했을 땐 이미 은영은 없었다.

그때는 성공만 하면 어떻게든 인정을 받을 줄 알았다. 하지만 은영의 아버지는 애초에 그가 성공을 하든 말든 중요하지 않은 사람이었다. 이미 재력으로 아쉬움이 없는 그는 무엇보다도 출신 성분을 중시했다. 고로 윤제후는 그가 사윗감으로 받아들일 수 있는 인물이 결코 아니었다.

불편한 옛 기억이 떠올라 괜히 기분이 가라앉은 제후는 부러 눈을 감았다 뜨곤 곧장 작업실로 들어갔다. 책상 앞에 앉아 스케치북을 펴고 디자인의 시안을 잡으려고 노력했지만 쉽사리 집중되지 않았다. 어쨌든 한때 자신이 사랑했던 여자였다. 결국 작업을 마무리하지 못하고 연필을 손에서 내려놓았다. 느슨하게 힘을 빼고 고개를 뒤로 젖힌 그의 입술 사이로 짙은 숨이 새어나왔다.

늦은 새벽, 은설이 찾은 곳은 다름 아닌 제후의 집 앞이었다.

벨을 누를까, 문을 두드릴까. 아니면 전화를 해서 나오라고 부를까. 단순한 선택지가 세 가지나 있는데 은설은 아무것도 할 수 없었다.

"비싼 집이라, 방음도 끝내주네……."

귀를 가까이 대고 문 앞에 서 있던 은설은 자신이 너무나 초라하게 느껴져 쓰게 웃으며 몸을 돌려 문에 등을 기대고 섰다.

"거기 있어요……? 나 여기 있는데, 있으면 좀 나와 볼래요?"

은설은 이내 주저앉아 무릎에 얼굴을 묻었다.

"내가 집착해 달라고 말한 지가 며칠이나 지났다고……."

여전히 그에게서는 연락이 없다. 은설은 핸드폰을 꼭 쥔 채로 문자를 썼다가 지우기를 반복했다. 그렇게 한참을 문 앞에 서 있었지만 나오는 사람은 아무도 없었다. 핸드폰 진동이 울릴 때마다 확인하면 스팸 문자였다. 한껏 실망하면서 일어선 은설은 푸르스름한 새벽빛을 고스란히 맞았다.

"이따 전화하지."

그의 목소리가 한 뼘 더 희미해져 있었다.

밤을 거의 꼴딱 새우다시피한 은설은 퇴근 시간이 되었는데도 오늘 무슨 정신으로 일을 했는지 기억도 나지 않을 정도였다. 머릿속은 온통 '윤제후'라는 이름으로 가득해서 다른 어떤 것도 생각할 틈이 없었다. 힘없이 건물을 나서던 은설은 바로 앞에서 기다리고 있는 제후를 보자 다리에 힘이 풀리는 느낌이었다.

한 손에는 커피를 든 채로 어제와 마찬가지로 기다리고 있는 제후에게서 은설은 눈을 뗄 수 없었다. 하루가 1년 같았다. 은설은 짧은 거리를 천천히 아껴 걸었다. 그에게로 가는 걸음이, 제 앞에 그가 있는 게 너무 좋아서.

은설의 느린 걸음이 답답했는지 제후가 움직여 거리를 좁혔다.

"⋯⋯어제, 왜 전화 안 했어요?"

"기다렸어?"

"기다렸어요, 많이."

평소 같았으면 기다렸어도 안 기다렸다고 말했을 은설의 솔직한 대답이었다.

"거짓말하기 싫은데."

"⋯⋯."

"그래도 들을래?"

저를 바라보며 물어오는 말에 잔잔하게 일렁이던 눈동자가 파도처럼 크게 넘실댔다. 순간 겁이 난 은설은 고개를 끄덕이면서도 입으로는 다른 얘기를 했다.

"나중에⋯⋯ 나중에요."

그의 입에서 무슨 말이 나올지 아직은 들을 용기가 없었다. 어느새 은설은 제후가 건넨 차가운 카라멜 마끼아또를 들고 그를 바라보면서 커피를 입안으로 삼켰다.

"어디 갈래?"

"⋯⋯집에 갈래요."

"피곤해?"

그 말에 은설이 작게 고개를 끄덕였다. 알게 모르게 하루 사이에 멀어져 있었다. 다가가는 게 얼마나 힘들었는데, 그 하루라는 시간이 그간의 시간은 아무것도 아니라는 듯이 비웃으며 커다란 공백을 만들었다.

집에 도착해서 은설은 침대에 쓰러지듯 누우며 얼굴을 폭 묻었다. 이내 울리는 벨소리에 팔을 까딱하기도 힘들었지만 간신히 손을 뻗어 전화를 받았다. 한 뼘 떨어진 거리에서 핸드폰 너머 목소리가 울려 퍼진다.

[목도리 받으러 가고 싶은데, 지금 갈까?]

덧붙여서 '그거, 소중한 거야'라고 작게 딸려오는 말에 어이없어진 은설은 침대에 얼굴을 묻은 채로 소리 없이 웃었다.

"이럴 구실 만들려고 어제 준 거예요?"

[알았으면, 주소 부를래?]

이런 식으로 다가오는 시준을 어떤 식으로 대해야 할지. 순간 머릿속이 엉킨 은설은 반쯤 고개를 들었다가 다시 까무룩 기운이 없어 다시금 얼굴을 떨어뜨리며 거친 숨을 몰아쉬었다. 쌕쌕 쇳소리 같은 숨소리에 시준이 다급하게 주소를 다시 물었고, 은설은 겨우 입을 열어 대답하였다. 왠지 시준의 목소리가 아까보다 더 멀게 느껴졌다.

얼마나 지났을까. 잠이 들었다가 초인종 울리는 소리에 정신을 차린 은설이 일어나 인터폰을 확인하자 시준이었다. 두어 번 눈을 깜빡인 은설은 현관문 사이로 조심스레 얼굴만 내밀었다.

"……어떻게 된 거예요?"

문이라도 닫힐까 싶어 시준이 팔부터 길게 뻗고는 안으로 들어섰다.

"숨소리 거칠더라, 너."

이마에 땀이 송글송글 맺힌 은설에게 시준이 손을 뻗자 은설은 반사적으로 그 손길을 피했다. 섭섭한 듯 시준이 한숨을 길게 내쉬었다.

"살아서 온 게 기적일 만큼 밟아서 왔어. 어때? 이 정도면 자격 있지 않아?"

그러면서 다시 손을 뻗는 걸 이번엔 막을 수 없었다. 은설의 이마를 찬찬히 훑어 내리던 시준의 눈가가 이내 딱딱하게 굳었다. 은설의 이마를 짚어보던 그가 제 이마에도 손을 올렸다 떼어냈다.

"너, 열나잖아."

어제 새벽 내내 밖에 있었던 은설은 퇴근 후 제후가 주는 차가운 커피까지 기어이 다 삼켰다. 그 바람에 얼굴에선 열꽃이 피어오르고 있었다.

"나…… 아픈 거 티 나요?"

그런데 그 사람 눈엔 왜……, 그게 안 보였을까…….

아직 문이 열려 있는 약국을 뒤져서 약봉지 하나를 덜렁거리며 언덕을 올라가고 있던 시준은 빌라 정문에서 제후와 정면으로 마주쳤다.

"안 바빠 보이네, 오늘은."

"뭐지."

"내가 왜 여기 있는지를 묻는 거라면 알려줄 마음은 없고. 그래야 댁도 나를 좀 궁금해할 테니까. 이거라면 말해줄 용의는 있고."

시준은 약봉지를 위로 한 번 들어 보이며, 청바지 뒷주머니에서 담배를 꺼내 입에 물었다.

"담배 끊었는데, 피게 만드네."

제후는 딱딱하게 굳은 눈가를 문지르며 시준이 들고 있는 약봉지에 시선을 옮겼다. 저게 누구를 위한 것일지 알 것 같았다. 이른 저녁에 봤을 때 자신도 온전한 컨디션이 아니라 자세히 살펴보지 못하였다. 은설의 안색이 어땠는지 떠올리려던 그는, 순간 자신이 한심스러워서 입술 사이로 낮은 웃음을 흘려보냈다.

"……아픈 건가."

"궁금하긴 해?"

담배 연기를 후 뱉어내고 그것을 손으로 휘저으며 시준이 묻자, 순간 제후의 눈썹이 위로 추켜올라갔다.

"뭐?"

"딴 여자랑, 노느라 바빠 보여서."

다 피운 담배를 바닥에 던져 비벼 끄고는 냄새가 배는 게 싫은지 시준은 담배를 쥐었던 손을 청바지 위로 문질렀다. 제후는 시준이 비꼬듯 한 말에 한숨을 몰아 쉬었다.

"줘."

"이거? 댁이 전해주게?"

시준이 약봉지를 위로 들어보였다.

"어."

"와…… 기껏 약 사러 간 건 난데?"

"네가 사온 거라고 전해주지."

시준은 어이없는 표정을 지으며 입술을 느리게 혀로 훑었다.

"내 이름이 뭔지는 알고?"

"생색내고 싶으면 알려주겠지. 아픈 게 나 때문이면 약도 나야."

반박할 수없는 말에 시준은 뻐근하게 웃으며 손끝에 덜렁거리는 약봉지를 던지듯 그에게 쥐어줄 수밖에 없었다. ……기분은 더러운데. 그래도 윤제후가 가는 게 약효가 빨리 날 것 같았다.

"내 배우 눈물은 카메라로만 보고 싶으니까. 이시준 감독 소문 들어봤으면 이제라도 긴장은 해줬으면 좋겠고."

시준은 어깨를 한 번 으쓱이더니 그대로 지나쳐 정문 밖으로 돌아 나갔다. 제후는 약봉지를 보면서 한숨처럼 고개를 저었다.

〈집 앞이야, 나와.〉

짧은 문자메시지가 불빛과 함께 화면에 나타났다. 은설은 시준이 '열나잖아'라고 말을 한 순간부터 이상하게 더 열이 오르는 것 같았다. 열로 인해 처음엔 두통만 있더니 이제는 전신이 다 아팠다. 누군가 자신을 흠씬 때리고 지나간 것처럼 온몸이 다 욱신거렸다. 방금 전까지만 해도 손 하나 까딱할 힘도 없었는데, 은설은 그 문자 하나에 아픈 것도 잊고 벌떡 일어났다.

입 안은 텁텁할 만큼 메말랐고 입술 역시 수분기 하나 없이 거칠어져 있었지만, 은설은 점퍼를 걸치고 앞을 꽉 여몄다. 그러고는 망설임 없이 집을 나섰다.

자동유리문을 지나 나온 은설의 앞에는 다리에 꼭 맞는 청바지에 눈처럼 새하얀 니트를 입은 제후가 있었다. 이 와중에도 몸매가 눈에 들어오고, 잘생긴 얼굴에 두근거려 하면.

"……아무리 봐도, 외모에 홀린 것 같은데."

작게 중얼거리던 은설은 자신을 바라보는 그 잘난 얼굴에 옅게 웃었다. 이 정도면 진짜 중증이지 싶었다. 말보다 더 먼저 다가온 커다란 손바닥이 은설의 이마에 닿았다. 이내 제후가 인상을 구겼다.

"언제부터 이랬지."

은영과의 만남이 있은 후로 은설을 조금 더 신경 쓰지 못했던 것이 그는 스스로 마음에 들지 않았다. 저에게 다가오는 것도 쉽지 않았던 여자의 마음을 조금 더 가까이, 제 쪽으로 향하도록 노력했던 시간들이 정체되고, 그걸로도 충분치 않았는지 도태되고 있었다. 살짝 짜증이 난 제후는 붉은 입술을 씹었다가 시선을 잠시 딴 데로 돌렸다. 이내 그마저도 아깝다는 생각에 눈앞에 있는 은설을 바라보았다.

"나, 지금은 아파 보여요?"

은설이 제 얼굴이 더 잘 보이게끔 고개를 들어 배시시 웃자 그가 정색했다.

"웃지 마."

"왜요?"

"미안하니까……."

처음으로 들어본 힘없는 목소리에 은설이 놀랍다는 듯 그를 바라보았다. 마음속에 담고 있는 말을 쏟아내지 않으면 눈빛에 스며든 찬기가 자신을 향한 게 아니어도 오해를 불러일으킬 수 있다. 미안하다는 말을 끝으로 꾹 다물린 그의 입술은 다시 떨어지지 않았다. 은설은 잠깐의 침묵도 버티지 못하고 제법 명랑한 척 말하였다.

"윤제후 씨, 이 집 그새 집값이 많이 올랐더라고요? 시세차익이 충분할 만큼요."

"지금 여기서 그 말을 하는 이유가 뭐야."

"그렇잖아요. 집값도 충분히 올랐고, 이 집 내놓으면 사겠다는 사람도 있고. 난 이 집에 살 수 있는 형편도 아니었는데…… 윤제후 씨 덕분에 편안했어요."

이 커다란 집과 윤제후를 나란히 놓고 생각하니, 은설은 말하면서 눈물이 왈칵 쏟아져 나올 것만 같았다. 자신이 가지고 있는 전 재산으로는 꿈도 꿔볼 수 없을 만큼 거대했으며, 그 집을 이미 사본 적이 있는 여자가 돌아온……

"지금이 팔 타이밍인 것 같아서요."

제가 이쯤에서 퇴장하면 되는 거죠? 은설이 힘없이 고개를 떨어뜨리자, 잔뜩 얼굴을 구긴 제후가 으르렁거리듯 소리를 토해냈다.

"누구 마음대로 팔아."

목울대를 크게 움직이며 나오는 음색은 평소보다도 짙고 낮았다.

"내가 안 팔겠다는데."

애초에 팔 생각 같은 건 없었다고. 제후가 은설을 꽉 끌어안았다. 단단한 두 팔이 은설을 아무데도 가지 못하게 옭아맸다. 은설의 귓가에 닿는 그의 숨소리가 거칠었다.

"당신한테 물어보고 싶은 말이 있는데, 지금은 안 물어볼 거야. 대신, 이거 하나는 확실히 약속하지. 당신 아프게 안 해."

"저…… 지금 아픈데요?"

농담이 나올 상황은 아니었지만 은설은 일부러 장난스레 지적했다. 그러나 장난으로 말한 것과 다르게 듣는 사람은 더 없이 진지했다.

"오늘만…… 봐주라."

제후가 더 세게 제 가슴으로 끌어당기자 은설은 입을 다물었다.

"그냥 나 믿어."

단축번호 1번에게 간다는 소리가 아니었다. 더 이상 언급할 것도 없다는 듯이 고개를 끄덕이는 걸로 대신하자, 그제야 제후가 옅게 웃으며 들고 있던 약봉지 안에서 약을 꺼내 은설의 손에 쥐어주었다.

"이시즈…… 전해달라더군."

"네? 누구요?"

어물거리는 말에 무슨 소리인가 싶어 그녀가 되물었지만 그는 그저 인상만 찌푸렸다.

"그게 중요한가."

더 이상의 질문은 사양한다는 듯 은설의 손목을 부드럽게 문지르면서 가볍게 입을 맞춘 제후로 인해서 은설은 방금 전 무엇을 물어보려고 했는지 잊고 말았다. 다시 한 번 제후가 꽉 차게 머릿속으로 들어왔을 뿐. 그리고 촉 소리를 내며 떨어졌던 손목만 내려다보았다.

[이번 동문 모임 커플 모임이라는데, 안 갈 거지?]

제후는 수강의 전화에 보석 감별하던 현미경에서 눈을 떼며 블루투스 이어폰에 대고 말했다.

"동문 모임은 그때 한 번이면 충분했어."

[그 마음 변치 않는 걸로?]

모임이라면 절대 빠지는 일 없고, 덩달아 저까지 늘 끌고 가려 하던 수강이 웬일인가 싶어 그는 잠깐 의문을 품었다가 다시 현미경으로 시선을 내렸다. 그리고 잠시 후 액정이 까매진 핸드폰을 열었다. 일전에 은설이 바랐던 '부지런히 연락하기'를 지키기 위해서.

"보고 싶은데, 지금 갈까?"

말하면서도 이게 아니다 싶어진 그가 머리칼을 툭툭 털어냈다. 이미 일이 쌓여 있었고 그에게는 시간이 부족했다. 지금 또 여기서 나간다면 밤을 새야만 한다.

[지금요? 바쁜 거 아니에요?]

"바쁘긴 하지……."

[그럼 일해요. 나야, 오늘 별다른 미팅 없어서 집으로 갈 거예요. 이제 저 퇴근할 때마다 마중 나오지 않아도 돼요.]

"나 지금 집이야."

[네? 집이라고요? 집에서 작업 중이었어요?]

"작업은 다 끝내고 집에 왔다고."

[조금 전에 바쁘다고 하지 않았어요?]

제후는 입을 열수록 거짓말만 하게 되자 대답을 피한 채 재킷을 들고 차키를 집었다.

"당신이 모르는 게 있는데, 난 원래가 항상 바쁜 사람이야."

[내가 지금 꿍장히 대단한 사람이랑 통화하는 것 같은데, 시간 이렇게 뺏어도 되나 모르겠어요. 그럼 저는…….]

제후는 은설이 이대로 전화를 끊을까 봐 다급하게 말했다.

"그래도 당신 만날 시간은 있다고."

키득거리는 소리가 들리자 그는 아랫입술을 깨물며 눈을 감았다 떴다. 안절부절못하면서 말도 안 되는 소리를 늘어놓은 것 같아서 방금 전 말은 취소하고 싶었다.

[제가 윤제후 씨 집으로 갈게요.]

"그럴래?"

[네, 집에 언제 도착할 것 같아요?]

"밟으면 20분 안에 가겠지."

[너무 밟지 말고 천천히 와요. 난 30분은 걸릴 것 같으니까요.]

"그러지, 그럼……."

전화를 끊고 제후는 그 자리에 잠시 얼어붙었다. 그러다 불현듯 정신이 들어 은설이 먼저 집에 도착할까 싶어 서둘렀다. 규정 속도도 무시하고 막 밟아 순식간에 집에 도착한 그는 평소라면 주차선 테두리 안에 여백까지 맞춰서 주차했을 텐데, 간신히 네모난 공간 안에 세워두고서 거친 숨을 몰아쉬며 집안으로 들어섰다. 얼마 지나지 않아 초인종이 울리자 제후는 확인도 하지 않고 무작정 문부터 열었다. 그리고 곧바로 후회했다.

"기다리는 사람 있었어?"

초인종을 누르자마자 문이 열리고, 그 안에서 모습을 드러낸 제후의 얼굴이 순식간에 실망으로 물드는 것을 똑똑히 본 은영은 그만 울컥하고 말았다. 그가 기다리던 사람이 자신이 아니라는 것쯤은 잘 안다.

"전은영."

뜨겁게 뛰어오르던 심장은 차게 가라앉았고, 입가에 부드럽게 띄웠던 미소는 사라졌다. 은영의 고집을 간과하고 있던 게 문제였다. 고집을 부리기 시작했으니 제풀에 지칠 때까지 멈추지 않을 게 분명했다.

"……그 여자 오기로 했어?"

은영은 제 입으로 절대 꺼내지 않을 거라고 다짐하던 사람을 입에 올리며 최대한 태연한 척 현관으로 들어서서 거실로 나가 소파에 앉았다. 막무가내로 들어오는 은영을 보며 제후가 이마에 손을 짚은 채 돌아섰다.

"어."

기다렸다는 듯 짧게 떨어지는 그의 대답에 은영은 생각했던 것보다 큰 충격을 받았다. 낮게 가라앉은 목소리에서 그가 얼마나 화가 났는지 알 수 있었다. 사귀기 전 그에게 수도 없이 거절당하면서 맷집을 단단히 키워왔다고 생각했는데, 상처는 면역력이란게 없나 보다. 조금도 익숙해지지 않고 매번 아팠다.

"얼마나 만났어?"

"얼마 안 됐어."

"그럼 잠깐만 만나. 기다려 줄게."

얼마든지 기다려 줄게. 마지막에 나한테 와준다고 약속만 해줘.

"잠깐?"

그 말이 거슬렸는지 그가 눈썹을 구긴 채 그녀를 노려보았다.

"그렇게 만날 여자 아니야."

이번 건 특히 아팠다.

"나, 너 포기 못 해⋯⋯."

"포기 못 하면?"

아무런 애정이 느껴지지 않는 까만 눈동자가 은영을 향했다. 그것도 잠시, 차가운 눈빛은 이내 흥미 없다는 듯 바닥을 향했고, 더는 다가오지 말라는 듯 짙은 속눈썹이 그의 눈을 가렸다. 그러고는 그가 반쯤 열린 현관문을 턱짓으로 가리켰다.

"올 시간 다 됐어. 나가."

"왜? 나 보여주면 안 돼?"

"보여주면, 갈래?"

그 말에 은영은 이성을 잃었다. 자리에서 일어나 거의 매달리다시피 제후를 끌어안았다. 왜소하고 여리기만 한 은영의 온 힘을 다한 몸짓에 제후는 그대로 밀려나 소파로 쓰러졌다. 은영은 온기 없는 입술에 제 입술을 갖다 대었다.

"나, 안아줘⋯⋯."

제발, 나 밀어내지 마⋯⋯.

은영은 차갑기만 한 손으로 제후의 와이셔츠 단추를 서둘러서 풀었다. 그러나 제후는 냉정한 손길로 그녀를 밀어냈다. 더 이상 그녀의 입술을 열정적으로 훔치던 그는 없었다.

확인 사살이라도 당한 듯 충격 받은 은영은 더 이상 움직이질 못했다. 저를 사랑스럽게 안아주던 제후가 아니었다. 제후의 가슴 위로 쓰러지듯 얼굴을 묻은 은영은 그를 끌어안으며 울음을 토해낼 수밖에 없었다. 마지막 자존심까지 그로 인해 다 버렸다. 아무리 저를 비우고 모두 그에게 주려 해도 받아주지 않는 사람 앞에서 그녀가 할 수 있는 건 없었다.

"네가 어떻게 나한테 이래……!"

그의 가슴 위로 작은 주먹이 힘없이 툭툭 부딪쳤다.

"윤제후, 너 진짜 나한테…… 이러지 마! 나 무서워 죽겠단 말이야! 내가, 다 잘못했어. 난 아빠만 허락하면, 그래서 너한테 오기만 하면…… 네가 나, 이해해 줄 줄 알았어. 말도 없이 사라져서 미안해…… 내가 다 잘못했어. 너한테 한마디 상의도 안 해서, 내가 너무 미안해…….."

은영의 말끝은 거의 비는 듯이 애절해졌다.

"그러니까…… 윤제후, 나 좀 그만 밀어내면 안 돼……?"

은영의 작은 주먹은 이제 더 이상 힘도 없다는 듯이 그의 가슴 아래로 떨어져 내렸다. 반쯤 와이셔츠가 벌어진 상태로 몸을 일으켜 세운 제후는 한동안 말을 잇지 못하였다. 마른세수를 하던 손이 이내 얼굴을 덮었다. 후, 길게 숨을 내뱉은 그는 입 안이 텁텁해짐을 느끼면서 차게 식은 마음만큼이나 가라앉은 목소리로 중얼거렸다.

"어쩌다…… 이렇게 최악이 된 거지."

은영이 생각해도 최악이었다. 그 언젠가 제후가 물은 적이 있었다.

"네 세상은 뭐든 네 중심으로 돌아가지?"

그때 왜, 난 웃기만 했던 걸까. 넌…… 정말 몰랐을까…….

"내 세상은 너로 돌아가니까."

네가 없으면 나도 끝나. 은영은 가는 숨을 내뱉었다. 그가 숨이었고 길이었던 은영은 지금의 길이 막혔다면 돌아가는 한이 있더라도 다른 길을 만들어야 했다. 그 이상의 생각은 사치였다.

"나, 좀…… 봐주면 안 돼?"

제후는 조금 전 은영이 몸으로까지 붙잡으려고 했던 것에 꽤나 충격을 받았다. 오랜 시간을 함께하면서 그런 식의 행동은 단 한 번도 본 적이 없었다. 그리고 그녀가 아빠의 허락이라는 말을 입에 올린 순간 목에 생선 가시가 걸린 것처럼 답답해졌다.

흔적도 없이 사라졌던 이유가 그동안 오해하고 있었던 것처럼 단순한 배신이 아니라, 자신에게 오기 위한 그녀의 아버지와의 약속 때문이라면? 그 사람이라면 어떤 식으로 은영을 설득시켰을지 예상이 되어서 더 그랬다.

……왜, 한 번도 그런 이유가 있을 거라고 생각해 보진 않은 건지. 뒤늦은 깨달음에 제후는 가슴이 먹먹해졌다. 하지만…….

"늦었어."

그가 해줄 수 있는 말은 그게 전부였다. 그러나 은영이 여기서 멈추지 않을 거라는 걸 안다. 그것을 멈춰줄 수 있는 사람이 자신밖에 없다는 사실도.

"아니, 난 늦지 않았어. 언제나, 윤제후 널 먼저 기다리고 있던 것도 나였고. 널 한 번도 떠난 적이 없었는데, 내가 어떻게 늦을 수 있어?"

할 수 있는 최대한 힘을 주어 말하고 자리에서 일어난 은영은 입술을 앙다물고 비틀거리는 다리로 최대한 꼿꼿하게 걸어 나갔다.

"기다릴게. 네가 늦게 와도…… 난 기다릴 거야."

그 말은 언뜻 자신을 탓하는 것도 같았다. 그렇게 은영이 가고 난 후, 반쯤 열린 현관문 사이로 은설이 걸어 들어왔다. 넓은 거실 소파에 우두커니 앉아 있는 제후를 보며 그녀가 인사처럼 말을 건넸다.

"내가 너무 늦게 왔죠?"

은설은 반쯤 풀어헤쳐진 그의 와이셔츠로 시선을 내렸다가 이내 작게 웃음을 터뜨렸다.

"옷은 입으려던 거예요, 벗으려던 거예요?"

제후의 얼굴 위로 순간 당혹이 스쳤다. 셔츠 단추를 채우는 손놀림이 바빠졌다. 만약 은영이 독단적으로 결정을 내리기 전에 한 번이라도 물어봐 주었더라면, 여전히 은영을 기다리고 있었을까. 번득 생각이 스치고 지나갔다.

"집은 또 왜 이렇게 엉망이 된 건데요?"

그리고 이 여자를 만날 수 있었을까. 제후는 은설을 보자 저 깊은 곳에 파묻어 두었던 기억들을 헤집는 걸 관두었다. 과거의 기억은 이미 반쯤 지워졌고, 그 위로 새로운 기억을 채우는 중이었다.

"가사도우미 며칠 안 부른 게 티 나?"

"엄청요. 창문 열어도 돼요? 환기 좀 해야겠어요."

한밤중에 환기라니, 그녀답지 않은 행동이었다. 상황이 의도치 않게 자꾸만 꼬이자 그가 짙은 숨을 몰아쉬었다.

"봤어?"

"보긴 뭘 봐요?"

은설이 눈을 동그랗게 뜨며 창가로 향하던 발걸음을 멈추고 제후를 돌아보았다. 이내 셔츠를 목 끝까지 다 채운 그가 이마를 문지르며 조심스럽게 입을 열었다.

"헤어진 전 여자 친구가 왔다 갔어."

"윤제후 씨가 오래 만난 여자죠?"

마지막 연애를 기점으로 독신주의자가 되었다면 가볍게 만난 사이도 아니었을 거고, 꽤 마음을 주었던 사람이었을 거란 건 듣지 않아도 알 수 있다. 사진 속에서 보았던 여자는 그와 같은 교복을 입고 아담한 키에 얼굴에는 귀티가 나던, 그런 여자였다. 여기에 올라오면서 보았던, 소리 없이 눈물만 흘리던 여자의 얼굴과 사진 속 환한 웃음은 어쩐지 괴리감이 느껴졌지만 그 묘한 분위기는 감춰지지 않았다.

'오래'라는 단어에 힘주어 말한 은설을 보며 제후가 미간을 꾹 누르며 낮게 웃었다.

"그래봤자 당신 하나로 다 이기는데."

그 말에 은설이 숨을 뚝 멈추었다가 입술을 샐쭉하게 내밀었다.

"근데요, 그렇게 오래 사귀었으면 돌싱이나 다름없는 거 아니에요? 난 윤제후 씨가 처음인데, 뭔가 억울하잖아요."

"……뭐?"

제후는 생각지도 못한 말에 웃음을 터뜨릴 뻔했다.

"그러니까 나한테 좀 잘하라고요."

"그리고?"

또, 말해봐.

"네?"

"더, 안 물어봐?"

"뭘 또 물어야 돼요?"

일단 믿는 거예요. 윤제후 씨가 나 아프게 안 한다고 했으니까.
묻고 싶은 거 사실 정말 많은데, 그냥 묻어두는 거라고요…….
나, 질투심 많으니까. 나 좋자고 그럴 거라고요.

은설의 당돌한 대꾸에 제후는 소파에 기대앉으며 몸을 늘어뜨
렸다. 자신이 생각해도 말이 안 되지만 이 상황에서 왜 도리어
서운한 감이 드는 건지 모를 일이었다.

"질투 안 해?"

이런 식으로 대화를 할 줄은 몰랐는데.

"왜요, 흔들렸어요?"

"뭐?"

"흔들렸냐고요."

"그럼 질투했어?"

다시 한 번 묻는 말에 그는 마치 어린아이가 된 것 같은 기분이
었다. 그래서 대답은 하지 않고 오히려 질투했느냐고 물었다.

"당연하죠."

"하지 마, 그럼."

"에이, 얼굴 보니까 흔들렸네! 흔들렸어!"

"두 번째 소원은 언제 말할 건데."

은설이 아무렇지 않아하며 웃어버리자 그도 따라서 웃고 말았다. 아무리 생각해도 이 여자는…… 사랑할 수밖에 없는 여자였다.

"내가 제일 싫어하는 동문 모임이 하나 있는데. 확실하게 거절할 방법은 당신이랑 같이 가는 것 같아서……. 같이 가줄래?"

그가 얼마나 많은 고민을 하고 말을 꺼냈을지 짐작이 가서 은설은 조심스럽게 물어오는 말에 고개를 끄덕였다.

"이번엔 또 뭡니까, 대표님!"

안절부절못하며 부산한 수강을 보다 못한 대현이 책상 위에 쌓여 있는 결재서류들을 가리키며 '이건 다 하고 가셔야 합니다'라는 무언의 압박을 주었다.

"나 오늘 진짜 아파. 반차 좀 쓸게."

"어제도 아프다고 하지 않으셨습니까."

"어제도 아팠는데, 오늘은 진짜 더 아파서 그래."

"대표님!"

대현이 바락 소리를 지르자 눈매를 가늘게 접은 수강이 대현을 흘겨보았다.

"왜, 또 이수강이라고 하지?"

"그때 한 번 그런 거 가지고 언제까지 이러실 겁니까. 제가 그렇게 안 했으면, 대표님 이미 들키고도 남았습니다.”

대현이 수강의 눈치를 살피면서도 할 말은 끝까지 다 했다. 하지만 지금 수강은 업무에 집중할 수 있는 상황이 아니었다. 동문 모임에 가지 않을 거라고 했던 제후가 갑자기 마음을 바꾸는 바람에 은설을 통해 이야기를 들은 미리가 모임이 언제냐며 준비를 해야겠다고 한 것이다. 이렇게 되면 이제 숨기고 싶어도 숨길 수가 없게 되어버린다.

“하여튼 윤제후, 이거.”

수강은 머릿속이 꽤나 복잡해졌다. 어떻게든 동문 모임에 가지 않을 핑계를 만들든가, 아니면 미리에게 사실을 털어놓을 수밖에 없었다.

“그것도 안 되면 동문 모임에서 다 들키는 걸로?”

수강은 그렇게 생각하자 절로 소름이 일었는지 어깨를 떨었다. 사실 미리와 사귀는 게 아버지의 귀에만 안 들어가면 상관없는 일이지만, 미리를 속인 건 사실이니 그녀가 불쾌해하진 않을지 신경이 쓰였다. 대현은 넋이 나간 사람처럼 혼잣말을 중얼거리다가 결국은 사무실 밖으로 사라지는 수강을 붙잡을 수가 없었다. 이쯤 되면 반은 포기였다.

“강!”

이미 저만치서 손을 흔들고 뛰어오는 미리를 보며 수강은 높이 뻗어 올린 손을 느리게 흔들었다. 이번 연애는 정말 길게 하고 싶은데. 정말 그러고 싶은데…….

수강은 뛰어오느라 거친 숨을 고르고 있는 미리의 손을 잡았다. 말이란 건 대체 어디서부터 어떻게 꺼내야 할지, 짧게 연애를 했을 땐 문제가 되지 않던 것들이 이제는 걸림돌이 되었다. 이럴 줄 알았으면 애초에 거짓말을 하지 않는 거였는데……

오늘따라 유난히 말이 없는 수강을 따라서 미리도 묵묵히 걸었다. 그것도 잠시, 길거리 가판대에 쌓인 신문을 무심코 쳐다본 미리가 걸음을 멈추었다.

"이원제 회장이랑 강이랑 진짜 많이 닮은 거 알아?"

예상치 못한 발언에 수강의 얼굴에 미세한 균열이 일어났다. 미리는 신문 속 이원제 회장의 사진과 수강을 번갈아보았다. 미리의 어깨에 팔을 걸치며 수강이 신문을 가리고선 너스레를 떨었다.

"와, 내가 이 늙은 아저씨랑 어디가 어떻게 닮아!"

"닮았는데? 눈, 코, 입."

그 말에 수강이 흠칫 놀라며 눈만 빼고 얼굴 전체를 손바닥으로 가렸다. 미리는 괜히 답답해져서 한숨을 내쉬며 수강을 올려다보았다. 도대체 뭣 때문인지 계속 말없이 걷는 수강이 마음에 들지 않았다. 그리고…… 더 이상의 생각은 자제하려는 듯 미리가 뻑뻑한 입술을 움직였다.

"언제까지 걷기만 할 건데?"

"걷는 거 싫어?"

"퇴근하고 힘든데, 계속 걷기만 하잖아."

"그럼 나도 차 살까?"

"차 살 돈은 있고? 돈은 쓰라고 있는 건데, 모으지도 않는다며."

"일단, 사고 보는 걸로?"

미리의 머리를 헝클어뜨리며 수강이 푸스스 웃었다. 태어나서
여자의 눈치를 보고 산 적은 없는데. 미리의 어깨에 올렸던 팔을
내리며 수강이 미리의 손을 잡아 손깍지를 끼며 담백한 투로 말
하였다.

"강! 동문 모임, 내일인데 같이 갈까?"

사실 수강은 연애는 많이 해왔지만 여자 친구라고 남들에게
소개해야만 하는 자리에 함께 간 적은 한 번도 없었다. 미리는 맞
잡은 두 손이 흔들거리는 모습을 바라보다가 수강에게 대뜸 두서
없는 말을 던졌다.

"그래서, 나랑은 연애 얼마나 할 생각인데?"

마주잡은 이 손이 언제 떨어질지 문득 궁금해졌다. 말문이 막
힌 수강의 발걸음이 느려졌다.

"끝은, 강이 하는 걸로?"

시작은 내가. 처음에 했던 약속이자 조건이었다. 수강의 장난
스런 어투에 미리가 사뭇 진지한 목소리로 대꾸했다.

"그럼 강은 내가 헤어지자고 하면, 헤어질 거야?"

"글쎄, 내가 워낙 매력적이어야지. 그 얘기가 과연 나올까?"

그리고 돌아오는 대답은 말이 아니고 주먹이었다.

반얀트리 멤버십 클럽 라운지 바.

제후와 수강의 고등학교 동문 모임은 호텔 클럽을 통째로 빌려
서 열렸다. 대한민국 상위 1%라 불려도 손색없을 사립 고등학교
동문 모임다웠다. VIP 멤버십 회원만 이용할 수 있는 이곳에 처

음으로 와본 은설은 너무나 화려한 풍경에 입을 다물지 못했다. 모임에 참여한 사람들은 저마다 경제신문에서 보던 낯익은 얼굴들이었고, 그와 함께 있는 상대 역시 화려했다.

"귀족 학교가 따로 없네."

도착하자마자 미리가 한 첫 마디였다. 하지만 그렇게 말하는 미리 역시 잘 차려입은 귀족 학교의 일원으로 보였다. 두 사람이 그러고 있는데, 조금 늦게 나타난 수강이 말쑥한 얼굴로 오랜만에 보는 기분 좋은 웃음을 띠고서 은설에게 인사했다.

"은설 씨, 우리 오랜만에 보네요?"

은설이 마주 인사하려고 입을 떼려는데 그보다 미리가 먼저 입을 열었다.

"여자 친구는 여기 있는데, 왜 은설이한테 먼저 인사해?"

"강! 눈부셔서 안 보였는데! 여기 있었어?"

아무래도 이 커플과는 떨어져 있는 게 좋을 것 같은데. 은설은 주위를 살피다 수강의 뒤에서 나타난 제후를 향해 손짓했다. 블랙 정장에 블랙 와이셔츠, 타이까지 블랙으로 맞춘 그에게서 흘러나오는 분위기가 심상치 않았다. 온통 화려한 사람들 속에서도 독보적인 그가 가까이 다가와 은설을 빤히 쳐다보고는 툭 던지듯이 말하였다.

"예쁘다."

아무래도 수강을 욕할 게 아니었다.

제후의 등장에 그에게 쏠렸던 시선이 연이어 들어온 한 남자 쪽으로 향했다. 딥블루 컬러의 스트라이프 정장을 입은 남자는 한쪽에 비켜 서 있는 제후와 은설을 번갈아보았다. 한 걸음, 두

걸음 뗄 때마다 그의 손가락이 제후를 향했다가 이내 은설에게서 멈추었다.

"너지? 내 약혼녀 울린 애."

은설을 콕 집어 가리키는 남자, 강현의 등장에 제후는 미간을 구겼다. 언젠가 만날 줄은 알았지만 이런 식으로 만나고 싶지는 않았다. 상류층 자제들이 가득한 학교에서 언제나 이방인이었던 제후에게 적대적이지 않은 세 사람이 있었는데, 그게 바로 수강과 강현, 그리고 은영이었다. 제후가 은영과 사귀기 전부터 은영과 강현이 약혼을 할 거라는 얘기는 널리 퍼져 있었다. 그래서 은영과 사귀게 된 후 제후는 내심 강현에게 미안한 감정이 있었다. 하지만 그로 인해 벽이 생길 법도 한데 아무렇지 않은지 먼저 다가온 것 역시 강현이었다. 그는 언제나 남 일 구경하듯 은영과 제후 곁에 있으면서 아무런 액션을 취하지 않아 도리어 불편한 존재였다.

은설을 가리키던 손가락은 비스듬히 방향을 틀어 제후의 얼굴 위로 빙글빙글 동그라미를 그렸다.

"넌 상습범이고?"

제후가 못내 불편한 기색을 숨기지 않자 강현이 푸스스 웃으며 제 얼굴 위로 손가락을 옮겨갔다.

"난 파혼당한 남자고."

"아, 넌 진짜 또라이야! 한국엔 언제 들어온 거야?"

오랜만에 반가운 사람을 만난 것처럼 수강이 강현의 어깨에 팔을 올리며 쿡쿡 웃었다. 강현은 어깨를 으쓱했다가 크게 떨어뜨리며 제법 슬픈 척 눈매까지 슬쩍 늘어뜨리고는 대꾸했다.

"약혼하러 왔다가, 파혼당해서 도로 들어가고 싶은데?"

강현이 눈짓으로 제후를 가리키더니 눈을 짧게 찡긋 감고는 은설을 돌아보았다.

"난, 은강현. 쟤 좋아하는 여자한테 파혼당한 남자라고 하면 이해가 빠를까?"

은설은 말하지 않았으면 절대 몰랐을 파혼당한 남자의 표정에 알 수 없는 기분이 들었다. 강현은 눈만 깜빡이고 서 있는 은설을 세밀하게 관찰했다. 큰 키에 늘씬한 몸매가 먼저 눈길을 끌지만, 그보다 사람을 끄는 맑은 얼굴에 보이는 순수함이 제후가 좋아할 만하다는 생각이 들었다.

은영인 키 작은데, 보면 화 좀 나겠다. 강현은 부드럽게 웨이브 진 갈색 머리카락을 손으로 빗어 넘기며 또다시 푸스스 웃었다. 오랜만에 입은 정장이 불편해 어깨를 뒤로 틀어 돌리던 강현은 여전히 아무렇지도 않게 제후에게 말을 걸었다.

"고등학교 동창 모임인데 무슨 정장이야. 웃기지 않냐?"

강현의 말에 또 대신 대답하는 건 수강이었다.

"이게 무슨 동창 모임이야, 비즈니스 친목 도모지."

강현은 한 손을 주머니에 찔러 넣은 채로 반질거리는 대리석 바닥을 발로 비비고는 바닥으로 잠깐 향했던 시선을 틀었다. 그리고 은설을 향해 달콤한 목소리로 물었다.

"윤제후 꼬시는 데, 넌 얼마나 걸렸어?"

강현의 눈매가 크림처럼 부드럽게 휘어졌다. 포니테일로 묶은 머리카락 중 한 올이 어깨 앞으로 나온 게 신경 쓰여 귀 뒤로 넘겨주려고 손을 뻗자 제후가 그의 손을 툭 쳐낸다.

"경고하는데, 신경 꺼."

한쪽 입술을 비틀어 깨문 강현은 머쓱해진 손으로 구불거리는 제 머리카락을 헤집었다.

"잘못 짚었어. 윤제후가 꼬시는데, 은설 씨가 아직 완전히 안 넘어가는 중? 문자 보내면 답장도 안 오는 것 같더라고."

강현에게 하는 말이었지만 시선은 제후에게로 가 있는 수강이 키득거리며 웃었다.

"진짜야?"

한마디도 하지 않고 눈만 굴리며 서 있는 은설을 제 등 뒤로 세우며 제후가 경고했다.

"그만 봐."

"진짜네."

강현의 호기심이 증폭된 순간이었다. 수강의 뒤를 힐끗 본 강현이 이어서 말하였다.

"아까 네 옆에 있던 여자는 어디로 갔어?"

"……어, 어?"

그제야 수강은 오랜만에 만난 강현 때문에 미리를 깜박 잊고 있던 것이 생각났다. ……아, 오늘이 디데이라 긴장돼서 괜히 눈도 더 잘 못 맞추고 있었는데. 신경 안 써준 것처럼 보였나. 수강은 머리를 긁적이며 눈으로 그녀를 찾아 헤맸다. 가슴 한쪽 부근이 답답해져왔다.

"우리 강 어디 갔지? 우린 이따 다시 얘기하는 걸로!"

수강은 스윽 주위를 둘러보고는 빠르게 사라졌다. 남자의 등장에 한참을 넋 놓고 있던 은설 역시도 미리를 찾으려 뒤돌아서 핸드폰을 들었다. 전화를 거니 이미 수강과 통화 중인지 연결이 되지 않았다.

"이수강, 만나는 여자는 많았어도 모임에 여자 친구 데려온 건 처음 보는데. 윤제후, 넌 본 적 있어?"

"처음 봐."

가벼운 대답에 강현은 크게 웃음을 터뜨렸다. 대답이 웃겨서 웃는 게 아니었다. 머리카락을 하나로 묶은 여자의 등만 보고 있는 제후의 옆얼굴을 빤히 들여다본 강현이 서늘한 음성으로 뇌까렸다.

"난 네가."

……다른 누구도 아닌 윤제후 네가.

"이렇게 대놓고, 좋아하는 티 내는 것도 처음 봐."

그래서 궁금해졌다. 네가 그렇다면, 내 계획도 조금은 수정되어야 할 것 같아서. 지켜보기만 하려고 했는데. 그 애가 행복하길 지켜봐주려고 했는데…….

제후와 수강, 둘을 예의 주시하고 있던 지엘그룹의 장남 상민은 그 옆에서 주위를 두리번거리는 미리를 보고는 턱을 벌렸다. 어디론가 움직이는 미리를 놓치지 않고 그 뒤를 따라가면서 긴가민가하던 상민은 계단 커브에서 얼굴을 확인하고 확신에 찬 어조로 그녀의 발을 잡아챘다.

"맞지, 강미리?"

미리는 한숨과 함께 걸음을 멈췄다. 안 그래도 그 따가운 시선이 거슬려 슬그머니 나온 거였는데, 기어이 저 눈치 빠른 새끼가 여기까지 쫓아나왔다. 미리는 이내 침착한 표정으로 돌아섰다.

"아, 뭐 굳이 따라 나와서 인사까지 해요?"

"그렇다고 모른 척할 사인 아니잖아, 우리가?"

상민이 하는 헛소리에 미리가 쏘아붙이듯 대꾸했다.

"그렇다고 아는 척할 만큼 가까운 사이 아니죠, 또 우리가?"

입꼬리는 올라가는데 눈빛이 싸하다.

"푸하. 요만할 때 봤더니, 너 많이 컸다."

"그럼 많이 커야죠. 더 많이 커서 나중에 찾아가려고 했는데."

"와…… 긴장감 하나도 안 느껴지네. 어머님은 잘 계시지?"

상민은 계단 아래쪽에 있는 미리를 향해 턱 끝을 치켜들었다. 내리깐 눈매가 비스듬히 틀어져 불만스럽다. 그에 못지않게 비소를 날리던 미리가 구두 굽을 찍듯이 계단 위로 올라와 상민 앞에 섰다.

"어머님? 사람 취급도 안 할 땐 언제고 이제 와 누굴 '어머님'이라고 불러요?"

"네가 잘해 드리면 되잖아. 엄마 옆에 꼭 붙어서, 어?"

미리가 최대한 가까이 올라서서는 앙칼진 눈매로 상민을 살벌하게 노려보았다. 그리고 천천히 또박또박 말했다.

"엄마 옆에 있으니까, 자꾸 아빠 보고 싶어지네."

가족 관계가 복잡한 미리는 이 문제를 언급하는 것조차 싫어할 정도로 피해왔었다. 아무리 엄마가 '그래도 네가 있어야 할 곳은 아빠가 있는 회사다' 이렇게 강경하게 얘기해도 듣지 않고 도망치듯 결혼정보회사에 입사한 것도 그 때문이었다. 어차피 숨겨진 자식이라 누구 하나 찾을 사람도 없었다. 그런데 지금이야말로 나와야 할 때가 아닌가 싶었다. 누군가 억지로 끌어내서 나오는 거 말고.

반쪽짜리 오빠여도 한때는 좋아해 보려고 했던 적이 있었다. 가끔씩 만나는 아빠가 오빠의 존재에 대해 얘기해 줄 때마다 만나고 싶었었다. 그리고 처음으로 만나게 된 자리에서 오빠라는 말에 활짝 웃었던 미리는 저를 쳐다보는 서슬 퍼런 눈빛에 기가 죽었다. 마치 벌레라도 보는 듯한 그 시선이, 엄마와 저를 죽일 듯 노려보던 그 눈빛이 미리에겐 상처가 되었다. 반대로 미리 모녀의 존재가 그에게는 상처가 되었다. 그저 어른들의 세계에 놓인 작은 아이 둘은 각자의 상처밖에 보질 못했다. 시간이 지날수록 그 상처는 더 커지기만 했고, 남보다 더 못한 사이로 남았다.

"야, 적당히 해라."

강단 있게 저를 올려다보는 미리의 눈빛을 고스란히 받으며 상민은 피식 웃다가 이내 차갑게 입꼬리를 내렸다.

"족보 없는 윤제후나 너나, 내 눈에 띄지 마."

미리는 순간 눈물이 핑 돌았지만 입술을 잘근 씹으며 참았다. 낮게 욕지거리를 뇌까리며 상민은 오던 길을 그대로 돌아갔다. 계단 난간에 기대선 미리는 곧 힘이 빠져 그 자리에 주저앉았다.

잠시 후, 미리 앞에 수강이 나타났다. 수강을 본 미리가 낮게 웃으며 자리에서 일어났다.

"왜 여기 혼자 있어, 강? 혹시나 싶어서 내려가려다 계단으로 왔더니 여기 딱 있네."

터벅터벅 걸어 내려와 제 앞에 선 수강의 얼굴을 올려다본 미리가 픽 웃음을 터뜨렸다. 역시 이원제 회장이랑 너무 닮았다니까?

"이런 호텔 처음 오니까 신기하잖아. 아래층도 내려가서 구경하려고 그랬지."

미리가 혀를 샐쭉 내밀며 머리를 손가락으로 쓸어 넘겼다.

"아, 처음 왔어?"

"응, 내가 이런 델 언제 와봤겠어? 강은 자주 와, 여기?"

그동안 외면하고 있던, 마음에 걸렸던 퍼즐 조각들이 하나씩 맞춰지는 기분이었다. 말단 신입 사원인 그가 말도 안 되는 이상형을 뻔뻔하게 늘어놓던 일, 미팅에서도 적극적이지 않았고, 아무렇지 않게 들고 다니던 몽블랑 만년필. 또 뭐가 더 있더라……. 그래, 대표님. 마지막으로 지금 여기. 이제 더 이상은 오해라고 넘길 수 없다. 이제야 그의 이상했던 행동들이 이해가 되었다.

"아아니! 아…… 실은 할 말 있는데……."

어색한 미소를 얼굴에 그려 넣은 수강이 답답한 듯 메고 있던 타이를 슥슥 풀어 내렸다. 그러고는 묵직한 한숨과 함께 미리를 보았다.

"무슨 비장한 고백이라도 할 것 같은 표정인데?"

"눈치 하나는 빠르다니까…… 강."

"아니, 나 이번엔 안 빨랐어. 그러니까 하려던 고백 나중에 하면 안 돼?"

"……어? 어?"

무슨 말인지 이해가 안 간다는 표정을 지은 수강은 좀 더 가까이 미리의 눈을 들여다보기 위해 고개를 숙였다. 하지만 곧바로 시선을 피해 버린 미리는 난간을 잡고서 두 계단을 올라갔다. 지금은 아무 말도 듣고 싶지 않고, 아무 생각도 하고 싶지 않다. 금방이라도 다가와서 '무슨 일이야' 하고 묻거나 그가 사실을 고백하는 걸 듣게 된다면 돌이킬 수 없게 될 것 같았으니까. 지금은 감정의 분배가 필요한 시점이었다. 머릿속 어지러운 생각들을 정리해서 버린 뒤 미리는 훌쩍 뒤돌아섰다.

"배고픈데. 밥 좀 먹을까? 여기 호텔이라 되게 맛있을 것 같은데?"

조금 전까지만 해도 팽팽했던 눈빛이 풀어진다. 수강의 팔에 자연스레 손을 끼워 넣은 미리가 마저 계단 위로 끌었다.

"모임은 안 가는 걸로?"

"다시 갈 거면 가고."

"아니야, 강이 배고프다는데. 여기 밥 맛있어. 우리 둘이서만 시간 보내면 나야 땡큐지."

지금 말해야 하는데, 지금이 기횐데……. 수강은 속으로 머뭇거리면서도 그대로 미리의 큰 걸음, 그래봐야 제 반의 반도 안 되는 걸음에 끌려가 주었다.

주거니 받거니 하던 소음들이 사라지면서 모임에 있던 사람들의 시선이 한곳으로 향했다. 그 모든 쏟아지는 시선을 자연스럽게 받으며 들어선 여자는 다름 아닌 은영이었다. 깔끔한 화이트

미니 원피스를 입은 은영은 청순함 그 자체였다. 하지만 앞에서는 청순이지 뒤는 등이 거의 훤하게 드러나 보이는 반전 드레스였다.

"공주님, 오셨어요?"

"몇 년만이야? 전공주 더 예뻐졌어!"

"뒤태 왜 이래? 오늘 작정하고 온 사람처럼?"

"아버님 국무총리 되신 거 감축 드리옵니다."

화려하게 등장한 은영을 맞이하며 동문들은 장난스럽게 인사를 건네기도, 옛 귀족들처럼 예를 갖춰 인사를 하기도 하였다. 그만큼 은영은 이 모임에서도 가장 꼭대기에 있는 사람이었다.

"쟤 화나면 섹시해지는데……."

제후가 잠시 자리를 비운 사이 혼자 있는 은설의 옆으로 어느 틈엔가 다가온 강현이 멀리 떨어져 있는 은영을 보며 혼잣말처럼 말하고서 은설에게 고개를 돌렸다.

"어떡할래, 너?"

은설의 뺨에 달라붙어 있는 얇은 머리카락 한 올을 섬세하게 잡은 강현이 귀 뒤로 조심스레 넘겨주면서 작게 속삭인다.

"이거, 아까부터 계속 보여서 해주고 싶었어."

그 얼굴이 너무도 가까운 탓에 그의 숨결이 볼에 닿았다. 급작스레 닿은 낯선 손길에 은설은 움찔했다. 습관이란 건 쉽게 바뀌지 않는 모양이었다.

"아, 너 연애 숙맥이구나."

"……."

"조심할게, 이 손."

잔뜩 긴장한 것 같은 은설의 얼굴을 보며 강현은 부드럽게 솜털이 날리는 것처럼 흐트러지게 웃었다. 은설은 그에게 뭐라고 반응을 해야 할지 몰라 자연스러운 표정이 나오지 않았다.

"떨어져."

통화를 마치고 들어온 제후가 강현과 은설 사이로 서며 그녀의 허리를 감아 안았다. 그 손길에 은설은 등과 허리로 소름이 돋는 걸 느꼈다. 괜히 허리 아래가 찌릿거리며 신경 쓰였다.

"윤제후, 그 여자가 이 여자야?"

그 세 사람에게로 당연하단 듯이 은영이 다가왔다. 그녀의 시선은 제후에게서 줄곧 떨어지지 않는 상태였다.

"어."

제후가 사뭇 달라진 분위기의 은영에게 간결하게 대답하자 은영은 은설에게 손을 내밀었다.

"안녕하세요? 윤제후랑 꽤…… 많이 친했던 전은영이에요."

내미는 손을 잡을지 말아야 할지 그 짧은 순간에도 고민이 되었지만 은설은 당당하자고 마음을 먹으며 그 손을 잡았다.

"기은설이에요."

"우연이겠죠?"

"네?"

"별건 아닌데. 나랑 가운데 이름자가 똑같아서요. 난 제후가 '은영아'하고 부르면 되게 설렜는데 은설 씨도 그래요?"

그 순간 지나가는 생각들은 그리 유쾌하지 않았다. 은설은 그가 제 이름을 다정하게 부를 때 은영이라는 이름을 떠올렸을까 하는 생각을 얼른 지워내곤 대꾸했다.

"이름보다는 당신이라는 말을 많이 들었던 것 같아서요. 전 그 말이 더 설레던데요?"

"그거 윤제후 버릇 같은 말인데. 사람들 오해하기 좋은 말이라고 싫어했어요, 나는."

"저는 오해해도 괜찮은 사람이라서요. 은영 씨한테 그렇게 말하면 싫어질 것 같긴 하네요."

여자 둘의 팽팽한 신경전은 이미 시작되었다. 은영은 가까운 곳에 있던 테이블을 찾아 거칠게 의자를 빼 앉았다. 짧은 치마를 입었음에도 아랑곳 않고 얇은 다리를 느리게 교차시킨 은영은 한쪽 팔을 테이블에 올리고서 세 사람을 향해 손짓했다.

"앉아서 얘기하자. 힐 신었더니 다리 아파."

"무슨 얘기가 하고 싶은데, 우리 공주님?"

강현이 입술 사이로 옅게 웃음을 흘렸다.

"윤제후 여자 친구 궁금하잖아."

은영이 혼자 앉은 테이블 주위로 묘한 조합의 세 사람이 서 있자, 자연스레 사람들의 시선도 그곳으로 집중되었다. 약혼식 날 파혼한 남자와 전 애인과 그의 여자 친구까지. 드라마라면 마지막 장면을 장식해도 손색없는 장면이었다.

"궁금한 게 뭔데. 나한테 말해."

결국 제후가 그 테이블에 뻐딱하게 앉았다.

"왜, 저 여자는 말 못 해?"

"저 여자 마음대로 세워두고 휘두를 생각은 애초에 버려."

"저 여자는 내가 휘두르면 그대로 휘둘릴 여자란 말 같은데, 맞아?"

"제후가 더 좋아하는 여자래."

강현이 어깨를 으쓱이며 웃음기를 섞어 말하자 은영이 어이없다는 듯 웃고는 은설을 향해 테이블을 두어 번 두드렸다.

"앉아요."

대체 무슨 이야기를 할까. 머뭇거린 은설이 이내 의자를 뒤로 빼자, 의자를 끄는 소리와 함께 은영이 입을 열었다.

"아, 그러고 보니 이 호텔, 제후랑 나랑 자주 왔던 곳인데. 은설 씬 여기 와봤어요?"

내심 제후의 빌라에서 보았던, 울고 있던 그녀의 얼굴을 떠올리며 마음 한구석 미안한 감정이 있었던 은설은 저 발언에 어떻게 반응해야 할지 고민이 되었다. 은설은 아랫입술을 살짝 물었다 떼고서 말하였다.

"그랬어요?"

"우리 고등학교 때부터 만난 거, 그것도 알고 있죠?"

"정확히 말해서 떨어져 있던 시간도 그만큼 길었지. 제후야 뉴욕에서 지내는 시간이 길었으니까."

강현을 향해 눈을 살짝 흘긴 은영의 눈빛엔 '너, 누구 편이야, 지금?' 이런 의미가 담겨 있었지만 그는 어깨를 가볍게 으쓱하는 걸로 답을 대신했다.

"제후에 대해 내가 모르는 게 없어요. 궁금한 것 있으면 물어봐요."

이런 도발적인 질문에 넘어가기엔 그동안 커플매니저를 하면서 쌓은 내공과 말발이 아까웠다. 은설은 싱긋 미소를 지었다.

"천천히 알아가면서 오래 만나려고요."

"아…… 오래?"

은설은 알 게 모르게 자신만만한 은영의 눈동자를 보고 오기가 나는 한편 울적해지기도 했다. 태어나 지금껏 원하는 것은 한 번도 잃어본 적이 없는 눈빛이었다. 노력해야만 얻을 수 있었던 자신과는 다르다는 것을 또 한 번 깨달았다.

그를 좋아하고부터 소심하게 변해가고 있다는 걸 스스로도 알고 있었다. 반짝이는 사람 옆에 있다 보니 어느새 저 자신은 어둠인 것 같았다. 괜히 눈치를 보게 되고. 그동안 제 안에 이런 모습이 있었나 싶을 정도로 낯선 말과 행동이 불쑥불쑥 튀어나와서 스스로도 혼란스러웠다. 좋아하는 마음이 커질수록 스스로의 단점만 계속 보였다. 하루하루를 열심히 사는 것이 중요하다고 생각했는데, 이미 넘치게 많이 가진 사람들만 계속 마주하다 보니 그 상실감이 생각보다 컸던 모양이다.

"네, 아주 오래 만나보려고요."

속으로는 불안해 죽을 것 같았지만 입에서 나오는 말은 그렇지 않았다. 저 여자를 보고 웃을 수도 있어서 은설은 연기 전공인 게 참 다행이라고 생각했다.

은영은 생각보다 당돌한 말에 한동안 말을 잇지 못하였다. 제후가 먼저 좋아한 여자라니 더 그랬다. 그가 먼저 좋아하게 된 여자라는 게 너무 부러웠다. 저도 오랜 시간이 걸려서야 겨우 그의 마음을 얻었는데, 제후의 마음을 사로잡은 매력이 저 여자 어디에 있는 건지 알고 싶었다.

"은영아, 쟤 예쁘지?"

무슨 생각이 그렇게 많은 건데. 말문이 막힌 은영을 보며 강현이 테이블을 톡톡 두들겼다.

"나보다?"

순간 자신이 말하고도 이건 아니다 싶어 작게 웃음이 나왔지만 이미 내뱉은 말이었다. 좋아하는 사람을 앞에 두고 한없이 유치해지는 건 모든 여자의 공통점이었다. 가지고 있는 게 많은 여자라도 그 마음에는 높낮이가 따로 정해져 있지 않았다. 은영을 힐긋 훑어본 제후가 은설의 어깨 위에 가만히 손을 내렸다.

"내 눈엔 그래."

은설의 작은 어깨가 움찔했다. 힘주었던 입술 끝이 속절없이 벌어진다. 당황한 건 은영도 마찬가지였다. 강현만 크게 웃음을 터뜨릴 뿐이었다.

"나, 윤제후가 이렇게 낯간지러운 말 하는 거 처음 봐."

아무 말 못 하는 두 여자 사이에서 제후의 시선이 향하는 곳은 한쪽이었다.

"앤, 자주 들을 거야."

그 뜨거운 시선과 함께 반질반질한 손가락이 애정을 담아 은설의 어깨를 느리게 문질렀다. 은설은 그가 잡고 있는 어깨 끝이 따끔거리는 것 같아 안절부절못했다. 은영은 제후의 손이 닿아 있는 은설의 어깨에 시선을 내리고서 입술을 짓씹었다.

"그래서, 결혼이라도 할 거야?"

은영의 입에서 나온 '결혼'이라는 말에 은설의 눈동자가 크게 흔들렸다.

"프러포즈를 이런 식으로 하고 싶진 않은데."

"너 결혼한다고 할까 봐 긴장하고 있었는데, 아직 거기까진 아니지?"

은영의 입술 끝자락이 천천히 올라가기 시작한다. 그다지 느긋한 미소는 아니었지만 은영은 초조함을 감추려 싱긋 웃기까지 했다. 그리고 이번엔 은설에게 물었다.

"우린, 결혼 얘기한 적 있었는데. 아직 한 번도 그런 얘기 안 했어요?"

하루에도 수십 번은 입에 담는 말인데 왜 이렇게 낯설게 들리는 것인지. 은설은 그와의 결혼을 그려본 적이 없었다. 연애만으로도 벅찼으니까. 그런 은설의 마음속을 읽기라도 한 것처럼 은영이 말하였다.

"아, 만난 지 얼마 안 됐다 그랬죠?"

"유치한 얘기 할 거면 그만해."

미간을 꾹 누르며 제후가 일어섰다.

"이게 유치해? 나한텐……."

"만나는 여자 있다고 확실히 보여주려고 온 거야. 이렇게 늘어지는 얘기나 들으러 온 거 아니라고."

테이블 위에 올려두었던 은영의 손은 어느새 무릎 위로 내려와 있었다. 작게 주먹을 쥔 손이 바르르 떨렸다. ……여기서 물러서면 전은영이 아니지. 깊게 숨을 고른 후에야 입술을 움직일 힘이 생긴 은영은 떨어뜨렸던 눈을 반듯하게 올렸다. 처연한 상황에서도 은영은 품위를 잃지 않았다.

"나, 기다리는 거 하나는 잘해요. 은설 씨한테 지금 내가 어떻게 보일진 모르겠지만, 나한텐 제후가 전부라서…… 그래서 이러는 거예요. 이해해 달란 말 안 할게요. 이건 은설 씨 잘못도 아니고, 우리 두 사람 연애가 그렇게 남들처럼 싫어서 끝난 게 아니라는 것만 알아줬으면 좋겠어요. 그래서 난, 아직 헤어지지 못했어요."

전부란다. 그것까지 가지고 싶다는 말로 들리는데. 은설의 눈꺼풀이 파르르 흔들렸다. 오히려 그 말에 반응한 것은 제후였다. 그는 눈가를 구긴 채 은영을 노려보았다.

"뭐?"

"너 싫어서 떠나 있던 거 아냐. 그거 강현이도 잘 알아. 미안한데, 윤제후. 나, 너 저 여자한테 못 보내. 고작 몇 달 만난 여자랑 나랑 저울질이 가능해?"

"난 이미 마음 정리했어."

제후가 은설에게 손을 내밀었다.

"가지."

은설은 오고가는 대화들 속에 또 혼자서만 가라앉는 기분이었다. 머릿속이 정리되지 않아 혼란스럽기만 했다. 그래서 그가 내민 손을 선뜻 잡을 수가 없었다.

"안 헤어지면 어쩔 건데요?"

기다리는 거 잘한다고 했나. 그거 내가 제일 못하는 건데. 은설은 은영을 빤히 바라보았다. 저 입으로 또 무슨 얘기를 할지 기다렸다.

"기다릴 거예요. 제후가 나한테 올 때까지."

"그럼 계속 기다려 봐요. 윤제후 씨, 내가 안 보낼 생각이니까."

처음부터 당신처럼 주어진 게 없는 난, 빈손을 채우려고 노력만 하고 살았어요. 난 그래서 기다리는 거 못해요. 차라리 내가 움직이고 말지. 은설이 자리에서 일어나자 은영 역시 일어났다. 은설을 붙잡고 움직이는 제후에게 조금도 다가가지 못하고 말만 붙였다.

"나랑 잠깐 얘기 좀 해."

"할 얘기 없어."

은영은 제후를 향해 손을 뻗으려다가 느리게 말아 쥐고는 은설을 향했다.

"그 정도는 해줄 수 있죠?"

"왜요, 기다리는 거 잘한다면서요. 벌써 못 기다리겠어요?"

"은설 씨 보니까 마음이 조급해졌어요."

생각보다 솔직한 말에 은설은 아까보다 더 긴장했다.

"아직, 둘이 제대로 얘기도 못 했어요. 만나서 지금까지 제후가 제 말 제대로 들어준 적 없거든요. 적어도 얘기할 시간은 줘요. 시간 많이 안 뺏을게요."

고작 얘기를 하겠다는 여자한테 왜 이런 비장함까지 들어야 하는지. 은설은 입술을 꾹 눌렀다가 천천히 떼었다.

"저 여자 확실히 정리하고 나한테 와요, 그게 내 두 번째 소원이에요."

먼저 등을 돌린 은설을 제후가 불러 세웠다.

"기은설."

그 부름을 무시하지 못한 채 은설이 뒤돌아섰다.

"시간 준다니까요. 정리할 시간?"

"당신 지금 어디 가는데."

"집에 가서 쉬려고요."

"혼자 가겠다는 건가, 지금."

"내 소원 말했잖아요."

"누가 그 소원 안 들어준대. 오래 안 걸리니까, 여기 있지."

흔들림 없는 시선으로 은설에게 다짐한 제후가 말이 끝나기가 무섭게 몸을 돌렸다. 고요하게 가라앉은 눈동자에 은영을 오롯이 담으며 차갑게 일갈하였다.

"너, 떠났을 때도 내 얘기 안 듣고 갔지. 나도 똑같이 들을 얘기 없어."

"……윤제후."

"죽은 사람이랑 내가 더 할 얘기가 남아 있나."

올블랙으로 입고 온 의상을 보란 듯이 제후가 한 손을 허리에 얹었다. 언제나 확실한 그다운 방식이었다. 내 마음속에 살았던 넌 이제 죽은 사람이라고. 그렇게 말하고 있었다.

은영은 충격 받은 사람처럼 한 마디도 못 하고 그 자리에 못 박힌 듯 서 있었다. 마치 제 세상이 다 끝난 사람처럼.

이야기를 끝낸 제후가 은설의 손목을 그러잡았다.

"소원 두 개 썼어."

제후에게 끌려 나가면서 은설은 마치 구름 위를 걷는 듯한 기분이 들었다. 발을 맞춰 걷는 기분이 묘했다. 미련이라고는 한 톨도 없는 사람처럼 거침없이 정리하는 그를 보며 심장이 두근거려서 튀어나올 것만 같았다. 그로 인해 속상했던 마음이 허무할 만큼.

이렇게 빨리 소원을 들어줄 줄이야……. 며칠이라도 기다려도 줄 생각이었다. 기다리는 게 힘들 테지만 그래도 기다려 볼 생각이었다.

손등으로 눈물을 닦아내는데 그가 얼굴을 가까이 대곤 귓가에 나지막이 속삭였다.

"아직도 반하려면 멀었지?"

귀에 뜨거운 숨을 불어넣으며 제후가 나른하게 웃었다.

"내가 당신 많이 좋아하는 것 같아."

나에게 왜 잘 웃지 않느냐고 물은 적 있잖아. 그나마 당신 때문에 웃게 된다고. 이제 조금 더 편하게 웃고 싶어. 이렇게 당신이랑.

"손도 잡고."

제후는 은설의 손을 제 손안으로 힘주어 가뒀다.

한참을 미동 없이 서 있는 은영 앞에 강현이 다가섰다. 숨죽여 이 상황을 지켜만 보고 있던 동창들은 이젠 강현의 다음 말을 기다리고 있었다. 한 번도 제 속을 비치지 않고 멀찍이서 지켜보기만 하던 강현이 은영 앞에 서 있는 그림이 어쩐지 어색하기만 했다. 강현은 재킷을 벗어서 은영의 어깨 위에 걸쳐 주었다. 그러면서 어깨에 살짝 손이 닿았다. 이 잠깐의 닿음조차 강현에겐 고민이 되었다. 은영과 관련된 일이라면 강현은 그 무엇 하나 고민하지 않은 적이 없었다.

강현은 맑은 눈동자 위로 그보다 더 투명한 물이 차오르려는 것을 웃음으로 털어 보냈다. 이 역시 너무도 익숙하게.

"섹시할 거면, 끝까지 섹시하지 그랬어?"

"……."

"공주님, 여기서 이렇게 모양 빠지게 서 있으면 다른 애들이 흉 본다니까요."

은영은 여전히 넋이 나간 얼굴로 바닥 아래로 시선을 떨어뜨렸 다.

"강현아, 오늘 제후 표정 봤어? 나, 윤제후 그렇게 오래 만나 면서도 본 적 없는 표정을 봐버렸다. 내가 충격 받은 건 윤제후가 나한테 한 말이 아니라……."

삐져나오려는 울음을 삼킨 은영은 온전한 백기를 들 수밖에 없었다. 한 여자를 향한 윤제후의 눈빛은 그만큼 절대적이었다. 은영뿐만 아니라 누구라도 다들 제게로 향하게 만들고픈 욕구가 일 정도로 설레는 눈빛이었다. 그 눈빛 하나로 모두 놓을 수밖에 없던 은영이 다시 느리게 말을 이어갔다.

"그 여자 쳐다보던 그 눈빛. 뭐라고 설명이 안 되잖아. 나 사실 오늘 진짜 작정하고 나왔거든? 제후 놔달라고, 내가 더 행복하게 해줄 수 있다고. 기껏 커플매니저인 너 따위가 그 높은 애를 어떻 게 감당할 거냐고, 자신 있냐고……. 나 진짜 못된 말 잔뜩 하려 고 했어. 이거 봐, 까먹을까 봐 종이에까지 적어 왔어. 나, 진짜 웃기지?"

손바닥에서 몇 십 번을 보았을지 모를 작은 종이 한 장이 구겨 진 채로 떨어졌다.

"안 웃겨. 하나도 안 유치했어."

강현의 대답에 은영의 격앙되었던 말투가 조금 누그러졌다.

"나, 윤제후 만날 때 한 번도 내가 우선인 적 없었어. 늘 내가 조급해하면서 사랑을 확인받고 싶어 하고 그랬어. 아, 내가 너무 많이 좋아하는 거 티 내서 제후가 나한테 질리면 어쩌나, 오늘 윤제후 표정 어두운데 그거 나 때문인가……. 또 우리 아빠가 따로 불러내서 만난 건가, 그랬으면 어떡하지……. 나한테 한마디도 안 하고 혼자 생각할 텐데. 걔 표정 하나에 나 하루에도 수십 번씩 조바심 나고, 그래도 한 번씩 웃어주면 그게 그렇게 행복했어……."

안다. 그 마음이 어떤지 너무나 잘 알기에 강현은 다가가는 걸 포기하고 대신 그 마음을 지켜주고 싶었다. 다른 사람을 보고 웃더라도 그 웃음만으로도 좋았었는데. 지금의 은영은 금방이라도 쓰러질 것 같아서 이제는 지켜볼 수가 없었다.

은영이 소리 없이 눈물만 흘렸다.

"불안해 미치겠는데 우리 아빠가 딱 3년만 너한테 있다 오면 윤제후 허락해 주겠다잖아. 그 말을 듣는 순간, 다른 건 하나도 안 보였어. 제후 생각은 안 하고 바로 그러겠다고 했어. 아빠만 허락하면 가끔 어두워지던 제후 표정도 안 보게 될 것 같고……. 그리고 제후한테 말없이 떠난 거, 내 스스로도 확인해 보고 싶었나 봐. 얘가 날 진짜 사랑한다면 기다려 주겠지. 나도 확인 받고 싶었어."

"윤제후 너 좋아했어. 어떤 남자가 말없이 사라진 여자를 무턱대고 기다리겠어. 신문엔 우리 약혼 기사까지 나온 마당에……."

"알아, 윤제후가 나 좋아한 거. 본가에 가서 아빠가 압수했던 핸드폰에 남아 있는 제후 문자랑 음성메시지 들었어. 사라진 나 찾을 때…… 얘 참 힘들었겠다. 그리고 나 내려놓으려고 할 때 얘

참 힘들었겠다. 아, 나만 힘든 거 아니었네. 그럼 한 번 더 잡아 볼까? 그러려고 오늘 작정하고 나왔는데, 난 이미 진짜 죽은 사람이었던 거야. 걔, 나 딱 2년 기다렸어. 그러고 보면 우리 아빠 진짜 똑똑해."

흐리게 웃는 은영의 얼굴을 강현이 두 손으로 모아 쥐었다.

"너도 좀 똑똑해지면 얼마나 좋아?"

"나 보지 마, 강현아. 나 지금 너무 비참해⋯⋯."

"너 보러 여기 온 거야, 전은영. 언제쯤이면 넌, 나 제대로 볼 래? 나⋯⋯ 더 기다려야 해?"

"무슨⋯⋯ 뜻이야?"

은영의 눈동자가 강현의 말에 크게 요동쳤다. 한 번도 속마음 을 꺼낸 적 없는 강현이 갑자기 왜 이런 말을 하는 건지 은영은 혼란스러웠다. 그게 진짜라면 정말 너무 미안해질 것 같아서. 그 동안 아무렇지 않게 강현에게 제후 이야기를 입이 닳도록 했었는 데 그가 저를 무슨 마음으로 어떻게 지켜봤을지⋯⋯.

그와 같은 시기에 외국에 있던 3년의 시간은 은영에게는 통과 의례와도 같았다. 그녀의 아버지가 정치적인 입지를 다질 수 있 는, 정재계의 인맥이 탄탄해야 하는 시점에 대대로 내려오는 의 원직 집안인 강현과 약혼을 암시하면서 아버지는 결국 국무총리 가 되었다. 그리고 그 시간들은 은영에게 있어 제후에게 제대로 가기 위한 준비의 시간이었다. 강현이 자신을 좋아한다고는 한 번도 생각하질 않아서 은영은 약혼을 깬 것에 미안해한 적이 없 었다. 재력으로 우위에 선 제 아버지로 인해 그도 비슷한 비즈니 스 거래로 생각한다고 여겼다.

"기다리는 건 내가 너보다 더 잘해. 네가 아직도 준비가 안 된 거면, 난 더 기다려 볼 참이야."

"……."

"아니면, 내가 그 여자 너 대신 울려줄까? 나 좋아하게 만들어 봐?"

은영이 결국 웃음을 터뜨리자 강현은 짓궂게 눈썹을 추켜 올린 것을 멈추고 사뭇 진지한 얼굴로 은영을 바라보았다. 크림처럼 휘어지는 그의 눈동자가, 순간 누가 돌이라도 던진 것처럼 일렁였다. 그건 그녀가 처음 본 남자의 눈물이었다.

"그냥 네가 나 좋아해 주면 안 되냐."

"은강현, 너 대체 언제부터……!"

……이런 마음을 숨긴 거야.

"너 처음 본 순간부터."

유난히 운동장에서 잘 넘어지던 네 손을 내가 잡아주고 싶었어. ……될까, 지금은.

7. 다이아몬드가
빛을 내는 순간 영원해진다

　지하주차장으로 내려온 은설은 달아올랐던 얼굴이 찬 공기에 닿아 시원해진 기분이었다. 이내 포슬포슬해진 두 볼을 문질렀다. 주차해 둔 차에 가까이 가던 제후는 차 문을 열려다가 은설을 돌아보았다. 그리고 그녀의 얼굴을 가만히 들여다보며 눈을 맞췄다. 지그시 내려다보는 눈빛에 은설은 슬쩍 시선을 피했다.

　"상은 없는 건가."

　말이 끝남과 동시에 그가 고개를 숙이자, 은설은 눈 둘 곳을 찾지 못한 채 그의 재킷만 붙잡았다.

　"저, 저기……."

　"이번엔 안 되겠어."

　망설임 없이 다가온 입술이 그대로 부딪쳐 온다. 부드러운 입술이 뜨겁게 닿자 이번엔 은설도 반항 없이 눈만 꼭 감았다. 이제는 손등 위도, 수건으로 가린 것도 아닌 입술과 입술이 맞닿았다. 그는 은설의 뒷목을 붙잡고 제게로 향하도록 하였다. 조금 더 턱을 벌리게 해 그 안을 농밀하게 헤집었다. 입술과 입술이 부딪치는 소리가 주차장에 적나라하게 울려 퍼지자 은설은 흠칫 놀라서는 그를 밀어내려고 했다. 지나가는 사람은 없다지만, 그래도 이렇게 공개된 장소는 감당할 수 있는 곳이 아니었다.

"집중 못 하겠어?"

피식 웃음을 터뜨리며 차로 향한 그가 한쪽 눈을 실그러뜨렸다. 얼굴이 빨개진 은설을 향해서 차를 가리키며 말했다.

"나 오늘 큰 차 가져왔는데."

그의 입술 끝이 묘하게 올라가자 은설은 서둘러 조수석에 올라탔다. 좀 전의 여운이 아직도 남아 아랫입술을 꾹 누르고선 공연히 손톱 끝만 만지작거렸다.

운전석에 오른 제후는 한쪽 팔을 뻗어 은설의 뒷머리를 부드럽게 쓸어 넘겨주었다. 마치 지금 그녀가 무슨 생각을 하고 있는지 다 아는 것 같은 손놀림이 은설을 더 부끄럽게 만들었다. 은설은 힐끗 제후의 옆얼굴을 바라보았다. 시선이 느껴졌는지 그가 옅게 웃었다.

"내가 소원 두 개 들어줬지."

"……."

"방금 상은 하나 받았고, 이제 하나 더 남은 건가."

"그런 게 어디 있어요?"

"여기."

"소원 들어줄 때 상 줘야 한다는 얘기는 없었잖아요."

"지금 하잖아, 그래서."

저 말을 누가 당해. 시트에 등을 푸욱 기대며 그녀가 물었다.

"상으로 뭐 받고 싶은데요?"

"당신."

뭐라는 거야, 진짜. 은설은 민망해져서 아무 대꾸도 할 수가 없었다.

집에 도착해서 친절히 문까지 열어준 제후가 은설의 손을 포개 잡았다. 자연스레 마주잡은 두 손에 떨리는 마음이 더해졌다. 그가 집까지 데려다 줄 거라 생각했던 은설은 제후가 걸음을 멈추자 고개를 갸웃하며 그를 올려다봤다.

"오늘은 우리 집으로 가지."

"……."

"같이 있고 싶어."

나지막이 속삭이는 말에 은설은 순간 헛숨을 삼켰다.

"같이 있고 싶다니까."

맞잡은 손을 천천히 잡아당기자 은설의 몸이 가까이 딸려온다.

"왜 안 하던 짓을 하고 그래요?"

"참은 거지. 원래 안 하던 짓은 아니지."

매끄럽게 입꼬리를 끌어올려 하는 말에 은설은 곱게 눈을 흘기면서도 그를 따라갔다. 같이 있고 싶은 마음은 그녀도 마찬가지였으니까.

현관에 들어서자마자 제후는 은설을 안아 올렸다. 팔을 쭉 뻗어 올렸을 뿐인데 은설은 그의 너른 가슴팍에 얼굴을 묻고 있었다. 그는 은설이 자신의 품에서 편히 있을 수 있게 탄탄한 팔뚝으로 너른 지지대를 만들어주었다. 은설은 자연스레 제후의 목에 팔을 감을 수밖에 없었다. 그 노골적인 자세에 은설은 제후의 얼굴을 볼 수 없었다. 심장이 터져 버릴 것 같았다.

은설의 입술이 매끈한 그의 이마에 닿았다. 결 좋은 그의 머리카락이 뺨을 간질였고, 그의 팔이 움직일 때마다 얼굴에 닿는 부위가 달라졌다. 은설이 목을 더 세게 끌어안으며 얼굴을 뒤로 빼면 제후는 팔에 힘을 풀어 기어코 얼굴을 마주보게 만들었다. 불시에 고개를 치켜든 제후가 은설의 눈가에 입을 맞추었다. 속눈썹이 금방 이슬을 머금을 것처럼 촉촉해졌다. 한 바퀴 돌며 왼쪽 뺨에, 다시 한 바퀴 돌 때엔 오른쪽 뺨에 느리게 제 입술을 붙였다 떼기를 반복했다.

그의 품에 안긴 채로 아직 신발도 벗지 않은 은설을 제후가 현관 장 위에 잠시 앉힌 뒤 구두를 벗겨냈다. 툭 떨어지는 구두 소리와 함께 그녀의 몸이 다시 붕 떠올랐다. 얕은 비명과 함께 제후의 얼굴을 감싸 쥐었던 은설의 몸이 소파 위로 떨어져 내렸다. 그 위에서 그녀의 몸을 가둔 제후가 은설을 지그시 내려다보았다. 은설은 살포시 제후의 팔을 잡을 수밖에 없었다. 무엇이라도 잡을 게 필요할 만큼 긴장되는 순간이었다.

아주 오랫동안 그렇게 은설의 얼굴만 쳐다보고 있던 제후는 고개만 살짝 내려 그녀의 입술을 아주 소중한 걸 아껴 먹듯이 베어 물었다. 말로 형용할 수 없는 감각에 은설은 발끝에서부터 머리끝까지 뭔가 단단한 막에 싸인 것 같은 기분이었다. 질주하듯 뜨겁게 달아오르면서 부서지려는 느낌과, 미지의 세계에 대한 두려움에 더 단단하게 막 안으로 들어가려는 느낌이 공존했다. 어쩌면 그래서 더 아찔하기만 했다.

"무서워?"

은설의 속눈썹이 파르르 떨렸다. 긴장감에 자꾸만 아랫입술을 꾹 다물게 되었다. 몸에는 잔뜩 힘이 들어갔다.

"나한테 집중하지."

나른하게 속삭이는 말투에 금세 입술이 허물어졌다. 제후가 피식 웃으며 은설의 입술을 느리게 엄지로 쓸어내렸다. 이내 고개를 튼 제후가 은설의 왼쪽 목에 대고 짙은 숨을 내쉬었다. 그 뜨겁고 간지러운 느낌에 발끝에 자꾸만 힘이 들어갔다. 목을 훑어 내리는 온기에 은설은 눈을 질끈 감았다. 온기는 점점 더 아래를 향하고 있었다. 은설은 거대한 벽 앞에서 주저하다가 이내 온전히 올라선 느낌이었다.

제후는 아래로 향하던 입술을 은설의 쇄골에 멈추었다가 이내 그녀의 블라우스 위에 손을 가볍게 올렸다. 툭, 단추를 푸는 손길이 그 어느 때보다 조심스러웠다.

은설이 바들바들 떨리는 손으로 제 어깨를 붙잡자 설핏 웃음을 터뜨린 그가 손을 멈추고는 은설을 가뿐하게 안아 올렸다.

장소를 바꿔 이번엔 침대 위에 눕자 포근한 매트리스에 부드럽게 떨어지는 몸이 소파에 누웠을 때와는 또 다른 느낌이었다. 제후는 재킷을 벗으며 목까지 채운 셔츠 단추를 세 개까지 풀었다. 긴장감에 얼어붙은 은설에게 가까이 다가간 그가 그녀의 머리를 헝클어뜨리며 속삭였다.

"세 번째 소원은 생각 잘해서 말해야 할 거야. 그땐……."

나지막이 속삭이는 그 말에,

"여기서 안 멈출 거니까."

은설의 두 눈이 반짝 떠졌다. 아무 말도 나오지 않는데 심장은 여전히 쿵쾅거렸다. 은설은 어느새 마주보고 누운 제후의 얼굴을 빤히 바라보았다. 한 침대에 같이 누워 있다는 게 어쩐지 낯설었다. 은설은 눈을 감고 누운 그의 얼굴에 손을 뻗고 싶은 충동이 일었다. 그 얼굴이 마치 조각상 같아 살아 있는 사람처럼 느껴지지 않았다. 얌전히 옆으로 돌아누워 한쪽 팔을 얼굴 아래 받치고 자는 모습에서 눈을 뗄 수가 없었다. 은설은 이불을 조금 더 끌어올려 덮었다.

"더워."

눈감은 채로 말하는 제후의 목소리에 은설의 손끝이 얼어붙었다.

"안 자고 있었어요?"

"잠이 올 리가 있나."

그는 눈꺼풀을 들어 올리면서 손을 뻗어 손가락 끝으로 은설의 얼굴을 문질렀다.

"손대면 닿을 곳에 있는데."

"……."

"손 하나 까딱 안 하려고 노력 중이지."

긴장감으로 얼어 있던 은설이 싱긋 웃으며 조금 더 그의 옆으로 가까이 다가가 고개를 기울였다.

"고마워요."

오늘 나한테 망설이지 않고 와줘서. 얼마나 많이 불안했는지 아마 모를 거예요.

짧게 웃음을 터뜨린 제후가 얼굴 밑에 받쳐두었던 남은 한 팔마저 풀어 은설의 어깨를 잡아 끌어당겼다. 순식간에 가까워진 간격에 은설의 얼굴이 제후의 어깨 위로 떨어져 내렸다.

"나 겪어보니까 어때."

그 말에 은설의 눈동자가 가늘게 떨렸다.

"계속 만나보고 싶지?"

작게 속삭이는 목소리가 기분 좋게 귓바퀴를 타고 흐른다.

"당신 생각은 어때?"

그는 애매했던 시간의 종지부를 내자는 말을 하고 있었다. 한 발은 뒤로 뺀 채로 앞으로 가지도 못하게 걸어두었던 안전장치를 이제 그만 풀라고. 제후는 은설의 코끝을 작게 두드리면서 경계 없이 허물어지는 웃음을 얼굴에 채워 넣었다. 한 번도 보지 못했던 그 웃음에, 은설은 그가 이렇게도 웃을 수 있는 사람이었구나 싶어 경이롭기까지 했다. 여태까지 중 가장 아름다운 미소를 얼굴에 그려 넣은 제후가 바로 쏟아질 듯 가까운 거리에 있었다.

"난 아직 내 반도 안 보여줬어."

이제부터 좀 시작해 볼까 하는데, 당신 생각은 어떠냐고 묻는 거야. 당신 속도 맞추느라 최대한 느리게 온 게 이만큼.

"더 빨리 보여줘도 돼?"

"……"

"그런 표정이면, 또 내가 뭐가 되냐고."

한꺼번에 쏟아지는 말들에 은설은 왠지 생각했던 것보다도 더 거대한 사람을 만난 것 같다는 생각이 들었다. 그래서 온전히 두 발을 담그기가 두렵지만 이제 와 나머지 한 발까지 빼서 뒤돌아 가기에는 너무나 늦어버렸다는 것을 깨달았다.

이미 너무 깊이 반해 버렸다. ……반해 있었다.

수강은 집으로 돌아와 오늘 있었던 일들을 차근히 되짚어보았다. 불과 몇 시간 전, 미리와 상민의 대화를 우연치 않게 듣게 된 수강은 내색은 안 했지만 뭔가 꺼림칙한 기분을 떨쳐낼 수가 없었다.

엘리베이터에 적힌 오렌지 빛 숫자가 모두 다 올라가는 방향이라는 걸 알고서 비상구 계단 쪽으로 몸을 틀었던 그는, 예상하지 못했던 그곳에서 미리를 발견했다. 하지만 미리는 혼자가 아니었다. 상민과 함께 있는 미리를 보고 수강은 무슨 일인지 물으려다가 이어지는 대화에 다가가지 못하고 급히 몸을 숨겼다.

처음부터 들은 건 아니라서 정확한 상황까지는 알 수 없었다. 수강은 자신이 들은 내용을 상기하며 그 어느 때보다 진지해졌다. 책상 앞에서 몸을 뒤로 벌러덩 젖히다가 수강은 이내 자세를 고쳐 잡았다. 종이 위에 펜을 굴리다 써내려간 이름에서 멈추었다

윤상민, 강미리 = ?

이 둘이 친밀한 관계가 아니었던 건 분명했다. 미리는 상민이 돌아가고 나서 꽤 오랫동안 그 자리에 주저앉아 있었다. 수강은 조금 전에 들었던 불편한 대화들을 떠올리며 소리 내어 말하기 시작했다.

"어머님은 잘 계시지?"

상민이 했던 말을 그대로 곱씹어 본 수강은 점점 더 영문을 알수가 없었다. 그가 미리 어머님에 대해 궁금해할 만한 이유가 있나.

"사람 취급도 안 할 땐 언제고……."

수강은 그 대화 속에 숨겨진 뜻을 알아차리기 위해 더없이 집중했다.

"엄마 옆에 있으니까, 자꾸 아빠 보고 싶어지네."

……아빠? 수강은 난해한 표정이 되었다. 그리고 뒤돌아 나가던 상민의 표정이 험악하게 구겨져 있던 것이 떠올랐다. 상민을 만나봐야 할지, 아니면 미리에게 물어봐야 할지. 그것도 아니면 그저 가만히 있어야 할지 고민이 되었다. 무시하고 넘기기엔 미리의 얼굴이 마음에 걸렸다.

아침 햇살이 커튼 사이로 새어 들어와 얼굴 위로 내려앉았다. 넓은 침대였는데도 제후는 한쪽 귀퉁이에서 얌전히 옆으로 누워 자고 있었다. 무슨 행복한 꿈을 꾸는 걸까. 은설은 눈을 굴리다 이내 어제의 일이 떠올라 입술을 꾹 짓눌렀다. 공연히 발가락을 꼼지락거리며 가만히 잠든 제후의 얼굴을 물끄러미 내려다보았다. 그러고는 허리를 세워 앉아 조금 더 가까이 들여다보다가도 괜히 민망해져서 고개를 돌렸다. 그때였다. 제후가 은설의 허리를 붙잡아 끌어당겼다.

"볼 거면 대놓고 봐."

은설은 자연스레 그의 탄탄한 가슴을 마주하고 눕게 되었다.

"오랜만에 잘 잤어."

아무렇지 않게 힘을 뺀 음성이 그 어느 때보다도 편하게 느껴진다.

"당신이, 옆에 있어서 그런가."

불시에 떨리게 하는 그의 말에 은설은 흠칫했다. 어떻게 이런 말들을 아무렇지 않게 하는 걸까. 은설은 제후를 작게 밀면서 다시 일어나 앉았다.

"내 침대에서 이렇게 같이 잔 여자, 당신이 처음인 건 알아?"

믿기지 않는다는 표정으로 은설이 작게 눈가를 구기자 그가 '진짜야'라고 입모양으로 말하며 침대를 손끝으로 가볍게 두드렸다. 여긴 온전한 내 영역이거든. 그런데 아무렇지 않게 당신이 여기 이렇게 있어.

"영광으로 알아야 돼요?"

이런 게 당신한텐 아무렇지 않을지도 모르지만.

"……나한텐 의미 있는 일이었지."

자리에서 일어난 그가 창가에 서서 커튼을 홱 열어젖혔다. 그러고는 뒤돌아서 은설을 바라보았다.

"오늘 인터뷰가 있는데, 같이 갈래?"

마치 무슨 중대발표라도 할 사람처럼.

그 시선이 너무나 곧아서 은설은 왠지 모르게 긴장이 되었다.

미리는 밤새 잠을 제대로 자지 못했다. 바로 어제, 뭔가 고백이라도 할 것 같은 비장한 표정을 한 수강의 입을 막은 건 자신이었다. 자신이 생각만 했던 게 진짜 덜컥 그의 입에서 사실로 밝혀지기라도 한다면 뭘 어떻게 해야 할지 모를 것 같았다. 듣고 싶지 않았다.

처음에 소원을 내건 내기에 그가 그렇게 말을 한 것은 항상 장난스럽게 말하는 버릇 같은 건 줄 알았는데……. 미리는 지금 수강이 너무 좋았다. 그래서 그가 말한 '연애만' 하자는 게 장난이길 바랐다. 그럴 리가 없겠지 하면서도. 내심, 그래주기를.

하지만 이젠 그런 바람만 가지고 있기에는 너무 멀리까지 와버렸다. 미리는 이제 조금이라도 덜 상처 받기 위해 결심을 해야 했다.

토요일엔 가끔 출근한다던 수강이 오늘은 일을 한다는 일이었다. 미리는 백화점 문 열기가 무섭게 여기에 와 있었다. 그리고 끝내 마주한 사실. 백화점 정문의 커다란 유리문 너머로 수강을 향해 일제히 허리를 굽혀 인사하는 직원들이 보였다.

미리는 뒤돌아 눈을 감았다. 그동안 외면하고 있었던 실체를 마주한 느낌이었다. 핸드폰을 꺼내 수강에게 문자 메시지를 보냈다. 그의 번호를 삭제하고, 그와 함께했던 기억들을 하나로 뭉치기 시작하였다. 미리는 그것들을 한꺼번에 밖으로 내보내는 상상을 덧씌웠다. 아무것도 남아 있지 않게, 최대한 깨끗이.

〈연애의 끝은 내가, 우리 헤어져요.〉

로비로 들어서던 수강은 문자를 확인하다가 걸음을 멈추었다. 그러자 옆에 서 있던 대현이 수강의 가방을 움켜잡았다.

"대표님, 출근하자마자 퇴근은 안 됩니다!"

어젯밤부터 내내 찜찜했던 기분은 이거 때문이었나. 수강은 가슴이 욱신거려 그 위에 손을 올렸다. 어제 미리의 눈빛에서 읽었던 불안함이 현실로 나타났다.

"나 들킨 것 같은데 어쩌지."

"대표님, 지금처럼 불쌍한 표정 지으셔도 안 됩니다."

하지만 대현의 생각과는 다르게 수강의 얼굴에서 장난기라고는 조금도 찾아볼 수 없었다. 이내 결심한 듯 수강이 대현을 보았다.

"오늘 결재할 서류, 그동안 밀린 서류들 전부 다 하나도 빠짐없이 내 책상으로 가져다 놔."

"네? 저, 지금 잘못 들은 거 아니죠?"

대현은 성큼성큼 앞서 가는 수강을 눈으로 좇았다. 1에서 2로만 가도 놀랄 텐데 갑자기 10으로 건너뛰어 버리는 것에 대현은 정말로 큰일이라도 난 건가 싶어서 무서워졌다. 혹시나 또 저러고 줄행랑치는 건 아닌가 싶어 보았지만, 대표실로 곧장 향하는 수강의 걸음은 조금 전보다 더 단정하고 묵직해졌다.

"앞으로 야근 좀 해야 할 거야, 유대현 씨."

아버지의 뜻대로 원치 않은 자리에 앉아 지금껏 놀 핑계만 댔었지만, 이제 사활을 걸어야 할 때였다. 인정을 받아야 하는 뚜렷한 목표가 생겼으니까. 수강은 타이를 좀 더 꽉 조였다.

"대표님, 드디어 마음잡으신 겁니까?"

대현이 물어본 것이 회사를 이끌어가는 오너로서의 마음가짐이었다면, 수강은 다른 생각을 했다. 여기서 잘해야 사랑을 쟁취할 명분이 생긴다면, 얼마든지 그렇게 해줄 마음이 생겼다. 아무리 큰 계열사를 준다고 했어도 욕심나지 않던 그가,

"잡은 걸로."

이 같은 소유욕은 처음이었다. 그건 '미리'라는 한 여자에 대한 놓칠 수 없는 소유욕이었다.

"전 세계적으로 제후 주얼리가 명품 브랜드로 도약하게 된 배경에는 무엇이 있었습니까?"

단정한 원피스를 입은 여자가 질문을 던지면 제후가 차분히 답을 했다. 이 같은 질문을 이미 여러 번 받았고, 이런 인터뷰와 화보 촬영에 이미 익숙해 별다를 건 없었지만 오늘은 은설이 있었기에 느낌이 평소와는 달랐다.

"모든 걸 잃어도 상관없다는 마인드로 사업을 추진하는 편입니다. 수익을 올려야 하고, 손해를 따지면 사업은 진전도 후퇴도 없으니까요."

여기자가 그의 말을 작게 따라했다.

"모든 걸 잃어도 상관없다, 사실 쉽지 않은 말인데요. 그러기엔 윤제후 씨는 가진 게 너무 많지 않나요?"

"아무것도 없던 제가 이만큼 이루어낸 거니까. 어차피 잃는다

해도 다시 시작하면 된다고 생각하는 편이라 가능했던 것 같습니다."

"네? 들리는 소문에 의하면 윤제후 씨는……."

"인터뷰하시는 분이 저에 대한 공부는 안 하셨나 보네요. 저는 부유한 집안 출신이 아닙니다. 지금 이 자리까지 올라오는데 결단코 다른 사람의 도움은 없었습니다."

그의 단호한 말투에 여기자는 사전 준비를 제대로 하지 않은 저의 무능력을 질책하는 것 같아 잠시 입을 꾹 다물었다.

뒤에 서 있던 은설도 놀라긴 마찬가지였다. 세계적으로 손꼽히는 디자이너에, 출신 고등학교도 상류층 자제들이 많이 다니는 사립 고등학교였고 해서 당연히 그 역시 넉넉한 집안에서 많은 원조를 받고 사업을 시작한 줄 알았는데 아니라고 하니 그가 그동안 했던 말들을 곱씹게 되었다.

선입견이라는 게 무서운 것이었다. 혼자서 저 자리에 서기까지의 과정이 얼마나 힘들었을까. 은설은 상상조차 되지 않았다. 그에 비하면 자신은 도망치기에만 급급했던 것 같아서 괜스레 볼이 붉어졌다. 혼자 힘으로 무언가를 온전히 이루어낸 사람을 보고 있자니, 정작 원하는 건 가슴속에 두고 도망친 자신이 부끄러워졌다. 너무 쉽게 포기한 건 아니었을까……. 그러나 지금은 다시 꿈꿔볼 만한 자격이 있는지조차 확신이 없었다.

"혹시 만나는 분 있으세요?"

인터뷰 도중에도 몇 번씩 그의 시선이 저 뒤로 향하자, 여기자가 고개를 갸웃거리며 물었다. 그 시선이 닿는 끝에 은설이 있었다. 스튜디오 안으로 함께 들어올 때 비서인가 싶었지만 그러기엔 바라보는 시선이 유난히 따뜻해 물어본 것이었다. 그러자 인터뷰를 하는 내내 시종일관 무표정하던 그의 얼굴에 미소가 감돌았다.

"네, 있습니다."

은설은 그 순간 심장이 쿵 떨어져 내리는 느낌이었다. 그가 자신을 보면서 어떤 말을 할지 자꾸만 심장이 뛰었다. 무언가를 바라는 게 아니라 욕심내고 있던 걸 다른 사람 앞에서 들킬 것만 같은 조마조마함이었다.

"뒤에 있는 여자분이, 윤제후 씨 여자 친구인가요?"

"네."

"여자 친구분도 함께 인터뷰 가능할까요?"

인터뷰가 급물살을 탄 건 순간이었다. 저 거대한 사람의 옆자리에 선다는 게 마냥 쉽지 않을 것 같은 예감이 든 것은…… 그때부터였을까.

은설은 그날 이후로 신데렐라라는 수식어와 함께 기은설이라는 이름 대신 '윤제후의 그녀'라고 불리는 일들이 많아졌다.

추운 계절이 지나고 완연한 봄, 4월이 되었다. 결혼정보회사의 성수기였다. 하지만 따뜻한 봄인데도 은설은 지난겨울보다 더 추워진 것만 같았다. 옆에 누군가 있다는 충만함과 다르게 주위 사람들의 싸늘한 시선을 감당하는 건 오로지 그녀의 몫이었다.

"하나같이 은설 씨만 지목하고 회원들이 찾아오네?"

선미 매니저의 등 뒤로 예약도 없이 찾아온 회원들이 보이자 은설은 난감한 얼굴을 하고서 자리에서 일어났다. 오늘의 상담 역시 어떤 식으로 흘러갈지 겪지 않아도 뻔했다. 상담실로 들어선 은설은 가장 오래 대기하고 있던 여자 회원과 상담을 시작했다.

　"이상형이……."

　"은설 씨처럼 잘난 남자 만나고 싶어요. 지난번 만남은 아무리 생각해도 아닌 것 같아서요."

　질문이 끝나기도 전에 여자가 다급하게 말하였다. 불만이 잔뜩 밴 여자의 말에 은설은 관자놀이를 꾹꾹 눌렀다.

　"사실 저 선미 매니저님 회원이었는데, 은설 씨로 담당자 바꿔서 온 거예요. 치과의사 만나는데 병원 오픈 비용까지 부담한다는 게 좀 억울해서요. 매니저님은 왠지 저한테 맞는 분을 소개해 줄 수 있을 것 같은데, 아닌가요?"

　은설은 PC에 접속해 그녀의 등급과 그동안 누구와 만남을 가졌는지 열람했다. 다이아몬드 회원이지만, 그건 순전히 집안으로만 나온 등급이었다. 그녀로만 치자면 공부에는 흥미가 없었는지 대학은 돈만 내면 들어갈 수 있는 학교를 졸업했고 그 외의 커리어도 전부 다 취미 생활 같은 거였다. 배경이 없었다면 노블리스에 등록조차 힘들었을 회원이었다.

　"선미 매니저님이 이미 좋은 분을 소개해 주신 것 같은데, 별로였어요?"

　좀 더 솔직히 말하자면 그녀가 만났던 상대들은 모두 다 스펙은 좋지만 서포트를 해줄 능력이 있는 집안이 아니었기에 지금의 그녀가 제격이었다. 만약 그 둘 다를 가진 남자였다면 남자 쪽에서도 이 만남을 거부할 게 분명했다. 하지만 이 역시도 설득하려면 여자의 자존심을 상하게 하는 문제였다. 차분히 설명을 하게되면 그 화살은 여지없이 은설에게로 날아와 꽂혔다.

"난 집안이라도 좋다 쳐요. 그럼 매니저님은 윤제후 씨를 어떻게 만난 거예요? 역시 여자는 얼굴만 예쁘면 되는 건가요?"

이제 일일이 답변하기에도 지친 은설은 선미 매니저에게로 회원을 넘겼고, 기다리고 있던 다른 회원의 상담을 시작했다. 그 뒤로도 상담을 기다리는 회원들이 넘쳐났지만 은설은 하나도 기쁘지 않았다. 예전에야 저의 능력을 믿어주는 회원들을 상대하고 성과를 냈다면, 지금은 베스트셀러라고 광고하는 내용도 모르는 책을 무작정 사기 위해서 줄을 선 사람들을 대해야 하는 것과 같았다.

"매니저님보다는 제 스펙이 훨씬 좋은데, 제가 더 좋은 남자 만나야 하는 거 아니에요?"

아까와 똑같은 사람이 다시 들어왔나 싶어 은설은 고개를 들어 회원의 얼굴을 확인해야만 했다. 사람들 눈에는 그저 내가 신데렐라로만 보이는 걸까. 작게 한숨 같은 미소를 짓고서 은설은 고개를 저었다.

"연애와 이곳에서의 상황은 달라요."

"하긴, 매니저님은 결혼하신 건 아니니까. 연애만으로 끝날 수도 있겠네요."

펜을 쥔 손에서 스르륵 힘이 빠졌다. 더 이상 이곳에 있어야 할 이유가 없는 것 같았다. 은설은 그 순간 회사를 그만두기로 결심했다. 그동안 조롱 섞인 말들 속에서도 은설은 마음속으로 우린 너희처럼 조건을 먼저 보고 만난 게 아니라 '사랑'이라고 외쳤었다. 그런데 문득 이런 생각이 들었다. 하나같이 자신을 찾아왔던 여자 회원은 남자의 조건만 봤을까?

거기에 대한 답은 NO였다. 조건이 우선순위가 될 순 있어도 그 외의 성격적인 문제나 끌림이 없으면 다시 진행하는 경우가 많았다. 인정하고 싶진 않지만 인정해야만 했다. 내가 가지고 있는 게 사랑밖에 없는 것뿐이라고.

안 대표는 은설이 사표 내는 걸 아쉬워했지만 잡을 수 있는 입장은 아니었다. 회원들은 다들 하나같이 은설을 지목했고, 은설은 그들의 꿈을 실현시켜 줄 수 없었다. 결혼정보회사는 지극히 현실적으로 조건에 맞추는 곳인데, 그들은 은설을 보고서 현실이 아닌 이상을 꿈꿨다.

게다가 그녀가 힘들 때마다 힘이 되어주었던 미리마저도 관두고 없는 상태였다. 그녀보다 먼저 사표를 낸 미리는 지엘그룹의 말단 사원으로 입사했다. 은설은 미리가 지엘그룹과 연관이 있다고는 상상도 해보지 못한 터라 깜짝 놀랐었다. 어린 시절 우연히 보았던 미리의 가족 구성원에 엄마만 적혀 있던 생활기록부를 볼 때에도 이혼을 한 가정이거나 아버지가 일찍 돌아가셨나 하는 생각은 들었지만, 딱히 깊이 있게 물어보고 싶은 마음은 들지 않았다. 물어보는 것 자체가 상처가 될 거라 생각했다. 그런데 그 흔한 드라마 속 출생의 비밀이 미리에게 있다는 게 충격이 꽤나 컸다.

은설은 지금은 새로운 신입이 앉은 옆자리를 잠시 바라보다가,

제 책상으로 시선을 돌렸다. 모니터 테두리에는 포스트잇들이 붙어 있었지만 그 옛날처럼 열정적이진 않아 개수가 현저하게 줄어 있었다. 그마저도 다 떼어낸 은설이 귀에 이어폰을 꽂고 전화를 걸었다.

"나도 오늘 퇴사했어."

시원섭섭한 말투로 말하자 건너편에선 더 속 시원한 말투로 미리가 화답했다.

[잘했어! 너 왜 이렇게 오래 다니나 했네.]

사실 미리는 누구보다도 은설이 이 일을 관두길 바랐다. 작게 소리 내어 웃은 두 사람은 서로의 상황을 너무도 잘 이해했다. 마냥 웃음소리가 꼬리를 물고 이어지려는 찰나에 은설이 조심스레 말했다.

"수강 씨가 너 일하는 곳 물어봐서 알려줬어."

[……]

"이번엔 진짜 너한테 먼저 물어보려고 했는데……. 이미 확인까지 다 하고서 물어보더라고. 찾아갔어?"

[뭐, 나를 직접적으로 찾아온 건 아니고……]

자세히 말하고 싶진 않은지 미리가 뒷말을 얼버무리자 눈치껏 은설이 다른 얘기로 화제를 돌렸다.

바쁘게 손을 움직이던 제후는 전화벨이 울려 핸드폰 화면을 확인했다가 달갑지 않은 전화에 인상을 찌푸렸다.

그가 만나는 여자가 있음을 공개적으로 밝히자 그것은 결혼정보회사에 크나큰 이슈가 되었다. 결혼할 마음이 없는 사람으로 인식되어 포기하고 있던 차에, 연애 중이라는 사실이 알려지자마자 그의 정보는 다시 수면 위로 떠올랐다. 더군다나 그 상대가 그들 입장에서는 감히 엮는 게 말도 되지 않는 인물인지라 혹시나 하는 가능성을 물고 계속 연락을 취하는 것이다.

"뭡니까."

[결혼정보회사 메리미입니다, 윤제후 씨.]

"제 정보가 어디까지 공유가 되는 겁니까, 대체."

제후는 불쾌한 기색을 고스란히 드러내며 자리에서 일어섰다. 사실 정보라는 건 유명인일수록 접근할 수 있는 경로가 많은 법이었다.

[만나시는 분이 있으신 걸로 알지만, 결혼까지 진지하게 생각 중이신가요? 그런 게 아니라면, 윤제후 씨 급에 맞는 좋은 여성분과의 만남을 추진하는 게 어떠실지 해서 조심스럽게 연락드립니다. 물론 진행 사항에 대해서는 철저히 비밀 지켜드리고요.]

사람들은 직업적인 사명으로 포장된 실례되는 질문을 스스럼없이 하기도 한다.

"분에 넘치는 여자 만나고 있어서 이런 전화 받는 거 눈치 보입니다. 그만하시죠."

거칠게 핸드폰을 내려놓는데, 그때 준희와 함께 서 있는 은설이 보였다.

"내가 윤제후 씨한테 분에 넘치는 여자 맞아요?"

작게 미소를 짓는 은설의 표정이 평소보다도 지쳐 보여서 제후는 또 무슨 일이 있나 싶어 그녀를 살폈다. 그의 걱정스런 시선에 은설은 아무렇지 않은 척 웃어 보이며 밝게 말했다.

"저, 오늘 퇴사했어요. 백수 된 여자 친구 어떻게 생각해요? 방금 전 말 도로 집어넣어야할 것 같죠?"

"……나 때문인가."

은설은 고개를 저었다. 그가 한 인터뷰 때문에 일이 밀려들어 온 것도, 또 관두게 된 것도 맞지만 따지고 들자면 근본적인 원인은 자신에게 있다고 생각했다.

"내가 윤제후 씨한테 부족한가 봐요. 상담하는 데 지치는 것도 있고……. 이 일도 열심히 하긴 했지만 어딘가 헛헛하긴 했어요. 평생 직업으로 생각했던 건 아니니까 자책하지 말아요. 다들 어차피 얼마 못 가서 저 관둘 거라고 말하던데요?"

"부족하기는."

"내가 정말 괜찮긴 한 걸까요? 윤제후 씨 옆에 있어도……."

혼자만의 생각으로 골똘한 은설을 보면서 그는 무거운 한숨을 쉬었고, 은설은 조금 더 생각 속으로 빠졌다. 그 모습을 물끄러미 지켜보고 있던 준희가 분위기를 환기시키기 위해 은설의 손을 꼭 잡으며 빳빳한 질감의 봉투 하나를 내밀었다.

"저, 은설 씨 덕분에 결혼해요."

준희의 얼굴엔 전에 없던 편안함이 보였다.

"선준 씨랑……?"

준희가 행복한 웃음을 지으며 고개를 끄덕였다.

커플매니저를 하면서 힘들었던 기억도 있었지만 은설은 그중 준희와 선준 커플이 가장 보람찼다. 조건을 보지 않는 블라인드 미팅에서 유일하게 서로만을 보고 순수하게 사랑을 시작한 이들 커플에 대한 생각만으로도 머릿속이 정화되는 것 같았다.

"얼마나 대단한 분이 소개해준 건데요. 은설 씨 아니었으면 이렇게 좋은 남자를 제가 어디서 만났겠어요? 청첩장, 대표님보다도 은설 씨한테 가장 먼저 드리고 싶어서 기다렸어요. 그리고 이건 대표님도 아는 사실인데……."

준희는 은설에게 작게 속삭였다.

"저 임신했어요. 이제 막 7주 됐대요. 오늘 심장 뛰는 소리 듣고 왔어요."

그 말에 은설의 눈이 화등잔만 하게 커졌다.

"결혼 얘기는 만난 지 두 달도 안 되어서 나왔는데……. 배부르기 전에 결혼하자고 해서요. 육아 시작하면 거기에 치여서 평생 결혼식 못 올릴 수 있다고 해서……. 조금 빠르게 잡았어요."

선준이 얼마나 서둘렀을지 안 봐도 알 것 같았다. 놓치고 싶지 않은 사람을 만나 사랑에 빠지기까지 걸리는 합당한 시간이란 건 없다. 그럼에도 결혼보다 먼저 임신을 했다는 사실이 부끄러웠는지 준희는 묻지 않은 말도 일부러 더 설명했다. 웃는 얼굴이 저렇게 고왔구나. 새삼 그것을 느끼고 은설은 역시 선준은 틀림없이 괜찮은 남자라고 생각했다.

"이젠 은설 씨가 결혼해야죠?"

그 말에 은설이 소리 없이 웃었다. 제후 역시 별말 하지 않았다.

"결혼식 꼭 갈게요. 정말 축하해요. 그리고 아기도……. 좋은 거 많이 먹고 태교 잘해요. 그런데 여기 대표는 임산부를 쉽게 해야지, 왜 준희 씨를 부려먹는 거래요?"

"아니에요, 대표님이 얼마나 배려를 많이 해주시는데요. 선준 씨는 일로 바빠서, 대표님 덕분에 좋은 태교하고 있어요."

"네?"

"대표님 잘생겼잖아요."

"준희 씨 입에서 그런 얘기 나올 줄은 몰랐는데요? 선준 씨 만나면 일러줄 거예요."

"물론 제 눈엔 선준 씨가 제일이지만요. 대표님은 만인의 이상형이잖아요?"

"그래서 만인의 적이 되기도 하죠."

은설이 힐긋 제후를 째려보았다. 무거운 분위기가 준희로 인해 조금은 가벼워졌다.

일하는 그를 두고서 은설은 먼저 집으로 향했다. 같이 가자는 그의 제안을 거절하고 혼자 나선 길이었다. 혼자 있는 시간이 필요하단 것을 눈치챘는지 그가 붙잡지는 않았다.

집 앞에 도착한 은설을 누군가 불러 세웠다.

"신데렐라, 어디 가?"

익숙한 목소리에 은설이 홱 몸을 뒤로 젖혔다.

"신데렐라 소리 좀 안 하면 안돼요?"

"난 다른 의미 없었는데, 네가 떨어뜨린 구두 내가 돌려줬잖아."

"오늘은 왜 왔어요? 설마 또 배우 하라는 얘기……."

"안 해. 억지로 하게 만드는 건 나도 취미 없으니까. 대신 촬영

들어가는 날엔 네가 와서 봐줬으면 해."

"무슨 촬영이요?"

"내 작품 내일부터 촬영 들어가거든."

"그런데 내가 굳이 거길 왜 가요?"

"신데렐라 백수된 거 나만 알아?"

말이나 못 하면. 시준이 언제 그만두는지 지켜보겠단 식으로 말하던 게 이번이 처음은 아니었지만 오늘은 정말 그의 말대로 퇴사를 한 날이었기에 달리 할 말은 없었다.

"이렇게 시시한 부탁도 거절이라면 다른 거 할까 봐."

"다른 거 뭐요?"

"들으면 너 후회할 텐데, 들을래?"

"……아니요."

시준은 찡긋 윙크하며 뒤돌아서서는 위로 핸드폰을 들어보였다.

"연락할게, 내일."

그에게 빚진 게 남아 있던 은설은 이번엔 그의 부탁을 거절할 수 없었다. 그리고…… 촬영장에 가고 싶기도 하였다. 참여할 용기는 없어도 보고는 싶었다. 은설은 문득 스타니슬라브스키의 연기 서적을 들춰보고 싶어졌다.

다음 날, 은설은 집 앞으로 마중 나온 시준의 차를 타고 촬영지로 향했다. 촬영지는 그다지 멀지 않은 곳이라 금세 도착할 수 있었다. 차에서 내리는 은설의 짧은 치마가 봄바람에 나풀거렸다. 봄 냄새. 흐드러지게 피는 벚꽃나무 아래로 벚꽃 잎이 눈처럼 날렸다. 은설은 오후 3시의 햇살을 눈으로 담았다.

"여자애가 이렇게 짧은 치마 입고, 아무렇지 않게 뛰어내리면."

등 뒤로 붙은 시준이 재킷을 벗어 은설의 허리에 묶는다.

"내가 떨려? 안 떨려?"

그의 능청은 시간이 지날수록 배가되었다. 시준은 고개만 살짝 옆으로 기울였다. 그리고 은설의 얼굴을 가만히 들여다보며 눈썹을 살짝 휘었다. 입술 끝엔 미소가 묻어난다. 인상 쓰는 그녀가 예쁘다.

"말은 진짜 안 들어. 근데 또 싫진 않아."

은설이 뭐라고 한마디 하려는 타이밍에 그는 듣기 싫은 듯 얼른 촬영장 안으로 들어갔다. 스태프들이 인사하는 것을 다 받아준 후, 촬영 시작을 알리는 그의 한마디에 카메라와 반사판, 음향장비 등 모든 스태프들이 일사불란하게 움직이기 시작했다. 오랜만에 보는 촬영 장비들이 새삼 신기해져서 은설은 그것들을 눈에 담느라 열심이었다. 한동안 그 모습을 지켜보고 있던 은설은 진동이 울리자 핸드폰을 귀에 가져다 댔다.

[아우, 짜증나서 못 해 먹겠어!]

"왜, 또 뭐가 문제인데?"

[윤상민, 이 자식이 자꾸 커피 심부름만 시키잖아!]

"말단 사원이 커피 심부름 좀 하고 그래야지? 안 그래?"

[아휴, 저 자식 또 온다. 이따 통화해!]

은설은 키득 웃으며 핸드폰을 주머니에 넣고는 모니터를 보고 있는 시준 옆으로 소리 없이 다가갔다. 모니터에 꽉 차게 담긴 배우가 연기하는 모습을 보고 있노라면 부럽기도 했다. 그런데 뭔가 이상했는지 은설은 머리를 긁적였다. 진행되는 촬영에 이렇다 할 임팩트 있는 장면보다야 어째 보조 캐릭터들의 신으로 이루어진 것인지…….

그리고 그 이상함은 첫날로 끝나지 않았다. 밤샘 촬영이 주를 이루는 현장이 익숙한 은설은 매번 짧게 끝나는 촬영과, 긴 하나의 호흡을 이루는 장면이 아닌 짧게 커트치는 장면들의 연속 앞에서 결국 참지 못하고 입을 열었다.

"좀 이상한 것 같은데…….."

능력 있는 이시준 감독이 어련히 알아서 잘할까 싶어 촬영에 대해선 별로 지적하고 싶은 마음이 없었지만. 은설은 오늘만큼은 꼭 물어보고 싶었다. 그러자 여느 날처럼 일찍 촬영을 마무리한 시준이 카메라 장비를 정리하다 말고 은설을 바라보았다.

"그걸 지금 알아봤어?"

"네?"

"지금 주인공 없이 보조캐릭터들만 연기하고 있잖아."

"주인공이 그렇게 바쁜 사람이에요?"

"바쁜 것 같진 않은데, 하고 싶은 마음이 있는 건지는 잘 모르겠네."

"섭외 제대로 한 거예요? 무턱대고 이렇게 찍으면…….."

"너 연기할 마음은 생겼어?"

"그걸 왜…… 나한테 물어봐요?"

"생겼으면, 이거 받아."

뜬금없이 쏟아지는 말들에 은설은 시준이 건네준 시나리오를 차마 넘길 수 없었다. 이상하게 심장으로 피가 몰려드는 느낌이었다. 손가락 끝에 떨어진 하얀 시나리오가 자꾸만 저를 넘겨달라고 팔랑이는 게 자꾸만 어지럽다.

"아니, 저기······."

"내가 넘겨줘?"

그 순간 시준이 시나리오 한 장을 넘겼다. 『가제: SHE』라고 크게 박혀 있는 제목 위에는 '기은설 귀하'라고 적혀 있었다. 제 이름이 똑똑히 적혀 있는 것을 보며 은설은 두 손을 입으로 막았다. 그리고 시준을 보며 눈도 깜빡이지 못했다. 처음 만나던 순간에 시준은 'SHE'라는 작품의 주인공으로 그녀를 지목했었다. 그랬기에 익숙했다.

"이건······."

"네가 주연인 시나리오야."

생각지도 못 했던 일이라 은설은 차마 입을 열 수가 없었다.

"네가 주인공이라고, SHE."

"······."

"윤제후 옆에서 지금처럼 있는다면, 넌 그림자 취급만 받을 거야. 그거 하난 분명해. 그런데 난 누구보다 너를 더 높은 곳으로 끌어올려 줄 수 있어. 넌 이대로 행복할 수 있는 애가 아니야. 그건 남자 하나 잘 물어서 시집 잘 가려는 여자들 얘기고. 넌 네가 빛이 나야 숨 쉬고 살 수 있는 여자야. 스포트라이트를 받아야 살 수 있다고. 내 말 알아들었으면, 네 옆에 감독으로는 있게 해 줘."

시준은 그렇게 은설에게 시나리오를 넘긴 뒤 그녀가 생각할 수 있도록 혼자만의 시간을 주었다. 은설은 차 안에 앉아 창밖을 내다보며 분주하게 움직이는 사람들을 바라보았다. 그러고는 무릎 위에 올려놓은 스타니슬라브스키의 책과 시나리오를 번갈아보았다.

잠시 후 그녀가 택한 것은 아직 읽지 못한 진우가 준 책이었다. 챙겨오긴 했지만 매번 페이지를 넘기는 게 쉽지 않았다. 이내 결심한 듯 가느다란 손가락이 미끄러지듯 밀려가 책장을 넘겼다. 한번 읽기 시작한 페이지는 멈출 수 없었다. 은설은 읽는 내내 잊고 있던 꿈이 떠올라 몸 안에 흐르는 전율을 느꼈다. 가슴 한 구석 무언가가 자꾸만 끌어당기는 느낌이었다. 그와 동시에 책 속에서 위로 받는 자신을 발견하였다.

—스타니슬라브스키가 가장 관심을 가졌던 것은 진실이었다. 거추장스러운 꾸밈이나 그런 척 보이는 것이 아닌 진실이었다. 그가 제시하는 모든 훈련들이 무대에서 진실할 수 있는 길로 안내하는 방법들이다. 그는 배우들에게 진실할 것을 요구했다. 자신이 담당하는 역할에 대하여 진실하고 또 자신이 느끼는 것에 대하여 진실할 것을 요구했다. 지금처럼 진실이 부족한 세상에서 우리가 가장 관심을 가지는 단어도 역시 진실일 것이다. 인류의 역사를 통틀어서 가장 많이 제기되는 질문도 역시 진실일 것이다. 진실.

이걸 보냈던 진우는 이 책을 마저 다 읽고 나면 다시 연기가 하고 싶어질 거란 걸 알고 보낸 것일까. '진실'이라는 단어를 상기시키던 은설은 맞은편 하얀색 시나리오를 보았다. 결국 제 이름이 박힌 시나리오를 떨리는 손끝으로 넘겼다. 대사들을 읊다 보니 지금 이곳이 무대로 변했다. 계속 채워지지 않던 갈증이 대본을 보는 순간 해갈되는 느낌이었다. 은설은 머리카락을 뒤로 쓸어 넘겼다. 마음 깊숙한 곳에 억눌려 있던 목소리들이 저마다 소리를 내기 시작한다. 그 사람 옆에 당당히 서고 싶다는 욕심이 고개를 내밀었다.

그리고 그때 똑똑 노크한 후 시준이 차에 올랐다.

"어때, 이제 좀 해볼 마음이 생겼어?"

사색에 잠긴 은설은 이내 혼잣말처럼 말을 늘어놓았다.

"난 계속 연기를 해왔던 것 같아요. 지금은 관뒀지만, 커플매니저 일이 행복하다고…… 적성에 잘 맞는다고 스스로 속이는 연기를 했어요. 그러다 보니 내가 버리고 온 그 길을 잊었다고 나를 속였어요."

그리고 지금은 정말로 연기를 해야 할 때가 온 것 같아요. 카메라 앞에서만 연기하고 싶어졌어요. ……내 인생을 속이는 연기는, 이제 두 번 다신하고 싶지 않아요.

"넌 내가 처음 본 순간부터 지금까지, 한 번도 배우를 포기한 적 없었어."

어떤 배우도 너처럼 반짝이는 눈동자를 가진 사람이 없어. 연기하는 순간에 넌 누구보다 빛이 났으니까. 그걸 알아본 유능한 감독이 나니까.

"아까 처음 보는 순간 너로 결정했어, 내가."

"전 한다고 말한 적 없는데요?"

"하게 될 거야, 넌."

"나, 이거…… 정말 해도 돼요?"

그녀가 파릇 떨리는 눈꺼풀을 꾹 감았다 뜨면서 묻자 그런 걸 뭘 물어보냐는 듯 당연하게 시준이 대답했다.

"너 하라고 쓴 거야."

애초에 너를 위한 작품이었다. 내가 보았던 3분 27초의 너를 길게 담고 싶다는 생각 하나만으로 영화가 아니라 드라마를 하기로 결심했으니까.

얼굴 위로 검은색 마스크를 쓴 그가 차에서 내리면서 동그랗게 엄지와 검지를 말아 보이자 스태프들은 그제야 여주인공의 환영식을 준비하였다.

그녀가 고민했던 시간이 얼마나 흘렀는지 푸르스름한 새벽빛은 점점 사라지고 이내 동이 트려했다. 붉은 태양빛이 내리쬐었다. 애초에 아침 햇살인 그를 오후의 햇살로 바꿀 수 없다면……. 은설은 눈도 제대로 뜨지 못하면서 햇살을 향해 고개를 치켜들었다.

내가 더 부지런히 일어나, 당신 눈 제대로 맞출 거니까 기다려줘요. 더 이상 당신을 눈부셔서 포기하지 않게…… 이젠 내가 속력을 내볼 거니까.

돌아본 그녀가 싱긋 웃자 여배우의 화사한 미소가 나온다. 그녀의 아우라는 이제 막 동이 터서 떠오르는 햇살에 부족함 없이 주변을 모두 물들이고도 남을 만큼 충분했다. 이내 그녀를 둘러싸고 있는 스태프들이 우렁찬 박수소리와 함께 주인공의 귀환을 축하했다.

수강은 점심시간이 시작도 되기 전에 오늘도 지엘그룹 본사로 넘어왔다. 이유는 간단했다. 미리의 얼굴을 잠깐이라도 보기 위해서. 하지만 그게 또 매번 간단한 문제는 아니었던지라 수강은 이번에는 무슨 핑계를 대야 하나 출발하기 전부터 고민이었다. 도착해서도 뾰족한 수가 있는 건 아니었지만.

"야, 너 우리 회사에 왜 이렇게 자주 오냐?"

상민은 수강의 방문이 잦아지자 불안해했다. 이렇게 자주 얼굴 보면서 차 마실 정도로 친한 사이가 아니었기에 부쩍 회사로 찾아와 자신을 찾는 수강이 무슨 꿍꿍이인가 싶었던 것이다. 성삼에서 지엘을 합병이라도 하려 그러나? 회사 운영을 제대로 못하고 있다고 매스컴에서 시끄럽게 떠들어대는 소리에 연이은 주가폭락까지, 그렇잖아도 속 시끄러운 상민은 때라도 맞춘 것처럼 자주 얼굴을 보이는 수강이 여간 이상한 게 아니었다.

"친구 보러 왔지, 차 안 줌?"

"뭐 마실 건데?"

"커피? 홍차? 밀크티? 주는 대로 마시는 걸로!"

가볍게 휘파람을 부는 수강을 힐긋 보더니 상민은 수화기를 들었다.

"커피 두 잔, 강미리 사원한테 직접 들고 오라고 해."

수화기를 거칠게 내려놓는 그와 달리, 수강은 미리의 이름에 귀가 쫑긋 섰다.

상민은 미리가 회사에 들어오고 나서부터 하루도 편한 날이 없었다. 여자애가 머리는 어쩜 그렇게 핑글핑글 잘 돌아가는지, 얕보고 있다가는 제 자리마저 넘볼 기세였다. 그동안 미리는 여러 개의 보고서를 올렸고, 그 아이디어는 시장성을 인정받아 실행되었다. 그리고 번번이 성공하고 있다는 게 상민이 더 그녀를 신경 쓰는 이유였다. 그래서 어느 순간부터 상민은 미리가 올린 보고서를 제 선에서 자르며 회장인 아버지의 눈과 귀를 막았다. 그렇지만 이게 또 보통내기가 아닌 게 매번 무시당한다는 것을 알면서도 꿋꿋하게 보고서를 올린다는 거였다. 자잘한 커피 심부름 따위를 시키면 자존심이라도 상할까 싶었지만.

"부르셨습니까, 이사님? 아래층 테이크아웃 전문점에서 이사님 것만 특별하게 아메리카노로 주문해 왔는데, 바닐라 시럽을 깜빡 하는 바람에 다시 내려갔다 왔네요."

……저건, 속도 없는 건지. 정확히 회사에 발을 디딘 시점부터 미리는 상민에게 깍듯이 굴었다. 가끔은 너무 예의를 차려서 그게 더 이상해 보일 정도로 공손하게. 하지만 그 일로 인해서 책잡을 것 하나가 줄어든 상민은 분개했다.

"뭐야, 커피 식은 거 아냐? 시럽을 왜 까먹어? 강미리, 이런 거 하나 제대로 못 하면서 무슨 일을 하겠다는 거야?"

"다시 가져다드릴까요?"

미리는 소파에 앉아 있는 수강을 아직 알아차리지 못한 채 가식적인 말투로 상민을 상대했다. 한 사람은 못 잡아먹어서 안달이고, 한 사람은 한 귀로 듣고 한 귀로 흘리는 이상한 대화를 듣고 있던 수강은 쿡쿡 웃더니 자리에서 일어나 상민이 거부한 커피를 대신 받았다.

"나 식은 커피 좋아하는데, 그럼 이건 내가 마시는 걸로?"

그러자 단번에 미리의 시선이 수강에게로 옮겨졌다. 미리는 입술을 앙다물었다. 하필 윤상민과 고등학교 동창일 게 뭔지. 안 부딪치려고 그렇게 노력을 하는데도 수강과 자주 만나게 되는 터였다. 이런 식으로 그가 등장하는 게 처음은 아닌지라 조금은 식상해지려고 할 때이긴 했다. 미리는 수강의 말에 대꾸도 없이 콧바람만 불며 상민을 보았다.

"다시 가져다 드릴까요, 이사님?"

다시 처먹을래, 어? 아메리카노에 바닐라 시럽이 어울려? 그냥 먹어라. 거기다 설탕 쳐서 처먹을 거면 그냥 바닐라라떼를 먹으라고. 어디서 또 무식한 게 있어 보이려고, 쯧쯧. 미리는 속내는 감춘 채 상민에게는 더 없이 상큼한 미소만 보였다.

상민은 제 앞에서 항상 웃는 얼굴인 미리가 더 신경에 거슬렸다. 볼 안쪽으로 혀를 느리게 굴리며 사무실 문이 닫혀 있는 걸 확인한 상민은 폭신한 제 의자에 앉아 구두까지 벗어던지고 책상 위로 발을 까딱거리며 올렸다.

"야, 원래대로 기어올라라. 어?"

"어머, 무슨 말씀이신지……."

미리는 무슨 소리인지 모르겠다는 듯 눈을 가늘게 뜨며 생글생글 웃었다.

"그런다고 우리 집에서 너 인정해줄 것 같냐?"

의자에 몸을 더 깊숙이 묻은 상민은 곁눈질로 수강을 봤다가 고개를 뒤로 젖히며 허공에 대고 말하였다.

"야, 너도 알잖아. 나 어렸을 때 엄마 돌아가신 거. 와……, 난 아버지가 수절이라도 하는 줄 알고 감동 잔뜩 받고 있었는데……. 고등학교 2학년때 나랑 딱 네 살 차이밖에 안 나는 애 보고 어이가 없더라니까. 얘가 딴 집 살림 차렸던 그년 딸이야. 귀찮게 회사까지 찾아오면 뭐 떨어질 줄 알고 왔나 본데……."

그에 얼굴에 웃음기를 거둔 수강이 돌아서자 자연스레 말꼬리를 감춘 상민은 힐끗 그의 얼굴을 훔쳤다. 이내 언제 그랬냐는 듯 얼굴에 싱긋 미소를 올리고서 수강이 입을 열었다.

"너 성격 더러워진 게 그때부터였지, 아마? 그 전까지 내가 알던 윤상민은 꽤 괜찮은 놈이었는데."

가볍게 툭툭 던지는 말인데 그 뜻은 전혀 가볍지 않은 게 문제였다. 저 자식은 항상 저게 문제였다. 목소리와 말투는 유순한데 웃음 끝에 꼭 뭔가 걸리게 하는 말투.

"야, 이 정도 가지고 더러워져? 내가? 진짜 더러운 게 뭔지 보여줘?"

수강을 향해 피식피식 웃던 상민은 이내 미리에게로 고개를 돌리더니 발끝을 까닥였다.

"미리야, 오빠 발 좀 주물러 주면 안 되냐? 요즘 과로했더니 딱딱하게 발 근육이 뭉쳤잖아."

"……."

"왜, 자존심 상해서 못 해 먹겠지? 야, 내 발이 더럽냐, 네 출신이 더럽냐."

가만히 듣고 있던 미리보다도 수강이 더 화가 나서 상민에게 경고했다.

"야, 이제 그만하지?"

말투는 여상했지만 그의 표정은 장난기가 싹 사라진 채 정색한 후였다. 제법 크게 웃음을 터뜨린 상민이 사납게 눈가를 구겼다.

"뭐야, 이수강. 윤제후 편들듯이 지금 애 편드냐? 윤제후는 네 베프라 치고 앤 뭔데? 야, 강미리! 너 이리 와서 발 주물러. 그럼 내가 네 보고서 올려줄게."

책상 위에 올린 발을 꼼지락거리자 미리가 딱딱하게 굳은 얼굴로 책상으로 가까이 다가왔다. 그만큼 수강의 얼굴도 한층 더 굳어진 상태였다.

"진짜 내 보고서 올려줄 거예요?"

"야, 네 보고서가 뭐가 또 그렇게 대단하다고. 시원하게 주물러 봐. 보고 올려줄 테니까."

미리는 그 말에 희망을 갖고 혹시나 싶어 오늘도 들고 온 보고서를 내밀었다.

"주식 떨어진 거 금방 회복시킬 수 있는 방안 그 안에 적어놨으니까, 그거 꼭 올려줘요."

상민의 눈썹이 꿈틀거렸다. 미리의 명석한 두뇌에서 나오는 아이디어들은 회사의 경영진들보다 전략적이었다. 그리고 그것은 별로 머리가 좋지 않은 상민이 보기에도 훌륭해 보인다는 것이 문제였다.

"발이나 주무르라고."

상민은 미리가 내민 보고서를 휘적휘적 넘기더니 책상 아래로 던졌다. 수강은 그것을 주워 천천히 넘겼다. 한 장, 한 장 넘길 때마다 수강의 표정이 진지해졌다. 그러자 상민이 수강의 눈치를 훑으며 팔을 뻗었다.

"이리 줘. 뭘 보고 있어."

"이거 버린 거면, 내가 수거해 가도 될까? 아이디어 괜찮은데. 강미리 씨 스카우트 제의로 생각해도 되고……."

그렇게 말하며 고개를 든 수강의 시야에 들어온 건 미리가 상민의 발을 주무르고 있는 모습이었다. 무섭게 굳은 얼굴을 하고서 수강은 보고서를 쥔 손에 힘을 주었다. 종이 구겨지는 소리가 들리자 상민은 발을 까딱하면서 바람 빠진 웃음소리를 흘렸다.

"얘가 원하는 건, 우리 아버지한테 인정받는 거라고. 씨발."

더는 참지 못하고 수강이 주먹을 날리자 의자에 앉아 있던 상민은 고개가 확 돌아가서는 쓰러지는 의자 위로 발라당 나자빠졌다.

"너보단 인정 빨리 받겠다. 발마사지기 하나 사줄 테니까, 닥치고 그거 쓰던가."

"너…… 지금 나 쳤냐?"

붉게 부어오른 뺨에 손을 댄 채 상민은 황당하다는 눈으로 수강을 보았다. 왜 맞아야 했는지도 몰라 이 상황을 이해할 수가 없었다.

"한 대 더 맞고 싶은 거면, 더 떠들고?"

수강이 미리의 손을 움켜잡았다. 사무실 밖으로 끌고 나가려고 하자 미리는 끌려가지 않으려고 버티다가 결국은 그의 힘에 못 이겨 나가고 말았다. 그 모습을 지켜보고 있던 상민의 고개가 비스듬히 올라간다.

"저거 둘이 곧 때리네……."

설마, 둘이 연애하는 거 아냐? 그럼 진짜 재미없는 일이 펼쳐질 게 분명했다. 그 생각이 들자 상민의 얼굴에 먹구름이 몰려왔다. 어쩐지 볼이 아까보다 더 아파왔다.

수강에게 질질 끌려 비상구로 나온 미리는 그의 억센 손길을 뿌리치며 바락 소리를 내질렀다.

"아, 진짜 뭔데! 나한테 왜 이러는 건데!"

하루에도 몇 번씩 나타나서 이러니 자꾸만 신경이 쓰였다. 일에만 몰두하고 싶은데, 이렇게 나타나서 흔들어대니 미치고 팔짝 뛸 것 같은 심정이었다. 씩씩대는 미리를 가만히 보다가 수강이 말했다.

"연애 아직 끝내고 싶지 않아, 더 오래 보고 싶어."

그가 아버지의 마음에 들기 위해서 얼마나 많은 시간을 공들여서 쏟았는지 미리는 모를 것이다. 누군가를 보고 싶다는 열망 하나로 움직이고 실행에 옮기는 성과 끝에는 오로지 미리의 얼굴만 떠올렸다.

"처음부터 연애만 하자는 거, 어차피 나랑 가볍게 만날 의도였잖아. 그런데 지금 이렇게 진지한 표정으로 서 있으면…… 내가 난감하잖아요?"

입술 끝을 꾹꾹 누르며 나오는 말은 뻣뻣하기 그지없었다. 더할 말 없단 듯 뒤돌아선 미리의 뒤에서 수강이 한마디 던졌다.

"그래, 그 연애 좀 제대로 하자고."

수강은 미리의 뒤에 바짝 붙어섰다.

"연애만 30년 할까?"

애초에 석 달이면 충분할 줄 알았는데, 30년까지 늘었다고. 아니…….

"그걸로도 부족하면, 평생 연애하는 건?"

미리의 발걸음이 멈추었다. 수강은 그녀의 작은 어깨에 고개를 묻었다. 두 팔로 그녀의 허리를 꽉 감싸 안은 채로 수강이 나지막하게 읊조렸다.

"속인 거 미안. 잘못했어……."

예전에 은설에게 말했던 대로 직업도 변변찮고, 만날 놀기만 하는 것 같고, 얼굴도 평범하고 뭐 하나 특출 난 것도 없는 자신을, 누군가가 그런 자신을 좋아한다고 하면 왠지 정말로 사랑할 수 있을 것 같았다. 간판을 다 떼어내고 사람 대 사람으로 보는 진짜 마음. 그걸 확인하고 나서는 이상하게 조바심이 났다. 이번에야말로 진지해지고 싶은데 이젠 그 간판이 걸림돌이 될까 봐.

"강, 화내는 거 이해해. 성삼그룹 외동아들 이수강 간판이라도 이용해 볼래? 윤찬영 회장님 말이야. 강 아버님…… 나 사위로 맞아들인다면, 윤상민이랑은 비교도 안 되게 강 예쁨 받을 텐데……."

이내 미리를 앞으로 돌려세운 수강이 그녀의 머리 위에 손을 올렸다. 이상하게 이 작고 아담한 여자한테는 손 한 번 뻗는 게 참 쉽지 않다. 석 달짜리 연애를 할 때에는 진도도 확확 뽑아 빼던 그답지 않게.

"나 지금 궁서체로 말하는데……."

"……."

"강, 진짜…… 어?"

수강은 미리의 머리 위에 올렸던 손을 조심스레 걷어 그녀의 한쪽 볼을 쓰다듬었다. 그리고 고개를 숙여 미리의 입술에 입을 맞췄다. 미리의 턱을 가볍게 움켜쥐고 부드럽게 들어올려 입술 새로 좀 더 깊게 파고들었다.

불시에 다가온 수강의 입술에 미리는 파드득 놀라 떨었다가 저를 너무 소중하게 여기는 듯한 손길과 눈빛이 간절하게 느껴져 더는 거부할 수 없었다. 틈 없이 맞물렸던 입술이 이내 떨어졌을 때, 수강이 고개를 들고는 달게 웃었다.

"강, 진짜. 너…… 사랑한다고."

눈가는 어느새 제법 축축해져 있었다. 사실 너에 대해서 많이 알아봤어. 지엘 회장의 숨겨진 딸이라는 게 넌 힘들었을 과거일진 몰라도, 나한테는 어쩌면 너랑 내가 같이 설 수 있다는 희망 같아서 기뻤어.

"결혼 먼저 하고 연애할까, 강?"

"……."

"지금 궁서체로 말하는데…… 이거, 프러포즈하는 거야."

"지금 장난이 나와, 또?"

"진짜야! 윤제후한테 반지 맡겨놓은 거, 아직 못 찾아온 것뿐이라니까!"

진짜라고! 억울해서 금세 울상이 되자 미리가 최대한 높이 까치발을 하고 섰다.

"내가 다시 할 거야."

미리의 말에 수강은 '어?'하고 의아해했다.

"허리 낮추고 고개 좀 다시 숙여봐."

그녀의 말대로 허리를 낮추고 고개를 숙인 수강의 앞에 그녀가 있었다. 그토록 오래오래 보고 싶었던. 수강의 와이셔츠 깃을 바짝 당긴 미리가 아찔하게 속삭였다.

"내가 할 거라고, 키스의 끝은 내가!"

밤새도록 하고 싶어질 것 같아. 딱 달라붙은 두 사람이 움직일 때마다 비상구 센서등만이 기척을 알렸다.

시준은 은설에게서 OK 사인이 떨어지자마자 시나리오를 세세하게 대본으로 바꿔줄 메인 작가와 보조 작가를 만나 전체적인 라인을 잡았다. 보조연기자들만이 연기하는 장면을 보여준 건 은설이 결정을 내리도록 돕기 위한 도구에 불과해서 빠르게 넘길 수 있었지만, 이제 그녀가 촬영하게 될 신들은 그렇지 않았다.

"여주인공은 처음에 제가 말했듯, 기은설 씨가 할 건데."

얼굴의 반 이상을 가리고서도 목소리가 청아해서 작가들은 그의 한마디 한마디를 더 집중해서 듣게 되었다. 혀를 내두를 정도로 꼼꼼하다는 명성답게 회의는 몇 날 며칠에 걸쳐서 길게 이어졌다. 그리고 오늘 드디어 그의 입에서 OK가 떨어지기를 기대하고 있었다.

회 차가 넘어갈 때마다, 대사 하나하나 세세히 신경 쓰는 점에서 역시 명성이 틀리지 않구나 싶었다. 이 정도는 괜찮겠지 싶어 그냥 넘겼던 것들도 그는 그냥 넘어가는 일이 없었고, 예상치 못한 모순이나 설득력이 떨어지는 부분도 오목조목 집어내었다. 처음엔 반발하던 작가들도 이제는 그냥 수긍하게 되는 정도까지 되었다. 그냥 좀 넘어가도 아무도 의심 안 할 것조차 포인트를 딱딱 집어내니 할 말이 없었다.

"드라마 제작 발표회 전까지는 주인공에 대해서는 철저히 비밀이니까 그 점 유의하시고요."

마지막 장의 대본을 덮으며 시준이 하는 말에 메인 작가는 드디어 안도의 한숨을 내쉬며 얼굴에 미소를 그려 넣었다. 저 손끝에서 과연 마지막 장을 덮는 날이 올까 했는데 드디어 온 것이다.

"네, 시나리오가 워낙 좋아서 대본 쓰는 것도 재미있었어요, 감독님."

"캐릭터 하나하나가 정말 다 살아 움직이는 것 같다니까요!"

옆에서 보조 작가도 한마디 거들었다. 시준은 대본을 위로 세우다가 잠깐 고개를 들더니 작가들을 향해 뭔가 할 말이 있는 것처럼 뜸을 들였다.

"키스신은…… 좀 많은 것 같은데. 마지막 신에서만 살리는 걸로, 어때요?"

그 말에 메인 작가와 보조 작가가 서로 벙벙한 눈빛을 주고받더니 시준을 향해 동시에 '안 돼요!' 하고 소리쳤다.

"감독님! 요즘 드라마들은 첫 회부터 키스신에 베드신 남발이라고요. 그나마 감독님이 설정하신 캐릭터가 순수한 이미지라 이것도 최소한으로 쓴 건데요?"

"……."

"아니, 감독님! 전작 영화에서는 야한 개그코드까지 센스 있게

넣으셨던 분이 이 작품만 왜 유독 민감하게 구는 건지 예전부터
묻고 싶었어요. 저, 진짜 스킨십 장면 쓸 때마다 감독님 컨펌 받
을 생각에 울면서 대본 썼다고요. 그게 작가한테 얼마나 힘든 일
인지, 감독님이 더 잘 아시잖아요?"

시준 스스로 생각해도 프로답지 않은 사심 가득한 발언이었던
지라 그는 뭐라 반박하지 못하고 듣기만 했다. 메인 작가는 쐐기
를 박듯 한마디 던졌다.

"마지막 신은 키스신 아니고 베드신이에요, 감독님! 신혼여행
첫날밤에 키스하고 잠자는 남자가 어디 있냐고요. 그렇게 되면
감독님 좋아하는 논리적인 신과는 전혀 거리가 멀다니까요?"

"마지막 신을 신혼여행으로 굳이 안 넣으면 되겠네요."

"가, 감독님?"

"……"

"이거, 로맨스 맞아요? 스킨십도 안 되고, 신혼여행도 빼버리
면 주인공 성장 드라마인데……. 제가 지금, 청소년 드라마 쓰고
있나요?"

시준은 결국 말없이 자리에서 일어났다.

블랙슈트를 멋지게 차려입은 제후는 긴장한 얼굴을 하고서 그
랜드 피아노 앞에 섰다. 선곡하는 데 가장 오랜 시간을 할애했던
그는 은설에게 가장 해주고 싶었던 말이 담겨 있는 곡을 마침내
찾아냈다. 원곡 그대로 부를까도 생각했지만 한국말로 번역해 직

접 들려주고 싶을 만큼 가사가 꼭 마음에 들었다. 빠른 비트의 음악을 피아노로 편곡한 것을 선택한 이유도 더 집중해서 들어주길 바라는 마음이었다.

조명이 꺼진 무대 앞으로 걸어가면서 은설은 주위를 두리번거렸다. 아무리 봐도 약속 장소를 잘못 알고 들어온 듯해 뒤돌아서 나가려 하자, 무대 정중앙을 향해 스포트라이트 조명이 켜졌다. 그와 동시에 피아노 선율이 시작됐다.

그랜드 피아노 앞에 앉아 작은 마이크를 입가에 댄 제후는 노래 시작 전 크게 심호흡을 했다. 이내 기려한 손가락 끝에서 이어지는 선율만큼이나 감미로운 보이스가 흘러나왔다.

"그녀의 눈, 별빛이 춤을 추는 것처럼 보이죠."

놀란 은설이 무대를 보며 습관처럼 긴 머리카락을 한 번 쓸어 넘기자 그는 낮게 웃으며 노래를 이어갔다.

"그녀의 머리카락, 입 맞추고 싶을 만큼 완벽히 흘러내려요."

뺨에 달라붙은 머리카락을 손으로 쓸어 넘기려던 은설은 노랫말에 잠시 멈칫하고서 한 걸음, 더 가까이 그에게로 걸어 나갔다.

"그녀의 미소는 보는 것만으로도 사랑에 빠지죠."

눈을 맞추고, 저를 바라보는 눈빛에 은설은 숨을 멈추었다.

"그녀는 몰라요. 아무리 말해줘도 믿지 않는걸요."

한 음 한 음 소중히 실어내리는 피아노 건반 위로 하얗고 긴 손가락이 옮겨져 간다.

"너무나 슬픈 일이죠. 그녀가 얼마나 괜찮은 사람인지 말해줘도 믿지 않는 건요."

가사 하나하나, 은설이 했던 말들을 연상시키기에 충분했다.

제후의 얼굴이 점점 가깝게 보이자 은설은 천천히 그 자리에 섰다. 심장이 너무 두근거려서 발끝까지 힘이 전달되지 않았다. 그의 입에서 나올 다음 노랫말을 기다리는 시간이 길었다.

"그녀를 볼 때, 단 하나도 바꾸고 싶은 게 없죠. 그녀 자체로 빛나는 순간을 알까요."

피아노 건반을 치면서 그가 고개를 들자 마주치는 시선에 생긋 미소 짓는 두 사람의 웃음이 예쁘다.

"바로 지금처럼."

눈빛을 고스란히 받고, 주었다. 은설은 제가 지을 수 있는 최대한의 미소로 화답했다.

"그녀가 웃을 때."

제후는 입술 끝이 올라간 은설의 얼굴을 바라보았다. 은설은 물기로 촉촉해진 눈을 하고서 소리 없이 웃고 있었다.

피아노 건반 위를 바쁘게 움직이던 손가락이 느려지기 시작하였다.

"온 세상이 멈추고 오직 그녀만 보이죠."

이내 피아노 소리는 멈추고 무반주로 작게 속삭이는 그의 중저음이 오롯이 흘러나왔다.

"그건 사랑이죠. 그녀에게 반하지 않는 건 기적이죠."

작게 눈을 실그러뜨린 그의 표정이 기분 좋게 취한 듯, 그 모습이 퍽이나 섹시해 은설은 그 장면을 영원히 기억하고 싶어 숨도 쉬지 않고 바라보았다.

다시 건반이 느릿하게 움직였다.

"지금 모습 그대로도."

이내 빨라진 리듬을 따라 제후의 손가락이 건반 위에서 화려하게 움직였다. 어느새 땀으로 젖은 그의 검은 머리칼도 음을 따라서 움직였다. 어떤 능수능란한 피아니스트 앞에서도 이 곡 하나만큼은 '윤제후가 최고'라는 수식어를 붙여 주어도 될 만큼 완벽한 박자와 목소리의 조화였다. 몇날 며칠 개인 교습까지 받아가며 이 곡만 연습한 보람이 있었다.

"그녀는 몰라요. 지금 모습 그대로도 완벽하다는 걸."

은설은 다시 무대 앞쪽으로 향했다.

"완벽함을 찾는 거라면 당신을 봐요. 눈이 부시죠."

제후는 눈을 감았다. 계단을 지나 무대에 오른 은설이 피아노 앞까지 다가오자 그는 고개를 들어 그녀와 마주했다. 자리에서 일어선 제후는 마이크에서 입을 떼지 않고 시선만을 오롯이 그녀에게 향했다.

"지금 모습 그대로도, 지금 모습 그대로……."

반복되는 가사에 가슴이 벅차올랐다. 마지막 음까지 누른 제후가 피아노 위에 올려둔 반지 케이스를 들고 한쪽 무릎을 굽혔다. 은설은 큰 눈만 그저 깜빡였다.

"꽃은 준비 안 했어. 당신이 꽃이니까."

아무 말도 못 하는 은설을 향해서 고개를 든 그가 케이스를 내밀었다. 조심히 덮개를 밀어 올리자 반짝이는 다이아몬드 반지가 눈부시게 빛나고 있었다. 한 번도 본 적 없는 희귀한 세팅에, 그가 직접 디자인하고 세공까지 했을 거라는 건 말하지 않아도 충분히 알 수 있었다.

"예쁘다……."

은설에게서 감탄이 흘러나오자 제후는 천천히 일어나 그녀가 쳐다보고만 있는 반지를 빼 직접 네 번째 손가락에 밀어 넣었다.

"G컬러에 투명도는 VVS1, 컷팅은 트리플 액설런트 컷이지."

뭐라고 열심히 설명해 봤자 알 수 없는 소리에 은설은 또 얼마나 대단한 반지를 만든 건지 작게 한숨을 쉬었다.

"······되게 비싼 거죠?"

"정확히 말하면 제후 주얼리에서는 취급하지 않는 등급이지."

"그렇게나 비싼 거예요?"

"아니, 다이아몬드 컬러는 D, E, F, G 순으로 Z까지 등급이 있는데 D보다는 G컬러가 등급이 훨씬 낮은 편이지. 뒤로 갈수록 다이아몬드 색상이 노란빛을 띠거든. 완전한 노란색이 아니고서는 급이 낮지. 투명도 역시 FL, IF, VVS1, VVS2, VS1 순으로 낮지."

교과서적인 설명이 상황과 맞지 않게 로맨틱하지 않아서 은설은 눈을 가늘게 떴다. 대놓고 놀리는 것도 아니고, 프러포즈 반지라더니 숍에서는 취급도 하지 않을 낮은 등급의 반지를 만든 게 무슨 의도인 건지. 방금 전만 해도 엄청나게 비쌀 것 같은 예감에 놀라서 가슴이 뛰었다가도 이제는 반대라고 하니 안도감과 함께 이내 서운함이 피어올랐다.

"놀려요, 지금?"

피식 웃음을 터뜨린 그가 윙크하듯 한쪽 눈가를 구겼다.

"눈으로 봐봤자 어차피 구별은 안 가. 등급이 높을수록 거의 무결점에 가까운 다이아몬드지만, 이 다이아몬드는 현미경으로 봤을 때만 미세하게 작은 점들이 보이지. 내가 하려는 말이 무슨 말인지 모르겠어?"

"무슨……."

"당신 일하던 회사에 등급이 있는 것처럼, 다이아몬드에도 등급이 있지만……."

제후는 은설을 끌어당겨 안았다. 그의 붉은 입술이 그녀의 귓가에 스치듯 닿았다.

"다이아몬드라는 사실은 변함이 없지."

……당신처럼.

귓가로 떨어지는 말이 달콤해 은설은 눈을 감았다. 도톰한 입술이 그녀의 귓가를 나른하게 스쳤다.

"컷팅은 트리플 액설런트로 최고로 좋은 컷팅이야."

속삭이는 말들에 은설은 손끝을 작게 말아 쥐었다.

"그건 왜…… 제일 좋은 등급인 건데요?"

은설의 초롱초롱한 눈빛이 그를 마주했다.

"내가 당신을, 최고로 행복한 여자로 만들어줄 거니까."

가까이 다가온 그의 얼굴을 보며 은설은 이제 자연스레 눈을 감았다. 언제부턴가 그의 스킨십이 겁나지 않았다. 그의 코끝을 따라 은설의 앙증맞은 입술이 올라갔다. 그가 조금 더 고개를 숙이자 입술과 입술이 제자리를 찾듯 자연스럽게 만났다. 치열을 훑고, 점막을 훑고, 얽히고, 파고들고, 지루할 틈 없이 술래잡기를 하듯 밀고 당기는 혀끝의 감각이 너무도 황홀해서 이 순간이 영원하기를 바랐다. 서로의 숨까지 모두 앗아갈 정도로 그 어느 때보다 농밀한 키스가 끝나고 은설은 제후의 얼굴에서 시선을 떼지 않았다.

"내가 수락할 것 같아요? 안 할 것 같아요?"

"수락해야지."

당연한 걸 묻는다는 듯한 말에 반기를 들 것처럼 은설의 눈썹이 새치름하게 올라갔다가 이내 달큰하게 휘어졌다.

"반지, 다시 만들어야 할 것 같은데요?"

그 말에 제후가 웃음을 터뜨렸다. 이 여자는, 한 번에 수락하는 경우가 없다는 걸 간과하고 있었다.

"오늘 나도 하고 싶은 말 있어서 나온 거라고요."

아쉬워하며 손가락에서 반지를 빼 돌려주자 그의 미간에 주름이 잡혔다. 정말 거절당하는 건가 싶어서. '결혼하고 싶은 남자' 1위에 뽑혔어도 정작 그가 결혼하고 싶은 여자가 받아주지 않는다면 무슨 소용인가. 거절하는 여자치고는 미안해 보이는 표정 없이 웃는 얼굴이 해맑기만 하다.

"나 연기하기로 마음먹었어요. 그래서 말인데, 프러포즈에 대한 답…… 조금 미뤄도 돼요?"

당신과 마주보고서도 초라하지 않은 내가 되기로 했어요. 당신이 힘들게 이루어낸 성공들을 존경해요. 그래서 나도 포기하지 않고, 놓고 있던 것들을 다시 잡고 싶어졌어요.

그녀가 소리 내서 말하지 않은 이야기들에 제후는 그다운 미소로 고고하게 대답하였다.

결혼하고 싶지 않다던 그가 프러포즈를 할 정도로 변했으니 이제는 그녀에게도 변화가 필요한 시점이었다.

연기 활동에 있어서 치명적인 핸디캡이 되었을지도 모를 스킨십 문제로부터 자유로워졌고, 이제 그녀를 막는 건 어디에도 없었다. 방송사 측에서도 시준이 그녀를 고집하는 것을 막지 않았다. 게다가 '윤제후의 그녀'라는 타이틀까지 갖고 있는 인물이 아닌가. 여자들의 부러움이 섞인 마녀사냥 같은 언론몰이는 존재하겠지만, 그런 스캔들은 방송에 관심을 갖게 할 테니 시청률을 위해 나쁘지 않았다.

은설은 그렇게 하고 싶었던 연기를 할 기회가 주어지자 그동안 억누르고 있던 감성을 다 터뜨릴 기세였다. 심장이 두근거리는 카타르시스를 느끼며 캐릭터에 완전히 몰입했다. 날이 지날수록 감정선은 더 섬세해지고 배가되는 기분이었다.

은설은 눈을 뜨자마자 대본부터 찾았고 잠자리에 들기 전까지 대본을 손에서 놓지 않았다. 그렇게 사전제작 드라마는 어느덧 끝을 향해 달리고 있었다.

"라스트 신이네요."

조명감독이 하는 말에 대본을 확인하던 시준이 은설을 바라보았다.

"의상은?"

"이제 슬립으로 갈아입을 거예요."

은설의 옆에 바짝 붙어 서 있던 코디가 대답하자 시준이 얼굴 위 마스크를 손으로 꾹 누르며 주위를 둘러보았다. 촬영에 참여하는 스태프의 인원이 적지 않았기에 그들을 확인할수록 시준의 표정이 가라앉았다.

"촬영할 때 조명감독만 따라 들어와."

그 말에 스태프들이 저마다 한마디씩 던졌다.

"네, 아니 왜요?"

"감독님. 이거 무거워서 혼자 못 들어요."

"이 많은 장비 어쩌고요!"

"내가 들어."

시준의 입에서 더 황당한 소리가 나오자 스태프들은 난리가 났다.

"감독님은 모니터 보셔야죠. 무슨 소리 하시는 거예요?"

결국 말도 안 되는 소리라는 걸 누구보다 잘 아는 시준이 낮게 숨을 내뱉었다.

"딱, 필요한 장비 팀만 움직여."

더 이상의 타협은 없다. 결국 최소한의 인원으로 추려진 스태프들과 함께 시준은 침대가 세팅되어 있는 장소로 들어가 살벌한 눈빛을 번뜩이며 남자 배우에게 말하였다.

"NG 내지 마. 알았어?"

"……네, 네?"

항상 최고의 컷을 위해 OK보다 NG라는 말을 더 입에 달고 사는 감독의 입에서 흘러나올 말은 아니었던지라 남자 배우는 뒷목을 뻐근하게 문질렀다.

"네 연기가 개판이어도 한 번에 OK할 거니까, 욕먹기 싫음 제대로 하라고. 알아들어?"

"아…… 감독님?"

"알아들었으면, 나 그만 보고 동선이나 외워."

남자 배우의 입에서 이내 끙 낮은 신음 소리가 흘러나왔다. 대본을 펼치며 다시 감독의 눈치를 살핀 남자 배우가 조심스레 물었다.

"……리허설은요?"

"아마추어야? 리허설은 왜 해."

"아니, 감독님 원래 리허설을 더 중시하셨잖아요."

"시끄럽고. 여자랑 안 자봤어?"

"……."

"그냥 하던 것처럼 해. 시늉만 하라고, 알아들어?"

한숨을 푹푹 쉬며 마치 자신을 벌레 보듯 쳐다보는 감독의 표정에 남자 배우 민건은 공연히 억울해졌지만 뭐라 더 반박은 못하고 낮은 한숨만 입술 새로 흘려보냈다. 명색이 탑배우인데 감독이 워낙 어마어마한 사람인지라 그는 시준의 눈치만 살폈다. 그는 결국 시준이 안 보이는 곳으로 피신하다시피 도망쳐 애꿎은 매니저에게만 짜증을 바락 냈다.

"저 감독, 진짜 괴짜 또라이 아니야?"

[오늘이 마지막 촬영이라고 했던가.]

마지막 대본 점검 중 제후에게서 전화가 오자 은설은 시원섭섭하면서도 어딘가 불안한 기색을 감추지 못하고 대답했다.

"그렇죠……."

[목소리는 왜, 끝이라니까 아쉬운 건가.]

흘러나오는 말투에서 걱정 어린 한숨이 묻어나왔는지 그가 물었다. 베드신 때문이라고 말하면 누구보다 난리칠 게 빤한지라 은설은 일부러 화제를 돌렸다.

"아니요, 지금 뭐해요?"

[당신한테 가고 있는데. 마지막인데 응원해 줘야지.]

은설은 새된 소리를 외치며 자리에서 일어섰다.

"아니, 왜요!"

[왜라니.]

제후의 목소리가 삐딱하게 흘러나오자 은설은 지레 찔린 사람처럼 너무 과민 반응한 것 같아서 우물쭈물하며 변명했다.

"그동안 안 왔잖아요."

[못 간 거지, 안 간 건 아니지. 그래서 지금 가겠다는데 불만 있나.]

그동안 그녀가 바빴던 만큼 그 역시도 바쁜 나날이었다. 은설은 충분히 이해했고, 그 일로 인해서 특별히 서운함을 느끼진 못했지만 한번쯤은 와주길 바랐다. 그런데 그게 오늘은 아니었다.

"그게 아니라……."

그때 이쪽으로 점점 가까워지는 발소리가 들렸다. 은설은 '혹시나' 싶어 옆에 있는 코디에게 다급하게 외쳤다.

"나, 나 외투 어디 있어요?"

다음 촬영을 위해 슬립 차림으로 대기하고 있던 은설은 그야말로 때 아닌 날벼락을 맞은 기분이었다. 가뜩이나 내용이 내용인지라 부담을 느끼던 신인데 하필이면 오늘 그가 온다니! 그 생각 하나로 머릿속이 새하얘진 은설은 촬영 준비보다도 그가 지금 이 옷차림을 보게 될 것이 더 신경이 쓰였다.

"추워요?"

은설이 고개를 끄덕이자 코디는 은설의 어깨 위로 카디건 하나를 걸쳐 주었다. 은설은 아무렇게나 팔을 끼우고 누가 볼세라

급히 단추도 삐뚤빼뚤하게 끼워 넣었지만 역시나 카디건보다도 짧은 슬립이 문제였다. 속옷이 보일락 말락한 슬립에 은설은 이러지도 저러지도 못하다가 다시 코디에게 요청했다.

"긴 거, 더 긴 거 없어요?"

손바닥을 무릎 아래까지 길게 내려 보지만 들려오는 대답은 절망적이었다.

"여름이라 이 이상 긴 거는 없는데요."

그러는 사이 발소리는 점점 가까워졌고 이내 '서프라이즈'를 외치며 수강이 모습을 드러냈다.

"자, 은설 씨가 쏘는 오늘의 도시락 차! 차차차⋯⋯."

⋯⋯에그머니나! 수강은 눈치 빠르게 냉큼 등을 돌리며 뒤따라 오던 미리의 앞을 막아섰고, 미리는 '왜 그러냐'며 신경질적으로 외치다가 망연자실 앉아 있는 은설의 차림을 보곤 조용히 입을 다물었다. 수강과 미리가 난처해하며 서로 손을 잡고 그 자리를 피한 후 은설의 앞에 남은 것은 딱딱하게 굳은 얼굴을 한 한 남자뿐이었다.

은설을 위아래로 훑어 내리는 눈빛이 살벌하기 그지없었다.

"아, 저기⋯⋯."

"한마디도 더 하지 마."

⋯⋯그 차림으로. 그리고 때마침 쉬는 시간이 끝났음을 알리며 시준이 최소한으로 추린 스태프들과 세트장으로 다시 올라오고 있었다. 뒤에서 몰려오는 사람들로 인하여 제후는 더 구겨진 얼굴을 한 채 은설을 의자에 앉혔다. 앉히니 더 훤히 드러난 다리에 짜증스럽게 눈을 감았다가 그녀의 무릎 위로 입고 있던 제

카디건을 덮어주었다.

"이대로 있어, 얌전히."

은설은 시키는 대로 한마디도 하지 않고 그저 그의 카디건만 꼬옥 움켜쥐었다. 촬영을 위해 외운 대사들이 머릿속에서 어지럽게 배회했다. 바람피우는 것도 아닌데 그 장면들을 상상하니 괜히 얼굴이 발갛게 상기되었다.

제후는 시준을 향해 붉은 입술을 느릿하게 열었다.

"잠깐, 얘기 좀 하지."

삐딱하게 틀어 올린 고개가 무슨 말을 하려고 하는지 시준은 알것 같았다. 그 역시 감독 타이틀을 떼고 봤을 때 마음에 드는 상황이 아니었으니까.

"5분 후에 촬영 시작!"

시준은 그렇게 외친 후 제후를 데리고 세트장 내에 준비되어 있는 탈의실로 들어갔다. 남자 둘이 같이 들어가기엔 조금 비좁은 공간에서 시준은 마스크를 벗으며 의자에 앉아 느리게 손목을 돌렸다. 장시간 촬영하면서 생긴 직업병 같은 거였다. 마지막 신 때문에 가뜩이나 예민한 상태인데 그가 할 수 있는 건 없었다. 아니, 기분과는 상관없이 더 멋진 컷을 위해 반복 촬영을 해야 맞을 거다. 그리고 지금 제후를 마주하고 있는 기분도 썩 좋지만은 않았다.

그의 기분은 파악할 여유 따위 없는 제후는 시준을 향해 날카로운 시선을 던졌다. 이미 많은 감정 소모로 지쳐 있는 시준이 이내 한숨을 내쉬었다.

"대본상 들어가야 할 신이라 어쩔 수 없어. 앞으로 이런 일 많을 텐데…… 댁도 이 김에 그냥 지켜봐.”

“뭐?”

제후의 눈동자에 대번에 날이 섰다.

“연기자가 뭐하겠어? 역할에 따라서 옷을 벗을 수도 있고, 다른 남자랑 입 맞출 수도 있고 베드신을 찍을 수도 있는데. 그때마다 이렇게 훼방할 건 아니잖아.”

시준이 늘어놓는 말들을 잠깐이나마 상상하자 제후는 생각보다 이 일이 단순하지 않다는 것을 깨달았다. 그동안 촬영이나 대본에 대해 숨기는 것 없이 다 말해주었던 은설이 유독 피날레만큼은 방송으로 직접 보라는 말만 했었다. 아무래도 지금의 이 사달을 염두에 둔 건가 싶기도 하고.

“대본 줘봐.”

“나 감독이야, 그쪽한테 대본 검열 받을 위치 아니라고.”

“봐야 나도 마음의 준비라도 하지.”

“뭘 봐. 그런다고 여기까지 와서 현장 안 볼 거야?”

지금 이 상황에서 의상까지 본 마당에 촬영한다고 나가라고 해도 어차피 안 나갈 게 뻔했기에 시준은 그 일만큼은 포기했다.

“5분 끝.”

시준은 곧바로 촬영을 재개했다. 하지만 한 번에 몰아서 한 큐에 찍으려고 했던 생각과는 다르게 계속 NG를 외칠 수밖에 없었다. 웬만큼 못하는 게 아니고서야 넘기려고 했지만 눈에 거슬리는 연기에 OK사인을 할 수도 없었다. 일에 관해서만큼은 냉정한 그가 참다 참다 결국 또다시 같은 말을 입에 올렸다. 그리고 이번엔 그 소리가 꽤 크게 나왔다.

"NG!"

시준의 차가운 목소리가 세트장 안을 쩌렁하게 울리자 준비된 침대 위에 나란히 누워 있던 두 배우는 움찔 놀라 더 멀찍이 떨어져 앉았다. 신혼 첫날밤 장면인 만큼 달콤한 분위기를 연출해야 하는데 그러질 못했다. 민건은 괴짜 감독이 한 말 때문에 신경이 쓰였고 은설은 살기를 품고 서 있는 제후 때문에 도통 연기에 집중할 수가 없었다.

"아, 왜 저래. 저 감독 진짜……."

오늘따라 진짜 예민하네. 민건은 작게 혼잣말을 뱉다가도 은설을 보고는 다시 얼굴 근육을 풀었다. 신인 여배우가 이미 캐스팅된 이 작품을 선택한 건 단순히 감독이 이시준이라는 이유 하나뿐이었다. 거의 여주인공 원톱 드라마나 마찬가지였지만 그런 건 아무래도 좋았다. 이시준 감독과 함께 작업했다는 이력 한 줄을 추가하는 게 더 중요했으니 말이다. 그리고 그 감독이 저를 칭찬하는 단 한마디라도 기사에 실린다면, 첫 시작이 아이돌이었던 그로서는 진짜 배우가 된 느낌일 것 같았다.

"이번엔 실수 없이 연기할 테니까. 같이 따라와 줄 수 있죠, 은설 씨?"

민건이 부드러운 미소를 머금고 은설을 바라보자 은설이 작게 고개를 끄덕였다.

"내가 좀 딱딱하게 연기했죠?"

"원래 여배우들이 그렇죠. 베드신에 마음 편한 여자 배우가 어디 있어요? 그동안 은설 씨 신인 같지 않게 연기 잘하는 모습 놀랐어요. 이번에도 그렇게 해봐요, 우리. 긴장하지 말고."

은설의 삐져나온 옆머리를 쓸어 넘기려다가 우연의 일치인지 동시에 시준이 스탠바이를 외쳤다. 민건은 자연스레 뻗은 손을 거둬 내렸다.

시준의 신호를 기다리면서 민건은 은설을 향해 부드럽게 말했다.

"내가 리드할 테니까 긴장하지 말고 그냥 따라와요. 내가 잘할게요."

뺨을 쓸어내리며 하는 말에 은설은 괜스레 따끔한 시선이 느껴져 깊게 숨을 내몰아쉬었다. ……난, 기은설이 아니야. 온전히 민주아여야 한다고. 역할에 몰입하기로 다짐하자 부유물이 떠다니는 것처럼 뿌옇던 머릿속과 마음속이 차분하게 정리되었다. 몰입. 지금 이 순간에 필요한 건 그것뿐이었다.

"액션!"

총성처럼 울리는 시준의 목소리에 민건이 은설을 사랑스러운 눈길로 내려다보았다.

"주아야, 우리가 결혼이라는 걸 했어. 믿어져?"

"아니요, 꿈만 같아요."

"그동안 너무 많이 힘들었잖아. 우리…… 다시 돌아오는 길이 힘들었지만, 주아 너 하나만 보고 여기까지 올 수 있었어."

민건이 은설의 두 뺨에 손을 뻗어 문지르고는 쏟아질 듯 닿을 거리에 입술을 가져다 대었다. 가까워지는 입술 사이를 지켜보던 제후의 표정도 굳어졌다. 지켜보는 게 자꾸만 힘이 든다. 연기일 뿐인데, 자신의 영역을 침범당하는 기분이 유쾌하지 않다. 게다가 남자 배우가 은설의 허벅지에 손대는 게 거슬려서 저도 모르게 욕지거리가 튀어나왔다.

"……컷!"

시준이 제후에게 눈길을 주었다. 한 번에 끝낼 수 있었는데 잡음이 섞여 다시 재촬영이 필요했다. 어쩐지 오늘 촬영이 길어질 것만 같다.

잠시 촬영을 멈추고 휴식 시간이 되었다. 은설은 가시방석에 앉은 기분으로 안절부절못했다. 아까 자리를 피했던 수강이 쉬는 시간인 것을 알고는 다시 올라와 입가에 양손을 나팔처럼 세우며 외쳤다.

"은설 씨가 준비한 도시락 차, 준비되어 있으니까. 다들 내려와서 드세요!"

스태프들이 웅성대는 사이 수강은 도시락 차가 있는 곳으로 돌아왔다. 미리는 이미 그 앞에서 분식을 먹고 있었다.

"아까 완전 뚫어지게 보는 것 같던데, 어?"

"내가 뭘?"

미리가 종알대는 소리에 수강은 아무것도 모르겠다는 듯 눈을 동그랗게 떴다. 그를 째려본 미리가 떡볶이를 입안으로 구겨 넣었다.

"내가 딱 봤는데 뭘! 아까 은설이 슬립 차림으로 있던 거. 강이 눈동자도 안 굴리고 딱 굳어서 쳐다보고 있던 거!"

수강의 눈을 콕 집어 가리키면서 미리는 한 손으로는 어묵 꼬치를 들었다.

"내가 언제. 뭐, 뭘 봤다고……."

"봤잖아!"

"아니, 그동안 여자 슬립 안 본 지도 너무 오래 됐어······."

수강이 두 손을 들어 급히 입을 막았지만 미리는 그 틈을 놓치지 않고 말꼬투리를 잡았다.

"뭐? 오래 됐다고? 아니, 그동안 어떻게 여자를 만나온 건데!"

"······아니, 그러니까, 그런 게 아니고······. 강!"

미리를 만나기 전만 해도 수강은 여자들과 짧은 밤을 보낸 적이 여러 번 있었다. 하지만 미리를 만나고서는 결단코 한 번도 없었고 신기할 만큼 생각나지도 않았다. 그런데 이런 제 마음도 몰라주고 변태 보듯이 바라보는 미리의 표정에 수강은 땀이 삐질삐질 났다. 그러면서도 입으로는 계속해서 분식을 집어넣는 미리가 못 견디게 사랑스러워서 웃음이 터져 나오려고 했다.

"분식 이거, 강이 먹으려고 추천한 거 아냐?"

"나 분식 안 좋아해! 이거 은설이가 좋아하는 건데!"

우물우물 떡볶이를 다시 입안으로 집어넣었다가 어묵까지 우걱우걱 삼키는 미리 앞에 수강이 어묵 국물까지 떠주었다.

"튀김은 안 먹고 싶어?"

"튀김이 어디 있는데?"

분주하게 눈동자를 굴리는 미리를 보던 수강이 피식 웃었다.

"분식 안 좋아한다는 건, 뻥인 걸로?"

그러다가 대화가 다른 쪽으로 향했다는 것을 눈치챈 미리가 다시 버럭 성질을 냈다.

"지금 그게 중요한 게 아니잖아! 그동안 여자들을 어떻게 만나왔냐고!"

수강의 눈매가 축 처졌다. 그러다 한손으로는 미리의 뺨을 작게 톡톡 두들겼다.

"그게 그렇게 궁금하면 보여줄까? 궁금하면 오늘 당장이라도 보여줄 수 있다니까, 난?"

"변태 같이 왜 이래, 진짜!"

"나 변태 취향은 없는데. 그게 강 취향이면 준비해 봐, 한번? 어?"

장난처럼 내뱉는 말뜻이 너무도 뜨거워서 미리는 얼굴에서 열이 계속해서 올랐다. 수강은 수갑을 차는 시늉을 하며 두 손을 들어 올리더니 능청스럽게 말을 이었다.

"이런 거, 이런 거? 내가 다 맞춰준다니까!"

"누가 들으면 어쩌려고 이래!"

"그럼 내 입을 한번 막아보시지!"

수강이 미리의 입술에 대고는 가볍게 쪽 소리 나게 입맞춤을 했다. 그러자 미리가 눈을 깜빡거리며 이내 주위를 살폈다. 그러다가 마침 이리로 오고 있는 은설을 발견했다. 은설의 표정이 불편해 보이는 이유가 짐작이 되어 고개를 절레절레 저었다.

수강은 은설에게는 눈길도 안 주고 미리의 어깨를 한 손으로 움켜잡았다. 그리고 몸을 휙 돌려 다른 쪽으로 향했다. 무언가 계략이라도 꾸밀 것 같은 눈빛을 하고서.

수강에게 끌려 미리가 도시락 차 부근에서 벗어나자 은설의 주변으로 몰린 사람들이 그녀에게 인사했다.

"은설 씨, 잘 먹을게요!"

"아…… 네…….""

엉거주춤하게 인사하려는 은설의 손목을 잡은 제후가 그녀를 자리에 앉혔다. 그 진득한 손길에 은설은 얼어붙은 얼굴로 제후를 바라보지도 못하고 시선을 피했다.

"연기하는 건데. 이러면 나 진짜 불편해요."

결국 불만이 터져 나왔다. 그럼에도 대꾸 없는 제후의 눈치를 살피면서 은설은 조심스레 다시 입을 열었다.

"화났어요?"

촬영이 끝나자마자 이 더위에 담요로 저를 꽁꽁 싸맨 것도 모자라서 어디 가지도 못하게 꼭 잡고 있는 손에서는 땀이 느껴졌다.

"……화난 건 아닌데."

남자 배우 입술을 열두 번도 더 뭉개놓고 싶은 건 어디까지나 머릿속에서만 꾹꾹 눌러 담아 힘이 들어간 손이 제법 뻐근해졌다.

"질투 나서 미치겠군."

"……네?"

한숨처럼 내뱉은 말이 투정 같아서 은설은 생각지도 못한 웃음이 터져 나왔다. 하지만 그는 진지한 표정이었다.

"당신 말이야. 내가 지금 최대한으로 참아볼 테니까. 한 번에 잘해. NG 안 나게."

"아까, 윤제후 씨 때문에 NG났잖……."

"그러니까 참아본다고, 내가. 당신은 저 자식 얼굴에 내 얼굴만 그려 넣어, 그거면 돼."

그의 짙은 눈동자에 은설은 가슴이 일렁거렸다. 자꾸만 보고 있노라면 취할 것만 같다.

"정말 그래도 돼요?"

"뭐가."

"민건 씨 얼굴, 윤제후 씨 얼굴로 그려서 나 촬영해도 되냐고요."

질투하는 그가 싫지 않다. 화난 게 아니라니 다행이었다. 배우라는 꿈을, 이 일을 그가 이해하지 못하고 진심으로 지지해 주지 못한다면 그건 정말 슬플 것 같으니까. 날개를 달아서 당신 옆자리로 가는 이 길이, 그게 나한테도, 당신한테도 좋은 일이었으면 했다. 그래서 더 잘하고 싶은 마음으로 여기까지 온 거였다. 촬영하면서 허투루 넘긴 신은 단 한 장면도 없었다.

"기대해요, 이번엔."

민건 씨 얼굴을 윤제후 씨 얼굴로 그려넣으면 내가 좀 더 잘할 것 같아요. 은설의 입꼬리가 이내 매끄럽게 휘어졌다.

"내가 한 번에 잘해 보일게요."

제법 당차 보이는 미소를 얼굴에 그려넣자 이번에는 제후가 긴장한 얼굴로 은설을 눈에 담았다. 지금 그녀 얼굴에서 빛을 본 것만 같다. 이제 막 날아오르려는 새처럼……

휴식 시간이 끝나고 먼저 세트장에 들어가 있던 민건은 은설의 달라진 눈빛에 괜히 입술 끝을 혀로 쓸었다. 조금 전만 해도 은설은 어떻게 하면 조금 더 몸이 가려질까 궁리하는 사람처럼 소품용 이불로 온몸을 가리는 데 온 신경을 쓰고 있었다. 그런데 지금은 그런 건 아무래도 상관없다는 듯이 진짜 침실에서 연인과 있는 것처럼 이리로 걸어오는 발소리부터가 느긋해졌다. 은설은 오직 민주아 그 자체인 사람처럼 민건을 사랑해 마지않는다는 듯이 바라보았고 입가엔 수줍은 미소까지 보였다.

"이번엔 저도 잘해볼게요. 연기 말고 진짜처럼……."

기다란 속눈썹을 아래로 떨어뜨렸다가 느리게 들어 올리면서 눈매를 휘자 커다란 눈이 금세 작게 줄어든다. 꽃 미소라는 건 바로 지금 여기에 있었다.

"그래요, 마지막 신인데 감정 제대로 잡고 해봐요. 여배우로서 가장 사랑스럽게 보여야 할 중요한 장면이잖아요."

"아, 민건 씨 연기 저도 좋아해요. 아까 저 칭찬해 주셨잖아요. 남자 주인공 캐스팅에 민건 씨 이름 나와서 그동안 연기했던 거 돌려 봤는데, 되게 잘하시더라고요."

"그랬어요? 아, 이거 되게 영광이네."

"저야말로 영광이죠."

은설이 수줍게 웃자 사랑스러운 보조개가 한쪽에만 움푹 들어갔다. 연기를 시작하기도 전에 민건은 어이없게도 웃음이 새어나왔다. '노팅힐'이라는 대작을 리메이크했지만 톱스타인 그녀가 슬럼프를 겪고서 화려한 배우로 복귀한다는 큰 줄기만 같고 영화와는 다르게 여주인공이 겪는 시련과 아픔의 성장스토리라 촬영을 하면서도 마주치는 신이 거의 없었다. 그래서 민건은 아직 이렇다하게 그녀에 대해 생각해 본 적이 없었다.

"레디……."

대체 얼마나 대단한 여자이기에 이시준 감독이 저렇게 살뜰히 챙길까. 같은 배우로서 부러움은 있었다. 그리고 그 전에 이미 유명인사인 윤제후의 여자 친구로 알려졌던 여자. 그 정도의 호기심이었다. 그녀 자체보다는 그녀 주변이 더 흥미로웠다.

"……액션!"

시준의 사인이 떨어지자 은설은 침대 위에 누워 배싯 웃으며 민건을 바라보았다. 휘감기는 그녀의 고운 눈매에 민건은 그만 대사 타이밍을 놓쳤다. 하지만 은설이 자연스레 민건의 손을 잡아 제 뺨으로 가져다 대며 기다리고 있었다. 큰 눈을 굴리면서 무슨 말을 기대하는 것처럼.

"주아야, 우리가 결혼이라는 걸 했어. 믿어져?"

머릿속으로 굴리지 않고 자연스레 입이 벌어졌다. 은설은 그런 민건을 향해 두 팔을 뻗어 매달렸다. 가느다란 머리카락이 민건의 코끝에서 어지럽게 날렸다.

"아니요, 꿈만 같아요."

작게 속삭이는 호흡과 정말로 들뜬 목소리까지. 민건은 그 눈빛과 말투가 연기라고는 도저히 믿어지지 않았다. 정말로 사랑하는 여자를 앞에 두고 있는 것 같았다. 이 드라마에서 민건은 그녀를 뒤에서 도와주는 조력자 역할이었다. 그동안의 신들을 천천히 떠올렸다.

"그동안 너무 많이 힘들었잖아. 우리…… 다시 돌아오는 길이 힘들었지만, 주아 너 하나만 보고 여기까지 올 수 있었어."

"나 포기하지 않아줘서, 고마워요."

나른하게 감기는 은설의 눈을 따라서 민건도 눈을 감았다. 아까와는 다르게 그녀의 다리를 쓸어내리는 손길이 진득해진다. 앙증맞게 다물린 입술에 가까이 다가가는데 자꾸만 심장이 떨렸다. 아마추어도 아닌데, 이미 키스신은 눈감고도 할 수 있을 만큼 능숙한데…….

"포기 안 해, 오늘 밤도."

떨린다. 지금 이 순간이 신인 시절 첫 키스신을 찍었던 때로 돌아간 것처럼. 민건은 연기가 아니라 아득했던 풋사랑과의 첫 키스가 떠올랐다.

그 둘을 바라보고 있던 제후는 눈동자를 굴렸다가 짜증이 올라와 손으로 눈가를 문질렀다. 속으로 벌써 백번도 넘게 욕을 뇌까렸다. 여기서 소리라도 내지르면 촬영이 더 길어질 뿐이라 그조차도 할 수 없어 답답해졌다. 그 사이 수강에게서 문자가 오자 제후는 잠시 촬영장에서 눈을 뗀 채 문자를 꾹꾹 눌러 보냈다.

〈계속 거기 있을 거? 보면 열만 더 날 텐데, 그냥 나오지 그러냐?〉
〈신경 끄고 먼저 가.〉
〈있잖아, 이미 나왔는데? 네 차 타고 가는 중. 차 키 내가 들고 왔던 거 알지? 몰랐으면 지금 알고 나중에 놀라지나 말라고. 여기서 문자는 끝인 걸로!〉

제후는 눈썹을 구긴 채 수강에게 전화를 걸면서 세트장을 벗어났다. ……내 차를 가져가? 그 차가 어떤 찬데. 절대 남에게 차를 맡기지 않는 제후는 수강의 막무가내에 분노했다. 가뜩이나 짜증이 난 상황에 수강이 불을 지핀 격이었다. 그리고 이어지는 안내 음성에 제후는 거칠게 핸드폰을 꽉 움켜쥐었다.

[전화기가 꺼져 있어 소리샘으로…….]

"이거 정말, 허락 맡은 거 맞아?"

미리가 묻는 말에 수강이 걱정 말라는 듯 휘파람을 휘익 불었다.

"말했다니까?"

"빌려준대? 차를?"

"제후랑 나랑 완전 친친인데, 이런 것도 안 빌려줄까 봐?"

"어, 안 빌려줄 것 같은데."

"와……."

어떻게 알았지.

"빨리 돌려주고 오자. 이거 되게 비싼 차잖아. 강은 보험도 없잖아?"

"사고 안 내."

"그걸 어떻게 장담해! 남의 차 함부로 타고 이러는……."

"네가 타고 있잖아. 사고 안 내, 절대로."

수강이 담백히 장담하는 말에, 핸들을 톡톡 두들기는 그의 진지해진 얼굴에 미리는 가슴이 떨려서 더 이상의 말은 삼갔다. 데이트를 하는 순간, 순간이 항상 즐겁고 행복했다. 그래서 요즘 들어는 결혼을 하면 얼마나 더 좋을까 싶기도 했다. 이렇게 같이 붙어 있으면 지루할 틈이 없는데.

미리는 하루빨리 아버지께 인정받는 날이 오기를 원했다. 다른 건 바라지 않는다. 나도 아빠라는 존재가 있다는 걸 세상에 알릴 수 있기를, 억척스러운 엄마가 조금은 유순해지기를, 그래서 완벽한 가족은 아니어도 서로의 존재를 부정하지 않고 가끔 마주치면 인사라도 하기를, 가족이라고 부를 수 있게 되기를, 진심으로 원했다.

"어디 가냐고 안 물어봐?"

그리고 미리는 몰랐다. 이미 수강이 윤찬영 회장을 찾아가 자신과의 미래를 가지고 딜을 하고 있다는 것을……. 그녀가 바라던 수강과 내기에서 말하려고 했던, 쉽게 이루어질 수 없다던 소원은 소리 내어 말한 적은 없었지만 가랑비에 옷 젖듯 그렇게 가까워오고 있었다.

"가족 모임 있어, 오늘."

수강이 손을 뻗어 미리의 손을 잡았다.

꺼져 있는 전화에 화가 난 제후가 차를 확인하러 나왔을 때는 수강과 미리 모두 이미 흔적도 없었다. 제후는 분을 삭이며 다시 촬영장으로 향했다. 촬영은 반갑지 않게도 여전히 진행 중이었다.

"컷, 컷, 컷!"

시준이 신경질적으로 외치며 자리를 박차고 일어났다. 앞부분 대사 처리는 완벽해서 그 부분을 뺀 나머지 부분 촬영 중이었는데, 온전히 몸으로 하는 대화뿐이었다. 전연령시청가인 드라마는 최대한 담백하게 애정신을 그려내려고 해도 구시대적으로 카메라 앵글을 돌릴 수는 없었다. 키스신은 진짜로 해야 하고, 몸을 쓸어내리는 것도 진짜로 해야만 했다. 그런데 문제는 여기서부터였다.

"민건 씨, 키스신 처음이야? 아니잖아."

시준이 민건 앞에 서서 언성을 높이자 촬영장에는 뜻하지 않게 정적이 감돌았다. 민건은 자신도 잘못한 것을 알기에 난감하다는 듯 고개를 돌렸다. 하지만 그로서도 일부러 NG를 내고 싶어서 내는 건 아니었다.

"그게 이상하게…… 잘……."

"키스신만 몇 번째야, 지금?"

"……."

"여배우 입술 부은 거 안 보여? 적당히 하고 넘어가자."

시준의 입에서 '적당히'라는 말이 나오자 스태프들은 눈을 동그랗게 떴다. 시준의 입에서 나올 만한 말이 절대 아니었다. 무조건 완벽히! 지칠 정도로 굴리고 또 굴리는 게 이시준 감독의 방식이었는데, 지금은 민건이 NG를 많이 내긴 했지만 배우의 컨디션에 따라서 넘어갈 수도 있는 수준의 것이었다.

"아니면 지금 상황 즐겨?"

"……네?"

"키스신 잘 찍다가 왜 끝날 때쯤만 되면 자꾸 고개 반대방향으로 꺾는 건데. 지금 그것 때문에 몇 번째 다시 찍는 거냐고."

시준이 민건의 고개를 오른쪽으로 꺾었다.

"이쪽으로 돌리라는 말 기억 못 해?"

"아, 그게 습관이……."

그 말에 시준이 손으로 눈가를 꾹꾹 눌렀다.

"지금 네가 만나는 여자랑 차에서 키스하는 거 아니고."

민건의 표정이 굳었다. 감독이 뭐라고 말하는 건지 알아들은 것이다. 얼굴이 알려진 배우이기에 차에서 데이트를 하는 게 일상인 그는 운전석에서 조수석에 앉은 여자와 키스를 하는 일이 잦다 보니 습관적으로 고개를 왼쪽으로 틀게 되었다. 이 말은,

그러니까…… 다시 말하면 민건은 연기가 아니라 실제 키스할 때의 습관이 나온 것이다.

"카메라 앵글은 45도 각도에서 오른쪽 고개를 꺾어야지만 정면으로 나온다고. 알아들어?"

그동안의 키스신은 아무 문제가 없었는데, 지금은 연기가 아니었나. 민건은 머릿속이 복잡해졌다.

"이게, 힘들어?"

시준이 은설의 얼굴 가까이에 고개를 내렸다. 그러자 은설은 긴장해서 움찔 어깨 끝을 올렸다. 쏟아질 듯 내려오는 시준의 고개가 은설의 입술 근처까지 왔다가 멈추었다. 시준의 속눈썹이 얼핏 흔들렸다.

은설은 아랫입술을 꾹 물었다. 검은 마스크를 하고 지금은 눈까지 감은 시준의 얼굴이 어떤 표정인지 알 수 없었다. 그저 가까이 닿는 숨이 무겁게 느껴질 뿐이다.

"지금 뭐하는 거지."

시준이 오른쪽으로 고개를 꺾었다.

"연기는 배우랑 하는 거 아니었나."

알싸하게 입꼬리가 올라간 제후와 눈이 마주친 시준은 이내 은설을 내려다보곤 상체를 일으켜 세웠다. 시선은 여전히 은설을 향한 채였다. 그리고 불편한 심기를 그대로 표출하고 있는 제후를 겨냥해서 말했다.

"감독이 알려주기도 해."

"……"

"이렇게."

보란 듯이 다시 상체를 꺾어 그녀의 얼굴을 잡았다. 동시에 제후가 시준의 옆으로 다가와 섰다. 은설의 얼굴을 잡은 시준의 손목을 낚아챈 그가 어이없다는 듯 중얼거렸다.

"기가 차는군."

그래, 그 감독이 하필이면 이시준이라는 게 문제였다. 아마도 다른 감독이었다면 그도 이렇게까지 제지할 생각은 하지 않았을 것이다. 그런데 아무리 보아도 연기 지도를 빙자한 제 욕심 채우기라는 게 훤히 보여 제후의 심기가 불편해졌다.

시준은 한쪽 손은 제후에게 잡힌 채로 오른쪽으로 고개를 꺾은 후에 민건에게 말했다.

"이렇게 하는 거라고, 알아들었어?"

민건이 고개를 끄덕였다. 하지만 감독의 시선은 민건이 아닌 제후에게 가 있었다. 그제야 민건은 알 것 같았다. 내가 지금 대단한 여자랑 연기하고 있는 거네. 민건은 마지막 신을 무사히 찍고 오늘 내로 이곳에 나갈 수 있을지 의문이었다. 앞으로는 저 남자 둘을 의식하면서 연기를 해야 할 것 같은데. 막판에 너무 큰 장애물이 가로막고 선 느낌이라, 민건은 좀처럼 연기에 다시 집중하기가 힘들었다.

시준은 제후가 잡은 손을 가볍게 뺀 후에 싱긋 눈가에 곡선을 만들었다.

"거, 표정 좀 풀면 안 돼?"

살살 약 올리는 기세가 예전 그때처럼 다시 제후의 심기를 건드리고 있었다. 결국 제후는 눈매를 매섭게 굳힌 채 짧게 손을 까딱거렸다.

"마지막이니까 넘어가는데. 다음엔 네 작품은 절대 못 하게 하지, 내가."

"내가 원래 같은 배우 두 번은 안 쓰는데, 기은설 씨는 계속 시리즈물로 할까 하는데. 내가 또 유능한 감독이라 내 작품 마다 할 배우는 어디에도 없거든. 그거 꼭 좀 기억해 줬으면 좋겠는데."

"……"

"내가 그런 감독이라니까?"

"더는 못 들어주겠군."

시준이 어깨를 으쓱하며 다시 모니터 앞으로 돌아갔다. 웃으며 말했지만 마스크 속 입꼬리는 일자로 다물려 있었다.

기은설한테 남자일 수 있는 당신이 미치게 부럽다고. 자꾸만 앵글에 담는 은설의 모습이 자신이 만질 수 없는 프레임 같아서, 혼자서 되감아 보는 영상에 몇 번을 멈추는지 그녀는 아마 모를 거다. 처음으로 반한 여자라고, 이마저 소리 내어 말한다면 감독으로서도 다가갈 수 없다. 장난처럼 말한 적은 있지만 한 번도 널 두고 장난인 적은 없었다.

남자로서는 아니지만 감독으로서 다가갈 수 있는 시준은 그녀가 배우인 것 자체가 희망고문과도 같았다.

시준은 다시 모니터 앞에 앉아 그 속에 보이는 은설을 주시했다.

닿지 않고, 만질 수 없고, 볼 수만 있는 너를 난 이렇게 또 담아본다.

"레디……."

바란다면 이게 라스트 신이 아니기를, 이 작업이 끝나지 않기를.

너와 마주하기 위해, 난 또 너에게 어떤 시나리오를 내밀어야 할까.

그동안 작품을 위해 배우를 캐스팅해 왔다면 이제는 너를 위해 작품을 쓰고 싶어졌다.

"액션!"

아직은, 계속 널 담고 싶으니까…….

드라마 제작발표회에 수많은 취재진들이 몰려들었다. 영화계 거물인 이시준 감독이 만들었다는 것으로 먼저 이슈가 된 화제의 드라마였다. 시간에 쫓겨서 작업하는 드라마 환경을 신랄하게 꼬집은 적이 있는 그가 제 고집대로 철저히 100% 사전 제작을 했다는 점에서 기자들의 흥미를 끌었다. 한편으로는 20부작 내내 시청자들의 피드백 없이 진행되는 드라마가 어떤 결과를 낳을지 미지수라는 반응도 있었지만. 그래도 이시준 감독이라는 기대감이 훨씬 컸다. 게다가 베일에 싸여 있던 여배우는 '윤제후의 그녀'라고 세상을 떠들썩하게 했던 기은설이었다. 발표회 현장이 잠시 소란스러웠다가 곧 무대 위로 올라오는 민건을 향해 카메라 플래시가 여러 번 터졌다.

"이시준 감독님은 원래 신인 배우들만 주연으로 세워 작업하는 걸로 알고 있는데요. 이번 드라마는 그렇지 않네요?"

기자 중 한 명이 남자 주연 배우인 민건을 들며 시준에게 질문하였다. 예전 인터뷰에서 시준은 다른 전작이 있는 배우와 촬영하는 것보다는 백지나 다름없는 신인 배우가 오로지 제 작품 속 캐릭터 그 자체가 되길 바란다고 했었다. 또한 그 캐릭터에 맞는 신인을 찾아내는 재미를 잃고 싶지 않다고 말했었다. 그러면서도 몇몇 톱스타 위주로 돌아가는 영화판이 마음에 들지 않는다고 비난을 하기도 했다. 연기할 수 있는 기회를 신인 배우들에게 주고 싶다고 얘기를 해왔었기에 여기자는 이시준 감독에게 호감을 가지고 있었다.

　상업성을 추구하진 않았지만 세련된 영상미와 매번 신선한 시나리오로 그의 영화는 항상 대중들을 만족시켰고, 상업적인 쪽에서도 사실 투자 대비 엄청난 흥행 수익을 올렸다. 한데 이번 드라마에서 여주인공은 신인이라고 쳐도 남자 배우는 톱스타인 민건이었다. 그동안 이시준 감독의 행보와는 달랐다. 시준은 여기자의 질문에 마이크를 잡았다. 하지만 곧이어 치고 올라오는 질문이 그보다 먼저였다.

　"혹시나, 영화와는 다르게 드라마가 처음이어서 모험보다는 안전을 택하신 건가요?"

　살짝 흘리는 웃음이 기분 나쁠 법도 했다. 시준은 작품에 있어서는 언제나 제 안목을 누구보다 믿었다. 그런데 특이한 점은 그의 인생에서 여자로 먼저 다가왔던 그 배우가 기은설이라는 점이었다. 그녀에게 자신이 할 수 있는 한 최고로 높은 지점까지 날려 보내주고 싶었다.

　그래서 나는, 감히 너를 두고 0.1%의 도박 같은 건 할 수 없었다. 그렇기에 사소한 것 하나도 예민해져 쉽게 흘려 버릴 수 없었다. 최대한 안전하게 너를 가장 높은 지점으로 올려주는 게 내가 할 일이니까. 그만큼 넌.

"특별하게 작업한 만큼 그 부분은, 보는 사람의 평가에 맡기겠습니다."

······나한테 특별하다.

작은 얼굴에 커다란 선글라스를 쓴 여자가 또각또각 하이힐 소리를 내며 대리석 바닥을 밟았다. 불어오는 미풍에 그녀의 머리칼이 이지러져 날렸다. 주름이 풍성한 스커트가 살랑살랑 바람에 흔들리자 곧게 뻗은 다리가 중심을 잡듯 움직였다.

그녀는 주얼리숍 안으로 들어서기 직전에서야 작게 심호흡을 했다. 하아, 작은 숨이 공기 중에 흩어졌다. 그리고 곧 그녀의 얼굴에서 따사로운 미소가 걸렸다.

달칵, 문고리를 잡은 손에서 힘이 들어간다. 이미 준희를 통해서 안내받은 시간에 맞춰서 제후 주얼리 안으로 조용히 들어선 여자는 사람의 기척이 느껴지지 않자 당연한 듯 목조계단으로 걸음을 옮겼다.

작업실 안에서 집중하고 있던 제후는 누군가 계단을 오르는 소리가 들리지도 않는지 흐트러짐 없는 자세로 스케치가 그려진 디자인에 마커로 색을 입히는 중이었다. 설사 들었다 하더라도 준희일 거란 당연한 생각에 신경도 안 쓰는 눈치였다. 그녀가 부재중인 사실도 모르는 제후는 별다른 의심조차 없었다.

또각또각, 크지 않은 소리가 조용한 내부를 작게 울렸다. 가까워질수록 구두 굽 소리는 잦아들었다. 계단 중간쯤에서 걸음을 멈춘 여자는 누가 들을세라 흠흠, 작게 목을 가다듬었다. 그리고 최대한 허리를 펴고 당당히 고개를 치켜들었다.

"윤제후 씨."

제 이름을 부르는 소리에 불현듯 작업을 멈춘 제후는 잠시 침묵 후에 자리에서 일어났다. 그는 유리문 밖으로 나가 계단 아래를 살폈다. 팔짱을 끼고서 그 모습을 지켜보고 있자니 여자가 다시 한 번 그의 이름을 불렀다.

"윤제후 씨, 결혼 상담해 드리러 왔습니다!"

까만 선글라스를 쓰고서 그와 대조될 만큼 새하얀 웃음을 짓고 있는 여자가 그를 향해 고개를 들어 시선을 맞추었다. 계단 난간에 서서 양팔을 느른하게 짚은 제후는 그 시선에 눈을 맞추더니 가볍게 팔을 떼어냈다. 그리고 여자가 서 있는 곳으로 방향으로 몸을 틀었다.

"포트폴리오는 챙겨온 건가."

"……."

"내가 아는 여자는 결혼 상담하겠다고 기사까지 스크랩해 와서 일장연설을 하고 가더군."

"그런데도 안 했죠?"

"어, 안 했어."

"정말로 독하시네요."

"진짜 사랑해 본 적 없다고 말하던데."

"그러니까요, 사랑을 안 믿는 사람한테 결혼 상담하러 왔던 여자는 얼마나 난감했겠어요?"

"그때 억울했던 여자 대변인으로 온 건가?"

"지금은 어때요, 할 마음 생겼어요? 끝내주게 서포트해 줄 자신 있는데, 저 믿고 맡겨보실래요?"

가만히 서 있던 제후가 천천히 계단 아래로 발을 옮겼다. 터벅터벅, 발을 옮기는 소리가 둔탁하게 울리다 이내 빨라지면서 기다란 팔이 여자를 잡아 품으로 꽉 끌어당겨 안았다. 한 바퀴 빙그르르 돌면서 여자의 몸이 남자의 품안으로 가둬졌다.

"조심하랬지."

그가 조금이라도 늦게 와서 잡았더라면 그대로 발이 엉켜서 뒤로 넘어갈 뻔했다. 예전에도 이 지점에서 넘어질 뻔한 적이 있는 여자는 가파른 숨을 그의 단단한 가슴 위로 내뱉었다. 제후는 품에서 조금도 풀어줄 의향이 없다는 듯 더 꽉 끌어안은 채 여자를 내려다보았다.

"가뜩이나 잘 넘어지는데, 선글라스는 벗지그래."

작은 얼굴 위로 크게 도드라져 보이는 선글라스를 집으려고 손을 뻗자 여자가 이를 제지했다.

"나인 거 알았어요?"

그 순간, 자세를 고쳐 잡은 제후가 익숙하게 은설을 옆으로 안아들었다. 그리고 고개를 기울여 그녀의 귓가에 대고 나직이 속삭였다.

"목소리 바꾼다고 못 알아볼 줄 알았나. 이깟 선글라스로 당신이 가려질 거라고 생각했다면 나를 바보로 아는 건가."

내려왔던 계단을 다시 오르는 그에게 안긴 채 은설은 김이 팍 샌 시무룩한 표정으로 작업실 안 소파에 그대로 걸쳐 앉았다. 오랜만에 신은 높은 하이힐이 문제였다. 아니면 조금 더 커다란 선글라스를 썼어야 했나 생각할 때였다. 시선을 내려 높은 하이힐을 보고 있는데 그가 다가와 무릎을 굽히고 은설의 하이힐을 벗겨 옆으로 밀어 놓았다. 이내 따뜻한 손이 제 발을 꼭 감싸 안은 채로 주무르자 은설의 얼굴이 순식간에 붉어졌다. 이렇게 되면 처음 만나던 엉성했던 그날과 별반 다를 게 없었다.

"아직 선글라스 안 벗겼어. 끝까지 모르는 척해줄 테니까 연설해 봐."

제후가 은설을 보면서 픽 웃음을 터뜨렸다.

"끝내주게 어떻게 서포트해 주겠다는 건데."

"그러니까, 그게……."

"이름을 먼저 말해야지."

"기은설이요."

"난, 당신 이름 하나로 끝났어."

손을 뻗어 긴 머리카락을 흐트러뜨리자 까만색 선글라스를 벗은 은설이 아래로 떨어뜨렸던 시선을 바짝 들었다.

"오래 기다리게 한 건 아니죠?"

"기다릴 만했어. 답을 주겠다고 했으니까."

막연한 기다림이 아니어서 불안하지 않았다. 자신이 온전한 주체가 되어야지만 앞으로 나아갈 수 있는 여자라는 걸 알기에 이해할 수 있었다. 그리고 그녀는 당당히 그 사실을 증명해 보였다.

드라마 제작발표회 이후, 윤제후 덕분에 주연 자리를 꿰찼다고 도배되었던 악플들은 드라마가 방영일이 늘어날수록 언제 그랬냐는 듯 그녀를 응원하는 목소리로 바뀌었다. 그녀 스스로 증명해낸 셈이었다. '신이 내린 연기자', 사람의 마음을 끌어당기는 '마력의 연기자'라는 수식어는 물론이고.

"그래서 기은설의 남자가 된 소감이 어때요?"

윤제후의 그녀가 아닌 윤제후를 '기은설의 남자'로 만들어 버린 그녀의 저력은 드라마가 끝나고 나서도 사그라지지 않았다. 이제는 낮에도, 밤에도 그녀를 알아보는 사람들이 많아졌다. 뒤늦게 빛을 내기 시작한 그녀는 오래토록 꺼지지 않을 별 같은 톱여배우가 되었다. 드라마 'SHE'의 그녀는 어떻게 보면 그녀와 가장 닮은 역이었고 사람들은 그녀의 진실된 연기에 환호했다.

"솔직히 말해도 되나."

"네, 솔직히 말해줘요."

"지금이, 가장."

제후는 은설을 끌어안아 제 무릎 위에 앉히고서 그녀의 윗입술을 깨물었다. 그리고 그 틈을 벌려 비집고 들어가 소중하게 쓸어내렸다. 천천히 얽혀드는 그녀의 체향이 너무도 달아서 그는 한 호흡 쉬는 틈에 입술을 맞대고서 나른하게 속삭였다.

"내가 생각했던 최상의 행복이야. 당신의 남자로 있는 지금."

생각지도 못했던, 아니 상상조차 할 수 없었던 말이었다. 아무것도 없는데 그의 여자로 불렸을 때 은설은 스스로가 한없이 초라해 보여서 어디론가 숨어버리고 싶기도 했다. 지금은 스스로 가장 하고 싶은 일을 하면서 빛나고 있으니 그를 마음껏 탐내도 될 것 같은 행복감이 들었다. ……애초에 누군가를 사랑하는데 자격 같은 건 없었는데.

"세 번째 소원 말해도 돼요?"

마지막 소원은 정해져 있었다.

"생각 잘해서 말해야 할 거야."

"당신과 평생을 함께하고 싶어요. 그게 내 소원이에요."

제후는 왼쪽 벽에 걸려 있는 시계의 커다란 바늘과 작은 바늘에 시선을 고정하고서 초침까지 일치가 되었을 때 눈을 내리감았다.

"3시 22분, 세 번째 소원 썼어."

반지르르한 타액으로 부풀어 오른 입술을 제후는 다시금 베어물었다. 그동안 참았던 애정 표현을 맘껏 하려는 듯, 서로가 바빠 함께하지 못했던 시간을 이제라도 채워나가야겠다는 다짐인 건지 이전까지와는 다르게 그의 손길이 점점 짙어지고 있었다. 그는 입안으로 뜨거운 숨결을 불어넣으면서도 그의 손은 어느새 은설의 척추를 타고 내려갔다.

"여기서 멈춘다고 안 했는데."

그제야 생각이 난 은설의 두 눈이 번쩍 떠졌다. 그러나 머릿속보다도 새하얀 블라우스 속으로 밀려오는 손길을 거부할 힘도 없이 이내 몸을 추욱 늘어뜨렸다. 그녀의 몸이 순간 공중으로 들리고 바로 옆에 있던 침대 위로 내려졌다.

"허락해 줘."

사실 머릿속으로는 수줍게 그려보기도 했던 일이기에……. 은설은 두 눈을 꼭 감았다. 리본으로 묶었던 오간자 블라우스 끈이 순간 그의 매끄러운 손안에서 차르르 풀렸다. 이어서 툭, 투툭.

단단하게 목 끝까지 채워 올렸던 단추들이 끌러지자 은설은 제후의 목에 천천히 팔을 감았다. 그녀의 목덜미 위로 따뜻한 봄바람이 앉았다. 부드럽게 온몸을 훑어 내리는 손길에 이제는 자신이 멈추지 못할 것 같은 예감을 받았다. 내내 눈만 꼭 감고 있는 은설을 내려다보며 제후가 흐르는 목소리로 말했다.

"예쁘다."

긴장했던 은설이 천천히 눈을 떴다.

"나…… 정말 예뻐요?"

제후는 은설의 콧잔등에 코를 비비며 그보다 더 간지럽게 입술을 열었다.

"예뻐. 미치게……."

그의 붉은 입술이 닿은 곳곳에는 붉은 도장이 꽃잎처럼 찍혔다. 생경한 감각이 살갗을 아릴 듯 베어 물자, 등을 활처럼 휜 은설은 낯선 소리가 터져 나오려는 걸 손으로 입을 꾹 눌러 막았다. 이내 상체를 올린 제후가 셔츠를 벗어던지고 은설을 내려다보았다.

사부작, 시트 위로 드러난 몸은 세상 어떤 것도 이보다 더 아름다울 것 같지 않았다. 은설의 손을 제 상체 위로 끌어올린 제후가 다시금 허리를 숙였다. 움직일 때마다 유려하게만 보이는 근육들을 눈으로 담던 은설이 부끄러워져 손을 내리려 하자, 그가 은설의 귓불을 잘근 깨물었다.

"……은설아, 오빠 좀 만져줘."

긴장된 몸이 목소리 하나로 흐물흐물 녹아버릴 것 같은 은설은 손 하나 까딱할 힘도 없이 나른해져 침대 시트를 꾹 잡던 손에서

서서히 힘을 뺐다. 그 사이 제후는 그녀의 옷가지를 다 벗겨내고 허벅지에 걸쳐 있던 속옷마저 바닥으로 떨어뜨렸다.

"……자, 잠깐만요!"

긴장감에 숨조차 쉬지 못하고 있던 은설은 다 벗은 제 몸보다도 그의 나신을 보는 게 더 부끄러워져 눈을 감고서 숨을 몰아쉬었다.

"왜…… 사랑한다는 말 안 해줘요?"

픽 웃음을 터뜨린 제후가 은설의 귀에 대고 아찔하게 속삭였다.

"내가 얼마나 사랑하는지, 당신한테만 반응하는 몸을 봐."

그가 손바닥을 가져다 댄 곳엔 피로 몰려든 부위가 얼마나 단단해져 있는지 눈을 감고서도 느껴져 은설의 얼굴이 확 붉어졌다. 이내 온몸이 발갛게 익어버린 은설은 가늘게 숨만 내쉬었다. 그의 어깨가 점점 아래로 내려가자 예상치 못한 곳에서 뜨거움이 폭발한 은설은 잘게 몸을 떨었다. 입술 새로는 선명한 신음이 흘러나왔다. 그 입술을, 그녀의 몸을, 마치 단 물을 흡입하듯 제후가 세게 빨아들였다.

"조금만…… 참아줘."

뜨거운 몸이 포개져 원래가 하나였던 것처럼 만나자 아찔한 비명이 터져 나왔다. 은설은 더 이상의 소리가 새어나가지 않게 입술을 깨물었다. 그리고 제 위에서 열에 들뜬 그를 올려다보며 반쯤은 정신이 흐릿해졌다. 닫혀 있던 입술 새로 뜨거운 숨이 차올랐다. 기어이 소리가 뚫고 나왔다. 아아, 낮은 제후의 소리에 발끝까지 힘이 들어갔다. 가슴이 터질 듯 뛰었고, 그런 그녀의 가습을 움켜쥔 그의 손 위로 맥박이 튀어오를 것만 같았다. 그녀의 반응에 따라서 느리게 움직이던 제후는 그녀가 받아들일 것 같으면 빠르게 움직였다가도 사소한 신음에 금세 멈췄다. 오로지 저에게 맞추는 그 움직임에는 배려가 묻어 있었다. 은설은 이 사랑스러운 남자에게 매달릴 수밖에 없었다. 땀으로 흥건해진 둘 사이로 짙은 열기가 엉겼다. 은설의 눈동자를 들여다보며 뺨을 쓸어내리던 제후가 이내 은설의 두 뺨을 손으로 감쌌다.

"나 좀 봐."

"……."

"……은설아."

"몸에 기운이 하나도 없어요. 아무래도 잘못된 것 같아요……."

"내가 다시 살려줄게."

그가 은설의 손가락을 살짝 깨물고서 속삭이자 둘 사이로 더워진 열기가 다시금 내려와 이불처럼 막을 이루었다. 아무래도 오늘은 떨어질 틈이 없을 것 같았다. 열기의 흔적이 투명한 유리문을 뿌옇게 덮쳤다.

문이 닫히면서 들어오는 바람에 깜빡 잠이 든 은설의 속눈썹이 파릇 떨렸다. 제후는 뜨거운 수건을 가져와 은설의 몸을 닦아주며 마사지하듯 꼼꼼하게 손으로 쓸어내렸다. 놀랐던 근육들이 풀리는 느낌에 은설은 그제야 무거운 눈꺼풀을 세웠다.

"데이트하러 나가자, 여보."

기분 좋은 목소리가 울렸다.

"여기 더 있으면, 내가 또 괴롭힐 것 같아."

이제는 안다. 더 이상 깨질 수 없는, 꿈이 아닌 실체라는 걸.

그리고 은설은 그 모든 걸 함께 할 수 있는 그가 있어서 온전히 행복하다고 느꼈다.

낙엽이 바스락거리던 거리에는 어느새 첫눈이 내리고 있었다. 사계절을 함께한 우리가 앞으로도 무수히 많은 계절을 함께할 것이며, 그 긴 여정은 절대 지루하지 않을 거라는 걸 은설은 확신했다.

손 뻗으면 닿을 수 있는 거리에 있는 그를 끌어당기자 제후가 그런 은설을 꼭 안아주었다. 그리고 그녀만 들을 수 있는 목소리로 속삭였다.

"……사랑해. 내 앞에 나타나 줘서 고마워, 당신."

둘 사이로 따스한 웃음이 유유히 흘렀다. 올 겨울은 유난히 따뜻할 것이다. 지금부터 준비하면 꽃피는 봄에는 아름다운 봄의 신부를 맞이할 수 있겠지.

처음 그녀가 그에게 약속했듯이……

전영훈 국무총리 딸 전은영 전격 결혼 발표

국회의원 은회창(63)의 아들 은강현(31)과의 파혼으로 충격을 안겼던 전은영(31)이 다시 은 씨와의 결혼을 알려 사람들의 관심을 끌고 있다. 약혼과 파혼에 이어 다시 결혼을 발표한 그들을 두고 세간에서는 정치 쇼가 아니냐는 의혹이 분분했지만, 두 사람은 대중의 의혹을 일축시키는 행보를 보이고 있다. 백화점 등지에서 결혼 준비를 하는 두 사람을 목격한 시민들은 그들이 여느 커플과 다

를 바 없이 다정한 모습을 보였다고 입을 모았다. ……(후략)

팜므파탈 미녀 배우 백승희, 첫사랑 정진우 위해 중국행 결심!

드라마 〈반짝반짝 유리구두〉, 〈차가운 심장을 녹이는 그대에게〉 등에 출연하며 국내에서 활발한 활동을 펼치던 미녀 배우 백승희가 중국 진출을 위해 준비 중이라는 기획사의 발표에 관심이 쏟아지고 있다.

백승희의 지인이 SNS에 '백승희가 실제로 오랫동안 정진우를 좋아해왔다'는 내용의 글을 게재해 백승희의 중국행이 정진우를 위한 것이 아니냐는 의혹이 네티즌 사이에서 크게 일고 있다.

본지에서 최근 백승희의 행보를 추적한 결과, 실제로 백승희 측에서 정진우를 만나기 위한 시도가 여러 차례 있었던 것을 확인했다.(중략)

지난 1월, 돌연 중국행을 결심한 정진우가 국내 활동을 전면 중단한 가운데, 백승희의 이 같은 행보가 두 사람의 미래에 어떤 영향을 끼치게 될지 연예계의 이목이 집중되고 있다.

성삼그룹 이수강—지엘그룹 강미리 결혼 발표!

3일 오전 성삼그룹과 지엘그룹의 홍보팀은 뉴세계 백화점 대표 이수강과 지엘전자 미래사업본부 본부장 강미리의 결혼 소식을 알렸다.(중략)

지엘그룹 홍보팀은 강 본부장은 집안사정상 모친의 성을 따르고 있었다고 전하며 차후 호적 정리와 함께 지엘그룹의 상속녀로서 주식을 상속받게 될 것이라고 밝혔다.

성삼그룹 이원제 회장은 예비 며느리인 강 본부장의 천재적인 기획력을 신뢰하여, 성삼그룹의 차기 최고 경영자 자리를 아들이 아닌 며느리에게 줄 수도 있다고 한 발언이 알려져 화제가 되고 있다. 관계자에 따르면 임원진과의 식사 자리에서 이 회장이 '강 본부장은 성삼과 지엘을 함께 이끌어 갈 수 있는 인재'라고 말했다고 한다. 이 소식이 알려지자 두 기업 간 합병에 대한 이야기도 조심스레 나오면서 두 그룹의 주식은 크게 상한가를 치고 있는 상황이다.

두 사람의 만남과 결혼은 여느 재벌가의 커플과는 달리……(후략)

톱스타 기은설, 그녀의 남자 윤제후 '만남에서 결혼까지'

배우 기은설이 제후 주얼리 대표 윤제후와 1년 동안 사랑을 키워오다 지난 30일 결혼에 골인했다. 비밀리에 진행된 소규모 결혼식에는 정재계, 연예계를 총망라한 유명인사들이 모두 참석했다. 그들은 현재 푸켓의 한 풀빌라에서 로맨틱한 허니문을 보내고 있다고 한다.

기은설은 결혼 후 첫 작품으로 그녀를 이 자리에 우뚝 서게 한 이시준 감독의 시나리오를 긍정적으로 검토 중이며, 또한 자신과 윤 대표의 만남부터 결혼까지의 이야기를 담은 소설 '표적-결혼정보회사' 출간을 준비 중이라고 밝혔다.

한때 '윤제후의 그녀'로 불렸던 톱스타 기은설은 현재 가장 주목받는 배우로 드라마와 영화를 종횡무진하며 미모와 실력을 겸비한 연기파 배우로 자리매김하고 있다.

신문을 뒤적이는 사람들의 손끝에서 기사들이 움직였다.

누가 누군가의 표적이 되어 움직이는 사랑은,

소설이나 영화에서만 가능한 게 아니다.

평범한 일상에서도 우린 누군가의 표적이 되기도 하고,

표적을 만들어내며 열렬히 사랑하고 있다.

지금 이 순간에도.

한 번에 사랑이 이루어지지 않는다고 낙담하지 말라.

그 '순간 순간'이 모여

결국엔 '마지막 사랑'을 찾아 영원해지는 순간이 있을지니.

지금 이 글을 읽고 있는 당신은

반할 준비가 되었나요?

그도 아니면

반하게 해줄래요?

THE END